KB052467

다섯 개의 초대장

FIVE INVITATIONS:
Discovering What Death Can Teach US About Living Fully
by Frank Ostaseski

Copyright © Frank Ostaseski 2017

Foreword copyright © Rachel Naomi Remen 2017

All rights reserved.

Korean Translation Copyright © Minumin 2020

Korean translation edition is published by arrangement with
Flatiron Books through EYA.

이 책의 한국어판 저작권은 EYA를 통해
Flatiron Books와 독점 계약한 ㈜민음인에 있습니다.

저작권법에 의해 한국 내에서 보호를 받는 저작물이므로 무단 전재와 무단 복제를 금합니다.

THE FIVE
다섯 개의 초대장
INVITATIONS

죽음이 가르쳐 주는
온전한 삶의 의미

프랭크 오스타세스키 | 주민아 옮김

판미동

죽음과 함께할 수 있는 축복을 전해 준

모든 분들에게 이 책을 바칩니다.

나의 진정한 스승이었던 그들에게!

그리고 내 마음의 친구 스티븐 레빈에게.

차례

이 책에 보내는 찬사

나는 내과의사이자 신경외과의사로서, 진정으로 삶을 살아가는 사람들은 죽음을 삶에 내재된 필수불가결한 부분으로 이해하는 사람들임을 알게 되었다. 『다섯 개의 초대장』은 이 진실을 함께 나누면서, 죽어감의 본질과 진정으로 삶을 살아가는 방법에 대한 통찰을 전해 준다.

제임스 도티 스탠퍼드 의대 신경외과교수,
『닥터 도티의 삶을 바꾸는 마술가게』 저자

프랭크 오스타세스키는 호스피스 치료의 선구자로, 마법 같은 감동이 넘치는 이 책에서 지금껏 자신이 세상과 나누었던 바로 그 지혜와 연민을 구현한다. 『다섯 개의 초대장』은 진정 우리의 삶에 대한 이야기이므로, 책을 펼치는 순간 그 사실을 환하게 느낄 수 있을 것이다.

존 카밧진 매사추세츠 의대 명예교수, 『마음챙김 명상과 자기치유』 저자

프랭크는 수십 년 동안 죽음에 직면한 수천 명의 사람들에게 연민이 넘치는 안내자로 살아왔다. 이 책이 전하는, 시간이 흘러도 변치 않는 지혜와 감동적인 가르침은 여러분의 마음을 열고 삶을 바꿀 것이다.

잭 콘필드 심리학자, 『처음 만나는 명상 레슨』 저자

나는 의사인 탓에, 종종 죽음을 최종적인 고립의 경험, 영원토록 고독에 갇히는 일, 궁극의 어두운 공포로 보는 사람들과 함께 일하곤 한다. 하나, 이 특별하고도 설득력 있고 강렬한 책 속에서 프랭크 오스타세스키는 우리가 어떻게 하면 이 어둠을 밝은 빛으로, 근원으로의 회귀로, 친밀함의 극치로, 치유이자 의미로, 다름 아닌 사랑의 본질로 탈바꿈할 수 있는지 잘 보여 준다.

딘 오니시 심장병 전문의, 『요가와 명상 건강법』 저자

죽음과 죽어감을 주제로 하는 PBS 시리즈 「우리만의 방식으로」를 제작하기로 결정했을때, 프랭크 오스타세스키에게 전화를 걸었다. 그는 젠 호스피스 프로젝트의 공동창설자로서, 죽음을 겪는 사람들과 함께

하는 배려 깊은 '목자'로 미국 전역에 널리 알려져 있었다. 죽음의 신성함이 깃든 그의 감동적인 경험에 대해 한창 인터뷰를 진행하던 중에 불가해한 운명처럼 나는 어머니가 돌아가셨다는 비보를 들었다. 그때 그가 건네준 믿을 수 없을 만큼 놀라운 위로를 한시도 잊은 적이 없다. 독자 여러분도 이 책을 결코 잊지 못할 것이다.

빌 모이어스 미국 저널리스트이자 사회 평론가,
다큐멘터리 「우리만의 방식으로: 죽음과 죽어감에 대하여」 제작자

아름답게 심오하면서도 고통스러울 정도로 사실적인 책! 디지털 시대에 활자화된 책 중에서 이보다 더 현명한 작품이 있을까? 프랭크 오스타세스키의 스토리텔링을 통하여 삶 속으로 온전히 들어가려면 죽음을 적이 아니라 하나의 모험으로 끌어안아야 한다는 사실을 알 수 있다.

칩 콘리 《뉴욕타임스》 베스트셀러 『일터의 현자』 저자

오롯이 살아가고 온전히 사랑할 수 있는 능력은 죽음에 마음을 활짝 열 때 깨어난다. 프랭크 오스타세스키는 그 여정 안에 스며들었던 경험에서 우러나온 눈부신 지혜와 더불어 열림의 세계로 우리를 인도한다. 부디 자신에게 이 책을 선물하길 바란다. 이 책의 가르침은 본질적 존재가 지닌 불가사의한 아름다움을 드러내기 때문이다.

타라 브랙 임상심리학자, 『받아들임』 『자기 돌봄』 저자

나는 그의 곁에서 죽음과 죽어감에 관한 분야에서 일해 왔다. 그가 수 년간 쏟아 부은 노력의 정수를 담은 이 책은, 만약 의식하고 자각한 상 태로 죽으려고 한다면, 지금 현재가 준비하기에 가장 좋은 시점이라는 사실을 우리에게 증명해 보인다.

람 다스 세계적인 영성 스승, 『지금 여기에 살라』 저자

이 책은 죽음을 정면으로 마주하는 일이 어떻게 우리 삶을 풍요롭게 하는지 이야기한다. 그의 강렬하고도 특별한 이야기를 통하여 우리 모 두는 충만해지고, 격려와 용기를 얻고, 한껏 고양될 것이다.

조앤 할리팩스 선사 의학박사, 『우파야 명상센터』 창립자,
『죽어감과 함께하기 Being with Dying』 저자

이 책은 깊고 올바르고 훌륭하다. 『다섯 개의 초대장』에서 공유하는 강렬한 교훈은 삶의 어느 국면에 있건 모든 사람들에게 가치를 발한 다. 사랑하는 사람이 죽음에 직면하든, 위기를 헤쳐 가는 것이든, 좀 더 온전히 삶을 수용하고 누릴 방법을 찾고 있는 것이든 어느 상황에 처 해 있든 마찬가지이다. 여러분은 이 책의 페이지마다 다정하고 우아하 게 전하는 지혜가 감동과 깨달음 그 자체임을 알게 될 것이다.

샤크 아티스트, 『더 많이 사랑하는 법 Succulent Wild Love』 저자

프랭크 오스타세스키는 고대 불교의 지혜와 수행을 수용하고 실천하는 위대한 당대 스승들 중의 한 사람이다. 그의 가르침은 오랜 세월 나의 명상 수행과 임상 활동에 영향을 끼쳤다. 이제 『다섯 개의 초대장』을 계기로 더 많은 사람들이 그의 통찰, 영혼이 담긴 시각, 실용적인 안내와 지도를 통해 혜택을 볼 수 있게 되었다.

아이라 바이오크 생애 말기 완화치료 전문가, 『아름다운 죽음의 조건』 『오늘이 가기 전에 해야 하는 말』 저자

남편 스티븐은 항상 프랭크 오스타세스키의 선한 마음에 큰 신뢰를 품고 있었다. 남편은 자각하는 삶과 자각하는 죽어감에 대한 지혜를 글로 써서 세상과 공유하자고 그에게 용기를 주곤 했다. 드디어 이 선물을 세상에 내놓게 되었다. 이 책은 아름답고 다정한 선물이며, 남을 먼저 생각하는 봉사와 연민 어린 돌봄을 실천한 평생의 표징이다.

온드레아 레빈 『누가 죽는가: 죽음이 삶에게 보내는 편지』 공저

『다섯 개의 초대장』은 시종일관 현재 속에서 온전히 삶을 살아가라는 뜻을 전한다. 그는 30년 넘게 호스피스 운동을 이어왔으며, 이제 그 여정 위에서 일상에 영향을 끼치는 불멸의 지혜를 전해 준다. 그것은 바로 불확실성을 받아들이면서 기쁘게, 평화롭게, 기꺼이 수용하며 살아

가는 법이다. 따라서 이것은 죽음에 관한 책이 아니라 삶과 살아감에
대한 책이다.

헨리 로지 내과 전문의,
『내년을 더 젊게 사는 연령혁명』 공저

죽는 법과 죽음, 죽어가는 사람들과 함께하는 방법은 살아가는 사람
모두가 직면하는 문제들이다. 여기에 위대한 생애 말기 호스피스 카운
슬러로 꼽히는 저자의 예리하고 통찰력 넘치는 대답이 있다.

스튜어트 브랜드 『전 지구 카탈로그 Whole Earth Catalog』 저자

프랭크 오스타세스키는 죽음에 대한 인식이 삶을 더 풍요롭게 하는 강
력한 묘약으로 드러나는 공간을 발견했고, 이 기념비적인 책에서 그
비밀을 멋지게 공유한다. 온전하게 살아가고자 두려움에서 자유롭고
싶다면 이 책을 읽고, 사랑하는 사람들에게 귀한 선물을 선사하자!

로버트 서먼 컬럼비아대학 종교학과 교수,
『분노를 다스리는 붓다의 가르침』 저자

이 책은 죽음을 비롯해 삶의 모든 양상을 오롯이 받아들임으로써 온전
하게 살아가도록 우리를 일깨운다. 프랭크 오스타세스키는 30여 년간

불교 선사이자 호스피스 창설자로서 우리에게 사랑이 가장 중요한 것임을 이해할 수 있도록 도와준다.

차드 멩 탄 구글 직원 교육 프로그램 '내면검색' 개발자
『너의 내면을 검색하라』『기쁨에 접속하라』 저자

정말 보석 같은 책이다! 프랭크 오스타세스키는 일생 동안 수행한 영성 지혜와 더불어 감동적인 봉사에서 배운 삶의 선물을 선사한다.

제임스 바라즈 『기쁨을 일깨우며 Awakening Joy』 저자

프랭크 오스타세스키는 수십 년 동안 삶의 마지막에 선 사람들과 함께했다. 그는 경험에서 나온 여러 사연과 통찰을 함께 나누면서 궁극적으로 삶과 죽음 양쪽에서 마음을 활짝 열고 우아하게 현존하는 능력이 얼마나 유의미한 것인지 이야기한다. 그가 전하는 모든 말에는 사색할 만한 가치가 있으며, 모두에게 행한 봉사는 깊은 존경을 받을 만하다.

캐슬린 다울링 싱 『죽음 안의 은총』『나이듦 안의 은총』 저자

벼랑 끝에 선 삶에 대한 아름다운 이야기

이 세상 모든 폭풍에는 배꼽처럼 한가운데 폭풍의 눈이 있어,
그곳을 가로질러 갈매기는 고요하게 날아다닐 수 있지.

— 해럴드 위터 바이너(시인, 1881~1968)

　　나는 내과의사로, 죽음은 삶의 반대이며 특정한 생리학적 변화로 규
정된 물리적 사건이라고 배웠다. 가능하면 생명을 연장하기 위해서
'죽어가는 사람을 관리하고' 그것이 여의치 않을 때는 고통과 통증을
조절하도록 훈련받았다. 생존자의 고통은 어찌해 볼 도리가 없을 정도
로 힘들지만, 때가 되면 대부분 사후의 삶을 생각하며 위안을 얻고 거
기서 한걸음 나아갈 방법을 찾곤 했다.
　　죽음을 앞둔 사람들이나 이미 세상을 떠난 사람들을 곁에서 수없이

많이 보고 겪었지만, 나와 동료 의사들은 죽음에 대해 정서적 반응을 한 적이 없으며, 솔직히 죽음을 궁금해하지도 않았다. 만약 누군가 그런 호기심을 보였다면 병리적 증상으로 생각했을 것이다. 죽음이 살아 있는 사람들에게 무언가 중요한 사실을 알려 줄지도 모른다는 생각은 그저 별난 일이라고 치부했다. 조금 편하게 말하자면, 나와 같은 의사들의 이런 입장은 죽음과 죽어가는 사람에 대한 일종의 문화적 태도를 반영한 것이었다.

바로 이런 환경 속에서 프랭크 오스타세스키는 담대하고 선구적인 활동을 시작했다. 그리하여 죽음 하나하나를 고유하고 의미 있는 것으로 바라보고, 죽어가는 사람에게나 계속 살아갈 사람에게나 한결같이 지혜와 치유를 얻을 수 있는 기회로 삼는 특별한 능력을 선보였다. 그가 이 책에서 전하는 그 경험의 깊이는, 두려움 없이 조용하고 끈질기게 자신의 길을 찾아가고, 타인과 심장과 영혼을 연결하며, 지나왔던 길에 대해 이야기를 만들어 내는 축복된 재능을 타고난 사람들만이 쌓아 갈 수 있다. 『다섯 개의 초대장』에 가득 담긴 심오한 이야기들은 목적지를 향한 미지의 길에서 나침반 역할을 한다. 그중에 여러 실화는 살아가는 데 필요한 지혜를 들려주는 우화(寓話)처럼 읽을 수 있다.

나는 세상에 태어나는 순간부터 죽음을 마주했다. 1킬로그램도 되지 않던 신생아는 사람의 손길을 전혀 받지 못한 채 인큐베이터 안에서 이 세상과 저 세상 사이를 오가며 생의 첫 6개월을 보냈다.

나는 열다섯 살 때 다시 죽음과 만났다. 만성질환이 한밤중에 도지는 통에 의식이 없는 상태로 뉴욕의 어느 병원에 실려가 반년간 혼수상태로 지냈던 것이다.

　삶과 죽음 사이 그 벼랑 끝에서 지금의 지인 대부분을 만났다. 프랭크 오스타세스키도 바로 그런 사람으로, 그는 나의 동료이자 여행 동반자이자 선생님이다. 그는 『다섯 개의 초대장』에서 벼랑 끝에 선 삶, 그 자체에 대한 아름다운 이야기를 들려주면서 이 세상과 저 세상 사이 바로 그곳으로 우리를 초대한다. 미지의 식탁에 둘러앉아, 함께 궁금해하고 놀라워하면서, 지혜를 얻을 수 있는 공간에 동참하자고 손짓한다.

　우리 조부는 유대 신비주의자로서, 타고난 신비주의자였다. 그런 조부에게 삶은 세상의 영혼과 나누는 끊임없는 대화였다. 세상의 모든 일은 출입구이며 그곳에서 세상은 스스로를 변함없이 드러냈다. 조부는 가장 평범한 일상사 가운데서 가장 심오한 깨달음을 얻을 수 있었다. 우리 대부분에게 이런 재능은 없다. 기실 세상의 모든 일과 사물의 진짜 본질을 깨닫기 위해서는 평소 습관처럼 밴 인식과 사고방식에 도전할 수 있는 것, 다시 말해, 우리가 보고 듣는 습관을 멈추게 해 줄 더 크고 권위 있는 무언가가 있어야 한다. 죽음은 그런 출입구가 된다. 깨달음은 죽음이 전하는 위대한 재능이자 선물이다. 진정한 삶은 죽음의 순간에 비로소 시작된다. 우리의 죽음이 아니라, 다른 누군가의 죽음이 그 시작이다.

간단히 말하자면, 삶의 본질은 그 자체로 신성한 것이다. 그러므로 우리는 항상 성스러운 기반 위에 존재한다. 하지만 이런 신성함은 일상의 경험에 좀처럼 들어오지 못한다. 우리 대부분에게 신성한 일은 번개처럼 나타난다. 마치 날숨과 날숨 사이에 스치듯 지나가는 들숨과 같다. 일상이라는 조각보는 무언가가 그 조각보에 틈을 내고 세상의 진짜 본질을 드러낼 때까지 가장 진실한 것으로 오인된다. 하지만 그 와중에도 의식하고 깨닫게 되는 '초대'는 일상 어디서나 흔하게 일어난다. 에른스트 프리드리히 슈마허는 새로운 통찰을 일깨운 저서 『작은 것이 아름답다』로 유명하다. 그에 따르면, 평소 길러 왔던 눈으로만 세상을 볼 수 있다. 그러므로 세상의 본질을 둘러싼 끝없는 논쟁은 그저 눈에 보이는 차이나 다름이 아니라, 세상을 다르게 볼 수 있는 시선의 힘에 초점을 맞추어야 한다.

지금 당신이 들고 있는 이 책은, 가장 익숙한 것 안에서 가장 진실한 것을 볼 수 있는 간단하지만 강력한 일상 습관을 알려 준다. 지금이야말로 평범한 것 너머를 볼 수 있는 기회이다. 최근 많이 나오는 죽음과 웰-다잉을 다룬 책과 다르게 이 책은 어떤 이론이나 우주론이 아니라 오히려 전통적이고 개인적인 이야기에 속한다. 탁월한 의식과 관심을 가지고 죽음을 지켜본 한 사람이 자신의 심오한 경험을 전하는 것이다.

우리 조부는 스승이란 '현명한 사람'이 아니라, '진실로 관심을 돌리게 만드는 일종의 손가락질'이라고 가르쳐 주셨다. 프랭크 오스타세스키는 바로 그런 스승이다.

이 책은 여러분에게 많은 것을 일깨워 줄 것이다. 나는 이 책을 통해 진짜 중요한 일은 몇 개 되지 않고, 그 몇 개 되지 않는 일이 얼마나 중요한 것인지 새삼 알게 되었다. 뭐든 넘쳐 나는 세상에서 우리는 얼마나 자주 영적으로 굶주리게 되는지, 얼마나 많은 스승이 우리 주변에 존재하는지, 그리고 그런 존재들이 우리가 현명하고 건강하게 살아가기 위해서 필요한 것을 얼마나 끈기 있게 전해 주고 있는지 깨달았다. 죽음도 사랑처럼 친밀한 것임을, 그리고 그 친밀함이 가장 깊은 배움의 조건임을 다시 한 번 알게 되었다. 더 나아가, 우리를 서로 갈라놓는 피상적인 사물보다 훨씬 더 깊이 있는 인연의 거미줄 속으로 우리를 넣어 놓는 이야기의 힘도 시나브로 느낀다.

끝으로, 이 책을 통해 우리 모두가 그 죽음의 무도회에 초대받았다는 사실을 알게 된다. 충만한 삶으로 빠져들게 하는 그 초대. 그 초대에 마음 깊이 감사를 느낀다. 여러분도 같은 마음을 느끼게 될 것이다.

궁극적으로 죽음은 미지의 세상과 함께하는 지극히 은밀하고 사적인 만남이다. 이미 죽음을 경험했지만 과학기술로 되살아난 많은 사람들은 그 죽음의 경험이 삶의 목적을 밝혀 주었다고 말한다. 그들이 전하는 삶의 목적은 부유해지거나 유명해지거나 강해지는 것이 아니다.

모든 삶의 목적은 지혜로움 안에서 성장하는 것이며, 제대로 사랑하는 법을 익히는 것이다. 만약 이것이 당신의 목적이기도 하다면, 그렇다면 『다섯 가지 초대장』은 바로 여러분에게 꼭 필요한, 그리고 여러분을 위해 나온 책이다.

레이첼 나오미 레멘
(샌프란시스코 의과대학 임상교수, 『할아버지의 기도』 저자)

죽음이 지닌 변모의 힘

사랑과 죽음은 우리에게 주어진 위대한 선물,
대개 그 선물은 개봉되지 않은 채 전달되곤 하지.

— 마리아 라이너 릴케(1875-1926)

삶과 죽음은 일종의 패키지 상품이다. 그 둘을 분리할 수는 없다.

일본의 선(禪)에서 쇼지(shoji)라는 용어는 '탄생-죽음[생사(生死)]'로
번역된다. 삶과 죽음 사이를 가르는 것은 다름 아닌 그 둘을 연결하는
가느다란 선, 작은 하이픈뿐이다. 죽음에 대한 인식을 유지하지 않은
채로, 진정으로 살아 있을 수는 없다.

죽음은 머나먼 길의 끝에서 우리를 기다리고 있는 것이 아니다. 찰
나와 같이 지나는 매 순간마다 우리의 동반자로 항상 곁에 머무르고

있다. 죽음이란 말간 얼굴을 드러내 놓은 비밀 스승이다. 그 스승은 우리로 하여금 인생에서 무엇이 가장 중요한지 찾아내도록 도와준다. 여기에서 하나 좋은 소식이 있다면, 죽음이 전하는 지혜를 깨닫기 위해서 굳이 삶이 끝나는 지점까지 기다릴 필요가 없다는 사실이다.

지난 30여 년 동안 나는 몇 천 명의 사람들과 죽음의 벼랑 끝에 마주 앉았다. 어떤 이들은 절망에 몸부림치며 다가왔다. 또 다른 이들은 환한 얼굴로 감탄과 경외의 꽃이 활짝 핀 죽음의 문을 통과했다. 과연 사람이 무엇인가에 답하는 심오한 차원으로 기꺼이 발을 들여놓고 살아가려는 의지가 이 차이를 만들어 냈다.

죽어가는 시간이 다가왔을 때, 일생의 과업을 할 수 있을 만큼 몸도 건강하고, 마음도 안정되어 있고, 정신도 말짱할 것이라는 상상은 누가 봐도 터무니없는 도박이다. 이 책은 죽음과 나란히 앉아 함께 차 한 잔을 마시며, 죽음이 이끄는 대로 좀 더 의미 있고 다정한 삶을 살아가는 방향으로 나아가 보라는 일종의 초대장이다. 실은, 하나가 아니라 '다섯 개의 초대장'이다.

죽음에 대한 성찰은 어떻게 죽을 것인가에 그치지 않고, 어떻게 살아갈 것인가에 심오하고 긍정적인 영향을 끼칠 수 있다. 죽음에 비추어 보면, 우리를 온전함(wholeness)으로 이끄는 경향과 그 반대로 분리와 고통으로 이끄는 경향을 쉽게 구분할 수 있다. '온전함'은 '신성하다(holy), 건강하다(health)'는 단어와 연관되지만, 그렇다고 어렴풋하게 같은 성질을 띤 '하나됨(oneness)'과는 다르다. 오히려 '온전함'은 '서로 연결된 소통(interconnectedness)'으로 표현하는 것이 더 어울린다. 우리 몸 안의 세포 하나하나는 건강을 유지하기 위해 조화롭게 움직이는 상호 의존적인 유기체이다. 이와 같이 세상의 모든 사람과 사물은 서로 끊임없이 상호작용하는 관계 속에 존재한다. 그 상호작용은 전체 구조 속에서 울려 퍼지면서 나머지 모든 기관에 영향을 준다. 이 기본 진리를 무시하는 행동을 취하려 할 때, 우리는 타격을 입고 바야흐로 고통이 찾아온다. 반면 그 기본 진리를 유념하고 살아가면 삶의 온전함이 우리를 든든히 지탱해 준다.

삶의 습관은 우리를 죽음의 순간까지 몰고 가는 강력한 추진력을 품고 있다. 그럼 우리는 어떤 습관을 만들어야 할까? 사실 우리의 생각은 아무런 해가 없다. 하지만 생각은 행동으로 드러나고, 그 행동은 점차 습관으로 바뀌며, 결국 습관은 성격으로 굳어진다. 우리가 지닌 무의식과 생각이 맺는 관계는 우리의 인식을 형성하고, 반응을 유발하며, 삶의 여러 사건과 맺는 관계 양상을 미리 결정한다. 우리의 관점과 신념을 마음에 꼭 붙들고 있으면 정형화된 패턴의 관성을 극복할 수 있다. 그리고 그렇게 함으로써 습관적인 경향을 의문시하는 의식적 선택을 하게 된다. 고정관념과 습관은 우리 마음을 침묵시켜 마치 자동 조종 장치로 움직이는 삶으로 이끌곤 한다. 하지만 의문과 질문은 우리 마음을 열고 인간다운 활력을 표출하게 만든다. 좋은 질문은 진실이 무엇인지 발견할 수 있는 깊은 사랑에서 나온다. '우리는 누구인지', 그리고 '왜 여기에 존재하는지'와 같은 불편한 질문을 하지 않는다면 그 해답을 알 수 있는 길은 어디에도 없다.

죽음이라는 알림이 없으면 우리는 주어진 삶을 당연하게 받아들이고 끝없이 자기만족만을 추구하는 생활에 빠져 버리고 만다. 죽음이 우리 가까이 다가오면 아등바등 삶을 붙들고 있지 말라고 이야기한다. 그때가 되면 어쩌면 우리 자신과 우리 생각을 그리 심각하게 받아들이지 않게 될지도 모른다. 조금은 더 쉽게 내려놓게 되는 것이다. 죽음이 누구에게나 다가온다는 사실을 깨닫게 될 때, 우리 모두 같은 배에 탄 공동 운명체임을 알게 된다. 이런 생각과 더불어 우리는 서로에게 조금 더 친절하고 상냥한 사람으로 변한다.

우리는 죽음에 대한 인식을 활용하여 살아 있다는 사실을 깨닫고, 자기 탐구를 장려하고, 가치와 의미를 발견하고, 긍정적인 행동을 유발할 수 있다. 균형 잡힌 시각과 전망을 부여하는 것은 바로 삶의 일시성이다. 이런 삶의 위태로운 본질을 접하게 될 때 오히려 삶의 중요성을 인식하게 된다. 그러니 우리는 단 1분도 낭비하고 싶지 않다. 삶 속으로 완전히 들어가 그 삶에 책임을 다하는 방식으로 삶을 쓰고 싶다. 죽음은 아무런 후회나 미련 없이 잘 살아가고 죽어가는 길로 안내하는 좋은 동반자이다.

죽음의 지혜는 죽음을 앞둔 사람과 그들을 돌보아 주는 사람하고만 관련이 있는 건 아니다. 상실을 겪은 사람, 옹졸한 마음에 붙들려 있거나, 이별이나 이혼, 투병이나 해고, 조각나 버린 꿈, 자동차 사고, 심지어 자녀나 동료와의 다툼까지 도저히 통제할 수 없는 상황에 처한 사람에게도 도움을 줄 수 있다.

유명한 심리학자 에이브러햄 매슬로는 죽음에 이를 뻔했던 심장마비를 겪은 직후에 이런 편지를 썼다. "죽음과의 조우를 한 후에 세상 모든 것이 너무 귀하게 보이고, 성스러워 보이고, 아름답게 보여서 그 모든 것을 사랑하고, 꼭 껴안고, 내 스스로 그들 앞에 나를 내려놓고 싶은 충동을 어느 때보다 강하게 느꼈다. 늘 보던 강이 그렇게 아름다워 보인 적이 없었다. 늘 현존하는 죽음의 가능성은 열정이 넘치는 사랑의 가능성을 더 높여 준다."

죽음을 놓고 낭만적인 생각을 하자는 것이 아니다. 죽음은 힘겨운 일이다. 어쩌면 우리가 이 생에 해야 할 가장 힘겨운 일일지도 모른다. 아무 일 없이 잘 끝나리라는 보장도 없다. 당연히 슬프고, 잔인하고, 혼란스럽고, 불가해한 일이 될 수 있다. 하지만 그 무엇보다 죽음은 보통의 일이다. 우리 모두는 그 일을 겪는다.

우리 중에 살아서 여기를 나가는 사람은 아무도 없다.

죽어가는 사람들에게 동반자로서, 연민 어린 보살핌을 주는 스승으로서, '젠 호스피스 프로젝트'의 공동창설자로서, 내가 함께 일해 온 사람들은 대부분 그냥 평범한 사람들이었다. 그런 그들이 불가능하거나 견딜 수 없다고 생각했던 죽음과 얼굴을 마주하고, 자신의 죽음을 향해 발걸음을 옮기거나 죽음을 눈앞에 둔 사랑하는 이를 돌보아 주었다. 그들 대부분은 자신 안에서, 그리고 죽음의 경험 안에서 특별한 방식으로 그 불가능한 것을 만나는 통찰과 강인함, 용기, 무엇보다 연민을 발견했다.

함께했던 사람들 중에는 쥐가 들끓는 허름한 호텔이나 시청 뒤편 공원 벤치 등 참담한 조건에서 거주하기도 했다. 그들은 사회 주변부에서 힘겹게 살아가는 알코올중독자, 매춘부, 노숙자들이었다. 대부분 체념한 얼굴을 하고 있거나 스스로 통제력을 상실한 상황에 분노했다. 많은 경우 인간에 대한 모든 신뢰를 잃어버린 사람들이었다.

이해할 수 없는 언어를 구사하는, 내가 전혀 몰랐던 문화권 출신의 사람들도 있었다. 힘겨운 시기를 헤쳐 나가면서 신앙이 깊어진 사람들도 있었고, 아예 종교를 멀리하는 사람들도 있었다. 베트남인 응웬은 귀신을 무서워했다. 이스라엘인 이사야는 돌아가신 어머니가 '자주 찾아와 주어서' 위안을 받았다. 심지어 수혈 중에 후천성면역결핍증 바이러스에 감염된 혈우병 환자도 있었다. 게다가 그는 발병하기 훨씬 전부터 동성애자 아들과 절연한 상태였다. 기막힌 경우였다. 두 사람은 삶의 끝에서 둘다 에이즈로 죽음을 기다리고 있었다. 부자는 같은 병실에 나란히 누워 아내이자 어머니인 아그네스의 병간호를 받으며 삶을 마감했다.

내가 함께했던 많은 이들은 제대로 삶을 펼쳐 보지도 못한 채 20대 초반에 세상을 떠났다. 그런 와중에 내가 보살폈던 93세의 엘리자베스 할머니는 나한테 이런 질문을 하였다.

"어째서 죽음이 이렇게나 빨리 나한테 찾아왔을꼬?"

뭐든 생생하게 기억하는 사람들도 있었고, 자기 이름조차 기억하지 못하는 사람들도 있었다. 가족과 친구의 사랑을 듬뿍 받는 사람들도 있었고, 철저히 혼자 외로운 사람들도 있었다. 사랑하는 사람들의 보살핌을 전혀 받지 못한 알렉스는 에이즈 치매증후군으로 정신이 흐릿해지는 바람에 어느 날 밤 비상계단에 올라갔다가 그만 얼어 죽고 말았다.

우리는 수많은 생명을 구한 경찰관과 소방관도 보살피곤 했다. 타인의 통증과 호흡불안을 보살피던 간호사들도 우리 손에 마지막을 맡겼다. 못된 질병으로 환자들을 떠나보내곤 했던 의사들도 우리와 함께했다. 힘 있는 정치가, 자수성가한 부자, 건강이 최고라고 설파하던 보험설계사도 예외는 아니었다. 하물며 다 헤진 티셔츠 하나만 걸친 난민들도 있었다. 그들은 모두 에이즈, 암, 폐질환, 간질환, 알츠하이머로 이 세상을 떠나갔다.

어떤 이들에게는 죽어간다는 것이 하나의 위대한 선물이었다. 그들은 오랫동안 소원했던 가족과 화해를 하면서 거리낌 없이 사랑과 용서를 표현하기도 하고, 때로는 일생 동안 애타게 찾았던 배려와 인정을 그 순간 찾아내곤 했다. 이와 반대로, 침잠과 절망의 벽을 향해 가다가 다시는 돌아오지 못하는 사람들도 있었다.

그들 모두가 나의 스승이었다.

그들이 처한 가장 연약한 순간들로 나를 초대하여 바로 눈앞에서 죽음을 몸소 겪을 수 있게 해 주었다. 그 과정에서 그들은 내게 살아가는 법을 가르쳤다.

살아 있는 사람은 진정으로 죽음을 이해하지 못한다. 하지만 언젠가 죽음을 가까이 느꼈던 한 여성이 말했던 것처럼 "세상 어느 사람들보다 나는 죽음의 유도등을 훨씬 더 선명하게" 보곤 한다. 이 세상에서 죽음을 준비할 수 있는 것은 없다. 그러나 살아오면서 당신이 해 왔던 모든 일들, 당신에게 일어났던 모든 일들, 그리고 그 모든 일을 통해 당신이 배웠던 것 자체가 죽음을 준비하는 데 도움이 될 수 있다.

노벨문학상에 빛나는 인도의 라빈드라나트 타고르는 어느 단편소설에서 인도의 마을과 마을 사이를 잇는 구불구불한 길을 묘사한다. 맨발의 아이들이 스스로가 품은 상상력에 이끌려 굽이쳐 흐르는 시냇물을 따라 깡충깡충 뛰어다니거나, 아름다운 풍경을 빙 둘러 가다 문득 마주친 날카로운 바위 주변을 걸으며 그 시골길 곳곳에 자유로운 갈짓자 흔적을 남긴다. 그런데 그 아이들이 커서 맨발 대신 신발을 신고 무거운 짐을 나르게 되자, 그 길은 좁고 곧바르고 목적이 정해진 공간으로 변한다.

이 일을 하고 이 책을 쓰기까지 나 역시 똑바른 길을 따라온 건 아니었다. 나도 여기저기 구불구불 갈짓자를 그리며 살아왔다. 그것은 무언가를 계속해서 찾아 나선 발견의 여정이었다. 교육이나 연수를 받은 적도 없고, 그러니 당연히 학위도 없다. 아, 적십자 인명구조자격증이 있다. 하지만 이미 유효기간이 지났다. 말하자면, 나는 점자법을 익히듯 내가 가는 길을 따라 느끼며 살아왔다. 직관을 가까이 하면서 거기에 귀 기울이는 것이 진짜 세상과 연결되는 가장 강력한 방법이라고 믿었고, 고요함의 은신처로 기꺼이 옮겨 갔으며, 내 심장이 뻥 뚫리도록 마음을 활짝 열었다. 이를 통해 이런 방법이 정말로 도움이 되는 일이라는 사실을 알게 되었다.

나는 죽음과 오랜 동반자로 지내 왔다. 10대 때 어머니가 돌아가셨고, 몇 년 뒤에 아버지마저 세상을 떠났다.

하지만 나는 부모가 돌아가시기 전부터 이미 부모를 잃어버린 것과 같았다. 알코올중독자였던 부모 때문에 내 어린 시절은 혼돈과 방치, 잘못된 대상을 향한 의리, 죄책감과 수치심으로 점철되었다. 나는 눈치를 보고 매사 숨죽이면서 엄마가 마음 놓고 이야기를 털어놓을 수

30

있는 친구가 되었고, 엄마가 숨겨 놓은 술병을 찾아냈고, 아버지와 사사건건 부딪혔으며, 지킬 수 없는 비밀을 지키는 등 너무 일찍 애어른이 되고 말았다. 그래서 어떤 의미에서는 역설적으로 부모님의 죽음이 그 악순환의 고리에서 나를 구해 주었다. 일종의 위안이었다고 할까, 아니면 잠시 숨을 트이게 해 주는 것이었다고나 할까. 나의 고통은 양날의 칼이었다. 나는 수치심과 두려움에 떨었고, 사랑받을 수 없는 외로운 존재라고 느끼며 컸다. 그러나 그 고통 때문에 내 아픔인 것처럼 타인의 아픔에 연결될 수 있었고, 그로써 수많은 이들이 피하려 드는 상황으로 스스로 나아가는 소명의 일부가 되었다.

그런 나에게 유한한 삶, 인생무상, 그러니까 모든 경험은 잠시 나타났다가 사라지는 것이라는 덧없음을 강조한 불교 수행은, 일찍부터 중요한 영향을 끼쳤다. 죽음을 마주하는 것은 불교 전통에서 근본 원리이자 핵심으로 간주된다. 그것을 통해 지혜와 연민이 생기고, 깨달음을 향해 몰두하는 태도가 강화된다. 죽음은 성장의 최종 단계로 본다. 마음챙김[유심(唯心)]과 연민이 깃든 일상 습관은 건강한 정신적, 육체적 자질을 길러 주며, 이를 통해 결코 피할 수 없는 것들과 마주할 준비를 해 나갈 수 있게 된다. 이 성숙한 수단을 활용함으로써 나는 어린 시절의 고통으로 무력해지기보다 그 고통이 내 안에서 단단한 바탕을 이룰 수 있는 방법을 배워 나갔다.

아들 게이브가 태어날 즈음, 나는 그 아이의 영혼이 세상 속으로 들어오는 방법을 이해하고 싶은 마음에 엘리자베스 퀴블러 로스와 함께 하는 워크숍에 등록했다. 스위스 출신의 로스는 죽음과 죽어감에 대한 획기적인 연구를 수행하는 저명한 정신과 의사로 잘 알려져 있다. 그녀는 수많은 사람들이 이 삶을 놓고 떠날 수 있도록 도와주었다. 그래서 어쩌면 나는, 엘리자베스가 나한테 아들을 진짜 자기 세상 속으로 초대하는 방법을 가르쳐 줄 것이라고 믿었다.

엘리자베스는 나의 이런 생각에 매료되어 나를 끌어 주고 보살펴 주었다. 그녀는 오랜 세월 동안 수많은 프로그램에 나를 초대했다. 물론 나에게 자세한 설명이나 지도를 한 것은 아니었다. 오히려 나는 강의실 뒤에 조용히 앉아 죽음을 앞두고 있거나 비극적인 상실로 비탄에 잠긴 사람들과 그녀가 어떤 식으로 상호작용하는지 지켜보면서 스스로 배웠다. 이 경험은 내가 훗날 호스피스 돌봄을 받는 사람들과 함께 가는 방식의 토대를 형성했다. 엘리자베스는 노련하고, 직관적이었으며, 종종 독단적이기도 했지만, 무엇보다도 일말의 의구심이나 집착 없이 사랑하는 법을 보여 주었다. 이따금 그 방 안의 슬픔이 지나칠 정도로 압도적이었던 탓에, 나 자신을 진정시키기 위해 명상을 하거나 내가 목격하고 있던 아픔을 변화시킬 수 있다고 상상하면서 자비행(慈悲行)을 실천하곤 했다.

힘겨운 하루를 보낸 어느 비오는 밤이었다. 숙소로 걸어오는 길에 마음의 충격과 두려움이 너무 커서 나는 진흙투성이인 채로 쓰러져 흐

느끼기 시작했다. 참가자들의 고통을 없애 주려는 시도는 그저 자기방어적인 전략에 지나지 않았다. 그러니까 나 자신을 고통에서 보호하려고 노력하는 방법일 뿐이었다.

바로 그때, 엘리자베스가 따라오더니 나를 일으켜 세웠다. 그리고 자기 방으로 데리고 가서 커피와 담배를 내주었다.

"자신을 다 열어젖히고 아픔이 관통해서 움직이게 만들어야 해요. 당신의 고통이나 아픔을 붙잡고 있으면 안 돼요."

내가 이 교훈을 얻지 못했다면 그 후로도 수십 년간 지켜보게 될 고통과 더불어 건강한 방식으로 머무를 수 없었을 것이다.

시인이자 불교 스승인 스티븐 레빈도 내 삶에 영향을 끼친 또 하나의 인물이었다. 그는 30년간 나의 스승이자 친구로, 직관과 진정성을 갖춘 안내자이자 자비와 연민이 가득한 반항아였다. 그런 까닭에, 스티븐은 어떠한 접근 방법이라도 빠질 수 있는 도그마를 능숙하게 피해 가면서 다양한 영적 전통을 수용했다. 스티븐과 온드리아 부부는 참다운 선구자였다. 그들은 죽음을 앞둔 사람들을 보살피는 방식에서 우아한 혁명을 선도했다. 젠 호스피스 프로젝트에서 우리가 창안한 대부분은 바로 그들 부부의 가르침을 그대로 구현한 것이다.

스티븐은 삶의 고통을 끌어모아 유익한 원천으로 활용하여 그것을 연금술처럼 신비하게 이타적인 봉사에 필요한 연료로 바꿀 수 있음을 보여 주었다. 대단히 큰일을 하는 것처럼 유난을 떨지 않아도 가능하다는 것을 증명했다. 열렬하고 성실한 제자가 늘 그러하듯, 나는 처음에 그를 본보기 삼아 내가 하는 일을 수행했고, 이따금 내 행동의 모범으로 여기기도 했다. 그는 매우 친절했으며, 내가 나만의 목소리를 찾을 수 있을 때까지 기꺼이 관대한 마음으로 자신의 목소리를 빌려 주었다.

어떻게 하면 우리가 자기 자신을 발견하는 지점까지 이르게 될까? 삶은 차곡차곡 쌓이면서 시나브로 배움의 기회를 안겨 준다. 운이 좋다면 어느 순간 우리는 그 기회를 붙잡고 집중하게 된다.

30대 초반, 멕시코와 과테말라를 여행하는 동안 나는 중앙아메리카 난민 구호 자원봉사를 했다. 엄청난 고통을 겪고 있던 그들 사이에서 끔찍한 죽음도 여럿 목격했다. 1980년 샌프란시스코로 돌아왔을 무렵 에이즈(AIDS) 사태가 미국 사회를 강타했다. 거의 3만여 명의 지역 주민들이 후천성면역결핍증 진단을 받았다. 나는 가정 보건 도우미로 최전선에서 일하며 황폐한 바이러스로 죽어가는 수많은 사람들을 돌보았다.

그렇지만 머지않아 나의 개인적인 노력과 대응만으로는 충분하지 않다는 사실이 확실히 드러났다. 그래서 1987년, 사랑하는 친구 마사 드베로와 손에 꼽을 만한 몇 명의 다른 이들과 함께 '젠 호스피스 프로젝트'를 시작했다. 호스피스를 만들자는 것은 마사의 아이디어였다. 그건 정말이지 현명하고도 기발한 생각이었다. 그녀는 샌프란시스코 명상센터의 후원하에 호스피스 프로그램을 탄생시킨 주역이었다.

젠 호스피스 프로젝트는 영적 통찰과 실용적 사회활동을 결합한 미국 최초의 불교계 호스피스였다. 명상 수행자들과 죽음을 겪고 있는 사람들 사이에 자연스러운 어울림이 존재한다고 믿었다. 필수 의제와 상세 계획은 없었지만, 궁극적으로 우리는 천 명의 자원봉사자를 훈련시켰다. 지금 하고 있는 이야기들은 주로 내가 만난 사람들과의 경험이지만, 누구 한 사람만이 젠 호스피스를 만들어 냈다고 할 수는 없다. 우리 모두 다함께 해냈다. 위대한 마음이 모인 공동체는 봉사에 대한 부름에 기꺼이 순응하면서 공동의 목표에 헌신했다.

젠 호스피스 프로젝트는 2500년 역사의 명상 전통의 지혜를 빌리고자 했지만, 불교의 교리를 강권하거나 불교식 죽음의 방식을 알리는 데에는 전혀 관심이 없었다. 우리의 슬로건은 "사람들이 현재 처한 바로 그곳에서 그들을 만나라."였다. 간병인들에게도 환자가 필요한 것들을 기꺼이 지원할 수 있도록 격려했다. 우리는 사람들에게 명상하는 법을 거의 가르치지 않았다. 죽음이나 죽어감에 대한 우리의 생각을 강요하지도 않았다. 우리가 보살피는 개개인들이 죽음에 다가가기 위해 필요로 하는 방식을 우리에게 보여 줄 것이라고 생각했다. 우리는 호스피스 환자들이 사랑받고 지원받는다고 느끼면서 자신의 존재와 그들이 믿는 바를 자유롭게 탐색할 수 있는 아름답고 수용적인 환경을 만들었다.

돌봄활동 자체는 매우 평범한 일이었다. 수프를 만들고, 등 마사지를 해 주고, 더러워진 시트를 갈아 주고, 약 먹는 일을 도와주고, 지금까지 이어져 왔으나 이제 곧 끝나려 하는 평생의 이야기에 귀 기울여 주고, 차분하고 다정하게 함께 있어 주는 일은 그리 특별할 게 없다. 그저 인간적인 배려와 친절함, 정말로 그뿐이다.

하지만 이런 일상의 활동을 근본적 진리를 알아차리기 위한 수행활동으로 받아들일 때, 고정관념과 회피하는 습관에서 벗어나는 데 도움이 될 수 있음을 알게 되었다. 다시 말해, 지금 생생하게 살아서 침대 정리를 하든, 죽음 앞에서 침대에 갇혀 있든 우리 모두는 삶의 불확실한 본질에 직면해야 한다. 모든 생각, 모든 사랑, 모든 생명, 모든 삶, 이 세상 모든 것은 한 번 왔다가 간다는 근본적 진리를 인식하게 된다. 죽어감은 세상 만물의 삶에 내재되어 있음을 알게 된다. 이 진리에 저항한다면, 그 결과는 고통일 뿐이다.

그 외 여러 중대한 경험들은 내가 고통을 마주하는 나름의 방식을 형성하고, 내가 죽음이 주는 가르침을 이해하고 인식하는 양상에 영향을 끼쳤다. 나는 아우슈비츠-비르케나우에서 진행된 특별한 피정에서 참가자들을 조력하는 일을 하면서 인간의 고통에 깊이 빠져들었다. 통렬한 슬픔에 빠진 그룹을 이끌었고, 불치병을 앓는 수많은 사람들을 상담했으며, 생명을 위협하는 병에 걸린 사람들이 모인 피정을 인도했고, 게다가 수많은, 정말로 너무나 많은 추도식과 장례식을 진행했다.

그 모든 세상의 경험 중에서, 누가 뭐라 해도 나는 네 아이를 둔 아버지였다. 나는 딸과 아들이 멋진 어른으로 성장하는 데 힘을 보탰다. 이제 그들은 각자 가정을 이루고 손주들을 안겨 주었다. 진심으로 말하건대, 네 명의 10대 청소년을 동시에 키우는 일은 죽음을 앞둔 환자들을 돌보는 일보다 종종 훨씬 더 까다롭고 힘든 일이 될 수 있다.

2004년, 나는 생애 말기 돌봄, 혹은 시한부 환자 간호를 발전시키기 위한 '메타 인스티튜트'를 창립했다. 세계 정상급 연구진을 구성하기 위해 람 다스, 노먼 피셔, 레이첼 나오미 레멘과 그 외 여러 명의 위대한 교수들을 불러 모았다. 간병과 돌봄 안에서 영혼을 되찾고 죽어감에 있어서 삶을 긍정하는 방향으로 나아가는 일종의 살아 있는 유산 프로젝트였다.

우리는 지금까지 수백 명의 건강관리 전문가를 훈련시켰으며, 임상의, 교육자, 삶을 위협하는 병마와 싸우는 환자를 지원하는 사람들이 모인 전국 규모의 지원 네트워크를 만들었다.

그러다 결국 몇 년 전에 나 자신이 건강상의 위기에 직면했다. 그때 그 심장마비 때문에 나는 인간의 필멸성을 바로 눈앞에서 정면으로 마주했다. 그 경험을 통해 나와 다른 쪽에 서 있는 사람들의 의견이 얼마나 다른지도 알게 되었다. 그로 인해 지금까지 제자들, 고객들, 친구들,

그리고 다른 가족들이 먼저 겪는 모습을 지켜보기만 했던 그 힘겨운 싸움에 훨씬 더 공감하게 되었다.

우리는 종종 삶에서 할 수 있다고 상상했던 것을 넘어서서 움직이며, 그 경계를 뚫고 돌파하는 경험을 통하여 완전한 변화를 향해 나아간다. 누군가 이런 말을 했다.

"죽음은 당신에게 찾아오는 게 아니라 신이 준비하신 다른 사람에게 찾아오는 법이다."

이 감정은 나한테는 참말이었다. 지금 나라는 사람, 이 이야기 속에 살아 있는 나는 앞으로 죽게 될 사람과 정확히 똑같은 사람이 아니다. 삶과 죽음은 나를 변화시킬 것이다. 나는 매우 근본적인 몇 가지 면에서 달라질 것이다. 새로운 무언가가 우리 안에서 드러나게 하려면 반드시 변화에 열려 있어야 한다.

사회라는 단위에서 볼 때 우리는 수년 전보다 죽음에 대한 논의에 더 개방적인 태도를 취하고 있다. 죽음에 관한 책도 더 많아졌다. 호스피스 케어도 건강관리의 연속체로 잘 통합되었다. 그리하여 과거보다 증진된 규칙과 소생술 금지(DNR) 명령서도 갖추게 되었다. 현재 의사조력 안락사는 미국 내 일부 주와 몇몇 국가에서는 합법이다.

하지만 여전히 죽음은 의학적 사건이다. 우리가 희망할 수 있는 최대치는 불리한 상황에서도 나름대로 최선을 다하는 것이다. 나는 상황이나 환경의 피해자라고 느끼면서 죽음에 다가가는 사람들의 고통을 많이 지켜보았다. 그들은 스스로 통제할 수 없었던 여러 가지 요인 때문에 발생한 나쁜 결과로 고통을 받으면서, 아니, 실은 더 나쁜 경우에는 그들 자신이 그 문제의 유일한 원인이었다고 생각하면서 죽어갔다. 그 결과 너무도 많은 사람들이 괴로움, 죄책감, 두려움 안에서 죽어간다. 우리는 그 문제에 대해서도 이제 무언가를 할 수 있다.

우리 대부분은 우리가 사랑하고, 우리를 사랑하는 사람들에게 둘러싸인 채 지인들의 위로를 받으며 살던 집에서 죽어가는 모습을 상상한다. 그러나 기실 그런 일은 좀처럼 일어나지 않는다. 미국인 열 명 중에 일곱 명은 집에서 죽기를 바라지만, 미국인 70퍼센트는 병원에서, 요양원에서, 혹은 장기 간병 시설에서 죽는다.

흔히들 "사는 대로 죽는다."라고 말한다. 내 경험에 비추어 볼 때 그 말은 전혀 사실이 아니다. 하지만 생각해 보자. 불가피한 죽음을 피하려고만 애쓰지 말고 죽음이 가르쳐 주는 교훈으로 방향을 바꾸어 산다면 어떻게 될까? 죽음과 더불어 편안하게 앉아 있을 때 비로소 우리는 온전하게 살아가는 일에 대하여 많은 것을 배울 수 있다.

죽음을 엄격히 구분하는 일도, 죽음과 삶을 단절시키는 일도 그만둔다고 생각해 보자. 죽음을 완전한 변모를 위한 전례 없는 기회를 품은 성장의 최종 단계로 여긴다고 상상해 보자. 그렇다면 우리는 어느 대사(大師)처럼 죽음을 향해 고개를 돌리며 이렇게 질문을 던질 수 있을

지도 모른다.

"그렇다면 나는 어떻게 살아야 하나?"

언어는 죽음과 죽어감(dying)의 관계에서 중요한 역할을 한다. 나는 **죽어가는 사람들**(the dying)이라는 관용구를 그리 좋아하지 않는다. 죽어감은 사람들이 거쳐 가는 경험이지 그들의 정체성은 아니다. 다른 일반화의 오류처럼 특정한 경험을 통과하는 모든 사람을 하나의 범주로 묶을 때, 그 경험이 전해 줄 수 있는 고유성, 그리고 각 개인이 그 경험을 겪으면서 전할 수 있는 중요한 무언가를 놓치게 된다.

죽어감은 불가피하고 내밀한 일이다. 나는 삶의 끝에서 심오한 통찰을 계발하고, 강렬한 변화의 과정에 참여하는 평범한 사람들을 보아 왔다. 그 과정을 통해 그들은 과거에 당연시했던 작고 분리된 자아보다 더 크고, 더 넓은 진정한 존재로 거듭났다. 이는 먼저 일어났던 고통과 모순되는 동화 같은 해피엔딩이 아니라, 오히려 비극을 초월한 엔딩이다. 자기 안에서 이런 능력을 발견하는 일은 삶의 마지막 몇 달, 며칠, 아니 때로는 단 몇 분만이 남은 그 순간에 빈번하게 일어나곤 한다.

"너무 늦었어요."

어쩌면 당신은 이렇게 말할지도 모른다. 그리고 나도 그 말에 수긍할지도 모른다. 그렇지만 진정한 가치는 그 경험을 얼마나 오랫동안 누렸느냐가 아니라, 그런 변화가 존재하는 가능성에 있다.

죽음이 주는 교훈은 죽음으로 고개를 돌리기로 선택한 사람이라면 누구나 얻을 수 있다. 나는 마음을 활짝 여는 일이 비단 죽음을 앞둔 사람들뿐 아니라 그들을 돌보는 사람들에게도 일어나는 경우를 자주 목도했다. 그들은 감히 가까이 다가가는 줄도 몰랐던 사랑의 깊이를 자기 안에서 찾아냈다. 그들이 직면했던 고통과 상관없이 결코 그들을 포기하지 않았던 인간성의 선함과 이 세상에 내재된 깊은 신뢰를 발견했다.

만약 죽음에 다가가는 시기에 그런 가능성이 존재한다면, 그 가능성은 바로 지금 여기에서도 존재한다.

그런 가능성을 탐색하는 일, 그것이 바로 여기에서 우리가 함께 뛰어들어 몰두하게 될 과제이다. 그 가능성은 바로 우리 한 사람 한 사람 안에 살아 숨 쉬는 사랑, 신뢰, 용서, 그리고 평화를 향한 타고난 힘이다. 이 책은 위대한 종교가 전형적인 사례로 제시하려고 애쓰지만 흔히 해석과 전달 과정에서 그만 길을 잃고 마는 이야기를 상기시키고자 한다.

죽음은 의학적 사건 너머 그 이상의 일이다. 오히려 죽음은 성장의 시간이자 커다란 변화의 과정이다. 죽음은 인간성의 가장 깊은 차원으로 우리를 열어 준다. 죽음은 지금 여기 함께 있다는 **존재감**, 그러니까 우리 자신과 모든 살아 있는 것과의 내밀한 친밀함을 일깨워 준다.

종교적 전통에서는 절대자, 신, 붓다, 대지의 여신 등 이름 붙일 수 없는 것에 수많은 이름을 붙여 왔지만 이 모든 이름은 너무 작고 부족하다. 실상 세상의 모든 이름은 너무 작고 부족하다. 그런 이름은 그저 달을 가리키는 손가락에 불과하다. 나는 어떤 방법으로든 당신이 알고 있고, 심중의 저 깊은 곳에서 가장 믿고 있는 것과 연결될 수 있도록 당신을 초대하려는 것이다.

나는 개인의 특성보다 더 깊고, 더 넓은 것을 가리키기 위하여 '존재(Being)'라는 용어를 사용할 것이다. 이 존재가 인간의 가장 근본적이고 자애로운 본성임을 이해하는 일이 모든 영적 가르침의 중심에 위치한다. 일반적인 자아 개념, 즉 삶을 경험하는 일상적 방식은 배워서 알게 된다. 성장하고 발달하면서 발생하는 일련의 훈련과 길들임, 그리고 조건은 우리의 타고난 선함을 모호하게 만들어 버린다.

존재 안에는 우리 한 사람 한 사람의 잠재태로서 거하는 특정한 속성이나 본질적 자질이 있다. 이러한 자질은 우리가 보다 기능적이고 생산적인 구성원이 되도록 도와준다. 그 속성은 우리의 인간성을 채우고, 우리 삶에 필요한 역량과 풍요와 아름다움을 덧붙여 준다. 이 순수한 자질 중에 몇 가지를 들자면, 사랑, 연민, 강인함, 평화, 투명함, 만족함, 겸손, 평정 등이 있다. 사색과 명상 같은 수행을 통해 머리, 마음, 몸을 고요히 잠재울 수 있으며, 그 결과 경험을 감지하는 능력은 점점 더 미묘해지고 통찰력은 더 예리해진다. 이렇게 찾은 고요함 속에서 타고난 자질을 인지할 수 있다. 그런 자질은 맨 처음에는 정서나 감정처럼 느낄 수 있겠지만, 그것은 정서적 상태 그 이상이다. 오히려 그런 자질을 우리 내면의 안내자로 생각하는 것이 더 도움이 될 것 같다. 이를 통해 우리는 존재의 안녕(well-being)에 대한 더 큰 개념을 이해할 수 있게 된다.

본성의 이러한 양상은 마치 물과 습기의 관계처럼 존재와 떼려야 뗄 수가 없다. 다시 말해, 우리는 이 여정에 필요한 모든 것을 이미 갖추었다. 그 모든 것이 우리 안에 존재하기 때문이다.

나는 맨 처음 다섯 개의 초대장을 땅에서 9킬로미터 올라간 캔자스 상공 어딘가에서 칵테일 냅킨 뒷면에 적었다. 그때 나는 프린스턴대학 캠퍼스의 중요한 사상가들과 함께 「우리만의 방식으로(On our Own Terms)」라는 6시간짜리 죽음에 관한 다큐멘터리 자문위원으로 참여하러 가는 길이었다. 그 강의실에는 미국 내 보건 전문가들, 의사가 협력하는 죽음을 지지하는 사람들, 메디케어 정책 변화를 지지하는 사람들, 냉철하고 콧대 높은 저널리스트들로 발 디딜 틈이 없었다. 다큐멘터리 제작자 빌 모이어스는 나를 자신의 옆으로 데려가더니 혹시 죽음과 동반하는 경험에 대해 호소하는 이야기를 할 수 있는지 물었다.

나는 비행기 안에서 휘갈겨 썼던 칵테일 냅킨을 꺼냈다.

1. 죽음의 순간까지 기다리지 말자.

2. 세상 그 무엇이든 널리 환영하고 아무것도 밀어내지 말자.

3. 오롯이 온전한 자아로 경험에 부딪히자.

4. 어떤 상황 속에서도 평온한 휴식의 자리를 찾자.

5. '알지 못함', 초심자의 그 열린 마음을 기르자.

다섯 개의 초대장은 죽음을 겪어 낸 수많은 환자들의 침대 옆에 앉아서 내가 배웠던 교훈을 경외하고자 하는 나만의 시도였다. 그 초대장은 하나씩 따로 떼어 낼 수 있는 게 아니라, 서로 보완해 주고 지원해 주는 원리이며, 무엇보다 사랑이 가득 스며 있는 원칙이다. 그 원칙은 내가 죽음을 대하는 일에 신뢰할 만한 역할을 해냈다. 그 원리는 통합된 삶을 살아가는 데에도 똑같이 유의미한 지침이 되어 준다. 그것은 새로운 도시로 이사를 하는 일부터 친근한 인간관계를 맺거나 끊는 일, 그리고 자녀들 없이 사는 생활에 익숙해지는 일까지 온갖 유형의 과도기적 변화와 소리 없는 외침을 처리하는 데 적절하게 적용될 수 있다.

이 다섯 가지 지침은 끊임없이 탐색하고 심화할 수 있는 무한한 연습이자 수행이다. 그것은 단순히 이론이나 의견으로서는 거의 아무런 가치가 없다. 제대로 이해하려면 그 원리 안에서 살아가고 행동과 실천을 통해 깨달아야 한다.

모름지기 초대란, 어떤 특정한 행사에 참여하거나 와 달라는 요청이다. 우리가 이야기하는 그 행사는 바로 '당신의 삶'이다. 따라서 이 책은 당신이 삶의 모든 면에 온전히 참여하고 존재할 수 있도록 청하는 초대장인 셈이다.

죽음의 순간까지
기다리지 말라

살아오면서 무엇을 했든
그것이 곧 죽음 앞에서 우리의 모습을 결정한다.
그러니 삶의 전부, 정말 그 모든 게 다 중요하다.

소갈 린포체(1947~2019)

잭은 헤로인 중독자로 15년간 자동차 안에서 숙식을 해결하며 살았다. 하루는 기침 감기에 걸렸다고 생각해 샌프란시스코 종합병원 응급실을 찾아갔다가 폐암 진단을 받았다. 사흘 후 그는 젠 호스피스 프로젝트로 옮겨 왔다. 그리고 자신의 자동차 거처로 다시는 돌아가지 못했다.

잭은 일기를 썼는데, 간혹 나와 봉사자들에게 그것을 보여 주곤 했다.

"그 수많은 세월 동안 나는 많은 것을 미루었다. 아직 남은 시간이 많다고 늘 생각했다. 적어도 한 가지 중요한 프로젝트는 그럭저럭 해

냈다. 오토바이 정비사가 되는 교육과정을 수료했던 것이다. 그런데 지금 저들은 나에게 남은 시간이 6개월도 되지 않는다고 말한다. 나는 저들을 비웃어 줄 테다. 그보다는 더 오래 살아 보겠다.

아, 내가 무얼 하고 있는지 모르겠다. 사실대로 말하자면 두렵고, 화나고, 지치고, 혼란스럽다. 겨우 마흔다섯 살인데 한 145살은 먹은 것 같다. 하고 싶은 게 너무 많은데, 이제 잠잘 시간조차 없다."

죽음을 앞에 두면 매 순간, 숨결 하나하나가 중요하다는 사실을 너무나 쉽게 깨닫는다. 하지만 죽음은 언제나 우리와 함께 존재하며 삶 자체와 한 몸을 이룬다. 만물은 끊임없이 변한다. 영원한 것은 없다. 이런 생각은 우리에게 겁을 줄 수도 있고 영감을 줄 수도 있다. 하지만 가까이 가서 잘 들어 보면 이런 메시지를 듣게 된다. **제발 기다리지 말라.**

선사 스즈키 로시는 이렇게 말했다.

"**참을성**이라는 단어의 문제점이 뭐냐면, 어떤 일이 좀 더 나아지기를 기다리고 있다는, 또는 뭔가 더 좋은 일이 찾아오기를 기다리고 있는 듯한 뜻을 품고 있다는 겁니다. 사실 이런 특징을 더 정확하게 표현한 단어는 참을성이 아니라 항상성(불변성)이죠. 이는 곧 매 순간 진실한 것과 함께하는 능력입니다."

세상 만물은 예외 없이 최후를 맞이한다는 불가피한 진실을 받아들여라. 삶에 두 발을 완전히 들여놓고 열심히 매 순간을 살아가려면 더 이상 기다리지 않아야 한다는 용기를 얻게 된다. 우리의 희망을 더 나은 미래에 걸지 않고, 현재에 집중하고, 지금 바로 우리 앞에 놓인 모든 것에 감사하는 마음에 초점을 두게 된다. "사랑합니다."라는 말을 더 자주 하게 된다. 인연의 귀함을 깨닫기 때문이다. 그리고 더 상냥해지고, 더 공감하고, 더 용서하기 마련이다.

기다리지 말라. 이는 충만함으로 가는 작은 길이며 후회와 미련을 없애는 해독제이다.

가능성으로 가는 길

이렇게 말하기는 너무 진부하지만, 그래도 계속 강조해야 한다.
세상 모든 것은 창조이자 변화이며, 끊임없는 변화이자 완전한 변모이다.

— 헨리 밀러(소설가, 1891~1980)

등을 쓸어 가며 씻어 주자, 잭이 날 향해 고개를 돌리더니 자기 어깨 너머로 휙 쳐다보곤 체념하듯 말했다. "그게 이런 모습이라곤 결코 생각하지 못했어요."

"뭐가요?" 내가 물었다.

"죽는다는 거요."

"어떨 거라고 생각했는데요?"

잭은 한숨을 쉬었다. "가만 보니 죽음에 대해 진짜로 생각해 본 적이

한 번도 없어요."

죽음에 대해 단 한 번도 성찰해 본 적 없었다는 잭의 느지막한 후회. 이것은 폐암 말기라는 사실보다 그를 고통스럽게 하는 더 큰 이유였다.

한국의 위대한 선승 숭산 스님은 "내가 곧 죽으리라."라고 말한 것으로 유명하다. 쓰디쓴 호출이었다.

죽음은 방 한가운데에 놓인 코끼리와 같다. 모두가 이미 다 알고 있는 진리이지만, 그것을 논하지 않기로 합의한 것이다. 우리는 죽음과 거리를 두려고 애쓴다. 우리가 지닌 가장 나쁜 두려움을 죽음에 투사시키고, 그것을 놓고 농담하고, 숨기듯 완곡하게 표현하려고 하며, 가능한 한 그런 이야기를 피하거나 대화라는 것 자체를 완전히 회피한다.

우리는 그렇게 도망칠 수 있겠지만, 기실 완전히 숨을 수는 없다.

고대 바빌로니아에 「사마라의 약속」이라는 신화가 있다. 영국의 작가 서머싯 몸은 희곡 『셰피(Sheppey)』에서 그 신화를 다시 들려준다. 바그다드에 사는 어떤 상인이 하인을 시장으로 보내 물건을 사오게 한다. 그런데 잠시 후에 하인이 창백한 얼굴로 두려움에 떨면서 집으로 돌아온다. 하인이 들려준 이야기는 이러하다. 군중들 속에서 어떤 여자와 부딪혔는데, 가까이 가서 보니 그녀가 바로 죽음이었던 것이다.

"그녀는 나를 바라보면서 위협을 가하는 몸짓을 했어요." 하인이 말을 이어간다. "자, 이제 주인님의 말을 빌려 주세요. 그러면 제가 이 도시에서 멀리 달아나 제 운명을 피해 볼게요. 사마라로 가겠습니다. 그곳에서는 죽음이 저를 찾지 못할 거예요."

상인은 하인에게 자기 말을 내준다. 하인은 격렬한 분노에 휩싸여 말을 타고 달린다.

상인은 물건을 사러 직접 시장에 가게 된다. 거기서 죽음을 만나 왜 전날에 자기 하인을 위협했는지 묻는다. 죽음은 이렇게 답한다.

"그건 위협하는 몸짓이 아니었어요. 단지 놀라움을 표현했을 뿐이에요. 실은 오늘밤 사마라에서 그와 만나기로 되어 있었거든요. 바그다드에서 그를 보게 되어 깜짝 놀랐던 것이죠."

앞서 잭이 그랬듯, 죽음의 불가항력에 두 눈을 감을 때 죽음은 우리를 불시에 데려가곤 한다. 반대 방향으로 도망친다 해도 우리는 언제나 죽음의 문가에 도착할 뿐이다. 늘 환히 잘 보이는 곳에 죽음이 있었다는 사실을 눈치 채지 못하기 때문에 죽음이 몰래 다가온다고 느끼는 것이다.

대부분 죽음은 나중에 온다고 상상한다. 지금 죽음에 대해 많이 걱정하는 것은 말도 안 되는 일이라고 생각한다. 다시 말해 '나중에'라는 생각으로 안전한 거리를 암시하는 편리한 환영을 만들어 낸다. 하지만 끊임없는 변화, 덧없이 지나가는 일시성은 나중에 존재하지 않는다. 그것은 바로 지금이다. 변화는 일상이자 표준이다.

나를 둘러싼 모든 것이 결코 변하지 않기를 바라면서 집착할 때, 커다란 절망에 빠지게 된다. 그런 것은 삶에 대한 비이성적인 기대에 지나지 않는다. 내가 10대였을 때, 아버지는 자주 이런 말을 해 주곤 했다. "매 순간을 즐기렴. 정말 눈 깜빡할 사이에 지나가니까." 그때는 아버지의 말을 믿지 않았다. 몇 년 후, 어머니가 돌아가셨다. 작별의 인사를 할 기회도, 내가 이 세상에서 할 수 있는 만큼 어머니를 사랑했다고 말할 시간도 없었다. 그 후로 나는 꿈처럼 살아왔다. 수많은 세월 동안 후회에 갇혀 헤어 나오지 못했다.

조지 해리슨의 노래에 바로 그 진리가 들어 있다. "모든 것은 다 떠나기 마련이지." 이 순간은 다음 순간에게 자리를 넘긴다. 모든 것은 우리 눈앞에서 사라져 가고 있다. 이건 마술 속임수가 아니라 엄연한 삶의 진실이다. 영원히 머물지 못하는 일시성은 바로 그 존재의 옷감을 짜고 엮는 본질의 진리이다. 그것은 도망칠 수 없는 지극히 자연스러운 것이며, 우리와 가장 오래도록 함께하는 동반자이다.

어떤 소리가 났다가 이내 사그라든다. 어떤 생각이 떠올랐다가 금방 사라진다. 눈으로 보는 것, 입으로 맛보는 것, 코로 냄새 맡는 것, 손으로 만지는 것, 이 모든 감각도 그러하다. 잠시 머물렀다가 금세 덧없이 사라진다.

지금은 흔적을 찾을 수 없지만, 나는 원래 금발머리였다. 중력은 나를 비껴가지 않았다. 근육은 더 약해지고 피부 탄력은 더 줄어들고 몸의 기능은 둔화되었다. 이것은 어떤 실수나 착오가 아니라 노화라는 자연스러운 과정이다.

나의 어린 시절은 어디로 갔을까? 어젯밤 함께 나누었던 사랑은 어디에 있을까? 오늘 여기 내게 남은 것은 그저 내일의 기억 한 조각에 지나지 않는다. 머리로는 어머니가 아끼던 꽃병이 선반에서 떨어지기도 하고, 자동차도 수명을 다해 망가지고, 우리가 사랑하는 사람들도 언젠가 세상을 떠나리라는 사실을 이해할 것이다. 우리가 해야 할 일은 머리에서 나오는 이런 지적 이해력을 움직여 심장의 깊숙한 곳에 자리 잡게 하는 것이다.

문명의 진화는 이 만고불변의 법칙에 새로운 빛을 던져 주었다. 범위와 비율이 초미세한 것에서 초거대한 것으로 완전히 달라지자, 인간 생명의 필멸성이라는 불변의 법칙에 이전에 없던 변화가 드러났다.

고배율 전자현미경은 세포핵, 진동자기장, 율동(律動)의 파동, 양성자, 중성자, 유동 미립자, 탄생과 죽음의 매 순간 등 인간 세포의 경이로운 구조를 밝혔다.

허블망원경을 통해 바라보면 이와 동일한 천문 역학 기제를 관찰하게 된다. 그 어느 때보다 더 확장된 우주는 위와 동일한 과정을 겪게 된다. 물론 행성은 인간 세포보다 더 오래 살아갈지도 모른다. 태양은 지난 수십억 년 동안 그랬듯이 여전히 그대로일 것이다. 하지만 덧없는 필멸성은 이 세상에서 가장 광활한 은하계도 비껴갈 수 없는 하나의 특성이다. 은하계는 커다란 가스 구름에서 형성되어 원자와 뭉쳐 어느 순간 별들로 태어난다. 그런데 시간이 지나면 어떤 별들은 희미하게 사라지고 또 어떤 별들은 폭발하여 없어지고 만다. 우리 인간처럼 은하도 태어나서 어느 시간 동안 살다가 이윽고 세상을 떠난다.

수년 전, 한 친구와 함께 소규모 취학 전 프로그램을 시작했다. 이따금 우리는 세 살부터 다섯 살배기 정도 되는 아이들을 데리고 근처 숲으로 가서 '죽은 것'을 찾아내는 활동을 했다. 아이들은 그 놀이를 무척이나 좋아했다. 낙엽이며 부서진 가지며 녹슨 중고자동차 부품을 들고 오거나 가끔씩 닭이나 작은 동물 뼈를 주워 오곤 했다. 그러면 우리는 전나무 숲으로 들어가 파란색 큰 방수포 위에 그것을 다 펼쳐 놓고 각자 하나씩 가져와서 발표하는 시간을 마련하였다.

그 나이에 아이들은 뭐든 두려워하지 않고 호기심으로 충만했다. 그래서 가져온 것을 조심스럽게 살펴보고 손가락으로 쓱쓱 문질러 보고 냄새도 맡으면서 지극히 자기만의 방식으로 탐색했다. 그런 다음 그들의 생각을 다른 이들과 나누었다.

이따금 아이들은 사물의 역사에 대해 참으로 놀랄 만한 이야기를 지어냈다. 이 녹슨 자동차 부품은 어느 별에서, 혹은 그 별을 지나가던 우주선에서 떨어진 것이에요. 이 나뭇잎은 어떤 생쥐가 겨우내 담요로 쓰다가 여름이 되자 그만 쓸모가 없어진 것이고요.

한 아이가 들려주던 이야기도 기억난다. "나무에서 떨어진 나뭇잎은 참 친절한 것 같아요. 새 나뭇잎이 자랄 수 있는 자리를 만들어 주니까요. 만약에 나무가 새 나뭇잎을 키울 수 없다면 슬플 것 같아요."

우리는 대개 일시성을 슬픔과 종말로 연관시키지만, 그것은 결코 상실에 관한 개념이 아니다. 불교에서 일시성은 곧 무상(無常, anitya)을 말하며, 이는 일체의 만물이 끊임없이 생멸변화(生滅變化)하여 한 순간도 동일한 상태에 머물러 있지 않는 '유위전변(有爲轉變)의 법칙'으로 설명한다. '끊임없이 바뀌면서 달라지는(Change and Becoming)' 것이다. 이 두 가지 상관법칙은 균형과 조화를 규정한다. 끊임없는 '해체와 사멸'이 있는 곳에 당연히 끊임없는 '변화와 존재'가 있다.

우리는 일시성에 따라 살아가는 존재이다. 오늘 걸린 감기가 영원한 법은 없다. 지겨운 저녁파티도 끝이 나기 마련이다. 사악한 독재자는 무너지고 왕성한 민주주의 체제가 자리를 잡는다. 하물며 어린 나무가 태어나 잘 자랄 수 있게 고목(古木)마저 불태워지곤 한다. 일시성이 사라진다면 삶은 존재하지 못할 수도 있다. 일시성 때문에 세상의 모든 아이들은 첫 발걸음을 뗄 수 있다. 일시성 때문에 세상의 모든 어린이들은 어여쁘게 자라 졸업 무도회에 갈 수 있다.

거대한 강의 합류 지점이 그렇듯이 우리 삶도 서로 다른 순간들의 연속이다. 결국 그 하나하나의 순간은 연속된 흐름이라는 자국을 남기면서 서로 어우러진다. 우리는 원인에서 결과로, 이 일에서 저 일로, 한 지점에서 다른 지점으로, 존재의 이 상태에서 또 다른 상태로 움직인다. 겉으로 보면 우리의 삶이 계속 이어지고 하나로 합쳐지는 움직임이라는 인상을 받게 된다. 하지만 실제로는 그렇지 않다. 어제의 강과 오늘의 강은 서로 같지 않다. 이를 두고 그리스 철학자 헤라클레이토스는 이렇게 말했다. "우리는 똑같은 강에 두 번 뛰어들 수 없다. 그 강은 어제의 강이 아니고, 그 사람도 어제의 그 사람이 아니기 때문이다."

매 순간은 매 순간 새로 생성되고 사멸한다. 그리고 현실적인 면에서 우리는 그 순간과 더불어 태어났다가 사라진다. 이 모든 일시성에는 아름다운 요소가 있다. 일본 사람들은 매년 봄마다 짧지만 풍성한 벚꽃놀이를 즐긴다. 내가 있던 아이다호 주의 오두막 바깥에는 푸른 아마꽃이 단 하루 동안 피어났다. 어째서 이런 꽃들은 조화보다 훨씬 아름다울까? 금방이라도 부서질 듯한 가냘프고 여린 자태, 덧없이 잠시 피었다 지는 모습…. 그 생명의 불확실성이 손을 붙잡고 아름다움과 경이로움과 은혜로움 속으로 우리를 이끈다.

창조와 파괴는 동전의 양면과 같다.

1991년, 달라이 라마가 샌프란시스코를 찾아왔다. 그의 도착을 준비하던 티베트 승려들은 금문교 공원 내 아시아 예술 박물관에 모래 만다라를 만들었다. 그들은 여러 작은 도구를 활용하여 복잡하게 얽힌 문양 안에 곱게 색을 입힌 수정 모래를 조심스럽게 한 층 한 층 올렸다. 티베트 불교에서 '시간의 바퀴', 즉 카라차크라를 묘사한 그 신성한 예술 작품은 지름이 무려 180미터가 넘었다. 승려들은 수많은 나날 동안 쉼 없이 작업하여 마침내 그 작품을 완성했다.

그런데 만다라가 완성되고 얼마 되지 않은 어느 날, 정서장애가 있는 한 사람이 작품을 감싸고 있던 벨벳 밧줄을 뛰어넘었다. 그는 마치 토네이도처럼 만다라를 헤치고 뛰어 들어가 이리저리 모래를 마구 발로 차면서 세심하게 공들인 작품을 완전히 파괴해 버렸다. 박물관 관계자와 보안 담당자들은 경악을 금치 못했다. 그들은 그를 붙잡고 경찰을 불렀다. 경찰은 그를 체포했다.

하지만 정작 승려들은 전혀 동요하지 않았다. 오히려 박물관 관계자들에게 이제 또 다른 만다라를 만들 수 있게 되어 기쁘다고 힘주어 말했다. 어쨌든 이 만다라는 약 일주일 뒤에 해체 의식을 통해 분해될 예정이었다. 승려들은 다 부서진 만다라 모래를 금문교 위로 조용히 뿌린 다음 처음부터 다시 시작했다.

모래 만다라 수행 승려들의 지도자 로상 삼텐 스님은 기자들에게 이렇게 밝혔다. "저희들은 부정적인 생각은 하지 않습니다. 그가 왜 그랬는지 의도를 판별하는 방법도 알지 못하고요. 그저 사랑과 연민으로 그 분을 위해 기도합니다."

기실 승려들에게 만다라는 이미 그 역할을 충분히 해냈던 것이다. 만다라의 창조와 파괴는 이미 그 시작부터 생명과 삶의 본질에 관한 교훈을 전하는 목적을 품고 있었다.

박물관 직원은 만다라를 다른 무엇으로도 대체할 수 없는 예술작품이자 귀한 대상으로 생각했다. 반면 승려들에게 그 만다라는 무상과 무집착 교리 안에 존재하는 가치와 아름다움을 구현한 하나의 과정이었다.

우리는 일상에서 요리를 할 때 이 승려들이 만다라를 만들어 가는 과정을 똑같이 겪는다. 나는 빵 굽는 것을 좋아한다. 각 재료의 양을 재고, 혼합하고, 오븐용 접시를 요리조리 움직이고, 반죽하고, 반죽을 부풀리고, 마침내 오븐 안에서 갈색 윤기가 나는 빵이 보이면, 빵 덩어리를 자르고 버터를 바른다. 그러고 나면 그 빵은 온데간데없이 싹 사라진다. 말하자면 우리는 날마다 만들어 먹는 끼니와 더불어 일시성이라는 작은 축제를 열고 기꺼이 참여하는 중이다.

처음에는 일시성이라는 개념이 엄청난 불안을 일으키곤 한다. 그 대응책으로 우리는 매사를 공고히 붙잡아 두려고 시도한다. 행복해지기 위해 삶의 여러 가지 조건을 미리미리 준비하고, 안전한 환경을 조성하려고 최선을 다한다.

나는 차가운 겨울날 아침, 침대에 누워 있는 것을 좋아한다. 이불은 폭신폭신하고 따뜻하다. 나른한 내 몸은 이불 밑에서 달콤한 은신을 즐긴다. 머리와 마음은 평화롭고 아직 오늘 해야 할 일로 생각을 옮기지는 않았다. 잠시 이 세상과 더불어 모두가 지금 그대로의 모습으로 괜찮다.

그런데 갑자기 화장실이 급해진다.

한순간 싫은 마음이 들지만 곧 일어나서 욕실로 뛰어간다. 잠시 시원함을 느낀 뒤, 다시 앞선 완벽한 상태를 재현하고자 하는 바람으로 이불 속을 파고든다. 하지만 모든 것을 조금 전과 똑같은 상태로 되돌릴 수 없다. 변화에 저항하는 영원한 행복을 만들어 낼 수가 없다.

여느 사람들처럼 나도 좋은 조건을 최고로 생각한다. 나는 남 부러울 것 없이 먹고 사는 행운아이다. 나를 지탱해 주는 가족이 있고, 멋진 친구들이 있고, 큰 기쁨과 편안함을 안겨 주는 삶이 있다. 지금 하려는 말은 금욕적인 삶의 방식을 옹호하려는 것이 아니다. 끊임없는 변화와 함께 조화로운 방식으로 삶을 영위하는 법을 차츰차츰 배워 가는 것에 대해 이야기하려는 것이다.

보통 우리는 즐거운 것을 만나고 불쾌한 것을 피하는 방식으로 자기 세상을 마련하고 정리하려고 노력하면서 행복을 찾는다. 그게 그저 타고난 본성 같아 보이기도 한다. 하지만 정말 그럴까?

우리는 스스로를 속이고 있다. 때때로 우리에게 일시적인 행복을 가져다주도록 삶의 조건들을 조작할 수 있기 때문이다. 그렇게 하면 그 순간에는 기분이 좋지만, 그 순간이 지나고 나면 그만큼 만족시켜 줄 또 다른 경험이나 취미를 찾기 마련이다. 우리는 '굶주린 귀신[아귀(餓鬼)]'처럼 변하고 만다. 그 귀신의 형상은 절대 만족할 수 없는 모습을 하고 있다. 불룩 솟은 배에 길고 가느다란 목에 새부리처럼 작은 입이라니!

삶의 진리는 삶의 한 가지 상수가 바로 변화라는 점에 있다. 면밀히 살펴보면 또 다른 게 있을까?

이 진리와 더불어 조화롭게 살아가지 못한다면 끝없는 고통으로 이어진다. 그 고통은 무지를 강화하고, 탐하고, 방어하고, 후회하는 습관을 만든다. 이런 습관은 성격으로 굳어져 강한 기세를 얻게 되고, 그리하여 죽어가는 순간에도 평화와 안식을 거스르는 장해물로 자주 나타난다.

젠 호스피스 프로젝트의 작은 사무실에 유대인 여성 세 명이 찾아왔다. 셋은 자매였다. 한 사람은 그 도시에서 잘 나가는 정치 컨설턴트였다. 이유인즉, 그들 자매의 모친이 죽음과 싸우고 있는데, 뇌암 전문가인 주치의가 나를 찾아가 보라고 권유했던 것이다.

나는 우리가 제공하는 품격 있는 보살핌, 지금까지 해 왔던 일, 그리고 어떤 식으로 모든 이의 신앙을 존중하는지 설명하기 시작했다. 하지만 단번에 그들이 우리 서비스를 받을 생각이 없다는 사실을 눈치 챌 수 있었다. 그들은 협소한 우리 사무실에 드문드문 해 놓은, 누가 봐도 어울리지 않는 실내장식을 눈여겨보고 있었다.

정치 컨설턴트 일을 하는 린다가 대놓고 물었다. "어째서 우리 어머니를 이곳으로 모시고 와야 하는 거죠? 그냥 페어몬트 호텔 좋은 방에서 어머니를 주무시게 하고, 하루 24시간 어머니 곁에서 돌봐 줄 수 있는 도우미를 쓰는 게 낫지. 그만한 돈이 있는데 그렇게 하지 않을 이유가 뭐죠?"

내 대답은 이랬다. "물론이죠. 그렇게 하실 수 있어요. 도와드릴 수 있는 몇몇 사람을 추천해 드릴 수도 있고요." 그렇게 말한 뒤 잠시 말을 끊었다가 우리 호스피스 사진이 박힌 팸플릿을 집어 들었다. "이렇게 한번 해 보시라고 부탁드려도 될까요? 어머님께 이 사진을 보여 드리세요. 그리고 어머님이 뭐라고 하시는지 의견을 여쭈어 보시기 바랍니다."

세 자매가 자리를 뜬 후에, 그들을 만날 일은 절대로 없을 것으로 생각했다. 하지만 정확히 45분 후에 전화벨이 울렸다. 전화기를 들자마자 린다의 날카롭고 묵직한 목소리가 들렸다. "어머님이 당신을 보고 싶어 하시네요."

나는 호출을 받고 소환된 셈이었다. 그 모친이 입원한 곳은 샌프란시스코에서 가장 좋은 시설을 자랑하는 병원 중의 한 곳이었다. 그곳에는 세 자매 외에도 그들 집안의 랍비와 뇌암 전문가, 그리고 정신과 의사가 함께 있었다. 무언의 압박감이 전해 왔다.

세 자매는 모친 아비가일에게 나를 소개했다. 그녀는 병상에 조용히 앉아 호스피스 팸플릿을 넘기면서 나에게 이런저런 질문을 했다.

"내 도자기를 가져가도 되나?"

"물론입니다. 몇 개는 가져오셔도 됩니다."

"흔들의자는? 거기 앉아 있는 걸 진짜로 좋아하거든."

"그럼요, 갖고 오셔도 돼요."

그러다 갑자기 아비가일의 얼굴이 굳어졌다. "잠깐. 내 병실에 따로 욕실이 없다는 건가? 나한테 지금 복도 계단을 내려가 공용 욕실을 사용하라는 말이야?"

나는 그녀의 두 눈을 깊이 바라보았다. "요즘 아침에 일어나서 자주 욕실에 가시나요?"

아비가일은 베개에 얼굴을 파묻었다. "아니, 난 욕실에 안 가. 더 이상 걷고 싶지도 않아." 그러곤 세 자매를 보더니 말했다. "나, 저 사람이랑 같이 갈래."

아비가일이 원하는 것은, 자신이 갖고 싶은 것에 내가 반대하거나 자신을 다른 사람으로 변하게 만들려고 하지 않는 것이라고 생각했다. 그녀는 나의 진실함을 알아보았다. 아마 그 진실함을 신뢰했던 것 같다. 그녀는 자신이 죽어가는 이 시간을 어떻게 헤쳐 나갈지 전혀 짐작할 수 없었지만, 내가 그 시간을 함께할 수 있다고 믿었다. 우리와 함께하면 안심해도 된다는 사실을 본능적으로 알아챘던 것이다.

아비가일은 다음 날 우리에게로 와서 일주일을 머물다가 세상을 떠났다. 마지막 순간에 세 딸은 어머니의 임종을 지켰다.

아비가일은 자기 앞에 놓인 진실을 기꺼이 마주하면서, 아니 솔직히 말하자면, 망설이거나 외면하지 않게 되면서 태도가 바뀌었다. 자신이 영원히 살지 못한다는 사실을, 그렇지만 자기 삶의 모든 조건과 상황은 계속 변할 것이라는 점을 깨달았다. 그리하여 끊임없이 바뀌며 달라지는 존재의 법칙과 일치하는 지점으로 들어섰던 것이다.

우리가 속한 현재 이 순간에 이루어지고 있는 일에 이름을 붙이는 행위는 매우 강력한 경험이다. 그렇게 하면 과거에 매달리는 대신 우리가 처한 현재의 진실과 같은 곳을 바라보게 되고, 마침내 힘겨운 싸움을 내려놓을 수 있다.

그렇다면 힘겨운 싸움에서 벗어나기 위해 죽어가는 마지막 순간까지 기다려야 하는 것일까?

일시성은 사람을 겸손하게 만든다. 일시성의 성격은 정말로 확실하지만, 그것이 드러나는 방식은 전혀 예상할 수 없다. 우리에게는 그것을 통제할 힘이 거의 없다. 할 수 있는 것이라면 곤란한 상황이 유발한 두려움에 빠져 허우적대거나 아니면 이와 전혀 다른 대응책을 택하는 방법 뿐이다.

일시성은 우리를 정확히 바로 지금, 여기에 데려다 놓는다. 이것이야말로 일시성이 주는 선물이다. 누구나 알고 있듯 탄생은 죽음으로 끝이 난다. 이 점을 곰곰이 성찰하면 우리는 순간을 소중히 즐기게 되고, 우리 삶을 더 많은 감사와 감탄으로 채우게 될 것이다. 우리는 이미 알고 있다. 쌓아 놓은 모든 사물의 끝은 흩어짐이라는 것을! 이 점을 성찰한다면 단순하고 소박한 삶을 실천하고 가치 있는 것을 발견하는 데 도움이 된다. 또한 우리는 이미 잘 알고 있다. 모든 인간관계의 끝은 헤어짐이라는 것을! 이 사실을 성찰한다면 슬픔에 압도되지 않게 우리를 지키는 동시에 사랑과 집착을 분별할 수 있는 용기가 생긴다.

끊임없는 변화에 주의하고 관심을 기울이면 육체는 언젠가 사라져 버린다는 사실을 제대로 인식하는 데 도움이 된다. 하지만 이 성찰의 과정에서 곧바로 얻을 수 있는 한 가지 혜택은, 우리는 이제 일시성에 대해서 보다 마음 편해지는 방법을 새롭게 배우게 된다는 것이다. 우리가 삶의 일시성을 있는 그대로 받아들일 때 우아한 품위와 빛나는 은총이 우리 삶으로 들어온다. 그렇게 되면 사는 동안 했던 이러저러한 경험을 매우 귀하게 여길 수 있다. 거기에 매달리거나 얽매이지 않은 채 가슴 깊이 느낄 수 있다. 슬픔이건 즐거움이건 화살처럼 지나가는 매 순간의 결을 오롯이 느낄 수 있다. 일시성이 만물의 생명과 삶 속에 존재한다는 사실을 깊은 수준에서 이해하게 될 때, 우리는 변화를 더 잘 받아들이고 견딜 수 있는 법을 알게 된다. 우리는 더욱더 감사하고 감탄하면서 쉽게 상처받지 않게 된다. 상처받을지라도 더 강하고 빠르게 회복할 수 있다.

캐럴 하이먼은 「불교적 관점에서 바라본 삶과 죽음(Living and Dying: A Buddhist Perspective)」에서 이렇게 말했다. "만약 우리가 불확실성 속으로 들어가는 법을 알게 되고, 인간의 본질과 세상의 본질이 서로 다르지 않다는 사실을 믿게 된다면, 세상 만물이 공고히 고정되어 있지 않다는 사실은 우리에게 위협이 아니라 오히려 자유로움을 주는 기회가 된다."

모든 것은 부서지고 흩어지고 끝이 나기 마련이다. 육체도, 인간관계도, 생명과 삶도 모두 마찬가지다. 이는 삶이라는 무대의 커튼이 닫히는 마지막 순간이 아니라, 우리 곁에서 항상 일어나고 있는 일이다. 함께 모이고 결합하는 것은 필연적으로 뿔뿔이 흩어지고 헤어진다는 뜻이다. 걱정하고 불안해하지 말라. 이는 삶의 타고난 본질이다.

우리 삶은 절대로 깨지지 않거나 고정된 것이 아니다. 이 점을 진실로 알게 된다는 것은 우리가 죽음에 대처하는 방법, 즉 세상 모든 형태의 상실에 대응하는 방법을 아는 것이며, 만물의 끊임없는 변화를 온전히 받아들이는 방식을 깨닫게 된다는 것이다. 우리는 과거만으로 존재하지 않는다. 우리는 지금도 여전히 어떤 존재로 변하고 달라지는 중이다. 우리는 원한을 풀어놓을 수 있으며 용서할 수도 있다. 죽음의 순간이 다가오기 전에 원한과 후회로부터 스스로를 자유롭게 만들 수 있다.

그러니 죽을 때까지 기다리지 말라. 우리가 필요로 하는 모든 것은 바로 우리 앞에 놓여 있다. 일시성은 가능성으로 가는 길이다. 일시성을 받아들임으로써 비로소 진정한 자유가 우리 앞에 나타난다.

여기에 있으면서 동시에 사라지는 것

너 자신이 사라져 가는 그 모퉁이에서
스스로 삶의 본질을 겸손하게 배우는 도제가 되라.

— 데이비드 와이트(시인, 1955~현재)

병원에서 죽음을 가늠하기 위해 가장 흔하게 쓰는 장치로 텔레비전 화면 모양의 모니터를 볼 수 있다. 이 모니터는 '삐' 하는 전자 소리를 내면서 호흡 리듬의 신호를 전달하고, 높으락낮으락하는 그래프로 심장박동을 추적한다. 의학 드라마를 유심히 본 적이 있다면, 심폐소생술을 하는 장면이나, 의사가 심장 제세동기로 더 이상 뛰지 않는 환자의 심장에 충격을 가하면서 한 생명을 구하려고 시도하는 장면을 한 번쯤은 마주했을 것이다. 가족들이 병원에서 지켜보며 기다리는 것이 바로 이 무시무시한 수평선의 소리 없는 움직임이다. 모니터는 이제 그의 몸 안에 아무런 활동이 일어나지 않으며 죽음이 발생했다는 사실을 변동 없는 고주파 신호음으로 알려 준다. 슬프게도 이 순간 우리는 죽음 자체의 경험에서 분리되어 있다. 그런 까닭에 마지막 순간에 사랑하는 사람의 눈을 들여다보거나 죽음을 온몸으로 느끼지 못하고, 그저 모니터로 사랑하는 사람의 죽음을 지켜보는 일이 많아졌다.

하지만 모니터가 울리는 소리보다 죽음이 당도했다는 사실을 알려 주는 좀 더 미묘한 신호들이 있다. 그것은 우리를 죽음과 분리시키는 것이 아니라 연결해 주는 신호이며, 하릴없이 기다리게 하지 않고 직접 참여하게 만든다.

동남아시아에서는 교육의 한 부분으로 어린아이들이 1년 정도 사원 생활에 들어가는 경우가 매우 흔한데, 어떤 이에게 이 경험은 평생의 업으로 변하기도 한다. 그들은 사원 공동체에 들어갈 때, 머리를 깎는 의식을 치르고, 수련승임을 알리는 밝은 샤프란 색깔의 장삼을 받는다. 숲속 암자에 기거하는 어린 승려들은 정글로 들어가 자신이 어느 세상에 속하는지 앎을 얻을 때까지 명상을 하면서 계속 머무르는 수련을 받는다.

어린 승려들에게 찾으라고 말한 '어디에 속하는가'에 대한 속성은 단순히 특정 사원 공동체의 구성원이 되는 것보다 더 큰 무언가를 나타낸다. 그 권면은 좀 더 근본적인 소속감에 대해 성찰하는 것이다. 이

때 소속감은 여러 가지로 갈려 나간 배교자나 이탈자들까지 포함한다.

이는 죽음으로 가는 과정에서 자연스럽게 벌어지는 일과 비슷하다. 우리가 '자아'를 규정해 온 방식, 그리고 지금까지 오랫동안 짊어져 온 정체성, 가령 누구의 어머니나 아버지, 부양자나 간병인, 혼자 외로운 사람이나 사람들과 어울리기 좋아하는 사람, 부유하거나 가난한 사람, 성공하거나 실패한 사람 등 이런 모든 곁가지 설명은 나이 들면서 서서히 없어진다. 그게 아니라도, 나를 규정하는 그런 방식과 정체성을 품위 있고 점잖게 포기하곤 한다. 그러면 우리는 인간 본질의 근본 진리를 발견하게 된다.

고대 그리스 신화를 비롯한 우주론에 따르면, 모든 생명은 흙, 물, 불, 공기의 4가지 기본 요소로 이루어진다. 13세기 유대 신비주의 경전 『조하르』에서는 이 4가지 원소를 모든 물질의 근간으로 보았다. 인도 사상과 중국 철학 등 다른 세계관에서도 이와 유사하게 대여섯 가지 요소를 언급한다. 불교는 각각의 물질이 고정된 것이 아니라 계속 변화하는 과정으로 설명한다. 인간이 죽으면 육체와 정신의 상호의존적인 과정을 통해 이 모든 요소들이 해체된다. 4원소는 물리적 형태, 그 이상을 뜻한다. 그 자체는 정서 상태이자 정신 상태이며 동시에 자연스럽게 변화가 일어나는 창조적 과정이다. 또한 4원소는 일련의 다양한 특성을 갖고 있다. 흙은 단단함과 부드러움, 물은 유동성과 응집력, 불은 냉기와 열기, 공기는 정지와 운동을 품고 있다.

죽음이 임박했음을 알리는 의학적 신호와 증상은 너무 낯설고 메마르다. 사랑하는 사람이 죽어가는 오랜 나날, 그들을 간호하고 돌보아 주던 시절에, 나는 이 4원소 이론을 떠올리면 도움이 될 것이라고 자주 생각했다. 기실 그 이론은 우리의 정체성과 그 정체성을 구성하는 요소를 어떻게 내려놓고 풀어놓을지 이해할 수 있는 하나의 방법이다.

사만다는 40대 중반의 산림안내원이었다. 남편 제프가 죽음을 앞두고 있던 어느 길고 긴 밤에 나는 그녀 곁에 앉았다. 사만다는 남편을 위해 뭘 해 줄 수 있을지 물었다.

"집에 아이들이 어렸을 때 아프면 어떻게 해 주었어요?"

"애들 침대 옆에 조용히 앉아 있거나, 때로는 아이를 바싹 껴안고 있었어요. 말은 별로 하지 않고 듣는 데 신경을 썼죠. 애들한테 내가 바로 여기에 함께 있을 거라고 말해 주고요. 그리고 얼마나 사랑하는지 수백 번이고 말해 주고 쓰다듬어 주었어요."

"너무 잘하셨네요. 그리고 다른 건 없었나요?"

나는 그녀가 이미 잘 알고 있는 것을 기억해 내는 표정을 지켜보았다.

사만다는 속삭이듯 말했다. "아이들이 무서워하지 않게 다정하고 평안한 분위기를 만들려고 노력했어요. 온 마음을 다하고 집중하면서 사소한 일을 이것저것 하려고 애썼죠. 절대로 네 곁을 떠나지 않겠다고 약속하고요. 아픈 건 괜찮다고, 이 아픔이 영원히 계속되는 건 아니라고 말해 주었어요."

사만다는 소리 내어 울기 시작하더니 이내 흐느꼈다. "하지만 이렇게 죽어가는 상황 앞에서 해 본 적은 없어요. 대체 지금 이게 다 무슨 일일까요?"

상실을 눈앞에 두고 무너져 내리는 것은 당연하다. 그 자체를 막을 필요는 없다. 대개 오래전부터 상황을 다스리던 기제는 새로운 맥락에 들어오면 소용이 없어진다. 하지만 가장 의미 있는 것을 기억해 낸다면 온전히 현재에 충실할 수 있다. 누군가에게 그것은 호흡이 되기도 하고 끈끈한 인간관계가 되기도 한다. 또 누군가에게는 문화적 전통이거나 종교적 신념이 되기도 한다. 사만다의 바탕은 바로 거친 자연이었다.

사만다와 제프가 배낭 여행길에서 만나 사랑에 빠졌다는 사실을 알게 되었다. 나는 사만다에게 야생 숲으로 여행을 가면 무엇이 가장 좋으냐고 물었다.

"자연 한가운데에 있으면 내가 오르는 바위, 뼈까지 젖어 드는 빗방울, 차가운 밤하늘, 산기슭을 훑고 지나는 바람, 이 모든 것이 내 발끝까지 야생의 소리와 냄새를 전해 준답니다. 거기가 진짜 내 집이에요. 내가 정말 온전히 속한 곳이죠."

사만다와 제프는 자연 속에서 살아왔다. 그들은 자연의 방식과 언어를 알아들었으며, 자연을 동떨어진 존재라고 생각하지 않았다. 나는 위험을 무릅쓰고 이렇게 제안해 보았다. 제프가 "자연 한가운데에서 그 모든 것과 함께 있다고" 생각하라고 말이다. 제프의 몸은 기본적인 면에서 흙과 물과 불과 공기로 이루어진 것이었다. 그러므로 지금 죽어가고 있는 제프는 두 사람이 그렇게나 사랑했던 그 자연으로 돌아가는 과정이었다.

제프의 육체는 매우 정적인 상태로 접어들었다. 흙의 요소가 사라지기 때문에 이런 일이 일어난다. 죽음의 초기 단계에 이른 사람들은 다리나 발에 감각이 없다고 불평할 것이다. 일어나기도 어려워지고 반응하기도 힘들지 모른다.

"남편에게서 흙의 요소를 보실 수 있겠어요? 제프는 단단한 사람이었나요?"

사만다는 남편의 손을 잡고 이마에 입을 맞추었다. 그리고 소리 내어 웃으면서 말했다. "네, 남편은 너무 완고한 사람이었지만 피부는 참 부드럽답니다." 그녀는 제프의 신체 특성과 더불어 성격 특성도 말해주었다. 그 모든 것이 눈앞에서 사라지고 있는 모습을 아내는 지켜보고 있었다.

"맞아요. 단단하고 고정된 형태는 에너지가 빠져나가면 힘을 잃고 더 이상 그 자체를 지탱할 수 없게 되죠." 문득 커트 보네거트의 『고양이 요람』에 나왔던 구절이 생각났다.

그런데 자리에서 일어나 주변을 돌아보았더니

나는 진흙의 일부가 되어 있었다.

나같이 운 좋은 놈이라니, 진흙마저 운이 좋다니.

흙의 요소가 풀어지면 물에게 자리를 내준다. 그러면 죽어가는 사람은 물을 삼키기 어렵거나 배변이 불편해지고 혈액순환이 느려지는 경험을 하게 된다.

며칠 전만해도 사만다는 제프에게 물 한 모금을 주고, 얼음 조각을 먹여 주었다. 지금은 제프가 더 이상 삼킬 수 없기 때문에 물을 적신 스폰지로 입술을 축여 주었다. 그녀는 두 사람이 야생 여행을 계획하면서 자주 즐겼던 창조적인 생각의 자유로운 움직임에 대해 이야기했다. 나와 대화를 나누기 전, 사만다는 제프의 육체와 정신이 두려움에 쭈그러들기 시작한다고 생각했다. 나는 그녀에게 유동성과 응집력이라는 두 가지 성질을 지닌 물에 대해서 말해 주었다. 우리는 거대한 강에 대하여, 그중 몇 개는 어떤 계절에는 다 말라 버린다는 이야기를 나누었고, 알래스카 빙하에서 떨어져 나온 빙산에 대하여, 그 가장자리가 갈라지면서 물밑으로 꺼진다는 이야기를 주고받았다.

무굴제국의 시인 갈리브는 이렇게 노래했다. "빗방울에게는 강물로 들어가는 것이 기쁨이라네."

물의 요소가 해체되면 불의 차례가 된다. 이 단계에 들어오면 체온

이 오르락내리락한다. 감염으로 발열현상이 일어나거나 신진대사가 느려지면서 피부는 서서히 차가워지고 축축해진다.

죽음에 가까이 다가가면서 제프의 손발은 더 차가워졌고 열기는 몸 한가운데로 모여들어 부푼 심장 쪽으로 번졌다. 사만다는 열정적인 사랑의 불꽃, 한 주제를 놓고 벌이던 논쟁의 열기, 한 침대에 누워서도 냉담하게 서로를 외면했던 끔찍한 느낌을 추억했다. 그리고 그의 머리부터 발끝까지 입맞춤하며 그렇게 몰아붙이고 말다툼해서 미안하다고 말했다.

과학자들의 이론에 따르면, 오래전 은하계 어디선가 별 하나가 폭발하면서 엄청난 가스와 먼지를 방출했다. 이 초신성은 수십억 년에 걸쳐 태양계를 형성했다. 시인들은 우리가 과거 어느 한때 밝은 별이었다가 이제는 차갑게 식어 인간의 형상이 되었다고 노래했다.

불의 원소가 해체되면 공기에게 자리를 넘긴다. 육체적 죽음의 마지막 단계에 오면 흔히 호흡 패턴이 급격하게 달라진다. 들숨과 날숨 사이에 간격이 길어지면서 느리고 빠른 호흡이 반복된다. 때때로 방 안에 유일하게 남아 있는 것은 호흡뿐이다. 죽음은 그런 면에서 탄생과 매우 비슷하다. 모든 사람이 자연스럽게 호흡이라는 단순한 움직임에 집중하게 된다.

제프에게는 이제 더 이상 힘겨운 몸부림이나 흥분된 동요가 없었다. 지난 며칠간 그를 둘러싼 불안과 혼란스러움은 사라졌다. 이제 불규칙

첫 번째 초대장

한 숨쉬기만 남았다. 시간은 모래처럼 슬슬 자취를 감추었다. 사만다는 조용히 앉아 가벼운 명상을 하면서 작은 활력을 느꼈다. 생명의 기적은 썰물처럼 서서히 그를 빠져나갔다.

T. S. 엘리엇은 『4개의 4중주』에서 "끊임없이 변화하는 세상의 고요한 지점. 육신도 없고 비육신도 없고, 어디에서 오지도 어디로 가지도 않으니. 그 고요한 지점에는 그 춤이 있으리니. 그 고요한 지점, 그 지점이 없다면, 춤도 없으리니. 그리고 오직 그 춤만 있으리니."라고 노래했다.

제프가 마지막 숨을 내쉬기 직전, 사만다는 그에게 가만히 말을 걸었다. "나, 여기 있어요. 그리고 마지막으로 당신을 만나러 그 깊은 곳으로 내려가고 싶어요." 그녀는 두 눈을 감고 점점 고요함을 찾아갔다. 제프와 사만다는 한없이 깊은 어느 곳에서 만나는 듯했다. 과거는 지나 버렸고 미래는 없었다. 현재만이 있을 뿐이었다.

제프는 몇 번 더 숨을 내쉬더니 더 이상 숨을 쉬지 않았다.

고요함과 평안함이 우리를 감쌌다. 나는 따스한 온기와 눈부시게 밝은 빛을 느꼈다. 얼마 후 사만다는 큰 소리로 말했다. 그건 나한테 하는 것이 아니라 마치 그 공간에게 말하는 것 같았다. "남편을 잃어버리는 거라고 생각했는데, 이제 보니 그이는 어디든 있는 거였어요."

흙은 물로 소멸된다. 물은 불로 사라진다. 불은 공기로 흩어진다. 공기는 공간 속으로 시멸한다. 공간은 의식 안으로 녹아 자취를 감춘다.

많은 경우에 죽음은 갑작스럽게 일어나지 않는다. 온전한 생명에서 서서히 침잠하는 점진적인 과정이다. 앞서 4원소가 사라지는 이야기를 했는데, 이는 꼭 물리적 형상을 두고 하는 말이 아니다. 오히려 형언할 수 없지만 분명히 관찰 가능한 살아 있는 자질을 가리킨다. 이는 죽음 이후 시신을 앞에 두고 괴로움에 몰린 우리에게 봄날의 아지랑이처럼 잡히지 않는, 하지만 그립고 또 그리운 것이다. 4원소 너머에 중요한 그 무언가가 있으니, 바로 영혼, 그 살아 있는 존재감이다. 분명 인간의 도구와 장비는 육체의 물리적 해체를 측정할 수 있지만, 그와 동시에 일어나는 내면의 분해는 미묘하고 고요하다.

4원소와 그것과 관련 있는 상태는 모두 해체되며, 그 결과 자아도 소멸된다. 이는 언제 어디서나 일어나고 있다. 우리는 그저 죽음의 순간에 그 표면에서 그 흩어짐을 보는 것뿐이다.

그렇다면 지금 당신은 누구일까?

하물며 사후에 대한 믿음이나 신비주의 의식에 무심하던 사만다와 같은 사람들도 존재가 품은 빛나는 자질을 인지할 수 있다. 이는 수세기 동안 영적 전문가들이 언급해 왔던 것이다. 그들은 스스로 그 빛에 자신을 드러내야만 한다. 존재의 미묘하고 신비한 양상인 빛은 사람이 죽음에 가까워질수록 더욱 접근하기 쉬운 듯하다. 무어라 설명할 수 없지만, 일상을 이어가는 보통 사람들도 외견상 육체의 견고함과 밀도가 약해질 때 이 빛을 느끼고, 직감하고, 쉽게 알아챌 수 있다.

우리에게는 이런 유형의 불가해한 경험을 설명할 만한 적절한 언어가 없다. 그래서 영어로는 대문자 M을 써서 '미스터리(Mystery)'라고 부르고, 흔히 불가사의라고 풀이한다. 지난 수년간 인간이 직접 경험하거나 이해할 수 있는 것이 그것을 설명하거나 판단할 수 있는 능력보다 훨씬 더 중요하다는 사실을 알게 되었다.

죽어가고 있는 사람들과 함께 앉아 있을 때, 아무리 해도 부인할 수 없는 것은 바로 연약함과 일시성이 곧 생명의 본질이라는 점이었다. 살아 있는 존재는 항상 함께 모였다가 사라지기를 반복한다. 이는 생명의 물리적 속성이 아니며, 죽음의 순간에만 나타나는 특성도 아니다.

한데, 사랑과 연민 안에서 그 본질을 오롯이 붙잡을 수는 있다.

생명은 끊임없는 변화의 흐름 속에 있다는 사실을 우리 모두는 수긍한다. 그럼에도 자신만은 이 변화하는 세상을 헤쳐 나가는 완전히 고정된 존재라는 환상에 더 끌린다. 은연중에 "나를 제외한 모든 것은 변하고 있다."라고 말하는 셈이다.

이는 착각이다. 줄곧 스스로를 받아들이듯 우리는 그렇게 고정된 작은 자아가 아니다.

우리는 회계사가 아니다. 학교 선생도 아니다. 바리스타도 아니다. 소프트웨어 엔지니어도 아니다. 작가도 아니며, 이 책의 독자도 아니다. 적어도 우리가 상상했던 그대로의 존재는 아니다. 따로 분리되지도 떨어지지도 않는다. 우리는 끊임없는 변화 속에 존재한다. 우리는 앞서 엘리엇이 노래했듯, 고요한 지점에서 춤추는 원소로 이루어진 존재이다. 우리는 다른 모든 것들처럼 잠시 여기에 있다가 곧 사라질 존재이다.

비유하자면, 우리는 한때 내가 살았던 100년 묵은 농가에 걸린 유리창 같은 존재이다. 여느 창유리처럼 판유리는 단단해 보였다. 나는 그 유리를 두드릴 수 있었고, 그 표면과 접촉하는 손가락 마디의 선명한 소리도 들을 수 있었다. 하지만 좀 더 가까이 살펴보면 그 유리 창틀은 위쪽이 얇고 아래쪽은 더 두꺼웠다. 유리는 완전히 고정된 것이 아니라, 언제든 중력을 받을 수밖에 없는 유동적인 사물이다. 수십 년 세월이 흐르면서 그렇게 단단하고 영원할 것처럼 보이던 창문도 흔들거리고 변화를 거듭하면서 결국 아래쪽으로 틀을 잡고 겨우 적응해 왔던 것이다.

우리의 자아의식도 창문의 유리처럼 영원하지 못하다. 의도와 용도는 있지만 단단히 고정된 것은 아니다. 언제까지나 계속 갈 것 같은 외관에 속으면 안 된다.

질병이 생기면 우리는 평소보다 훨씬 작아진 자아의식으로 움츠러들지만, 몸이 아프거나 죽어가는 사람들은 친숙한 자기 정체성의 경계선에 더 이상 한정되지 않는다. 오히려 더 넓어진 풍경에 노출된다. 낯설고 기이한 방식이지만, 질병은 마치 아름다운 존재와 조우하는 강렬한 순간처럼 우리를 뒤흔들고, 성숙시키고, 존재의 더 깊은 차원을 열어 준다. 물론 그렇다고 삶이 완벽하게 아름답고 깔끔하게 정돈되는 것은 아니다. 광기와 어리석음, 아수라와 혼란은 여전하다. 하지만 이전보다 훨씬 더 확장된 정체성을 구현하게 된다. 내면의 삶과 외부 세상이 서로 스며들어 결합한다.

찰스는 품격 있는 사람이었다. 그는 젠 호스피스 프로젝트에 들어오면서 비싼 크리스털 샴페인 잔과 스페인 지방 스타일의 은제 포크와 스푼도 함께 갖고 왔다. 금요일 밤이면 친구들을 위해 작은 디너파티를 열었다. 매일 이탈리안 정장과 실크 넥타이를 갖추어 입었다. 다시 그렇게 할 수 없을 때까지 늘 그랬다. 그러다 점점 환자복만을 입게 되었고, 분위기 있는 저녁식사도 취소했다.

시간이 흐를수록 그를 이루던 다른 요소들도 슬며시 약해지기 시작했다. 갑작스럽게 여성들의 가슴을 움켜쥐거나 거친 뱃사람처럼 욕을 내뱉기 시작했다. 당연히 이런 모습은 친구들을 당황스럽게 만들었고, 그의 부적절한 행동에 소스라치게 놀랐다. "정말 너무 변했어." 친구들은 숨죽이며 중얼거렸다. 그런 급격한 변화를 곁에서 지켜본다는 것은 편하지도 재미있지도 않았다.

찰스가 좀 더 지치고 혼란스러워지자, 그동안 참여하던 사교 서클에서도 탈퇴했다. 그리고 과거 연인이었던, 믿을 수 있는 옛 친구 하나만 초대하는 방향으로 바꾸었다. 그 친구는 찰스가 에이즈와 관련 있는 치매 증세 때문에 본래와 다르게 행동하고 있다는 사실을 이해하는 유일한 사람이었다. 찰스의 무의식 세상은 일상 안으로 침범하고 있었다.

삶에서 원치 않는 재료는 뚜껑을 덮어 보관해야 한다는 점을 우리는 꽤 일찍부터 배운다. 부모가 나를 사랑하도록 만들고 싶고, 무엇보다 생존이 부모에게 달려 있기 때문에 이른 유아기부터 이미 이런 식의 자아를 형성하기 시작한다. 그 결과 불가피하게 무의식적 가설과 편견, 그리고 좋든 싫든 여러 가지 선입견을 취하게 된다.(여기에는 특정 문화와 종교적 양육에서 나오는 가설, 편견, 선입견도 포함된다.) 혹은 그런 것에 반발하기도 한다. 어느 쪽이든 삶의 초기부터 특정 방식으로 행동하도록 길들여진다. 타자의 인정을 구하려 하고 반감을 회피하려는 적응 패턴은 학교 교육 기간 내내 동료와 친구들 사이에서도 계속되며, 이는 향후 미래의 절친한 인간관계에 필요한 견본으로 작용한다.

요약하자면, 우리의 생존에 위협이 될까 두려워하는 것은 의식 아래로 밀어 버리고, 무엇이 되었건 우리가 원하는 바를 얻게 해 줄 거라 믿는 것만 세상을 향해 드러내 보인다. 세월이 쌓이면서 이 패턴은 깊이 새겨져 자아를 형성하고 지탱하게 된다. 결국 그 자아는 자의식으로 나타난다.

앞서 찰스의 경우처럼 병이 심각해지면, 그저 제자리에 서 있거나 화장실에 가는 등 가장 사소한 일상의 기능을 수행하는 데 모든 에너지를 쓰게 된다. 질병은 우리의 통제 개념을 무너뜨린다. 한편 우리가 인식하지 못하지만 평생에 걸친 (무의식적) 억압 과정은 오히려 에너지를 가로채 버린다. 그러다 이제 더 이상 그렇게 쓸 수 있는 에너지조차 없을 때 무의식의 물질은 슬그머니 빠져나오기 시작한다. 전혀 예상하지 못했기에 이 사실이 우리를 놀라게 한다.

이런 억압된 성향이 표면까지 끓어오르고 정체성이 변할 때 자기 자신이나 친구를 인식하는 것도 매우 어려워진다. 동시에 평생 수치스럽게 생각해 왔거나 적절하지 않다고 여겼던 것을 더 이상 누르지 않아도 되는 자유가 생겨난다. 그동안 만들어졌던 이중성과 잘못된 경계선이 깡그리 사라지기도 한다. 적당한 여지가 주어지면 진실을 알아챌 수 있으며, 그 진실은 좀 더 확장된 자아의식으로 통합될 수도 있다.

우리는 원초적인 성 본능, 수치심, 죄책감을 일으키는 무언가를 억압한다고 생각하지만, 정작 우리가 억압하는 대상은 우리의 타고난 선함이 되기도 한다.

션은 감옥에서 선처를 받고 젠 호스피스 프로젝트로 들어왔다. 그는 누나를 열일곱 번이나 찔러 살인한 죄로 종신형을 받고 감옥에서 격리 죄수로 엄격한 감시를 받았다.

애당초 여기는 션에게 너무 힘겨운 곳이기도 했다. 사람들 사이가 너무 친밀했기 때문이다. 그는 우리를 밀어냈다. 자기가 좋아하는 군것질거리를 내놓지 않으면 짜증을 부리면서 성을 냈다. 자기가 살아온 이야기는 거의 하지 않으면서 봉사자들이 너무 참견하고 캐묻는다고 비난했다. 우리는 다른 사람들과 똑같이 존중과 사랑으로 그를 대해 주었다.

나는 자주 션이랑 담배를 피고 잡담을 하면서 여기저기를 그냥 돌아다녔다. 그러면서 그가 대리 위탁 부모 밑에서 성장했으며, 열세 살에 이미 비행소년이 되어 버렸다는 사실을 알게 되었다. 어른이 되고 나서 그는 거의 대부분의 시간을 감옥에 갇혀 지냈다. 그 시절에 누군가에게 도움을 청하거나 친절을 베풀었다면, 아마 그는 조롱을 받거나 살해되었을지도 모른다.

어느 날 둘이서 뒷마당에 앉아 있는데, 션이 불쑥 입을 열었다. "프랭크, 오늘 봉사자들이 나를 좀 도와주었으면 좋겠어."

"뭘 해 달라고 하게?"

"간호사들이 샤워장까지 데려다 주는 걸 도와줄 수 있을까?" 샤워를 시켜 주는 것도 아니라 **샤워장 안에** 데려다 주는 일이라니! 그는 간호사들의 도움을 받아 옷을 입은 채 작은 샤워장까지 갔다가 간호사들이 나가자 비로소 옷을 벗었다. 지난 수십 년 동안 그가 누군가에게 도움을 청한 일은 그때가 처음이었다.

이곳의 따뜻한 환경으로 차츰 방어기제를 누그러뜨리게 되자, 그는 자유롭게 자신을 발견하면서 더 많은 모습을 드러냈다. 그러자 그의 따뜻하고 너그러운 자질이 풀려져 나왔다. 그것은 오랫동안 숨겨져 왔던 정체성의 일부분이었다.

젠 호스피스 프로젝트에서 20년 가까이 일하는 동안, 션은 나한테 깜짝 생일파티를 열어 준 단 한 사람이었다. 심지어 얼마 되지 않는 정부 보조금을 굳이 쓰겠다고 고집을 부렸다. 처음에는 스트리퍼를 고용해 케이크 모형 상자에서 뛰어나오는 선물을 준비하려고 했는데, 간호사들이 만류하여 풍선과 케이크를 마련하는 선에서 일단락되었다.

봉사자들과 간호사들이 케이크 주변에 빙 둘러서서 '생일 축하' 노래를 부르기 시작했다. 나는 생일이 다가온 줄도 몰랐고, 더구나 그게 모두 션의 아이디어였다는 사실도 나중에야 알았다. 얼마나 감동했는지 모른다. 생일파티는 그 당시 션이 나한테 해 줄 수 있는 가장 정성 어린 선물이었다.

세상을 떠나기 전, 션은 아들에게 줄 영상을 남겼다. 이 세상에 존재하는지도 몰랐던 아들이었다. "얘야, 알다시피 난 네가 있는 곳에 가 본 적이 없어. 너도 나를 잘 모르겠지. 그런데 이제야 너한테 이야기를 하게 되는구나. 그것도 내 삶의 끝에 와서야… 이런 건 중요하니까 꼭 알고 있으렴." 그는 아들에게 친절과 용서에 대해 아버지로서 해 줄 수 있는 가르침을 계속 이어갔다.

그건 정말이지 경이로운 반전이었다. 방어기제를 내려놓고 마음을 열게 되자, 션의 타고난 연민과 사랑과 다정함이 털실처럼 풀려 나왔다. 그건 우리가 그를 바꾸어 보겠다고, 교화나 개조를 해 보겠다고 노력한 결과가 아니었다. 그저 우리가 그를 사랑했기 때문에 가능한 일이었다. 그것으로 마침내 션은 사납게 굳어져 자기를 제한하던 정체성을 내려놓을 수 있었다. 이 세상에 선한 퍼즐조각 하나 맞추지 못할 나쁜 범죄자라는 생각을 비로소 내보낼 수 있었다.

나의 자아의식을 일깨워 준 건 심장마비 사건이었다. 존경받는 불교 명상 스승이 하룻밤 새 엉덩이 아래까지 축 늘어뜨린 환자복을 입은 환자가 된 것이다. 이후 몇 달 동안, 나를 규정했던 심리학적 기제와 정체성을 다 비워 냈다. 나는 별 볼 일 없고 무기력한 사람이었다. 눈물과 미련과 후회와 공포로 몇 날 며칠을 보내면서, 잠시 잠깐의 통제력을 안기는 예전의 익숙한 이야기에 매달렸다.

자아와 접촉이 끊어지자, 처음에는 문득 겁이 났다. 나는 항상 강한 사람이었고 남을 돌봐 주던 사람이었다. 그런데 지금은 온몸에 시퍼렇게 멍이 들고, 살면서 이렇게 약해 빠진 적이 없었으며, 도움을 받지 않으면 샤워도 할 수 없고, 신발 끈도 맬 수 없는 처지가 되었다. 남들에게 의존해야 하는 허약한 존재라고 느껴지자, 다시 일을 할 수 없거나 이 세상에 참된 기여와 봉사를 할 수 없게 되면 어쩌나 하는 막연한 두려움이 엄습했다. 물론 한편으로는 회복하면 힘차게 밀고 나갈 수 있다고 생각했다. 하지만 그 순간 내가 해야 할 일은 정확히 반대였다. 오히려 그 과정에 순순히 응해야만 했다.

고대 수메르 신화의 이난나 여왕이 지하세계에 내려간 이야기가 떠오른다. 여기에서 지하세계는 깊은 무의식을 비유한다. 이난나 여왕의 이야기는 온전함으로 가는 원형적 여정을 다룬다. 그 여정을 통해 여왕은 자신의 어둡고 그늘진 면을 받아들이고 과거 자아의 올가미를 하나씩 버리면서 죽음에 대한 본질적인 통찰을 얻게 된다. 이는 결국 생명과 삶의 순환에 대한 보다 완전한 이해라는 결과로 돌아온다. 여정이 시작될 때 여왕은 아름다운 옷을 걸치고 천상의 왕관을 쓰고 있다. 여왕은 지하세계로 가는 길에 모두 일곱 개의 문을 통과한다. 이 문을 하나씩 통과할 때마다 여왕은 권력의 상징인 금반지, 흉갑, 벽옥 등을 넘겨야 한다. 맨몸으로 아무것도 남지 않을 때까지 이 여정은 이어진다.

나도 그렇게 발가벗겨진 느낌이었다.

우리는 긍정적 자아를 만들기 위해, 혹은 역량이나 중요성을 부풀리기 위해서 습관적으로 여러 가지 빛나는 장식품으로 스스로를 묶어 버리곤 한다. 이와 반대로, 부정적 자아의 불길에 기름을 붓거나 약점이나 허점을 과장하는 경우도 있다. 물론 우리가 세상에 투사하는 이런 구성물은 알맹이가 없고 진짜도 아니다. 우리도 그 사실을 본질적으로 알고 있다. 그럼에도 거기에 투자를 하고 그것을 진짜로 착각하게 된다.

동일시는 내면의 작용이자 행위이며, 우리가 스스로에게 행하는 과정이다. 직업, 국적, 성적 지향, 인간관계, 영적 진보, 혹은 그저 스쳐 지나는 덧없는 생각까지 거의 모든 요소와 자신을 동일시할 수 있다. 그런데 여기서 중요한 점은, 스스로를 궁금해하고 호기심을 발휘하면 우리를 이루는 정체성을 내려놓는 일이 시작될 수 있다는 사실이다. 지금 당장 우리가 동일시하는 요소를 집착하게 만드는 이런저런 태도, 반응, 지향, 선호도에 주목하면 단번에 알아낼 수 있다. 일단 알아채고 나면 동일시 작용을 억지로 내다 버리지 않고 그대로 놔두어도 된다. 그런 것과 싸울 필요가 없다. 어차피 만물의 본질대로 잠시 머물렀다 가기 때문에 그 또한 점차 사라질 것이다.

이것이 바로 명상 스승 스즈키 로시가 지적하고 있는 지점이다. 그는 이렇게 말했다. "우리가 '나'라고 부르는 것은 우리가 숨을 들이마시고 내쉴 때 움직이는 회전문에 불과하다."

이런 정체성들이 누그러지고 약해지면 긴장이 풀리면서 더 자유로워지고, 자기 존재감은 커지고, 현재에 대처하는 속도가 빨라질 것이다. 그러나 대개 처음에는 자신이 취약한 존재가 되었다고 느낀다.

참선 명상의 건물 입구에는 목판이 걸려 있다. 승려들이 수련생들을 명상 선당(禪堂)으로 부를 때 나무망치로 두드리는 단단한 나무판이다. 대개 그 목판에는 붓글씨로 이런 가르침이 적혀 있다.

탄생과 죽음이라는 중대한 사안을 인식하라.
삶은 빠르게 흘러간다,
깨어나라, 깨어나라!

이번 생을 낭비하지 말라.

수련생도, 스승도, 매일 아침 제행무상(諸行無常), 일시성이라는 본질적인 진리를 떠올리면서 그 현판을 지나간다. 세월이 쌓이면 나무망치가 두꺼운 참나무 목판을 두드리던 자리에는 구멍이 나고, 그렇게 단단해 보이던 것도 점점 얇아지고 약해진다.

글자는 사라지고 결국 그 목판 자체가 가르침이 된다.

이런 일련의 흐름은 존재가 취약해지는 양상처럼 보이기도 한다. 그러나 우리가 꿀단지처럼 품고 사는 믿음과 생각에 대한 집착을 느슨하게 풀고, 삶의 고난과 불행에 대한 저항을 누그러뜨리고, 불확실성을 붙잡고 애쓰는 일을 그만 두고, 우리 자신을 좀 더 가볍게 유지할 때 우리 존재의 딱딱함이 조금씩 허물어진다. 그리하여 단단하게 고정된 정체성에서 빠져나올 수 있다.

심장마비를 겪은 후 몇 달이 지나, 마침내 나의 연약함을 수면 위로 드러내면 드러낼수록 내가 어떤 사람이 되어야 한다는 생각에서 벗어나기가 더 쉬워진다는 사실을 깨달았다. 이런저런 자가 발전용 작업에 매몰되는 모습도 줄어들었다. 내 성격을 떠받치는 일에 피로감을 느꼈다. 이따금 내 성격은 거대한 풍선처럼 보였다. 나는 그 풍선을 끊임없이 부풀리느라 숨도 제대로 쉬지 못했다. 그런데 삶의 연약함을 받아들이자 그것이 나를 환하게 열어 주었다. 내 자신이 통기성이 더 좋고,

투과성이 더 높고, 더 투명한 물질이 된 것 같았다.

고등학교 생물 시간에 삼투압 이론을 배운 기억이 난다. 삼투압은 반투과성 세포막 사이로 분자가 세포 안팎으로 이동하는 과정을 말한다. 우리 의식도 이 반투과성 세포막과 같다. 인간의 가장 깊은 본질은 삼투압과 매우 비슷한 과정을 통해 스밀 수 있다.

인간의 연약함 덕분에 가장 중요한 정체성을 깨닫게 될 가능성은 상존한다. 그러니 그걸 깨닫기 위해 다른 어느 때를, 완벽한 조건이 갖춰지기를, 하물며 우리의 죽음을 기다릴 필요가 없다. 전혀 예상하지 못한 시점에, 그것도 정말 피하고 싶은 바로 그 조건과 상황 때문에 자신의 일시성을 깨닫는 일은 의외로 자주 발생한다.

회복 기간 중에 나는 어디든 다 통과하고 스며들 수 있을 것 같았다. 세상의 숭고한 아름다움과 공포가 어떤 저항도 없이 내 의식 속으로 들어올 수 있었다. 나는 그 모든 것을 받아들였다. 기꺼이 환영했다. 나와 나 자신의 다른 부분, 혹은 세상 사이에 필터 장치는 없었다. 나는 그냥 있는 **그대로의 존재**였다.

무뚝뚝하고 툭하면 화를 내던 할머니 환자 시드의 손을 잡았던 기억이 떠오른다. 아침에 자원봉사자가 "안녕하세요. 잘 주무셨어요?"라고 인사를 하면 이렇게 맞받아쳤던 사람이다. "내가 암으로 죽어가고 있는데 말이여, 그런데 좋은 아침이 뭐가 대수라고?"

그러나 마지막 순간을 앞둔 즈음 거칠고 공격적이던 시드는 점점 반투명한 사람으로 변했다. 피부는 너무 얇아서 속이 다 보였고, 사람 자체가 환자복에 폭 싸일 정도였다. 몸무게가 너무 많이 빠져 몸통 사이로 바람이 숭숭 지나갈 것 같았다. 허세에 찬 객기는 사라지고 대신 조용하고 사랑스런 태도가 자리 잡았다. 더 이상 자기 삶의 해묵은 레퍼토리를 유지하려고 애쓰지 않아도 되었고, 마치 이런 변화 덕분에 시드가 품고 있던 더 중요한 본질이 스스로 드러난 것 같았다.

내가 더 투명해질수록 인간은 그저 끊임없이 변하는 뭉치에 지나지 않음을 깨닫게 되었다. 우리는 스스로를 좀 더 가볍게 잡고 있어야 한다. 너무 심각하게 쥐고 있으면 그것은 곧 엄청난 고통의 원인이 된다. 우리는 자신의 담당자이자 책임자이다. 그 책임자는 종종 이렇게 말한다. "자, 잔뜩 졸라매고 한번 해 보자고!" 하지만 실상 우리는 무기력하고, 주변에서 일어나는 이런저런 일에 영향을 받기 쉬운 존재이다. 그런데 그 무기력함이 우리를 연약함과 연결시켜 준다. 앞에서 보았듯이, 연약함은 깨달음으로, 현실과 더 깊은 친밀함으로 이어 주는 길이 될 수 있다.

심장마비를 겪은 후에도 나의 자의식은 완전히 사라지지 않았다. 여전히 프랭크 오스타세스키 그대로였지만, 내 성격은 더 이상 과거처럼 나를 지배하는 위력을 발휘하지 못했다. 회복하는 몇 달 동안 나는 아름다운 바다 풍경이 보이는 곳에서 많은 시간을 낡은 가죽의자에 앉아 보냈다. 현관문은 잠그지 않은 채 그대로 두었다. 사람들이 찾아오면 곧바로 큰소리로 환영인사를 할 수 있도록, 그리고 내가 자리에서 일어나지 않아도 방문객들이 알아서 집안으로 들어올 수 있도록 했다. 당시에는 의자에서 일어나는 것조차 힘들었다.

수술하고 6개월이 지날 즈음 현관벨이 울리는 소리가 났다. 나는 본능적으로 문을 열려고 일어났다. 거실을 지나 걸어가는데, 문득 자아의식이 내 몸으로 돌아왔다는 생각이 들었다. 그건 마치 외계인과 복제인간이 난무하는 필립 카우프만의 영화「우주의 침입자」에 나오는 한 장면 같았다. 나의 자아는 복수라도 하듯 맹렬하게 스스로의 영향력을 주장하고 있었다. "내가 돌아왔어. 이제 걱정하지 마. 내가 다시 책임진다!"

이상하게 들리겠지만, 의자에서 쉽게 일어섰는데도 마냥 행복하지 않았다. 뭔가 잃어버린 느낌마저 들었다. 옛날 습관으로 돌아가 새로 발견한 무한한 본질에 대한 감각과 접촉이 끊어질까 봐 두려웠다.

하지만 감사하게도 그런 일은 일어나지 않았다.

해야 할 일을 제대로 해내는 인간 프랭크 오스타세스키로 기능하면서 동시에 회복하는 동안 발견했던 더 큰 '존재'와도 접촉할 수 있었다.

나는 내면의 평화가 품은 가능성을 깨달았다. 그래서 내 삶의 조건이 어떠하든 내려놓을 수 있었다. 변할 수 있었다. 무엇보다 만족감을 찾을 수 있었다.

다행스럽게도 자신의 일시성을 받아들이기 위해서 병에 걸리거나 죽어가는 순간까지 꼭 기다릴 필요가 없다. 삶을 바꾸는 중대한 사건이라면 언제든 이런 기회를 맞이할 수 있다. 이제 막 부모가 된 사람들이 각자의 역할을 내면화하기 위해 자아에 대한 시각을 어떤 식으로 확장하는지 한번 생각해 보라. 가령 책임이 막중한 일자리를 잃은 기업 간부를 예로 들어보자. 만약 그가 자신의 정체성에 지나치게 집착한다면 그런 충격을 받은 후에 몇 달이고, 심지어 몇 년이고 허둥대며 지낼지도 모른다. 그 모든것을 내려놓고, 자신이 일구어 왔던 커리어보다 더 큰 사람으로서, 그리고 열정과 관심과 두려움과 상처를 가진 인간 존재로서 자기 자신을 기꺼이 받아들인다면 비로소 자신에게 필요한 새로운 길을 되찾고 착실히 나아갈 수 있다.

자아의식이 큰 **존재**를 향해 이동할 때 우리는 일시성에 대한 단순한 반응을 넘어서 움직이게 된다. 그뿐 아니라, 심장마비를 겪고 나서 내가 그랬던 것처럼 일시성 너머에 존재하는 그 무언가, 바로 영원히 마르지 않는 생명의 원천을 알게 된다. 스즈키 로시는 말했다. "산다는 것은… 작은 존재로서 이 순간 잠시 죽는다는 뜻이다." 이 말은, 자아는 서로 별개의 고정된 존재가 아니라 그물망처럼 퍼진 상호 연결된 여러 개의 과정이라는 의미이다. 우리가 이 사실을 깨닫게 되면 어떤 상황이나 조건에도 창조적으로 대응할 수 있는 기회가 생긴다. 이제 그 어느 것도 변화와 변모로 향하는 우리를 방해하지 않을 것이다. 기실 과거에도 우리 발목을 걸고 방해한 것은 아무것도 없었다.

자신의 일시성을 기꺼이 받아들이는 일은 하나의 여정이다. 이 여정은 만물의 진짜 본질과 접촉할 수 있는 더 깊은 곳으로 우리를 데려간다. 그러려면 먼저 주변의 모든 것이 변한다는 사실을 받아들여야 한다. 그런 다음, 바로 자신도 계속 변화하고 있음을 깨달아야 한다. 여기서 자신이라 함은 우리의 생각과 감정, 태도와 신념, 그리고 정체성까지 모두 포함된다.

이 여정은 일시성이 다른 모든 인간 존재와 하나로 묶어 준다는 점에서 아름답다. 삶의 일시성을 제대로 인식하고 그 사이의 상호연결성을 이해할 때 공감이 발생한다. 우리는 서로 별개의 존재가 아니다. 우리는 세상 모든 사람, 그리고 모든 것들과 깊이 연결되어 있다.

성숙한 희망

희망은 선함이 스스로를 드러내도록 용기를 준다.

— 이름 없는 누군가, 그리고 에밀리 디킨슨(1830-1886)

미드웨스트 시티에서 일어난 일이다. 나는 유리와 스틸로 세운 거대한 메디컬센터의 넓은 복도를 걸어가면서 오늘날의 건강관리시스템이 참 인간미가 없다는 생각을 하고 있었다. 그때 마침 병원 장내 방송에서 브람스의 자장가 소리가 들려왔다.

당시 입원 중인 나를 데리고 병례(病例) 검토회로 향하던 수간호사에게 이 어여쁜 음악이 무슨 일로 나왔는지 물어보았다.

"이제 막 아기가 태어났다는 뜻이에요." 그녀의 미소가 환했다.

그 대답에 놀란 나머지 나는 관련된 이야기를 조금 더 해 달라고 청했다.

수간호사는 아기가 태어나면 산부인과에서 브람스의 자장가를 트는 관례가 있다고 설명했다. 그 음악은 모든 병실에서도 들을 수 있었다.

"아니, 환자들 병실에서도요?" 나는 못 믿겠다는 투로 물었다.

"네, 병원 전체로 다 방송이 나가요. 정형외과, 심장외과, 중환자실, 응급실, 수술실, 원무과, 병원 내 식당, 심지어 보안센터까지 다요." 그녀가 자랑스럽게 답했다.

"아기가 태어날 때마다 나오는 건가요? 어려운 상태의 신생아까지 다 말입니까?" 나는 너무 놀라서 재차 물었다.

"네, 모든 아기가 태어나면 음악을 내보내요. 미숙아로 먼저 세상에 나온 아기든, 제왕절개로 태어난 아기든 모두 다 말이죠."

잠시 주변을 둘러보았다. 서둘러 발걸음을 옮기던 사람들이 잠시 숨을 고르고 있는 모습이 보였다. 이런저런 대화도 멈추었고 대신 여기저기에 소리 없는 웃음이 활짝 피었다. 긴장과 스트레스가 있던 이곳에 잠시 즐거움과 평안함이 흘렀다.

누가 봐도 병원은 고통을 끌어당기는 자석이다. 병원 환경은 육체적인 고통과 심리적인 두려움, 불안, 기타 여러 불편한 일들로 꽉 차 있다. 직원들은 환자의 고통과 그 고통에 어쩔 줄 몰라 하는 상황에 압도된 채 치료와 간호의 기술적 세부사항에 매몰되는 경향이 있다.

그런 곳에서 흘러나온 브람스의 자장가는 어느 순간에라도 존재하는 새 생명의 탄생을 알리는 위로와 기쁨의 전주곡이었다. 하물며 고난과 역경에 처했을지라도 계속 앞으로 나아가도록 희망과 행복을 주는 응원이었다. 그 음악은 그저 기분 좋은 낙관주의 이상의 역할을 해냈다. 그 짧은 순간 동안 희망이 주변을 가득 채웠다.

희망은 마음과 정신이 품고 있는 미묘하고도 무의식적인 태도이다. 또한 인간 삶에 극히 중요한 원천이다. 아침에 일어나 새로운 나날의 가능성을 기다리게 하는 요소이기도 하고, 멋지게 펼쳐질 미래를 꿈꾸게 만들기도 한다. 데스몬드 투투 주교는 남아프리카공화국의 윤리적 양심으로 흑백분리정책을 공개적으로 비판했다. 그런 그가 말하는 희망은 무엇일까? "희망이란 모든 어둠에도 불구하고 빛이 있음을 아는 것입니다."

희망이 과연 무엇인가에 대해서 전문가들마다 의견을 달리한다. 그것은 신념인가? 정서인가? 의식의 선택인가? 아니면 셋을 다 합친 것인가? 철학자이자 체코 공화국의 초대 대통령이기도 했던 바슬라프 하벨에 따르면, 희망은 "영혼이 쏠리는 방향, 곧 영혼의 지향점"이다. 나는 희망이 존재의 타고난 자질이며 불굴의 삶에 대한 숨김없고 적극적인 신뢰라고 생각한다.

희망을 어떻게 규정하든, 우리가 확실히 알고 있는 사실은 희망이 이성과 합리의 세상 너머로 우리를 데려간다는 점이다. 때때로 이런 희망은 우리가 살아남는 데 없어서는 안 될 귀중한 것이 된다. 하지만 간혹 희망이 잘못 받아들여지면 망상에 빠지게 되어 삶의 엄중한 사실들을 마주하는 데 방해물이 되기도 한다.

희망의 참된 가치를 분별하려면 희망과 기대 사이에 확실한 선을 그어야 한다. 희망은 모든 생명을 조화로움으로 이끄는 최적의 힘이다. 희망은 외부에서 찾아오는 것이 아니라, 존재의 지속된 상태이자 우리 안에 숨겨진 마르지 않는 원천이다. 정신이 고요하게 깨어 있을 때 좀더 선명하게 현실을 볼 수 있고 그 현실을 생생하고 역동적인 하나의 과정으로 인식할 수 있다. 살아서 꿈틀거리는 희망은 창의적인 담대함을 품고 있으며, 이로써 모든 생명과의 통합을 깨닫고 행동에 나서는 데 필요한 슬기와 지혜를 찾을 수 있게 도와준다. 우리는 희망이 품은 가벼움과 쾌활함, 그리고 이런 희망이 일으키는 열의와 확신을 감지할 수 있다. 미래를 풍요롭게 만들어 줄 거라고 상상하는 여러 활동에 참여할 수 있도록 희망은 우리의 기운을 북돋아 준다. 이런 모습의 희망은 인간의 기본 욕구이다.

그러나 우리가 흔히 품고 있는 희망은 그저 말 그대로 희망사항에 불과하다. 외부의 대리자나 권위자가 바라는 것을 가져다 줄 것이라는 순진함에 가까운 신념이나 맹목적인 믿음에 사로잡혀 있을 때가 많다. 희망에 대한 이런 관습적인 시각은 여러 삶의 조건들을 우선 선택하고, 정작 바로 여기에 우리를 위해 엄연히 존재하고 있는 것들을 거부하는 태도이다. 이런 태도는 곧 두려움의 이면이다.

기대로 가장한 채 다가오는 희망은 특정한 결과에 집착한다. 이런 희망은 특정한 미래의 결과를 바라는 욕망과 결합한다. 한마디로 객체 지향적이다. 이는 우리를 자신의 바깥으로 데리고 나가는 상황을 초래한다. 결과를 얻지 못하고 대상을 붙잡을 수 없을 때 희망은 내동댕이쳐지는, 그야말로 진퇴양난에 빠지게 된다.

행복을 특정 결과에 얽어매면 온갖 종류의 고통이 일어나기 마련이다. 우리는 그 괴로움을 해결하기 위해 주변에서 벌어지는 온갖 일을 통제하려고 한다. 그러나 잘 생각해 보라. 결혼식 당일의 날씨, 다른 사람들의 기분, 복권 당첨, 하물며 암을 진단받는 것까지 그 무엇도 우리가 통제할 수는 없다. 이미 살펴보았듯이, 아무리 잘 세운 계획이라도 일시성의 법칙을 이길 수는 없다.

끊임없이 변화하는 삶의 풍경 속에서 희망을 결과에 딸려 보내 버리는 태도는 불안을 일으킨다. 지금 이 순간 있는 그대로 삶에 참여하려는 우리의 능력을 해친다. 인류학자 안젤레스 에리엔은 권고했다. "우리는 결과에 집착하지 말고 어떤 결과에든 열려 있어야 한다. 열린 마음과 얽매이지 않는 태도는 지혜와 편견없는 객관성이라는 귀중한 자산을 다시 찾아오는 데 도움이 된다."

레이첼은 대장암으로 죽음을 앞두고 있었다. 남편 프레드는 아내에게 수박을 먹여 주기 위해 젠 호스피스 프로젝트로 매일 찾아왔다. 나는 그 모습을 내내 지켜보았다. 그냥 몇 조각도 아니고 언뜻 보아도 매번 수박 한 통씩을 갖고 오는 것 같았다.

"레이첼, 정말 수박을 좋아하나 봐요."

"실은 그렇게 좋아하지 않아요. 남편이 어디 인터넷에서 읽었나 봐요. 수박이 대장암에 좋다고요. 그래서 그 사람 기분 좋으라고 먹는 거예요."

대장암 환자에게 수박이라! 터무니없는 소리처럼 들린다는 점을 이해한다. 그런데 절망에 빠진 사람들이 필사적으로 온갖 형태의 치료법에 손을 뻗게 되는 것은 그리 드문 일이 아니다. 가끔 어떤 건 통하기도 한다.

프레드는 아내를 사랑했지만, 정작 아내가 죽어가고 있다는 현실을 받아들일 수가 없었다. 자신이 남들은 모르는 암 치료 비법을 발견했다는 환상에 사로잡힌 것은 한마디로 눈먼 희망이었다.

어느 날 밤, 나는 프레드에게 수박 치료법을 주장하는 인터넷 웹사이트를 보여 달라고 했다. 그는 열성을 다해 그 자료를 큰 소리로 읽었다. 그러다 갑자기 낙담하여 두 손으로 얼굴을 가렸다. 사실 그는 전부터 자신이 웹사이트 자료를 잘못 이해했다는 사실을 깨닫고 있었다. 그 웹사이트에서는 수박이 기적의 치료법이 아니라, 수박을 먹으면 수분 공급에 도움이 될 수 있고, 수분 공급은 치료에 중요한 부분이라고 말하고 있었다.

수박 치료의 본 모습에 상실감을 느끼는 그에게 잠시 시간을 주었다. 그러곤 죽어가는 아내와 보내는 마지막 나날이 어떤 모습이었으면 좋겠는지 물어보았다. "온 마음을 다해 아내를 사랑하고 싶어요." 순간의 주저함도 없는 대답이었다. "일말의 의구심 없이 아내의 전부를 사랑하고 싶고, 아내와 결혼한 내 삶이 얼마나 축복된 일이었는지 알려 주고 싶어요."

레이첼 인생의 마지막 남은 한 주 동안 프레드는 단 한 번도 아내 곁을 떠나지 않았다.

프레드의 경우처럼 대부분 중병에 걸린 환자와 그들을 사랑하는 가족은 기적을 바라는 이기적이고 자의적인 희망을 안고 죽음과의 여정을 시작한다. 이를 테면 '육체와 정신의 능력이 모두 돌아오면 암에서 깨끗이 나을 수 있겠지.' 하는 희망이다. 기실 이런 상황에서 희망이라고 부르는 것은 그저 두려움의 다른 표현이다. 이런 상태에서는 믿을 만한 해법을 만들어 내지 못한다. 그런 해법은 우리가 겪는 혼란스러움에서 비롯된 것이기 때문이다.

희망은 행복하고 건강한 삶에 긍정적으로 기여할 수 있는, 타고난 인간의 자질이다. 그래서인지 희망을 던져 버리는 일은 도움이 되지 않는 것처럼 보인다. 어쩌면 우리는 희망을 이해하고 활용하는 새로운 과정을 거쳐야 할 것 같다.

공감과 연민이 함께한다면 희망은 변할 수 있다. 그렇게 되면 우리가 선택하지 않았지만, 그렇다고 피할 수도 없는 증상을 애써 관리해 보려는 행위를 멈춘다. 그 대신, 현재 주어진 상황과 조건에서 온전히 살아가면서 가치를 발견하는 방향으로 움직인다. 그런 전환된 모습을 두고 나는 종종 **성숙한 희망**이라고 부른다. 성숙한 희망이란, 우리를 내면으로 데려가 경험의 선함과 미덕을 발견하도록 이끌어 준다.

성숙한 희망으로 가려면 냉철한 의도와 내려놓음이 필요하다. 이런 희망은 결과에 의존하지 않는다. 사실 희망은 불확실성과 관련이 있다. 다음에 무슨 일이 일어날지 모르기 때문이다. 성숙한 희망은 우리 스스로 깨우친 반응을 실행할 수 있는 가능성 안에 존재한다. 특정한 방식으로 드러나는 결과에서는 그런 희망을 찾아볼 수 없다. 희망은 기본적으로 인간의 선함에 대한 가치와 신뢰에 근거를 둔 마음의 지향점이다. 일부러 노력하여 얻을 수 있는 것에서는 찾아볼 수 없다. 근본적 신뢰는 행동의 지침이 되어 주고, 다른 사람들과 협력하고, 특정 결과에 집착하지 않고, 끈기 있게 버틸 수 있도록 해 준다. 병고를 치를 때 성숙한 희망은 온전함의 공간 어딘가로 우리를 데려다 준다. 비록 치료에 효과가 없을지라도 그 점은 변치 않는다.

'이게 일이 이루어질 수 있는 유일한 방법이야.'라는 식의 미래에 대한 외눈박이 전망을 내려놓을 때 틀에 박힌 관습적인 희망에 갇히지 않는다. 그러니 뜻밖의 일이 일어날 수 있는 여지를 남겨야 한다. 앞서 프레드가 알게 되었듯이, 유연함과 친절함을 갖추면 절망적인 상황에서도 희망을 다시 상상해 낼 수 있다.

삶은 우리가 처음에 생각했던 방식으로 드러나지 않을 수 있지만, 대신 기운을 복돋우는 성숙한 희망은 우리가 결코 상상하지 못했던 수많은 기회가 나타날 가능성을 열어 준다. 그리고 그런 가능성에 마음의 문을 열 수 있게 도와준다.

자연 재해, 지진, 화재, 홍수는 인간의 일상을 급격히 무너뜨리는 대단히 파괴적인 환경이 무엇인지 명백히 입증하는 사례이다. 가가호호 집은 유실되고 사람들은 죽어간다. 그런 뜻밖의 혼란은 여러 방면에 영향을 끼친다. 하지만 시간이 흐를수록 사람들이 긍정적인 태도로 함께 모여 서로 먹을 것을 나누고, 담대하게 행동하고, 낯선 사람들과 친구가 되는 등 그들 안의 가장 선한 면을 드러내는 모습을 목격하게 된다. 그 와중에 이런 훈훈한 장면이 나오는 것은, 한편으론 그런 파괴적 재난이 생명이 경각에 달린 의사의 진단을 받은 충격과 또 다른 격렬한 방식으로 삶의 직접성과 맞닥뜨리기 때문일 것이다. 품위를 잃지 않고 불가능한 상황에 도전하는 사람들의 이야기는 우리에게 용기를 북돋우고, 인간 존재의 기본적인 선함과 이타심에 대한 희망을 안겨 준다.

우리 대부분은 진실보다 안락함을 택한다. 하지만 안전지대에서 성장과 변화는 일어나지 않는다. 더 이상 삶의 조건과 상황을 통제할 수 없음을 깨닫고 자신을 변화시키는 일에 과감히 도전할 때 비로소 우리는 성장한다. 과거에 대한 집착과 터무니없는 바람에 대한 욕심을 내려놓을 때, 비로소 우리는 바로 이 순간 속에 존재하는 진실을 자유롭게 받아들일 수 있다.

성숙한 희망은, 무엇을 하든 하지 않든 간에 만물은 변할 것이라는 진실을 기꺼이 수용한다. 변화는 면면히 계속되며 불가피하다. 변하지 않는 세상에 대한 희망은 당장에 좌절감으로 변한다. 대신, 우리는 절망에 빠지지 말고 올바른 행동과 불굴의 인내로 우리 자신과 서로를 믿어야 한다.

언젠가 1만 그루의 참나무를 심은 어르신을 만난 적이 있다. 당시 그 어르신은 일흔 살이었다. 연세 많은 어르신은 그중에 몇 그루가 무사히 어른 나무로 성장했는지 알지 못할 것이며, 분명히 그 나무들이 울창하게 자라는 모습도 결코 볼 수 없을 것이다. 그럼에도 "희망은 나와 저 나무들, 그리고 언젠가 저 참나무의 아름다운 가지를 타고 올라갈 미래 아이들과 함께하는 약속"이라고 말했다.

어느 날, 만나 본 적도 없는 크리스털에게서 전화가 왔다. 그녀는 나에게 죽음을 앞둔 저명한 심리학자인 자기 스승에게 『티벳 사자(死者)의 서(書)』를 읽어 줄 수 있는지 물었다. 나는 그 책이 상당히 난해한 작품이고 일부 이미지는 초심자들에게 무섭게 느껴질 수 있다고 설명했다. 나는 왜 크리스털이 죽어가는 스승의 임종 앞에서 이 책을 읽어주기를 바랐는지 내심 궁금했다. 그녀의 대답은 이랬다.

"선생님은 멋진 삶을 살아온 훌륭한 분이셨어요. 그래서 마지막 순간에도 멋지고 훌륭한 죽음을 맞이하시길 바라는 거예요."

이런 기대치가 스승에게 가해질 무언의 압박감을 감지하고 이렇게 답해 주었다. "아마도 스승님께서는 완벽하게 평범한 죽음을 원하실 겁니다."

그녀는 전화를 끊었다. 예상하건대 다른 사람에게 전화하려고 마음을 먹은 듯했다.

나중에 다시 전화가 왔다. 제자들끼리 논의를 했는데, 그들이 진심으로 바라는 것은 스승이 평화롭게 세상을 떠나도록 돕는 것이라고 밝혔다.

스승에게 실제로 필요한 게 무엇인지 알기 위해 이런저런 시도를 해볼 수 있다면 내가 기꺼이 도와주겠다고 동의했다. 그리고 그녀에게 스승이 무슨 이야기를 하는지 잘 살펴 들어 보라고 부탁했다.

"아, 그럴 순 없어요. 선생님은 지금 의식불명상태예요. 말씀을 하지 못하세요."

"조금 더 살펴보세요. 혹시 땀을 흘리고 계신가요?"

"네. 그래요."

"그러면 차가운 물수건을 가져가서 이마에 살짝 얹어 주세요. 열이 있다는 뜻이니까요."

"아, 알겠습니다."

"혹시 다른 통증 때문에 얼굴을 찡그리고 있나요?"

"그렇진 않아요."

"다행입니다. 그러면 다음 단계로 넘어가시죠. 자, 호흡은 어때요?"

"매우 빨라요. 조금 불규칙하고요."

"조용히 선생님 옆에 앉아서 호흡하는 리듬을 따라해 보세요. 선생님이 숨을 쉬면 크리스털도 숨을 쉬고, 선생님이 숨을 뱉으면 크리스털도 숨을 내뱉고요. 선생님한테 '이렇게 호흡을 따라하세요.'와 같이 하는 것이 아니고요. 오히려 크리스털이 선생님의 호흡 리듬과 함께한다고 생각하면 돼요. 이렇게 하면 다정하고 사랑스러운 모습으로 함께할 수 있어요. 선생님의 경험 안에서 일어나는 순간순간의 변화에 꾸준히 동참하게 되는 거죠."

크리스털은 20분 넘게 계속 이어갔다. 전화기 너머로도 분위기의 변화가 확실히 느껴졌다.

"지금은 어때요?"

"그게, 선생님 호흡은 여전히 빠르지만, 저는 이제 훨씬 차분해졌어요." 크리스털은 이렇게 답하더니 곧 웃음을 터뜨렸다. 처음에 전화했을 때와 비교해 어조가 얼마나 바뀌었는지 그녀도 알까.

"이런 식으로 그냥 들으시면 됩니다. 선생님 피부결도 계속 살펴보고 숨소리도 잘 들어보시고요. 눈을 깜빡거릴 때 무슨 일이 일어나는 지도 보세요. 주의 깊게 잘 살펴보시라는 겁니다. 모든 게 선생님과 나누는 소통이라고 생각하시면 됩니다. 말하자면, 선생님이 크리스털에게 그 길을 보여 주는 거예요. 선생님이 안내를 하시는 거죠. 선생님은 이걸 어떻게 하는지 잘 알고 계셔요. 사실 우리 인간은 수천 년 동안 계속 죽음을 겪어 온 존재입니다."

마지막으로, 나는 크리스털의 다정한 보살핌에 경의를 표한다고 말하면서 통화를 마쳤다. 다음 날 크리스털은 그날 밤 스승이 아주 평안하게 세상을 떠났다고 전해 주었다. 때마침 제자들 대부분은 스승이 계시는 방을 나가 있었다고 했다.

우리 문화에서는 '좋은 죽음'이 어떤 의미인지 밝히는 이야기를 만들어 보려는 경향이 있다. 우리는 사람이 세상을 떠날 때 모든 일이 깔끔하게 마무리되길 바라는 낭만적인 희망을 품는다. '죽을 때가 되면 모든 문제가 다 해결되고 아주 평안한 상태가 되겠지.' 하고 말이다.

그러나 이런 환상은 결코 현실이 되지 못한다. '좋은 죽음'은 일종의 신화이다. 사실 죽음은 골치 아픈 상황이다. 죽음을 앞둔 사람들은 마지막 길에 발뒤꿈치를 질질 끄면서 각자의 노면 자국을 남긴다. 어떤 사람들은 다른 이들을 외면하고 절대로 뒤돌아보지 않는다. 많은 경우 평생의 습관은 그대로 간다. 그래서 그 습관을 유지하기 위해 지독하게 싸운다. 한편 그런 싸움이 일종의 명예훈장과도 같은 부류도 있다.

그들은 실패할 줄 알면서 계속 그 싸움을 이어간다. 극소수의 사람들만이 죽음이라는 엄청난 도전을 향해 뚜벅뚜벅 걸어가 그곳에서 평안과 아름다움을 발견한다.

내 경험에서 보자면, 좋은 죽음에 대한 낭만적인 기대는 죽어가는 사람에게 엄청나게 불필요한 부담을 안겨 준다. 밤중에 조용히 세상을 떠나지 못하면 그것을 실패라고 생각하기도 한다. 언젠가 어떤 사람이 이렇게 불평하는 소리를 들었다. "아, 우리 어머니는 빛의 터널을 못 보셨어요. 몹시 두려워하면서 돌아가셨거든요. 그건 정말이지 끔찍한 죽음이었어요." 우리 문화는 '끝까지 싸운다.'라는 표현에 너무 깊이 빠져 있어서 많은 사람들이 애당초 죽는다는 것 자체를 그냥 실패처럼 생각한다. 어째서 세상을 떠나는 방식을 두고 이런저런 품평을 하면서 죽어가는 사람들의 어깨를 무겁게 짓눌러야 하는 것일까? 앞서 크리스털이 찾아냈듯이, 우리가 사랑하는 사람이 세상을 떠날 때, 그들이 원하는 경험을 하게 만드는 것은 우리를 참으로 자유롭게 해 준다.

죽음을 앞둔 이의 임종을 지킬 때 나의 주된 목적은 내 마음을 열어 두는 것이다. 그들이 지금 여정의 어디쯤 와 있든, 그 여정 그대로를 지원해 줄 책임이 있다고 생각한다. 그래서 그들 내면의 지혜와 소중한 자원을 암시해 주곤 한다. 이미 갖고 있지만 깨닫지 못한 귀한 능력을 밝혀 주려고 노력한다. 사람들은 때때로 내 눈에서 다정함을 본다. 다정함을 알아본 그들의 두 눈은 그대로 자신의 다정함을 반영하여 불현듯 새로운 방식으로 스스로를 바라볼 수 있게 된다.

에밀리는 유방암으로 죽음을 앞두고 젠 호스피스 프로젝트에 왔다. 겨우 서른네 살이었다. 나와 마지막으로 대화를 나눈 후 그녀는 반수면 상태에 빠졌다. 인간은 이 상태에서 좀처럼 빠져 나올 수 없다. 마지막 순간, 그녀는 어릴 적 계모 루스의 학대로 줄곧 고통받아 온 끔찍한 고뇌를 털어놓았다.

상태가 위독해지자 루스는 딸의 임종을 지키기 위해 바다를 건너왔다. 서로 소원했던 두 사람 사이에는 증오의 강물이 흘렀다. 모친은 과거의 잘못에 대해 연신 사과하면서 그저 딸의 용서만을 애걸했다. 에밀리는 여러 날 그랬던 것처럼 침묵을 지키며 아무 반응을 하지 않았다.

그러던 어느날 갑자기 에밀리가 벌떡 일어나더니 루스를 빤히 쳐다보았다. 그러곤 너무나 분명하고 강한 어조로 소리쳤다. "당신, 싫어요. 평생 증오해 왔다고요." 이 말을 끝으로 그녀는 눈을 감았다.

폭풍 같은 고통이 그 방안을 훑고 지나갔다. 루스는 예상치 못한 충격에 휩싸였다. 그녀는 평생 최악의 악몽을 꾸고 있었다. 에밀리의 마지막 말이 그렇게 가혹한 것이었다는 사실이 너무나도 괴로웠다.

그런 지옥에서 마음을 계속 연다는 것은 어려운 일이다. 하지만 마음을 열면 눈앞에 놓인 극심한 고통 너머로 또 다른 가능성을 엿볼 수 있다. 마지막에 에밀리는 계모에게 평생 말하기 두려웠던 진실을 말할 수 있었다. 끔찍하지만 그건 진실이었다. 진실을 말하는 것은 성숙한 희망과 치유에 기초한 미래의 삶에 꼭 필요한 단계로 보인다.

그렇다면 에밀리의 죽음은 '나쁜 죽음'일까? 많은 사람들은 그렇게 말할 것이다. 나는 애초에 판단 자체를 그만두었다. 누군가의 '좋은 죽음'은 누군가에겐 최악의 악몽이 된다. 어떤 사람은 죽음이 갑작스럽게 찾아오기를 바라고, 또 어떤 사람은 천천히 떠나기를 바란다. 어떤 이는 사랑하는 가족들에게 둘러싸여 있기를 원하고, 또 어떤 사람은 호의를 가진 사람들의 방해를 두려워한다.

에밀리가 세상을 떠나고 몇 달 동안 나는 슬픔을 이겨 내려는 루스를 도와주었다. 정말이지 힘겨운 길이었다. 그러나 과거 자신의 행동에 책임을 지고 죽은 딸의 증오라는, 견디기 힘들 진실을 대면하는 것은 자기 용서를 찾아가는 과정에서 매우 중요했다. 이제 더 이상 눈앞의 현실과 다른 과거를 바랄 수 없는 처지에서 상처를 치유하고 딸과의 오랜 고통의 관계를 어쨌든 받아들여야 할 때, 그 단계는 꼭 필요했다. 이제 상황을 바꿀 수 없다는 사실, 즉 에밀리의 죽음 앞에서 이미 벌어진 일을 바꿀 수 없다는 사실, 혹은 과거로 돌아가 다른 엄마가 될 수 없다는 사실을 깨닫게 되면서 마침내 루스는 그렇게 되어 버린 과거를 받아들이고 그것과 화해할 수 있었다.

죽음과 삶 속에서 우리는 반드시 '최선을 바라거나' 아니면 '최악을 예상해야' 하는 것일까? 만약에 판단하지 않는 자세와 눈앞에 있는 진실에 충실한 태도를 기르면 어떻게 될까? 어느 한쪽을 택하지 않은 채, 우여곡절이나 희망과 두려움의 순환에 휩쓸리지 않기 위해 정신적 명료함, 정서적 안정, 내재된 존재감을 계발한다고 상상해 보자. 균형 잡힌 평정은 유연하고, 경직되지 않고, 믿음을 주고, 적응하면서 즉각 반응하는 회복력을 낳는다. 그렇게 되면 아마도 우리의 과거, 우리 자신, 다른 사람들, 그리고 지속적으로 변하는 삶의 조건을 좋든 나쁘든 '있는 그대로' 궁행(躬行)할 수 있는 것으로 받아들일 것이다.

여기서는 잠시 일시성의 법칙에 위안을 받는 것이 유익하다. 모든 일이 우리가 바라거나 두려워하는 모습 그대로 되어 가리라는 기대가 아니라, 우리가 원하든 원하지 않든 만물은 끊임없이 변한다는 사실에 마음을 내려놓고 위로를 받자.

지금 우리는 현재 이 순간에 살아가는 이야기를 하는 것이다. 그런데 이 순간은 대체 어디에서 발견하는 것일까? 과거와 미래 사이의 공간에 잠시 끼어드는 10억분의 1초를 말하는 걸까? 성 아우구스티누스의 말을 풀어 보면, 지금은 시간 안에 존재하지도, 시간 바깥에 존재하지도 않는다. 규정하기 어렵고 종잡을 수도 없는 현재는 인간이 발명한 시계의 똑딱거리는 시간으로 측정되지 않는다. 그것은 과거나 미래와 분리되지도 않는다. 적어도 우리가 관습적으로 생각하는 그런 시간의 선상에는 존재하지 않는다.

우리는 모두 변치 않는 시간의 영원함을 경험해 보았다. 그럴 때면 한순간이 꿈처럼 조금씩 늘어난다. 40여 년 전에 돌아가신 어머니를 기억하면 그 일이 과거가 아니라 마치 지금 일어나는 것만 같다. 현재 순간에는 과거와 미래의 가능성까지 포함된다. 아직 어린 우리 손녀는 어떤 의식을 갖고서 자기의 미래를 만들고 있지는 않다. 하지만 한 사람 한 사람 안에 미래의 가능성이 살아 있듯이, 그 미래의 가능성이 지금 이 순간 손녀 안에도 존재한다.

여기에 바로 희망의 에너지가 자리를 잡는다. 희망은 단순히 충족되었으면 하는 희망사항이나 수립하고 실행하는 계획이 아니라, 끊임없이 변화하는 순간을 만나는 방식 안에서 존재한다. 현재 순간은 모든 시간을 아우른다. 모든 시간을 총 망라한 것이다. 우리는 현재 순간으로써 계속 형성되는 존재이며, 현재 순간을 만나고 반응하는 방식대로 현재 순간을 만들어 가는 중이다.

죽음의 순간까지 기다리지 말라는 말은 온전히 삶 속으로 들어가라는 격려를 담은 권고문이다. 다음 순간이 도달하기를 기다리느라 정작 이 순간을 놓치지 말자. 기다리지 말고 가장 중요한 일을 행하자. 더 나은 과거나 미래에 대한 희망에 얽매이지 말자.

데이비드는 심각한 파킨스병을 앓고 있었다. 처음에 그는 자기 몸이 퇴화하는 모습에 좌절감을 느꼈다. 그는 두려웠다. 하루에도 수백 번,

이런 몸이 다른 모습이었으면 얼마나 좋을지 소망하는 자신의 모습을 묵묵히 지켜보았다.

그는 생각했다. 만약 병의 진전을 늦출 수만 있다면! 그리고 걱정했다. 이 병은 언제, 어떻게 더 나빠질까? 자신의 상황이 변하기를 기다리고 지금과 다른 미래를 바라며 대부분의 시간을 머릿속에서 살다보니 온 머리에 구멍이 날 것만 같았다.

데이비드는 오랫동안 명상에 전념한 사람이어서 다행스럽게도 자신의 마음가짐을 움직일 수 있었다. 그의 생각은 곧 잠잠해졌다. 긴장이 풀리자 마음이 평온해지면서 사색에 잠길 수 있었다. 이와 같은 순간을 그는 '변치 않는 무한한 시간'이라고 묘사했다. "저의 끊임없는 욕망이 파킨슨병이 내포한 긍정적인 면을 볼 수 없도록 어떤 식으로 가리고 있는지를 이제 알게 되었습니다. 지금은 저를 돌봐 준 사람들을 향한 감사에 초점을 맞추고 있어요. 어떤 어려운 도전이 나를 찾아와도 기꺼이 정면으로 마주할 능력을 믿습니다."

데이비드의 고백은 계속되었다. "평소에는 이 병을 바꿔 보아야겠다는 희망이 있습니다. 그건 제 두려움의 대상이죠. 그 두려움을 통제하고 싶어요. 하지만 절망에 빠지게 될 뿐입니다. 길을 잃어버리는 거예요. 한데 좀 더 평화로운 상태로 접어들면 그게 무엇인지 똑바로 보게돼요. '두려운 생각'이죠. 만약 그런 생각과 생각에 딸려오는 두려움을 인식한다면 '그 두려움이 더 이상 존재하는 게 아니겠구나.'라고 깨닫게 됩니다. 일깨움은 존재하니까요. 그런 깨달음을 얻게 되면 두려움에서 시작할지 아니면 일깨움에서 시작할지 선택할 수 있습니다."

그의 말은 이어졌다. "그건 뭐랄까. 우리가 처음으로 달에서 지구를 보았을 때, 과거엔 가능하지 않았던 여러 면에서 지구를 이해할 수 있게 된 방식과 비슷합니다. 기대에 찬 희망으로 지나치게 부풀어 있지 않을 때 저는 전체 그림의 더 많은 부분을 볼 수 있습니다. 이전에 놓친 기회도 알아보고요. 이런 건 수동적이거나 무기력한 상태가 아니고 제 마음에 텅 빈 구멍이 생긴 것도 아닙니다. 오히려 그것은 순수하게 열린 태도입니다. 열린 마음 안에는 타고난 활력이 있습니다. 그리고 호기심과 새로운 발견이 들어 있지요."

데이비드가 그처럼 자세히 서술하고 있는 내용은 '(죽음의 순간까지) 기다리지 말라'는 개념을 보다 미묘한 차원에서 밝힌 것이다. 나는 그것을 '기다리지 않기'라고 부른다. 그것은 기대라는 함정을 피할 수 있는 해법이다. 언제든 활짝 열고 선뜻 받아들이는 마음의 자질이 바로 그것이다. '기다리지 않기' 상태가 되면 모든 경험과 대상, 그리고 정신의 상태와 마음이 활짝 열리기 시작하면서 굳이 우리가 개입하지 않아도 경험과 대상이 스스로를 펼쳐 보인다. 진리는 언제 어디서나 이렇게 노정되어 있다. 열린 마음은 스스로 깨닫지 못하는 사이에 그 노정된 진리를 인식한다. 굳이 기다리지 않아도 된다. 아니, 기다릴 필요가 없다.

'기다리지 말라'와 '기다리지 않기'의 차이는 무심함과 무집착 간의 차이와 같다. 무심함은 특성 대상이나 경험으로부터 스스로 거리를 둔다는 뜻이다. 어딘가에서 물러나거나, 피정을 하거나, 그냥 떠나버리는 것처럼 마음이 개운하고 후련하다. 무집착은 붙들지 않고, 움켜쥐지 않고, 휩쓸리거나 얽히지 않는다는 뜻이다. 스스로 거리 두기를 할 필요가 없다.

'기다리지 않기'는 느긋하고 넉넉하다. 경험에 손을 뻗어 붙잡을 필요 없이 경험이 스스로 다가오도록 하는 방식이다. 우리는 발견이나 드러남, 일종의 계시를 통해 경험을 인식하게 된다. 그 안의 의미를 캐려고 씨름하거나, 우리가 원하는 방식대로 존재하도록 조작하거나, 혹은 과거의 앎으로 발목을 잡아끄는 방식이 아니다. 이처럼 '기다리지 않기'는 무엇인가를 하라고 요구하는 것이라기보다 두 팔 벌려 반갑게 맞이하면서 초대하는 쪽에 더 가깝다. 특정 결과를 바라면서 다음번 경험을 기대하거나 왠지 바뀔것 같다는 희망으로 과거로 향하는 일은 이제 그만하자. 그래야만 우리는 자유롭게 이 순간을 오롯이 인식할 수 있다.

'기다리지 않기'는 마치 오늘날 구글 맵스처럼 관망하기에 유리한 위치를 안겨 준다. 구글 맵스에서는 단 1분이면 아주 좁은 거리 풍경도 볼 수 있고, 집 주소처럼 특정 정보에 초점을 맞출 수도 있다. 그러면 360도 전경 시야를 한눈에 보면서 이름 모를 그 집이 그 도시, 그

나라, 그리고 지구 어딘가에서 한낱 점에 지나지 않음을 알게 된다. 이렇듯 더 큰 그림을 보면 더 많은 선택지를 끌어넣을 수 있다.

'기다리지 않기'는 인내심이 아니다. 참을성이나 인내심은 좀 더 차분한 방식으로 다음 순간을 기다리고 있는 일말의 기대를 뜻한다. '기다리지 않기' 경험은 오히려 현실과의 끊임없는 접촉에 더 가깝다. 우리는 초롱초롱한 정신으로 깨어 있고 온전히 살아 있다. 그 경험 자체가 좋거나 싫거나 상관없이, 그리고 우리가 그 경험을 좋아하든 싫어하든 무엇이 되었건, 우리는 거기에 온 마음을 집중하고 바로 지금 일어나고 있는 일에 온전히 주의를 기울일 수 있다.

죽음의 여정이 그렇듯이 삶에서도 기대와 무관하고 결과에 집착하지 않는 희망을 품을 때, 우리는 현실과 현명한 연결 관계를 진전시킨다. 매 순간 끊임없이 펼쳐지는 삶에 참여할 수 있다. 그저 최종 목적지에 도착하기를 기다리지 않고 그 여정에 기꺼이 참여할 수 있다.

기다리지 않는 자세와 같이 가는 희망은 시간의 무한한 확장, 기쁨에 넘쳐 활짝 열린 마음, 상황과 조건에 얽매이지 않고 무엇이든 받아들이는 태도를 낳는다. 그 희망은 이번 생의 자혜(慈惠)와 곧바로 연결되면서 나타난다. 그리고 그 희망 덕분에 우리는 심한 방해와 간섭을 받지 않고 삶을 계속 이어갈 수 있다. 성숙한 희망은 앞서 보았던 브람스의 자장가처럼 잠깐 멈춰 긴장을 풀고 새로운 생명을 향한 가능성을 기꺼이 음미하게 만드는 아름다운 암시이다.

마음의 문제

용서는 어쩌다 나오는 행위가 아니라, 끊임없이 계속되는 태도이다.

— 마틴 루터 킹 주니어(1929-1968)

용서의 악수는 마음 둘레에 켜켜이 쌓여 석회처럼 굳은 상태를 느슨하게 풀어 준다. 그런 다음에야 사랑이 보다 자유롭게 흐를 수 있다. 블레이즈와 트레비스가 이 지혜를 내게 가르쳐 주었다.

블레이즈는 젠 호스피스 프로젝트에서 맨 처음으로 우리와 함께 살다가 세상을 떠난 사람이었다. 말기 암 진단을 받았을 당시, 그녀는 우중충한 고령자용 호텔방에서 혼자 살고 있었다. 어느 사회복지사가 샌프란시스코 종합병원에 있던 블레이즈를 나에게 소개해 주었다. 그녀는 집에 갈 수가 없었고, 사랑으로 자신을 돌보아 줄 사람을 원했다. 그 마음이 너무 간절했기 때문에 나는 샌프란시스코 명상센터에서 우리와 함께 지내자고 제안했다. 사실 그건 충분히 생각하고 내린 결정은 아니었다. 그때는 아직 호스피스 시스템을 갖추지 못한 상태였기 때문이다. 하지만 블레이즈는 머물 곳이 필요했고, 명상센터에는 수련생들의 방이 비어 있었다. 나는 어쨌든 모든 일이 잘 해결될 거라고 생각했다. 그 시절, 나는 아직 어렸고 이상주의자에다 조금은 대책없이 순진하기도 해서 미리 계획을 세우고 일을 진행하는 경향의 사람이 아니었다.

우리가 아는 한, 블레이즈에게는 친구가 없었다. 그런 그녀가 명상센터에 도착한 직후 친오빠 트레비스를 찾아달라고 부탁했다. 두 사람은 25년 이상 서로 만나지 못한 상태였다. 트레비스를 찾는 것은 쉬운 일은 아니었다. 인터넷도 없던 시절이었고, 더구나 트레비스는 순회 로데오를 다니는 카우보이였다. 그러니 한곳에 오래 머문 적이 있을 리 만무했다. 우리는 로데오 카우보이 협회에 연락을 취해 마침내 그를 찾아냈다.

"여동생이 죽어가고 있어요. 당신을 보고 싶어 합니다." 수화기 너머로 이런 말을 건넸다. 나는 정말이지 그 전화에 아무런 기대가 없었다.

그런데 어느 늦은 밤, 트레비스가 명상센터 현관 앞에 나타났다. 그는 엄청나게 큰 카우보이모자에, 킹사이즈 은제벨트버클에, 뱀피부츠까지 카우보이 복장을 제대로 차려입은 당당한 체격의 남자였다.

"그래서 내 동생이 있는 여기가 어떤 곳이라고요?" 그는 평범한 인테리어를 둘러보며 따지듯 물었다.

"여동생은 위층에 있어요. 가서 만나 보시겠어요?"

"그래야죠." 그를 데리고 블레이즈의 방으로 올라갔다. 그런데 막상 도착하자, 트레비스는 겁에 질려 방 안에 들어갈 엄두를 내지 못했다. 그저 초조하게 복도를 이리저리 서성거릴 뿐이었다.

잠시 후, 나는 트레비스에게 하루를 쉬었다가 내일 다시 만나러 오면 되지 않겠느냐고 말했다. 명상센터에 방 하나를 내어 주겠다고 하자 그는 고개를 끄덕였다.

다음 날 아침, 식당 안에서 카우보이 옷차림의 트레비스가 눈에 들어왔다. 그 주변에는 민머리의 참선 승려들이 검정 장삼을 입은 채 두부를 먹고 있었다. 정말이지 보기 드문 광경이었다.

얼마가 흘렀을까. 트레비스는 위층에 올라갈 준비가 되었다고 말하고는 블레이즈의 방으로 들어갔다. 나는 구석에 앉아 두 사람을 지켜보았다. 오랜 세월 헤어져 있다가 마침내 만났는데 얼마나 분위기가 가라앉던지 지켜보면서도 놀랐다. 두 사람은 블레이즈의 병이나 다른 심각한 문제는 입밖에 내지 않았다. 그저 날씨와 로데오 이야기를 나누면서 라디오에서 흐르는 행크 윌리엄스의 컨트리송에 귀를 맡겼다.

트레비스는 매일 여동생을 찾아갔다. 두 사람의 대화는 점차 깊어갔다. 블레이즈는 트레비스에게 병원과 의사들의 이야기, 그리고 암 환자로 살아가는 게 어떤지 말해 주었다. 이따금 재미있는 추억도 나누고 서로의 기억도 공유했다.

트레비스가 온 지 열흘째 되는 날, 블레이즈의 상태가 나빠졌다. 그녀가 쉬는 동안 트레비스와 나는 마당으로 나가 한담을 나누었다. 그는 담배를 피우고 나는 주로 앉아서 듣는 쪽이었다. 블레이즈에게 크게 중대한 일이 생길 것 같지 않아서 나는 가족들을 보러 집에 가려고 자리에서 일어섰다. 그때 트레비스가 속삭이듯 중얼거렸다. "여동생한테 말하고 싶은데 할 수가 없네."

나는 도로 앉았다. "이봐요, 트레비스. 혹시 여동생한테 꼭 할 말이 있으면 지금 바로 해야 합니다. 기다리지 말아요. 여동생한테는 이제 시간이 많이 남아 있지 않아요."

"내가 말주변이 없어서 말이지."

"블레이즈한테 말할 수 없으면 나한테 해 보세요."

그는 어린 두 남매가 어떻게 버려졌는지 긴 사연을 털어놓았다. 고아원에서 자란 두 남매는 때로는 같이, 때로는 떨어져서 서부지방의 위탁가정을 전전했다. 한 살 위 오빠였던 트레비스는 몇 번이나 여동생에게 심한 상처를 주었다. 정말 끔찍한 상처를 입혔다고 했다. 여러 가지 의미에서 여동생을 모욕하고 학대하면서 함부로 대했다. 그런 까닭에 두 사람은 그렇게 오랜 세월 서로 만나지 않았던 것이다.

이야기를 다 듣고 나서 이런 생각이 들었다. 이 고해성사를 듣고 있는 나는 대체 뭐지? 난 사제나 목사도 아니고 정신치료 전문가도 아닌데. 더구나 심리학 학위도 없는데.

하지만 언젠가 위대한 휴머니즘 심리치료사 칼 로저스와 만났던 일이 떠올랐다. 마침 그는 내 친구의 할아버지였다. 그 후 나는 칼 로저스가 환자들을 상담하는 영상을 보며 공부했다. 그는 상담 중에 거의 말을 하지 않았다. 대신 환자의 이야기를 얼마나 열심히 들어 주는지 상처에 바르는 연고처럼 시나브로 환자들에게서 진실을 끄집어냈다. 나는 그의 글귀 중에 이 내용을 늘 간직하고 다녔다.

매일 상담이 시작되기 전에 나는 잠시 시간을 내어 나의 인간성을 떠올린다. 이 사람이 겪은 일 중에 나와 나눌 수 없는 경험은 없고, 내가 이해할 수 없는 두려움도 없고, 내가 보살피지 못할 고통도 없다. 왜냐하면 나 또한 인간이기 때문이다. 상처가 아무리 깊은들 그 사람이 내 앞에서 부끄러워할 필요가 없다. 나 또한 연약한 인간이다. 그렇기 때문에 같은 인간이라는 이유만으로 충분하다. 그 사람이 어떤 사연을 품고 있든 이제 더 이상 혼자가 아니다. 그럴 필요가 없다. 이것이 바로 그 사람의 치유가 시작되게 만드는 지점이다.

이야기를 나누는 것은 치유하는 데 도움이 된다. 그 순간, 내가 트레비스에게 줄 수 있는 최상의 선물은 온전히 들어주는 것임을 직감했다. 판단을 내리지 않고 들어주는 일은 어쩌면 서로 연결될 수 있는 가장 간단하면서도 깊이 있는 방식일 것이다. 그것은 사랑이 깃든 행동이다.

마침내 이야기를 다 끝내자, 트레비스는 뭔가 혼란스러워하면서 미안해했다. 그가 쏟아 낸 사연은 나한테 그랬던 것만큼이나 트레비스 자신에게도 놀라운 일이었다고 짐작되었다. "그래서 그렇게 된 거였어요. 자, 그럼, 이제 제가 어찌해야 할까요?" 트레비스가 물었다. 그가 아는 한 이제 할 수 있는 일이라곤 그 끔찍한 행동의 결과에 시달리는 것뿐이었다.

나는 함께 블레이즈한테 가서 이야기하자고 했다.

방에 도착하자 트레비스는 블레이즈의 침상 옆에 있던 의자를 앞으로 당겨 앉아서 어렵게 입을 열었다. "저기 말이야, 블레이즈. 그러니까 이만큼의 세월이 흘렀는데 그동안 너한테 꼭 말해 주고 싶었던 게 있어. 그런데 그게 말이지, 뭐라고 말할 줄을 몰라서 적당한 말을 찾을 수가 없어서 그래… 그냥… 내가 너한테 했던 그 모든 일에 대해… 말하고 싶어서."

그 순간 블레이즈는 마치 교통순경처럼 손을 들더니 트레비스의 말을 끊고는 조용히 답했다. "오빠, 여기서는 나한테 밥 주는 사람이 있어. 목욕시켜 주는 사람도 있고. 내 주변에는 온통 사랑뿐이야. 누구를 탓하거나 그런 일은 없어."

그때 내 눈앞에 펼쳐진 장면은 경이로움 그 자체였다. 고통으로 물든 평생의 시간이 단 한순간에 용서되었다. 강렬한 자비의 손길로 고통의 석판은 깨끗이 닦였다. 우리 셋은 함께 소리 내어 울었다. 이윽고 세월의 속박에서 자유로워진 침묵이 흘렀다.

트레비스가 명상센터에 도착하고 얼마 지나지 않은 어느 날이 기억난다. 여느 때처럼 말수가 적은 블레이즈와 함께 그냥 앉아 있었는데 마침 그녀가 이런 질문을 했다. "어떤 사람들은 이 방에 들어와서 나한테 사랑하라고 말해요. 그리고 또 어떤 사람들은 이 방에 들어와서 나한테 다 내려놓으라고 말해요. 내가 무얼 먼저 해야 할까요?"

나는 한참동안 대답을 하지 못했다. 그러다가 겨우 말문을 열었다. "블레이즈, 무얼 해야 할지 당신이 알게 될 거예요. 그리고 그 사실을 믿으셔도 돼요. 실은 그 두 가지는 거의 동시에 일어날 거예요. 우리가 다 내려놓을 수 있게 만드는 게 바로 사랑이거든요."

사랑하는 것과 내려놓는 것은 서로 떼어놓을 수 없다. 인간은 사랑을 할 수 없으면 붙잡고 매달린다. 우리는 곧잘 집착을 사랑으로 오해한다.

불교에서 자비는 존재의 숭고한 상태로 인식된다. 천상의 영역이다. 그것은 무한히 넓고 관대하며 서로를 배려하고 더불어 동심원을 이룬다. 집착은 사랑인 것처럼 가장한다. 사랑처럼 보이고 향을 내뿜지만 값싼 모조품에 불과하다. 우리는 욕구와 두려움이 어떻게 집착을 충동하고 휘어잡는지 느낄 수 있다. 사랑은 이기심이 없다. 집착은 자기중심적이다. 사랑은 자유롭게 하지만 집착은 소유하려 한다. 사랑할 때 우리는 여유롭고 느긋해지며 꽉 쥐고 붙들지 않는다. 애쓰지 않고 자연스럽게 내보내고 내려놓는다.

블레이즈는 내려놓는다는 의미를 이해했다. 트레비스를 용서하면서 자신에게 일어났던 일을 전부 잊은 건 아니었다. 그가 한 모든 짓을 용납한 것도 아니었다. 기본적으로 그녀는 이렇게 말하고 있었다. "저기, 만약에 얼마 남지 않은 여생 동안 이 고통을 짊어지고 가고 싶다면 당신은 그렇게 하세요. 하지만 저는 다 끝냈어요." 죽음이 다가오자, 블레이즈는 수십 년간 자신을 따라다녔던 모든 원망과 분노로부터 스스로를 풀어 주고 싶은 지점에 다다랐다. 과거는 이제 더 이상 그녀를 규정하지 못했다. 그녀는 힐난과 말다툼으로 둘러싸인 채 세상을 떠나고 싶지 않았다. 사랑으로 가득 찬 자유로운 모습으로 존재하고 싶었다. 그렇게 할 수 있는 유일한 방법은 트레비스를 완전히 용서하는 것이라고 생각했다. 어떤 질문도, 의문도 없었다.

이틀 후 블레이즈는 세상을 떠났다.

용서는 두 가지 이유에서 매우 중요하다. 먼저 오랜 고통을 내려놓게 함으로써 우리를 치유한다. 그리고 사랑할 수 있도록 마음을 열어 준다.

자유로워지려면 용서해야 한다. 내가 이 맥락에서 언급하는 자유는 궁극의 깨우침을 뜻하지 않는다. 오히려 그보다 훨씬 더 실질적이고 즉각적인 것이다. 말하자면, 우리에게 엄청난 고통을 야기하는 고발, 비난, 판단으로부터의 자유이다. 아주 간단히 정리하면, 고통을 붙들고 있는 것은 우리에게 최선의 이익이 되지 못한다.

용서를 받아들이지 않고 물리치는 것은 곧 삶을 거역하고 버티는 것이다. 고통에 철저히 복무하는 셈이다. 죽기 살기로 과거에 매달릴 때, 그저 과거 기억만 붙들고 있는 게 아니라 그 기억에 딸린 긴장과 정서적 상태까지 꽉 쥐고 있는 것이다. 용서를 거부하는 것은 뜨거운 석탄을 손에 쥐고서 이렇게 말하는 것과 같다. "당신이 나한테 한 짓에 사과하고 그만한 대가를 치르기 전까지는 절대 놓지 않을 거야." 상대를 벌하려는 이런 수고로움에서 정작 화상을 입는 사람은 다름 아닌 나 자신이다.

용서는 고통을 내려놓을 수 있게 해 준다. 그저 낙관적인 생각으로 고통을 미화하는 게 아니라, 자비심으로 고통을 어루만질 수 있도록 우리가 겪은 일들이 밖으로 얼굴을 내밀게 만드는 것이다. 현재 이 시점에서 오랜 상처가 나의 정체성을 규정하게 계속 놔 둘 필요가 없다. 과거는 사라지게 할 수 있다. 내버려 두고 갈 수 있다. 오랜 상처에 이별을 고할 수 있다. 용서함으로써, 그 사건이 발생한 이후로 여태껏 우리를 가두어 왔던 고통에서 스스로를 해방시킬 수 있다.

용서하는 과정에서 고통을 좀 더 상세하게 알게 된다. 앞서 트레비스가 나에게 과거 사연을 말할 때 바로 이런 일이 일어났다. 그는 평생 처음으로 자신의 뒷주머니에서 오래된 상처를 끄집어내 먼지를 털고 좀 더 가까이 살펴보았다. 그제야 비로소 블레이즈의 용서를 받을 수 있었다.

용서는 우리를 갈라놓는 것을 이겨 내고 본래 모습으로 돌아갈 수 있게 만드는 힘을 지닌다. 용서는 심장을 둘러싼 두려움과 원망이라는 갑옷을 녹여 버릴 수 있다. 그 갑옷은 타인으로부터, 자신으로부터, 심지어 삶 그 자체로부터 우리를 떼어 놓은 것이었다. 언젠가 가족에게 버림받고 거리에서 살아가는, 암에 걸려 죽어가던 한 젊은 여성에게 이렇게 물어본 적이 있다. "용서하려면 용기가 필요할까요?" 그녀는 답했다. "그럼요. 하지만 저에게는 그 용서라는 게 내가 다시 사랑할 수 있을지 없을지 그 해답을 찾아내는 방법이었어요." 용서는 분노와 부정적인 감정이라는 돌무덤에서 마음을 풀어 사랑으로 가는 길을 깨끗이 열어 준다.

과거에 진주조개를 캐러 바다 밑으로 들어가던 해녀들처럼, 상처 속으로 깊이 수영해 들어가면 진주를 들고 수면으로 올라올 수 있을 것이다. 그들은 가슴을 드러낸 채 짧은 허리천과 얼굴 가리개와 한 쌍의 물갈퀴만을 걸쳤다. 폐에 공기를 가득 채운 뒤 차갑고 어두운 바닷물

속으로 용감하게 뛰어들고, 그렇게 수면 아래로 사라졌다가 몇 분 후면 진주를 들고 수면 위로 얼굴을 내민다. 상처를 탐색하는 일은 스스로가 치유되는 데 기여할 뿐 아니라, 비슷한 상처로 고통 받는 타인과 공감하는 데도 도움을 준다.

블레이즈와 트레비스의 경우처럼 때때로 어마어마한 고통 더미도 단번에 풀어질 수 있지만, 대개 용서는 그런 식으로 일어나지 않는다. 감히 말하건대 나와 함께해 왔던 사람들의 99퍼센트는 용서를 실천하면서 은혜를 입었다. 그리고 그들 각자 나름의 방식으로 용서에 다가갔다. 대체로 그 길은 멀고 험했다. 흔히들 상처를 둘러싼 상황, 가해자와의 관계, 자발적 동기의 결여, 또는 시간의 경과에 가로막혔다.

용서에 많은 은혜가 따른다는 사실에 대해서는 대부분이 수긍한다. 그런데 어째서 우리는 용서하기에 저항하는 것일까?

용서는 쓰라린 실천이다. 용서하려면 진정한 힘, 그리고 어렵지만 기꺼이 함께하려는 의지가 필요하다. 우리를 괴롭힌 사악한 존재의 얼굴을 똑바로 쳐다보아야 한다. 용서는 우리에게 티끌 하나 없는 솔직함 그 자체를 요구한다. 우리는 반드시 아무런 주저함 없이 그것을 있는 그대로 보아야 한다. 다시 말해, 우리에게 일어났던 뼈아픈 행위, 혹은 남들에게 끼쳤을 수도 있는 해악을 고요한 마음으로 바라보아야 한다. 때때로 우리는 분노해야 한다. 이따금 죄책감을 붙들고 씨름해야 한다. 때로는 깊은 슬픔에 빠져야 한다. 용서란 이런 일련의 정서를 아무 소리 못 하게 억누르는 게 아니다. 오히려 다정한 배려로 그 감정을 마주하고, 기꺼이 내려놓으려는 이 길에 자꾸만 끼어들어 방해하는 게 무엇인지 눈여겨 살피는 일이다.

내 경험에서 볼 때, 대개 사람들이 용서라는 공간에 들어서는 시점은 이런 깨달음을 얻을 때이다. "이런 게 사랑할 수 있는 내 능력을 막고 해를 끼치게 하고 싶지 않아. 이런 게 내가 훗날 남겨 놓거나 내 아이들에게 남겨 줄 유산이 되게 하진 않을 거야." 속마음을 털어놓기를 기다리는 건 아무 소용이 없다. 오랜 원망을 품고 스스로를 붙들고 시간을 낭비하는 건 더더욱 소용이 없다. 그렇기 때문에 우리는 용서한다. 삶의 마지막 순간을 한숨과 후회로 채우고 싶지 않기 때문에 용서한다. 용서하지 않으면 '나쁘니까' 용서하는 게 아니라, 고통을 붙들고 사는 것이 너무 상처가 되고, 아무리 발버둥 쳐도 온전한 사랑을 가로막기 때문에 용서하는 것이다.

언젠가 90세의 마그다 할머니가 내가 진행하는 피정에 참가했다. 피정이 열리던 그 주에 할머니는 91세 된 남편 저지 할아버지와의 관계가 못마땅하다며 불만을 쏟아 냈다. 그들은 결혼생활 60년 동안 산전수전 다 겪은 노부부였다. 그런데 할아버지가 늙어서 쇠약하고 점점 기운이 떨어지면서 부부 사이에 거리가 생기기 시작했다. 할아버지는 집을 정리하고 요양원에 가거나 고향 폴란드로 가고 싶다는 말을 부쩍 자주 했다. 할머니는 할아버지의 행동에 화가 나고 상처를 받았다.

"그렇게 오랜 세월을 살아왔는데 어쩌면 나한테 이럴 수가 있어요?" 그때마다 할머니는 이렇게 되물었다.

우리가 용서에 대한 말을 할 때, 마그다 할머니가 완강하게 거역한 다는 걸 감지할 수 있었다. 할머니는 남편이 사과하기를 기다리고 있었다. 자신이 부당하게 취급받았다는 생각을 내려놓을 준비가 되어 있지 않았다. 용서를 가로막은 장해물이 아무리 난공불락 철옹성 같아 보여도 사랑은 그 요새에 난 아주 미세한 틈을 비집고 들어갈 수 있다.

몇 주가 지나, 마그다 할머니에게서 편지 한 통이 도착했다.

이번 피정에서 당신을 통해 인간은 결국 죽을 운명이라는 사실을 새롭게 알게 되었어요. 남편 저지도 죽게 되겠지요. 함께하는 마지막 나날을 남편한테 화를 내면서 보내고 싶지는 않아요. 그래서 분노로 일관된 내 감정을 물리치고, 남편을 생각하는 태도나 방향을 바꾸어야 한다는 사실을 알았어요. 남편이 계속 이사를 나가자고 으르고 협박하는 것이 실은 자신을 보호하는 방식이라는 걸 차츰 이해하기 시작했고요. 무엇보다 내가 남편을 사랑하고 그를 용서해야 한다는 사실을 깨달았어요. 저지와의 모든 순간을 간직하고 싶어요. 우리에게 남은 시간을 하찮은 일로 옥신각신하면서 보내고 싶지는 않아요.

자신이나 타인의 추함에 자비로운 마음으로 다가가기는 어렵다. 우리가 느끼는 단절감, 소외감, 두려움, 비통함을 자세히 살피고, 이런 뼈아픈 정서를 느끼게 하고, 우리가 서로 같은 인간임을 새롭게 발견하게 해 주는 것, 이것이 바로 용서가 지닌 아름다움이다.

누구나 자기 안에 어둠을 품고 있다. 그리고 동시에 용서할 수 있는 힘도 갖고 있다.

이렇게 힘겨운 용서가 어떤 식으로 비롯되는지 새롭게 알게 된 때가 있었다. 1980년대, 나는 과테말라 산악지대를 여행하는 중이었다. 당시 과테말라는 잔혹한 내전으로 파괴된 상황이었다. 나는 임시 병원에서 과테말라 시티 출신의 경험 없고 인정 많은 어느 인턴 의사의 조수로 자원봉사를 했다.

어느 늦은 밤, 마야족 부부가 다섯 살 배기 아들을 데리고 급히 들이닥쳤다. 나는 마야족 말을 하지 못했고, 그들은 겨우 스페인어 서너 개만 할 줄 알았다. 꼬마는 원인 모를 심각한 복통을 앓고 있어서 응급수술이 필요했다. 문제는, 거기서 가장 가까운 병원이 지프를 타고 여덟 시간이나 가야 할 만큼 멀다는 것이었다. 만약 아이가 그보다 빨리 도움을 받지 못한다면 분명히 그날 밤을 넘기지 못할 것 같았다.

나는 여행 초기에 그 지역 내 정부군 책임자로 있는 과테말라군 대령을 만났다. 그는 군대가 토착민에게 훌륭한 일을 해 주고 있다며 구구절절 과장하여 늘어놓았다. 그래서 나는 인근 군대 헬기를 이용해 그 아이를 병원까지 데려가 생명을 구하자고 부탁할 참으로 대령 관사로 달려갔다.

문가로 나온 대령은 잔뜩 화난 얼굴로 나를 노려보았다. 내가 말도 안 되는 스페인어로 상황을 설명하자, 그는 손사래를 치며 무시하는 몸짓을 취했다. 마치 "나랑 연관도 없는 인디언 꼬마 이야기를 하려고 한밤중에 나를 깨웠단 말이야?"라고 말하는 듯했다. 그러곤 눈앞에서 문을 쾅 닫아 버렸다.

몹시 화가 났다. 나는 어쩔 수 없이 빈손으로 임시 병원으로 돌아가야 했다.

내가 도착했을 때, 아이는 속이 뒤틀리는 아픔으로 온몸을 비틀고 있었고 아이의 엄마는 스페인어로 소리치며 울고 있었다. "성모님, 자비를 베푸소서!" 아이의 부모는 내가 의사라고 생각했다. 내가 거기서 할 수 있는 일은 하나도 없다는 걸 그들은 알지 못했다. 나는 그저 두 손으로 땀에 젖은 아이의 머리를 살짝 받쳐 줄 뿐이었다. 아이의 아버지와 나는 교대로 아이를 안아 주었다. 그러는 동안 아이의 엄마는 아이에게 시럽 같은 옥수수죽을 먹였다. 집에서 만든 그들만의 치료약이었다. 밤새 나지막한 마야족의 기도 소리는 멈추지 않았다.

아이의 부모가 다섯 살 배기 아들을 껴안고 끔찍하게 죽어가는 모습을 지켜보는 그때, 나는 몇 시간 동안 무기력하게 앉아 있을 뿐이었다.

아마도 췌장 파열이었을 것이다. 그들은 손으로 짠 담요 누더기에 아이를 감쌌다. 아이의 아버지는 죽은 아이를 어깨에 들쳐 메고 나갔다.

나는 살의에 가까운 분노를 느꼈다. 그 대령한테 너무 화가 나서 미칠 지경이었다. 그는 이 참혹하고 부질없는 죽음을 막을 수 있었다. 솔직히 말해, 그때 나한테 총이 있었다면 그 사람을 쏴 버렸을 것이다. 그 전에도, 그 후로도 나는 그만큼의 증오를 느낀 적은 없었다.

과테말라를 떠나 캘리포니아로 돌아온 후에도 나는 난민의 편에서 정책 변화를 위해 의회에 탄원하고, 여전히 진행 중인 참담한 내전 상황을 공개하는 등의 활동을 이어갔다. 하지만 몇 달이 흐른 뒤에도 극한의 고통으로 그곳에 누워 있던 어린아이의 모습과 그 아이를 도와줄 수 없었던 절망감이 뇌리에서 떠나지 않았다.

어느 날 밤, 라디오 프로그램에서 과테말라 내전과 중앙아메리카 지역 소식을 듣고 있자니 분노가 다시금 차올랐다. 미처 깨닫지 못하는 사이에 나는 라디오에 대고 비명을 지르기 시작했다. 문득 뒤를 돌아보았다. 거기에 두 살 난 아들 게이브가 몸을 웅크리고 있었다. 그 모습을 보니 온몸이 오싹해졌다. 게이브는 손으로 얼굴을 가린 채 무서움에 떨었다.

세상의 부모라면 '아, 세상에, 내가 아이한테 끔찍한 짓을 했구나!'라고 생각하게 되는 이런 순간을 한 번쯤은 겪어 보았을 것이다. 그건 정말이지 영혼이 산산이 부서지는 것 같다. 그때 거기서 나는 깨달았다. 전쟁을 멈추어야 한다고. 과테말라의 내전이 아니라, 내 마음 속의 전쟁을 이제 끝내야만 했다. 나는 그때 대령이 했던 짓을 절대로 용납할 수 없었다. 그건 그때도 틀렸고 앞으로도 잘못된 일이다. 그의 행동에는 내가 결코 잊지 못할 사악함이 있었다. 하지만 내 안에서 계속되는 대령과의 전쟁은 나를 갈가리 찢어 버리고 아들과의 관계마저 해치고 있었다.

아들의 안녕을 바라는 나의 바람은 두 번 다시 쳐다보고 싶지 않았던 대령에 대한 극도의 분노를 되돌아보게 하고 마침내 다 내려놓게 하는 동기가 되었다. 다음 단계는 용서의 실천이라는 매우 힘든 일이 기다리고 있었다. 나는 무조건 분노를 멈춰야만 했다. 그 분노는 내 마음에 너무 심한 상처가 되고 있었다. 사랑은 나를 향해 이제 용서하라고 몰아가고 있었다.

분노가 나를 혼란하게 하고 여러 장해물이 나타났을 때, 내 마음은 나침반이 되어 용서가 있는 집으로 나를 데려갔다. 사실 때때로 그건 불가능했다. 나는 강력한 저항에 눌려 꼼짝 못하거나 한 조각 의심에 넘어가 쉽게 무너졌다. "이건 안 되는 거야. 용서란 그냥 내가 혼자 지껄이는 이야기에 불과해." 그렇게 게이브를 향한 사랑과 나만의 고통을 다 내려놓고 싶은 열망으로 돌아가고, 또 돌아가기를 반복하다가 마음챙김과 자비심으로 나만의 혼란을 어루만지곤 했다. 그럴 때마다 스스로 다짐했다. "이제 더 이상 이 원한과 분노에 매여 있고 싶지 않아."

이런 의도를 스스로에게 알리고자, 어느 붓글씨 장인에게 내가 가장 좋아하는 불교 구절을 써 달라고 부탁했다. "이승에서 미움은 결코 미움으로 없어질 수 없다. 사랑만이 미움을 없앤다. 이는 예부터 내려오는 영원의 법칙이다." 이 붓글씨 작품은 30여 년간 선방 제단의 중앙에 놓여 있었고, 오늘날까지 그대로 있다. 날마다 명상하려고 앉으면 가장 먼저 내 눈에 들어오는 장면이다.

제단에 걸린 붓다의 말씀 옆에는 어디선가 찾은 대령의 사진을 놓았다. 용서를 위한 명상 수행이 시작되면 나는 양쪽을 응시하면서 조용히 이 말을 되뇌곤 했다. "나를 해치기 위해 내 안에서 당신이 생각, 말, 행동으로 어떤 일을 해 왔든 이제 나는 당신을 용서합니다." 그런 다음, 내 머리와 마음속의 온갖 추함이 모습을 드러내도록 했다.

솔직히 말하자면, 대개는 용서하고 있다고 느끼지 않았다. 있는 그대로 받아들이기는커녕 오히려 더 큰 분노와 원한을 경험했다. 이런저런 분노의 책략이 내 머릿속을 가득 채우곤 했다. 이런 일이 벌어지면 나는 억지로 용서가 나타나도록 애쓰지 않았다. 어쨌든 그건 불가능했기 때문이다. 더 확실한 방식으로 그 과정을 겪어 내야만 한다는 사실을 나는 이미 잘 알고 있었다. 그래서 억지로 용서하는 대신 내가 고통을 붙들고 있는 게 얼마나 나를 상하게 하는지 느끼는 방향으로 곧장 움직였다. 스스로 슬픔과 고통, 타는 듯한 증오와 역겨움을 느끼도록 길을 터 주었다. 이런 불쾌한 감정을 그대로 묻어 두거나 무시하려는 시도는 아무 소용이 없다. 그리되면 죽은 자들 사이에서 소생한 좀비처럼, 라디오에 대고 비명을 질렀던 날에 그랬던 것처럼, 분노의 자유의지가 다시 수면 위로 떠오를 뿐이다. 그래서 나는 이런 감정들을 드러나게 만든 뒤 사랑하고 가엾게 여기는 마음으로 어루만지곤 했다.

때때로 용서하는 일이 너무나 불가능하다고 느껴질 때 스스로에게 그 문제의 대령을 한쪽 옆으로 치워 둘 수 있도록 허락해 주었다. 여러 해 전에 스승님이 해 준 친절한 상담을 기억해 냈다. "체육관에 들어가거든 200킬로그램짜리 역기를 곧바로 들지 마라. 1킬로그램으로 시작하면 된다." 나는 아주 조금씩 잘게 나누어서 용서하기를 실천했다. 고속도로 위에서 나한테 끼어드는 운전자, 심한 말로 내 주장에 반대하는 동료 등 이런 일상의 불평불만을 해결하면서 차츰 나만의 용서하기 근육을 키워 나갔다.

나는 이 여정에 함께할 충실한 동맹을 불러냈다. 다름 아닌 연민과 배려와 사랑이었다. 이들은 용서하기 수행에 필요한 바탕이자 의지할 수 있는 자원 역할을 해냈다. 대령의 사진을 바라보면서 의식적으로 긍정적인 정서를 일구며 내가 가장 아끼고 사랑하는 친구와 스승, 가족과 아들에게 느꼈던 사랑을 상상하곤 했다.

이따금 분노와 비통함에 집착하고 있는 나 자신을 발견했다. 언젠가 나의 독선적인 관점을 세상이 알아줄 거라는 환각이 일어나기도 했다. 그러나 그런 날은 절대로 올 리 없음을 이미 나는 잘 알고 있었다. 아마도 그 대령은 마야족 아이를 죽게 내버려 둔 대가를 결코 치르지 않았을 것이다.

대개 사람들은 원한과 분노를 기꺼이 짊어지고 간다. 용서하느니 차라리 죽음을 택하는 사람도 있다. 우리 안의 세포 하나하나가 일어나 비명을 지를 것이다. "안 돼! 용서하고 싶지 않다고!" 무엇보다 그런 분노로 자신에게 어떤 상황이 벌어졌는지 기억조차 할 수 없는 사람들도 많다. 기실 우리가 기억하는 것, 붙들고 있는 것은 결국 당시의 사연이나 상처가 아니라, 외려 그 결과 쌓아 둔 원한과 분노이다.

이상적인 결과라는 꿈에 휘둘리지 않는 것이, 분노와 억압에서 자유로워지는 방법이라고 생각한다. 처음에 나의 수행은 스스로 감정을 온전히 느낄 수 있게 해 주는 자발적인 의지에 맞추었다. 나는 어린아이의 죽음을 슬퍼하며 울부짖어야 했다. 대령을 향한 증오를 그대로 드러낼 요량으로 한동안 미움을 곱씹어야 했다. 이때 핵심은, 그 여정의 단계마다 내 길을 가로막은 장해물을 열린 마음으로 낱낱이 살펴보는 것이었다. 피정을 진행할 때마다 나는 이렇게 물어보곤 한다. "여러분의 원한과 분노가 여러분의 몸에서, 마음에서, 머리에서 어떻게 느껴지나요? 어깨에 힘이 들어가나요? 턱관절에 이상이 있나요? 머릿속은 어때요? 상상력을 동원해 복수의 시나리오를 굴리나요? 사건 당시에 미처 하지 못했던 말을 하면서 가해자와 말다툼하는 장면을 되풀이하나요? 그렇게 하면 여러분이 대단한 사람처럼 느껴지나요? 여러분 마음속에서는 솔직히 어떤 느낌이 드나요? 그저 화가 나는 게 아니라, 무기력한 기분이나 상처받은 느낌, 혹은 그런 분노 밑에 웅크린 슬픔은 어떻습니까? 이런 원한과 분노에 더 가까이 다가가 충실하게 알아봅시다."

우리는 용서와 망각을 구별하지 못하고 뒤섞어 생각한다. 용서하면 혹시라도 잊어버리게 될까 봐, 그래서 그 피해가 다시 생길지도 모를까 봐 두려워한다. 하지만 이미 겪어서 알게 된 교훈에서 도움을 받으려고 정신적 긴장과 정서적 고통에 매달릴 필요는 없다. 잊어버리지 않기 위해서 반드시 자책하거나 다른 사람을 벌하지 않아도 된다. 우리가 억울하게 취급받았다는 사실을 밝히기 위해 반드시 자신의 고통이 필요한 것은 아니다.

이와 비슷하게, 우리는 용서한다는 것이 타인의 잘못된 행위를 너그럽게 수용한다는 뜻으로 잘못 생각하기도 한다. 언젠가 나와 함께했던 어느 중년 남성이 말했듯이 "내 무기는 한 점이라도 포기하고 싶지 않다. 하지만 상대는 전부 내려놓게 하고 싶다."는 의미로 착각하기 쉽다. 하지만 용서는 다른 사람들이 저지른 행동에 대한 책임을 풀어 주지 않으며, 반드시 그들의 행동을 바꾸는 것도 아니다. 용서란, 우리 마음에 방어벽을 없애고 과거 상처를 붙드는 파괴적 영향력에서 벗어나게 해 주는 수단이다. 용서는 용서하는 사람에게 필요하며, 용서하는 사람을 위한 것이다.

많은 사람들은 용서가 이루어지기 전에 가해자의 회한이나 사과가 먼저 있어야 하며, 그게 아니라면 재판을 통한 처벌이라도 선행되어야 한다고 주장한다. 이는 수많은 논의가 필요한 주제이다. 그런데 이 전략의 문제점은, 어떤 경우에는 정의로운 판결이 확실히 내려진다고 해도 그게 이루어지기까지 너무 오랫동안 기다려야 할 수도 있다는 것이다. 내 머릿속에서 생각하는 용서는 정의로운 재판과는 전혀 다른 이야기이다. 물론 바른 도리와 인간관계의 치유를 목적으로 원래의 상태를 되찾는 의미라면 함께 갈 수 있다. 내가 생각하는 용서는, 우리 마음속에 잔뜩 웅크린 크나큰 슬픔을 풀어 주고 내면의 평화를 다시 찾아내는 것과 연관된다.

격렬한 분노는 확실히 변화를 일으키는 연료가 될 수 있지만, 터무니없는 분노는 자아의 작용이자 무조건 반사이며 참된 힘을 대신하는 값싼 대체물에 불과하다. 우리 분노 안에 숨겨진 힘에 접근하면, 우리에겐 힘차고 활발하게 실행할 능력, 그리고 필요하다면 부당함에 강력하게 맞설 단호한 결의가 생긴다.

내가 분노의 자리에서 중앙아메리카 내전을 공개적으로 밝히고 반대 로비활동을 펼칠 때, 사람들은 내 말을 귀담아 들으려고 하지 않았다. 내가 비명을 지를 때 아들 게이브가 몸을 움츠렸듯이 그들도 내 분노에 질려 나를 슬슬 피했다. 그런데 내가 그 대령을 용서하자, 비로소 나의 활동에 사랑이 스며들게 되었다. 기실 나는 과테말라 사람들을 사랑했기 때문에, 그래서 그들이 고통 받는 모습을 그냥 지켜볼 수 없었기 때문에 그 일을 했던 것이다.

오랜 고통에 대한 동일시 현상은 부재하는 용서의 빈자리를 더 키울 수 있다. 너무 오랫동안 고통을 짊어지고 다니다 보면 어느 순간 이런 의문이 든다. 고통이 없다면 나는 과연 누구일까? 원한과 분노, 독선, 스스로를 피해자로 보는 태도 등 이러한 감정은 엄청난 부담이면서도 마치 피부처럼 익숙해진다. 이게 내 **감정**이고, 이게 **바로 나**야. 너무 몸에 밴 것이다. 그래서 부정적 성향의 모습을 덜어 내고 털어 버리기보다 오히려 이미 잘 알고 있는 자신과 계속 함께하려 한다. 과거에 모욕당하고 상처 받았다는 생각에 매달리는 이런 충동은 평생 갈 수도 있다.

어느 날, 70대 후반의 지인은 나에게 어릴 때부터 분노에 휩싸여 살아왔다고 고백했다. "너는 결코 최상의 자리에 오르지 못할 것 같구나." 부친이 그녀에게 해 준 말이었다. 부친을 기쁘게 하려고 그녀는 무리하게 기대 이상의 성과를 올리는 데 집착하는 사람으로 성장했다. 그러나 세월이 흐르면서 부친이 제대로 평가해 주지 않은 태도가 자기 삶에 부정적 영향을 끼쳤다고 분노하게 되었다. 결국 인생 말년이 되어서야 부친에게 억울함과 분노를 표출했고, 마침내 용서하기에 이르렀다.

용서는 화해를 암시하거나 요구하지 않는다. 용서는 어느 시점에서,

가령 아이가 어른이 되어 완벽하지 않았던 부모를 용서할 때처럼 이모저모 생각과 사고방식의 만남으로 이어질 수도 있다. 하지만 항상 화해가 이루어지는 건 아니다. 화해하려면 두 사람이 필요하다. 두 사람은 신뢰를 다시 쌓아야 한다. 화해란, 미래와 합의하여 계약을 맺는 것이다. 친구나 파트너와 싸움을 한다고 한번 생각해 보라. 나중에 두 사람은 이렇게 말하게 된다. "미안해. 너한테 상처를 준 것 같아. 내 행동에 책임을 지고 싶어. 널 사랑하고 존중해. 그러니까 다시는 그러지 않도록 노력할게. 이렇게 해 보려고 해." 바로 이런 게 화해이다.

다른 사람들이 그처럼 사랑으로 향하는 담대한 발걸음을 먼저 내딛기를 기대하고 기다릴 수는 없다. 간혹 그들은 그렇게 하고 싶어 하지 않는다. 이따금 때를 놓치기도 한다. 그들이 이미 우리 삶에서 영원히 사라지고 없을 수도 있다.

다행스럽게도 용서에는 한 사람이 필요하다. 바로 당신만 있으면 된다. 용서는 자신의 고통을 내려놓기 위한 좋은 실천이다. 상대와 대화를 나누지 않더라도 누군가를 용서할 수 있다. 물론 그 상대가 이 세상에 없는 사람일 수도 있다. 그렇다고 용서하기에 너무 늦은 건 아니다.

용서는 그 사람을 삶 속으로 다시 맞아들이라고 요구하지 않는다. 여전히 그 가해자에게 이렇게 말할 수 있다. "아뇨. 하지만 다시는 당신을 보고 싶지 않아요." 하지만 용서는 스스로 손을 떼고 다 내려놓을 수 있도록 힘을 준다. "이런 긴장감이나 분노, 고통과 원망을 뭐 하러 계속 내 안에 짊어지고 다니겠어."

용서는 고통에 더 가까이 다가가라고 요구한다. 그렇게 하면서 상처를 다정한 배려와 이해심으로 어루만질 수 있는, 우리 안의 더 큰 연민을 발견하라고 조언한다. 이 과정을 통해 차츰 우리는 고통을 두려워했던 사람에서 고통을 감싸 안을 수 있는 사람으로 변해 간다. 용서를 실천하면 마음이 갖고 있는 타고난 연민을 기꺼이 받아들이게 된다.

그 과정에서 상처에 시달리던 시절의 특정 순간에서 자신을 풀어 주고, 동시에 그 상처와 고통보다 더 크고 중요한 것을 깨닫기 시작한다. 자신을 자유롭게 풀어 주어 오히려 진짜 자신의 모습을 찾아 준다. 무한정 자유롭게! 자신을 키우고 다시 상상할 수 있다. 역설적으로 과거 어느 때보다 더 자신다운 모습이 된다.

제단 위에 놓인 대령의 사진을 날마다 뚫어지게 쳐다보면서 내가 읊었던 용서의 말씀은 거의 2년 가까이 진심으로 들리지 않았다. 그래도 계속 되풀이했다. 그러던 어느 날, 마침내 제대로 들렸다. 그 대령에게 내 마음을 열 수 있었다. 그의 행동은 혐오스럽고 용서할 수 없었지만, 시간이 흐를수록 그 사람이 더 확실하게 보였다. 마침내 나는 그 대령의 행동을, 지독한 무지로 굳어져 버린 그의 삶에서 아무도 모르는 이런저런 이유와 상황 때문에 일어난 결과라고 이해했다. 그런 무지가 그 문제를 일으켰으므로, 그 사람에 대한 증오를 계속 붙들고 있는 것은 나한테 아무런 도움이 되지 않았다. 실은 처음부터 그 점을 머리로는 알고 있었다. 하지만 내려놓기 전에 계속 저항하는 내 안의 온갖 측면을 다 겪어 내야만 했다.

결국 용서하지 못하는 것은 나의 열패감에 대한 방어기제로 작용하고 있음을 깨달았다. 나는 무서웠다. 만약 대령을 용서한다면 그 아이를 두 번 버리는 게 되지 않을까. 그 와중에 실제로 나는 그 전투에서 싸웠고 패배했다. 그리고 그 분노 아래, 따개비가 뒤덮인 바닷속 고대 난파선처럼 저 멀리 묻혀 있는 숨겨진 보물, 바로 그 문제의 핵심을 찾아냈다. 나는 나 자신을 용서해야만 했다. 아이의 죽음을 두고 대령을 비난했지만, 나 역시 그 아이를 살리지 못했다고 생각했다. 이런 자기혐오는 다 내려놓고자 하는 나의 여정을 가로막고 있었다. 나도 인간이며, 할 수 있는 만큼 최선을 다했다는 사실을 받아들여야만 했다. 그때 상황은 내가 통제할 수 없는 것이었다.

그로부터 대령을 죽이고 싶어 했던 나 자신을 용서하는 데에는 1년이 더 걸렸다.

우리 안에는 가해자와 피해자가 함께 살아간다. 아무것도 몰랐던 그 대령을 용서할 수 있다면 분명히 나 자신도 용서할 수 있다. 이 수행을 거치면서 시간이 지날수록 **용서란 항상 자신을 위한 것임**을 이해하게 되었다. 용서를 남에게 해 주거나 그들로부터 용서를 청할 수도 있겠지만, 기본적으로 용서는 상대를 바꾸는 것이 아니라 자기 이해에 따른 행동이다. 용서란, 자신에게 가장 유용하고 효과 빠른 약을 주면서 철저하게 스스로를 받아들이는 태도로 자신을 어루만지는 것이다.

용서는 지성과 머리로 행하는 실천이 아니다. 뼛속 깊이 느껴질 때까지 온전하게 마음과 소통하면서 심장에 복무해야 한다. 증오를 헤치고 나가는 길은 곧 우리에게 더 깊이 사랑하라는 가르침을 전한다.

블레이즈가 세상을 떠난 후, 우리는 그린 걸치 농장에서 추도식을 열었다. 그곳은 샌프란시스코 북쪽 캘리포니아 해안을 따라 위치한 아름다운 불교 피정 센터였다. 추도식에 가는 도중에 트레비스는 모퉁이의 매장 앞으로 차를 잠시 대 달라고 했다. 그는 술 한 병과 스무 송이 장미를 샀다. 추도식에 도착할 때쯤 그는 그 술을 다 비웠다.

이번이 호스피스 환자를 위해 처음으로 여는 추도식이었기 때문에 우리는 정말로 어찌해야 할 바를 몰랐다. 블레이즈를 보살피던 봉사자들도 대부분 참석했다. 시작하는 차원에서 모든 사람들에게 블레이즈에 대한 기억을 나누어 달라고 부탁했다.

트레비스의 차례가 되었다. 그는 추도식장을 빙 돌면서 봉사자 한 사람 한 사람에게 장미 한 송이씩을 건넸다. 다들 이름은 몰랐지만, 그들이 여동생을 잘 보살펴 주었다는 사실을 알고 있었다. 그 이유만으로 그는 고마워했다. 그는 그들에게 장미를 전해 주면서 이렇게 덧붙였다. "이 중에 어떤 장미는 감사를 뜻하고, 또 어떤 장미는 사랑을 뜻합니다." 그런 다음 내 앞에 멈춰 서서 내 눈을 똑바로 바라보았다. "그리고 다른 뜻 없이 그냥 장미이기도 합니다."

우리가 트레비스에게 명상이 갖고 있는 영향력을 안겨 주었던 걸까? 그는 그 경험을 평범한 모습으로 표현하고 있었다. 명상 전통에서 흔히 '범상함'으로 부르는 것이었다. 그것은 모든 상황을 있는 그대로 보고 받아들일 때에 나타나는 통찰이었다. 이제 트레비스는 자신도 그 장미처럼 자연스럽고, 불완전하며, 범상한 사람으로 바라보고 있다.

몇 주 전, 우리 센터 앞에 나타났던 그 거친 카우보이가 그와 같은 지혜와 배려를 할 수 있으리라고 누가 짐작이나 했을까? 블레이즈가 용서라는 선물을 선사한 이후로 트레비스에게는 뭔가 변화가 일어났다. 그의 마음은 활짝 열렸다.

트레비스가 여동생의 용서를 받을 준비가 이미 되어 있었기 때문에 그런 일이 일어난 것이기도 했다. 그는 명상센터 마당에서 자기 이야기를 털어놓고 뼈아픈 사연을 나누면서, 마침내 사는 동안 내내 숨겨 왔던 것을 사랑과 배려의 마음으로 만날 수 있으리라는 용기를 얻었다. 의심할 여지없이 블레이즈의 용서는 참으로 관대하고 너그러웠다. 그리고 그 용서는 세상을 떠나기 전에 그녀를 자유롭게 해 주었다. 하지만 트레비스의 진정한 치유는 스스로를 용서할 수 있었기 때문에 가능한 일이었다.

세상의 모든 용서는 자기 용서이다. 그것은 놀라운 형태의 자아 수용 방식으로, 믿을 수 없을 정도로 고된 아픔을 내려놓게 만든다. 또한 부당한 피해와 상처를 입었다는 생각, 분노와 원한이라는 뜨거운 석탄을 붙들고 있는 한 스스로를 해치게 될 뿐이라는 사실을 깨닫는 일이다. 만약 그 짐을 내려놓지 않는다면 남은 평생 그것을 짊어지고 가야 한다. 그러면 절대로 자유로워지지 못한다.

그러니 기다리지 말라. 죽음에 임박한 순간까지 기다려서야 상처를 주었거나 잘못했던 사람을 용서하는 과정을 시작하지 말라는 뜻이다. 죽음이라는 부서질 듯 연약한 삶의 본질을 통해 가장 중요한 게 무엇인지 깨닫고 곧바로 행동으로 옮기자. 계속해서 우리 자신이나 다른 사람들을 우리의 심장에서 밀어내 버리고 살아간다는 것은 말할 수 없이 아프고 힘든 삶이다.

2

두 번째
초대장

세상 무엇이든
널리 환영하고
아무것도 밀어내지 말라

헛간이 불에 다 타버렸군.

이제

달을 볼 수 있겠구나.

미츠다 마사히데(에도 시대 시인, 1657-1723)

아내 밴다는 영국인이다. 그런 아내에게 미국에서 사용하는 'You're welcome.(천만에요.)'이라는 표현은 헷갈리고 어리둥절한 방식이다. 영국에서는 'Thank you.'라는 말에 보통 'Don't mention it.(별 말씀을요.)' 정도로 답하는 게 더 흔한 일이다. 이와 비슷하게, 2000년대에 태어난 세대는 프랑스어로 'de rlien'이나 스페인어로 'de nada', 혹은 영어로 'no problem' 등 허물없는 표현을 더 흔하게 사용한다.

사실 이런 표현에 있어서의 문제는, 그 말이 친절과 배려가 깃든 행동을 대단치 않게 생각한다는 점이다. 반면 'You're welcome.'은 그 친절과 배려를 인정하는 표현이다. 'welcome'이란 단어에는 겉으로 드러나지는 않지만 그 속에 초대한다는 의미가 담겨 있다. 아내에게 맨 처음 'You are welcome.'이 의미하는 바를 통역해 주려 할 때, 나는 아내의 모든 것을 다 받아들인다는 뜻으로 두 팔을 활짝 벌렸다.

모든 것을 받아들이고 환영할 때 지금 눈앞에서 벌어지는 상황을 꼭 마음에 들어 할 필요는 없다. 인정하든 반대하든 사실 그건 우리 소관이 아니다. 우리와 마주치는 'welcome'이라는 단어는 성급하게 판단하는 태도를 잠시 멈추고 그저 지금 벌어지고 있는 일에 마음을 열어 보라고 청한다. 우리는 그저 문 앞에서 일어나고 있는 일에 주의를 기울이고 집중하면 된다. 환대하는 마음으로 받아들이면 되는 것이다.

언젠가 친구 하나가 저명한 정신신경과 의사 시드니의 집으로 저녁 초대를 받았다. 시드니는 보기 드물게 지성과 통찰과 품격을 갖춘 사람이었다. 하지만 몇 년 전, 알츠하이머로 단기 기억에 손상을 입고 안면 인식 능력에도 큰 타격을 받았다.

친구가 도착하여 초인종을 울리자, 시드니가 문을 열어 주었다. 그의 얼굴에는 혼란스러운 표정이 역력했다. 그러나 그는 이내 얼굴을 추스르고 말했다. "미안합니다. 제가 요즈음 사람들의 얼굴 기억하는 데 문제가 좀 있어요. 하지만 우리 집은 항상 손님들을 환영하는 공간이었다는 사실만은 기억하고 있죠. 만약 당신이 우리 집 문간까지 왔다면, 당신을 환영하는 게 바로 제 일입니다. 어서 들어오세요."

두 번째 초대장

우리는 익숙한 것을 좋아한다. 확실성을 우선으로 친다는 뜻이다. 취향이나 선호도가 그대로 맞아떨어지는 것을 좋아한다. 사실 우리 대부분은 원하는 바를 얻고 원하지 않는 바를 피하는 것이 행복을 보장하는 방법이라고 배워 왔다. 그러나 살아가면서 필연적으로 예상하지 못했던 일을 겪게 된다. 뜻밖의 이사, 실업, 가족의 질병, 사랑하는 반려견의 죽음 등 온 마음과 힘을 다해 밀어내고 싶은 경험을 겪게 된다. 불확실한 상황에 부딪혔을 때 흔히 가장 먼저 나오는 반응은 저항이다. 힘겨운 일들이 마치 불청객이라도 된 듯 쫓아내려고 애를 쓴다. 그런 순간 속에서 기꺼이 환영하고 받아들이는 것은 불가능해 보이거나, 더 정확히 말하면, 어리석어 보이기까지 하다. 그렇다면 우리 앞에 무엇이 나타나든 그 자체를 선뜻 받아들여야 한다는 것은 삶이 우리를 함부로 좌지우지하도록 내버려 두어야 한다는 뜻일까?

전혀 그렇지 않다.

마음을 열고 선뜻 받아들이면 여러 선택지가 생긴다. 자유롭게 발견하고, 자세히 살펴보고, 마주치는 모든 상황을 능숙하고 노련하게 대응할 수 있는 방법을 알게 된다. 만약 삶의 어떤 부분이라도 받아들이지 않고 거부한다면 우리는 자유로울 수가 없다. 기꺼이 환영하고 받아들이면 유쾌하든 불쾌하든 그 모든 상황을 만나서도 제대로 처리할 수 있는 능력이 생긴다. 꾸준히 실천하면 차츰차츰 우리의 안녕과 행복이 외부 현실에서 일어나는 일에 좌우되지 않음을 알게 된다. 안녕과 행복은 바로 우리 안에서 비롯된다.

참된 자유를 경험하려면 모든 것을 있는 그대로 기꺼이 받아들여야 한다. 이 초대는 삶 자체가 그러하듯 가장 깊은 층위에서 우리에게 두려움 없는 감수성(感受性)을 쌓아 갖추라고 청한다. **세상 그 무엇이든 널리 환영하고 아무것도 밀어내지 말라.** 이는 오로지 의지력만으로 되지 않는다. 세상 모든 것을 선뜻 받아들이고 널리 환영하는 것은 결국 사랑이 깃든 행동이다.

있는 그대로

있는 그대로의 나 자신을 받아들이면
내가 변할 수 있다는 것. 참 기이한 일이다.

— 칼 로저스(심리학자, 1902-1987)

나는 로렌조의 침대 옆에 있는 팔걸이 없는 금속 의자에 자리를 잡
았다. 그는 합성 직물로 된 병원 담요로 온몸을 감싸고 누워 병원 특유
의 녹색 벽을 바라보았다.

최근에 홈리스가 된 60대의 로렌조는 예기치 못한 상황을 감수하고
체념했지만, 폐암 말기 진단을 받은 후 깊은 우울증에 빠져 버렸다. 며
칠 전에는 자살 시도까지 했다. 지금 그는 샌프란시스코 종합병원 정
신신경 응급병동의 환자가 되었다. 간호사와 의사들의 말에 따르면,

입원한 이후로 좀처럼 아무에게도 말을 걸지 않는다고 했다.

나는 조용히 앉아 있었다. 시간은 흘러갔다. 20분쯤 되었을까. 로렌조가 어깨 너머로 목을 길게 빼더니 따지듯 물었다.

"대체 당신은 누구요?"

"나는 프랭크라고 합니다. 젠 호스피스 프로젝트에 있습니다."

"오랜 시간 말 없이 나와 앉아 있는 사람은 당신이 처음이오."

"나는 조용히 앉아 있는 데 도가 튼 사람이거든요."

로렌조는 야위었지만 품위 있어 보이는 이탈리아계 아르헨티나인으로, 헐렁한 운동복 바지와 구겨진 셔츠를 입고 있었다. 나는 그의 절망과 까칠한 태도 아래에서 날카로운 지성을 느꼈다.

"뭐가 필요하십니까?" 나는 사무적으로 물었다.

"스파게티." 그는 한순간의 주저함도 없이 답했다.

"스파게티요? 이런 이런, 우리 센터에서 정말 맛있는 스파게티를 만들거든요. 오셔서 우리랑 같이 살면 어때요?"

"그럽시다. 프랭크." 그는 수락하는 뜻으로 고개를 끄덕였다.

그것이 센터 입원 인터뷰의 끝이었다.

다음 날 로렌조가 호스피스 센터에 도착했을 때, 식탁에는 스파게티가 한가득 놓여 있었다. 이미 알아챘겠지만, 로렌조에게 스파게티는 익숙함, 영양, 집, 그리고 일상으로의 회귀를 뜻했다.

로렌조는 우리와 거의 세 달 동안 함께 살았다. 그렇지만 스파게티를 주었다고 해서 그의 자살 시도를 멈추게 할 순 없었다. 나무랄 데 없는 스파게티였지만, 그것만으로는 충분치 않았다.

하지만 로렌조와 나는 정말이지 서로 사랑하고 신뢰하게 되었다. 신뢰는 어느 날, 단숨에, 단번에, 하나의 소통으로 쌓인다. 그것은 현실적인 문제를 해결하면서 시작된다. 어떤 사람을 침대에서 욕실 변기로 움직이는 걸 도와주면, 상대는 당신이 자기를 넘어지지 않게 잘 받쳐 주리라고 신뢰하게 된다. 시간이 흐르면 그는 비밀과 두려움을 털어놓으면서 당신을 굳게 믿고 의지한다.

로렌조는 미술과 문학과 철학에 조예가 깊은 교양인이었다. 그의 삶은 결혼이 깨진 후로 하강 곡선을 그렸다. 암으로 더 이상 일을 할 수 없게 되자 직장과 건강보험을 동시에 잃었다. 그는 자신이 언젠가 거리에서 노숙자로 살게 되리라고 결코 상상할 수 없을 정도로 자기 의지가 강한 사람이었다. 그래서 겉으로나마 어느 정도 자기 삶을 통제하는 모습을 되찾고자 했다.

호스피스 환자가 죽기를 소망한다고 말하는 게 드문 일은 아니다. 로렌조는 데릭 험프리의 『마지막 비상구』를 읽고 싶어 했다. 타인의 도움을 받아 실행하는 자살을 다룬 그 책은 현행 안락사법이 허용되기 수년 전인 1991년에 출간되었다. 그러므로 로렌조의 요구는 상당히 급진적이라고 할 수 있었다. 하지만 어쨌든 나는 그 책을 사 주고 매일 밤 한 장씩 읽어 주었다. 이따금 우리는 치유의 수단을 찾아내기 위해 아무도 알지 못하는 가장 어둡고 비밀스러운 지점을 찾아가야 할 때도 있다.

그렇게 둘만의 심야 회동에서 로렌조가 저 깊은 두려움을 털어놓기 시작할 때 나는 그가 하는 이야기를 귀 기울여 듣곤 했다. 많은 이들이 그렇듯이, 로렌조도 참을 수 없는 고통과 괴로운 통증이 이어지는 나날을 견디는 것을 가장 두려워했다. 나는 우리 호스피스에서 고통과 통증 관리를 거의 예술적인 형태로 높여 놓았다고 말하며 그를 안심시켰다. 그는 정서적으로 버림받을까 걱정했고, 자신이 통제력을 잃거나 남들에게 의존하는 상태가 될까 우려했다. 나는 당신을 절대로 혼자 내버려 두지 않겠다고, 당신이 원하는 방식대로 치료와 보살핌을 받을 수 있도록 해 주겠다고 약속했다.

로렌조가 세상을 떠나기 직전의 어느 날, 그가 자기 방으로 나를 불러 이렇게 인사했다. "프랭크, 당신한테 고맙소. 지금 나는 그 어느 때보다 더 행복하오."

"아고, 거짓말! 얼마 안 가서 공원에 혼자 산책도 못 가고 일기도 쓸 수 없으면 살고 싶지 않다고 말씀하실 거잖아요?"

"아, 그건 말이지, 그건 그냥 욕망을 따른 것뿐이지." 그가 어깨를 으쓱이며 대답했다.

"그게 무슨 말이에요? 공원에 가고 일기를 쓰는 게 더 이상 당신에게 중요하지 않다는 거예요?"

"그렇소. 실은 그건 나한테 기쁨을 안겨 주는 활동이 아니었소. 그냥 그 활동에 집중했던 것이지. 지금 내 즐거움은 살랑 부는 선선한 바람과 폭신한 침대 시트의 부드러움에서 나온다오." 그는 탄식하듯 이렇게 답했다.

나도 모르게 미소가 번졌다. 불과 몇 달 전 정신신경과 병동에서 만났던 사람에게 이렇듯 경이로운 변화가 일어나다니!

왈가왈부 판단하지 않고 기꺼이 받아들이고 존중하는 분위기 속에서 로렌조는 자신의 경험과 함께 현재에 온전히 존재하는 새로운 길을 찾을 수 있었다. 말하자면 주의를 기울이고 집중하면서 지금 일어나고 있는 일에 마음을 여는 능력을 키웠다. 그 결과, 자극과 반응 사이에 지극히 중요한 간극을 발견했다. 그는 마음 길들이기를 통해 자기 마음과 정신이 어떤 조건에서 반응하는지 간파하고, 습관에 박힌 사고와 행동에서 자신을 자유롭게 풀어 주었다.

'세상 그 무엇이든 널리 환영하고 아무것도 밀어내지 말라'는 포용과 열림으로 향하는 가장 중요하고 으뜸가는 초대장이다. 불교 사유 방식에서 포용과 열림[공(空)]은 늘 각성하고 탐구하는 정신의 핵심 특성 중 하나로 꼽힌다.

포용과 열림[공(空)]은 현실을 결정하거나 감별하지 않으며, 있는 그대로의 현실을 발견한다. 카리스마 넘치는 티베트 불교 지도자 쵸감 트룽파 린포체는 불교 수행의 핵심을 '완전한 포용과 열림[공(空)]'으로 언급했다. 그는 이 포용과 열림[공(空)]을 "눈앞에 일어나는 것은 무엇이든 기꺼이 살피고, 그것과 더불어 행하고, 전체 과정의 부분으로 연관시키려는 의지… 편협하고 지나치게 까다로운 태도와 정반대로, 더 크게 사유하는 방식이자 더 넓게 만물을 바라보는 방식이다."라고 설명했다.

포용과 열림은 특정 경험이나 관점을 거부하지도 않지만 거기에 매달리지도 않는다. 그것은 드넓고 무방비한 상태로 치우침 없이 허용하는 태도이다. 완전한 수용이다. 포용과 열림은 인식 자체의 본질이며, 그 본질을 통해 경험은 스스로 드러난다. 포용과 열림은 정신과 마음의 성장에 필요한 새로운 정보와 경험과 기회에 계속 접촉하여 활용할 수 있게 한다. 미지의 세상도 기꺼이 받아들이게 한다. 나쁜 시절이든 좋은 시절이든 둘 다 유효한 경험으로 선뜻 받아들인다는 뜻이다.

'세상 그 무엇이든 널리 환영하고 아무것도 밀어내지 말라'는 거부하는 태도와 완전히 반대된다. 거부는 무지와 두려움을 낳는다. 만약 나의 경험 중에 어느 한 부분이라도 거부하고 있다면 나는 자유로워질 수가 없다. 거부된 경험은 반갑지 않은 때에 불쾌한 손님처럼 매번 나타난다. 그것은 계속해서 다시 나타나 자신을 표출할 새로운 방식을 찾으려 든다. 내가 그것을 인지하고 꿰뚫어 볼 때까지 언제나 변함없이 존재의 골칫거리가 된다. 항상 고통의 원인이 된다. 그러니 생각이든, 감정이든, 사건이든 우리가 피하려 애쓰고 있는 그런 경험에 맞서 반대하는 태도를 내려놓아야 한다.

내가 보살펴 왔던 많은 이들처럼, 내 동생 앨런도 거리의 알코올중독자로 매우 힘겨운 생활을 이어갔다. 동생은 수년 동안 치료 프로그램을 들락날락했지만, 대개 마약과 알코올과의 싸움에서 패배의 쓴맛을 보곤 했다. 어느 때는 경마장 구석에서 살았던 적도 있다. 한때는 열심히 회복에 힘써 대학을 졸업하고 후천성면역결핍증 환자들과 함께 살면서 지원하는 사회운동가로 일하기도 했다.

하지만 시간이 흐르면서 결국 앨런의 악마는 앨런을 이겨 버렸다. 그는 12단계 프로그램 회원들과 연락을 끊고, AA 모임에 나가는 것도 중단하고, 예전의 파괴적인 행동패턴으로 돌아갔다. 그리고 수년간 이 우여곡절을 반복했다. 꽤 오랫동안 나쁜 습관을 깨끗이 고치면서 결혼도 하고 딸을 얻기도 했다. 하지만 다시 이전의 상태로 돌아갔고, 몇 년 뒤 심장마비로 세상을 떠났다.

당시 형 마크가 내게 전화로 앨런의 죽음을 전해 주었다. 우리는 앨런이 살았던 켄터키 주의 어느 장례식장에서 만나기로 계획을 세웠다. 나는 형에게 그쪽 장례 담당자와 미리 만나서 내가 그날 앨런의 시신 옆에 앉을 수 있도록 해 달라고 부탁했다. 어떤 불교 전통에서는 최대 사흘 동안 시신을 그대로 두는 관습이 있다. 이 시기 동안 사람들이 찾아와 시신과 더불어 명상하고, 미리 정해진 의식을 행하고, 심지어 티베트 불교에서 '바르도(bardo, 中陰)'라고 부르는 죽음과 환생 사이의 중간 상태로 고인을 안내하기도 한다. 설령 이런 신앙과 의식에 동의하지 않더라도, 나는 죽음 이후에 서두르지 않고 예를 표하는 신성한 공간을 마련하면 가족과 친구들이 애도하는 과정에 도움이 될 수 있다고 생각했다.

"왜 그러고 싶은 거야?" 형은 불교식 관습에 익숙하지 않아서 그런지 내키지 않은 듯 물었다.

"그냥 캘리포니아 식이야." 나는 이렇게 답하면서 그 순간을 얼버무리며 넘겼다.

"그렇다면 우리는 예배나, 뭐 그런 건 열지 않기로 하자. 앨런도 그 방면에 친구는 없으니까."

"그렇게 해요. 장례식장에서는 앨런 옆에 내가 그냥 앉을게."

영안실에 도착했을 때, 안내원이 병원용 수레에 앨런의 시신을 싣고 왔다. 아직 염습과 입관을 하지 않은 상태였지만, 나한테 그런 건 중요하지 않았다. 나는 가여운 동생을 생각할 수 있도록 형한테 잠시 혼자 있게 해 달라고 부탁했다. 잠시라도 앨런의 삶과 형제 관계를 되돌아보고 깊이 생각하는 시간을 보내고 싶었다.

호흡을 가다듬고 자리에 앉는 순간, 갑자기 앨런의 전처 로레인이 들이닥쳤다. 마약중독자였던 로레인은 매우 불안하고 흥분한 상태였다. 그녀는 시신을 마구 흔들면서 두서없는 질문을 쏟아 내기 시작했다. "그이 발가락에 이 꼬리표는 뭐예요? 그이 안경은 어디 있어요? 어깨에 난 상처는 뭐지? 그이는 언제 돌아와요?"

처음에는 화가 났다. 동생과 조용히 있고 싶었는데 영안실 안에서 이런 시끄러운 혼란이 생기고 만 것이다. 로레인은 계속해서 질문을 하고 대답을 요구했다. 나는 정말로 그녀가 떠나기를 바랐다.

곧 나는 내가 상상했던 방식으로 일이 진행되도록 밀어붙이려는 생각을 멈추었다. '네가 동생이랑 있고 싶다고 했지? 이런 게 동생이랑 함께하는 모습이야. 이것도 말이야.' 나는 그 순간에 깃든 진실이 무엇인지 볼 수 있도록 내가 느끼는 분노를 밀어내지 않고 받아들이기로 마음먹었다. 그렇게 했더니 그 분노 안에 어떤 힘이 있다는 사실을 깨달았다. 나는 그 힘으로 내 앞에 놓인 상황에 대처할 수 있었다.

벌떡 일어나 로레인 쪽으로 걸어갔다. 다소 편안한 마음을 전하고자 로레인의 어깨에 손을 얹었다. 이따금 그녀의 질문에 대답도 했지만, 대부분 아무 말 없이 가만히 있었다. 15분쯤 지나자 로레인은 진정되었다. "가야겠어요." 이 말을 남기고 그녀는 영안실을 떠나갔다.

나는 안도의 한숨을 쉬면서 다시 의자로 돌아왔다. 하지만 불과 몇 초 후에 장례담당자가 들어왔다. "죄송합니다. 이제 닫아야 합니다. 여기를 나가 주셔야만 합니다."

그게 다였다. 내가 동생이랑 함께한 시간은 그게 전부였다.

'세상 그 무엇이든 널리 환영하고 아무것도 밀어내지 말라'고 했지. 나는 혼자 조용히 생각에 잠겼다. 그 상황을 내가 바꿀 수는 없었다. 나의 가르침이 나한테 되돌아왔다. 만약 내가 그 상황에 격분한다면 스스로 더 많은 고통을 일으킬 뿐이었다. 그래서 죽은 동생과 함께 앉아 있는 게 어떨까 했던 기대를 내려놓았다. 이미 벌어진 상황을 받아들이면서 소란의 한가운데서 평화를 찾았다.

당신의 삶에서 이런 순간을 만났다면 무엇을 밀어낼까? 무엇을 허락할 수 없을까? 최대한 피하고 싶은 악몽은 무엇일까?

언젠가 소아과에서 말기 완화 치료를 담당하는 간호사들의 자문에 응한 적이 있다. 나는 그들에게 보살피던 아이들이 숨을 거두면 그 아이들과 함께 있는 게 괜찮으냐고 물었다. 대부분은 아니라고 했다. 그들은 그게 자연의 질서를 거스르는 일이라고 생각했다. 그러나 해마다 미국에서 19세 이하 젊은이 약 6,000명이 죽고, 그중 절반은 어린아이들이다. 나는 그 문제를 간호사들에게 언급하면서 "여러분이 병실에 들어갈 때마다 그런 경험을 밀어낸다면 어떻게 여러분의 보살핌을 받아야 하는 아이들이 안심하고 평안하게 숨을 거둘 수 있게 도와주겠느냐?"고 물었다.

모든 것을 있는 그대로의 모습으로 받아들이면 우리는 현실을 향해 움직이게 된다. 우리가 마주치는 모든 것이 마음에 들지 않을 수도 있으며, 선뜻 동의하지 못할 수도 있다. 하지만 현실과 다툰다면 매 순간을 잃게 된다. 살아가면서 매 순간이 그 반대였으면 하고 완강하게 고

집을 피우면 에너지를 헛되이 쓰고 스스로 지쳐 쓰러질 뿐이다.

지금까지 '운명'은 우리 안에 단단히 자리 잡고 있다고 믿었겠지만, 실제로 우리는 삶의 외부 환경을 거의 통제하지 못한다. 하지만 삶이 나누어 주는 카드를 어떻게 이해하고 배울 것인가에 대해서는 수많은 선택지가 있다. 좋든 나쁘든 주어진 상황에서 우리가 느끼는 것을 스스로 경험하게 함으로써 회복력을 쌓게 된다. 삶의 모든 광기와 영감, 그 자체를 받아들이게 될 때까지 우리는 계속 끊기고, 단절되고, 소외되는 느낌을 받을 것이다. 그리고 우리를 둘러싼 세상을 위험하고 무서운 곳으로 바라볼 것이다.

받아들임은 체념하거나 감수한다는 뜻이 아니다. 그것은 가능성으로 가는 시작이자 기회이다. 포용과 열림은 삶에 노련하게 대응하는 데 필요한 기본 중의 기본이다.

물론 육체적으로나 정서적으로 학대를 받는 경우처럼 도저히 함께 살 수 없는 상황도 있다. 그러면 떠나는 방법 외에는 없다. 그러나 매일 마주치는 대부분의 외부 상황은 사느냐 죽느냐의 문제가 아니다. 그렇기 때문에 지금 일어나고 있는 일과 관계에 주목하면서 불쾌한 상황을 품위 있게 마주치는 연습을 할 수 있다. 외부 세상에 대한 내면의 반응은 어떠하며 그 반응을 형성하고 있는 관점은 어떨까?

'기꺼이 환영하고 맞아들이는 생각'을 하면 복도까지 이어져 활짝 열린 출입구 이미지가 떠오른다. 열려 있으면 무엇이 되었건 경험이

들어와 우리의 반응이 세상 속에 표출되도록 해 준다. 열려 있다는 것은 모든 것을 세상에 알리는 것이며, 지금 우리의 모습과 앞으로 계속 변하는 모습 그대로 존재하는 것이다. 때때로 이렇게 하려면 몸의 종기를 절개하거나 심리적 상처를 밝힐 때처럼 반드시 고통이 뒤따른다. 포용과 열림은 참다운 치유가 이루어지는 데 꼭 필요하다.

흔히 마음에 들지 않는 경험과 상황에서 스스로를 보호하려는 경향이 있다. 하지만 정확히 그 반대로 행하면서 아무것도 밀어내지 않을 때, 우리 안에 해방감과 자신감이 생겨난다. 그리고 차츰 더욱 더 커지고 강해진다.

'**세상 그 무엇이든 널리 환영하고 아무것도 밀어내지 말라**'는 단순히 계속 변하는 상황을 기꺼이 맞이하는 법이나, 마음에 들지 않거나 좋아하지 않더라도 변해 보려는 법을 배우자는 이야기가 아니다. 그것은 삶을 '있는 그대로' 받아들이라는 뜻이다.

딸 지나와 나는 빈티지 의류 위탁 판매점에서 자주 쇼핑을 한다. 그런 매장에서는 페이즐리 문양의 실크 스카프, 복고풍 가죽 재킷, 금속편이 달린 하이힐 등 굉장한 물건을 발견할 수 있다. 딸이 옷을 입어 보는 동안, 나는 다음 선반에 놓인 멋진 물건을 유심히 살피곤 한다. 여기 옷은 대부분 옅은 얼룩이 묻어 있거나, 단추 하나가 떨어져 있거나, 천이 살짝 찢어져 있다. 어느 매장에서 알아챘는데, 거기 옷에는 전부 가격과 권리포기각서를 '**있는 그대로**' 적어 놓은 꼬리표가 달려 있었다.

나는 이런 꼬리표가 마음에 든다. 우리 자신과 서로에게도 크리스마스트리 오너먼트처럼 그런 꼬리표를 달면 좋겠다. 자신과 다른 사람들, 우리 상황을 '있는 그대로', 이번 생을 이루고 있는 그 모든 아름다움과 불완전함과 어려운 도전을 오롯이 받아들인다면 얼마나 아름다운 선물일까!

'세상 그 무엇이든 널리 환영하고 아무것도 밀어내지 말라'는 우리 인간성의 더 깊은 차원을 발견하고, 습성에 물든 자아 너머의 그 무엇에 가까이 다가가 보라는 일종의 초대이다. 그렇게 하면 고정된 반응에 휘둘리지 않고, 오히려 그 반응을 포함한 우리 안의 어떤 부분에 접근할 수 있다.

일상적인 자아는 나를 시험대에 올리는 힘겨운 정서와 경험을 편안하게 받아들일 수 없을 것이다. 이제 나는 조금 늙어 버린 탓에 초콜릿 아이스크림과 바닐라 아이스크림 중에 고르는 정도의 결정은 할 수 있지만, 고통이나 분노, 죽음처럼 나 자신의 커다란 부분에서 더 많은 투자가 필요한 값비싼 물품은 밀어내 버리고 싶다. 왜 그럴까? 당연히 나는 성격상 힘겨운 일은 늘 피하려 한다. 성격은 여러 가지 '앎'으로 꽉 차 있으며, 습관적으로 익숙한 것을 계속 유지하는 데 관심을 갖는다. 우리는 지금 눈앞에서 일어나고 있는 일이 원래 있던 의제와 어울리고 잘 들어맞기를 바란다. 이런 성격과 함께할 수 있는 유일한 대상은 그 성격이 지금까지 쌓은 이력 혹은 역사이다. 그런데 현재 상황에 대처하기 위해 우리가 해야 할 일이 고작 습관적인 반응뿐이라면 그 결과는 내내 똑같을 수밖에 없다.

우리는 일반적으로 의견, 기억, 욕망, 혐오, 자아개념, 그리고 그 외 정신적 굴레와 정서적 집착 등 인식의 내용물을 자기 자신과 동일시한다. 하지만 세상 모든 것을 선뜻 받아들이게 되면, 우리의 정체성이 알아차림 그 자체 안에 그대로 존재하게 해 준다.

알아차림은 우리에게 이전과 완전히 다른 유리한 위치를 내준다. 거기서는 무엇이든 밀어낼 필요가 없다. 다른 것들과 분리되지도 않는다. 정의하자면, 알아차림은 활짝 열려 있고, 선뜻 받아들이고, 열렬히 공감한다. 우리가 우리 존재의 그 측면을 붙잡을 때, 편견 없이 열려 있는 알아차림을 통해 우리 시야를 가리고 있는 장해물을 꿰뚫어 볼 수 있게 해 준다.

알아차림은 우리에게 잘 이해하고 알아갈 수 있는 가능성을 열어 준다. 그리고 이는 곧 우리가 행복과 자유를 찾을 가능성이 있다는 뜻이다. '세상 그 무엇이든 널리 환영하고 아무것도 밀어내지 말라'는 어리석은 유혹도, 이상적인 초청도 아니다. 오히려 그 반대로, 대단히 실용적인 요청이자 초대이다. 삶을 '있는 그대로' 받아들이는 것은 매사 만물과 있는 그대로의 모습으로 화해한다는 뜻이다. 매사 우리가 원하는 방식대로 억지로 만들려고(그러다 할 수 없으면 좌절하는) 애쓰자는 게 아니다. 우리가 살아가려 애쓰는 이야기를 그럴듯하게 꾸며 내지 않고, 있는 그대로의 모습에 마음을 열고, 우리가 온전히 인간임을 받아들이는 것이다.

온전한 인간이 된다는 건 무엇일까? 그저 태어나고, 교육 받고, 걸맞은 배우자를 찾고, 근사한 위치에 멋진 집을 사고, 날마다 자고 일어나고, 일하고, 다시 자고 일어나는 일상을 반복하는 것일까? 아니다. 그보다 훨씬 크고 더 많은 것을 품고 있다. 온전한 인간이 되라는 건 모든 것을 한번 느껴 보라는 초대이자, 삶이라고 부르는 그 낯설고 아름답고 끔찍하고 지극히 평범한 것에 가까이 다가가 만나 보라는 초대이다. 그것은 세상의 한편에서 전쟁을 벌이는 동안 또 다른 세상의 한편에서는 사랑을 짓고 있다는 엄연한 사실을 스스로 깨달을 수 있는 기회이다. 우리 손녀처럼 두 뺨에 빛나는 미래를 입맞춤하는 엄마가 곁에 있는 아기들도 있지만, 캐롤라인처럼 쓰레기통에 버려진 아기들도 있다는 사실을 인식할 기회이다. 난민 캠프에서 들리는 한밤중의 비명 소리와, 아늑한 거실의 베개와 이불로 만든 텐트 아래에서 킥킥거리는 아이들 소리를 아우를 수 있는 기회이다. 세상 저기에는 끔찍한 참회와 절망이 있고, 세상 여기에는 만인을 위해 더 나은 미래를 만들려는 열정과 신성한 노력이 있다. 지금 나는 글을 쓰고 당신은 읽고 있듯 우리 사이에 이러한 구분이 있지만, 이 세상에 사랑이 존재한다는 사실을 떠올리는 순간 함께 느끼고 하나로 묶는 화합과 일치도 있다.

당신의 고통을 향해

사랑에 관한 가르침부터
나 자신을 사랑받는 존재로 허락하기까지
그 여정은 내가 생각했던 것보다
훨씬 더 오래 걸렸다.

— 헨리 나우웬(신부, 1932-1996)

어느 북서부 시골에서 열린 워크숍에서였다. 나는 힘들고 어려운 일에서 더 이상 도망치지 않을 때 일어날 수 있는 여러 가능성에 대해 이야기하고 있었다. 참석한 사람 중에 환한 미소를 짓는 40대 남성이 큰소리로 긍정의 대답을 해 주었다. "그걸 들으니 전봇대가 생각납니다."

그 사람의 말이 금방 이해가 되지 않아 되물었다. "전봇대요? 무슨 뜻일까요?"

그는 예전에 전봇대를 설치하는 일을 했다고 한다.

"전봇대는 높이가 12미터가 넘고 무겁고 단단하죠. 전봇대를 땅에 박은 후에 아주 중요한 순간이 있어요. 그때 전봇대가 불안정해 넘어질지도 모르죠. 그게 만약 사람을 치면 등이 다 깨질 수도 있어요."

전봇대 작업을 하던 첫날, 그는 같이 일하는 선배에게 말했다. "이 전봇대가 넘어지려고 하면 나는 죽어라 뛸 거예요."

하지만 오래 일한 동료의 대답은 달랐다. "아니야. 그러면 안 돼. 만약 전봇대가 넘어지려고 하면 곧장 전봇대로 가야 해. 전봇대에 가까이 가서 두 손을 전봇대에 붙여. 거기가 유일하게 안전한 지점이야."

삶에서 가혹한 현실이나 그보다 훨씬 사소한 불쾌함이나 불편함과 마주쳤을 때 우리의 본능적 반응은 반대 방향으로 달려가는 것이다. 그렇다고 고통에서 벗어날 수는 없다. 오히려 고통은 불시에 머리 뒤에서 우리를 후려칠 것이다. 현명한 반응은 아픔과 상처를 주는 방향으로 움직이는 것이고, 그럴 수 없다면 그저 피하고 싶었던 일에 두 손을 맞대고 다정하고 온화하게 주의를 기울이고 보살피는 것이다.

특히 서구문화에서는 고통이 생기면 무언가 잘못된 것이라고 배워왔다. 이는 이치에 맞지 않는 오류이자 실수이다. 수년 전에 함께 일했던 상사는 무언가 일이 잘못되면 당장 "이건 누구 잘못이야? 누구 책임이야?"라고 따져 묻는 사람이었다. 이따금 내가 나서서 일이라는 게 계획대로 되지 않을 때도 있다고 설명하기도 했지만, 그때마다 그는 고함을 질렀다. "바보 같은 소리하고 있네. 이건 분명 누군가 잘못한 거라고."

고통이 일종의 오류나 실수라고 생각하면 그걸 바로잡기 위해 온 힘을 다해 노력을 하는 게 이상하지 않다. 사실 우리의 회피 본능은, 한편으론 고통에는 아무런 가치가 없다고 판단하는 문화의 영향이기도 하다. 우리 스스로 이렇게 말하도록 사회화된 것이다. "고생을 왜 해? 어떻게 해서든 이 고통에서 벗어나는 게 더 나아."

그 결과, 우리는 분심(分心)과 잡념의 대가가 되었다. 크게 보면 이는 인간의 주된 관행이다. 우리는 하루의 상당 시간을 불편을 피하려는 차원에서 이루어지는 여러 활동, 가령 인터넷 서핑, 텔레비전 시청, 시간 외 근무, 음주, 식사 등으로 소비한다. 이런 접근방식은 자연스럽게 알코올중독과 마약 남용이라는 대재앙으로 이어진다. 강박적 과식, 도박, 쇼핑, 기술장치에 대한 불안한 집착 등도 이에 속한다. 그리하여 우리는 유해한 중독으로 가득한 집단이 되고 말았다.

앞서 언급한 도박이나 알코올중독 같은 전략들이 과연 효과가 있을까? 물론 눈앞의 문제를 무시하거나 불쾌한 경험을 좀 더 즐거운 경험으로 대신하면 잠시 고통을 줄이거나 안심할 수는 있다. 하지만 내 삶을 면밀하게 살펴보면 그런 혜택의 생명은 길지 않았다. 오랜 기간 어느 하나에 붙어 꼼짝하지 않는 것은 자기기만이라는 습관과 그 습관이 주는 부정적인 결과이다.

회피는 고통을 더욱 나쁜 쪽으로 더 크게 만든다. 육체는 소화되지

두 번째 초대장

않은 통증을 그대로 달고 다닌다. 우리가 벌이는 자기방어 차원의 여러 시도 때문에 우리 삶의 초라하고, 비좁고, 어둡고, 갑갑한 구석으로 몰려간다. 그리고 그 상황에 대한 제한적 관점과 우리 자신에 대한 한정된 시각을 수용한다. 두렵긴 해도 장차 견딜 수 없는 것을 어떻게든 피할 수 있다고 생각하면서, 단순히 통제력을 다시 발휘하기 위해 평소 익숙한 것에 매달린다. 힘겨운 경험을 없애 버릴 수 있다고 기대하면서 밀쳐 낸다면, 그것은 사실상 고통을 더해 압축하고 있는 것이다. 요컨대 우리가 반발하고 저항하는 것은 끈질기게 계속 이어진다.

　돌아가신 어머니는 이상적인 어머니상은 아니었다. 순식간에 사랑의 전원을 켰다가 다시 꺼버리는, 한마디로 일관성 없는 유형이었다. 그런데 다섯 살 때, 엄마는 나에게 귀중한 교훈을 가르쳐 주었다. 그날 나는 주머니칼을 가지고 놀다가 손을 베이고 온데 피가 흐르는 바람에 잔뜩 겁에 질렸다. 엄마는 상처를 쓱 한 번 보더니 차분하게 이야기를 해 주었다. "아, 이런 상처에는 요술수건이 필요하겠구나." 그러곤 나를 무릎 위로 끌어와 앉히더니 스토브에 걸려 있던 수건으로 손을 감싸고는 내가 진정할 때까지 꼭 쥐고 있었다.

　잠시 후, 나는 한숨을 돌리고 엄마한테 말했다. "엄마, 어디 한번 봐요." 실은 그러고 싶지 않았다. 너무 겁이 났다. 하지만 엄마가 보여 준 다정한 배려에 안심이 되어 나도 모르게 상처를 열어 볼 용기가 생겼던 것이다. 엄마는 천천히 수건을 열었고, 우리는 함께 그 상처를 들여다보았다. 나는 내가 괜찮을 거라는 사실을 깨달았다. 그 순간 아픔을 바라본다는 것이 가능하고, 심지어 도움이 된다는 것을 확인했다. 그리고 거기엔 언제나 치유의 가능성이 존재한다는 사실을 알았다.

그때의 통찰은 내가 어른이 되어 해 왔던 일의 많은 부분에 씨앗을 심어 주었다. 치유의 비결은 거기에 정말 무엇이 있는지 찾아내기 위하여 상처를 탐색하는 과정에 있다. 그 경험을 허락할 때, 그러니까 그 경험에 필요한 자리를 만들고 기꺼이 받아들일 때, 우리 고통은 한곳에 그대로 고정되어 계속 그 모습대로 가는 것이 아니라, 오히려 우리가 그 고통을 바라보는 태도를 비롯해 다양한 요소로 이루어져 있음을 알게 된다. 이 사실을 이해하면 문제를 악화시키는 기저의 반응을 해소하는 쪽으로 노련하게 대처할 수 있다. 그리하면 어쩌면 우리는 고통을 덜어 낼 수 있을지도 모른다.

고통은 지혜를 통해서만 없앨 수 있다. 환한 햇살을 가득 받아 보아도, 어두운 지하실에 깊이 묻어 놓아도 아무 소용이 없다.

'고통'은 매우 극적인 말이다. 대부분의 사람들은 그 말이 자신에게 적용된다고 생각하지 않는다. 흔히들 말한다. "난 아프지 않아." 동시에 그들은 아프리카 국가에서 기근에 시달리며 굶어 죽어가는 아이들이나 중동 지역에서 전쟁을 피해 달아나는 난민, 혹은 비참한 질병에 시달리는 사람들을 상상한다. 우리는 착하고, 매사 조심하고, 긍정적으로 생각하고, 규율을 지키고 살면서 매일 밤 뉴스에 나오는 나쁜 소식을 무시한다면 그런 일이 자신에게 일어나지 않을 거라고 상상한다. 고통은 딴 데 있다고 생각한다.

하지만 고통은 어디에서나 존재한다. 이는 존재가 지닌 가장 힘겨운 진실 중의 하나이다. 사랑에 빠졌다가 자만에 빠져 안주하게 되는 것도 고통이다. 아이들과 친해질 수 없는 것도 고통이다. 내일 일터에서 무슨 일이 일어날까 우려하는 불안도 고통이다. 폭풍우가 치면 지붕이 샐 수도 있음을 아는 것도 고통이다. 새 스마트폰을 샀다가 기능이 업그레이드된 새로운 신상품 광고를 보는 것도 고통이다. 팩팩거리는 상사를 제발 회사에서 내보내길 바라지만 은퇴까지 아직 1년이 더 남았다는 것도 고통이다. 인생이 너무 빠르게 혹은 너무 느리게 움직인다고 생각하는 것도 고통이다. 원하는 것을 얻지 못하고 원치 않는 것을 얻게 되거나, 원하는 것을 얻었지만 그것을 잃을까 두려워하는 것도 고통이다. 이 모든 게 고통이다. 몸이 아픈 것도 고통, 늙은 나이도 고통이다. 그러니 죽는 것은 당연히 고통이다.

고대 인도 팔리어로 고통을 '두카(dukkha, 苦)'라고 한다. 이는 때에 따라 '고통, 고뇌'로 번역되거나, 더 간단히 '불만족'이나 '스트레스'로도 번역된다. '두카'는 무지에서 나온다. 다시 말해, 모든 것은 일시적이고, 믿을 수 없고, 붙잡을 수 없다는 사실을 이해하지 못하면서 오로지 그 반대가 되기를 바라는 데서 비롯된다. 우리는 재산, 인간관계, 심지어 정체성조차 변하지 않는 것으로 주장하고 싶어 하지만 그럴 수는 없다. 모든 것은 끊임없이 변모하면서 우리 손가락 사이로 빠져 나가고 있다.

우리는 원하는 것을 확실히 해 줄 수 있는 삶의 조건이 필요하다고 생각한다. 이상적인 미래를 구성하거나 완벽한 과거를 되살리길 바란다. 이런 생각이 우리를 행복하게 해 줄 것이라고 착각한다. 하지만 삶에서 특별한 조건과 상황을 실현한 사람들도 여전히 고통 받는 모습을 세상 어디에서나 볼 수 있다. 설령 우리가 돈이 많고, 외모가 훌륭하고, 머리가 좋고, 완벽한 건강을 유지하고, 멋진 가족과 친구들에 둘러싸여 축복받은 삶을 산다 할지라도 시간이 흐르면서 이런 것들은 파괴되거나 변할 수 있고, 아니면 단순히 관심이나 흥미에서 멀어질 것이다. 어떤 면에서 이것이 사실임을 잘 알지만, 그럼에도 우리는 그런 완벽한 조건과 상황을 붙잡으려는 시도를 멈출 수 없다.

본래 두카는 우차(牛車)의 바퀴통 중심에 꼭 들어맞지 않는 차축(車軸)을 가리키는 말이었다. 나는 인도에서 나무로 만든 우차를 타 본 적이 있다. 우차는 돌개구멍이 곳곳에 움푹 팬 더러운 도로에서 아래위로 퉁기면서 꽤 거친 여정을 이어갔다. 차축과 바퀴통이 제대로 정렬되지 않았을 때 우차로 달리는 길은 몹시 울퉁불퉁했다.

가령 일자리를 잃었다고 생각해 보자. 그건 정말이지 스트레스가 심한 사건이다. 그런데 만약 당신이 이미 벌어진 일을 당면한 현실로 받아들이길 거부한다면 그 고통은 상당히 부풀려진다. 그런 힘든 상황에 처하면 흔히들 이렇게 혼잣말하지 않던가. "이건 공평하지 않아. 사실일 리가 없어. 이러면 안 되는 거잖아." 이런 말은 더 큰 고통을 일으킬 뿐이다. 여기서 대단히 중요한 점은, 어떤 사실이나 상황을 **수용**할 때 반드시 **동의**가 필요한 것은 아니라는 점이다. 다시 말해 그 상황에 찬성해야만 받아들일 수 있는 건 아니다. 여전히 우리는 삶의 조건이나 상황을 바꾸기 위해 노력하고 싶어 할 것이다. 하지만 먼저 두 눈을 크게 뜨고 당면한 진실을 받아들일 때 비로소 변화할 수 있다.

두카는 삶의 조건과 상황을 있는 그대로 보지 못하고 받아들이지 않는 정신적 혼란과 정서적 당혹감에서 나온다. 우리는 항상 뭔가를 원한다. 단 한번도 우리가 가진 것이 충분해 보인 적이 없다. 우리는 영원불멸의 덧없음을 무시하고 싶어 한다. 그런 태도는 불만족과 두려움을 일으킨다. 불만족과 두려움은 의식 아래에서 웅성웅성 시끄럽게 소리를 내면서 고통을 덜어 주기보다 악화시키는 방식으로 행동하도록 몰아간다.

그렇다면 불가피한 삶의 두카를 처리할 수 있는 대안에는 무엇이 있을까?

첫 단계는 아픔과 고통이 밀접하게 연관되지만 서로 다른 경험임을 분명하게 깨닫는 것이다. "아픔은 피할 수 없지만 고통은 선택할 수 있다."는 유명한 격언은 그 의미를 압축해서 잘 보여 준다.

살아 있는 사람이라면 누구나 아픔을 겪게 되어 있다. 사람마다 아픔의 문턱은 다르지만 우리는 사는 동안 아픔을 경험한다. 육체적 아픔은 신경계의 내부 경고로, 당신의 몸이 잠재적으로 해로운 자극에 반응하고 있는 것이다. 그 자극은 배고픔, 피로, 배탈, 지끈거리는 두통, 혹은 관절염 같은 불쾌한 감각의 경험을 일으킨다. 또한 애끓는 비통함이나 상실의 슬픔처럼 정서적인 형태로 나타날 수도 있다.

따라서 아픔은 언제 어디서나 누구에게나 존재하며 아무도 거기에서 도망칠 수 없다. 그런 다음에는 고통이 찾아온다. 고통에 대해서는 뭐라도 할 수 있다. 일반적으로 고통은 **자극-생각-반응**이라는 연쇄 반응으로 나타난다. 여러 번 되풀이되어도 아픔을 일으키는 자극에 대해서는 통제를 가할 수가 없다. 하지만 아픔에 대한 생각과의 관계, 그리고 아픔에 대한 정서적 반응을 바꿀 수는 있다. 대개 그런 생각과 정서적 반응은 우리의 고통을 가중한다.

고통은 인지와 해석에 관한 것이다. 고통은 불쾌하거나 바람직하지 않은 경험으로 인지된 것을 두고 정신과 정서가 맺는 관계이다. 우리는 지금 일어나고 있거나 과거에 이미 벌어진 일에 관해 자신만의 사연과 믿음에 따라 고통을 해석한다. 매사 계획에 따라 이루어지지 않으면 어떤 사람들은 스스로 무기력한 피해자라고 믿거나 심지어 자업자득이라고 생각한다. 이런 생각은 체념과 냉담으로 이어진다. 불안에 휩싸여 앞으로 일어날지도 모를 일을 걱정할 때 그 불안과 걱정은 빠르게 불어나 쉽게 통제할 수 없는 두려움의 거미줄로 변하기도 한다.

지금 이 순간의 아픔에 마음을 열면 그 상황을 개선하기 위해 무언가를 할 수 있을 것이다. 설령 뭔가 할 수 없어도 그 경험에 대한 나의 태도가 지금 일어나고 있는 것에 어떻게 영향을 끼치고 있는지 확실히 알아챌 수 있다. 아픔에 대한 반응, 하물며 아픔에 대한 생각은 모든 것을 바꾼다. 그런 반응과 생각은 고통을 늘이거나 줄일 수 있다. 내가 소중히 생각하는 공식이 하나 있다.

아픔 + 저항 = 고통

만약 아픔을 밀어내려 한다면, 그것이 육체적 아픔이든 정서적 아픔이든 우리는 훨씬 더 큰 고통에 시달리게 될 뿐이다. 고통에 마음을 열고 애써 부인하지 않고 세심하게 탐색할 때, 어떻게 하면 우리 삶에서 그 고통을 잘 활용할 것인지 알게 된다.

몇 년 전 나는 심장마비로 삼중혈관 우회수술을 받았다. 수술 후에 어느 유명한 티베트 승려 한 분이 친절하게도 전화를 걸어 와 나의 건강을 빌어 주었다. 내가 알기론 그 분도 심장질환을 겪은 적이 있었으므로, 그때 그 상황, 그 혼란, 그 위기, 그리고 그것이 주는 역설적 아름다움 등 모든 문제에 어떻게 대처했는지 물어보았다. 실은 나는 반쯤은 그가 심오한 명상 수행법이라도 전해 주지 않을까 기대를 걸었다.

그런데 대신에 그는 잠시 뜸을 들이더니 이렇게 말을 이어갔다. "흠, 혼자 이런 생각을 했어요. '심장이 하나인 게 다행이야. 하나가 있다면 당연히 문제가 생길 거라고 예상했어야지!' 하고 말이죠." 그는 티베트 승려다운 방식으로 키득키득 웃으며 나한테 푹 쉬라고 조언하면서 전화를 끊었다.

나는 그의 말이 옳다는 것을 깨달았다. 그것은 사실이었다. 인간이라면 누구나 문제가 있다. 살아 존재하는 사람이라면 누구나 아픔이 있다. 일단 내가 연약한 심장을 가졌고, 치유하는 데 얼마간의 시간이 걸린다는 사실을 수용할 수 있다면 일시적으로 아픈 이 상황을 받아들이면서 걱정을 떨치고 마음이 편해질 수 있다. 그렇게 할 때 나의 고통도 진정된다.

얼마 후, 나는 내 심장이나 그에 따른 고통을 맞바꿀 수 있는 선택지가 있다 하더라도 그렇게 하지 않겠다는 결론에 도달했다. 내 심장이 없다면, 아픈 동안 나를 둘러싸고 있던 그 모든 사랑을 어떻게 알았을까? 고통이 없다면, 어떻게 다른 사람들과 공감하고, 혹은 연민이 깃든 반응을 하면서 그들의 고통과 마주할 수 있었을까?

우리는 고통에 귀를 기울이고 돌보면서 고통과의 관계를 바꿀 수 있다. 고통을 묻어 버리거나 반대 방향으로 달려가려고 애쓰는 대신 차라리 고통을 향해 돌아보는 것이다. 내 스승 한 분은 웰컴 매트를 깔면서 시작하면 좋다고 추천해 주기도 했다. 우리를 아프게 하는 것을 우리 안에 들어오라고 초대하는 것이다. 함께 앉아서 고통을 아주 잘 알게 되는 것이다. 이런 식으로 우리는 경험의 본질을 이해하게 되고, 항상 첫눈에는 분명히 눈에 띄지 않지만, 더 깊은 원인을 알게 된다. 결국 고통을 통과하는 유일한 방법은 지금 눈앞에서 벌어지고 있는 일을 기꺼이 허용하고, 그 경험을 환영하고, 거부와 부인이 지배하는 그곳에 인식과 연민을 소개하는 것이다.

때때로 우리는 삶에서 아픔이 중요한 역할을 한다는 사실을 기억하지 못한다. 불의 열기로 생기는 불편함을 느끼지 못한다면 손가락을 태워 버릴지도 모른다. 부끄러움, 외로움, 죄책감 같은 뼈아픈 정서는 인간관계 속의 더 깊은 문젯거리를 강조한다. 우리는 아픔을 계기로 행동에 나서고, 아픔의 원인을 파악하고 해결하며, 더 나아가 행복을 찾아 나설 수 있게 된다.

삶을 헤쳐 나가는 여정은 그 자체로 이미 너무 힘들다. 도저히 피할 수 없는 아픔이 너무나 많다. 그러나 삶이 실제로 이루어지는 방식과 일치를 이루지 못하면 그 궁극의 혼합체인 삶에 엄청난 양의 불필요한 고통을 덧붙이게 된다. 그런 순간이 찾아오면, 상황에 맞선 싸움을 멈추고 현실로 돌아가 다시 우리 자신을 중심에 놓고 시작해야 한다. 고통 없는 고통은 없다. 고통은 자유와 연민과 사랑으로 가는 길을 열어 줄 수 있다.

이 개념은 매우 중요하다. 고통이 마음가짐이나 마음의 태도임을 깨닫게 될 때, 그 깨달음은 누구나 갖고 싶어 하는 묘약이 되기 때문이다. 우리는 습관의 기세를 꺾는 선택을 할 수 있다. 예전의 태도를 버리고, 고통이 주는 가르침을 확인해 보려는 보다 어려운 방향으로 선회할 수 있다. 고통을 회피하고, 부인하고, 막무가내로 견디려 애쓰지 말고 또 다른 방법을 발견할 수 있다.

어느 날, 나는 재단 기금 관련 보고서를 쓰고 있었다. 그때 모르는 사람에게서 전화가 걸려 왔다. 그는 일곱 살 난 아들이 암에 걸려 투병 중이라고 밝혔다. 주변 사람들이 내가 그에게 도움을 줄 수 있을 거라고 귀띔해 주었다고 덧붙였다.

나는 분명히 말했다. "가족들이 애도하며 슬픔을 나누는 동안 기꺼이 도움을 줄 수 있습니다." 때가 되면 어떤 식으로 내가 지원해 줄 수 있는지 몇 가지 제안도 했다.

그 사람은 잠시 말을 멈추었다. 무슨 일이 일어나고 있었던 게 분명했다. 이윽고 그는 나지막이 말했다. "아뇨. 실은 제이미가 30분 전에 세상을 떠났어요. 잠시만이라도 아들을 그대로 그 아이 침대에 눕힌 채 집에 두었으면 좋겠는데, 지금 이쪽으로 오실 수 있나요?"

이런 경우는 처음이었다. 물론 죽어가고 있는 사람의 임종을 지킨 적은 있었다. 그러나 상상할 수 없는 아픔으로 슬퍼하는 부모를 옆에 두고 어린아이의 죽음에 동참한 적은 없었다. 솔직히 어떻게 해야 할지 아무 생각이 나지 않았다. 나는 두려움과 혼란스러움이 떠오르게 그냥 놔두었다. 이럴 때 무엇이 필요한지 어떻게 내가 미리 알 수 있단 말인가?

잠시 후 그 집에 도착했다. 하염없는 부모가 나를 맞이했다. 그들은 아이의 방으로 안내해 주었다. 안으로 걸어 들어가면서 나는 타고난 내 성향을 따랐다. 제이미의 침대로 가서 몸을 기울여 작별인사를 하며 이마에 입맞춤했다. 부모는 이내 눈물을 터뜨렸다. 그들은 큰 사랑과 보살핌으로 아이를 돌보았지만, 아이가 죽은 후로는 아무도 그 아이를 만지지 않았다. 그들이 아들에게 가까이 가지 못한 것은 죽은 아이의 몸이 무서워서가 아니라, 혹시라도 아이를 만지면 터져 나오게 될 슬픔이 두려웠기 때문이다.

나는 아이의 몸을 씻겨 주는 것이 좋겠다고 이야기했다. 젠 호스피스 프로젝트에서도 종종 그렇게 했다. 죽은 자를 씻기는 일은 문화와 종교를 넘나드는 오래된 의식이다. 인간은 천년 동안 계속 그렇게 해오고 있다. 그 행위는 죽은 사람에 대한 예를 나타내며, 남은 사람들이 사랑하는 사람을 잃었다는 현실을 받아들이는 데 도움을 준다. 이 의식에서 나의 역할은 간단하다. 최소한 개입하면서 계속 지켜봐 주는 것이다.

제이미의 부모는 마당에서 세이지, 로즈마리, 라벤더, 장미꽃 잎을 모아 왔다. 그들은 따뜻한 물에 허브를 넣으면서 아주 느릿하게 움직였다. 그러곤 마른 수건과 목욕 수건을 챙겼다. 잠시 침묵이 흐른 후 엄마와 아빠는 어린 아들을 씻겨 주기 시작했다. 제이미의 머리 뒤에서 시작해 차츰 등 뒤로 내려갔다. 이따금 손을 멈추고 아들에 대한 이야기를 나누었다. 가끔 아빠에게는 감당하기 힘든 순간이 찾아왔다. 그럴 때면 창밖을 바라보며 마음을 추슬렀다. 그 방을 채우고 있는 슬픔은 마치 큰 바닷물이 굉음을 내며 작은 해안가에 들이치는 것처럼 엄청나게 느껴졌다.

엄마는 아이 몸에 난 작은 상처나 멍을 꼼꼼히 살피면서 사랑을 다해 만져 주었다. 아들의 발가락에 손이 닿자, 엄마는 제이미가 태어났을 때 그랬던 것처럼 하나부터 열까지 발가락을 세었다. 그건 정말이지 가슴 미어지면서도 각별하게 아름다운 장면이었다.

때때로 엄마는 구석에 조용히 앉아 있는 나를 돌아보곤 했다. 엄마의 눈에는 온통 애원하는 질문으로 가득 차 있었다. "내가 살아남을 수 있을까요? 내가 이래도 되나요? 아이를 잃고도 엄마들은 살아갈 수 있나요?" 나는 또 다른 목욕수건을 건네면서, 지금 그녀가 하는 일을 믿고 그대로 계속할 수 있도록 격려하는 뜻으로 고개를 끄덕였다. 스스로 그 고통의 한가운데에 서 있음으로써 치유를 하게 될 것이라고 나는 확신했다.

제이미의 부모가 아이를 씻겨 주는 데는 몇 시간이 걸렸다. 마지막으로 남겨 두었던 아이의 얼굴에 다다르자, 엄마는 두 눈에 사랑과 슬픔을 그대로 비춘 채 믿을 수 없는 자애로움으로 아이를 감싸 안았다. 그녀는 자신의 고통을 향해 얼굴을 돌렸다. 그뿐 아니라, 온전히 그 고통 안으로 들어갔다. 그렇게 하자, 사랑의 열렬한 불길이 엄마의 심장을 둘러싼 두려움의 진통을 차츰 녹이기 시작했다. 그야말로 가슴 저미는 천륜의 정을 보여 준 순간이었다. 엄마와 아이 사이에 헤어짐이란 없었다. 그 순간은 제이미가 태어났을 때 엄마와 심리적으로 하나가 되는 경험과 같았다.

아이를 씻기는 의식이 마무리되자, 제이미의 부모는 생전에 아이가 가장 좋아했던 미키마우스 잠옷을 입혀 주었다. 다른 형제자매들도 그 방에 들어와 평소 제이미가 모아 둔 모형비행기와 비행기 장난감으로 모빌을 만들어 침대 위에 걸어 주었다.

그들 한 사람 한 사람은 믿기 힘든 아픔을 마주하였다. 이제 더 이상 그 현실 앞에서 아닌 척하거나 부인하지 않았다. 그들은 서로서로의 보살핌 속에서, 죽음이 삶에 내재된 일부라는 진리에 마음을 열면서 어느 정도 치유를 찾을 수 있었다.

제이미의 부모가 슬픔의 한가운데에서 애도하는 모습을 보며 당신도 그처럼 살아가는 모습을 상상할 수 있을까? 많은 사람들이 "아뇨. 할 수 없어요."라고 답할 것이다. 아이를 잃는다는 건 세상 모든 사람들이 피하고 싶은 악몽 중의 악몽이다. '어떻게 견딜 수 있겠어. 난 감당할 수 없을 거야.' 다들 이렇게 생각할 것이다. 하지만 힘겹고 냉혹한 진실이 있으니, 삶 속에는 우리가 통제할 수 없는 끔찍한 일이 일어나고, 어떻게든 우리는 그것을 감당하고 견디며 살아간다는 사실이다. 우리는 그 모든 현실을 고요한 마음으로 바라보는 증인이 된다. 그렇게 할 때, 우리 몸과 마음과 정신이 충만하고 깊어지면서 종종 사랑을 베푸는 행동[보시(布施)]으로 나타난다.

인간은 경이로운 존재이다. 아무리 생각해도 인간의 용기는 참으로 대단하다. 사람들은 세상 곳곳에서 도저히 믿을 수 없는 고통을 겪고 있다. 전쟁과 예기치 못한 참사를 겪고, 갑작스럽게 재정이 곤두박질치고, 조국을 잃고, 하물며 눈에 넣어도 아프지 않을 아이의 죽음까지 목도하면서도 삶은 계속되고, 기꺼이 고통을 마주하고, 기어이 회복하여 또다시 살아간다. 그리고 때때로 비슷한 고통에 힘들어하거나 혹시 앞으로 고통을 겪게 될지도 모를 다른 이에게 크나큰 연민을 느끼며 행동에 나선다.

이 아름다운 진실을 입증한 가장 경탄할 만한 사건 하나가 지진과 쓰나미로 촉발된 일본 후쿠시마 핵발전소 사고 현장에서 나왔다. 어느 신문에 일본 어르신 10여 명이 두 손에 점심도시락을 들고 발전소 정문 밖에 서 있는 사진이 등장했다. 기자의 보도에 따르면, 당시 발전소 안에는 방사능으로 오염된 시설을 최대한 막아 보려고 젊은 직원들이 일하고 있었으며, 그 어르신들은 바로 교대 근무자였다. 이런 식으로 전부 500명이 넘는 어르신들이 자원했다.

그 그룹을 조직한 어르신 중의 한 사람은 이렇게 밝혔다. "나와 같은 기성세대가 핵발전소를 육성하고 홍보했습니다. 우리가 책임지지 않는다면 누가 하겠어요? 우리가 더 젊었을 적에는 죽음은 아예 떠올리지도 않았지요. 하지만 나이가 드니까 죽음에 익숙해졌어요. 죽음이 우리를 기다리고 있다는 생각마저 들지요. 이런다고 내가 죽기를 바란다는 뜻은 아니에요. 하지만 나이가 들면서 죽음에 대한 두려움이 차츰 줄어들었어요."

고통은 우리가 공유하는 바탕이다. 세상 만물이 고정되고 영원한 것처럼 행동하면서 고통을 피하려고 애쓰면 잠깐은 통제력을 발휘할지도 모른다. 하지만 그것은 뼈아픈 환영에 불과하다. 삶의 조건과 상황은 찰나와도 같이 덧없이 스쳐 지나가기 마련이다.

말하자면 우리는 예전과 다른 선택을 할 수 있다. 우리를 완고하게 만들고 분노와 두려움으로 몰아가는 '저항'이라는 습관을 끊어 버릴 수 있다. 혐오와 증오도 누그러뜨릴 수 있다.

우리는 현명한 분별력과 사랑으로 세상 만물을 있는 그대로 보고 거기에 맞추어 행할 수 있다.

태국 명상의 대가 아잔 차 스님은 앞에 놓인 유리잔을 가리키며 손짓을 했다. "이 유리잔 보이시나요? 난 이 유리잔이 마음에 듭니다. 훌륭하게 물을 담고 있지요. 태양이 유리잔 위를 비추면 그 빛도 아름답게 반사합니다. 살짝 건드리면 아름다운 소리가 울리고요. 하지만 저한테 이 유리잔은 이미 깨진 것입니다. 행여 바람이 불어와 엎어 버리거나 내 팔꿈치가 선반을 건드리면 그 유리잔은 땅에 떨어져 산산조각이 납니다. '당연히' 그렇지요. 하지만 이 유리잔이 이미 깨졌다고 이해하면 그것과 함께하는 매 순간이 참 소중합니다."

제이미의 부모가 아들을 씻기는 의식을 함께한 후에 나는 집으로 돌아와 내 아들을 꽉 안아 주었다. 그때 게이브는 일곱 살이었다. 그 아이가 나한테 얼마나 소중한지 내 삶에 얼마나 큰 기쁨인지 확실히 느꼈다. 조금 전 내가 직접 보고 함께한 일로 충격을 받고 힘들었지만, 그러는 동안 나도 그 경험 안에 깃든 아름다움을 제대로 이해할 수 있었다.

그 경험은 고통의 가치를 투명하게 알려 주었다. 고통을 정면으로 마주하면 삶의 참된 본질을 볼 수 있게 된다. 기실 삶의 본질은 손에 잡히지 않는 것이다. 더 나아가 고통을 마주하면 타인에게 느끼는 공감이 깊어지면서 우리가 필멸의 여정을 함께하는 같은 인간이라는 사실을 좀 더 명확히 인식하게 된다. 고통을 돌아보면 나만의 아픔 가운데서 과연 어디쯤에 사로잡혀 있는지 알 수 있고, 그리하여 스스로에게 불필요한 고통을 만들어 내지 않게 된다. 결국 고통을 마주하면 삶에 대해 보다 균형 잡힌 관점을 취할 수 있다. 그리고 어떻게 하면 좀 더 편안하게 끊임없이 변화하는 세상 속에서 살 수 있을지 그 가능성을 알려 준다.

고통을 선뜻 받아들이면, 그 선택은 우리를 뒤흔들어 안주하는 삶의 바깥으로 나오게 한다. 그런 고통의 의미를 투명하게 밝혀 주고 그 의미를 찾을 수 있게 도와준다. 만약 고통에 의미가 없다면 아픔이 너무 커서 감당하기 힘들 것이다. 고통을 선뜻 받아들이면 인간 본래의 연약함에도 기꺼이 마음의 문을 열게 된다. 기실 그 연약함은 삶의 더 많은 부분을 감지하고, 접촉하고, 경험할 수 있는 능력을 전해 준다. 또한 그러지 않았다면 견뎌 내지 못했을 고통과 기꺼이 함께할 수 있는 담대한 용기에 한 걸음 더 가까이 가게 된다.

더 나아가 고통을 고요한 마음으로 바라보면 더 이상 자신과 고통을 분리하지 않게 된다. 고통이 인간이라는 조건의 가장 중요한 요소임을 깨닫게 된다. 고통이 나한테만 오는 게 아님을 알게 되는 것이다. 그렇게 되면 이제 말할 수 있게 된다. "어허, 이 고통은 전에 없던 방식으로 나를 헤치고 지나가나 보네. 하지만 그게 어디 나만의 일이겠어. 태초부터 지금까지 늘 그래 왔지."

그런 관점은 연민과 행동을 동시에 드러낸다. 우리를 죄고 있던 갑옷을 벗어 버릴 때, 마음은 사랑하기에 이보다 더 좋을 수 없이 부드러워지고, 정신은 자유롭게 고통의 근본적 원인을 찾으려 한다. 또한 가장 깊이 박힌 두려움과도 화해하고 비슷한 상처를 입은 사람들과도 연결된다. 그리하여 타인의 고통까지 줄이는 방법을 찾아보려는 의욕에 넘쳐난다. 카를 융은 『정신치료 요법의 실천』에서 이렇게 밝혔다. "깊이 탐색하는 치료에 있어 의사가 자기 자신을 제대로 살펴보고 진찰한다면 이미 절반은 훌륭하게 행한 것이다. 의사에게 치유할 수 있는 힘의 척도를 부여하는 것은 바로 의사 자신의 상처이다."

고통을 향해 돌아보는 것, 이는 어떻게든 피해 보려고 애쓰는 슬픔과 두려움과 아픔 속으로 우리를 밀어 넣는 일이다. 하지만 세상 그 무엇이든 환영하고 아무것도 밀어내지 않음으로써 기꺼이 용감하게 그 어둠을 대면한다면, 그동안 삶에서 환영받지 못하는 사건에 맞서 저항하느라 소비되었던 에너지가 이제는 치유하는 데, 회복력을 쌓는 데, 그리고 사랑으로 행동에 나서는 데 이용된다.

치유의 필수 요소 중의 하나는 다 내려놓고 내보내는 것이다. 그런데 내 안으로 들일 때에야 비로소 내보내는 것도 가능하다. 나는 이 진리를 매우 힘겹게 배웠다.

열세 살 때였다. 어떤 경험이 나의 순수를 완전히 산산조각 내 버렸다. 당시 우리 가족은 가톨릭교회에서 할아버지에게 내준 땅에 집을 짓고 살았다. 길을 건너면 나와 형제들이 다니던 교구 초등학교가 있었고, 할아버지와 벽돌공은 그 학교를 짓는 데 손을 보탰다. 한 블록을 더 가면 교구 교회가 있었고, 아버지는 그 성당의 관리인으로 일했다.

아버지는 늘 주일 오전 미사에 참석했고, 어머니는 신심 깊은 기도를 올렸다.

가족들이 다 그랬으므로 나도 성당에 열심히 다녔다. 복사가 되어 미사에 참례하여 하느님과 가까이 있다는 것도 참 좋았다. 신부님이 살던 사제관에서 주일 밤마다 전화를 받고 잡다한 일을 할 때도 즐거웠다.

그러던 어느 날, 꿈같은 일이 악몽이 되었다. 누가 봐도 술을 많이 마신 퉁퉁한 50대 사제가 자기 방으로 나를 부르더니 학교에 관해 이것저것을 캐묻기 시작했다. 처음에는 꽤 친근해 보였는데, 학교 성적을 이야기하자 회초리를 꺼내더니 내가 벌을 받아야 한다고 소리쳤다. 그는 나보고 무릎 아래까지 바지를 내리라고 강요했다. 나는 덜컥 겁이 났다. 내가 너무 작고 약한 사람처럼 느껴졌다. 말하자면 그는 전권을 가진 사람이었는데, 나를 추행하고 괴롭히는 데 그 힘을 사용했다.

이후로 그 일이 일과처럼 되풀이되었다. 비극이었다. 시간이 흐를수록 그 학대는 더 뒤틀리고 포악하게 변해 갔다. 그 배반 행위는 더욱더 모두를 기만했고, 나의 성 정체성에 대한 혼란도 더욱 뚜렷해졌다.

나는 덫에 갇히고 함정에 빠진 것만 같았다. 사제관 봉사를 그만두려고 애썼지만 부모님은 허락하지 않았다. 너무 수치스러워서 부모님에게 그 이야기를 하지 못했다. 사실 사제는 그 공동체 안에서 '하느님의 종'이자 막강한 권위로 존경받는 인물이었기 때문에 당시 벌어진 일을 어느 누구에게도 말할 수 없었다. 그에 반해 나는 한낱 어린애일 뿐이었다. 누가 나를 믿어 줄까? 어째서 아무도 내 말을 믿지 않을까? 내가 의지할 수 있는 사람은 하나도 없었다. 더구나 고해성사도 할 수 없었다.

내가 열다섯 살이던 크리스마스이브에 어머니와 함께 자정 미사에 참례했다. 당시에 형은 베트남에 있었다. 미사가 끝난 후 어머니는 나를 데리고 그 사제와 함께 소성당에 들어갔다. 어머니는 나를 학대하고 있던 사제에게 위험한 상황에 처한 큰아들의 이야기를 하며 흐느껴 울었다. 게다가 형을 위해 기도해 달라고 부탁하기까지 했다.

나는 그만 비명을 지르고 싶었다. "지금 장난하는 거야? 이 사람은 사기꾼이라고! 괴물이라고! 아들을 살리는 데 아무 도움도 줄 수 없다고. 이 사람은 말 그대로 나를 죽이고 있단 말이야!" 하지만 나를 학대하는 인간이 사제의 역할을 다하며 어머니를 위로하는 그 자리에서 나는 얼어붙은 채 서 있을 뿐이었다. 그 이중성에 완전히 질려 버렸지만, 당시 어린 나이에 내 입장에서는 아무런 행동을 취할 수 없었다.

같이 복사를 서는 친구들은 나에게 무슨 일이 벌어지는지 어렴풋이 알고 있었지만, 아무도 솔직하게 말하지 않았다. 그 사제가 자기를 믿고 따르던 다른 아이들까지 정기적으로 학대했다는 사실을 나중에 가서야 알았다. 우리 모두는 그 사제의 힘을 두려워했고, 우리 삶의 다른 곳곳에서 문제가 불거져 나와, 우리를 그저 약하고 외면받는 존재로 느끼게 만들었다. 그 사제는 여기저기 순진한 아이들을 꾀어 망가뜨리고 있었다.

성적 학대는 이후 몇 년간 계속되었다. 나는 일요일이 두려웠다. 학대를 당한 피해자들이 그렇듯, 나도 속내를 드러내지 않고 거짓된 삶을 사는 법을 배웠다. 그 비밀을 내 깊숙한 곳에 묻어 버리고 마치 없던 일인 것처럼 살았다. 수치심을 짊어지고 다녔다. 나는 그늘진 부분을 의식 저 밑으로 밀어내는 데 선수가 되었다. 점점 내 몸이 나 자신에게서 분리된 것처럼 느껴졌다. 방향감각을 상실했고 혼미한 정신 상태가 끊임없이 계속되었다. 멍한 상태로 아무 표정 없이 겨우 살아갔다. 어떤 때는 그를 죽이고 싶었다. 그를 증오하면서 이따금 그 증오심을 지나다니는 길에서 만나는 모든 사람과 모든 것들에게 투사했다. 나한테 뭔가 잘못이 있는 것처럼, 내가 더러운 사람처럼 느껴졌다. 나는 망가져 버렸고 도저히 수습될 수 없었다. 내 기억을 억누르려고 나한테 벌어진 일을 부인하려고 애썼다. 나는 그런 일이 나를 규정하는 것을 바라지 않았다.

수년 동안 끔찍한 악몽을 꾸고, 그때 일이 영화처럼 갑작스럽게 떠오르는 악몽 같은 시간을 견뎌야 했다. 그렇지만 결코 큰 소리로 입 밖에 내지 못했다. 내 상처를 정면으로 마주하지 못한 이런 습관 때문에 나는 10대가 되면서 훨씬 더 많은 성적 학대에 노출되는 처지가 된 것 같았다. 이 때문에 내 마음과 정신도 더 심하게 비틀리고 일그러졌다.

무의식적으로, 그리고 무지한 탓에, 소아성애와 동성애와 아동 성추행을 하나로 합쳐 생각하기 시작했다. 물론 지금은 아동 성추행과 아동 성적 학대가 가해자 쪽에 반드시 특정한 심리적 요인이나 동기가 있어서 일어나는 일이 아님을 잘 알고 있다. 아동 성적 학대 사건 전부가 소아성애병자의 손으로 저질러지는 게 아니며, 동성애와 아동 성추행 사이에 관련성을 보여 주는 데이터도 없다.

그러나 이중 어떤 사실도 상처 입은 청소년 시절의 내 마음에는 이해가 되지 않았다. 나는 무서웠고, 혼란스러웠으며, 그저 사랑받고 싶었다. 종교와도 사이가 어그러지고 멀어졌다. 내 눈에는 모든 성직자가 위선자로 보였고, 해당 종교나 신앙의 전통과 무관하게 나는 어떤 영적 지도자도 신뢰하지 못했다.

20대 후반 아시아를 여행하는 동안 나는 불교와 명상을 처음 접하게 되었다. 그 후 곧바로 북부 캘리포니아로 돌아와 스티븐 레빈과 함께 공부를 시작했다. 스티븐 레빈은 '의식 있는 죽음' 분야의 개척자였다. 그리고 내가 난생 처음으로 신뢰하게 된 영적 스승이었다. 그 신뢰를 바탕으로 성적 학대로 얼룩진 내 역사를 누군가와 나눌 수 있게 되었다. 그는 아무런 판단이나 지적도 하지 않은 채 열심히 내 말을 들어주었다. 모든 사연을 다 털어놓기까지는 꽤 시간이 걸렸다. 말하는 과정에서 수치심이 생기면, 그 사연의 세세한 내용을 말하는 것 자체가 좀 더 현실감을 띠게 된다. 이야기를 털어놓는 과정은 그 경험과의 단절감을 치유하기 시작하고, 그 상처의 통합을 도와준다.

　스티븐은 매우 직관력이 높은 사람이었기에 내가 진리를 알아보는 데 깊이 몰두하고 있다는 것과 어떤 식으로든 치유하고자 하는 내 소망을 금세 알아보았다. "프랭크, 에이즈에 걸린 친구들을 도와주면 어때요?" 그때 막 에이즈라는 병이 우리 사회에 등장하기 시작했고, 그때만 해도 그 병은 주로 동성애자 남성에게 감염되는 것으로 알려져 있었다. 스티븐은 마저 덧붙였다. "이들과 일하면서 봉사하는 게 좋겠어요. 내가 도와줄게요."

　순간, 나는 그의 멱살을 붙잡고 벽으로 밀치며 소리를 질렀다. "미쳤어요?" 내 안의 상처 입은 청소년기가 마구 터져 나오고 있었다. 내 머리와 마음은 오로지 스티븐의 그 생각에 맞서려는 분노로 타올랐다. 혼란스러운 내 머리로는 어떻게 나한테 그렇게 해악을 끼친 사람과 똑같은 부류에게 봉사하라고 할 수 있는지, 그게 얼마나 터무니없고 황당무계한 생각인지 알 수 없었다. 미쳐 버릴 것만 같았다.

　내 입에서 "아니오!"라는 말이 나가면서도 나는 정작 스티븐이 옳다는 걸 알았다. 그때가 바로 나의 고통 안에서 진즉 찾아야 했던 의미를 깨닫는 순간이자 불현듯 찾아온 인식의 순간이었다. 나는 그의 말대로 해야만 했다. 스티븐은 내 안의 악마와 직접 대면할 수 있도록 나를 지옥행에 태우고 있었다. 눈 깜짝할 사이에 내 안에서 피해자와 구원자와 가해자 모두가 살게 되는 상황이 벌어졌다. 나는 피해자로 인지되는 경험을 익히 알고 있었다. 그리고 그동안 건전한 구원자를 삐딱하게 바라보는 왜곡된 생각도 내 안에 쌓여 있었다. 그러나 그 순간, 새롭게 가해자라는 요소가 등장했다. 이제 내 상처와 무관한 타인들에게서 나를 분리해야 한다는 개념을 허용하는 사람이 되었다. 피해자, 구원자, 가해자 셋을 모두 내 안으로 받아들여 사랑으로 품어야 한다는 사실이 분명해졌다. 나는 지난 10여 년간 나의 혐오감이 옳다고 생각한 나머지 과거 경험을 철저히 외면하면서 상처를 회피했던 것이다. 스티븐이 제안한 선명하고 투명하고 연민 어린 봉사는 필수적인 해독제였다.

그 후 얼마 지나지 않아 나는 에이즈에 걸린 동성애자를 도와주는 가정 건강 도우미로 일하기 시작했다. 자정에서 동트는 새벽 사이 외로운 시간에 그들을 돌봐 주며 야간 교대 근무를 했다. 그럴 때면 나만의 깊고 어둡고 수치스런 경험이 종종 떠올랐다. 타인을 돌보는 일은 곧 나 자신을 보살피는 방법이었다. 물론 그것은 단판에 결정 나는 해결책이 아니었다. 스티븐은 그것을 '점진적 자각'이라고 불렀다. 그것은 내가 그 이후로 20년을 더 걸어가야 할 치유의 길이었다.

어릴 적에 손을 베었을 때 그랬듯이, 몸서리치게 두려워하면서도 상처를 똑바로 볼 수 있는 담대한 용기를 불러낼 수 있었다. 상처에 마음을 쏟고, 자신이 품고 있는 신념에 주의를 기울이는 것은 수동적인 과정이 아니다. 이렇게 온전히 자신을 받아들이면서 상처를 향해 고개를 돌리면 우리는 곧 행동에 나설 수 있다. 더불어 통찰을 얻고 그 상처에 대해 뭔가를 할 수 있다. 이윽고 숨겨진 아픔과 수치심이 한낮의 빛을 보게 되면 망가진 아이가 회복되고 비로소 상처 입은 치유자가 등장하기 시작한다.

나는 아픔을 느끼는 것이 어떤 건지 잘 알았다. 아픔에서 도망치고 아픔을 숨긴다는 게 어떤 건지도 잘 알았다. 결코 치유될 수 없는 상처를 안고 있다는 게 어떠한지도 너무 잘 알고 있었다. 그 고통스런 경험이 상흔을 남기고 하느님을 향한 믿음과 인간에 대한 신뢰에 시련을 던지는 동안에 내 안의 중요한 기본이 철저히 부서지고 무너져 내렸다. 하지만 나는 운이 좋았다. 세상 모든 사람이 '너는 고통 그 이상의 존재'라고 알려 주는 현명한 친구의 지지를 받는 건 아니기 때문이다.

한때 하느님과 교회가 나를 보호해 주리라 생각한 적도 있었다. 그러나 본뜻에서 벗어나 사람에게 맞춘 신과 교회에 대한 믿음은 이제 더 이상 나에게 도움이 되지 않았다. 나는 인간 존재들을 통해, 그리고 몸과 마음과 정신을 통해, 하물며 도저히 받아들일 수 없어 보이는 것을 기꺼이 감싸 안고 능히 감당하는 인간의 힘을 통해 더 깊은 신앙을 찾았다.

고통과 기꺼이 함께하려는 의지가 생길 때 삶의 모든 영역에서 성공적으로 발휘할 수 있는 내면의 지혜를 얻게 된다. 고통이든 상처든, 우리가 공간을 내주는 것들은 그 무엇이든 변화할 수 있다는 사실을 새로이 알게 된다. 우리 안의 불편함이나 불안함, 좌절이나 분노가 자유롭게 그 진정한 존재 이유를 펼쳐 내고, 밝히고, 드러낸다. 종종 아픔을 있는 그대로 드러내는 과정에서 우리는 그 고통의 한가운데에 있는 고요의 지점, 하물며 잔잔한 평온의 지점을 발견하기도 한다.

고통을 향해 고개를 돌리는 것은 세상 그 무엇이든 널리 환영하고 아무것도 밀어내지 않는 태도의 대단히 중요한 부분이다. 이 초대는 우리 경험의 어느 한 부분이라도 무시하거나 제외할 게 없다는 뜻이다. 기쁨도 감탄도 아픔도 고뇌도 모두 함께 간다. 이 모두가 삶이라는 옷감을 짓는 각양각색의 살아 있는 바늘과 실이다. 그 진실을 열렬히 받아들일 때 우리는 더욱 완전하게 삶 속으로 들어갈 수 있다.

사랑은 치유한다

삶은 사랑으로 시작해, 사랑으로 유지되며,
사랑으로 끝난다.

— 촉니 린포체(불교 지도자, 1966-현재)

10대 후반, 나는 중증 장애 아이들에게 수영 강습을 하기 위해 적십자 인명구조 자격증을 땄다. 그때 척추갈림증을 앓고 있는 열여섯 살의 어여쁜 재스민을 만났다. 고등학교 동창회 여왕에 뽑히고도 남을 만큼 아름다운 아이였다. 재스민은 몸을 뒤틀리게 만드는 그 병 때문에 남의 시선을 의식한 나머지 수영복을 입고 수영장에 들어오는 것조차 주저했다. 하지만 재스민은 친구들이 수영하는 모습을 지켜보고 재기 넘치는 말로 응수하면서 장난치는 것을 좋아했다.

나는 수개월간 재스민에게 시험 삼아 수영을 한번 해 보라고 끈질기게 권했다. 그 아이에게서 뿜어져 나오는 강한 힘, 담대한 용기, 남다른 모험심, 그리고 선한 아름다움을 되새겨 보라고 장난처럼 말해 주곤 했다. 사랑과 거리가 멀다고 생각하는 사람에게 스스로를 사랑하라고 설득할 수 없다. 하지만 그들에게 자신이 사랑받는 존재임을 보여 줄 수는 있다. 시인 골웨이 키넬이 노래했듯 "이따금 어떤 사물에게 그 사랑스러움을 알려 줄 필요가 있다."

어느 날 재스민이 휠체어에서 무심코 일어나더니 수영장의 높이 솟은 대리석 바위로 올라갔다. 몇 주가 지나자 보조기와 무거운 교정 신발을 벗고 물속에 발가락을 살짝 담갔다. 6개월이 흐른 뒤 드디어 청록색 수영복을 입고 나타났다. 설득하거나 유도하지 않았는데도 재스민은 수영장 가장자리에서 혼자 힘으로 휘어지고 깡마른 다리를 나름대로 움직이더니 나보고 가까이 와 달라고 불렀다. 그리고 환한 미소를 지으면서 일곱 살 아이처럼 내 품 안으로 뛰어들었다.

나는 고통이라는 공포에 휩싸여 있으면서도 언젠가는 누군가가 나를 구해 주리라는 희망을 붙잡고 살았다. 나에게 다가오는 사랑을 통해 내가 구원되는 상상을 하곤 했다. 하지만 현실은 그 반대였다. 오히려 **사랑이 나를 통해 왔을 때 나는 구원되었다**. 나는 친절과 배려가 깃든 행동을 통해 사랑을 발견했다. 그 사랑은 나한테 주어졌던 게 아니라 나에게서 시작되었다. 아일랜드의 시인이자 철학가였던 존 오도노휴의 말이 떠오른다. "밖으로 나가 사랑을 찾을 필요가 없습니다. 오히려 고요히 앉아 사랑이 우리를 찾아낼 수 있도록 해야죠."

재스민을 비롯한 다른 장애 아동과의 경험은 내 고통 가운데 깊이 숨어 있던 연민의 문을 열어 주었다. 나는 믿을 수 있고, 한없이 넓고, 손상되지 않은 본질적인 사랑을 발견했다. 이 사랑은 때로는 경이롭고, 때로는 괴로운 일들로 채워진 호스피스 돌봄의 시간 동안 나의 변함없는 인도자이자 참다운 버팀목의 원천이 되었다.

그때부터 사랑은 나의 스승이 되었다. 사랑 그 자체가 나에게 사랑하는 법을 가르쳐 주었다.

가없는 사랑의 무한함은 지금 이 세상과 보이지 않는 저 세상 사이의 장막이 가장 얇아졌을 때 비로소 자명해진다. 태어날 때와 죽을 때 사랑은 그 모든 경계와 분열을 녹여 버린다. 사랑은 우리가 가능하다고 생각했던 것을 넘어서서 움직이게 만든다. 사랑은 우리가 상상할 수조차 없었던 일들을 해낸다. 이 세상의 수많은 여성들은 강력하고 지독한 출산의 진통 속에서 온몸에 기운이 다하고 통증이 극에 달해도, 때때로 두려움에 떨릴지라도, 저 깊은 곳에서 용솟음치는 사랑을 발견해 왔다. 그들이 예전에 알고 있던 여느 사랑과는 다른 사랑이었다. 이와 같이 탄생의 순간이 아니라 죽음의 순간에 이르렀을 때도 비숫한 발견을 하는 이야기가 수없이 많다. 이를테면 아버지 없이 도저히 살 수 없다고 생각했던 어떤 딸은 마침내 어느 순간 예전에 알지 못했던 사랑으로 "그래요. 아빠, 사랑해요. 이제 편히 가세요."라고 말하며 임종을 앞둔 아버지를 놓아준다.

그런 순간이 찾아오면 우리는 한계가 없는 사랑을 꿈처럼 만나고 문득 깨닫게 된다. 그 사랑은 누군가에게 사랑을 표현하고 화답해 주어야 할 것 같은, 낭만적 연인관계의 특성인 주고받는 사랑과는 다른 것이다. 이는 완전히 다른 사랑의 질서로, 다름 아닌 우리 존재의 근원으로부터 솟아나는 사랑이다. 그 사랑은 인간 심장에 박힌 고유한 선함을 인식하고 거기에 반응한다. 더구나 그 사랑은 세상 전부를 깊이 받아들이면서 동시에 역동적으로 표현한다.

사랑의 이런 측면은 자신을 비롯해 세상 모든 존재가 행복을 발견하고 행복의 이유를 찾게 되리라는 보다 보편적인 염원과 열망을 나타낸다. 이러한 사랑의 양상은 삶의 조건보다 앞서서, 그리고 그 조건을 넘어서서 존재한다. 이런 사랑은 인격이나 개성으로 성취될 수 있는 성질의 것이 아니다. 하물며 특정한 길을 따라감으로써 얻을 수 있는 이상적인 사랑도 아니며, 특별한 영적 상태에 도달한 결과도 아니다. 이 사랑은 언제 어디서나 존재한다. 어떤 면에서 그것은 존재의 핵심이면서 모든 경험에 필요한 배경이다.

이 사랑은 우리 안에 늘 살아 있기 때문에 언제라도 충분히 이용할

두 번째 초대장

수 있다. 이 사랑은 곤경에 빠지고, 상처 입고, 거부당한 자신과 정면으로 마주하면서 앞으로 닥칠 수많은 난관을 대처할 수 있게 도와준다. 우리가 방어기제를 풀면, 이 사랑은 부정적인 자아, 수치심, 혼란스러움, 후회와 미련을 남긴 상실이라는 악마를 회피하지 않고 끝까지 붙잡고 싸울 수 있게 해 준다. 그런 뒤에야 진정한 치유가 이루어진다.

심장 주변을 단단한 갑옷으로 둘러치는 데 이용하던 긴장, 불안, 고집, 억압 등이 아픔을 막아 주고 우리를 불사조처럼 끄떡없는 존재로 만들어 줄 거라고 상상할지도 모른다. 하지만 그 갑옷은 사랑을 가로막고, 감성을 무디게 만들고, 경험을 끊어 버리고, 우리가 필요로 하는 친절, 위로, 자비, 기쁨을 가두어 버린다. 대개 우리는 이 방패 뒤에서 여전히 두려움을 떨치지 못하고 타인과 자신으로부터 고립된다.

스스로에게 점점 더 많은 공간을 내주면서 과거에 우리를 에워쌌던 습관적인 전략을 탐색하고 완화하면 그 갑옷조차 결코 사랑과 분리될 수 없다는 사실을 알게 된다. 마치 태양빛이 얼음을 녹이고, 그 얼음이 물로, 물이 기체로 변하면서 온전히 대기 속으로 흡수하듯이 존재의 무한한 사랑과 따로 분리되는 것은 이 세상에 하나도 없다. 하물며 자신의 가장 추하고 사랑받지 못하는 부분까지도 떼어 내지 못한다.

이 사랑이 바로 세상 그 무엇이든 널리 환영하고 아무것도 밀어내지 않는 열린 태도의 원천이다. 우리의 고통을 마주하는 데 반드시 필요한, 두려움 없이 열린 태도는 사랑의 광범위한 수용성 안에서 나타날 수 있다.

    칼은 국내파 철학자였다. 그와의 대화는 질문과 대답이 끊이지 않고 물 흐르듯 이어지곤 했다. 나는 그의 날카로운 지성과 논리적인 정신을 높이 평가했지만, 무엇보다 그의 마음을 사랑했다. 칼은 자기 방으로 들어오는 사람들을 매우 정중한 태도로 맞이하고 자상하게 배려했다. 언젠가 한번은 10대 봉사자 두 사람이 호스피스에 있던 그를 찾아왔는데, 그는 그 둘이 가장 좋아하는 영화를 장면마다 반복하는 이야기를 거의 한 시간씩이나 들어주었다. 그 영화에 관심은 크게 없었지만, 그들을 배려했기 때문에 너그러운 마음으로 귀를 기울였던 것이다.

    주변에 불교신자 봉사자들이 매우 많았기 때문에 칼이 호기심을 갖고서 명상에 관해 질문하게 되는 것은 당연한 일인지도 몰랐다. 그는 위암 환자로, 처방 진통제 용량만큼 모르핀 펌프를 자기 투약하고 있었다. 이따금 정신이 안개가 낀 듯 뿌예질 때도 있었다. 그 때문인지 칼은 모르핀 대신 마음챙김 명상을 복통을 관리하는 데 활용할 수 있을 것이라고 생각했다. 그래서 나한테 명상하는 법을 가르쳐 달라고 부탁했다. 나도 함께해 보자고 찬성했다.

    명상에서 아픔은 큰 스승으로 간주된다. 그 경험과 함께 행하는 데 필요한 기법은 매우 다양하다. 나는 가장 흔한 기법부터 시작했다. 우선 칼에게 몸 전체에 주의를 기울임으로써 아픔을 알아차리고, 긴장감, 날카로움, 때때로 타는 듯 아프다가 계속 변하는 감각을 정확하게 느껴 보라고 격려했다. 우리는 아픔의 위치를 정확히 찾아내어 주의 집중하고, 안정을 찾고, 기운을 되찾기 위해 호흡으로 돌아오는 순서를 반복했다. 그의 정신을 너무 지치게 하지 않으려는 의도였다.

칼의 결심은 단호했다. 그의 이마에는 주름이 잡히고 눈 주변은 팽팽하게 당겨졌다. 그는 그 경험을 허락하고, 마음을 열고, 애써 견디면서 아픔과의 전쟁을 벌였다. 그는 자신의 아픔을 정복하기 위해 마음챙김 명상을 이용하려고 애썼지만 금방 결과가 나오지 않자 좌절하고 있었다. 사실 감당하기 어려울 정도로 극심한 아픔이었다. 급기야 그는 비명을 지르기 시작했다.

우리는 또 다른 길을 찾아야 했다.

가만히 칼의 배 위에 내 손을 얹었다. 이번에는 그에게 아픔의 중심과 내 손의 온기 사이에 있는 공간을 느껴 보라고 격려했다.

"그래도 여전히 너무 아파요." 그는 끙끙거리며 신음소리를 냈다.

그의 배에 얹어 두었던 내 손을 멀찌감치 물렸다. "이건 어때요?"

"조금 낫군요."

나는 조금 전보다 더 손을 빼면서 그에게 복부 주변의 근육을 부드럽게 이완하고, 이마의 긴장을 풀고, 그리하여 그 아픔이 그가 찾아가고 있는 공간에서 가만히 흘러가도록 해 보라고 권했다.

"아, 좀 나아졌어요."

"이제 조금 더 해 볼까요." 내 손은 그의 몸에서 60센티미터 이상 떨어졌다.

"아, 좋아요." 그가 나지막이 대답했다.

내가 에너지 치유 작업을 하고 있는 게 아니었다. 그 어떤 마법을 행한 것도 아니었다. 칼이 자신의 아픔에 공간을 내주고 있는 것뿐이었다. 이제 그는 훨씬 더 편안하게 숨을 쉬고 있었다. 아래턱 주변의 근육도 많이 풀어졌다. 그는 베개에 머리를 기댄 채 두 눈을 감고 편안해졌다.

"이대로 그냥 쉴 수 있겠어요?" 큰 소리로 물어보았다.

"사랑 안에서 잠들기를." 뜻밖에 칼은 속삭였다.

그 말은 내가 가르쳐 준 게 아니었다. 칼의 내면 저 깊은 곳에서 우러나온 말이었다. 이제 그의 의식에 사랑이 스며들었다. 그는 필요할 때면 언제라도 꺼낼 수 있는 사랑 안에서 믿을 만한 원천을 찾아냈다. 사랑을 새로 만들어 내거나 자신을 가치 있는 존재로 만들기 위해 특별한 무언가를 할 필요가 없었다. 사랑은 이미 칼의 내면에 존재했고 그 안에서 넘쳐 났다.

그때부터 칼은 아픔에 압도될 때마다 모르핀 펌프를 투여하고 이렇게 중얼거렸다. "사랑 안에서 잠들기를, 사랑 안에서 잠들기를."

며칠 후, 칼의 아내가 찾아왔다. 그녀는 신경이 예민한 사람이라 정작 남편보다 남편의 상황에 더 불안해했다. 그녀는 침대 머리맡에 앉아 다리를 위아래로 흔들면서 손가락을 씰룩거렸다. 칼은 손을 들어 침대 난간을 지나쳐 아내의 손을 가만히 만지더니 이렇게 말했다. "여보, 사랑 안에서 잠들기를, 사랑 안에서 잠들기를."

시간이 흘러 나는 오랜 친구 람 다스에게 이 이야기를 들려주었다. 람 다스는 『바로 지금 여기에 살라(Be Here Now)』로 잘 알려진 존경받는 영적 스승이었다. 이 책은 1971년에 발간되어 서구 세계에 최초로 동양 철학에 대한 관심을 불러일으켰다. 그는 3세대에 걸쳐서 안내의 등불 역할을 해 온 인물이었다. 그런데 1997년, 그는 거의 죽음에 이를 뻔했던 발작을 겪고 나서 몸의 오른편이 마비되었고, 그 외에도 언어상실증 같은 여러 힘겨운 질병에 시달렸다. 그의 가르침은 일정 부분 아픔을 대면하는 자신의 개인적 경험에서 나온 것이다.

람 다스는 칼이 다름 아닌 '사랑-알아차림'이 주는 열매를 맛보았던 것이라고 넌지시 이야기했다. 그의 설명에 따르면, 사랑-알아차림을 이해하려면 '에고에서 영적 심장'으로 이동하는 짧은 여정이 필요하다. 람 다스는 이 내용을 왼손을 머리 위로 들어 가슴팍에 얹고 조용히 반복했다. "나는 사랑을 알아차린다."

그는 계속 설명을 이어갔다. "내가 사랑을 알아차릴 때 나는 안팎으로 세상 모든 것을 인식합니다. 바다에 물결치는 파도도, 정원에 피어난 히비스커스 꽃도, 나의 두려운 생각과 어두운 감정도 다 알게 됩니다. 사랑-알아차림은 그중 어느 것과도 동일시하지 않고도 그 모두를 직접 봅니다. 내가 사랑과 한 몸이 될 때 두려워할 게 하나도 없습니다. 사랑은 두려움을 불식시키고 무효로 만듭니다."

람 다스가 말하고 있는 것이 바로 활짝 열려 모두를 감싸 안는 사랑이었다. 물론 우리 모두는 각자 좋아하는 것과 싫어하는 것에 휩쓸리게 마련이다. 사랑은 나쁜 행위를 참아 주어야 한다거나 '아니'라고 말해야 할 때 '예'라고 말해야 한다는 뜻이 아니다. 우리는 때때로 의심, 하찮음, 지루함, 욕망, 원한, 분노의 포로가 된다. 때로는 우리의 기질, 신념, 생활방식에 내몰리기도 한다. 사랑은 여기에서 그 무엇도 없애지 않는다. 오히려 서투른 습관이 성격으로 굳어지지 않도록 그런 동일시를 완화하는 방향으로 삶의 방식을 제공한다.

사랑은 우리 자신, 우리의 삶, 그리고 타인을 있는 그대로 받아들이게 **도와주는 것**이다. 죽음, 질병, 실직, 인간관계의 상실 등 원치 않는 일이 다가오면 당연히 두려움이 생긴다. 그런 순간에 우리는 자신 안에서 두려워하지 않는 어떤 부분을 찾아야 한다.

당신이 두려워할 때, 당신이 두려움에 떨고 있다는 사실을 설마 당신이 모를까? 그 말은 당신 안의 어떤 부분, 즉 **두려움을 목도하는 그 부분은 두려워하지 않는다**는 뜻이다. 그 부분은 두려움에 걸려들지 않은 것이다. 이렇듯 우리는 사랑을 알아차리는 유리한 위치에서 힘겨운 생각들, 강렬한 감정들, 혹은 어려운 상황을 이해하고 언급하는 법을 배울 수 있다. 우리가 그렇게 할 때 세상 모든 것은 훨씬 더 행하기 쉬워진다.

우리는 삶의 긍정적인 경험을 아끼고 사랑한다. 그런 경험은 근원을 캐지 않아도 받아들이기 쉽다. 하지만 사랑이 지닌 가장 아름답고 정교하고 절묘한 능력 중의 하나는, 어떤 것과 접촉하게 되더라도, 설령 첫눈에 그 상황이나 경험이나 사람이 전혀 사랑스럽지 않고 외려 불쾌하고 싫어 보이더라도 기꺼이 그 전부를 선뜻 받아들이는 힘이다. 사랑에는 자기만의 자유가 있다. 우리가 사랑을 느낄 때 그 사랑은 누구를, 혹은 무엇을 사랑해야 하는지 우려하거나 영향을 미치지 않는다. 사랑-알아차림은 우리의 슬픔, 외로움, 두려움, 우울함, 하물며 육체적 아픔까지 모두 감싸 안고 기꺼이 받아들이도록 도와준다. 사랑은 어둠 속에서도 빛을 내고, 고통의 실체적 근원을 드러낸다.

사랑은 출입을 통제하는 성문이 있는 공동체가 아니다. 한 사람 한 사람, 그리고 우리 안의 모든 부분을 환영한다. "단 하나도 빼놓지 않고!" 참선에서 항상 하는 말이다. 이는 곧 무엇이든 다 받아들이는 사랑의 기능이다.

일단 우리가 이 보물을 찾아냈다면 그 사랑을 혼자만 알고 있는 것은 아무 소용이 없다. 사랑의 바탕은 무한하다. 사랑을 아끼느라 야박해질 필요가 없다. 우리는 흔히 사랑의 희소성에 사로잡히지만, 기실 사랑은 사고파는 상품이 아니다. 사랑은 무한히 공급되므로 끝없이 나누어 줄 수 있다. 이 사랑의 풍요로운 수확으로 들어가는 한 가지 방법이 바로 불교의 메타(metta, 慈悲) 수행이다.

메타는 의식적으로 무한한 온정을 떠올리는 수행이다. '세상 곳곳의 모든 존재에게 행복과 자유를!' 등의 구절을 반복 암송하면서 점차 마음속에 자애와 우정과 사랑을 쌓아 올린다. 그런 다음 온 누리 모든 존재에게 안녕과 행복을 바라는 소망을 표한다. 타인의 평안과 안녕을 기원하는 강렬한 열망을 표현한다. 메타는 사랑은 소유될 수 없지만, 사랑과의 접촉은 연습과 수행으로 길러질 수 있음을 깨닫게 한다. 다정한 친절과 배려는 죽음을 앞둔 사람들과 그들을 돌보는 사람들의 삶에서 가장 은혜로운 인간의 자질이다. 이것이 나의 믿음이다.

마이클은 오랫동안 불교 수행을 해 온 화가였다. 그는 참선 승려 자격을 부여받기도 했지만, 25년간 파킨슨병을 안고 살아왔다. 이제 그는 생의 마지막 단계에 와 있었다.

마이클의 아내는 나를 불러 남편에게 죽음에 대해서 말할 수 있게 해 달라고 청했지만, 정작 그는 그 주제에 그리 관심이 없었다. 대신 우리는 그의 그림 이야기, 구체적으로는 손을 마음대로 움직일 수 없는 탓에 어떤 식으로 작품의 디테일에 대한 애정을 포기해야만 했는지, 그 과정에서 어떻게 새로운 무언가가 나타나고 있는지 등에 대해 이야기를 나누었다. 우리는 창밖에 서 있던 자두나무의 아름다움에 대해서도 빼놓지 않았다.

나는 여러 번 마이클을 찾았는데, 그때마다 그가 선택하는 대화의 초점은 달랐다. 한번은 도구 이야기를 했는데, 특히 가지치기 도구와 그림붓에 대해 말했고, 어떤 일을 하든 거기에 걸맞은 도구를 선택해야 한다는 필요성에 둘다 공감했다. 때때로 그는 어린 시절을 추억하기도 했고, 그냥 새들이 지저귀는 소리를 들으며 뒷마당에 조용히 앉아 있기도 했다.

이따금 우리는 서로의 아내에 관한 이야기를 했다. 사실 남자들은 이런 주제로 이야기를 자주 하는 편이다. 마이클의 결혼은 평범하지만은 않았다. 서로 많이 사랑했지만 심한 압박과 부담으로 별거하기도 했다. 그는 결혼생활에 큰 타격을 준 건 바로 자신의 완고함과 통제 습관이라고 털어놓았다. 두 사람은 같은 집에 살 뿐 따로 떨어져 사는 것과 같았다. 그들은 결혼서약과 결혼생활 안에서 종종 불화를 겪었다.

물론 우리는 참선에 대해, 침묵의 힘에 대해, 그리고 우리 정신을 어지럽히는 모순과 역설의 가르침에 대해서도 이야기를 나누었다. 궁극적으로 육체와 정신을 모두 내려놓는 것과 순순히 내려놓기의 단순함에 대해서도 이야기했다.

나는 마이클에게 자애와 배려의 수행인 메타를 어떻게 생각하느냐고 물었다.

"허튼 소리죠." 마이클의 마음속에서 메타는 자신이 해 온 참선 수행에서 매우 만족스럽다고 생각했던 선명함과 희소성이 빠져 있었다. 한

데 곧 이렇게 덧붙였다. "하지만 지금은 조금씩 사랑하며 할 수 있을 것 같아요."

일반적으로 메타 수행은 매우 조직적이고 구체적인 방식으로 진행한다. 전통적으로 아시아에서는 맨 먼저 자기 자신이나 어머니, 이따금 가장 존경하는 스승을 떠올리면서 수행을 시작한다. 하지만 서구에서는 보통 그런 사람들과 가장 복잡한 인간관계를 맺고 있어, 그런 방식으로 수행을 시작하려고 애쓰면 대부분 실수를 하는 편이다. 그래서 나는 마이클에게 가장 마음 편하게 사랑할 수 있는 사람, 전혀 주저하지 않고 그를 사랑해 주었던 사람을 정하라고 했다. 역시나 그에게는 시간이 필요했다. 그런 뒤 대답했다. "강아지 존시가 그래요. 제 어릴 적 친구였죠."

"강아지라고요? 왜요?" 조금 놀라서 물었다.

"내가 뭘 하든 존시는 나를 사랑해 주었어요. 하루 동안 혹은 더 오래 집을 비우더라도 내가 집에 도착할 때마다 늘 문 앞에서 환영해 주었어요. 꼬리를 흔들면서 환하게 강아지 특유의 미소를 보이면서 말이죠. 존시는 나를 향한 사랑으로 꽉 차 있는 친구였어요. 내가 화가 나서 팩팩거리든, 천하태평으로 살든 상관하지 않았죠. 절대 나를 판단하지 않았어요. 그냥 사랑해 주었지."

그래서 우리는 존시와 함께 시작하기로 했다. 마이클은 침대에 누운 채 존시를 사랑하는 자기만의 전형적이고 창의적인 구절을 만들어 반복했다. "네가 행복하길 빌게." "네가 자유롭길 빌게." "네가 원하는 만큼 맛난 뼈다귀를 갖게 되길 빌게." "네가 사랑받고 있다는 걸 기억하길 빌게."

마이클이 이런 구절을 되풀이할 때 그의 얼굴에는 기쁨에 넘치는 환한 웃음이 소리 없이 번져 갔다. 나중에는 고마움의 눈물이 흘렀다. 그 다음 달에도 그 수행은 계속되었다. 그는 항상 존시로 시작하곤 했다. 그러다 점차 그의 사랑은 흘러넘치는 찻잔처럼 변해 갔다. 이제 그는 메타 수행을 할 때 자연스럽게 선생님과 어머니를 넣었고, 때가 되자 아내도 포함하게 되었다. 이는 마음을 표현하고 서로 맞닿아 함께하려는 사랑의 기능을 잘 보여 주었다.

마이클이 세상을 떠나는 순간, 그의 아내는 바로 옆에 누워서 남편을 안고 있었다. 그들만의 화해를 했던 것이다. 그 화해는 말로 이루어진 게 아니었다. 그것은 사랑을 다시 발견하는 일이었다. 항상 거기에 있었으나 습관 뒤에 가려진 사랑을 되찾은 것이었다.

만약 사랑이 풍요롭고 무한하다면, 왜 우리는 사랑하는 이들을 꽉 붙잡아야 한다고 생각하면서 사랑의 희소성에 휘말리는 것일까? 그것은 사랑과 집착을 혼동한 탓이다.

집착은 사랑인 척 가장하고 흉내 내기를 즐긴다. 그래서 흔히 이렇게 말한다. "만약 내가 필요로 하는 것을 나한테 주면 내가 널 사랑할게." 사랑은 포용과 관대함에 초점을 둔다. 집착은 결핍이 채워지는 것에 사로잡혀 있다. 사랑은 인간의 가장 본질적인 본성을 표현하는 것이다. 집착은 성격을 표출하는 것이다. 사랑은 우리의 가치와 나란히 정렬하고 목적을 담고 움직이면서 충실한 신뢰를 낳는다. 집착은 두려움에 매달려 특정한 최종 결과만 움켜쥐려고 한다. 사랑은 이타적이며 자유를 북돋운다. 집착은 이기적이며 소유욕을 낳는다. 집착은 상흔을 남긴다. 사랑은 항상 고마움과 감사를 향해 마음을 기울게 한다.

건강하지 못한 집착의 경험을 한번 떠올려 보자. 그것은 인색하고, 짜증 나고, 배타적이고, 엄격하며, 종종 충동적이다. 그리고 불건전하고 해로운 의존성을 유발한다. 더구나 기쁨과 행복을 느끼는 힘, 그리고 필요와 요구를 충족하는 힘이 우리가 아닌 외부의 사물이나 사람이 하는 말과 행동에 달려 있다고 믿게 된다. 우리는 상대와 성미가 맞지 않고 그들의 습관 전부가 마음에 들지 않더라도 누군가를 사랑할 수 있다. 가령 아내는 나를 사랑하지만 내가 깜빡 잊고 주방 찬장을 닫지 않으면 아직도 짜증을 낸다. 사랑은 그날그날 닥치는 일상의 어려운 문제에 눈을 감지 않지만, 그렇다고 그런 어려운 고비가 사랑을 제한하는 것은 아니다.

건강한 애착은 엄마와 아이 사이의 관계처럼 인간관계를 형성하고 계속 유지하는 데 필수 요소이다. 하지만 사랑은 유해한 집착을 형성하지 않을 경우에만 가능하다. 해로운 집착 관계에 있으면 삶의 일시성이라는 불가피한 진실을 깨닫지 못하거나 받아들일 수 없을 정도로 집착에 얽매여 매달린다.

옛날 불교 설화에 서로 사이좋게 아끼고 살면서 마을의 모범이 되는 가족이 있었다. 그러던 어느 날, 그 집안의 장남이 세상을 떠났다. 마을 사람들은 아들을 먼저 떠나보낸 가족을 위로하기 위해 그 집을 찾았다. 막상 사람들이 도착해 보니, 그 가족들은 행복한 표정을 하고 있었다. 그들은 의아하게 생각하는 마을 사람들에게 자기 가족의 사랑과 화합의 비결을 설명해 주었다. 그 비결은 무엇이었을까? 그것은 어떤 식으로든 언젠가는 서로 헤어지게 된다는 사실을 이해했기 때문이었다. 언제, 어떻게 이별하게 될지 확실하지 않았기에 그들은 언제든 서로 헤어질 것처럼 사랑하며 살았다. 마침내 때가 되었고, 그들은 마음의 준비를 모두 마쳤다.

이런 교훈적인 이야기는 죽음에 대한 이상화된 반응을 이끌어 낼 의도를 가지는 것은 아니다. 나의 지인들 중에 가장 깨달음에 가까이 간 사람들도 죽음을 슬퍼하고 애도한다. 오히려 이런 이야기는 우리의 현재 행동을 다시 생각해 보고, 은혜로운 결과에 도움이 될 만한 게 무엇일지 고려해 보라는 과제를 던진다. 다시 말해 우리가 살면서 가족을 어떻게 사랑하고 있는지 의식적으로 깊이 생각하고 반성하도록 이끈다.

옆에서 지켜본 바로는, 사람들이 죽음에 한 발짝 더 가까이 갈 때 그들에게 정말 중요한 문제는 단 두 가지였다. 하나는 '나는 사랑받고 있

을까?', 나머지 하나는 '나는 충분히 사랑했을까?'

내가 심장마비로 응급 심장절개수술을 받고 죽음 앞에 이르게 되자, 그제야 이 두 가지 질문의 깊이를 진실로 이해하게 되었다. 그 두 가지 질문은 앞으로 내가 살아가는 여정에서 중요한 길라잡이가 되었다.

심장수술에서 회복하는 과정은 의외로 쉽지 않았다. 내 전부가 근본적으로 광범위한 변화를 치르고 있었다. 나는 아픔에 휩쓸린 나머지 나의 결함과 동일시하며 엄청난 두려움을 겪었다. 나의 자부심과 내 가치에 의문을 품었다. 실제로 아무 이유 없이 무기력감을 느꼈다. 사람들에게 잊힐까 봐 걱정이 태산 같았다. 나는 완전히 길을 잃어버렸다.

처음에 나는 도움을 받지 않으면 혼자 화장실에 갈 수도 없고 샤워를 할 수도 없었다. 나는 허술하고, 취약하고, 부족하고, 의존적이었고, 내 몸은 보기 싫은 흉터로 뒤덮여 있었다. 이따금 내 마음은 정처 없이 방황했다. 간혹 내 마음은 마구 짖는 사나운 개가 된 듯했다. 나 자신이 환영받지 못하고, 볼품없는 존재처럼 생각되었다. 한마디로 엉망진창이었다.

다행스럽게도 그럼에도 불구하고 내 주변에는 나를 사랑하는 사람들이 있었다. 친구들과 제자들은 전국 곳곳의 불교센터 제단 위에 내 이름을 올려놓고 기도하고, 수행하는 중에도 내 이름을 읊조렸다.

내가 그렇게 사랑받는 존재인 줄 예전에는 미처 몰랐다. 그들의 사랑으로 나는 자기연민을 향해 마음을 열었고 계속 탐색해 왔던 그 무한하고 충만한 사랑을 더욱 깊이 깨닫게 되었다. 그것은 단순히 정서적인 반응이 아니었다. 그것은 손에 만져질 듯 뚜렷하고, 따스하고, 즐겁고, 깊은 만족감도 함께 따라왔다. 좋은 양분을 듬뿍 받은 듯 내 안의 기본적인 선함도 새삼 떠올랐다. 존재의 본질은 사랑이었음을 피부로 느끼고 뼛속까지 깨닫게 되면서 그동안 얼어붙었던 마음도 봄날의 눈처럼 녹아내렸다.

내 평생 그런 사랑을 알게 된 것이 얼마나 큰 축복인지 몇 번이고 깨달으면서 나는 여러 달 동안 그저 울기만 했다. 친구들한테 이렇게 말했다. "의사들은 나보고 절개한 부분이 젖으면 안 된다고 했는데, 나는 날마다 사랑으로 목욕을 하고 있어."

나는 이 사랑의 경험으로 타인의 행동이나 심지어 내 과거의 경험이 아니라, 미지의 영역에서 현명하고 다정한 안내자가 되어 준 내 안의 예지(叡智)를 신뢰하기로 마음의 문을 열었다. 그것은 그 과정 자체에 대한 신뢰이자, 지금 일어나고 있는 일이 최적이자 최선이었다고 여기는 신뢰였으며, 나한테 무슨 일이 일어나든 궁극적으로 나는 괜찮을 거라고 믿는 신뢰였다. 나의 타고난 회복력과 낙천적인 쾌활함이 나를 가득 채웠다. 그것은 믿음이나 신앙이 아니었다. 말하자면 내가 의지할 수 있는 무조건적인 신뢰이며, 설명되지 않는 절대적인 신뢰였다. 나는 다른 사람들이 죽음에 가까이 갈 때 그들에게서 이런 신뢰를 여러 번 목격했다.

사랑과 신뢰는 완전한 휴식을 안겨 주었다. 나는 따스한 황금빛 꿀이 정맥을 따라 흐르는 것처럼 편안하고, 진정이 되고, 위로가 되는 완전하고 깊은 안락을 느꼈다. 나는 그 사랑과 신뢰로 '힘겨운 모든 일이 다른 모습을 하고 있었으면.' 하고 부질없이 노력하던 강박관념에서 해방되었다. 저항하거나 붙잡을 필요가 없었다. 나는 그저 그 모든 것이 나타났다가 변하거나 사라지는 그대로 함께 쉬기만 하면 되었다. 내 몸에 평안을! 내 마음에 평화를! 내 정신에 휴식을!

나는 조용히 생각했다. 부디 사랑 안에서 잠들기를! 사랑 안에서 잠들기를!

사람들이 아프거나 다치면 그냥 그 사람들을 아끼고 사랑해 주자. 그들이 다시 자신을 사랑할 수 있을 때까지 사랑해 주기만 하면 된다. 이 말은 적어도 나한테는 해당되었다. 그리고 효과가 있었다. 무엇보다, 어쩌면 사랑이 정말로 최선의 의술이자 약이구나 생각하며 경탄하게 되었다.

사랑은 우리가 더 아끼고 좋아하는 것만이 아니라, 세상 모든 것을 선뜻 받아들이게 해 주는 인간적인 자질이다. 사랑은 두려움을 향해 움직이게 만드는 강한 동기이다. 여기서 사랑이라는 동기는 두려움을 정복하기 위해서가 아니라, 두려움을 끌어안기 위하여 기꺼이 그쪽을 향해 가는 것이다. 사랑 안에서 서로 갈라지고 떨어져 나가는 것은 없다. 따라서 전부를 보살피고 돌보는 일은 자연스러운 사랑의 행동이다. 사랑의 배려와 보살핌에서 외떨어져 소외되는 것은 단 하나도 없다.

어째서 사랑은 세상 모든 것을 선뜻 받아들이게 해 주는 것일까? 우리는 '성격'이라는 관점에서 현실을 바라볼 때 끊임없이 서로를 갈라 놓고 구별 짓는 것만을 찾으려고 한다. 하지만 무한하고 풍요로운 '사랑'이라는 관점에서 살아갈 때 우리를 하나로 결합하는 모든 연결 지점을 비로소 알아보기 시작한다.

사랑은 사랑을 낳는다.

오롯이
온전한 자아로
경험에 부딪히라

고독한 새벽,

하늘 한가운데

달을 바라보니

나 자신을 온전히 알겠더라,

단 하나도 빼놓지 않고.

이즈미 시키부(헤이안 시대 시인, 976-1030)

두껍고 빳빳한 마분지에 출력된 증명사진이 한 장 있다고 상상해 보자. 자, 이제는 그 사진이 그저 얼굴이나 상반신을 찍은 게 아니라, 성격 하나하나까지 당신이라는 존재의 다차원적 이미지를 재현했다고 상상해 보자. 그다음 마분지를 레이저 절단 금형에 넣어 직소퍼즐처럼 만든다고 생각해 보자. 자, 이제 서로 맞물리는 천 개의 조각을 테이블 위에 다 펼쳐 놓고 퍼즐을 맞춘다고 상상해 보자.

당신은 네모 각진 모서리에서 시작하거나, 손이나 귀처럼 단박에 알아챌 수 있는 부분부터 시작하거나, 어쩌면 눈은 영혼의 창이라는 말이 생각나서 눈을 먼저 맞출지도 모른다. 그러다가 당신이 가진 두려움처럼 마음에 들지 않는 퍼즐조각을 만나게 될 수도 있다. 그러면 혼자 생각에 잠겨 이렇게 말할지 모른다. "이 조각은 빼 버릴까 봐." 당신의 탐욕을 만나게 되면 또 이렇게 말할 수 있다. "안 돼. 탐욕은 좋지 않은 것이야. 이 조각은 넣지 말아야지."

이런 식으로 자신의 어떤 부분은 받아들일 만하고 다른 부분은 전혀 용납할 수 없다고 생각하면서 계속해 나갈 것이다. 잠시 후, 당신은 다 조각조각난 이미지를 보게 될 것이므로 그 퍼즐 안에서 자신을 알아볼 수 없을지도 모른다. 하물며 전체 사진을 알아보지 못할 수도 있다.

우리는 타인에게 좋게 보이길 원한다. 강하고, 능력 있고, 똑똑하고, 세심하고, 정서적으로 안정된 사람으로 보이길 바란다. 우리는 스스로에게 긍정적인 자아 이미지를 투사한다. 무기력함, 두려움, 분노, 혹은 무지로 알려지길 바라는 사람은 없다. 보이는 것보다 자신이 더 엉망진창이라는 사실을 남들이 알기를 바라는 사람도 거의 없다.

나는 부끄럽게 여겨 계속 숨겨 두었던 나 자신의 '탐탁지 않은' 면을 몇 번이고 찾아내곤 했다. 그런데 그것이 내가 다른 사람의 고통을 두려움이나 동정심이 아니라 연민으로 마주하게 해 주는 바로 그 자질이라는 사실을 알게 되었다. 학대받았던 내 경험은, 학대받는 사람과 가해자 둘 모두에 대해 공감하고, 각각의 자리에서 품고 있던 분노에 대해 용서를 구하고, 각자의 입장에서 숨기고 있던 두려움을 향해 마음의 문을 열도록 해 주었다. 그것은 전문지식이 아니라, 오히려 나만의 고통과 연약함으로부터 그리고 타인에게 진정한 도움이 될 수 있게 해 준 치유로부터 얻은 지혜였다. 자신의 경험과 타인의 경험 사이를 이어 주는 연민의 다리를 만들 때 유용한 힘이 되어 주는 것은 바로 내면에 대한 탐색이다.

오롯이 온전한 자신이 되기 위해서는 자신의 모든 부분을 끌어안고, 받아들이고, 연결해야 한다. 서로 부딪히고 모순되는 자질도 수용하고, 내면과 외부 세상이 서로 조화를 이루지 못하는 것처럼 보이는 것도 다 받아들여야 한다.

온전함은 완벽함을 의미하지 않는다. 온전함이란 단 하나도 빠뜨리거나 빼놓지 않는다는 뜻이다.

역할 대신 영혼을

원숭이에게 던져 줄 땅콩을 사느라
영혼을 파는 일은 하지 말라.

— 도로시 셀리스베리 데이비스(소설가, 1916-2014)

누군가의 임종을 지키고 앉아 있을 때면 나도 두려움을 느낀다. 나의 슬픔에 가 닿는다. 치유 봉사를 할 때면 나의 강인함 못지않게 나의 무기력함에, 나의 열정뿐 아니라 나의 아픔에도 의지하게 된다. 우리가 타인과의 진정한 접점을 발견하게 되는 방식도 이와 같다. 자신의 연약함과 담대함을 동시에 탐색하면서 연결은 이루어진다.

1989년이었다. 그때 나는 에이즈로 죽어가던 친구 존을 보살피고 있었다. 너무나 사랑하는 친구여서 가능한 최선을 다해 돌보아 주고 싶었다. 그를 지원하는 단체에도 우리와 같은 사람이 여럿 있었다. 우리는 24시간 교대로 항상 그를 따라다녔다.

나는 월요일 당번이었다. 절대 잊을 수 없는 그날 월요일, 갑자기 신경계통의 낯선 합병증이 존을 덮쳤다. 그 결과 존에게 정신착란과 기억상실이 찾아왔다. 그는 사고와 언어 능력에 갑작스런 변화를 겪었으며, 손발에 감각도 잃고 말았다. 세상에, 단 한 번에, 존은 숟가락을 들거나 서 있는 단순한 능력을 상실했고, 지적인 의사소통은 아예 할 수 없게 되었다. 내가 아파트에 들어갔을 때 존은 격자무늬 잠옷을 걸친 상태로 페인트칠을 한 주방 식탁에 앉아 있었다. 그는 켈로그 코코아 시리얼이 담긴 그릇 위로 등을 구부린 채 멍하니 있었다. 덥수룩한 산발에 무표정한 얼굴이었다.

그 어디에도 내 친구 존은 없었다. 도대체 내가 사랑하는 그 친구는 어디로 갔을까? 며칠 전날 밤에도 우리는 함께 「쟈니 카슨 쇼」를 보면서 배꼽을 잡고 웃었는데, 나와 함께했던 내 친구는 어디에도 없었다. 솔직히 덜컥 겁이 났다.

하루가 저물어 저녁이 되자, 손에 만져질 듯한 어둠이 우리를 에워쌌다. 나는 이따금 존이 낯선 행동을 할 때마다 제지하려고 그럴듯한 말로 달래며 말리곤 했는데, 그런 내 모습이 스스로 너무 당황스러웠다. 나는 존을 아이처럼 다루고 있었다. 어떻게 해야 할지 막막했다. 정말이지 뭐가 뭔지 알 수 없고 혼란스러웠다.

이런 상황에 처한 존을 돌보는 것은 힘든 일이었다. 더구나 그는 항문종양에 걸려 설사가 멈추지 않았다. 밤중에도 수십 번씩 화장실과 욕실로 번갈아 데려가야만 했다.

새벽빛이 욕실 타일 너머로 엷은 그림자를 드리울 때면 나는 진이 빠져 맥없이 늘어졌다. 그냥 자러 가고 싶은 마음뿐이었다. 존이 여느 사람들처럼 자고 일어나면 얼마나 좋을까. 나는 이 악몽이 어서 끝나기를 바랐다.

욕실에서 화장실로 바삐 움직이던 사이에 잠시 개수대에서 손을 씻고 있을 때였다. 화장 거울로 들여다보니 존이 내 뒤에 앉아 있는 모습이 보였다. 잠옷이 발목까지 둘둘 말려 내려간 상태로 존은 소리 내지 않고 입으로 어떤 말을 중얼거리고 있었다.

나는 고개를 돌렸다.

혼란스럽고 정신없는 존의 머릿속에서 나지막한 속삭임이 들려왔다. "네가 너무 고생이 많구나."

순간 나는 움직임을 멈추고 변기 옆에 주저앉아 하염없이 울고 말았다. 지나고 보니 그 순간은 우리 둘 사이에 가장 허물없고 깊은 우정을 나눈 시간이었다. 내가 소리 내어 울던 변기 옆에는 여기저기 설사 자국이 남아 있었다. 하지만 그 순간 아무것도 우리 사이를 갈라놓지 못했다. 우리는 둘 다 힘없고 미약했다. 둘이 함께 울다가 잠시 후에는 그 상황이 너무 어이가 없어서 한참을 웃었다.

나는 그 순간이 되기 전까지 실은 존이 살고 있는 무기력한 영역으로 들어가는 게 두려웠다. 거기서 나조차 길을 잃을까 겁이 났다. 그래서 잘 규정된 내 역할 뒤에 숨어 통제력을 발휘하면서 그를 도와주는 데만 급급했다.

두려움의 손아귀에 잡혀 있을 때는 누구라도 방어적으로, 통제적으로, 그리고 정서적으로 균형을 잃고 짜증을 낸다. 자신과 타인에 대한 인내심을 잃는 것은 너무도 당연하다. 우리는 누구나 안전하게 느끼기를 바란다. 그래서 정해진 규칙과 관행으로 인정된 행위와 함께 이루어지는 각자의 역할을 굳게 지킨다.

하지만 존을 진심으로 도와주고 그와 연결되려면 나의 두려움이 어떻게 무기력감을 유발하고 있는지 똑똑히 알아야만 했다. 나는 그 상황이 나의 호불호와 취향에 맞아야 한다고 계속 고집하는 대신 그 모든 것을 가라앉혀 누그러뜨리고 지금 눈앞에 존재하는 것에 마음을 열어야 했다.

결국 우리는 영원히 무기력한 상태에 빠져 있지는 못할 것이다. 그 상황은 다음에 무엇을 해야 할지 우리에게 알려 줄 것이다. 상대를 돌보는 역할에 동일시하는 태도를 늦추고 무기력함을 상대와 함께하는 공간에 들여놓을 때 비로소 그 길을 꿰뚫어 보고 끝까지 갈 수 있다.

인간은 사회적인 동물이다. 우리는 저마다 사회 내에서 여러 가지 역할을 수행한다. 나는 가정에서 남편이자 아버지이자 할아버지이다. 우리 집 골목을 지날 때면 이웃이 되고 카페에 들어서면 고객이 된다. 나의 영성 공동체에서는 교사이지만 내 심장수술 주치의 앞에서는 환자이다.

역할은 좋은 것도 없고 나쁜 것도 없다. 기본적으로 역할은 기능적 성격에 가까우며 우리의 삶, 특히나 서로 소통하는 인간관계에서 꼭 필요한 예측 가능성을 제공한다.

삶의 단계를 거칠 때 역할도 진화적으로 변화한다. 대개 중년까지는 성취와 업적에 중점을 두면서 정체성을 형성하고, 때때로 저항도 하면서 커리어를 개발하며, 가정을 이루고, 이 세상에서 잘 살아가기 위해 필요한 나만의 체계를 만들어 간다. 그러다 삶의 제2막을 맞이하여 변화할 용기를 찾게 되면 대부분 내면으로 돌아온다. 우리가 삶의 전반기 과업을 처리하기 위해 개발한 재능과 도량은 기실 여정의 다음 단계로 옮겨 간 우리를 뒷받침하기엔 충분치 않거나 적합하지 않다. 이 시기는 보통 삶의 의미를 탐색하는 쪽으로 향하기 시작하면서 세상의 불가사의를 받아들이고, 지혜를 일구며, 있는 힘껏 노력하는 태도를 조금씩 줄인다. 그것이 바로 나이에 어울리는 행동이다.

각각의 역할은 그 역할에서 기대되는 일련의 행동, 기능, 책임을 다할 때 완성된다.(힘이 빠질 때를 대비한 충전 배터리 따위는 여기에 포함되지 않는다.) 한데 하나의 역할이 또 다른 역할과 서로 어긋날 때 상황은 복잡해진다. 가령 일과 육아를 병행하며 균형을 맞추기 위해 애쓰는 싱글 맘들은 역할 갈등에 따라 생기는 정서적 고갈과 육체적 피로를 자주 이야기한다. 1989년 샌프란시스코 대지진이 일어났던 그날 밤, 나는 가족의 요구를 살펴야 하는 아버지 역할과 환자와 직원의 안전을 책임 져야 하는 호스피스 소장 역할 사이에서 분열을 겪었다. 한 사람의 신 념이 직업상의 역할과 상충할 때 상황은 더욱 어려워진다. 때때로 우리는 무엇이 옳은지 잘 알지만, 선한 판단에 맞춰 행동할 때 무기력함을 느끼기도 한다.

역할은 일종의 선택이다. 한 가지 역할을 하겠노라 선택하면 다른 역할은 하지 못한다고 선택하는 것이다. 만약 내가 끈기 있게 프로 발레리노가 되는 엄격한 생활에 몰두한다면 기존 교육이나 사회생활의 특정 부분은 포기하기로 한 것이다. 만약 변호사 역할에 충실하다면 그 분야에 박식한 이미지를 투사하는 것이 중요하다. 위기가 닥쳐와도 침착하고 냉정한 태도를 유지해야 하므로 스스로 약점을 드러내거나 다소 부족한 자질을 수용하기 어렵다고 생각할 수도 있다.

우리가 자신이 속한 어느 부분과 연결을 끊으면 그와 똑같은 자질을 보이는 타인을 재고 판단하려는 경향이 있다. 도덕적 우월감을 주장하는 것이다. 따라서 어떤 역할에 지나치게 매달리면 사람들 사이에 건너갈 수 없는 깊은 골이 생기기도 한다.

삶은 우리에게 계속해서 적응하라고 요구한다. 말하자면 우리에게 주어진 역할도 세상 만물이 다 그렇듯이 유동적이다. 부모가 나이가 들면 본래 역할이 바뀌어 종종 자녀들이 보호자가 되기도 한다. 나는 우리 가족의 부양자이지만 만약에 내가 아프면 누군가 나를 돌보는 일을 맡아야 한다. 만약에 내가 알츠하이머에 걸렸다면 다른 사람이 결정을 내리는 책임을 져야 한다. 내가 알코올중독자이지만 치료를 받았다고 가정해 보자. 그 순간 나는 더 이상 가족의 골칫거리가 아니므로 의사 결정 과정에 참여하기 위해 제자리로 돌아가야 한다.

어느 하나의 역할에 지나치게 몰입하고 동일시하면 그 역할이 우리를 규정하고 가두고 의식적 선택에 필요한 능력을 축소한다. 또한 삶이 어떤 식으로 진행되어야 한다는 일종의 기대치나 예상치를 세우게 된다. 그렇게 되면 삶은 파편화되고 고정된 입장과 강경한 신념에 빠지면서 내면의 지혜와 접하는 경우가 점점 줄어든다. 종종 우리는 온전한 자아를 드러내 보이지 않으려고 한다. 공적인 직업상 역할을 하고 있을 때는 특히나 그런 편이다.

사람들이 모이는 파티에 가면 반드시 누군가가 물어본다. "무슨 일을 하십니까?" 그런데 내가 하는 일로만 나 자신을 규정한다면 일을 하고 있지 않을 때에 나는 대체 누구일까? 그러니 진실은 우리가 하는 일로, 우리가 하는 생각으로, 우리가 느끼는 감정으로, 우리가 하는 말로, 우리가 가진 재산으로 우리를 규정하지 못한다. 그건 진짜 우리가 아니다. 우리는 그 모두를 다 합한 그 이상의 존재이다.

람 다스는 말한다. "역할 대신 영혼을."

우리는 우리가 맡은 역할이 아니다. 더구나 우리는 우리가 처한 조건이나 상황이 아니다. 혹시 당신이 암에 걸렸거나 양극성 장애가 있다고 해도 당신이 곧 그 질병은 아니다. 부유하게 혹은 가난하게 태어날 수 있지만 그렇다고 당신이 부유하거나 가난하지는 않다. 스스로 '행복하다, 슬프다, 늙었다, 젊었다, 절망에 빠져 있다.'라고 생각하겠지만 당신이 곧 이런 형용사나 동사에 국한되지는 않는다.

우리는 다른 그 무엇보다도 인간이다. 그 복잡하고 연약한 모든 특성, 그리고 삶이 아우르는 경이로움과 더불어 존재하는 인간이다. 우리가 어떤 역할의 렌즈로만 들여다볼 때 그 역할 때문에 세상을 바라보는 시야가 좁아진다. 실제 있는 그대로의 모습으로 사람과 사물을 바라보지 못하고 그들에게 우리의 사연을 투사한다. 이렇게 되면 어떤 경험에 특정한 의미를 부여하게 되고, 수면으로 나오려고 애쓰는 진짜 의미를 놓치는 일이 자주 발생한다.

타인을 보호하거나 돌보는 일을 할 때, 정작 그들에게 도움이 되는 게 무엇인지 고려하지 않고 오히려 사회적으로 인정받는 정체성을 확인하는 데 더 신경을 쓰기도 한다. 말 그대로 자신이 누군가를 도와주는 사람이 되고 싶은 것이다. 가령 주체인 '나'를 강조하면서 "나는 죽음을 앞둔 사람들을 도와주고 있어."라고 말하는 격이다. 이처럼 기능이 아닌 오로지 역할에만 투자하는 것이다. 나는 이를 가리켜 '도우미병'이라고 부른다. 내가 보기에 이 병은 암과 알츠하이머를 합친 것보다 더 걷잡을 수 없는 유행병이다.

지금 말하고 있는 요점은, 이런 일을 하면서 타인의 고통과 자기 자신을 분리하고 은연중에 그들과 다르게 보이려 애쓰는 태도를 지적하는 것이다. 진실로 행하려면 자기 안의 연민, 두려움, 전문가다운 따뜻함, 그리고 가능하면 자선 행위도 함께 이루어져야 한다. 그렇게 하면 우리가 판단하고 결정을 내리는 방식도 바뀐다.

예전에 죽음을 바로 눈앞에 둔 어느 여성이 우리 호스피스에 왔다. 그녀는 삶을 되돌아보면서 여태껏 자신이 했던 수많은 선택을 후회했다. 그 때문에 무척이나 슬퍼하고 우울해했지만 임상적으로는 우울증세가 아니었다. 내가 볼 때 그런 상황은 자연스럽고 당연한 것처럼 보였다.

내가 그 환자와 면담을 하고 나자, 방문 간호사가 나를 살짝 부르더니 항우울증 치료를 시작해야 한다고 넌지시 말했다. 이 특별한 치료는 환자의 기분이 바뀌는 적정 효과가 나타나려면 4주에서 6주 정도가 걸렸다.

"왜 이 약을 처방하고 싶으세요?"

"그게, 환자가 너무 불편해하고, 또 이렇게 불편해하는 환자를 보고 있는 게 힘들어서요." 간호사의 대답을 듣고 나는 반쯤 농담처럼 뼈 있는 말로 되받아쳤다. "그러면 간호사님이 약을 드시면 되겠네요."

봉사의 동기는 자기중심적이거나 이타적이거나 둘 중 하나이다. 사회심리학자 대니얼 뱃슨 박사는 타인을 도와주도록 자극하는 두 가지 뚜렷한 동기를 확인하였다.

첫 번째는 '공감적 관심'인데, 타인에게 중점을 둔다는 점에서 이타적이라고 간주된다. 그 정서는 다른 사람이 고통 받는 모습을 볼 때 우리 안에서 일어나는 친절과 배려와 걱정이다.

두 번째는 '개인적 고통'인데, 자기를 중심에 둔다는 점에서 이기적이라고 간주된다. 이는 자존감을 높이거나, 또는 죄책감, 자기비판, 여타 불쾌한 감정을 피하는 등 개인적 이익을 바라는 욕구에서 나오는 동기이다. 이렇게 되면 타인과의 연결을 이루지 못하고 자기방어나 자기도피로 이어질 수 있으며, 어떤 경우 추가로 개입하는 접근이 필요한지 아니면 정말로 그만한 가치가 있는지 확실치 않음에도 뭐든 더 많이 하려고 나서는 상황에 빠지기도 한다.

의료계에서 의사들이 자신의 두려움, 공허함, 혹은 무력함을 회피하기 위해서 필요도 없고, 효력도 없고, 원치도 않는 치료 프로그램이나 약 등을 처방하는 것은 흔히 일어나는 일이다.

잭슨은 철사 옷걸이를 만드는 공장에서 일했다. 그는 한꺼번에 여러 프로그램을 켜놓고 보는 것을 좋아해서 방 안에 텔레비전이 세 대나 있었다. 텔레비전에는 그가 직접 만든 실내용 래빗 안테나가 달려 있었다. 직업상 철사를 무한 공급할 수 있었기 때문이었다. 그는 밤이면 주로 공포영화와 스릴러영화를 보곤 했다. 동시에 세 편을 보는 것이 거의 습관이었다. 그러다 아침이면 정신이 혼미할 정도로 끔찍한 악몽에 시달린다고 불평하느라 바빴다. 나는 그에게 자기 전에 텔레비전은 끄는 것이 어떻겠느냐고 권유했다.

잭슨은 그렇게 말하는 나를 미친 사람처럼 빤히 쳐다보며 대답했다. "안 된다니까요, 이 사람아. 텔레비전을 봐야 잠자는 데 도움이 돼요." 그때서야 텔레비전이 잭슨에게 가장 오래된 친구이며, 무엇보다 그가 혼자 남겨지는 것을 두려워한다는 사실을 깨달았다.

말기 암 환자였던 잭슨은 이와 비슷한 이유로 암을 무서워했다. 자신이 암 환자이기 때문에 누군가와 친구가 되는 게 아무런 의미가 없다고 생각했다. 하지만 그 이면에는 남들이 자기를 버릴까 하는 두려움이 자리 잡고 있었다.

잭슨은 절대로 남들을 실망시키고 싶어 하지 않았다. 특히 자기 미래가 달려 있다고 믿는 의사한테는 더욱 그랬다. 자기한테 최선의 이익이 아닐 때조차 의사 말이라면 철썩같이 믿었다. "도움을 받으려고 하지 않으면 사람들이 도와줄 거라고 기대할 수 없어." 검진 예약일보다 한 달이나 일찍 주치의를 찾아가야 한다고 고집을 피우면서 잭슨이 한 말이었다. 사실 잭슨이 병원에 가서 종양 전문가를 만나는 것은 그 친구 입장에서 볼 때는 하나의 시련이었다. 병원에 가기 일주일 전에 금식을 하면서 상당 시간 동안 메스꺼움을 느꼈고 몸이 너무 약해져서 걸을 수도 없는 지경이 되었다.

담당의사는 급격히 상태가 변한 환자를 보고 당황하고 속상해했다. 교모세포증 때문에 온몸은 야위고 눈은 튀어나오고 기분도 이리저리 변하는 환자를 보고 어느 의사가 그렇지 않을까. 한데 그녀는 진찰 시간 15분 동안 환자와 거의 눈을 마주치지 않았다. 흰색 가운 뒤로 자신의 두려움을 꽁꽁 숨겨 두었다. 퉁명스럽게 말하면서 뇌종양을 줄일 수 있는 새로운 집중 방사선 과정을 제안했다.

이 제안에 잭슨은 속이 메스껍고 피로하고 제발 쉬고 싶다고 답했다. 그러자 의사는 메스꺼운 증상을 막아 주는 약 처방전을 휘갈겨 쓰고 다음 날 방사선 치료 일정을 잡아 주었다.

나는 잭슨을 호스피스로 데리고 갔다. 그날 밤 그는 눈을 감았다.

의사가 냉담하고 무관심한 태도로 잭슨과 로봇처럼 대화하는 모습을 지켜보는 건 한마디로 고역이었다. 그녀는 잠시 이야기를 멈추고 숨 돌릴 여유를 가지면서 "피곤해요. 쉬어야겠어요."라고 말하는 환자에게 귀를 기울일 수도 있었다. 하지만 그저 환자를 몰아붙이기만 했을 뿐 환자가 겪는 아픔을 받아들이지 않았다. 더구나 그러는 와중에 환자에게 필요한 치유 기회와 스스로를 위한 기회마저 놓쳐 버렸다. 그날 그녀는 의사 역할이라는 안전과 특권에 발목을 묶은 채 일말의 인간성을 제물로 바쳤다.

　메디컬센터의 환경이 점차 기술적으로 변해 가면서 치료 절차도 빠르게 변하고, 의사들도 몇 안 되는 사람들을 데리고 더 많은 일을 완수하라는 압박을 받는다. 그 결과, 오로지 맡은 일에만 중점을 두는 방향으로 변하기 쉽다. 하지만 인간 존재는 과업을 전달하는 시스템이 아니다. 우리는 서로를 보살피면서 일과 관계에 둘 다 참여해야 한다. 서로 어떤 관계도 형성하지 않고, 더구나 그 속에 담긴 목적, 의미, 영적 성장이라는 고유한 가치를 깨닫지 못한다면 참된 숨결과 영혼은 사라지고 없다. 우리는 신성한 것과 세속의 것을 서로 분리한다. 역할에 충실하고 맡은 일을 수행하지만 우리와 함께 존재하지는 않는 의사나 의료인을 다들 한 번쯤 만나 보았을 것이다. 영혼이란 지금 여기에 함께 존재하는 것이다. 우리가 역할에 붙잡혀 있으면 보살핌과 돌봄을 멈춘 것과 같다. 환자들은 무시당하고 대상화되었다고 느끼며, 그에 따라 그들의 자율성은 점점 줄어든다. 실제로 환자들이 치료 때문에 온갖 유형의 불쾌한 부작용을 겪으면서도 불평 한마디 없이 고통을 견뎌내는 경우도 많이 있다.

　흔히 의사와 환자, 선한 마음을 가진 사람들도 자신의 아픔에 문을 닫고 있다. 현재 몸담은 시스템의 비현실적 기대치가 그들을 무자비하게 몰아붙인다. 무엇이 가장 크게 상처를 주는지 귀 기울이기는커녕 그냥 무시하게 만드는 대응전략을 훈련받음으로써 연민 어린 심장과의 접촉을 잃어버린다. 종종 그들은 자신의 불편함과 소외감을 사랑이 아니라 거부 반응으로 마주한다.

앞서 잭슨을 치료하던 종양 전문의처럼, 그들은 과로와 혹사에 시달릴 때 거기서 문을 닫고 딱 멈추어 버린다. 자신들이 받은 훈련을 그대로 본떠서 증상만을 볼 뿐 그들 앞에 있는 그 사람을 보지 못한다. 그러니 내어 줄 수 있는 것이라곤 전문지식뿐이다.

우리 대부분은 다른 사람을 도와주는 성향을 타고났다. 당연히 타인의 고통을 덜어 주기 위해 노력하고 싶어 한다. 그렇지만 우리 중에는 청하지 않은 조언을 해 주면서 너무 성급하게 인간 처방전이 되려는 사람들이 있다. 보통 누군가의 문제를 들었을 때 가장 먼저 나오는 본능은 그 문제를 해결하려고 애쓰는 것이다. 그 의도야 진정성이 넘치겠지만 기실 그런 모습이 타인에게 영향을 끼치는 방식에 대해서는 더없이 둔하다.

우리는 살아가면서 한 번쯤 그런 상황을 겪어 보았을 것이다. 이를테면 친구랑 스타벅스에서 만났는데 지나가는 말로 어젯밤 잠을 제대로 못 잤다고 말했다고 치자. 이 말을 듣고 기꺼이 돕고 싶은 선의로 가득 찬 친구는 그때부터 커피를 마시면 건강에 해롭다며 커피를 마시지 못하게 하거나, 운동 요법의 중요성을 읊어 가며 예의 그 과정을 시작할 것이다.

우리는 자기 의견을 내는 것을 좋아한다. 어떤 관점을 갖고 있다는 것은 결코 잘못이 아니다. 문제가 되는 것은 남들에게 그 관점을 강요하거나 내세우는 것이다. 활용할 수도 없고 그렇게 하고 싶지도 않은 조언을 해 준다고 해서 당신이 느끼는 무기력감이 줄어드는 건 아니다. 무기력하다고 느낀다면 이런저런 의견을 꺼내거나 어떤 행동을 취하기 전에 우선 최소한 자신에게만이라도 그 감정을 인정하려고 노력해야 한다. 만약 누군가로부터 구체적으로 어떤 건의나 제안을 요청받지 않았다면 그런 이야기는 환영받지 못할 게 뻔하다. 나는 조언이나 안내를 해 주기 전에 먼저 물어보는 것이 최선이라고 생각한다. "아뇨. 괜찮습니다."라는 대답을 존중하고 다음으로 넘어가는 게 좋다.

대부분 누군가를 도와주는 역할에 애착이 강하다. 이 역할에 지나치게 몰두하면 자신을 비롯해 도움을 받는 사람까지 모두 갇혀 버리고 말 것이다. 왜 그럴까? 만약 내가 도움을 주는 사람이 되려면 누군가는 반드시 무기력한 존재가 되어야 하기 때문이다. 피하지 말고 이 사실을 직시하자.

내가 심장마비로 수술을 받고 회복할 때 이 사실을 확실히 깨달았다. 그때 의사, 간호사, 도우미 등 여러 사람들이 와서 함께 있곤 했다. 때때로 그들은 나를 쳐다보지도 않고 무엇이 되었건 그들이 꼭 해야 하는 일을 하느라 무지 바빴다. 나는 그런 모습에 항상 감동했지만 치유되는 느낌은 좀처럼 받지 못했다. 대부분 나는 '모니터로 추적·관찰되는' 존재였다. 내 건강을 보살피고 치료해 주는 사람들이 나와 함께하는 시간보다 기계들과 더 오랜 관계를 맺고 있었다고 말하려니 슬프다. 의료진은 내가 겪는 고통과 일정거리를 유지해 주는 완충 공간을 통하여 그들의 불안을 관리하려고 노력했다. 솔직히 효과는 별로 없었다. 그들의 불안은 고스란히 나한테 전해졌다.

내 기분이 어떠한지 진정으로 물어보는 사람은 아무도 없었다. 겨우 묻는다면 '통증 정도가 1에서 10까지 중에 어디에 해당하는가? 아직 장운동이 활발하지 않은가? 숨쉬기 연습을 하고 있는가?' 정도였다. 나는 차트에 올라가는 정보에 불과했다.

나는 입원 중에 한때 심리적 안정감을 잃었다. 도저히 집중할 수가 없었다. 두려움, 아픔, 그리고 모든 것을 의존해야 하는 상황에 완전히 휩쓸려 갔다. 점점 쪼그라드는 세상과 나의 불안을 동일시하기 시작했다. 내가 점점 더 작아지는 것만 같았다.

병원에는 심리상태를 '수리하는' 곳도 있다. 병원에는 그야말로 온갖 일에 필요한 절차가 있고, 예상되는 과정에 따라 당신을 움직이게 할 계획도 있다. 이중 몇몇은 회복에 꼭 필요하다. 나 역시 그 의료절차가 아니었다면 오늘까지 살아 있지 못했을 것이다. 하지만 병원에서는 오로지 미래 지향성에 심혈을 기울인다.

그런 환경에 처해 있었기 때문에 나는 지금 여기에 머무르기가 힘들었다. 내 방에 들어오는 의료 전문가들은 묻곤 했다. "오늘은 어떠세요?" 불가피하게 내가 "그리 좋지는 않아요."라고 대답하면, 그들은 진부한 후렴구를 넣어 늘 이렇게 받아넘기곤 했다. "내일은 훨씬 더 나아지실 거예요." 하물며 수년간 명상과 마음챙김을 갈고닦은 친구들이 나를 보러 와도 한결같이 내 관심을 미래로 향하게 만들었다. "내일은 더 좋은 날이 될 거야." 나를 다독이고 안심시킨다고 하는 말이었다.

점점 나는 나 자신과의 접촉을 상실해 버렸다. 해결의식에 휩쓸린 채 내 존재의 상태를 평가하기 위해 외부의 잣대만을 사용하는 지배적 사고방식에 나도 모르게 동참하고 있었다. 환자라는 역할에 빠져서 그저 해결해야 할 문젯거리로만 존재하였다. 그건 정말이지 지옥이었다.

며칠 후 나는 마침내 그 상황에 완전히 질려 버렸다. 그래서 말했다. "어느 누구와도 말하고 싶지 않습니다. 찾아오는 사람이 없었으면 좋겠고요. 그냥 산책하면서 '더 블라인드 보이즈 오브 알라바마(The Blind Boys Of Alabama)'나 듣겠어요." 나는 마치 부모가 운전하는 자동차 뒷좌석에 부루퉁해서 꼬꾸라져 있는 10대처럼 헤드폰을 꺼내 쓰곤 모두를 내보냈다. 친구고 의료진이고 모두 출입금지였다.

나는 '더 블라인드 보이즈 오브 알라바마'를 무척 좋아한다. 그들의 노래를 들으면 활기찬 영혼과 굳건한 신념이 나한테까지 번져 오는 느낌이다. 그들은 1939년 데뷔한 가스펠 그룹으로 신의 은총에 대한 크나큰 믿음을 품고 있었다. 나는 그 신념이 나한테 속속들이 스며들 때까지 그들의 음악을 들으며 복도를 산책했다. 물론 그들의 신앙과 나의 믿음이 정확히 맞아떨어지는 것은 아니었다. 하지만 그때 나는 삶의 기본적인 선함에 신뢰를 품은 누군가와 함께 있어야만 했다. 그 순간 나에게 그 대상은 바로 그들이었다. 나의 믿음이 다시 차오를 때까지 잠시 그들의 믿음을 빌렸던 것이다.

조금씩 천천히 지금 겪고 있는 일과 함께할 수 있는 나의 능력이 돌아오고 있다는 느낌이 들기 시작했다. 나는 다시 병실로 돌아와 곧바로 욕실로 가서 문을 닫고 울었다. 심장수술 이후로 내가 울 수 있는 힘이 생긴 것은 그때가 처음이었다. 그저 눈물만 주르르 흘렸다. 나는 몸을 흔들고 들썩거렸다. 마침내 나는 불편한 것, 심지어 비참한 것과 함께 존재할 수 있었다. 마음이 너무 후련했다. 그때까지 나와 내 주변 사람들은 힘겨운 상황을 피하고 막는 데만 급급했다. 하지만 이제 나는 그 상황에 접근할 수 있었다. 무기력함, 두려움, 아픔을 느낄 수 있었다. 그리고 "이 일이 남은 생애 동안 어떤 의미가 될까?" "이제 나는 더 이상 어떤 가치도 없는 걸까?" "이후에 나는 무슨 일을 할 수 있을까?" 등등 심장마비라는 육체적 상처와 정서적 트라우마에서 발생한 거대한 질문들도 고스란히 내 곁을 찾아왔다.

간호사 한 사람이 욕실 문을 큰 소리로 두드리면서 물었다. "괜찮으세요? 거기서 울고 계신 거죠? 괜찮으세요? 괜찮아요. 우리 다 여기에 있어요. 환자분을 지켜 주기 위해 여기에 다 있어요."

"제발, 그냥 혼자 있게 해 주세요."

하지만 간호사는 그럴 마음이 없었다. 남을 도와주는 역할에 빠져 계속 자신의 뜻만 밀어붙였다. "괜찮다는 거 아시죠? 모두 잘 될 거예요. 내일이면 좋아질 거예요. 우리가 여기 있으니 이리로 나오세요. 그러면 사회복지사를 불러 드릴게요."

이번에는 좀 더 단호하게 대답했다. "아뇨. 혼자 있게 해 주세요. 이렇게 있고 싶다고요. 여러 날 동안 내 감정에 가까이 다가가려고 애써 왔어요. 이제 마침내 도착했다고요. 제 자신과 함께하고 싶어요."

그제야 간호사는 병실을 나갔다. 나 혼자 남게 되었다.

내 고통에 내가 닿을 수 있다면 나만의 타고난 연민이 사랑의 반응이 나타날 줄 것이라고 믿었다. 실제로 그렇게 이루어졌다.

흔히 환자를 돌보는 사람들이 오로지 **문제 해결**에만 초점을 맞춘 나머지 오히려 환자의 두려움을 크게 늘리거나 혼란스러운 상황을 더 어렵게 만드는 경향이 있다. 그들은 그렇게 일하면서 위축된 상황을 더 심하게 만들 수도 있다. 그러면 머지않아 내가 그랬던 것처럼 환자는 그들 안의 타고난 지혜와의 연결이 끊어져 버린다.

질병과 싸우는 혼란 속에서 병실 안의 침착한 사람 하나가 모든 변화를 가져올 수 있다. 흔히 아픈 사람을 돌볼 때, 환자를 침대에서 변기 의자까지 옮기기 위해 팔과 허리의 힘을 이용한다. 그 환자에게 우리 몸을 잠시 빌려 주는 것이다. 그런 방식으로 정신의 집중력과 심장의 담대함도 빌려 줄 수 있다. 우리가 안정감과 자신감을 떠올리게 해 주는 알리미가 될 수도 있다. 다시 말해, 우리와 똑같이 하려고 무진 애를 쓰는 그 사람에게 자극을 주고 용기를 불어넣는 바로 그런 방식으로 우리 마음을 넓혀 갈 수 있다. 그렇게 할 때 우리는 연민이 넘치는 쉼터가 된다. 우리가 거기에 존재함으로써 그 환자는 치유 능력에 대한 신뢰를 회복한다.

나는 치유되지 않는다. 지금 여러 문제들을 해결하고 있는 중이기 때문이다. 몸과 마음이 위축되는 두려움 속에서 잃어버린 것과 다시 연결되어야 치유가 이루어진다. 나의 타고난 치유 능력과 연결되어야 치유가 되는 것이다. 이는 사랑을 담아 자기를 받아들이는 것이며, 곧 지금 나의 조건과 상황에 마음을 여는 자질이다. 이 자질은 연민과 만나 활발하게 교류하면 더욱 넓어지고 강해진다. 이렇게 되면 담대한 용기가 생기고 고통을 향해 나아가 그 고통으로부터 배울 수 있게 된다. 우리 안에 내재된 이 완전성을 타인에게 비추면 우리는 더 큰 가능성으로 가는 문이 될 수 있다. 병을 돌보는 사람으로서, 친구로서, 우리의 임무는 문제를 해결하는 사람이 아니라, 가능성으로 가는 입구가 되는 것이다.

나는 '간병(caregiving)'이라는 말보다 '봉사(service)'라는 말을 더 좋아한다. 봉사는 이타적 가치의 구현체인 마음의 본뜻이 지닌 깊이와 지혜에서 싹트는 행동에 호소한다. 봉사는 항상 서로에게 은혜롭다. 그런데 간병은 도움과 해결로 변하는 경우가 너무 많다.

이 점에 대해서 레이철 나오미 레멘 박사가 잘 설명해 준다. "도와주기, 해결하기, 그리고 봉사하기는 삶을 바라보는 세 가지 다른 방식을 나타낸다. 도와준다고 할 때 당신은 삶을 나약한 것으로 보게 된다. 해결한다고 할 때 당신은 삶을 깨지고 부서진 것으로 보게 된다. 봉사한다고 할 때 당신은 삶을 온전한 것으로 보게 된다. 도와주고 해결하는 것은 에고가, 봉사는 영혼이 하는 일이 될 것이다."

해결하고 도와주는 일은 사람의 기운을 점점 고갈시킨다. 시간이 흐르면 에너지를 소진하여 쓰러질지도 모른다. 하지만 봉사는 늘 새로 시작하게 해 준다. 봉사를 하면 우리가 하는 일 자체가 우리를 새롭게 만들어 줄 것이다. 도움을 주면 만족감을 얻지만, 봉사를 하면 고마움을 발견하게 된다.

다들 언젠가 한번 해 본다면 좋겠다. 역할놀이는 하지 말고, 어떤 문제에 해결책 따위도 생각하지 말고, 그냥 그 사람 옆에 앉아 보자. 분석하지 말고, 해결하려 하지 말고, 간섭도 말고, 고치려 들지도 말고, 제발 그냥 곁에 있어 보자. 아낌없이 들어 주자. 마치 상대가 자기 안에 필요로 하는 모든 지혜를 다 갖고 있는 것처럼 충분히 귀를 기울여 보자. 이렇게 저렇게 하는 이야기를 존중하고 받아 주자. 그 말을 당신이 이해하고 하지 않고는 전혀 중요하지 않다. 그저 귀를 기울이며 들어 주고 있는 당신의 존재만으로 충분하다고, 그게 바로 상대가 원하는 것이라고 상상해 보자. 다 들어 주고 받아들인다는 뜻을 담은 침묵은 온갖 선의로 가득 채운 백 마디 말보다 더 큰 치유가 된다.

역할이 전혀 가치가 없다는 말이 아니다. 다만 역할만으로는 우리의 건강과 안녕에 충분하지 않다는 뜻이다. 그 때문에 우리는 확실히 진정으로 온전해질 수 있는 용기가 필요하다.

진정성이란 무엇일까? 그게 그렇다고 한다면 무엇이 그러한지 말하는 것이다. 조용히 나타나 자신을 드러내면서, 앞으로 이렇게 하겠다고 말한 것을 묵묵히 행하면서, 약속과 헌신을 기억하고 합의를 존중하는 것이다. 진정성은 의지와 맞물리면서 무엇이 연민과 의미를 갖고 있는지 말해 주며, 동시에 역할반응을 줄여 준다. 진정성은 눈앞에 닥친 일, 그리고 그 일을 수행할 때 쌓게 되는 인간관계를 둘 다 놓치지 않고 책임진다는 뜻이다. 진정성 있게 행동하면 신뢰가 쌓인다.

사라는 우리가 진행하는 연민 돌봄 프로그램의 연수생 중의 하나였다. 워싱턴 D.C. 도심의 호스피스 '조셉 하우스'에서 간호사로 일하는 그녀는 야위고 부끄럼이 많은 20대 중반의 백인 여성이었다. 그곳의 환자들은 대부분 죽음을 앞둔 흑인들이었다.

우리는 이른바 누군가를 도와주는 역할에 빠진 이들을 가리키는 '도우미병'을 주제로 이야기하면서 역할 뒤에 숨지 말고 기꺼이 자신을 드러내 보여야 한다는 취지의 멋진 대화를 나누었다. 그러다 몇 주 후에 그녀에게서 다음과 같은 편지를 받았다.

존 오도노휴 책에 이런 부분이 나옵니다. 제가 좋아하는 문장이에요. 그가 이렇게 묻죠. "당신의 무모함으로 무엇을 해 본 적이 있나요?" 실은 이번 경험이 저한테는 무모한 일이었어요. 급진적이라고 해야 할까요? 제 안에서 일어나는 현실을 기꺼이 받아들이는 법을 배우려면 마음에서 우러나는 용기가 필요했거든요. 그런데 무섭고, 어둡고, 너무 커서 도저히 헤어날 수 없는 곳으로 들어가고 있는 제 모습을 목격했어요. 유혹의 신 마라(Mara)에게서 도망치지 않고, 오히려 그 입 속으로 내 머리를 밀어 넣는 순간을 경험했지요.

물론 힘들었습니다. 지금껏 한 번도 그러지 못했거든요. 하지만 몸 안에 이미 씨앗을 하나 심었어요. 저는 그 이해의 씨앗을 계속 키우고 있고요. 무서운 곳에서 도망치지 않고, 그 안으로 들어가는 것이 담대한 행동임을 이해하는 씨앗이죠. 그 담대한 행동은 저의 인간성, 감수성, 힘, 진정성, 저만의 즐겁고 예측 불가능한 무모함을 존재하게 해 주는 것입니다.

환자들은 제가 언제 그 무모한 공간 안에 있는지 직관적으로 알더군요. 환자들이 저를 가장 신뢰하는 순간은 바로 그때였어요. 저는 그들을 위해 위험을 무릅쓰고 그곳에 가려 합니다. 고정관념에서 벗어나 완전히 새로운 사고를 하려 합니다. 제 자신에게 당당하려 합니다. 간호할 때 저의 직관을 믿으려 합니다. 다른 이들이 실제로 필요로 하는 보살핌은 당연히 주고, 기운을 소진하지 않고, 제 자신을 위한 치유의 공간도 함께 만들어 보려 합니다.

그 신뢰의 직관이 저를 이끌었답니다. 난생 처음 헬렌 여사의 침대에 훌쩍 올라가서 한 시간 동안이나 헬렌의 팔에 손을 감고 앉아 있었어요. 평소에 하던 대로 약은 잘 먹었느냐고 묻지 않고요. 다른 모든 이들에게 제가 그르느라 바빠서 올 수 없었다고 말해 주었어요. 비록 아무것도 하지 않으면서 그냥 앉아 있는 것처럼 보였겠지만요. 그리고 헬렌이 정색하면서 "사라, 엉덩이 정말 살쪘네!"라고 욕할 때에도 엉덩이를 흔들며 넉살 좋게 말대답을 할 수 있었어요. "아이고, 헬렌, 얼마나 매력이 넘친다고요, 아시잖아요." 그 무모한 직관이, 헬렌이 저를 '재수 없는 백인 여우'라고 부를 때에도 그 '재수 없는' 하얀 두 다리로 당당하게 서 있게 해 주었어요. 그리고 마음을 최대한 열어 헬렌을 받아들이고, 저만의 불안과 인종 정체성과 특권에 대한 자기혐오도 받아들이면서, 그렇게 내면의 드라마를 거치며 어떻게든 우리 둘 다 사랑하도록 애를 썼어요.

어쩌다 보니 헬렌 여사는 평생 내가 만났던 가장 소중한 사람 중의 하나가 되었습니다. 당신이 진행하는 연수를 받지 못했다면 그 소중한 선물을 받을 용기를 얻지 못했을 거예요. 할 수 있는 한 가장 선명하게 현실을 바라볼 수 있는 용기 또한 얻지 못했을 거예요. 그건 그냥 한 사람의 문제가 아니라는 걸, 사랑은 거기에 있다는 걸, 진정으로 진실로 스스로를 드러내고 헬렌과 함께 거기에 있음으로써 사랑도 존재한다는 걸, 그리고 그건 모두 저의 몸과 저의 오롯한 자아 안에 바탕을 두고 존재한다는 걸 비로소 알게 되었답니다. 그 용기 때문에요.

진정성은 깊은 내면의 지혜에 대한 신뢰, 그리고 그 지혜를 의식적인 행동으로 기꺼이 불러오는 의지를 필요로 한다. 지혜는 나이나 전문지식, 도구나 역할의 문제가 아니다. 나는 수년에 걸쳐 수많은 도구를 수집했지만 봉사할 때는 그런 도구를 앞세우지 않는다. 만약 그런 도구를 꺼내서 나와 고객 사이에 내려놓기 시작한다면 우리 둘 중에 하나는 분명히 거기에 걸려 넘어지고 말 것이다. 그래서 나는 나의 인간성을 앞세워 이끌고 간다.

젠 호스피스에서는 단순하게 하려고 노력했다. 새로운 사람이 도착하면 먼저 현관에서 그를 맞이하고 방으로 안내해 주었다. 내 직함을 말해 주는 경우는 거의 없었고, 오히려 이름으로 소개하는 경우가 더 많았다. 역할은 그 뒤에 오게 될 것이다. 처음에 더 중요한 일은 서로 간에 공통점을 찾는 것이다.

함께 도와줄 간호사를 소개하거나 어떤 의학적 평가나 의료 절차를 시작하기 전에는 새로 온 사람들에게 이웃 사람들의 이야기를 해 주곤 했다. 두 집 건너 이웃에서 손녀들과 함께 사는 마힐라 케네디 여사, 또 바로 왼편 집에 사는 제프리와 프랜시스 이야기도 해 주었다. 길 아래편에 있는 유치원도 소개하면서 아이들의 웃는 소리도 들린다고 말해 주었다.

자신의 자리를 찾는 것은 중요하다. 어떤 문화에서는 그것이 바로 남들에게 자신을 소개하는 방식이다. 우리가 처음 만났을 때 어떤 환자가 그랬다.

"나는 한나의 딸이에요. 우리 가족은 루이지애나 북동쪽 텐사스 교구에서 왔어요. 모두 7남매죠. 가족들은 나를 제릴린이라고 불러요. 만나서 반가워요."

앓고 있는 질환에 대한 이야기를 하기 전에 우리는 음식 이야기를 하기도 한다. 음식에 대해 함께 수다를 떨면 서로 동등해진다. 어떤 사람이 자기가 제일 좋아하는 음식을 이야기할 때, 그 얼굴에서 많은 정보를 알 수 있다. 가령 눈을 어떻게 뜨는지, 입술을 핥는지, 혹은 어떻게 목소리가 차츰 잦아드는지 등이 얼굴에 다 나타난다. 음식 이야기를 나누면 가족 이야기가 나오고, 어떻게 자랐는지, 얼마나 사랑받았는지 아니면 사랑받지 못했는지 등등 세세한 내용까지 나누게 된다. 먹는 걸 즐겼지만 이제 더 이상 그럴 수 없는 사람들은 자신의 건강상태와 음식과의 관련성에 대해 많은 이야기를 한다.

나는 내가 봉사하는 한 사람 한 사람에게서 나 자신을 보는 법을 배웠다. 그리고 내 안에서 그들을 보려고 노력했다. 이런 노력은 아름답고도 힘겨운 일이었다. 샌프란시스코의 다문화 공동체에서 일할 때에는 특히나 그랬다. 얼핏 보기에는 서로의 차이에 초점을 맞추기 쉬웠다. 대부분 그들은 흑인이거나 라틴계이거나 베트남 출신이었고, 나는 백인이었다. 그들은 헤로인을 주사하고 에이즈에 걸린 사람들이었지만, 나는 아니었다. 그들은 집도 없이 혼자였지만, 나는 터무니없는 임대료를 내면서 10대 아이들 넷을 키우고 있었다. 어쩌면 한때 우리는 거리에서 서로 얼굴을 못 본 채 스쳐 지나갔을지도 모른다. 하지만 지금 호스피스에서 우리는 가장 친밀한 방식으로 함께 던져졌다.

그리고 환자의 기저귀를 갈거나, 오랫동안 떨어져 있던 가족에게 전화를 걸어 주거나, 그 외에 그들이 필요로 하는 것을 해 주며 봉사활동을 한창 하는 가운데 우리는 서로가 만날 수 있는 지점을 찾았다. 그 지점은 서로 닮은 '똑같음'이 아니었다. 서로 친해지기 위해 그런 동일성은 필요하지 않았다. 그것은 바로 소속감이었다. 모든 측면을 존중하고 존중받기 때문에 발생하는 그런 소속감이었다. 솔직히 말하면, 서로 친해지려고 할 때 비참하게 실패한 적도 많았다. 특권을 가진 듯한 우리의 관점 때문에 그들을 제대로 이해하지 못했기 때문이다. 하지만 그래도 우리는 계속해 나갔다. 그러면 우리와 함께하는 그 사람들이 과연 차이를 존중하는 것이 무엇인지 날마다 아주 조금씩 가르쳐 주었다.

나는 종종 흑인 작가 조지 워싱턴 카버가 전하는 훌륭한 조언의 인도를 받았다. 그는 노예 신분으로 태어나 훗날 최고의 과학자, 식물학자, 교육자가 된 인물이다. 그가 전하는 조언은 이러했다.

> 만약 어떤 대상을 충분히 사랑하면 그게 무엇이든 그 대상은 당신에게
> 자신의 비밀을 넘겨준다. 하물며 작은 꽃 한 송이나 작은 땅콩에게 말
> 을 걸어도 그들은 자기 비밀을 전해 준다. 그뿐인가. 조용히 사람들과
> 교감하면 그들도 자기 비밀 이야기를 기꺼이 들려준다. 단, 그들을 모
> 자람 없이 충분히 사랑해야 한다.

봉사라는 행위가 타고난 것이고 심지어 본능적이라고 해도 항상 쉽
게 이루어지는 것은 아니다. 때때로 우리는 어떤 역할에 사로잡혀 우
리가 사랑하는 것에서 떨어져 나와 이리저리 방황한다. 기운이 다 빠
지고 맥없이 늘어진다. 집으로 가는 길을 찾으려면 무엇보다 먼저 봉
사라는 영혼의 부름을 기억해 내야 한다. 설령 우리가 사랑하는 일
을 하지 못한다 할지라도 지금 우리가 하는 일을 사랑하는 방법을 찾
아내야 한다.

어느 날 한 젊은 여성이 내가 진행하는 워크숍을 찾아왔다. 아테나
라는 이름을 가진 그녀는 어느 대형 메디컬센터의 밤교대 근무 내과
의사로 일했다. 인턴 신분의 그녀가 하는 일 중에는 자기도 모르는 환
자의 죽음을 알리는 것도 있었다. 그 일이 기술적으로 어렵지는 않았
지만, 사실 매우 슬픈 일이었다. 특히 꼭두새벽에 할라치면 더욱 그랬

다. 아테나는 그 일에 점점 냉담해져 가는 자기 모습에 불만을 토로했다. 너무 지쳤고 기운도 빠졌다. 더구나 의사라는 직업 자체에 대한 의미를 상실했기 때문에 지금은 어떻게든 지푸라기라도 붙잡고 싶은 심정이었다. 그래서 과거 자신이 의사가 되려고 했던 목적의식을 되찾는 데 도움이 되는 불교의례나 수행을 소개해 달라고 부탁했다.

나는 불교 수행은 도움이 되지 않을 것 같다고 말했다. 그녀는 자신이 애타게 찾는 그 치유를 자신의 계보 안에서 발견해야만 했다. 나는 의술도 일종의 영적 통로가 될 수 있다고 조언했다. 그녀는 의학의 계보에 있는 사람이니 의술의 근간인 그리스 시대로 거슬러 올라가는 것이 좋을 것 같았다. 사실 그녀는 이미 의대 과정을 마치고 히포크라테스 선서까지 한 의사였다. 나는 이런 가능성을 제시했다. "당신이 백의 선서식에서 하얀 가운을 걸쳤을 때 그 옷이 의술의 신 아스클레피우스의 지혜와 치유 능력이 가득 담긴 일종의 의례용 예복이었다고 상상할 수 있지 않을까요?" 내 제안을 듣고 아테나는 만족한 듯 보였다.

그 워크숍 이후로 나는 다시 아테나를 만나지 못했다.

1년이 지난 어느 날, 레이첼 나오미 레멘 박사와 함께 워크숍 강의를 하고 있을 때였다. 문득 레이첼은 아테나의 이름을 거론하며, 그녀가 자신이 코디네이터로 참여했던 내과의사 지원 그룹에 참여했다고 알려 주었다. 레이첼은 아테나의 이야기에 감동을 받았다고 했다. 그녀가 전하기를, 아테나는 나와 대화를 나눈 이후에 의사라는 일에 다시 활력을 찾았다고 한다. 애타게 구하는 치유를 찾으려면 자신의 계보 쪽으로 가야 한다고 했던 내 조언이 그녀를 움직인 게 분명했다.

아테나는 의사 집안 출신이었다. 부친과 조부가 의사였고, 두 분은 최근에 세상을 떠났다. 그들의 도움으로 아테나는 자기만의 치유의 례를 발견했던 것이다. 조부는 평생 시골의사로 지냈다. 돌아가신 후에 생전에 쓰던 다 낡고 오래된 검정색 왕진 가방을 아테나가 물려받았다. 아테나는 그 안에 부친이 쓰던 청진기와 작은 초, 그리고 조부가 좋아했던 로즈오일을 넣어 두었다. 그리고 근무 중일 때는 항상 사물함에 이 가방을 보관했다.

이제 사망 사실을 전하라는 요청을 받으면, 아테나는 그 가방을 꺼내서 환자의 병실까지 들고 갔다. 종종 문턱 앞에 아무 말 없이 잠시 섰다가 숨을 돌리면서 선조들에게 도와달라고 부탁하기도 했다. 이따금 정맥주사선을 뽑고 심장 박동 확인 패치를 떼어 내려고 간호사가 함께할 때도 있었다. 아테나는 침대 옆 탁자에 작은 봉헌 양초를 올려 놓고 조부의 가방에서 부친의 청진기를 꺼냈다. 그 청진기로 환자를 살펴보고 심장박동 소리를 들으면서 환자의 숨이 멈추었는지 알아보기 위해 주의 깊게 지켜보았다.

그녀는 이런 소박한 행위 안에서 돌아가신 분에게 가족처럼 가까운 정을 느꼈다. 그런 다음 작은 로즈오일 유리병을 꺼내 손가락에 조금 바르고 돌아가신 분의 이마에 몇 방울 떨어뜨리며 직관처럼 떠오르는 짧은 기도를 올렸다.

"모든 고통을 다 끝내고 평화와 안식 안에서 잠드시길 기원합니다."

아테나는 이제 더 이상 자신이 훈련받았던 방식으로 의사 역할을 할 수는 없다고 느꼈다. 그녀가 받은 교육은 스스로를 부정하면서 자신의 인간성과 의학지식을 맞바꾸는 것이었다. 하지만 이렇게 자기만의 의례를 발견하면서 의술에 대한 사랑을 되찾았고, 늘 바랐던 대로 치유자로 계속 살아갈 수 있는 용기를 얻었다.

아테나는 영혼의 부름에 귀를 기울이면서 자기 역할 너머로 나아가 진정한 자아 속으로 들어갈 용기를 찾아냈다. 바로 그곳에서 평화와 만족감과 새로운 영감을 찾고 본래 타고난 친절함도 만났다.

내면의 비평가 길들이기

우리가 아이들에게 말하는 방식이
곧 그 아이들의 내면 목소리가 된다.

— 페기 오마라(육아 전문가)

당신이 무엇을 어떻게 하든 내면의 비평가를 기쁘게 할 수 없다.

속일 수도 없다. 그 비평가는 당신의 움직임 하나하나, 은밀하게 준비한 계획이 있다면 그것도 모조리, 당신의 과거 조각 하나까지 다 알고 있다. 그것은 지금까지 바로 거기서 당신과 함께해 왔다. 샤워할 때도 함께한다. 일할 때에도 데리고 간다. 밥 먹을 때도, 디저트를 먹을 때도 꼬박 당신 옆에 앉아 있다. 사랑을 나누는 중에도, 그 후에도 여전히 함께 있다. 그러니 당신이 죽음을 앞두고 있을 때에도 당연히 바로 거기에 있다.

그 비평가는 비교하고, 비하하고, 폄하하고, 틀렸다고 말하고, 비난하고, 묵인하고, 탓한다. 그리고 당신의 외모, 업무수행, 인간관계, 친구들, 건강, 음식, 희망과 꿈, 생각, 심지어 영적 발전까지 공격한다. 전부 맞바꿀 수 있는 것이기 때문에, 어떤 것이든 무엇이든 다 집어낸다. 자, 이제 그 비평가를 정면으로 마주 보자. 그 비평가의 눈에는 당신이 할 수 없는 일이 차고 넘친다.

그 비평가는 강제집행자로서 당신에게 이미 사회적으로 습득된 기준과 도덕률을 준수하라고 요구한다. 그는 이렇게 말한다. "내 방식대로 하거나 아니면 떠나라." 게다가 그 비평가는 자기가 원하는 것을 시키기 위해서 두려움, 수치심, 죄책감을 잔인하게 휘두른다.

흔히 우리가 가장 취약한 순간에 처해 친절과 배려로 은혜를 입을 때에도 우리는 자기 판단으로 스스로를 아프게 공격하고 벌한다. 심지어 삶의 끝이 가까워 올 때 흔히 사람들은 일생을 후회하면서 되돌아보고 "그때 그랬다면 얼마나 좋았을까!"라는 식의 대화에 매몰되거나 심지어 죽는 것도 제대로 하지 못하고 있다며 자신을 탓하며 탄식하기도 한다. 친구와 가족은 "힘들지만 좀 더 싸워야 해." 또는 "이제 그냥 다 내려놔야 해." 등 한마디씩을 거들면서 자기들 내면 비평가의 목소리를 투사함으로써 죽어가는 사람에게 죄책감을 더 얹어 준다.

내면의 비평가는 변화, 정체성의 이동, 창의성, 내면 수행에 있어서는 양면적 태도를 보이고, 무의식에서 끓어오르는 것은 뭐든지 굉장히 무서워한다. 그 심판은 현재 상태, 익숙한 것, 예측 가능한 것을 선호한다. 즉 항상성(恒常性)을 고집한다. 그 비평가는 "괜히 평지풍파 일으키지 마라. 안전하지 않으니까."라고 짐짓 충고한다.

바로 그 때문에 자기계발에 중점을 두어도 효과가 없고, 그 비평가가 '문젯거리'로 보는 것을 해결하려고 시도해 보아야 소용없다. 우리는 괜히 남들의 인정을 찾아 헤매고, 외부 기준에 맞추느라 애쓰고 노력하면서 모조리 잘못된 곳에서 사랑을 찾고 있다. 칭찬과 비난은 일종의 전염병 증상이다. 그리고 모든 질병이 그러하듯 우리는 그 증상을 치료하는 것보다 훨씬 더 많은 일을 해야 한다. 다시 말해 그 증상 밑에 깔린 근본적 원인을 찾아 해결해야 한다. 그 문제의 핵심으로 가야 한다. 끊임없이 자기를 판단하는 습관이 어떻게 삶의 세력을 약화시키고, 내면의 평화를 빼앗고, 영혼을 짓밟는지 똑똑히 확인해야 한다.

완벽함을 추구하는 경향은 어릴 때 학습되어 대부분의 사람들에게 평생 중독 증상처럼 이어진다. 그것은 에고에 기초한 탐색으로, 온전함으로 향하는 영혼의 여정을 퇴색시킬 수 있다. 내면 비평가의 목소리는 대개 무의식적이며 우리의 영혼을 갉아먹는다. 이런 이유로 우리가 오롯이 온전한 자아로 경험에 부딪히려면 이 목소리를 반드시 해결해야 한다. 그것은 자기수용과 신뢰, 그리고 역동적인 잠재성이 확장하는 데 가장 큰 걸림돌이다. 그것은 모든 성장을 중단시키고, 내면의 발전을 저지하고, 힘을 빼앗고, 부정적인 자기대화를 일상으로 만든다. 게다가 그 심판은 타인과 연결하고 공감하는 우리 능력까지 방해한다. 자기 자신을 심하게 비판하는 사람이라면, 남들에게 가혹한 비평가가 될지도 모른다. 설령 직접 언급하지 않을지라도 생각은 그렇게 할 수 있다.

우리가 온전한 자아를 꺼내 든다면 그 안에는 깨지고 부서진 상태도 포함되는 것이다. 순수와 흠결, 약함과 강함, 실패와 성공, 이 모두를 위한 자리를 만드는 것이다. 그런데 판단은 오로지 잘못한 것에만 초점을 맞춘다. 다시 말해 '이것 아니면 저것'이라는 이분법적 심리와 사고방식을 키운다. 전부를 아우르는 온전함은 환원과 재생의 자비로운 행위이며, 어느 쪽이든 양자 모두를 포함해 삶을 마주하는 포용의 방식이다.

내면의 비평가로부터 자신을 자유롭게 하려면 어떻게 그것이 시작되었는지, 어떻게 그것에 영향을 받는지, 그리고 부정적 영향으로부터 어떻게 성공적으로 풀려날 수 있을지 알아보아야 한다. 다시 말해 우리의 처리 계획에는 지혜와 힘과 사랑을 적용하는 방법까지 다 포함된다.

내 아들은 일곱 살 때 자기 방에 있는 작은 책상 뒤로 요새 하나를 쌓아 올렸다. 그러더니 내가 잔소리를 하거나 혼을 내면 자기만의 공간에 들어가서 한 시간 이상 나오지 않았다.

몇 년 후 우리는 이사를 했다. 아이 방에 들어가 책상을 끄집어내고 요새를 허물었을 때, 나는 그만 깜짝 놀라고 말았다. 나무 뒤판에는 온통 저주와 욕설, 분노에 찬 불평이 있었다. '짜증나는 노인네 아빠'라는 말이 빼곡하게 적혀 있었다.

아이가 부모에게 이처럼 공격적인 에너지를 경험하는 것은 자연스러운 일이다. 하지만 대개 그것은 밖으로 표현할 수 없다고 생각하기 때문에 억압하게 된다. 이 일로 받은 충격과 상처 입은 에고에서 회복이 되자, 나는 웃음이 났다. 게이브가 나에 대한 분노를 터뜨리는 자기만의 방법을 찾았다는 사실에 마음이 놓였다.

부모와 조부모, 손위 형제자매, 선생님, 영적 조언자들, 그리고 우리 삶에 책임이 있는 다양한 어른들은 우리에게 옳고 그름을 보여 주기 위해 최선을 다했다. 대체로 그들은 선의를 가진 사람들이었다. 우리가 계속 발전할 수 있도록 양육하고, 해로운 것으로부터 보호해 주는 것이 그들이 목표였다. 의심할 여지없이, 우리는 그들의 도움과 충고가 필요했다. 그렇지 않았다면 우리는 건강한 어른이 되지 못했을 것이며, 특정한 행동 규약에 좌우되는 사회 속으로 진입할 수 없었을 것이다.

그런데 이 어른들은 자신의 가치와 기준을 우리에게 심어 주었다. 그들이 생각하기에 이 세상을 헤쳐 나가기 위해 필요한 기본 규칙을 우리에게 가르쳤다. 이 자연스러운 사회화 과정은 아이의 행동을 어른의 관점에 맞추기 위해 강제된 시도를 하거나 지나칠 때에만 문젯거리가 된다. 대부분의 성인은 사람을 잡아먹는 괴물이 아니지만, 필연적으로 그들은 자신들의 반성하지 않은 삶에서 비롯된 무의식적 가설, 미숙한 전략, 편견과 선입견을 다음 세대로 떠넘긴다. 아마 당신의 부모는 당신이 성적 충동에 사로잡힌 모습을 보고 당황스러워 하고, 당신의 멈출 수 없는 에너지에 기진맥진했을 것이다. 당신을 가르친 교사와 영적 지도자들은 행동을 통제하고, 감정을 다스리고, 사람들을 불편하게 하는 일을 하지 말라고 경고하고 질책했을 것이다. 아니면 부모들은 때때로 별로 피곤하지 않은데 그만 자야 한다든가, 옷을 어떻게 입으라든가, 이런저런 친구를 만나 보라든가, 별로 맛있어 보이지 않는데 주는 대로 먹으라든가 등등 당신이 정말 하고 싶지 않은 일을 억지로 시키곤 했을 것이다.

우리가 어렸을 때는 어른들이 모든 권한을 갖고 있었다. 우리는 이제 막 싹트기 시작한 자기 인식을 위해서, 그리고 더 중요하게는 생존을 위해서 어른들에게 전적으로 의존했다. 어린아이에게 그와 같이 어른에게 인정을 받거나 받지 못하거나 하는 일은 대개 생사를 가르는 문제처럼 느껴진다.

우리는 자기보존 차원에서 어른들의 소망에 복종하여 인정받고 그것을 유지하는 법을 배우고 익혔다. 동시에 수치심과 처벌을 피하는 법을 배웠다. 그 과정에서 그들의 권위 있는 목소리를 내면화하고 그들의 가치에 순응하거나 반기를 들었다. 이런 식으로 '해야 한다'와 '해서는 안 된다'라는 기준을 제시하고 우리한테 뭔가 '잘못이 있다'는 메시지를 주는 일종의 길들이기 훈련은 우리 내면의 비평가가 살아갈 토대를 형성했다.

우리가 어른이 되어 가면 그 가혹하고 강압적인 심판의 목소리는 점점 쓸모없게 된다. 하지만 그 목소리는 여전히 우리 삶을 관리하면서 우리를 보호한다는 미명하에 일종의 강력한 심리적 구조로 계속 우리 안에서 살아간다. 어쩌면 그것은 사랑니와 비슷하다. 인간이 생고기, 견과류, 뿌리식물을 먹고 살았을 때는 사랑니가 생존에 꼭 필요했다. 그러나 인간이 진화하면서 도구를 사용하는 법을 익히고, 음식을 자르고 요리하는 법을 배우게 되면서 더 이상 사랑니가 필요하지 않게 되었다. 이와 비슷하게 성인이 되면 단순 반응형 지식과의 접촉은 줄어들고, 사리분별이 가능한 지혜와의 접촉은 더 늘어난다. 이 지혜는 객관적이고 긍정적이며 우리 삶에서 믿을 만하고 창의적인 안내자 기능을 한다. 우리는 더 이상 비평가의 끊임없는 평가, 공격, 모욕, 억압, 거부, 혹은 그것이 빚어내는 고통이 필요치 않다.

하지만 그럼에도 여전히 우리는 그 목소리가 필요하다고 생각한다.

친구이자 이웃인 베스와 대화를 나누다가 내면의 비평가가 화제가 되었다. 나와 동년배인 베스는 건강하고 탄탄한 몸을 유지하면서 균형 잡힌 생활을 했다. 주변에서는 그녀가 행복한 결혼 생활을 하며 은퇴 이후의 삶을 즐기는 사람이라고 생각했다.

내가 삶의 여정에서 내면의 비평가를 길들이는 일이 매우 중요하다고 언급하자 베스는 이렇게 다그쳤다. "근데 내면의 비평가가 없었다면 내가 어떤 모습이 되어 있었을까요? 내가 어떤 사람이었을까요? 절대로 자기의 꿈을 따라가지 않는 게으르고 비참한 사람일걸요? 그 목소리가 없었으면 나는 아무것도 해내지 못했을 거예요. 그 비평가는 내가 지금 하는 일이 맞는지 아니면 틀렸는지 진실을 말해 주잖아요. 그 때문에 나는 최상의 나 자신이 되고 싶어 하죠. 그게 생산적인 변화를 향해 나를 자극하고 이끌어 주니까요."

"그런가요? 나에게 있어 내면의 비평가는 동기를 부여하고 자극하기보다 꾸짖고 나무라는 경우가 더 많았어요. 그건 양심도 아니고, 믿을 만한 도덕적 지침도 아니고, 지혜가 담긴 목소리는 더더욱 아니죠. 그래요. 그 비평가의 논평 안에 일말의 진실이 숨어 있을지도 몰라요. 어쩌면 들어줄 만한 유용한 정보가 있을 수도 있고요. 하지만 나는 정말로 그 비평가의 전달체계가 필요치 않아요 그 특유의 어조 있잖아요. 비열하고, 무시하고, 교활한 그런 어조 말이에요. 나는 수년 동안 현명한 영적 스승들과 함께했는데, 그들 중에 그렇게 끔찍하고 못된 방식으로 지혜를 전하려는 사람은 아무도 없었어요."

"하지만 때때로 내면의 비평가가 나를 칭찬해 주잖아요. 열심히 노력해서 잘 해냈다고 축하도 해 주고요."

"그렇죠. 맞아요. 그 비평가가 종종 칭찬도 해 주죠. 그런데 그 어조가 좀 불편해요. 우리가 그런 칭찬을 좋아하는 줄 아니까, 우리가 인정받고 싶어 안달이 난 걸 아니까 그런 식으로 하는 거예요. 하지만 칭찬이라고 다 같은 게 아니에요. 비평가의 의도를 따져 봐야 해요. 조금만 더 면밀히 살펴보면, 간신히 결과를 얻어 냈다고, 아니면 그 비평가가 인정하는 몇 안 되는 자질을 보여 주었다고 칭찬을 해 주는 거잖아요."

"그건 그래요. 나도 지난 50년간 비평가에게 계속 압박을 받고 있다는 걸 알게 됐어요. 칭찬을 받겠다고, 그리고 더 똑똑해지고, 더 젊어지고, 더 강해지고, 더 성공하려고 노력하면서 내 가치를 증명하려고 애쓰느라 너무 바빴어요. 나는 현재 회사 세 개를 창업하여 이윤을 내고 있지만, 여전히 뭔가 세금을 내는 사기꾼 같은 느낌이 들어요."

우리 중에는 베스처럼 내면의 비평가에게 잘못된 충성을 바치는 사람들이 있다. 그것이 우리를 영리하고 멋진 사람이 되게 해 주고, 일하면서 필요한 비판적 사고를 하게 해 주고, 세상을 이해할 수 있게 해 준다고 착각한다. 조금 가까이 가서 살펴보면 비평가의 기제는 상당히 단순하고 정교하지 않다. 그것은 우리가 어렸을 때 형성된 것이기 때문이다.

흔히 사람들은 머릿속의 부정적인 목소리가 자기를 도와주고 있다고 생각한다. 하지만 그렇지 않다. 그 비평가는 기본적인 인간의 선함을 믿지 않는다. 오로지 규칙과 도덕원칙만을 믿는다. 심리적으로 볼 때 그 비평가는 에고의 보호자이다. 그래서 에고 외에 다른 모든 것을 인정하지 않는다. 당신의 영혼도 알지 못한다. 당신이 느끼는 정서, 그리고 인간관계 속에서 공감과 연민을 일으키는 심장도 신뢰하지 않는다. 당신이 생전 처음으로 어떤 상황에 마주쳤을 때, 직관과 직감이 당신을 인도해 줄 수 있다고 믿지 않는다. 내면의 비평가는 자기 조언만을 듣고 그대로 따라하기를 바란다. 삶의 딜레마를 헤치고 나가는 방법으로, 논리적 근거에 따라 판단하고 평가하는 당신의 능력을 믿지 않는다.

그 비평가를 대신할 방안이 있다. 판단하는 행위에서 분별하는 행동으로 움직이는 것이다. 판단은 공격적이고 가혹한 습관이다. 대화를 차단하고, 우리를 과거의 행위에 묶어 두고, 그 외 여러 능력에 접촉하는 것을 막아 버린다. 분별은 일정한 공간을 만들어 우리가 관점을 가질 수 있도록 도와주며, 인간성이 좀 더 드러나도록 해 준다. 그리고 지혜를 표출하여 좀 더 은혜로운 미래를 선택하도록 해 준다. 우리의 타고난 지혜는 다정하면서도 객관적인 목소리를 갖고 있다. 그 목소리는 차이를 구별하고, 사리를 분별할 수 있으며, 무엇보다 우리를 현명하게 이끌어 준다.

내면의 비평가는 유치원 시절에는 어느 정도 도움이 되었을 것이다. 하지만 이제는 옛날 모델을 새로운 모델로 바꿀 때가 되었다.

언젠가 중앙 이탈리아 지역 워크숍에서 연수를 하던 중에 어떤 연수생과 우연히 통찰을 얻는 대화를 나누었다. 스텔라는 30대 후반의 의사로 마음 따뜻하고 매력적인 여성이었다. 내면의 비평가에 대한 이야기를 마치자, 그녀가 다가오더니 진지하게 말을 꺼냈다. "저한테는 그런 비평가가 없어요."

"정말입니까?"

"네, 찾을 수가 없어요." 이렇게 대답하면서 자신이 의사로서 얼마나 성공했는지, 젊은 나이에 어떻게 의사가 되는 목표를 달성했는지, 부모가 얼마나 자신을 자랑스러워하는지 들려주었다.

현재 이탈리아에는 가임기 여성에게 상당히 압박을 주는 강한 문화적 편견, 혹은 (이렇게 불러도 된다면) 앞서 내면의 비평가에 빗대 '문화적 비평가'가 여전히 남아 있다. 일반적으로 이탈리아 여성들은 전형적으로 요구되는 엄마로서의 기대치와 일 사이에 균형을 맞추기가 감당하기 어려운 일이라고 생각한다. 그래서 점차 많은 여성들이 아이를 낳지 않는 선택을 한다. 그러나 그런 사회적 길들이기와 믿음은 여전히 깊게 흐르고 있어서 종종 엄청난 내적 갈등의 원인이 된다.

나는 스텔라에게 물었다. "정말로 당신의 비평가를 확인하는 데 내가 기꺼이 도와주길 바라는 건가요? 그게 참 고통스러울 텐데요."

"네, 그럼요. 그렇게 해 주세요. 알고 싶어요." 그녀는 뜻을 굽히지 않았다.

나는 짚이는 데가 있어 한번 추측을 해 보았다. 그리고 매우 차분한 말투로 이렇게 물었다. "어째서 아직 아이를 낳지 않으신 건가요?"

질문을 하자마자 스텔라는 눈물을 터뜨렸다. 다른 말을 더 보탤 필요도 없었다. 내 말이 그녀의 비평가를 관통하면, 내가 하는 질문이 마치 그녀를 비난하는 말처럼 들리게 할 수도 있음을 이미 알고 있었다. 스텔라는 소리쳤다. "당신 말이 맞아요. 여태까지 줄곧 그 목소리를 들었어요. 내 머릿속은 아니지만요. 부모님, 이웃, 동료는 물론이고 심지어 택시기사에게까지 들어요. 그 말이 항상 나를 속상하게 하고 냉정을 잃게 만들죠."

자신의 비평가를 확인하자 스텔라는 뼛속까지 흔들렸다. 내가 붙잡고 달래어도 그녀는 계속 울었다. 그녀는 자신 안의 더 많은 이야기가 수면 위로 드러날 수 있도록 자신이 겪은 일을 계속 살펴보고 싶어 했다. 나는 스텔라에게 좋은 심리치료 전문가의 도움을 받아 이 문제를 탐색해 보는 게 좋겠다고 권했다.

실제로 그 사건을 계기로 스텔라는 이 문제 해결을 위해 심리치료에 들어갔다. 1년 후 그녀는 워크숍에 다시 나타나 아이를 가졌다며 행복해했다. 그녀는 자신이 일에 너무 파묻혀 지냈기 때문에 아이 생각을 아예 지웠다고 말하곤 했다. 하지만 내면의 비평가가 너는 좋은 엄마가 되지 못할 테니 아이를 낳을 파트너를 절대 찾지 말라고 말했던 것이다.

심리치료를 통해 스텔라는 비평가의 판단에 정면으로 맞섰다. 그리고 간절히 엄마가 되길 원하던 자기 안의 깊은 바람을 인정했다. 만약 37세의 나이에 미혼이라는 이유로 그녀를 '실패자'라 부르고, 아이를 낳아 '기를 수 없다'라고 하는 그 비열하고 업신여기는 목소리가 떠나가지 않았다면, 스텔라는 결코 미래를 향한 최선의 길을 알아차리지 못했을 것이다. 그녀는 내면의 비평가보다 훨씬 더 조용한 영혼의 목소리에 주파수를 맞추고 들어야만 했다. 이를 통해 의사와 엄마로서 성공적인 커리어를 쌓아 가는 데 필요한 계획을 생각해 냈던 것이다.

우리의 근본적인 본성에는 타고난 속성이 있다. 여기서 타고났다고 말하는 것은 그런 속성들이 이미 우리 각자 안에 존재하며, 모두가 그 속성에 접근할 수 있다는 뜻이다. 대개 사람들은 지혜를 타고난 것으로 여기지 않는다. 오히려 경험을 통해 얻는 것이라고 생각한다. 물론 그 말도 맞다. 교육과 훈련이 필요하고 시간의 힘으로 발전되는 분석적 지혜도 있기 때문이다. 하지만 우리에게는 본래 타고난 지혜도 있다. 불교는 자기 현시적 **지혜-본성**[자성반야(自性般若)]을 이야기한다. 우리는 명상을 통하여 이 지혜-본성에 맞출 수 있다. 스텔라와 마찬가지로 우리도 내면이 전하는 목소리에 조심스럽게 귀를 기울이면 내면의 지혜에 접근할 수 있다.

우리가 일상생활의 이런저런 우여곡절을 헤치고 살아갈 때 우리의 근본적 본성은 가족 안에서, 문화 안에서, 사회 안에서 길들임과 훈련을 거친다. 이 타고난 자질은 우리의 성격과 신념체계, 그리고 마음의 작용이라는 장해물과 접하게 된다. 그런 접촉을 통해 근본적 자질은 속박의 과정을 거친다. 말하자면, 그것은 비틀리고 일그러진다. 그런 다음, 다양한 자질들은 자유롭고 개방적이고 자연스러운 방식으로 표현되지 못하고 왜곡된 채 드러난다. 강한 힘은 욕망이나 기대치와 얽히면서 좌절, 분노, 파괴성으로 표현된다. 연민은 공포를 거치면서 동정심으로 나타나거나 타인을 바로잡고 고통으로부터 자신을 보호하려는 강박적 욕구로 드러난다.

내면의 비평가는 특히나 왜곡된 지혜를 좋아한다. 사실 비평가는 자기 목소리 대신 우리 내면의 현명한 존재가 지니고 있는 부드럽고 점잖은 목소리를 가져가고 싶어 한다. 말하자면 이런 식이다. "나를 믿어. 내가 너란 사람을 너무 잘 알고 있잖아. 나는 예전에도 이런 일 다 겪어 왔다니까." 반면 지혜의 목소리는 이렇게 말한다. "당신의 경험 안에서 마음의 긴장을 풀고 진정하세요. 어떻게 해야 할지 알고 싶다면 스스로를 믿으면 됩니다." 이처럼 지혜의 목소리는 진실처럼 보이는 것을 말해 주는 것이 아니라, 정말로 참된 진실이 무엇인지 발견하는 방법을 가르쳐 준다.

우리의 근본적 본성이 뒤틀리고 일그러진 상태로 표출된다 하더라도 본래 그 향기는 여전히 우리 곁에 남아 있다는 사실을 깨달아야 한다. 우리는 그런 왜곡된 상태를 본성으로 향하는 길을 막는 장해물로 보는 경향이 있다. 그래서 한편으로 패배감을 느끼고 포기한다. 또 한편으로는 두려움, 분노, 내면의 비평가에 맞서 그것을 없애기 위해 노력하는 항전을 벌이기도 한다. 사실 아예 관점을 바꿔 그런 패배감이나 항전 대신에 그 장해물을 어딘가로 통하는 입구라고 생각할 수도 있다. 그 장해물이 무엇인지 알아보기 위해서 부드러우면서도 끈질기게 그쪽을 향해 움직일 수도 있다.

어느 영성 단체 지도자가 자기 공동체의 상황을 고려하지 않은 채 어떤 계획을 밀어붙이면서 나를 희생양처럼 이용한 적이 있었다. 그 결과 나는 어쩔 수 없이 그 공동체를 떠나야 했고, 당시 내 삶에서 가장 중요했던 사람들과 헤어져야만 했다.

몇 년이 지나 그 사건을 되돌아보면서 나는 나를 비난했던 그 사람에 대한 미움에 사로잡혀 꼼짝 못 하는 지경에 이르렀다. 내 마음 속에서는, 내가 얼마나 모욕을 당하고 잘못된 취급을 받았는지 떠올리고 나만의 이야기를 숱하게 반복하면서 그것이 하나 남김없이 사실이라고 생각했다. 나는 그렇게 상상하면서 오른손으로 왼손을 내리치는 동작을 하고 있었다. 미움은 갈수록 심해졌다. 이 장해물을 제대로 알고 싶었기 때문에 내 스스로 가장 어둡고 쓰라린 생각을 상상하는 과정을 밟았다. 그 미움이 찢겨 나가도록 노력했다. 어떻게 하면 이 사람을 내 삶에서 떼어 버릴까 상상하는 동안 별의별 감정을 다 느꼈다. 나의 증오심은 싸늘하고, 계산적이고, 냉담하고, 한동안은 강력하게 느껴졌다. 내 오른손은 칼이라도 된 듯 무엇이든 마구 잘라 버리고 파괴했다.

바로 그때 나는 참선 명상회관에 가면 종종 볼 수 있는 문수보살상을 기억해 냈다. 문수보살은 불교에서 지혜를 상징하는 원형적 화신으로서 오른손에는 지혜의 칼, 왼손에는 푸른 연꽃을 들고 있다. 그것은 지혜를 식별하는 예리한 칼이라고 알려져 있다. 이 칼은 무지를 끊어내고 망상에 빠진 얽히고설킨 생각을 잘라낼 수 있다고 한다.

그 순간 나는 지혜가 참된 힘이라는 사실을 깨달았다. 내가 겪고 있었던 증오심 안에도 지혜의 향기가 있었지만 그것은 비틀리고 일그러져 있었다. 내가 좀 더 분명하게 볼 수 있게 되자, 나의 증오심이 겨우 흉내나 내는 위력에 지나지 않음을 알아차렸다. 그것은 진짜 힘을 가장한 모조품에 불과했다.

지혜가 모습을 드러내면서 나의 분노는 거부의 양상을 보이며 외부에만 초점을 맞추고 있는 듯했지만, 기실 그 분노는 강박적 자기 증오의 형태로 수년 동안 내면을 갉아먹고 있었다는 사실을 깨달았다. 나는 수년 전에 이미 했어야 할 일을 이제야 시작했다. 이 내면의 서사가 그냥 흘러가게 해 주었다. 나의 비평가는 그때 일어났던 일을 바꾸거나 극복하기를, 또 그런 식으로 유치하게 굴지 않기를 바라면서 거의 20년 넘게 내 등을 짓누르고 있었다. 영적 경로에 들어선 수많은 사람들이 그러하듯, 자기수양을 바라는 나의 충동 안에 어떻게 종교적 열성이나 집착 같은 요소가 들어 있었는지 이제 분명해졌다. 나는 절대로 나 자신을 혼자 두지 않았다. 끊임없이 나 자신과 타인을 비교하고 있었다. 결단코 나는 그렇게 괜찮은 사람이 아니었다.

　그때 미국 티베트 불교의 승려이자 베스트셀러 작가인 페마 초드론의 글이 떠올랐다. "문제는, 자신을 바꾸려는 그 욕망이 실은 근본적으로 자신을 향한 공격성의 형태라는 점이다." 이는 우리가 악행이나 잘못을 용납해야 한다거나, 계획과 목표를 포기해야 한다거나, 혹은 과거 이야기에 매달려 있는 자신을 체념하듯 받아들여야 한다는 뜻이 아니다. 불완전한 우리 모습을 다정하게 품을 수 있도록 최선을 다해야 한다는 뜻이다. 이렇게 해 볼 수 있다. 먼저 스스로를 받아들이자. 자신과 친구가 되자. 그리고 자신의 타고난 자질 안에서 벌어진 비틀리고 일그러진 상태를 마구잡이로 몰아쳐서 항복을 받아 내려 애쓰지 말고 거기에 호기심과 관심을 갖고 조금씩 알아 가자.

　제멋대로인 내면의 비평가에게 휘둘릴 때에 자기 배반의 패턴이 발생하는데, 이를 멈추려면 반드시 자신의 편이 되어 스스로를 지켜야 한다. 자신을 위해 행동해야 한다. 가령 부모가 인정해 주지 않거나, 어떤 권위자가 당신이 생각하기에 공정하지 않은 원칙을 강요했을 때, 어린아이로서 어떻게 반응했는지 기억해 내면 도움이 된다. 그때 당신은 자동적으로 어떤 반응을 보였을까?

　페미니스트 심리학을 정립한 독일의 정신분석학자 카렌 호나이는 기본적인 불안을 다스리는 인간의 세 가지 대처 전략을 언급했다. 그 전략은 우리가 어린아이로서 어떻게 반응하는지, 그리고 지금 당면한 내면의 비평가에 어떻게 계속 반응하는지에 모두 적용할 수 있다.

- 우리 중에 일부는 포기하고, 숨기고, 허물어 버리고, 비밀을 유지함으로써, 그리고 스스로를 침묵시킴으로써 벗어나려고 한다. 갈등을 회피하려는 것이다. 아마 방으로 들어가 버리거나, 그 판단을 어쨌든 받아들이려 애쓰거나, 아니면 그냥 참기로 작정하고 아무 말 없이 텔레비전만 쳐다볼 것이다.
- 우리 중에 일부는 기분을 맞추려 하고, 의견을 수용하려 하고, 협상하고, 설득하고, 설명하려고 노력하는 방향으로 나아가려고 한다. 아마 평소보다 학교 공부를 더 하거나, 집 주변을 빙빙 돌며 도와줄 게 없나 살펴보거나, 아니면 인정을 받으려고 항상 얌전하게 굴었을 것이다.
- 우리 중에 일부는 타자를 대하는 힘을 얻으려 노력하면서 대항하려고 한다. 반항하거나 강력히 맞서는 것이다. 아마 말대꾸를 하고, 고함을 지르고, 적대적 태도로 행동하고, 문을 쾅 닫고 들어가거나 창문 밖으로 몰래 빠져 나가서 하고 싶은 일을 했을 것이다.

여기에는 문제점이 하나 있다. 위의 전략 모두가 여전히 내면의 비평가에게 모든 권한을 넘겨주고 있다는 점이다. 창의적으로 우리 자신만의 길을 선택하지 못하고 여전히 권위에 반응하는 방식에 사로잡혀 있다. 이 낡은 습관을 깨뜨리려면 힘이 필요하다.

본질적 힘은 기본 본성과 거듭 마주하면서 생겨난다. 이 되풀이되는 상황을 거치면서 우리는 본질적 힘의 존재와 그것이 이끄는 현명한 안내에 대한 신뢰를 형성한다. 그 신뢰는 우리가 딛고 서는 토대가 되며, 우리가 행동으로 옮기는 본질적 힘이 된다. 가령 혼자 옳은 척하는 정의감이나 원한을 품은 억울함으로 왜곡되면 그 힘은 분노의 모습으로 나타난다. 하지만 그 분노 안에 살아 있는 힘의 에너지를 오히려 동력으로 활용할 수 있다. 말하자면 분노 자체가 품은 생명력, 격렬함, 그리고 맹렬히 살아 움직이는 힘을 이용할 수 있다.

당신 내부에서 부정적 반응이 발생했을 때 그것을 자각했다고 가정해 보자. 앞서 영성 지도자에 대한 증오심을 점검할 때 내가 그랬듯이 당신도 실제로 행동에 옮기기 전에는 분노를 내내 억누르면서 몸 안에서 일어나는 본능적 신체 경험에 더 초점을 맞추었을 것이다. 어쩌면 그 분노의 에너지를 비평가의 공격으로부터 자신을 방어하는 데 썼을지도 모른다.

내면의 비평가에 맞서는 데 필요한 수만 가지 전략을 알려 주는 책들이 있다. 내가 보기에 모두들 이 한마디로 압축된다. 강력하고 고압적인 위력을 정면으로 마주하기 위해 담대한 용기를 불러내는 일, 바로 이것뿐이다. 나는 시인 E. E. 커밍스의 구절에 공감한다. "어른이 되어서 참다운 자신이 되려면 용기가 필요하다."

언젠가 내면의 비평가를 주제로 연수하고 있을 때, 어느 여성이 손을 들더니 발언을 해도 되냐고 물었다. 그녀는 붉게 상기된 얼굴로 온몸을 떨고 있었다. 언뜻 보아도 불만과 좌절이 느껴졌다. "저는 정말이지 그 내면의 비평가를 물리칠 수가 없어요! 늘 저를 앞서가고 압도해 버려요. 어째서 저는 그렇게 약한 걸까요?"

나는 의자를 그녀 곁으로 잡아당겨 의자 맨 위에 올라섰다. 그랬더니 내가 그녀보다 족히 1미터 이상 커 보였다. 그런 다음 손가락으로 그녀를 가리키면서 단호하고 시끄러운 목소리로 말했다. "넌 나쁜 사람이야!"

그녀는 웃음을 터뜨렸다. "아, 그래요. 그런 거군요! 내면의 비평가가 나를 압도할 때 바로 그런 모습인 거죠? 내가 약하게 느껴지는 게 당연하네요. 어렸을 때에는 그 어른의 목소리에 강하게 맞설 수가 없었어요. 그 목소리가 너무 크고 강했거든요."

그런 다음 이제는 반대로 그녀가 나보다 훨씬 커 보이도록 의자 위로 올라서 보라고 했다. 그녀에게 심호흡을 하고 몸을 차분히 느끼고 의식 안에서 자신을 중심에 놓은 뒤 자신의 타고난 선함에 대해 깊이 생각해 보라고 인도했다. "자, 이제 그 내면의 비평가가 당신을 보고 나쁘다, 약하다고 말하면 어떻게 반응하시겠습니까?"

그녀는 강하고 자신감에 넘치는 목소리로 답했다. "그런 식으로 나한테 말하지 마. 네가 그런 식으로 말하면 상처가 되니까. 내가 더 잘하는데도 전혀 도움이 안 되고 말이야."

감정의 진실을 전하고, 비평가의 충고에 무관심을 표현하고, 유머를 구사하고, 몸의 중심과 연결을 유지하고, 내부의 강한 힘을 활용하는 것, 이 모든 전략은 우리의 본성인 역동적 확장성과 접촉하여 그 관계를 되살린다는 뜻이다. 우리가 어떤 공격에 맞서 방어에 성공하여 그 비평가에게서 해방되면 긴장이 풀리거나 호흡이 자유롭게 흐르는 등 신체 에너지의 변화를 느낄 수 있다. 정서적으로는 자신감이 커지고 상처를 주는 대상을 향한 연민도 늘어난다. 하지만 일정 기간 계속 남아 있는 감정의 부산물, 기분, 의문과 의심에 만반의 대비를 하자. 겨울이 간다고 곧바로 아지랑이 피는 봄날의 훈풍이 찾아오는 것은 아니니 섣부른 기대를 하지 말라는 뜻이다.

내면의 비평가에 맞서서 자신을 방어하는 것은 힘겨운 일이다. 연습이 필요하다.

매튜는 동성애자이고 오랜 불교 수행자였다. 그는 에이즈와 연관된 폐렴 증세로 입원한 후 고열에 시달렸다. 이따금 비명을 질렀고, 마치 피부를 뚫고 나오고 싶은 것처럼 침대에서 끊임없이 몸을 비틀고 꼼지락거렸다. 또한 그는 내면 비평가와 싸움을 벌이고 있었다. 그의 경우 그 비평가는 신의 옷을 입었다. 지금껏 자신이 살아온 내력으로 불안해했고, 영원한 지옥살이를 두려워했다.

매튜는 기독교 근본주의 가정에서 성장했다. 벌주는 하느님이라는 계명은 그저 성경에 적힌 십계명이 아니었다. 불과 유황, 지옥불을 연상시키는 전도사 아버지는 말 그대로 그 계명을 강압적으로 주입했다. 그는 자신의 죽음이 가까이 왔다고 생각하면서 자신의 성적 지향성 때문에 하느님이 지옥으로 보내는 벌을 내릴 것이라고 확신했다.

오래 묻혀 있던 문화적 풍습과 어린 시절의 종교적 단련이 죽음을 앞둔 시점에 갑자기 다시 나타나는 현상은 그리 낯선 것이 아니다. 설령 그 사람이 그 믿음을 일부러 저만치 내버리고 잊어버린 경우라도 마찬가지다. 매튜는 오랜 세월 동안 마음챙김과 연민수행을 연구했다. 나는 그가 다시 그 길로 들어설 수 있도록 노력했다. 우리는 침대 옆에 제단을 하나 만들고 거기에 매튜가 아끼는 불상과 치유의 티벳 불화 '탕카'를 놓았다. 안타깝게도 이것은 매튜의 마음을 가라앉히지 못했다. 그래서 이번에는 내가 그의 손을 잡고 발을 어루만지며 그가 평소에 가장 좋아하던 범패(梵唄)를 들려주었다. 하나 아무런 변화가 없었다. 결국 의사는 진정제 처방을 지시했다. 하지만 그마저도 효과가 없었다. 매튜는 혼란과 수치심과 공포 속에서 빙빙 돌고 있었다.

새벽 2시쯤 되자, 나는 기운이 다 빠져 집에 가서 잠시라도 수면을 취해야겠다고 생각했다. 차를 몰고 집에 가는 길에 문득 나의 첫 영성체가 떠올랐다. 가톨릭교회에서 세례를 받은 어린아이들을 처음으로 하느님의 자애로운 보살핌 아래로 인도하는 의식이었다. 집에 도착하자마자 소중히 간직해 온 기억 상자를 찾으려고 벽장을 뒤졌다. 거기서 어린양과 어린이들에 둘러싸인 10센티미터 정도 되는 작은 예수 조각상을 찾아냈다.

나는 자려던 생각을 그만두고 곧장 병원으로 돌아갔다. 매튜는 여전히 고뇌 속에서 신음하고, 소리치고, 뒤틀고 있었다. 나는 제단에 놓여 있던 '탕카'를 내리고 대신 불상 옆에 작은 플라스틱 예수 조각상을 올려놓았다.

내가 제대포(祭臺布)를 가지런히 매만지고 있을 때 병실 청소 직원인 디아나가 들어오더니 단박에 그 조각상을 알아보았다. 그녀는 빗자루를 한쪽에 세워 두고 열성을 다해 기도했다. "자비의 예수님! 예수님의 자애가 저희와 함께하오니, 세상 모든 일이 잘될 것입니다."

그 순간 갑자기 매튜의 눈이 디아나에게 쏠렸다. 그는 예수 조각상을 응시하려고 제단 쪽으로 몸을 돌렸다가 다시 디아나가 있는 방향으로 돌아섰다. 놀랍게도 매튜의 얼굴에는 천사의 미소가 가득 번져 갔다. 온몸을 죄고 있던 긴장도 풀렸다. 그 순간 매튜의 어린 시절을 붙들고 있던 벌주는 하느님은 자신이 익히 알고 사랑했던 자비의 하느님으로 바뀌었다. 그동안 자신을 끔찍한 사람이라고 자학하게 만들었던 벌주는 하느님은 사라지고 없었다. 오로지 어떤 흠결이 있더라도 모든 자녀를 사랑하는 하느님만 존재했다. 다정하고, 용서하고, 기꺼이 감싸 주는 은혜로운 하느님이었다.

하느님의 사랑에 대한 디아나의 믿음은 매우 단단했다. 그 믿음은 매튜가 내면의 비평가를 물리치는 데 필요한 그 힘을 빌려줄 수 있었다. 나는 두 사람을 두고 병원을 나왔다. 그들에게는 내가 필요하지 않았다.

그날 오후 다시 병원에 돌아왔을 때 매튜는 침대에 똑바로 앉아 만면에 미소를 지으며 젤로(Jell-O) 한 그릇을 먹고 있었다.

우리 대부분은 어린 시절 종교적 경험을 통해 이 세상에서 '영혼이 선한 사람'이 어떤 역할을 해야 하는지에 대하여 나름의 개념을 갖게 된다. 나는 불교신자이다. 세상 사람들은 불교신자는 화를 내면 안 된다고 생각한다. 매튜는 복음주의 기독교신자로 자랐다. 그렇기 때문에 동성애자가 된다는 것은 상상할 수 없었다. 하지만 실제로 이런 생각은 그저 우리 삶의 온갖 차원에 생각을 투사하는 내면의 비평가에 불과하다. 우리 머릿속에 사는 권위자의 목소리는 부모나 교사로부터 나오기도 하고, 문화적 관습이나 종교적 경전에서도 쉽게 불거진다.

매튜는 이제야 자신의 영적 초자아를 내보낼 수 있게 되었다. 그리고 삶의 마지막 나날 동안 자신의 모습 그대로 친절하고, 아낌없이 베풀고, 멋진 사람으로 자신을 받아들일 수 있었다. 지옥불과 유황, 신의 심판 등의 정보 전달 체계는 다름 아닌 자기 투사가 원인이었음을 확실하게 알게 되었다. 어떤 면에서 그는 늘 동성애자라는 사실이 '죄를 짓는' 것이라고 느꼈다. 하지만 내면 비평가를 내려놓음으로써 마침내 자신이 아무런 잘못이 없다는 사실을 깨달았다.

어떻게 이런 일이 일어났을까?

바로 사랑 때문이다. 사랑은 우리를 자유롭게 해 주는 도움의 손길이다. 사랑은 모든 것을 기꺼이 받아들이게 해 주는 영원한 내편이다.

하지만 흔히 우리는 받아들임과 인정을 혼동한다. 받아들임은 열린 마음으로 행하는 사랑의 행동이다. 인정은 대개 판단과 결부되어 있다. 인정을 바라는 욕구는 우리가 비평가에게 너무 쉽게 걸려들기 때문에 생겨난다. 우리는 오래전에 내면화했던 외부의 권위자로부터 자신의 가치를 찾아보려는 방식으로 무가치한 자아를 막아 보려고 애쓴다. 또 지식과 경험과 돈을 쌓아 두는 방식으로 결핍을 충족시키고자 노력한다. 만약 우리가 충분히 갖고 있다면, 충분히 행하고 있다면, 충분히 변화한다면 결국 언젠가는 충분히 존재하게 되리라 희망한다.

우리는 받아들임이 평범과 순응을 뜻하는 것이라고 우려한다. 그렇게 받아들이면 남들한테 현관 바닥의 깔판 수준의 존재로 전락하는 위험에 빠지지 않을까 경계한다. 하지만 진실은 이러하다. 우리가 받아들이지 못한 것은 변화시킬 수도 없다. 그러니 무엇보다 먼저 기꺼이 받아들여야 한다. 그렇다고 우리가 이런저런 행위를 금세 바꾸거나 교묘하게 끼어든다는 뜻이 아니다. 받아들임은 자신과 내면 목소리를 이해하고 그들과 우리 관계를 살펴보는 기회를 준다. 그러면 무엇이 유용하고, 또 무엇이 유용하지 않은지 구별하는 분별의 지혜를 활용할 수 있다. 그럼 다음에 자기 행동의 경로를 결정할 수 있다.

받아들임과 함께하면 현재 모습에 대한 깊은 신뢰가 드러난다. 따라서 비평가의 비교와 평가와 거부로부터 자신을 완전히 풀어 주게 된다. 욕망과 욕구를 품고 있다는 이유로 더 이상 자신을 비난하지 않게 되며, 오히려 이런 욕망을 우리 마음의 가장 깊은 곳에서 참되고 진정한 것을 바라는 열망을 표현하는 것으로 기꺼이 받아들이게 된다.

진정한 받아들임은 연금술과 같은 과정으로 시작한다. 우리의 흠결, 단점, 결점, 그리고 그 모든 거부당하고, 뼈아프고, 무서운 측면까지 마음을 다하여 기꺼이 수용하면, 달갑지 않고 바람직하지 않은 것도 반갑고 가치 있는 것으로 변할 수 있다. 하물며 겉으로 보기에 사랑스럽지 않은 조각들도 온전한 전체의 일부로 보기 때문에 사랑할 수 있게 된다. 머릿속으로 상상하던 불완전함을 지혜, 강인함, 사랑의 열렬한 불길에 노출시키게 된다. 그렇게 함으로써 납을 금으로 바꾸는 법을 배운다. 혼란은 선명함 속에 녹아 없어진다. 취약함 안에서 담대한 용기를 발견한다. 내면의 적을 녹여 친구로 탈바꿈시킨다. 이 과정으로 진짜 보물이 드러난다. 그 보물은 바로 세상 만물에 존재하는 순수한 잠재성이며, 이는 곧 근본적 본성의 아른거리며 어렴풋이 빛나는 속성이다.

거센 강물

빛을 내는 것은 필연적으로 불타는 것을 견뎌 내야 한다.

— 빅터 프랑클(심리학자, 1905~1997)

어떻게 하면 인간의 본질을 회피하지 않으면서 근본적 본성을 가꾸고 기를 수 있을까? 이 질문은 '오롯이 온전한 자아로 경험에 부딪히는' 세 번째 초대의 핵심을 찌른다.

오롯이 인간이 된다는 것은 아름답고도 어려운 일이다.

이런 인간적 경험 안에서 무언가를 의식하고 깨닫는 것은 쉽지 않은 일이다. 참다운 영적 수행은 달라진 상태를 계속 유지하고, 육체를 초월하고, 힘겨운 정서를 우회하고, 우리 안에 해결되지 않은 채 남아 있는 전부를 치유하는 것이 아니다. 그보다 뿌리가 더욱 단단하고 실제적이며 생생하게 살아 숨 쉬는 일이다. 영적 수행은 순전히 자기 자신으로 존재한다는 지극히 단순하고 소박한 상태에 적응하도록 해 준다. 지금까지 통제, 저항, 회피라는 길들여진 습관으로 굳어져 버린 그 지점을 알아차릴 때 비로소 영적 수행이 불러일으키는 치유가 이루어진다.

마음챙김은 길들여진 것을 해체하는 것이다. 마음챙김은 더 이상 마음을 방해하지 않는, 자애롭고 깨어 있는 정신의 존재를 길러 준다. 그러면 모든 것이 있는 그대로의 모습으로 자유로워진다. 우리는 힘들고, 어둡고, 복잡한 것을 허용한다. 우리는 완전한 인간성을 구현하고 훨씬 더 깊고 넓은 의미의 온전함을 발견하면서, 우리의 아픔과 어려움, 기쁨과 아름다움과도 더욱 친밀해진다.

때때로 '저기에' 있는 것이 '바로 여기에' 있는 것보다 더 가치 있어 보이기도 한다. 하지만 당신이라는 있는 그대로의 존재는 지금 당신이 존재하는 지점을 기꺼이 받아들여야만 비로소 깨어날 수 있다.

딸 지나와 함께 태국 북부 어느 섬의 멋진 해변을 걸어가고 있었다. 아직 어렸던 지나는 감정기복이 컸다. 마침 이날도 집으로 돌아오는 길에 짝사랑 문제에 온통 빠져 있었다. 함께 걷는 동안에도 지나는 계속 그 이야기를 하면서 그 남자아이에게 전화를 해야겠다고 구구절절 설명했다. 나는 딸아이에게 물었다.

"이렇게 천국 같은 곳에서 남자아이한테 연락할 방법을 궁리하느라 네 귀한 시간을 다 보내기를 바라는 거니?"

딸아이는 현명하게도 우리를 둘러싼 푸른 바다에 눈길조차 주지 않았다는 사실을 깨닫고는 이렇게 되물었다. "그러고 싶진 않아요. 하지만 이 일은 어떻게 해야 하는 거죠? 어떻게 이 감정을 없애죠?"

나는 어쩌면 이런 상황을 10대 시절의 흔한 에피소드 정도로 가볍게 넘길 수도 있었지만, 왠지 다른 맥락에서 작은 가능성이 엿보였다. 지나에게 자신의 몸, 특히 가슴 부분을 느껴 보라고 했다. 딸은 거기서 긴장감과 열기가 느껴진다고 답했다. 그러고는 몇 번 숨을 내쉬었다. 그런 딸에게 혹시 지금 느끼는 감정에 이름을 붙일 수 있겠느냐고 물었다. 아이는 망설임 없이 대답했다. "슬픔, 그리고 내가 거절당할지도 모른다는 두려움이에요." 이렇게 말하면서 지나는 이 감정 때문에 그동안 줄곧 짊어져 왔지만 미처 인식하지 못한 슬픔의 더 깊은 웅덩이를 열어 젖혔다는 사실을 깨달았다.

나는 사랑을 가득 담아 딸에게 말했다. "얘야, 네 스스로를 그렇게 하찮게 여기거나 과소평가하면 안 돼. 네가 하는 생각과 네가 느끼는 감정은 진짜 네가 아니란다. 그건 그냥 바람처럼 너를 지나가는 거야. 그게 너란 사람은 아니라는 거지."

딸아이는 가만히 멈춰 섰다. 마치 모세가 불타는 덤불을 보고 있는 것 같았다. 지나의 마음은 순간 멈추었다. 그 단순한 진리가 딸에게는 신성한 계시의 힘을 발휘했다.

우리는 모래밭에 누워 하늘을 올려다보았다. 이제 제법 길게 이야기를 해도 될 것 같았다. "너는 저 위의 푸른 하늘만큼이나 놀랍고 신기한 존재란다. 네 감정은 하늘을 지나가는 구름과 같은 거야. 상대가 알아주지 않는 짝사랑도 그저 하늘 위로 지나가는 여름날 소나기 같은 거지. 먹구름이 비가 되어 내리듯 이따금 감정은 강렬하고 아플 수도 있어. 때로는 태양을 다 가릴 만큼 엄청 커 보일 때도 있고. 하지만 그건 잠시 뿐이야. 절대 거기에 속으면 안 돼. 그건 정말 어리석은 일이거든."

그때 딸아이가 느끼는 슬픔 외에 혹시 다른 요소가 있는지 물어보았다. 지나는 답을 찾으려고 한참 이리저리 깊이 생각하는 듯했다. 어쩐지 자신에게 속한 뭔가 거대한 것을 찾아내려는 모습이었다. 나는 작은 실마리를 던져 주었다. "그러지 말고, 슬픔이랑 네가 새로 발견한 열린 마음 사이의 관계에 집중해 보렴."

"세상에, 그 둘 사이 관계는 또 완전히 다른 거네요."

"그렇지. 잘했어. 그럼, 이제 그 셋을 다 합쳐서 어울리게 만들고, 아주 셋이 잘 아는 사이로 만들어 보자."

그러자 차츰 짝사랑 이야기는 희미해지고, 딸아이는 자신과의 관계에 훨씬 더 흥미를 보였다.

판단이나 단순 반응 안에서 길을 잃지 않은 채 우리의 내면 드라마를 지켜보는 능력은 영적 성장에 꼭 필요하다. 만약 힘겨운 감정이나 몸의 감각, 그리고 거기에 수반되는 마음의 상태를 밀어내려고 애쓴다면, 사실상 그 태도는 그런 마음을 제자리에 가둬 놓는 것과 마찬가지다. 우리가 그 감정이나 감각을 가두어 놓으면, 그것이 스스로 드러나서 우리에게 교훈을 전해 줄 공간을 내주지 못하게 된다.

저항은 우리 내면의 활동을 도와주지 못한다. 알마스는 『늘 펼쳐지는 지금』에서 이 사실을 잘 말해 준다.

당신이 지금 저항하고 있다면 기본적으로 자신에게 저항하고 있는 것이다. 그것은 일종의 자기저항이다. 자신과 함께 존재하지 않고, 오히려 자신과 함께 존재하는 것에 저항하는 중이다. 당신 자신이 되지 못하고, 오히려 당신 자신이 되는 것에 저항하는 중이다. … 저항은 일종의 분열을 암시한다. 저항이란, 지금 발생하고 있는 것이 자신의 의식과 인식이 드러나는 징후임을 깨닫지 못하고 있다는 뜻이다. 가령 우리 안에 증오나 공포가 발생할 때, 그것은 어쩌면 아직 알지 못하는 이유로 그 당시의 모습을 취하고 있는 우리의 영혼, 곧 우리의 의식이다. 만약 그 공포나 증오를 허용하고, 수용하고, 유지하고, 무엇보다 그 모든 질감과 빛깔과 생생함을 완전히 느낄 수 있다면, 공포와 증오가 그 자체로 존재할 수 있는 자리를 내어 주게 된다.

일반적으로 힘든 감정에 대해서는 두 가지 선택지가 있다고 생각한다. 억압하거나, 표현하거나, 이 둘 중에 하나이다.

어떤 경험이 위협적이고, 당황스럽고, 혹은 왠지 부적절하게 보이기 때문에 우리는 그것을 억압한다. 억압은 어떤 감정이나 경험을 의식하지만 의식의 표면 아래로 그것을 밀어내는 것처럼 무언가에 맞서 방어하기 위한 하나의 선택이 될 수 있다. 혹은 그 억압이 너무 강력한 나머지 억압 자체가 어떤 경험을 전면 금지할 수도 있으며, 그리하여 우리는 그 경험이 세상의 빛을 볼 수 없도록 아예 차단해 버린다.

어떤 '경험을 억압'하더라도 그것은 사라지지 않는다. 그 경험은 여전히 표면 아래에서 그것과 연관된 모든 에너지와 함께 본래 형태 그대로 도사리고 있다. 감정을 묻어 버리거나 우회하면 그 내용에 접근할 수가 없다. 이해할 수가 없는 것이다. 건설적인 방식으로 활용할 수가 없게 된다. 대개 억압된 분노는 우울, 원망, 혹은 두려움으로 변하기 쉽다. 억압은 정신적 반응을 유발하고 지각을 왜곡한다. 또한 억압은 불교에서 '빠빤짜(papanca, 戱論)'라고 부르는 상태로 이어진다. '빠빤짜'는 본래 모습 그대로 자각하지 못하고 사고와 반응이 확장, 발산, 증식되는 것이다. 말하자면 우리가 각본을 쓰고, 우리 반응을 극의 구성 요소로 삼아 충동적이고 기계적인 행위를 연출하여 연극을 재현한다. 억압은 신체적으로 긴장감, 둔감, 활력 부족 등의 징후로 나타나고, 심지어 심각한 질병의 원인이 되기도 한다.

'감정의 표현'은 긍정적이고 건강에 좋다. 자기 이야기를 나누는 행위 자체가 종종 특정 경험의 의미와 가치를 발견하는 방법이다. 가령 어머니의 죽음에 슬픔을 표현하고 눈물을 흘리면, 생명체가 생명 활동 물질이나 에너지를 생성하고 필요 없는 물질을 몸 밖으로 내보내는 작용을 하듯 상실을 신진대사 하는 데 유용하다. 한편 '감정적 반응'은 대개 우리가 하는 반응이 주어진 자극에 비해 너무 크거나 지나치다는 뜻이다. 무의식의 감정이나 미해결된 감정은 우리를 압도할 만큼 강렬하게 촉발되어 분출한다. 흔히 우리는 이것을 타자에게 그대로 실연해 보인다. 고양이를 발로 차거나, 복잡한 교통상황에 걸리면 불같이 화를 내거나, 혹은 이런 불편한 감정을 다른 방식으로 치환하려고 애쓴다. 어쨌든 그런 감정을 배출하려는 욕망에 사로잡혀 있기 때문이다.

지금까지 억압하거나 표현하거나 두 가지 선택사항을 언급하였는데, 세 번째 선택이 있기도 하다. '감정을 그대로 유지'하는 것이다. 이는 좀 더 균형 잡히고 창의적인 반응이다. 우리는 감정과 그에 관련된 내용을 세심하게 배려하면서 유지한다. 그 감정을 좋아하든 아니든 그것이 존재하는 현실을 받아들인다. 정중한 관심을 갖고서 그 감정을 밖으로 끄집어낸다. 우리가 겪는 일에 호기심을 느끼고 궁금해한다. 어쩌면 가슴속 답답함을 살피거나, 묵직해진 두 팔을 느끼거나, 때로는 사연을 알 수 없는 그리움과 열망을 어렴풋이 감지할 것이다. 자신에게 다정하고 부드럽게 그 감정을 계속 유지하라고 알려 주면 확실히 이후의 경험과 관점이 달라진다.

평정을 유지하면 우리는 적절히 통제하고, 성찰하고, 검토할 수 있다. 호흡하고 감지하고 몸이 겪고 있는 상태를 의식하면, 주의집중력이 안정되고, 우리 몸은 다양한 감정을 담아내고 통제할 수 있는 안전한 상자가 될 수 있다. 그런 다음 그 감정을 실제로 행동으로 취했을 때나 불필요하게 계속 연연해할 때 일어날 수 있는 결과, 즉 우리 자신이나 타인에게 미칠 수 있는 잠재적 영향에 대해 성찰할 수 있다. 자동반사적으로 나오는 부정적 반응을 재평가하고, 새로운 의미를 발견할 수 있도록 사건에 대한 우리의 지각을 재해석할 수도 있다. 이로써 건설적인 방식으로 우리의 정서를 이해하게 된다. 이렇게 되면 건전한 방향으로 돌릴 수 있는 선택이 가능하며, 적어도 우리의 반응성에 인내하면서 배려할 수 있다는 사실을 깨닫게 된다.

비통한 슬픔은 상실을 대하는 평범하고 자연스러운 반응이다. 슬픔을 완전히 회피하고 싶은 것도 지극히 당연하다.

불교에서 겨자씨 우화로 자주 언급되는 유명한 가르침이 있다. 그 우화는 여덟 살짜리 아들이 갑자기 세상을 떠나 버린 키사 고타미의 이야기를 들려준다. 고타미는 슬픔에 빠져 그만 정신을 놓고 말았다. 그녀는 아들의 시신을 안고 마을을 돌아다니면서 사람들에게 도와달라고, 아들을 살릴 약을 달라고 울부짖었다.

그때 누군가 고타미를 붓다가 설법을 하고 계신 곳으로 데려갔다. 그녀는 붓다에게 다가가 도와달라고 애원했다. "제발, 제 아들을 살려 주세요."

붓다가 답했다. "그래, 분명히 너를 도와줄 수가 있다. 하나 먼저 한 가지 과제를 마쳐야 한다.(이런 설화에는 항상 과제가 나오는 법이다.) 나한 테 겨자씨 한 알을 가져와야 한다. 단, 죽음의 손길이 한 번도 스쳐 간 적 없는 가족이나 집에서 나온 겨자여야 한다."

겨자씨는 집집마다 하나쯤은 갖추고 있는 흔한 가정용 양념이다. 여기서 붓다의 의도는, 고타미가 한동안은 아들이 다시 살아날 거라고 믿게 하는 것이었다. 그녀는 여간해서 아들의 죽음을 받아들일 수 없었기 때문이다. 붓다는 그런 어미의 심리적 부인을 폄하하거나, 그녀가 겪고 있는 그 어떤 부분도 거부할 뜻이 없었다. 오히려 절묘하게 그녀가 필멸의 진리를 발견하는 방향으로 인도하였다.

고타미는 겨자씨를 구하려는 희망으로 마을로 내려갔다. 모든 이야기의 흐름이 그렇듯 온 마을을 다 돌았지만 죽음의 손길이 닿지 않은 집을 찾을 수는 없었다. 마을의 어느 누구도 겨자씨를 내줄 수가 없었다. 결국 고타미는 누구나 죽음을 맞게 된다는 사실을 깨닫고서 혼자만의 외딴 섬에서 풀려났다. 이로써 평안한 마음으로 아들을 묻어 줄 수 있었다. 그녀는 진리에 좌절하거나 패배하지 않고 오히려 위로를 받았다.

이런 우화를 언급할 때의 문제는, 이따금 그 이야기와 안전한 거리를 유지한 채 지혜와 교훈을 찾으려고 애쓴다는 점이다. 그래서 이렇게 혼잣말하곤 한다. "아, 그렇지. 하지만 이 일은 2만 5000년 전에 일어났었어." "그렇지만 이건 그냥 이야기일 뿐이지." 그런 까닭에 나는 '이런 일이 실제로 지금 당장 벌어진다면 어떨까?'라고 자주 상상하곤 한다.

이 슬픔에 빠진 여인이 죽은 아이를 품에 안고 당신이 살고 있는 동네를 돌아다니면서 당신의 집을 두드린다고 가정해 보자. 당신의 집 앞에서 그 모습을 한 여인을 발견한다면 과연 어떠할지 상상이나 할 수 있을까? 막상 문을 열었는데 무엇을 할 수 있을까? 잠시 곰곰이 생각해 보자. 정말로 당신은 어떻게 할까? 당신의 반응을 상상해 보자.

어떤 사람들은 그 여인을 안으로 들어오라고 청하면서 가만히 안아주고, 하물며 그 아이를 우리 품에 건네 안을 수도 있다. 또 음식을 마련하고 차 한 잔을 내거나 슬픔에 빠진 이 여인을 편안하게 위로하고자 다른 방법을 찾으려 할지도 모른다. 또 어떤 사람들은 소파에 나란히 앉아 그녀가 하는 이야기를 들어주고 함께 눈물을 흘릴 수 있고, 상황이 적절해 보이면, 우리가 상실을 겪은 이야기도 기꺼이 나눌 수 있다. 사실 여기서 우리 대부분이 무슨 말을 해야 할지, 어떻게 해야 할지 모르는 게 당연하다. 이런 혼란 속에서 우리는 공허하지만 틀에 박힌 진부한 인사말에 의지하게 된다. "아이는 더 좋은 곳에 갔어요. 이 젠 하느님과 함께 있게 되었으니까요." "모든 일엔 이유가 다 있잖아요." 만약 우리가 스스로에게 정직하다면 실은 너무 놀라고 무서워서 차마 문을 열 수 없을 거라고 시인할지도 모른다. 그 대신 문을 여는 대신, 알만한 전문가에게 전화하거나 119 구급신고를 하게 될 것이다.

어쩌면 그런 일들이 고타미가 살던 마을에도 일어났을지 모른다. 내 생각에, 고타미의 우화는 보통 이야기되는 것처럼 그렇게 깔끔하게 이루어지지 않았을 것 같다. 사실 죽음은 지저분하고, 복잡하고, 골치 아픈 일이다. 슬픔은 그보다 훨씬 더 복잡하다. 키사 고타미가 이 집 저 집 다니면서 슬픔, 거부, 외로움, 그리고 타인을 향한 연민을 마주치는 상상을 해 본다. 그녀는 그 과정을 겪으면서 죽음이 우리 모두에게 다가온다는 사실과 더불어 슬픔은 곧 우리가 함께 공유하는 바탕임을 깨닫기 시작했다. 그 깨달음은 우리를 하나로 결합하는 연결 조직이다.

우리 대부분은 겨자씨를 줄 수가 없다. 우리 중에 상실을 면제받은 사람은 아무도 없기 때문에. 우리는 저마다 슬픔을 안고 있다. 스스로를 방어하려는 경향 때문에 힘겹고 수치스러운 경험은 우리 마음의 어둡고 비좁은 구석에 저장된다. 사랑하는 사람을 잃게 되면서 발생하는 극심한 슬픔 속에서 우리는 항상 짊어지고 다녔던 슬픔의 저수지, 우리 삶과 함께하는 일상의 평범한 슬픔을 새로이 발견하게 된다.

얼마 전 젠 호스피스에서 유방암에 걸린 젊은 여성인 신디를 보살피게 되었다. 신디의 부모는 아이오와 주에 살았고, 부친 클라이드는 지난 40년간 육류가공 공장에서 밤 교대 근무자로 일했다.

신디의 죽음이 임박했다는 사실을 알고 나는 부친에게 전화를 걸어 딸이 세상을 떠나기 전에 조금이라도 함께하고 싶다면 곧장 샌프란시스코로 와야 한다고 말했다.

"그러죠. 기차를 타고 갈까 합니다. 그러면 한 이틀 후에 도착할 거예요."

왜 비행기를 타지 않느냐고 묻자 부친은 지금껏 비행기를 타 본 적이 없다고 털어놓았다. 하는 수 없이 나는 이 말을 덧붙였다. "저기, 아버님, 그것보다 더 빨리 오셔야 할 것 같아요."

그러자 클라이드는 비행기를 타겠다고 하면서 그날 밤 10시쯤에 도착할 예정이라고 대답했다. 나는 신디의 침대가로 가서 낮은 목소리로 귓가에 전해 주었다. "신디, 아버지가 오신대요. 여기에 밤 10시면 도착하신답니다."

신디는 몇 번이고 중얼거리기 시작했다. "10시, 10시, 10시에."

부친의 비행기가 그날 밤 10시에 샌프란시스코 공항에 도착했을 때 신디는 세상을 떠났다. 그녀의 고유한 뿌리를 존중하기 위해 허브를 달인 물에 시신을 씻기고 정원에서 자란 세이지, 라벤더, 레몬밤, 월계수, 제라늄, 장미꽃잎 등의 허브와 꽃으로 침상을 장식하고 천으로 덮어 주었다.

한 시간 후 신디의 부친을 만났을 때, 당신의 30살 된 딸은 이미 세상을 떠났다고 말하는 것은 내 몫이었다. 충격을 받은 클라이드는 처음에는 하릴없이 복도만 서성거렸다. 자원봉사자 한 사람이 그와 함께 있어 주었고, 우리 중 한 사람은 신디와 함께 머물렀다. 한 사람은 슬픔에 빠진 한 남자와 함께했고, 다른 한 사람은 고요한 마음으로 죽음을 바라보는 사람이 되었다.

마침내 클라이드는 신디의 방에 들어갈 수 있었다. 몇 시간이 흘렀다. 몇몇은 가만히 침묵에 잠겼고, 또 몇몇은 클라이드와 함께 신디 이야기로 꽃을 피웠다. 우리는 중간에 아무도 끼어들지 않고 서로 꼭 붙어 앉아 따뜻한 우정을 유지했다. 슬픔을 함께하는 일이 가능하다는 사실을 온몸으로 보여 주는 장면이었다.

새벽 3시쯤 내가 먼저 입을 열었다. "클라이드, 피곤하군요. 이제 자러 가야겠어요. 집에 가서 아침에 아이들 학교도 바래다 줘야 하고요."

"괜찮아요. 나는 신디랑 밤을 새울까 해요."

아침 8시가 되어 다시 돌아왔더니 클라이드는 아직도 딸이 잠든 침대 가장자리에 앉아 있었다. 그의 오른손은 꽃장식이 된 침대 아래로 미끄러져 신디의 발 위에 놓여 있었다. 왼손에는 베이글을 하나 쥐고, 어깨 위엔 전화기를 올려놓은 채 그는 딸의 장례식 준비를 하는 중이었다.

분명히 클라이드에게는 큰 변화가 일어났다. 그는 기꺼이 자신의 슬픔과 함께하려고 했다. "나 역시 아버지로서 지금 당신이 겪고 있는 상황을 상상조차 할 수가 없어요. 딸을 먼저 보내다니, 참으로 낯설고도 사나운 일이지요. 그런데 도대체 뭐가 당신을 이렇게 변화시켰나요?"

그는 꾸밈없이 솔직하게 말하는 사람이었다. "아시겠지만 뭔가를 깨달았어요. 뭐랄까 스스럼없고 익숙해졌다고나 할까요?"

흔히 비통한 슬픔이라고 하면 사랑하는 사람의 죽음과 같이 전례가 없는 일을 마주했을 때 우리를 압도하는 반응이라고 생각한다. 그러나 좀 더 면밀하게 살펴보면, 그 비통함은 우리 삶의 대부분 늘 함께했던 동반자임을 알게 된다. 클라이드는 그런 일상의 슬픔을 이야기하고 있었다. 일상의 슬픔은 거의 날마다 일어나는 여러 가지 상실과 사소한 죽음을 마주한 반응이다. 가령 아끼던 보석을 잃어버리거나, 일자리를 잃거나, 인간관계가 갑자기 깨지거나, 아기를 낳지 못하거나, 재정상 위기를 겪거나, 아이가 학교를 가지 않으려 하거나, 몸이나 정신의 활력이 떨어지거나, 통제력을 잃거나, 꿈을 잃어버리거나 하는 등의 모두가 일상의 상실이자 슬픔이다. 우리의 부주의한 행동이 어떻게 다른 사람들에게 해를 끼쳤는지 기억해 낼 때 일상의 슬픔이 발생한다. 그런 슬픔은 미처 깨닫지 못하는 순간에 문득 찾아오며, 때로는 예상하지 못하는 순간에 살며시 다가온다. 이따금 우리의 슬픔은 우리가 소유했던 것을 잃어버린 탓이기도 하고, 또 이따금은 애당초 결코 손에 넣지 못했던 탓이기도 하다.

애석한 마음은 그저 사별의 슬픔이 지닌 여러 얼굴 중의 하나일 뿐이다. 사별의 슬픔은 늘 변화하는 과정이라고 생각하면 도움이 된다. 영국의 작가 C. S. 루이스는 아내가 세상을 떠난 후에 이렇게 기록했다. "사별의 슬픔이 마치 공포처럼 느껴진다는 사실을 아무도 말해 주지 않았다." 사별의 슬픔은 분노, 자기 판단, 후회, 죄책감으로 드러난다. 우리는 쓸쓸함과 위안, 비난과 수치를 동시에 경험하고 한동안 마치 당밀 사이를 걸어가는 것처럼 무감각한 시간을 겪는다. 사랑하는 사람이 세상을 떠날 때 우리를 사로잡는 그 강렬한 감정에 제대로 대비하는 사람은 거의 없다.

카렌은 불교 명상을 오랫동안 해 온 일류 정원사로 자연을 사랑하는 사람이었다. 그런 그녀가 1년이 채 안 되는 시기에 양친을 모두 떠나보냈다. 부친의 자살은 전혀 예상하지 못했기에 특히 가슴 아픈 일이었다. 그녀는 그 사별의 슬픔을 가리켜 모든 것을 삼켜 버리는 분노와 같다고 설명했다. 이런 일이 연달아 일어나고 얼마 되지 않아, 어느 환경단체가 '오래된 삼나무숲 구하기' 집회에 그녀를 강연자로 초청했다. 초청 전화를 받은 카렌은 이렇게 반응했다. "우리 아버지가 돌아가셨어요! 나무가 무슨 소용이에요!"

우리 자신은 물론 타인의 비통한 슬픔을 달래고, 추스르고, 감당할 때 우리는 대개 두려워하고 조바심을 낸다. 사별의 슬픔을 처음 겪는 미지의 두려움 때문에 우리는 어떻게든 남들이 치유의 길에 어서 들어설 수 있도록 서둘러 재촉한다. 하지만 사별의 슬픔은 우리 한 사람 한 사람마다 고유한 리듬과 결을 갖고 있다. 그것은 저마다의 깊고도 느릿한 과정이라고 할 수 있다. 따라서 결코 서둘러서 될 일이 아니다.

도티의 아들은 에이즈로 세상을 떠났다. 어느 대형 호스피스 에이전시에서 가족과 사별한 사람들을 돕는 봉사자가 그에게 수시로 이런 질문을 하며 안부를 물었다. "아드님을 먼저 떠나보내셨는데 기분이 어떠세요?" 남에게 자기 이야기를 잘 하지 않는 사람이었던 도티는 짤막한 답변만 했다. "마음이 아프죠. 이 세상에서 아들을 잃어버린 엄마가 달리 어떤 기분이 들겠어요?"

사별 후 7개월간 계속된 과정 중에 그 봉사자는 그녀가 "자신의 감정과 계속 연결될 수 있게" 도와준다는 명목으로 끈질긴 노력을 아끼지 않았다. 한데 그녀는 당시 사연을 이야기하면서 이렇게 회고했다. "그때는 정말이지 내가 죄인이 된 것 같고 너무 혼란스러웠어요. 아들의 죽음 때문이 아니라, 그 봉사자가 꼭 듣고 싶어 하는 말을 해 줄 수가 없었거든요."

사별의 슬픔을 표현하는 방식은 사람마다 다르다. 무덤덤하게 아무 표현을 하지 않는 사람부터 통제할 수 없을 정도로 정서를 표현하는 사람까지 다양한 스펙트럼을 다 허용해야 한다. 때때로 거의 정신착란에 가깝게 비통함을 터뜨리는 일은 기존의 유족 돌봄 그룹에서는 좀처럼 허용되지 않는다. 그러나 비통함은 예측할 수 없고 통제할 수도 없다. 어느 날은 무난하게 잘 지내다가, 어느 날은 갑자기 어떤 기억이 떠오르고 그것이 도화선이 되어 슬픔에 짓눌리기도 한다. 강렬한 정서는 전혀 예상하지 못하는 순간에 불현듯 찾아온다. 어머니를 떠나 보낸 내 친구는 집 근처 마트에 장을 보러 갔다가 시리얼 선반 앞에서 그런 순간을 마주치고 말았다. "치리오스랑 건포도 시리얼, 레이진 브란 사이에서 그만 정신을 잃었어. 참을 수가 없더라고."

이렇게 통제력을 잃을까 두려워하는 마음 때문에 우리는 비통함을 감당하거나 이겨 내야 한다는 이런저런 생각을 하게 된다. 그런데 우리는 기쁨을 '감당하거나' '이겨 내야' 한다고는 절대 말하지 않는다. 나는 이 점이 흥미롭다. 사별의 슬픔은 우리 삶을 따라 흘러가는 시냇물과 같다. 그러므로 어떤 의미로든 상실에서 도망치지 못한다는 사실을 알아야 한다. 이는 매우 중요한 지점이다. 상실은 한평생 계속된다. 다만 변하는 것은 특정한 상실과 맺는 관계의 양상이다. 늘 똑같은 정도로 강렬함이 밀려오지 않고, 늘 똑같은 형태로 표현되지 않는다. 하지만 상실을 대하는 자연인으로서의 슬픔은 계속 남게 되며, 거기에 저항하면 고통만 심해질 뿐이다.

비통함은 우리의 통제 개념을 시험대에 올리면서 취약하기 그지없는 우리의 방어막에 금을 낸다. 비통함은 우리가 어떻게 진실로부터 숨어 있는지 만천하에 드러내고, 항상 함께해 왔지만 미처 깨닫지 못한 연약한 인간의 약점을 인정하라고 요구한다.

사별의 슬픔은 너무나 강렬하다. 그런 탓에 그 위력에 무릎을 꿇어 순응하지 못하고, 오히려 비통함이 어떤 단계를 거치는지 예측 가능한 수준에서 개괄하는 정보와 사례를 찾으려고 한다. 그런 정보와 사례를 알면 이 사별의 슬픔을 좀 더 수월하게 겪어 낼지 모른다는 바람으로 거기에 손을 뻗치게 된다. 그러는 와중에 우리는 지도와 실제 영토를 혼동하는 위험을 감수한다. 사별의 슬픔을 끌어안고 나아가는 여정은 분명히 그 영토에 익숙해지고 그 패턴의 주요 지점을 이해하는 데 도움이 될 수 있다. 하지만 비통하게 슬퍼하는 데 '올바른' 방법과 정해진 시간표는 없으며, 단 하나의 길만 있는 것도 아니다. 더구나 확실한 사실은, 사별의 슬픔을 통과하는 지름길은 없다는 점이다. 유일한 길은 그 중심을 뚫고 똑바로 가는 것뿐이다.

우리는 고통을 지나쳐 가지 못한다. 고통을 겪어 내고 그것을 통해 변모한다.

젠 호스피스 프로젝트의 봉사 코디네이터인 에릭 포셰는 사람들이 사별의 슬픔을 묘사하기 위해 자주 사용하는 표현 어구를 알아냈다. 그것은 상실(loss), 잃어버리기(losing), 풀어 주기(loosening)였다. 이 세 가지는 일련의 단계가 아니며, 지침이 될 지도는 더더욱 아니다. 사별의 슬픔을 겪어 내는 데 순차적 진행은 일어나지 않는다. '상실, 잃어버리기, 풀어 주기'는 우리가 슬퍼할 때에 반복해서 경험하거나, 의식 표면으로 갑자기 분출하는 공통된 경험일 뿐이다.

상실을 대하는 최초의 경험은 대개 감정적이고 본능적이다. 심지어 죽음을 예상한다 해도 우리의 몸과 마음은 받아들일 수 없는 것처럼 보인다. 우리는 사랑하는 사람이 죽었다는 사실을 믿고 싶어 하지 않는다. 갑자기 주먹으로 복부를 맞았을 때처럼 사별의 슬픔 때문에 제대로 숨을 쉴 수조차 없을 것이다. 가장 흔한 반응은 충격과 불확실함이다. 다른 사람들과 유리된 듯한 느낌이 들기도 한다. 마치 몽유병 환자처럼 부유하거나 꿈속에서 살고 있는 듯한 느낌이 찾아온다. 제대로 균형을 잡기가 어려울 수도 있다.

린다는 내내 병실에 있다가 잠시 밖으로 나갔다. 가슴 아프게도, 그 짧은 순간에 동생 파이퍼는 오랜 암 투병을 끝내고 생의 마지막 숨을 내쉬었다. 복도 아래에 있던 린다는 병실로 돌아왔다. 이 상황 앞에서 숨은 거칠어지고 고통은 두 배로 늘어났다. 두 팔로 온몸을 감싸 안은 채 울었지만 아무 소리도 새 나오지 않았다. 그녀는 침대 옆 의자에 앉아 동생의 손을 잡고 고개를 가로저으며 계속 이 말만 되풀이했다. "동생은 너무 젊어요. 이럴 순 없어요. 어떻게 이런 일이 일어났을까요. 이럴 순 없어요."

이런 순간에 어떻게 해 보라고 이런저런 설명을 하는 일은 아무 소용이 없다. 그저 그 순간을 함께하는 것뿐이다. 한 시간쯤 지났을까. 우리는 관례에 따라 파이퍼의 몸을 씻기는 의식을 치르는 데 린다도 함께하자고 말했다. 그러자 린다는 단호하게 소리쳤다. "우리 동생은 아직 죽지 않았어요!"

분명히 파이퍼는 세상을 떠났다. 호흡도 맥박도 없고, 이미 동공의 흰자가 눈 전체를 뒤덮기 시작했다. 이성적으로 말하면, 어떻게 이런 사실을 린다가 부인할 수 있는지 좀처럼 상상하기 어렵다. 그러나 그녀의 정신은 현실을 충분히 이해할 수 없었다. 나는 직관을 발동하여 린다에게 물었다. "동생은 언제 가장 활기가 넘쳤나요?"

"아, 우리 파이퍼는 어렸을 때 그야말로 악당이었어요. 늘 부모님을 곤란하게 만들었죠. 학창 시절에는 그보다 훨씬 말썽쟁이였고요. 고등학교를 졸업하고 나서는 모험가가 되더니, 동굴 탐험을 하러 가고 산을 타더군요. 그 후에는 좌파 잡지의 편집자가 되었죠. 정말 끝내주게 활기가 넘치던 아이였어요."

차츰 더 많은 이야기가 흘러나왔다. "그러고 몇 년 뒤에 병을 얻었어요. 처음에 그 병이 뭔지 우린 전혀 몰랐어요. 그러다 화학요법을 시작했고, 그 뒤로 걷는 데 문제가 생기더군요. 기억나죠? 프랭크. 파이퍼가 여기 호스피스에 오고 나서 얼마 되지 않아 넘어져서 팔이 부러졌잖아요. 그때 당신이 응급실에 데리고 갔었잖아요? 얼마나 고집이 센지! 회복할 때는 아무 도움도 안 받으려 했잖아요."

린다의 이야기는 계속되었다. "모든 일이 너무 순식간에 일어났어요. 지난 며칠간 파이퍼는 맨 먼저 곡기를 끊더니, 다음에는 말도 못하고, 심지어 물도 마시지 못했어요. 오늘 와서 호흡은 정말 싹 변했고요. 그렇지 않아요? 호흡이 점점 느려지더니 그마저 간격이 너무 길어졌죠. 나는 잠시 화장실 간다고 그냥 몇 분 복도 아래로 내려간 것뿐인데. 돌아오니 동생이 사라지고 없네요."

잠시 말을 멈추더니 마침내 린다는 수긍했다. "이제 파이퍼를 씻기는 의례를 해도 될 것 같아요."

우리는 파이퍼를 정결하게 염한 후에 고운 흰색 기모노로 갈아입히고 꽃으로 사방을 장식했다. 조금 전 동생이 살아온 이야기를 한 것이 린다가 동생의 죽음이라는 현실을 받아들이는 데 도움이 되었다. 그렇게 하면서 비로소 린다는 지금 눈앞의 현재에 속하게 되었다. 나중에 말하기를, 온 마음을 다하여 동생을 씻기면서 직접 죽음을 접했던 경험이 자신에게 일종의 쉼터가 되어 주었다고 고백했다. 린다는 동생의 죽음이라는 사실을 차단하기 위해 마음에 혼란이 생기거나 현실을 부인하는 일이 생기면 바로 그 순간으로 되돌아가곤 했다.

충격과 불신은 대개 죄책감과 후회로 넘어간다. 우리는 매정하게 스스로를 판단해 버린다. 나는 이런 소리를 흔하게 듣곤 했다. "내가 재를 더 빨리 병원에 데려갔어야 했는데." "다른 치료라도 시도해 봤어야 하는데." "재랑 더 많은 시간 함께했어야 했는데." "죽어가는 순간만이라도 곁에 있었어야 했는데." 우리 자신에게 이렇게 잔인하게 대하는 능력이라니… 어느 때 들어도 항상 놀라울 따름이다. 모든 걸 잠시 멈추고, 우리 안의 목소리가 들려주는 소리에 귀 기울일 수만 있다면 분명 마음은 우리의 고통을 기꺼이 받아들이기 위해 활짝 열릴 것이다.

그 사실을 인정하지 않으면, 비통함과 더불어 예상치 않게 무시로 발생하는 강렬하고 통제 불가능한 감정에 휩쓸리게 마련이다. 때로는 몇 달 동안 기운이 빠지도록 병간호를 하고 사랑하는 사람의 고통을 끊임없이 지켜보았는데, 정작 그들이 세상을 떠나고 나서 안도감을 느낀다는 사실에 수치스러워질 수도 있다. 때로는 몹시 화가 나고 참을 수 없을 만큼 분노하게 된다. 그러면서 누군가를 붙잡아 비난하고 싶어 한다. "그 빌어먹을 의사들, 6개월은 더 살 수 있다고 말하더니." "대체 어떤 신이기에 이 좋은 나이에 사람을 데려가는 거야?" 특히 우리의 분노가 죽은 사람을 향할 때는 더 혼란스러워진다. 하지만 사실 우리는 이 모든 고통과 고독과 혼란을 남겨놓고 떠난 그 사람에게 화가 났을지도 모른다.

이런 고통스러운 마음의 상태를 회피하는 것은 아무 소용이 없다. 당신이 유가족이든, 아니면 유가족을 달래고 도와주는 입장이든 어느 경우라도 그 감정을 인정하고 그런 감정이 지극히 정상적이라는 사실을 이해하는 것이 중요하다. 누군가는 눈물바다가 될 만큼 하염없이 운다. 또 누군가는 무감각하게 가만히 지낸다. 슬퍼하는 방식은 각자 다르다. 올바른 방법은 없으며, 그저 당신의 방법만이 존재한다.

사별의 슬픔은 갈피를 못 잡을 만큼 사람을 혼란스럽게 만든다. 간혹 열쇠를 잃어버리고, 여기저기 갔다가 왜 거기에 갔는지 조차 기억할 수 없다. 이런 슬픔의 단계를 젠 호스피스 프로젝트에서는 '잃어버리기'라고 부른다. 우리는 도저히 집중할 수 없다. 혼란스러운 현실 속에서 살아간다. 이런 상황은 사랑하는 사람이 죽고 나서 한동안 계속된다.

어머니를 여의고 몇 달이 지난 한 여성이 거리를 걸어가다가 어느 가게의 창문 앞에 갑자기 멈추어 섰던 이야기를 해 주었다. 그 가게 안에는 어머니가 정말로 좋아할 것 같은 램프가 보였다. 그녀는 집에 가서 그 램프 이야기를 어머니한테 해 주려고 전화기를 들었다. 그때서야 정신을 차리고 혼자 이런 생각을 했다. **세상에, 내가 미쳤구나.** 하지만 이런 유형의 경험은 애도 기간 중에 당연히 나올 수 있는 정상적인 반응이다.

옛날에는 상중 애도 기간임을 알리기 위해 검은색 상장(喪章)을 두르곤 했다. 사별의 슬픔은 현실과 떨어져 변화된 상태에 존재하는 것과 같기 때문이다. 그래서 사람들은 상주들을 다르게 대했다. 정성을 다하여 보살피고 챙겨 주었다. 사랑하는 사람이 세상을 떠나고 며칠, 몇 주가 지날 때 스스로 온전히 기능할 수 있다는 기대를 하지 말아야 한다. 도와 달라고 말하자. 다른 사람한테 식사도 준비해 달라고 하고, 세탁도 부탁하자. 미리 해 놓았던 약속은 모두 취소하자. 시간을 가지자. 할 수 있다면 조용히 걸어 보자. 당신의 몸은 이 낯설고 유별난 방식에 저항하게 될 것이다. 참을 수 없을 만큼의 피로가 몰려온다. 두

다리는 납을 매단 것처럼 무겁다. 초조하고 안절부절 못하는 상태가 온몸을 지배할 것이다. 잠들기도 싫고, 먹고 싶지도 않을 것이다. 아니면 반대로 하루 종일 잠만 잘 수도 있다. 당신을 붙잡아 줄 사람을 찾아보자. 아니면 사랑하는 사람의 체취가 남아 있는 셔츠라도 꼭 붙들고 있어 보자. 당신의 관심을 다른 데로 돌리면 괜찮을까 생각하겠지만, 그건 결국 거쳐야 할 경험을 뒤로 미루는 일일 뿐이다. 겪어야 할 일은 그냥 지나가지 않는다.

잃어버리는 경험은 몇 주, 몇 달, 심지어 몇 년간 계속되기도 한다. 사랑하는 사람이 세상을 떠나면 그 사람을 잃어버린 상태로 계속 살아가게 되는 것이다. 특히 명절이나 기념일, 어려운 결정을 내려야 할 시기, 그리고 함께 나누고 싶은 소소하고 사사로운 일이 있을 때마다 이미 한 번 잃은 사람을 계속 잃어버리게 되는 셈이다.

이 시기 동안 떠나간 사람이 우리 삶에 어떤 역할을 했는지 분명히 깨닫게 된다. 그런 사람을 잃게 되어 비통함은 더욱 커진다. 사랑하는 아내가 세상을 떠났다면 그저 아내 한 사람을 잃은 게 아니다. 함께 아이를 키우며 산전수전 다 치른 사람이라면, 또는 함께 사회생활하며 맞벌이하던 사람이라면, 혹은 사랑과 배려로 몸을 어루만져 준 사람이라면, 그 모두를 잃어버린 것이다. 어떤 남성은 평소 아내가 은행 일을 다 보았는데, 아내가 세상을 떠나고 나서 은행에 예금을 하러 갈 때마다 소리 내 울곤 했다. "거기에 갈 때마다 아내를 또다시 잃어버리는 것 같은 느낌이 들어요." 부모님이 돌아가신 경우라면 우리 자신이 너무나도 미약한 존재라고 느낄 수도 있다. 부모는 우리와 죽음 사이에 우뚝 서 있는 완충제였는데, 어느 날 갑자기, 우리 자신도 언젠가 죽을 수밖에 없는 인간임을 피부로 느끼게 된다.

이는 사별의 슬픔을 느끼는 단계 중에서 가장 외롭고 고독해지는 시기이다. 친구들은 떨어져 나가고, 다른 이들은 원치 않는 조언을 던져 준다. 어떤 여성은 남편이 죽은 후 친구들한테서 반려견을 키우는 게 좋겠다는 말을 들었다고 한다. 남들은 우리를 보고 바쁘게 지내거나 계속 삶을 살아가라고 말한다. 사람들을 그렇게 몰아가는 것은 고통에 대한 두려움, 그리고 불쾌한 일은 일단 회피하려는 우리의 문화적 성향이다. 유감스럽지만, 그 충고는 도움을 주지 못한다.

캐롤라인은 남편이 죽고 나서 정말 도움을 주었던 경우는 매주 밖에서 저녁을 먹자고 전화했던 친구였다고 했다. 그 친구는 늘 이렇게 말했다. "네가 가고 싶지 않을 수도 있어. 그거 아는데, 그래, 싫다고 말해도 괜찮아. 근데 네가 필요할 땐 언제든 내가 여기에 있다는 사실은 알아주었으면 해. 다음 주 월요일에 다시 전화할게."

'잃어버리기'는 당신이 가장 신뢰하는 사람들, 당신 말을 귀 기울여 줄 권리를 얻은 사람들과 함께하는 시간이다. 그 시간은 삶에서 유리된 존재라는 느낌을 해소하는 데 큰 도움이 된다. 상실을 거치면서 의식적으로 살아온 사람들은 아무 판단이나 의견을 내놓지 않은 채 잘 들어주는 일이 얼마나 중요한지 이미 알고 있다.

이런 '잃어버리기' 시기에 스스로가 고통을 느끼도록 허용하는 일은 무엇보다 중요하다. 누군가는 시간이 약이라고 말한다. 그 말은 위험천만한 절반의 진실이다. 기실 시간만으로는 치유되지 않는다. 시간과 더불어 사랑과 배려가 담긴 관심이 묘약이다.

어떤 사람들은 이미 죽은 사람에게 편지를 쓰면서 이 과정을 시작한다. 편지 속에서 못다한 말을 털어놓거나 다시 들어주었으면 하는 이야기가 있으면 언제든 반복하게 된다. 또 어떤 사람들은 스크랩북이나 사진첩을 만든다. 다양한 형태의 의식이나 의례도 도움이 된다. 나는 보통 집 안에 제단을 만들 만한 곳을 찾아보라고 권하는 편이다. 그 제단 위에 사진 한 장과 죽은 사람이 특별하게 여기던 물건을 놓아 보자. 매일 거기서 일정 시간을 보내자. 그 사람한테 말도 걸어 보고, 지금 기분이 어떤지 이야기도 해 주고, 명상이나 기도를 하면서 시간을 보낼 수도 있다. 이 순간을 틈타 세상을 떠난 이에게 이제 고통에서 해방되기를, 사랑과 연민이 가닿기를 바란다고 당신의 소망을 밝혀 보자.

어느 참선 교사는 아기를 여읜 여성들과 함께 오곤 한다. 그들은 주말마다 모여 불교 선승이 입는 약식 가사(袈裟)인 낙자(絡子)를 바느질하였다. 낙자는 목에 걸어 가슴에 드리우는 것인데, 16개 이상의 천 조각을 벽돌모양처럼 바느질해서 만든다. 그 여성들은 바느질을 하면서 죽은 아기들에 대해 이야기를 한다. 그리고 그들의 몸과 마음이 얼마나 아프고 힘든지 서로 고통을 나눈다.

그들의 주말은 지장보살상에 낙자를 올리는 의례로 마무리된다. 지장보살은 중생을 고통에서 구원해 달라는 보살의 서원을 구현한 존재라고 한다. 일본에서 지장보살은 여행자와 아이들, 특히 미즈코(mizuko)의 수호자이다. 미즈코는 말 그대로 하면 '물의 아이'로 번역되는데, 사산되거나 유산된 태아의 영혼을 가리키는 말이다. 이 의례를 하는 동안 이름도 갖지 못하고 세상을 떠난 아기에게 간혹 이름을 붙여 주기도 한다. 대부분 이때가 처음이자 유일하게 이 여성들의 상실과 사별이 인정받고 의례로 치러지는 순간이다.

수년 동안 나는 에이즈에 걸린 사람들이 참가하는 연례 피정을 진행했다. 피정 중에 특별히 하룻밤을 정해 놓고 캠프파이어 주변에 모여 우리 삶에서 잃어버린 것에 대하여 이야기하며 서로를 소개하곤 했다. 어떤 이는 희망이나 믿음을 상실한 이야기를 했고, 또 어떤 이는 정체성을 상실한 이야기를 했다. 그렇지만 대부분은 이미 에이즈로 10명, 20명, 아니 30명이나 되는 가까운 친구들이 죽었을 때에 경험했던 망연자실한 마음들을 고백했다.

이런 이야기를 함께 들으면서 우리는 서로에게 살아 있는 증인이 되어 주었다. 그리하여 통렬한 사별의 슬픔에 마음을 열고, 하물며 치유가 가능하다는 사실을 새롭게 발견하곤 했다. 마침내 우리가 품은 비통한 슬픔이 어떻게든 쓸모가 있다는 사실을 알게 되었다.

우리를 일깨우는 것은 고통이 아니라, 우리가 그 고통에 주의를 기울이고 집중하는 주의력이다. 기꺼이 고통을 경험하고 탐색해 보려는 의지는 연민과 배려를 낳는다. 꾸준하게 사랑과 배려를 다하는 관심은 견고한 방어막을 사라지게 하고 오래 품고 있던 것들을 풀어놓는다. 우리는 고통을 마음속으로 초대하기 시작한다. 그렇게 오랫동안 거부하면서 이렇다 할 여지가 없었던 생각, 몸의 감각, 감정의 소용돌이가 이제 우리 의식이 건네는 위로 안에서 자리를 잡기 시작한다.

'풀어 주기'는 사별한 슬픔의 매듭이 풀어지는 시기이다. 이는 재생의 시간이다. 이제 당신은 예전과 다른 사람이 되었으므로, 사별의 슬픔을 거치는 여정을 통해 변화했으므로, 다시 과거의 삶으로 돌아갈 수 없다. 하지만 다시 삶을 기꺼이 받아들이고, 다시 생기를 느낄 수 있다. 감정의 강렬함은 어느 정도 가라앉았다. 이제 목을 죄이는 비통함에 사로잡히지 않고도 사별을 기억할 수 있다. 사랑하는 사람을 포기하지 않고도 앞으로 나아갈 수 있다.

어느 할머니는 그 상황을 이렇게 설명했다. 할머니는 생전 할아버지와 늘 중요한 결정을 함께 내리곤 했다. 할아버지가 돌아가시고 몇 달 동안 할머니는 저녁 식탁에 할아버지 식사도 계속 차려 냈다. 마치 아직도 할아버지가 맞은편에 앉아 있는 것처럼 식탁에 앉아서 할아버지에게 말을 걸고 조언을 구했다.

시간이 지나면서 차츰 그 습관은 없어졌지만, 할머니 머릿속에서는 여전히 할아버지 목소리가 들리곤 했다. 그래서 결정할 때가 다가오면 할머니는 아직도 생전에 할아버지라면 이렇게 했겠지 하는 생각에 기초하여 계획을 세우곤 했다. 약 1년 동안 할아버지를 여읜 슬픔에 사랑을 다하여 관심을 기울이고 나니, 할머니는 문득 어떤 사실을 알아채기 시작했다. 할머니의 질문에 나오는 대답과 반응이 실은 할아버지의 목소리가 아니라, 자신의 목소리로 나오고 있었다는 점이다. "이제 내 삶을 살아가려고 해요. 그이는 나를 데리고 어디든 여행을 다녔지만, 이제부터 우리가 어디로 휴가를 떠날지는 내가 결정하려고요!"

가까운 사람이 세상을 떠나면 엄청난 상실감을 겪는다. 처음에는 항상 거기에 있었던 사람에게 손을 뻗지만 더 이상 그럴 수 없다는 사실을 알게 될 뿐이다. 그러다 점차 그 관계가 계속된다는 사실을 알게 된다. 그 사람은 어떤 식으로든 내면화되어 내 안에 존재하므로 어디를 가든 늘 함께할 수 있다. 전혀 예상하지 못한 순간에 함께했던 추억이 떠오르면 깜짝 놀라기도 한다. 당신이 그들에게 말을 걸기도 하고, 그들도 당신한테 말을 걸 수도 있으며, 그들도 당신과 함께할 수 있고, 당신도 그들과 함께할 수 있다. 사랑하는 사람의 존재를 가슴속에서 느낀다고 해서 당신이 제정신이 아닌 걸까? 그렇지 않다.

사별의 슬픔을 느끼는 과정은 인간관계에 새로 생겨난 과도기적 공간과 같다. 예전엔 상대의 물리적 존재가 관계의 중심에 있었지만, 이제 물리적 존재가 사라졌으므로 그 관계의 중심은 당신 안에 살아 있는 감성과 사랑이 대신한다.

사랑하는 사람의 죽음을 슬퍼하는 일은 강렬하고 모순된 감정이라는 거센 강물 속으로 내던져진 것과 같다. 비통한 슬픔은 우리를 무너뜨리고, 삶의 표면 아래로 끌어내려 숨조차 쉴 수 없는 어두운 물속으로 데려간다. 우리는 온 힘을 다해 기를 쓰고 이 내면의 여정이 몰아가는 소용돌이에서 도망치려고 노력한다. 한데 반대로 여기에 순응하면 새로운 운명의 잔잔한 조류를 타고 조금씩 앞으로 실려 가는 자신을 느끼게 된다. 그 물에서 나와 생기를 되찾은 눈으로 육지에 오르면 이제 새로운 방식으로 세상에 들어선다.

죽어가는 사람과 함께하는 것, 사별의 슬픔을 온몸으로 거치는 여정을 나서는 것, 이는 우리 삶에서 어떻게든 만나게 될 가장 큰 도전이 될 수 있다. 하지만 외면하지 말자. 오롯이 온전한 자아로 그 경험에 부딪히자. 사랑하는 사람을 보살피면서 가엾는 정성과 티 없는 진실로 그리할 때, 자신을 온전히 비통한 슬픔에 내던지면서 일말의 망설임도 없다고 생각할 때, 하물며 그럴 때에도 분명 크나큰 슬픔은 찾아온다. 하지만 만약 그랬다면 그 슬픔과 더불어 감사를 느끼고, 예전에 결코 알지 못했던 기쁨과 사랑의 호수에 다가갈 수 있는 가능성도 커진다. 나는 이를 가리켜 불멸의 사랑이라 부른다.

사별의 슬픔에 빠져 있을 때 어쩐지 과거에는 닿을 수 없었던 우리 자신의 이런저런 부분에 접촉하게 된다. 이를 깨달으면 비통한 슬픔을 거치는 여정은 온전함으로 가는 하나의 길이 된다. 사별의 슬픔은 심오한 이해로 이어져 우리가 저마다 겪는 소소한 상실 너머에 닿을 수 있다. 하나의 상실을 겪을 때마다 우리는 더 심오한 깊이에서 삶을 경험할 수 있는 또 하나의 기회를 갖게 된다. 그 기회는 삶의 가장 본질적인 진리를 열어 준다. 다시 말해 삶의 일시성이라는 필연성, 고통의 원인, 분리성의 환상이 무엇인지 깨닫게 해 준다. 우리는 자신이 비통한 슬픔 그 이상의 존재라는 사실을 인정하기 시작한다. 기실 우리는 그 비통한 슬픔이 온몸으로 통과하고 있는 바로 그 존재이다.

결국, 우리는 여전히 죽음을 두려워하겠지만, 이제 그만큼 살아가는 것을 두려워하지 않게 된다. 사별의 슬픔에 순응하면서, 우리는 자신에게 온전한 생명을 부여하고 일생을 살아가는 법을 이미 배웠다.

세상의 외침을 들어라

다른 사람들이 행복해지기를 바란다면 연민을 실천에 옮겨 보세요.
당신이 행복해지기를 바란다면 그때도 마찬가지예요.

— 달라이 라마

캘리포니아 콘도르는 거대한 생명체이다. 북미에서 가장 큰 조류로 신화적 존재에 가깝다. 이 눈부신 독수리는 두 날개를 펼치면 3미터가 족히 넘으며, 마치 신이 강림하듯 캘리포니아 빅서 해안 위로 높이 솟아오른다. 한때 수백 마리의 콘도르가 태평양 연안 산악지대의 키 큰 삼나무숲에 둥지를 틀었다. 하지만 자유로이 날아다니던 콘도르는 1987년 멸종보호종으로 지정되어 사실상 갇힌 신세가 되었다.

1990년대 말, 보호감금 상태로 자란 캘리포니아 콘도르들이 멸종

위기의 콘도르 종 복원을 위해 야생숲에 방사되었다. 하지만 유감스럽게도 이들은 야생 방사에 잘 적응하지 못했다. 야생에서 살아갈 준비가 제대로 되지 못한 탓에 야생숲이 아니라 엉뚱한 곳에서 종종 발견되었다. 콘도르는 위험을 안고 숲으로 가는 것이 너무 두려운 나머지 어지럽게 원을 그리며 건물 주변과 사람들 근처를 날아다니기도 했다.

야생동물 전문가들은 그들이 진행했던 방법에서 드러난 실수를 통해 재빨리 교훈을 얻었다. 다음에 있을 방사를 대비하여 일찍부터 성년 콘도르에게 새끼를 키우게 하면서 사람의 손을 되도록 덜 타게 만들었다. 이렇게 자란 콘도르 세대는 야생에 풀어놓자마자 잘 적응했다. 현재 캘리포니아 콘도르 집단은 나날이 번성하고 있다.

불교에서 지혜와 연민은 수행 실천의 거대한 두 날개에 비유되곤 한다. 만약 두 날개의 균형이 미흡하거나 부족하면 하늘을 날아가 자유를 찾을 수 없다. 어릴 때 갇혀 살던 어린 콘도르처럼 우리는 영리한 선택을 하지 못하고 계속 그 자리에서 원을 그리며 날 수밖에 없다. 지혜가 빠진 채 연민을 애써 시도하면 지나치게 감상에 빠지기 마련이다. 연민이 빠진 채 지혜를 애써 시도하면 그저 머리로만 행하는, 차갑고 냉담한 모습으로 보이기 쉽다.

연민을 일으키는 지혜는, 우리는 서로 별개의 존재가 아니라 서로 의존하는 관계라는 점을 확실히 이해하는 것이다. 표면적으로는 우리가 서로 별개의 존재처럼 보일 수 있겠지만 이는 익숙하게 길들여진 관점일 뿐이다. 우리가 지금껏 그런 식으로 서로 관계를 맺어 왔다는 뜻이다.

내 주변에 서핑을 즐기는 친구들이 여럿 있다. 그들은 항상 나에게 파도가 어떤 것인지 가르쳐 주려고 애를 쓴다. 수천 킬로미터 떨어진 앞바다에서 생성하는 광포한 파도의 위력, 그러니까 어떻게 바람이 바다에서 운동 에너지를 생성하는지, 어떻게 바다의 큰 너울이 해변으로 밀려오는 파도가 되는지 이야기하곤 한다. 그들은 밀물과 썰물의 영향, 해저의 형태, 산호초의 길이, 파도의 높이, 부서지지 않는 파도의 경사면과 바람이 물 위로 이동하는 거리, 어떻게 이런 파도가 일정한 간격을 두고 무리지어 밀려오는지 등을 언급한다. 그들은 파도를 공부하는 데 무한한 시간을 썼다. 솔직히 말하면, 그들이 보고 있는 것이 내 눈에는 들어오지 않는다.

파도가 그야말로 저마다 다르고 특별하다는 것은 확실히 보인다. 똑같은 파도는 하나도 없다. 파도는 서로 다른 여러 조건에 따라 만들어지고, 잠시 살아 있다가 사라지기 전에 특유의 아름다움을 펼치고, 바다로 다시 밀려가기 전에 해변에 부딪힌다. 파도는 분명히 각기 다르지만 서로 별개는 아니다. 모든 파도가 같은 바다의 일부분이다. 바다는 하나의 큰 몸체이고 파도는 그 몸체가 내뿜는 저마다의 표현들이다.

인간 존재도 그와 같다. 인간은 저마다 정교하리만치 고유하고 차별화된 존재이지만 서로 외떨어지지 않는다. 그 모든 특별한 차이점과 더불어 우리는 똑같은 기본적 본성을 공유한다. 파도가 그러하듯 우리도 똑같은 광대한 바다의 부분들이다.

비좁고 제한된 고립감에서 해방되면 더 넓은 세계관이 열린다. 우리는 결코 혼자가 아니며, 더구나 혼자서는 이 삶을 꾸려 나갈 수 없다는 사실을 깨닫고 인정하는 관점이다. 우리는 서로 얽혀 있으며, 그 밖에 땅, 하늘, 바다, 그곳에 사는 생명체, 그리고 우리 삶에 영향을 주는 보이는 힘과 보이지 않는 힘 등 세상 모든 것과도 완전히 상호의존적 관계임을 깨닫게 된다.

이런 깨달음을 얻는 데 종교나 심오한 영적 믿음이 필요한 것은 아니다. 그 깨달음은 일상의 관찰 속에 바탕을 둔다. 우리는 모두 물과 먹거리, 그리고 살 집과 사랑이 필요하다. 서로 비슷한 욕구를 공유하는 셈이다. 또한 관심과 사랑을 받고, 누군가가 우리를 보아 주고, 행복해지고 싶어 한다. 서로 비슷한 욕망을 갖고 있는 셈이다. 서로 간에 아무리 차이가 크다 한들 인간 존재는 매우 일상적이고 본질적인 면에서 참으로 똑같다.

단순하지만 효과적인 명상 수행은 이 진리를 강조하며, 그것은 우리 신경계에 이미 단단히 박혀 있는 연민을 불러일으키는 방법으로 훌륭한 역할을 한다. 버스를 기다린다면 함께 모시고 탈 수 있는 어르신을 눈여겨보자. 또는 방금 읽은 감동적인 뉴스에 나온 주인공을 떠올려 보자. 혹은 파트너와 말다툼을 할 때 습관적으로 공격하고 물러나는 악순환을 깨고 자신에게 정곡을 찔러 보자. 다음에 소개할 몇 구절은 당신이 만나는 상대와 당신이 공통된 바탕을 서로 나누고 있음을 강조한다. 새로운 사람을 만나면 한번 시도해 보자. 조용히 이 구절을 반복하면서 소박하고 다정한 인간의 배려가 서로 연결되는 느낌을 받아 보자.

이 사람도 나처럼 몸과 마음과 정신을 갖추었다.
이 사람도 나처럼 걱정도 하고 두려움도 느낀다.
이 사람도 나처럼 삶을 헤쳐 나가려고 최선을 다해 노력하고 있다.
이 사람도 나처럼 유한한 삶을 살아가는 인간이다.

자, 이제 상대의 안녕을 바라는 은혜로운 소망을 표현해 보자.

부디, 이 사람에게 삶의 힘겨움을 대면할 수 있는 강인한 힘과 끈끈한 버팀목을 허락하소서.
부디, 이 사람에게 고통의 원인에서 풀려날 수 있는 자유를 허락하소서.
부디, 이 사람에게 평화와 행복을 허락하소서.
부디, 이 사람에게 사랑을 허락하소서.

다른 사람들 속에서 자신을 보고 우리 안에서 다른 사람들을 보게 되면 이 세상에서 살아가는 방식이 근본적으로 변모한다. 인식의 변화는 마음의 변화를 일으킨다. 이제 더 이상 자신을 타인의 위나 아래에 두고 그들을 의도적으로 무시하거나 이기적으로 행동해야만 진짜 행복이 찾아올 것이라고 믿으면서 스스로를 속일 수 없다. 시인 나오미 시합 나이는 이렇게 말한다. "친절과 배려는 이 세상에서 유일하게 이치에 맞는 말"이다.

달라이 라마는 복잡한 개념을 쉬운 말로 잘 설명해 준다. 나는 그 말이 그렇게 좋다.

우리의 행복이 타인의 행복과 떼려야 뗄 수 없이 묶여 있다는 사실을 부인해도 소용없습니다. 사회가 고통에 신음하면 우리도 고통 받는다는 사실을 부인해도 소용없습니다. 심장과 머리가 원한과 악의에 시달려 괴로우면 괴로울수록 우리도 더욱 비참해진다는 사실을 부인해도 소용없습니다. 따라서 우리는 그 밖에 종교와 이데올로기, 하물며 누구나 인정하는 지식과 지혜를 거부할 수는 있습니다. 하지만 사랑과 연민의 필요성만큼은 벗어날 수 없습니다.

다른 사람을 돌보는 것은 그 핵심을 들여다보면 결국 자신을 돌보는 것과 다르지 않다. 이타심은 그처럼 현명한 이해심을 자연스럽게 표현하는 것으로, 우리의 공통된 인간성을 인식함으로써 일어나는 행동이다.

어쩌다 왼손이 베인다면 오른손은 왼손을 살펴보려고 저절로 그쪽으로 손이 간다. 이런 상황에서는 그 일이 내가 관심을 둘 만한 것인지, 상대가 같은 교회에 다니는 교우인지, 정치적 견해가 일치하는지 등을 묻지도 않는다. 그 아픔에 너무 과하게 관여하여 휩쓸리게 될까 걱정하지 않는다. 단지 성한 손이 사랑과 연민으로 다친 손을 감싸 안아 줄 뿐이다. 내가 아닌 다른 사람을 위해 이타적으로 행동하는 것도 이와 같다.

아이들에게는 타고난 이타심과 연민이 있다. 다른 사람들과 자신들 사이에서 엄격하고 단단한 경계선을 아직 경험하지 못했기 때문일지도 모른다.

아들 게이브가 어렸을 때 둘이서 함께 샌프란시스코 주변을 산책하곤 했다. 게이브는 거리에 살고 있는 노숙자들을 볼 때마다 항상 마음 아파했다. 그래서 우리는 산책할 때마다 동전 가방을 들고 다녔고, 게이브는 지나가는 사람들에게 그 돈을 주었다.

게이브가 네 살쯤 되었을 때의 일이다. 거리에서 텁수룩한 흰 수염에 누더기를 걸친 노인이 우리 옆을 지나쳤다. 솔직히 내가 보아도 조금 무서웠다. 그런데 게이브가 보인 반응은 달랐다. "아빠, 우리가 저 할아버지를 집으로 데려갈까?"

"안 돼. 그럴 수 없단다." 이렇게 대답하고 걸음을 재촉했다.

한 블록쯤 걸어갔을까. 게이브가 갑자기 걸음을 멈추더니 얼굴을 잔뜩 찌푸렸다. "아니, 누군가는 아까 그 할아버지한테 잘 대해 줘야 하는 거잖아."

나는 넌지시 말했다. "그럼 우리가 그 할아버지한테 저녁을 대접하면 어떨까?" 정말 우리는 그렇게 했다. 다시 돌아가 길 건너편 식당으로 그 노인을 모시고 가서 어떻게 살아왔는지 물어보았다. 천천히 시간을 가지고 누군가의 사연을 듣게 되면 늘 그렇듯이 조셉도 그냥 평범한 사람이었다. 그는 건설 노동자였는데 주택경기가 나빠지면서 상황이 어려워졌다. 일자리도 잃고 조금 모아 둔 돈도 다 쓰고 나니 그다음 단계는 예상하다시피 이렇게 거리로 나앉게 되었다.

우리가 타인과 정서를 공유하는 능력은 흐뭇한 일이다. 가령 친구가 새로운 사랑에 빠졌다고 선언하면 우리도 덩달아 기뻐하고, 여행 이야기를 들으면 덩달아 흥분하고, 가족 중에 누군가의 건강 검진 결과가 좋으면 함께 안도의 한숨을 쉰다. 그런 경험은 함께 나누면 수만 배로 늘어난다.

이와 똑같이, 사랑하는 사람이 아파하는 모습을 보면 그것으로도 서로 나눌 수 있는 감정이 생겨난다. 누군가 슬픔에 잠겨 울고 있으면 우리도 그 슬픔을 나누면서 눈물이 흐른다. 이름 모를 낯선 해안에 웅크린 채 아무 힘없이 스러져 간 난민 소년의 사진을 보는 것만으로도 우리 안에서 무력감이 밀려온다.

그럴 때 공감과 연민을 확실히 구분하는 것은 유용하다. 공감이란 상대가 **느끼는 그대로** 느낄 수 있는 능력이다. 그처럼 공감은 인간관계와 사회적 네트워크를 형성할 때 꼭 필요하고 중요한 접착제와 같다.

한편 우리가 타인과 정서를 공유하는 것은 문제가 되기도 한다. 따라서 자신과 상대를 혼동하지 않으려면 처음에 이루어지는 공감의 반응에 균형을 맞추고 조절해야 한다. 이는 간호사, 교사, 상담사, 치료사, 응급의료요원처럼 계속해서 고통에 노출되고 그것을 직시해야 하는 사람들에게는 특히나 중요하다. 그렇지 않으면 공감의 배려나 관심은 오히려 공감의 과부하에 빠지기 쉽다. 공감의 과부하는 우리의 건강과 안녕에 부정적 영향을 끼치면서 결국 탈진, 고립, 극도의 피로, 그리고 심할 경우 각자가 느끼는 공감의 고충과 괴로움을 남들에게 전가하는 등의 이기적인 행위로까지 이어질 수 있다.

칼 로저스는 현실감을 잃지 않은 건강한 공감을 다음과 같이 설명하고 있다.

공감이란 상대가 사사롭게 지각하는 세상으로 들어가 그 안에서 충분하게 마음을 열고 편안해진다는 뜻이다. 그 사람 안에서 변화를 거듭하는 체감 의미, 그리고 그들이 겪고 있는 두려움이나 분노, 연약함이나 혼란 등에 순간순간 민감하게 반응해야 한다. 공감이란 상대의 삶 속

에 잠시 살고 있음을 뜻한다. 이는 어떤 판단도 하지 않은 채 그 안에서 세심하게 움직인다는 뜻이다. 다시 말해 상대도 좀처럼 인식하지 않는, 실은 너무 무서울까 봐 그 무의식의 감정을 파헤칠 노력조차 하지 않는 여러 의미까지 감지해 낸다는 뜻이다. 이는 상대가 두려워하는 여러 요소를 두려움 없이 새로운 눈으로 보면서 그 사람의 세상을 감지하고, 그렇게 느끼고 알게 된 것을 전달하는 일까지 포함한다.

이런 식으로 타인과 함께한다는 것은 편견이나 선입견 없이 타인의 세상으로 들어가기 위해 당분간 당신의 견해와 가치를 포기한다는 뜻이다. 어떤 면에서 당신의 자아를 한쪽에 제쳐 둔다는 의미가 된다. 이는 아무리 이상하고 낯선 타인의 세상에 있더라도 결코 자신을 잃어버리지 않고, 원하기만 하면 다시 편안하게 자기 세상으로 돌아갈 수 있음을 잘 알고, 자기 안에서 충분히 안정감을 느끼는 사람들만이 할 수 있다.

공감은 연민으로 가는 첫걸음이 될 수 있지만, 우리가 타인의 감정을 반드시 공유하지 않을 때도 그들의 고통을 걱정하고 도와주려는 마음이 생겨날 수 있다. 그럴 때 이렇게 구분하면 유용할 것이다. **공감이 생기면 그 상대와 함께 느끼고, 연민이 생기면 그 상대를 위해 필요한 무언가를 생각한다.**

더 나아가 연민은 고통을 줄이고 타인의 안녕을 앞당기려는 강한 동기가 발휘된다는 점에서 공감과 완전히 차별화된다. 연민이 함께하지 않으면 우리는 고통에 마음을 열 수가 없다. 연민은 내면의 인도자로서 우리가 그 고통의 민낯에 반응하도록 도와준다.

나는 로맨스 영화를 좋아한다. 호스피스의 캐서린도 나와 취향이 같았다. 어느 날 밤, 텔레비전에서 하는 영화 「귀여운 여인」을 함께 보고 있을 때 캐서린은 이런 선언을 했다. "앞으로 살아 있는 날이 겨우 6주뿐이지만 나는 애인과 결혼하고 싶어요!" 그러면서 나한테 결혼식을 해 줄 수 있는지 물었다. "물론이죠. 저야 영광입니다. 그런데 지금 당신한테 정말 필요한 사람은 웨딩 코디네이터인데, 캐서린, 당신, 운이 좋아요. 제가 결혼식 준비에는 선수거든요. 알겠지만, 결혼식 준비에는 세세하게 챙겨야 할 게 정말 많아요."

그렇게 해서 나는 매일 밤 캐서린의 병실에 가서 결혼식 이야기를 나누었다. 나는 캐서린에게 결혼과 관련된 여러 가지에 대해 질문을 던졌다. 결혼하려고 하는 그 남자를 왜 사랑했어요? 두 사람이 서로 잘 맞는지 하는 걱정은 없어요? 두 사람이 직접 결혼 서약서를 쓸 거예요? 웨딩케이크는 어떤 종류로 하고 싶어요? 휠체어를 타는 게 좋을까요, 아니면 침대에 누운 채 진행하고 싶으세요? 웨딩드레스는 어떤 걸로 입고 싶으세요? 그러는 동안, 이 대화 안에서 결혼에 관한 세부사항보다 더 많은 일이 일어나고 있음을 알게 되었다.

어느 날, 웨딩케이크를 어떻게 할지 결정하는 중에 캐서린은 갑자기 눈물을 터뜨리며 불쑥 이렇게 말했다. "엄마가 결혼식에 함께 계시면 참 좋을 텐데."

캐서린의 어머니는 6년 전에 돌아가셨지만, 그 순간 캐서린에게 가장 중요한 건 자신을 죽게 만든 암도 아니고, 지금 자신이 암으로 죽어가고 있다는 사실도 아니었다. 엄마가 딸의 결혼식을 보러 올 수 없다는 사실, 그것이 바로 그녀가 품은 고통의 민낯이었다. 나도 하마터면 그 점을 놓치거나, "그래, 그랬으면 얼마나 좋았겠어요."라고 그저 그런 말로 위로하며 넘어갈 뻔했다. 다행히 우리는 그 문제의 핵심으로 곧바로 들어가 어떻게 하면 결혼식에 어머니의 존재를 불러올 수 있을까 고민하기 시작했다.

"결혼식에 엄마 사진을 놓을 수도 있어요." 캐서린이 말했다.

"좋은 생각이에요. 그러면 어머니가 결혼식 날에 무슨 말씀을 해 주기를 바라세요?"

캐서린은 한참을 생각하더니 수줍어하며 물었다. "엄마가 돌아가시기 전에 저한테 써 주신 시가 있는데, 그 시를 큰 소리로 읽어 주시면 참 좋을 것 같아요. 프랭크, 당신이 읽어 주시겠어요?"

"캐서린, 진심을 다해 할게요."

아무 판단을 하지 않는 관심으로 타인을 아프게 하는 바로 그 지점에 제대로 반응할 때 사람의 마음이 열린다. 그럴 때면 배려와 이해를 받는 느낌이 든다. 연민은 여러 고려사항의 범위를 인식하면서도 지금

이 순간 가장 중요한 것에 맞추어 적절히 대응할 때 발생한다. 때때로 그 조율하는 과정이 매우 사적이고 친밀한 영역까지 이루어지면서 그 사람과 '영혼과 영혼'으로 만나는 순간에 동참하고 있다는 느낌을 받기도 한다.

스티븐과 릭은 젠 호스피스 프로젝트에 살 때 서로 병실이 제법 가까웠다. 그들은 에이즈 환자였다. 릭은 에이즈 진단 외에도 뇌졸중으로 이미 오른편이 마비되어 실어증에 걸렸고, 그 때문에 그의 말은 알아듣기 어렵고 분명하지 않았다. 이런 상태에 몹시 화가 난 릭은 대부분의 사람들을 까칠하게 대했다. 이런 태도 때문에 의사소통이 되지 않는 상태와 맞물려 릭은 내내 혼자였다.

한편 스티븐은 몸가짐이나 태도가 활짝 열려 있고 환하게 빛났다. 그의 방에 들어서면 마치 안식처로 들어서는 느낌마저 들었다. 그는 자신의 악마를 대면하는 내면의 여정을 다 마친 상태였다. 이제 스티븐 안에는 크나큰 평안과 감사만이 자리 잡았다.

나는 릭에게 스티븐이 삶의 소풍을 끝내는 순간이 다가오고 있다고 말해 주었다. 릭은 스티븐에게 작별인사를 하려고 마음먹었다. 나는 스티븐의 방까지 느릿느릿 복도를 걸어가는 릭을 도와주었다. 거기에 들어서자 릭은 침대 끝에 앉았다. 나는 둘 사이를 방해하고 싶지 않아서 구석에 앉았다.

그리고 20분 동안, 나는 지금껏 경험하지 못한 가장 놀라운 고백을 지켜보았다. 두 사람은 깊은 침묵의 대화를 나누었다. 아무 말도 오고 가지 않았지만, 그들의 눈은 단 한 번도 서로의 얼굴에서 떠나지 않았다. 마지막에 릭은 고개를 끄덕였고 스티븐은 이렇게 인사했다. "그래, 고마워. 정말 잘했어." 두 사람은 포옹을 나누었다. 그리고 릭은 자기 방으로 돌아갔다. 스티븐은 그날 밤 세상을 떠났다.

릭의 얼굴에는 두려움과 어둠이 가득 했다. 그는 스티븐을 바라보며 앞으로 닥칠 자신의 운명을 응시하고 있었다. 그도 몇 주 후면 세상을 떠날 것이다. 그는 그게 두려웠다. 하지만 스티븐은 자신의 고통에 마음을 활짝 열어 놓았으므로 고통을 더하지 않고도 릭의 두려움과 함께할 수 있었다. 스티븐은 정말이지 믿을 수 없는 사랑과 연민으로 릭을 바라보았다. 그 눈빛은 적어도 그 순간만큼은 릭에게 치유의 찬가를 들려준 영혼의 만남이었다.

많은 사람들이 연민에 대해 오해를 품고 있다. 상대방의 마음을 편안하게 해 주어야 한다는 점과, 연민에는 아무런 위험이 없다는 점이다. 물론 당신이 그렇게 할 수 있다면 그렇게 하면 된다. 나는 죽음을 앞둔 사람들과 함께하고 있지만, 많은 사람들에게 죽음은 그리 안전한 느낌을 주지 못한다.

내가 내 자리에 앉아서 정말로 이 순간에 존재할 때, 말하자면 연민에 바탕을 둘 때, 상대도 그 사실을 감지할 수 있으며, 그때부터 나를 신뢰하고 마음을 열기 시작한다는 것을 알게 되었다. 그것은 위험이 없기 때문이 아니라, 그들이 혼자가 아니라고 느끼기 때문이다. 진정한 이해와 연민 어린 우정은 그들이 위험하다고 느끼는 것을 향해 나아가는 데 필요한 지지와 격려를 전해 준다.

우리가 평생 연민을 실천하는 활동에 헌신해 왔지만, 그럼에도 불구하고 때때로 고통에 압도되곤 한다. 그런 순간이 찾아오면 잠시 뒤로 물러나 상황에 대처하는 데 필요한 지혜를 활용해야 한다. 이럴 때 나는 내가 받았거나 주었던 연민의 경험을 회상해야 할 것이다. 감정의 격렬함에 대응할 수 있는 힘을 기를 수 있도록 나의 관심과 주의를 안정적으로 유지해야 할 것이다. 그리고 삶을 긍정할 수 있는 활동에 몰두하는 것도 필요할 것이다.

호스피스 활동이 한창일 때에는 한 주 사이에도 많은 사람들이 세상을 떠났다. 이따금 비통한 슬픔이 나를 휩쓸고 가면 나는 세 가지 활동을 했다. 첫째, 규칙적으로 바디워크를 했다. 나는 그 접촉 치료 시간의 대부분을 울면서 보냈다. 둘째, 규칙적으로 명상 자리로 돌아가 나의 관심과 주의를 안정적으로 유지하고, 나의 정서 상태를 조절하고, 다정한 배려와 친절 같은 사회적 자질을 기르는 수행을 했다. 셋째, 종합병원 신생아병동에서 마약에 중독된 산모에게서 태어난 아기들을 돌보는 간호사 친구들을 찾아갔다. 나는 흔들의자에 앉아 이 아기들을 껴안고 잠들 때까지 달래 주었다. 그 아기들을 달래고 재우는 충족감에는 중요한 뭔가가 있었다. 나는 그것을 통해 나의 연민과 다시 이어졌고 그 힘으로 다시 호스피스 경험의 일부였던 일상의 고통을 마주하곤 했다.

연민에 대해 말할 때면, 마치 유리병 위에 경고 라벨을 붙이듯 해야 할 것 같은 기분이 든다. 돌보는 역할 등으로 고통과 함께 일하는 사람들은 연민과 고통의 함수관계를 이해할 필요가 있다. 사실 그 공간 안에 연민이 진정으로 존재하면, 이에 반응하여 수많은 아픔과 고통이 나타날 수 있다. 왜냐하면, 다정한 배려와 친절 등 연민을 품은 치유의 대리자가 나타났으니 아픔과 고통이 자기 모습을 드러내고 싶어 하기 때문이다.

수년 전 버니 글라스만 로시 선사는 아우슈비츠 비르케나우의 옛 나치 수용소에서 다종교적 '지관(止觀) 명상' 피정을 열었다. 나는 선사의 초청으로 그 진행을 도왔다. 장소가 장소이니만큼 우리의 습관적인 사고방식을 중단해야만 할 정도로 불안한 환경 속에서 자신에게 몰두해야만 하는 과정이었다.

여러분이 아우슈비츠에 고요히 집중하여 명상하고 바라보면 그 순간 우리와 이곳에서 죽어간 사람들 사이에 구분은 없습니다. 우리라는 정체성과 자아 구조를 가진 개별 인간으로서의 우리 자신은 사라지고, 기차에서 내려 겁에 질린 사람들이 되고, 냉혹하고 잔인한 감시원이 되고, 으르렁거리는 개가 되고, 이쪽저쪽을 가리키는 의사가 되고, 굴뚝에서 뿜어져 나오는 연기와 재가 됩니다. 우리가 아우슈비츠에 고요히 집중하여 명상하고 바라보게 되면 우리는 그저 아우슈비츠의 여러 구성요소가 될 뿐입니다. 그것은 의지를 담는 행위가 아니라 내려놓는 행위입니다. 우리가 내려놓는 것은 우리가 생각하는 우리라는 사람의 개념입니다.

매일 우리는 비르케나우의 철로에 앉아 명상을 하고, 기도를 하고, 죽은 사람들의 이름을 외쳤다. 또한 매일 소그룹으로 모여 우리가 경험하고 있는 이야기를 나누었다. 내가 진행하던 소그룹에는 당시 수용소 간수와 나치 군인의 자녀는 물론 어린 시절 그 수용소에 갇혀 있던 여성도 포함되어 있었다.

어느 날 밤, 쉬이 잠들지 못하던 차에 비르케나우 캠프 안으로 들어가 아이들이 갇혀 있던 막사 한 곳에서 명상을 하려고 마음먹었다. 그 막사는 예전에 마구간으로 쓰던 길고 음침한 건물이었다. 내가 자리에 앉자 곧 누군가가 건물의 다른 편으로 들어오는 소리가 들렸다. 어릴 때 이곳에 수용된 적이 있던 우리 그룹의 그 여성이었다. 그녀는 어둠 속에서 울면서 소리치기 시작했다.

나는 일어서서 그녀 옆에 앉았다. 그러자 그녀는 울부짖기 시작했다. 나는 지금껏 그런 흐느낌을 들어 본 적이 없었다. 그 소리는 흡사

원시 시대 동물의 울부짖음에 가까웠다. 나는 아무런 말도 하지 못했다. 누군가 그처럼 단장(斷腸)의 고통을 겪고 있을 때, 해 줄 수 있는 말은 이 세상에 없다. 그저 할 수 있는 거라곤 마음을 다하여 가만히 바라보고 그 순간의 증인이 되는 것뿐이다. 새벽빛이 밝아 오자 우리는 숙소로 돌아와 아무 말 없이 작별의 포옹을 했다.

그날 오후 나는 베를린으로 날아가 비통한 슬픔과 용서에 대한 워크숍을 진행했다. 비르케나우에서 겪은 일은 언급하지 않았다. 독일에서 그런 일을 입 밖에 내는 것은 여전히 어렵다. 워크숍이 끝나 갈 무렵 강의실 뒤에 있던 어떤 여성이 일어나서 이렇게 말했다. "용서에 대해 말씀하신 내용을 줄곧 경청했는데, 제 아버지는 강제수용소에 포로로 잡혀 있었고, 저는 아버지를 죽인 사람들을 용서할 수가 없습니다. 제 마음은 얼음장처럼 얼어 있을 뿐입니다."

강의실 안에 정적이 흘렀다. 또다시 유일하게 합당한 반응은 고요한 마음으로 바라보는 것뿐이었다.

그때 다른 편에 있던 한 여성이 손을 들었다. '이제 강제수용소 이야기와 그곳에서 죽어간 사람들의 비통한 이야기가 나오겠구나.'

그녀는 일어서서 말하기 시작했다. "제 마음도 역시나 얼어붙었습니다. 마치 딱딱한 돌 같아요. 제 부친은 강제수용소 감시원을 했던 나치 군인이었습니다. 아버지가 사람들을 죽였다는 사실을 알고 있어요. 아버지를 결코 용서할 수 없습니다."

다시 정적이 찾아왔다.

그때 나는 세상에서 가장 담대한 행동에 나선 두 여성을 보았다. 그들은 200명이 꽉 들어찬 대형 회의실을 곧바로 가로질러 가서 서로를 껴안았다. 둘은 아무 말도 하지 않았다. 사실 아무런 말도 필요치 않았다. 그저 두 사람은 서로를 감싸 안았다. 그들이 보여 준 행동은 이제 그들이 겪는 고통 안에서 더 이상 혼자가 아니라는 사실을 확실하게 깨달았다는 신호였다.

연민에는 우리가 갖지 못한 어떤 영웅적 힘이 필요하다고 상상하기 쉽다. 우리가 세상의 고통에 대응할 수 있을 만큼의 존재가 아니라고 생각할 수도 있다. 하지만 연민은 우리가 소유한 자질이 아니라, 실제와 본질에 내재된 그것을 향해 다가가서 만나야 하는 자질이다. 사랑은 여기에 내내 함께 있어 왔다. 세상 모든 사물과 사람은 항상 사랑 안에서 계속 유지되었기에 사랑은 절대적이고 완전하다.

후기 불교 종파들은 연민이라는 뿌리에 토대를 두고 있다. 그 종파에서는 '보리심(菩提心)'의 계발과 관련된 여러 유형의 연민을 풍부하게 설명한다. '보리심'은 깨달음의 지혜를 얻고자 하는 마음의 발로를 뜻한다. 메타 인스티튜트 수행 연수에서 내 친구이자 동료인 노먼 피셔 선사는 '근본적 연결성'을 언급하면서 어떻게 비-분리의 지혜가 연민의 근원이 되는지 이야기했다. "보리심은 흔히 말하는 '자아'와 '타자'가 세상의 실재가 아니라 마음의 종착지, 개념, 습관임을 깊이 깨닫고 그 깨달음에 기초한 사랑의 감정이다. 진짜 이타심은 다른 사람들을 위해 자기희생을 하지 않는다. 우리는 선한 사람이어야 한다, 우리는 좋은 사람이어야 한다, 우리는 친절하고 도와주는 사람이어야 한다는, 마치 죄책감에 휩쓸린 인식에서 생겨나는 것이 아니다. 진짜 이타심은 자아와 타자가 근본적으로 다르지 않으며 단지 겉으로 보기에 다를 뿐이라는 심오한 깨달음이다."

보리심에는 두 가지 차원이 있다. 절대적 차원과 상대적 차원이다. 보리심을 통하여 우리는 편협한 이해타산을 초월하여 연민 안에서 모든 존재를 받아들일 수 있다. 좀 더 세상의 방식으로 말하자면, 보편적 연민과 일상의 연민으로 말할 수 있다.

모든 영적 전통은 보편적 연민이 존재의 타고난 본질적 양상이라고 지적한다. 불교 사유에서 보편적 연민은 드넓고 무한하며 세상의 조화에 기여하는 실제의 역동적 자질이다. 보편적 연민은 사랑과 자비의 한 측면으로서 무한히 확장할 수 있다. 이는 모든 치유의 토대이자, 자선과 배려의 근원이다. 보편적 연민의 본질은 특정 개인과 무관하지만, 설령 우리가 연민의 존재를 모른다 할지라도 연민은 늘 우리를 기꺼이 받아 주고 있다. 하물며 그동안 우리가 받은 훈련이나 길들여진 상태가 그 연민을 알아볼 수 있는 능력을 흐릿하게 만들었어도 연민은 항상 우리를 감싸 준다.

그다음으로 일상의 연민이 있다. 이는 우리가 누군가를 도와주고, 배고픈 사람을 먹이고, 불의에 항거하고, 더러워진 종이를 바꿔 놓고, 발을 문질러 주고, 친구의 가슴 아픈 이야기를 충분히 들어 주고, 지진 복구 기금을 내는 등 일상생활에서 표현되는 연민을 말한다. 때론 애써 노력한 일이 허사가 될 수 있지만, 우리는 할 수 있는 한 최선을 다한다.

이 두 가지 양상의 연민은 서로서로 의지가 된다. 일상의 연민은 소진될 수 있다. 가족을 보살피고, 남을 돕고, 세상의 고통을 줄이는 데 이런저런 노력을 하다 보면 지쳐 쓰러지기 마련이다. 이런 탓에 일상의 연민은 반드시 보편적 연민의 충만함을 공급받아야 한다.

하지만 무엇보다 연민은 호혜적 관계이다. 보편적 연민도 일상의 연민이 필요하다. 일상의 연민이 없다면 보편적 연민은 그저 추상적인 발상이나 거창한 기도에 지나지 않는다. 만약 세상을 치유하는 데 기도 하나만으로 충분하다면 우리는 이미 오래전에 모든 고통을 끝내 버렸을 것이다.

이 점을 이해한다면 연민이 그저 우리가 저마다 쏟는 노력에서 나오는 것이 아님을 알게 된다. 연민은 우리의 기본적 본성에서 나오며, 현실 그 자체에서 발생하는 역동적 표현이다. 보편적 연민은 우리의 팔과 다리, 튼튼한 허리를 필요로 한다. 말하자면 우리는 연민을 이동시키는 수단이다. 우리는 연민이 일상생활에서 구현되는 방식이다. 연민은 우리의 헌신적 태도, 밝은 정신, 친절한 마음을 활용한다. 한편 일상의 연민은 그 근원이 곧 보편적 연민이므로 끊임없이 새로운 기운을 얻게 된다. 이렇게 우리는 이 세상에 끝없는 고통이 있지만, 더불어 그 고통에 대응하는 무한한 연민도 있다는 사실을 신뢰하고, 그 점을 차츰 깨닫게 된다.

때로는 연민이 지금 여기 존재한다는 사실만으로 곧바로 특정한 고통을 치유하기도 한다. 하지만 때때로 연민의 존재와 사랑의 배려는 연민과 사랑이 아니라면 너무 힘겨워서 참을 수 없을 것 같은 고통과 함께 머무르기도 한다. 그 아픔이나 고통과 함께 머물게 됨으로써 연민은 더 깊은 진리가 우리 앞에 드러나도록 해 준다.

내 친구 마이클은 거의 21년 동안이나 다발성 경화증을 안고 살았다. 우리는 그 세월 중의 15년 동안 그의 죽음을 준비하면서 함께 보냈다. 그랬다. 무려 15년이었다. 한번은 마이클이 폐렴을 심하게 앓으면서 중환자실에 있다가 집에 돌아왔다.

"프랭크, 이제 나는 돌아가지 않을 거야."

"병원으로 돌아가지 않겠다는 뜻이야?"

"아니, 돌아가지 않겠다고."

"왜 그래, 마이클?"

"정말 겁이 나. 우리가 지금까지 해 왔던 그 모든 일을 생각해 봐. 난 아직도 무섭다고!"

그 순간 우리 두 사람은 마이클이 겪는 고통의 나락을 오롯이 받아들였다. 그러는 동안 서로 한참 아무런 말도, 아무런 움직임도 하지 않았다. 돌봄 관련 전문지식이 아니라, 연민에서 우러나온 선명함의 순간이 다가왔다. 나는 이렇게 답했다.

"이것 봐, 마이클, 그 두려움은 절대로 사라지지 않을 거야. 네가 두려움을 느낀 네 안의 그 부분은 항상 두려움의 대상이 될 거니까."

처음에 마이클은 조금 어리둥절해 보였다. 하지만 그 말이 가슴에 와 닿았는지 밝은 대답을 해 주었다. "우와, 그것 참, 이런 상황에 대해 이렇게 말해 주는 사람이 있다니, 듣던 중 제일 위로가 되는 말이네."

마이클의 반응은 단순히 체념하듯 감수하는 것이 아니었다. 두려움이 거기 있지만, 이미 그 두려움을 알고 있으니 두렵지 않은 자아의 다른 차원에 접근할 수 있음을 이해한 반응이었다. 인식은 두려움과 함께 할 수 있다. 두려움은 그 공간에서 더 이상 유일하지 않았다. 이제는 연민이 함께 존재했다. 연민은 그에게 꼭 필요한, 숨 쉴 수 있는 공간을 내주었다. 그 공간에서 두려움도 나름의 쓸모가 있다는 사실을 알게 되었다. 잠시 동안 마이클은 아픔이 없는 사람 같았다.

연민은 우리를 아프게 하는 것에 가까이 다가가 친해지기를 요구한다. 기실 연민이 모습을 드러내도록 초대하는 주인공은 바로 아픔과 고통이다. 연민의 정보체계는 고통을 없애려고 애써 노력하지 않는 친절한 배려를 끄집어낸다. 이는 에고의 소망을 거스르는 작용이다. 에고는 아픔을 막고 보호받기만을 원한다. 우리에게는 불쾌를 저지하고, 고통을 저만치 떨어뜨려 놓기 위한 은밀한 전략이 있다. 우리의 방어기제는 고통의 진짜 근원을 보지 못하게 하고 우리를 잘못된 길로 이끌기도 한다. 두려움, 분노, 죄책감, 걱정, 원한, 수치, 이는 너무나 고통스러운 자동반응성 징후들이다. 우리의 심리기제는 정신 안에서 더 깊은 역학관계를 감추고, 고통의 더 근본적인 원인을 이해하지 못하게 만든다. 이런 식으로 종종 무의식적 방어기제는 고통을 재활용하는 역할을 한다.

연민이 존재하면 우리의 이 방어적 태도는 누그러질 수 있다. 방어기제가 가라앉으면 우리는 이 상황을 객관적으로 볼 수 있고, 고통의 진짜 원인을 찾을 수 있다. 그런 다음에는 두려움 등의 징후가 아니라 진짜 원인을 처리하기 위해 노련하게 개입할 수 있다. 따라서 연민은 우리가 더 많은 진리와 더 큰 자유를 얻고 그것을 경험할 수 있는 수단으로서의 고통과 함께 머무를 수 있는 능력을 선사한다. 이것이 바로 연민의 또 다른 측면이다.

언젠가 독일에서 대담을 하던 중에 버니 글라스만 로시가 연민을 구현한 관세음보살을 언급했다. 관세음보살은 천 개의 팔을 가진 신격으로 묘사된다. 그 손마다 세상의 외침을 들을 수 있는 귀가 있다. 천 개의 팔은 그 외침에 대응하기 위한 것이다. 버니는 연민이란 고통을 대하는 합당한 천성이라고 말하고 있었다.

어떤 남성이 일어서서 말했다. "다 좋은데요, 저한테는 천 개의 팔이 없습니다. 단 두 개뿐이죠. 그 모든 고통을 없애기 위해 어떻게 해야 하는 겁니까?"

버니는 잠시 말을 멈추더니 아주 우아하게 답했다. "당신 말은 틀렸어요."

그 남성은 계속 버텼다. "아뇨. 나한테 팔이 두 개 뿐이라는 건 확실합니다."

버니는 강의실에 있던 모든 사람에게 손을 들어 보라고 요청했다. 참석한 사람은 모두 500명이 넘었다. "보세요. 천 개의 팔이죠."

우리가 오로지 혼자서 이 일을 하고 있다고 생각하는 것은 착각이다. 이것이 바로 버니가 말하는 요점이었다. 사실 모든 것은 긴밀하게 연결되어 있고, 상호의존성이라는 광활한 네트워크 안에 관련되어 있다. 우리가 하는 모든 생각, 감정, 그리고 행동은 그 네트워크 안의 다른 모든 것에 영향을 끼친다. 위대한 자연주의자 존 뮤어는 말했다. "세상 그 무엇이든 하나만 가려 뽑으려 할 때에도, 결국 그것이 이 우주의 다른 모든 것과 서로 얽혀 있음을 알게 된다."

우리는 다시 우리 한 사람 한 사람이 저마다의 파도가 되는 그 바다, 저마다 고유한 형태로 다르지만 전체와 분리될 수 없는 그 물결의 총합인 바다로 다시 돌아왔다.

우리가 개별 자아의 시점에서 현실을 바라보면, 끊임없이 타인과 우리를 분리하는 것만을 쫓아다니게 된다. 우리 눈에는 서로 갈라져 떨어져 나온 것만 보인다. 그러니 보는 곳곳마다 고통이 존재한다. 하지만 우리가 연결성의 관점으로 이동하면 조화로움을 느낄 수 있다. 우리만의 개성을 완전히 포기하지 않으면서도 더욱 더 포괄적인 관점을 택하게 되는 것이다.

연민은 우리로 하여금 고통에 더 가까이 갈 수 있게 해 주고, 친밀함을 통하여 더 많은 진리를 알게 해 준다. 우리가 그만큼 가까이 가면 '나와 타인'이라는 환영은 사라지고 없다. 우리 자신이 이 상호관련성이라는 거미집의 일부임을 알게 된다.

지혜는 스스로 받아들였던 그 작고 얽매인 개별 자아의식이 그저 제한된 이야기에 불과하다는 사실을 알려 준다. 분리와 구별이 사라질 때 우리는 곧 전부임을 깨닫는다.

우리가 전부가 되면 연민은 그야말로 합당한 반응이 된다. 이제 연민은 진정으로 온전한 우리의 자아로 편입된 그것을 사랑하고, 도와주며, 더 나아가 그 온전한 자아의 자유를 표현하는 자연스러운 방식이 된다.

4

어떤 상황 속에서도
평온한 휴식의
자리를 찾으라

휴식은

우리가 행하고 싶은 것과

우리가 존재하고 싶은 방식 사이의 대화이다.

데이비드 와이트(시인, 1955-현재)

아델은 강인하고 딱 부러지는 68세의 러시아계 유대인 여성이었다. 그녀가 눈을 감던 밤, 나는 영광스럽게도 젠 호스피스에서 그녀의 마지막을 함께했다. 아델은 매우 힘들게 숨을 쉬면서 침대 끝에 앉아 있었다. 그녀에게는 숨을 마시고 내뱉는 매초가 사실상 하나의 투쟁이었다.

나는 구석에 있는 소파에 앉았다. 친절하고 선한 보조 간호사는 아델을 안심시키려고 애를 썼다. "너무 무서워하지 마세요. 그러실 필요 없으셔요. 내가 바로 옆에 있잖아요."

아델은 다소 딱딱거리는 말투로 답했다. "간호사 양반, 이런 일이 당신한테 일어나고 있다면 당신도 겁이 날 거야."

간병인은 아델의 등을 쓰다듬기 시작했다. "조금 추우시죠? 담요 갖다 드릴까요?"

이번에도 아델은 이렇게 쏘아붙였다. "당연히 춥지. 나는 지금 죽어가고 있으니까."

나는 잠자코 구석에 머물러 있었다.

아델의 거리낌 없는 솔직함을 보고 혼자 웃으면서 두 가지 사실을 분명히 깨달았다. 첫째, 아델은 솔직한 대화와 진정한 관계를 원했다. 그녀는 자신의 죽음을 어떻게든 가공하거나 밝은 주제로 넘어가서 이야기를 나누고 싶어 하지 않았다. 감성적인 의견이나 생각에는 아무런 관심이 없었다. 둘째, 아델은 여전히 몸부림치고 있었다. 세상에 나올 때 진통이 있듯 세상에서 사라질 때도 그만큼 힘이 든다.

나는 아델 쪽으로 가까이 의자를 끌어당기고 그녀에게 시선을 고정했다. 그리고 곧바로 물었다.

"아델, 힘을 좀 덜었으면 좋겠죠?"

"그러게요."

그녀는 수긍했다.

"내가 지켜보니까 내뱉는 호흡 끝에 약간 멈추는 순간이 있더라고요. 아주 잠시만이라도 그 순간에 온 마음을 집중해 보시겠어요?" 나는 넌지시 말해 보았다.

아델은 불교에 전혀 관심이 없었으며, 평생 명상이라곤 해 본 적이 없었다. 하지만 고통에서 풀려 나오는 그 순간에 매우 고무되었다. 그래서 한번 해 보기로 했다. 나는 이런 아델에게 힘을 실었다. "내가 함께 호흡할게요."

잠시 후 아델은 날숨과 들숨 사이 그 짧은 순간에 집중할 수 있었다. 그렇게 하자 아델의 얼굴에서 두려움이 차츰 빠져나갔다. 우리는 한동안 계속해서 함께 숨을 쉬었다.

그러다 마침내 아델은 다시 베개에 머리를 대고 누웠다. 그리고 잠시 후 아주 평안하게 눈을 감았다.

흔히 휴식이라고 하면 우리 삶에서 다른 모든 것을 마무리할 때 찾아오는 것이라고 생각한다. 가령 하루 일과를 마치고 샤워할 때, 모처럼 휴가를 갈 때, 촘촘히 적어 놓은 과제 목록을 완수할 때에야 비로소 휴식을 떠올린다. 더구나 현재 상황이나 환경을 바꾸어야만 휴식을 찾을 수 있다고 생각한다.

네 번째 초대장은 아델의 경우처럼 삶의 조건과 상황을 반드시 바꾸지 않고도 우리 안에서 휴식을 찾아낼 수 있음을 가르쳐 준다. 결국 아델이 처한 삶의 조건은 그대로였다. 숨쉬기는 바뀌지 않았고, 죽어가고 있다는 사실도 변함없었다. 그럼에도 불구하고 아델은 평온한 휴식의 자리를 찾아냈다.

이 평온과 휴식의 자리로는 언제든 접근할 수 있다. 다만 그 자리를 향해 얼굴을 돌려야 한다. 마음을 흩뜨리지 않고 오롯이 이 순간과 이 활동에 집중할 때 평온한 휴식을 경험하게 된다. 성심을 다해 연습하고 수행하면 얼마 지나지 않아 우리 삶 속에 존재하는 평범한 일상의 한 부분으로 이 자리의 넉넉함을 알게 된다. 그 자리는 결코 병들지 않고 새로 태어나 않으며, 무엇보다 죽어 없어지지 않는 우리 안의 어떤 측면을 분명히 드러내 보인다.

폭풍 속의 평온함

윤회의 무한한 바닷속
철썩이는 파도의 끊임없는 분노처럼
업보와 예민한 생각들로 무력해진 마음을
우리 안에 타고난 광대한 평안 속에 쉬게 하라.

— 노슐 켄 린포체(1932-1999)

참선 이야기 한 편을 들려주고 싶다. 한 승려가 사원 바닥을 힘차게 쓸고 있었다. 그 옆을 지나가던 다른 승려가 싹둑 한마디를 던졌다. "아주 바쁘십니다."

앞의 승려가 답했다. "아주 바쁘지 않은 사람이 있다는 걸 알아주셨으면 합니다."

태평스럽게 지나가던 관찰자에게는 사원 바닥을 쓸고 있는 승려가 '아주 바쁜' 사람으로 보였을지도 모르지만, 내면적으로 그 승려는 바쁘지 않았다는 점이 이 이야기의 핵심이다. 그는 온갖 상황 속에서도 평온을 유지하는 자기 안의 고요함을 깨달을 수 있었다.

다들 우리가 너무 바쁘다고 생각한다. 아마 그럴지도 모르지만, 동시에 그 화제 자체를 생각하는 방식도 문제가 된다.

내가 3학년 때였다. 하교 종소리가 울리기를 기다리는데 큰 원형의 학교 시계에 걸린 분침이 참으로 느리게 움직였다. 여름방학은 영원히 계속될 것 같았다. 그렇게 시간이 흘렀고, 모든 방학은 결코 그렇게 길지 않았다. 대체 무슨 일이었을까? 날마다 하루 24시간은 여전히 똑같다. 그렇다면 '시간이 충분하지 않다.'는 느낌은 나의 객관적 현실과 일치하지 않다는 뜻이다.

늘 부족하다고 생각하면서 시간에 끌려다니고, 순간순간 무의식적으로 이리저리 굴러다니면 나는 생각의 포로가 된다. 내가 직접 지은 감옥 안에 갇히게 된다. 그리고는 단지 그 문을 열겠다는 결심이나 선택을 하기만 하면 되는데, 실상 그 감옥 문이 잠겨 있지 않다는 사실조차 깨닫지 못하는 지경에 이른다.

평온한 휴식의 자리를 찾는 일은 이미 빼곡하게 적힌 기다란 과제 목록에 또 다른 과제를 추가하는 게 아니다. 근무시간에 낮잠을 좀 더 취하자는 뜻은 더욱 아니다.(물론 이렇게 하면 도움이 된다고 한다.) 그것은 하나의 선택이다. 이 순간에 마음을 깨우고 주의집중하겠다는 선택이다. 동시에 여러 가지 일을 하는 소위 멀티태스킹은 주의력을 붙잡아 우리를 지치게 만드는 데 일조하는 신화에 불과하다. 하루를 마무리하는 즈음 생각해 보면, 그런 활동은 즐겁지도 않고 생산적이지도 않다. 이제 있는 그대로를 받아들이자. 우리 중에 초능력을 가진 사람은 아무도 없다. 우리는 그저 한 번에 한순간만 살 수 있다.

마하트마 간디는 이렇게 말했다. "나는 미래를 보고 싶지 않습니다. 나는 현재의 순간을 살피는 데 관심이 있습니다. 신은 저에게 그다음에 올 순간에 대한 통제력은 주지 않으셨습니다." 이 견해는 우리를 좌절하게 만든다. 우리는 접시를 돌리면서 동시에 공중에 공을 던져 묘기를 부리고, 한 번에 두 가지 꿈을 꾸며 살기를 바란다. 이런 맥락이 아니면 전부 지루하게 들린다. 하지만 우리는 제대로 주의를 집중하지도 못한 채 사실상 더 불완전하게 살아가고 있을 때도 스스로는 더 많은 성취를 하고 있다고 상상하면서 분주하게 뛰어다닌다.

그 결과 우리는 '바쁨'에 중독된다. 휴식과 비생산성과 게으름을 혼동한다. "낭비할 시간이 어디 있어!" 이 활동에서 저 활동으로 급하게 경쟁하듯 뛰어다니면서 자기 자신을 꾸짖는다.

가장 꾸준한 동반자인 스마트폰은 이런 사고방식을 보여 주는 눈부신 사례이다. 최근 샌프란시스코 시민을 상대로 한 설문조사에 따르면, 어떤 날을 기준으로 잡아도 대부분의 사람들이 다른 사람과의 상호작용보다 스마트폰과 더 많이 소통하고 있다. 응답자의 절반은 사회적 소통에서 도망치기 위해 스마트폰을 쓰고 있다고 인정했으며, 3분의 1은 스마트폰에 접근할 수 없으면 불안하다고 답했다.

기억하는가? 처음에 컴퓨터가 세상에 나왔을 때 컴퓨터를 쓰면 여가 시간이 더 많아지고, 인간의 연결성은 더 커진다는 발상에 기초하여 판매되었다. 이제 그만 그 돈을 돌려받고 싶다.

사실 많은 이들이 휴식을 두려워한다. 의사와 간호사들은 어떻게 자신들을 무자비하게 계속 몰아가는지, 그리고 어떻게 해서 에너지를 소진하고 기력이 빠져 버린 상태가 의대 교육과 의료 현장의 주된 장면이 되는지 이야기한다. 만약에 혹시라도 이 급박하게 돌아가는 경쟁을 멈춘다면, 그동안 지켜보기만 했던 주변의 엄청난 고통이 자칫 자신들의 방어기제를 뚫어 버릴까 몹시 두려워한다. 그들도 사람이니 아마 눈물을 흘리면서 울음을 멈출 수 없을 것이다.

우리 스스로 심장 주변을 둘러싼 갑옷은 우리의 아픔을 차단할 수 없다. 혹시 우리가 잊힌 존재가 되면 어쩌지? 쉴 새 없이 이루어지던 행동을 딱 멈추면 우리가 두려워하는 외로움과 공허감이 드러날 것이다. 그래서 끊임없는 활동을 숭배하고 집착함으로써 우리는 불확실성을 슬쩍 피하고 거짓된 안정감을 구축한다.

이런 식으로 우리는 스스로 자신을 소진하는 일에 투자하게 된다. 건강관리 전문가들과 함께하는 세미나가 열리면 나는 종종 직관에 반하는 질문을 탐색하라고 요구한다.

"흔히 고달프고 탈진할 만큼 일하는데, 거기에 올바른 점이 뭐가 있을까요?" 처음에 그들은 어떤 장점도 없다고 말한다. 하지만 시간이 흐르면 솔직한 대답이 나온다. 누군가는 이렇게 말한다. "사람들은 내가 열심히 일하고 있다고 생각하겠죠. 이렇게 헌신하는 것으로 인정을 받는다고요." 또 누군가는 이렇게 반응한다. "과로하고 지쳐 쓰러진다는 건 내가 그만큼 중요한 사람이라는 뜻이 아닐까요?" 그러면 한두 사람이 맞장구친다. "사람들이 나한테 미안하다고 느끼잖아요. 그러면 내가 사랑받는다는 느낌이 들어요."

대개 우리의 고달픈 탈진현상은 일을 너무 많이 해서가 아니라, 그 일에 충실하게 참여하지 않았거나 온 마음과 힘을 다하지 않았기 때문에 발생한다.

이는 이제 막 암을 선고받은 사람들 사이에서도 흔히 일어나는 현상이다. 내 친구 앙쥬 스티븐은 오랫동안 위독한 질병에 걸린 사람들과 함께해 온 치료사인데, 그는 앞서 말한 그 현상을 가리켜 '은밀한 감사'라고 부른다. 그녀를 찾아온 많은 고객들은 맨 처음 받은 충격이 어느 정도 가시고 나면 이렇게 말하며 조용히 안도감을 표현한다. "그럼, 이제 반드시 '예'라고 말해야 된다는 의무감에서 벗어나 '아니오'라고 말할 수 있겠군요. 이제야 마침내 쉴 수 있겠어요."

평온한 휴식을 얻는다는 것, 정녕 내가 죽어야만 가능한 일인가?

평온한 휴식은 두려움, 걱정, 불안이라는 이름의 복도를 방황하지 않게 다잡고 지금 이 순간에 존재할 때 찾을 수 있다. 일하는 시간을 더 줄이고 급한 일보다 중요한 일을 우선할 때 휴식은 찾아온다. 휴식은 마음의 잡동사니를 처리하고 고정된 관점을 과감히 잘라 내 버린 결과이다. 휴식은 모든 일을 멈추고 늘 새로운 순간의 가능성을 숭배하기 위해 되돌아서는 안식일과 같다.

여유는 우리 삶에서 없어서는 안 된다. 그런 만큼 일각에서 오해하는 것처럼 방종이나 사악한 행위도 아니다. 거의 모든 식물은 겨울에 활동과 성장을 멈춘다. 특정 포유류는 신진대사를 급격히 늦추면서 동면에 들어간다. 모든 살아 있는 것들은 조건과 상황이 맞을 때 다시 나타나기 위해 내부 생체시계의 인도를 받는다. 이런 휴식 기간은 그들의 생존에 결정적인 역할을 한다.

우리도 우리의 본능에 세심하게 주의를 기울여 휴식의 자리를 찾아내야 한다. 내 친구이자 메타 인스티튜트 강사진이었던 안젤레스 에리엔 박사는 종종 이렇게 말했다.

"우리 본성의 리듬은 느리게 움직이기 위한 수단입니다. 우리는 대부분 그 본성의 리듬에서 벗어나 빨리 달리는 1차선에서 살아가죠. 1차선에서 절대 할 수 없는 일이 두 가지 있습니다. 우리 경험에 깊이를 더하거나 그 경험을 삶에 통합할 수가 없죠."

에리엔은 연수생들에게 매일 한 시간은 야외활동을 하고, 적어도 30분은 침묵을 지키는 일상을 보내라고 권유하곤 했다. "우리가 본성의 리듬과 접촉이 끊어지면 균형을 잃게 됩니다. 본성 안에 오롯이 존재하려면 우리가 발을 딛고 사는 땅과 균형을 맞추어야 합니다."

삶의 원시적 리듬을 모르고 살아간다는 것은 우리에게 크나큰 손해이다.

나는 취미로 스쿠버다이빙을 즐긴다. 스쿠버다이빙은 본성의 가르침을 접하는 방법 중의 하나이다. 다이빙 중에 내가 가장 좋아하는 활동은 천천히 바닥까지 내려가 해저에 앉아 있는 것이다. 내가 볼 때 대부분의 안내자들은 너무 빠르게 움직인다. 그들은 분주한 움직임으로 여기에 산호, 저기에 난파선, 그리고 다른 여러 가지를 보여 주고 싶어한다. 하지만 나는 내 옆을 지나가는 바다 속 생명체를 지켜보고, 바다의 무한한 고요 속에서 조절하는 내 숨소리를 들으며 조용히 머물러 있는 시간이 훨씬 좋다.

언젠가 인도네시아에 있을 때 야간 잠수를 하러 간 적이 있다. 정말이지 숨 막힐 정도로 아름다운 저녁이었다. 구름 사이로 짙은 주홍빛이 서쪽 하늘을 두르고 노을이 질 무렵 우리는 길을 나섰다. 우리를 태운 진홍빛의 투박한 나무 롱보트는 금빛 윤슬을 스치며 청록빛 바다에 몸을 담그고 미끄러져 갔다. 고요한 바다가 하늘을 비추니 엷은 수평선 사이로 하늘과 땅 두 세계가 하나로 만나는 듯했다.

물속으로 들어갔을 때, 길을 밝히기 위해 야간 잠수 조명을 쓰지 않고, 그저 유리테이프로 감싼 소박한 손전등만 켜 두었다. 나는 파트너와 어둠 속으로 내려가면서 그 작은 손전등마저 끄고 싶은 충동이 일었다. 막상 손전등을 끄자, 주변이 얼마나 어두운지 금세 알 수 있었다. 지금껏 경험하지 못했던 콜타르 빛깔의 흑단 같은 어둠이었다. 나는 어느 쪽이 위인지 아래인지 옆인지 분간할 수 없었으며, 누가 내 옆에 있는지, 무엇이 근처에 있는지도 알지 못했다. 문득 불안이 파도처럼 밀려오면서 갑자기 가슴이 조이는 느낌이 들었다. 하지만 그 느낌은 마치 어릴 적 악몽처럼 이내 사라졌다.

손전등을 다시 켰을 때, 파트너와 나는 커다란 산호초 주변을 유영하고 있었다. 시간이 흐르고 우리는 어느새 가장 밑바닥에 안착했다. 그곳은 여느 밤에 비할 수 없을 만큼 고요했다. 하물며 물고기들도 지느러미를 내려놓고 쉬고 있는 듯 보였다. 바다가 우리를 살포시 감싸주었다. 그 순간 밤하늘만큼 한없이 넓은 평화로움이 차분하고 묵직하게 다가왔다.

잠수가 끝날 무렵, 정해 놓은 시간이 다가오고 산소 용량도 떨어지자, 우리는 다시 수면 위로 오르기 시작했다. 수중에 있다가 올라올 때에는 천천히 움직이면서 각 지점마다 반드시 쉬어야 한다. 그래야 몸에 이상을 막을 수 있다. 중간쯤 올라 왔을까. 저 멀리서 바다를 거쳐 밀려오는 강물처럼 강한 해류가 감지되었다. 자칫하면 떠밀려 나갈 것만 같았다. 그러다 마침내 수면 위로 올라오자 폭우와 천둥, 바다 너울을 거느린 거대한 폭풍이 맹위를 떨치고 있었다.

폭풍우가 치는 동안 바다에 있는 것은 가장 안전하지 않은 상황이었다. 하지만 나는 마냥 신이 나서 숨이 가쁠 정도였다. 격렬한 난기류가 무섭지 않았다. 해저에서부터 느꼈던 만족감이 가실 줄을 몰랐다. 사실 그리 특별한 상황도 아니었다. 야릇한 말이나 주문도 없었다. 그저 내 안의 평온함에 단단히 마음을 박은 채, 그때 벌어진 상황과 더불어 온전히 거기에 존재할 뿐이었다.

다행스럽게도 조금 떨어져 있던 우리 배가 눈에 들어왔다. 파트너와 나는 다른 사람들과 함께 배에 올라탈 수 있었다. 그리고 무사히 귀가했다. 나는 그 후로도 그 밤에 느낀 전율을 결코 잊지 못했다.

명상 수행을 가르치는 시간에 나는 종종 마음의 층위를 바다에 비유하여 설명하곤 한다. 수면 위에서 보자면, 우리의 생각 속에는 엄청난 난기류가 흐른다. 일상의 조건, 그날의 분주함, 스트레스, 불안 등 그 순간에 어떤 바람이 불어오든 우리는 그 영향을 받는다. 우리를 익사시킬 만큼 위협적인 어마어마한 정신적 불안과 정서적 폭풍이 몰아치는 이 층위에서 대부분의 사람들은 살아간다. 그렇게 불어오는 바람이 대부분 우리와 관련된 것처럼 느껴질 수도 있다. 우리는 스스로 우주의 중심이라고 생각하곤 한다. 생존본능이 충동질하는 이 지나친 자기도취적 태도는 세상이 나에게 어떤 빚을 지고 있다는 기대심리, 혹은 우리가 지금 벌어지는 일의 상당 부분에 책임이 있다는 과장된 믿음으로 이어지기도 한다.

그 마음을 명상을 통해 조금씩 가라앉히자. 그러면 더 보편적인 조류, 그러니까 수면 위의 소동을 일으키는 데 일조한 바닷속 강물을 감지할 수 있게 된다. 다시 말해, 더 깊은 인간적 성향, 본능적 충돌, 원시적 위력, 인간이라면 아무도 피해갈 수 없고 개인별 상황에 국한되지 않는 원형적 조건을 접하게 되는 것이다. 이렇게 이 뿌리 깊은 마음의 패턴은 끊임없는 변화의 밀물에도 고정된 자의식을 세우고 공고한 세계를 구축하고자 시도한다. 그 마음의 패턴이 우리의 행동을 형성하고, 습관을 만들고, 믿음을 왜곡한다. 이 전부가 다름 아닌 고통으로 이어진다.

마음챙김을 하면 우리의 관점이 이렇게 변한다.

"아, 내 마음을 따라 이런 조류가 흐르면서 나를 밀어붙이고 있구나. 그 조류는 자동반응을 유발하고, 두려움과 분노와 통제에 대한 욕망으로 나타나지. 하지만 그게 나한테만 특별히 드러나는 건 아니야. 모두의 내면에는 그 조류가 흐르고 있어. 이게 바로 인간의 조건이거든."

더 나아가 우리는 특정 개인을 가리지 않는 이런 인간의 조건이 우리의 출생보다 더 오래된 일임을 깨닫게 된다. 그 조건은 우리 잘못이 아니다. 내가 스스로 알코올중독자 가정에 태어나기로 선택한 것일까? 아니다. 하물며 아직 태어나지 않은 내 영혼이, '그래, 열세 살이 되면 성적 학대를 받을 수도 있는 몸 안으로 훌쩍 뛰어 들어갈 기회를 찾아야지.' 하면서 하늘에서 대기하는 중이었을까? 아니다. 그렇지만 나한테 일어난 상황에 대처하는 법은 배워야만 했다. 여기서 중요한 점은, 이런 조건들이 삶에 미치는 영향에 적절히 대응은 해야 하지만, 그런 조건들이 모습을 드러내는 데 우리의 책임은 없다는 사실이다.

이것이 바로 자의식에서 풀려나 삶을 보다 넓게 인식하는 과정으로 넘어가는 출발점이다. 우리는 스스로의 통제력을 벗어난, 인간의 여러 조건에 영향을 받는 존재임을 깨닫게 된다. 이미 존재하는 무의식적 조류를 깨닫게 되면 자신뿐 아니라 타인을 향해서도 더 많은 공감과 연민이 생겨나고, 더 크게 받아들일 수 있다.

만약 마음의 수면 아래로 훨씬 더 멀리까지 내려간다면 드넓고 잔잔한 고요함과 만나게 될 것이다. 이 인간의 조건이 항상 우리를 따라 흐르지만 거기에 얽매일 필요가 없다는 사실을 깨닫는다. 우리는 이 보편적 조류에 휩쓸릴 필요가 없다.

이런 알아차림과 함께 우리는 삶의 풍파와 우여곡절에서 도망치지 않게 된다. 다만 우리는 흡사 산호초 사이를 오가는 물고기마냥 바다 밑바닥에 앉아 우리 마음과 정신의 움직임을 관찰하듯 그저 본연의 휴식처를 찾게 될 것이다.

이렇게 열린 인식 안에서 휴식하게 되면, 고통을 피하고 즐거움을 얻기 위한 방법으로 우리가 처한 상황과 조건을 애써 관리하고 통제력을 얻으려 발버둥치는 습관에서 자유로워진다. 우리는 단순 반응에서 벗어나 더 많은 공간과 자유를 얻게 된다. 현실을 부인하고 정당화하거나 합리화하지 않는다. 그저 모든 일이 일어나도록 허용하게 된다. 그게 이런 식이면 그게 이런 식이라고 이해한다. 그게 저런 식이면 굳이 부인하지 않고 그게 저런 식이라고 이해한다. 이는 '오롯이 인간 존재가 된다는 것은 무슨 의미인가?' 하는 보다 깊은 진리를 인식하는 방식이다. 그것은 언뜻 보면 온화하지만 실은 열성적이고 담대한 방식이다.

이런 이야기가 다소 복잡하게 들릴 수도 있지만, 우선 기본적인 알아차림으로 시작하여 단순한 일과를 계속 연습하면 된다.

언젠가 억대 기술회사의 경영 간부와 함께한 적이 있다. 그는 피부 염증, 복통, 불면 등 심각한 스트레스 증상을 겪고 있었는데, 알아보니 하루의 대부분을 창문 하나 없는 회의실에서 신제품 개발과 출시를 담당하는 다양한 사업팀과 회의하는 데 보냈다. 각 팀은 들락날락했으나 막상 그가 회의실을 나가는 일은 거의 없었다.

우리는 아주 간단한 합의를 보고 한 시간마다 쉬면서 화장실을 가는 것부터 시작했다. 그러다 점차 회의 중에 의식적으로 심호흡을 하고, 화장실까지 가는 복도에서 마음챙김을 하며 걷는 단계를 추가했다. 시간이 지나면서 화장실은 그가 잠시 머무르며 명상하는 쉼터로 변했다. 거기서 그는 자기 안의 고요한 중심에 접근했고, 종종 매우 차분해진 마음으로 다시 업무회의에 복귀할 수 있었다.

만약 진짜 휴식을 찾고자 한다면, 우리를 방해하는 조류를 확실하게 알아보아야 한다. 물론 이런 인식은 시작에 불과하다. 진정한 변화를 이루려면 지금껏 사는 동안 길들여진 특정한 방식을 이해하기 위해 더 깊이 뛰어들어야 한다. 그러면 우리 내면의 고통을 일으키거나 휴식을 앗아가는 원인에 초점을 맞추어 해결해 나갈 수 있다.

불교 전통에는 윤회의 수레바퀴로 알려진 형상이 존재한다. 윤회란, 물질 세상과 불가분의 관계에 있는 죽음과 부활의 순환을 뜻한다. 그 바퀴는 은유로서 인간이 계속 돌리게 되는 여러 조건의 무한한 순환을 보여 준다. 그 바퀴를 돌리는 동력을 때때로 '삼독(三毒)'이라 부른다. 삼독은 탐(貪), 진(瞋), 치(痴), 즉 탐욕, 증오, 어리석음을 가리키며, 이 것이 바로 인간 고통의 근원이다. 처음에 '독'이라는 말이 다소 강하게 들릴 수도 있다. 하지만 삼독이 우리 마음을 오염시키는 방식과 더불어 이 고통스런 상태의 중독성을 깨닫게 된다면 달라질 것이다. 그럼에도 나는 이 보편적인 장해물에 이름을 붙이는 데 좀 더 현대적이면서 본능적인 방식을 선호하는 쪽이다. 마틴 에일워드는 프랑스 남서부 물랭드샤브 피정 센터에 상주하면서 20년 넘게 불교 교리를 가르치고 있다. 그와 함께 이야기를 나누던 중에 바로 그 삼독이 화제로 떠올랐다. 에일워드는 그 세 가지를 가리켜 '요구, 방어, 산만함'이라고 불렀다.

첫 번째 독인 '탐욕'은 우리가 충만하고 온전하고 완전하게 느낄 수 있도록 우리 욕망의 대상이 지속적인 만족을 주어야 한다는 '요구'이다. 이는 사람이든, 사물이든, 생각이든 특정 대상에 매달리면서 유난히 집착하게 되는 성향이다. 탐욕은 내면의 허기를 유발한다. 이로써 우리는 항상 이룰 수 없는 목표를 손에 넣으려고 몸부림친다. 새로운 일, 새로운 파트너, 새 차나 새 집, 새로운 몸, 새로운 태도 등 그 유형도 다양하다. 우리의 행복이 우리가 원하는 것을 얻고 그 목표에 도달하는 데 달려 있다고 착각한다. 하지만 정작 문제는, 설령 그 목표를 이룬다 하더라도 삶의 모든 것은 일시성의 법칙에 예속되기 때문에 성취하거나 소유한 것에서 영원한 만족을 얻을 수 없다는 사실이다. 우리 주변 상황이나 환경은 계속 변할 것이다. 아니면 우리가 살면서 만나는 새로운 역할이나 새로운 사람, 새로운 일에 익숙해질 것이다. 그리고 우리가 얻는 즐거움은 필연적으로 서서히 희미해져 갈 것이다.

비극적이게도 그 '요구' 안에는 지금 여기에 있는 것, 지금 우리가 가진 것이 극히 충분하지 않다는 개념이 태생적으로 깔려 있다. 우리 몸 안에서 더 많은 것을 원하는 충동을 맹렬하게 당기는 힘, 그러니까 우리 내면의 근원적 결핍감을 채워 줄 무언가를 찾는 필사적인 힘이라고 느낄 수 있다.

혐오감이 깔린 두 번째 독인 '방어'기제는 분노, 미움, 따돌림, 외로움, 편협함, 또는 두려움으로 나타날 수 있다. 불쾌한 감정, 불쾌한 환경, 불쾌한 사람 등 우리가 좋아하지 않거나 원하지 않는 것은 무엇이든 저항하고 부인하고 회피한다. 방어기제는 여기저기에서 갈등과 적을 찾아내려는 사악한 순환 속에 우리를 몰아넣는다. 이는 우리가 세상 모든 사물과 사람과 서로 분리되어 있다는 잘못된 개념을 강화한다. 에너지 측면에서는 우리는 몸 안의 이 충동을 앞서 나온 당기는 힘(요구)의 반대라고 이해한다. 이것은 밀어내는 힘이다. 역설적이게도, 보통 강하게 밀쳐 내는 게 무엇이든 훨씬 더 강하게 다시 밀려오는 법이다.

세 번째 독은 '산만함'이라는 어리석음이다. 이것은 삶을 거스르면서 당기고(요구하고) 미는(방어하는) 성향을 유발함으로써 실제와 현실이 돌아가는 방식을 깨닫지 못하게 만든다. 세상 만물이 서로 의존하는 존재이자 오직 한 번뿐인 존재라는 본질을 알아차리지 못한다. 그대신 우리는 고통을 단절하는 한 가지 방법으로 산만함이라는 올가미 안에서 길을 잃는다. 음주, 쇼핑, 음식, 도박, 섹스, 소셜미디어, 비디오게임, 심지어 명상까지, 이 모두가 의심할 여지없이 정신을 산만하게 하는 습관이자 전략으로 공급되고 활용된다. 우리는 자신을 잃고 혼란에 빠지고 쓸모없는 견해를 붙잡고 늘어진다. 우리는 안개 같은 삶 속에서 방황하며 고통을 통과하는 길이 있다는 사실조차 분명히 알아차릴 수 없다. 고통을 통과하려면 그 고통을 정면으로 마주해야 한다. 그러나 그 사실을 애써 무시함으로써 계속해서 고통의 구렁텅이에 걸려 넘어지고 빠지기를 반복한다. 기력의 측면에서는 마약에 취한 듯 둔해지고 의식마저 흐리마리해지는 느낌을 받는다.

이것이 바로 우리 인식의 수면 아래 도사린 근원적인 독이다. 이것은 너와 나를 가리지 않으며, 모든 일상의 행동에 영향을 주고, 몸과 마음의 편안한 휴식도 방해한다. 이를 가리켜 '불교판 성격유형검사(MBTI)'라고 우스갯소리를 하는 사람들도 있다. 가령 파티에 간다고 상상해 보자. 요구(탐욕) 유형은 뷔페 테이블로 직행한다. 방어(증오) 유형은 내부 장식, 음식, 음악을 물고 늘어지며 불평한다. 산만한(어리석음) 유형은 과연 내가 제대로 파티를 찾아왔는지 의아해한다. 물론 이것은 우리 성격을 형성하는 이 세 가지 보편적 조건을 가벼운 마음으로 알아보는 방식일 뿐이다.

일반적으로 우리를 이미 길들인 이 조건들이 존재하고 있음을 감지하지만, 그것이 얼마나 강력한 영향을 끼치고 있는가에 대해서는 도리어 그 사실을 인정하지 않으려고 한다. 말하자면, 삼독은 바다 위에 위태롭게 떠 있는 한낱 조각배와 같은 우리 마음을 연달아 치고 두드리고 빠지는 보편적 조류와도 같다.

삼독의 해독제는 바로 마음챙김이다. 약효는 이 고통스러운 요구, 방어, 산만함의 상태를 알아차리고 그것이 모든 경험의 모든 순간에 영향을 끼친다는 사실을 깨닫게 되면서 일어난다. 고통은 난데없이 나타나지 않으며, 개개인의 실패에 대한 처벌이나, 도덕적 약점의 표증도 아니다. 고통은 끊임없이 변화하는 삶의 명분과 조건이라는 진실을 무시해 버린 당연한 결과이다. 탐욕을 부리고 회피하고 스스로 정신을 어지럽히는 우리 본연의 성향은 그 성향이 없는 척한다고 해서 사라지지 않는다. 오히려 그런 성향을 확인하고 알아차려야 한다. 그런 성향 때문에 얼마나 많은 고통이 발생하는지 깨닫게 될 때, 비로소 그 성향이 명령하는 바를 따르지 않는 방향으로 나아갈 수 있다.

불교 전통에서는 흔히 "장해물이 바로 길이 된다."라고 말한다. 우리가 요구하고, 방어하고, 산만할 때에 내딛는 잘못된 발걸음도 우리 내면 존재의 타고난 아름다움으로 가는 관문이 된다. 본연의 열림 안에서 휴식을 허용한다면, 삼독을 확실히 알게 되고 그것이 우리 삶에 끼치는 해로운 영향을 알아차릴 수 있다. 일단 앞을 가로막는 눈가림이 없어지면 더 이상 속지 않게 된다. 우리가 삼독에 길들여진 모습, 그러니까 삼독과 밀접한 관계를 맺으면서 오히려 지지하고 있는 상황을 확실히 알아차리게 된다. 그러면 그 진리를 줄곧 무시해 왔던 충동이 우리의 고통을 부채질했다는 사실을 깨닫는다.

여기가 바로 해방의 순간이다. 눈에 띄지 않았지만 늘 거기에 존재했던 그 진리는 이제 우리를 자유롭게 해 준다. 그것은 시간이 흐름에 따라 아주 미세하게 우리의 시력이 변해 가면서 아름다움을 인식하는 능력이 흐릿해지는 양상과 비슷한 것 같다. 그럴 때 안경을 맞추어 끼면 아무런 왜곡 없이 선명하게 보인다. 세상의 장엄한 풍경이 또렷해진다.

삼독을 깨닫는 것 외에도 삼독의 강한 힘을 누그러뜨리고 그것을 좀 더 긍정적인 요소로 탈바꿈하기 위해서 균형을 맞출 만한 조정 요소들을 기르면 도움이 된다. 가령 요구 충동에 균형을 맞추고 만족을 찾기 위해 내면의 관대함과 평안함을 기를 수 있다. 그렇게 하면 우리 삶에 이미 존재하는 아름다움과 즐거움을 훨씬 더 많이 누릴 수 있다. 더군다나 스스로 지금까지 받아 왔던 모든 것의 주인이 아니라, 잠시 맡아서 돌보는 사람이라고 생각하기 시작하면서 우리가 받은 재능과 선물을 마음을 터놓고 담박하게 나누게 된다.

다정한 친절과 배려, 감사, 연민 어린 행동은 탐욕스런 요구를 완화하고, 방어에 급급한 성향을 느긋하게 풀어 준다. 타인을 향한 관심과 걱정, 그리고 치유와 연결을 향한 헌신적 태도를 발휘한다면, 이 능력을 불평등, 환경파괴, 사회적 불의에 과감히 도전하는 데 활용하게 된다.

지혜는 산만함을 과감히 가로질러 길을 내고, 망상의 자리에는 선명한 이해가 대신 들어선다. 자기중심적 태도의 손아귀에서 풀려나기 위해 통찰을 활용한다면 우리가 하는 모든 행동에는 결과가 뒤따른다는 사실을 인식하게 된다. 그러면 세상의 고통을 줄이고 모든 살아 있는 존재의 행복을 늘리기 위한 행동을 할 수밖에 없다는 생각이 들기 시작한다.

오늘 나는 어쩌다 노트북에 물을 쏟아 허둥지둥 정신이 하나도 없었다. 부랴부랴 컴퓨터 매장으로 달려갔는데, 수리 기술자들은 고칠 수 없다고 말했다. 나는 어쩔 수 없이 새 컴퓨터를 사서 파일 전부를 다시 저장했다.

맨 처음 한 시간 동안에는 스트레스가 극심했다. 내가 가장 먼저 했던 반응은 방어였다. 이런 나쁜 일은 저 멀리 밀쳐 버리고 싶었다. 새 컴퓨터에 저장하는 시간이 얼마나 걸릴지 알려 주는 화면의 파란 줄을 보고, 마치 내가 그 파란 줄의 피해자라고 느끼면서 혼자만의 생각에 빠졌다. '5시간이라고? 그것 참 오래 걸리네. 그리고 나서는 기다리라고? 뭘? 아직 14시간이 남았다고? 도대체 무슨 일이야?'

화면에 나타난 파란 줄은 사람을 미치게 만들었다. 그것 때문에 나는 한동안 기술이 적이 되어 버린 엇갈린 현실 속으로 빨려 들어갔다. 내가 느끼는 불안과 좌절이 컴퓨터가 고장 났기 때문이라고 생각했다. 그도 그럴 것이 컴퓨터 고장 때문에 약속한 마감날짜를 맞출 수 없을지도 모른다는 두려움이 점점 커졌기 때문이다.

그러다 툭 멈추고 심호흡을 몇 번 하고 나서 그 상황의 한가운데에서 휴식할 자리를 찾았다. 이미 벌어진 일을 괜히 트집 잡아 내 기분과 취향에 맞게 이야기를 지어내고 있다는 사실을 깨달았던 것이다. 마음가짐을 조금만 바꾸면 나의 본능적 방어기제를 감사하는 태도로 상쇄할 수 있었다. 순간, 내가 얼마나 운 좋은 사람인지 알아차렸다. 실은 다행스럽게도 전날 밤에 컴퓨터 백업을 잊지 않아서 그렇게 많은 작업 내용을 잃어버린 것은 아니었다. 그뿐 아니라 당장에 새 컴퓨터를 사도 될 만한 여윳돈도 있었다. 일이 항상 좋은 쪽으로 되는 것도 아니고, 장차 이런 일이 다시 일어날지 누가 알겠는가. 그러니 지금 이 순간 나에게 주어진 선물을 감사하라는 사실을 새삼 일깨우며 스스로를 다독여 주었다.

그러자 모든 일이 순조로웠다. 고마움이 내 심장을 가득 채웠다. 다시 지금 이 순간에 머무르고 있다는 느낌이 들었다. 마음의 평화를 다시 찾았던 것이다.

극도로 날뛰는 마음을 길들이는 것은 야생마 훈련과 비슷하다. 당연히 쉽지 않지만, 그렇다고 불가능한 것은 아니다. 길들여진 말은 점차 차분해지고 쓸모 있는 일에 나서게 된다. 그런 다음 우리는 어느 정도의 균형감과 휴식을 누릴 수 있다.

인간관계에서 이렇게 할 수 있다면, 전혀 다른 방식으로 삶을 경험할 수 있는 능력이 생긴 것이다. 가령 죽음을 앞둔 사람과 함께하든, 직장 상사, 배우자, 또는 자녀와의 관계에서든 완전히 달라진다. 자신과 다른 사람의 고통을 줄이기 위해서 그 상황의 원인과 조건을 알아보고 능숙하게 소통할 수 있다. 무엇보다 그 폭풍우 속에서 잔잔해질 수 있다.

불운한 나그네처럼 그저 떠다니지 말고, 몇 가지 삶의 원인과 조건을 일부러라도 바꿀 필요가 있다. 아니 더 정확히 말하자면, 능숙하게 그리해야 할 것이다. 아무런 행동을 취하지 말라는 뜻이 아니다. 함부로 대하는 상사가 있다면 그 일자리를 잠시 그만둘 필요도 있고, 중독 증상이 있다면 전문가의 도움을 받아야 한다. 하지만 정작 자신이 마음의 표면에만 머물고 있다면 할 수 있는 일은 단순 반응을 하는 것뿐이다. 폭풍우의 손아귀에 완전히 사로잡힌 채 거친 바다 위의 작은 돛단배처럼 이리저리 휩쓸리는 신세가 될 수밖에 없다. 하지만 잔잔한 심연으로 들어가면 지혜와 연민의 자리에서 행동할 수 있게 된다.

철학자 블레즈 파스칼은 이렇게 말했다.

"나는 자주 말하곤 했다. 인간의 불행에 단 하나의 이유가 있다면 자기 방 안에서 조용히 머무르는 방법을 알지 못하는 탓이다."

우리 안으로 더 깊이 들어가면 갈수록 우리는 더 넓어진다. 우리는 모든 것, 하물며 무의식에 묻힌 것조차 스스로 드러나도록 허용한다. 현재 나 자신과 내가 처한 상황은 물론, 나와 타인이 모두 싫어하는 부분을 굳이 억압할 필요가 없다. 그 모든 것이 자아의 심리적 기제, 개인이 살아온 역사, 단순한 자동 반응성의 산물이라는 사실을 깨닫게 되기 때문이다. 게다가 그것은 인간이 처한 모든 조건의 구성물이기도 하다. 따라서 우리는 서로 부딪혀 쏠려 가는 일 없이 마음껏 오고 갈 수 있도록 허용하게 된다.

가족과 친구들과 함께하거나 누군가의 임종의 자리에 있을 때, 나는 무슨 일이든 일어날 수 있는 무비판적이고 따스하고 열린 공간을 만들어 내려고 노력한다. 내가 나 자신에게 먼저 휴식처가 될 수 있다면, 그 과정은 제대로 이루어진다. 나는 잠시 멈추고 주변의 혼란에 휩쓸리는 습관적인 방어기제, 단순 반응, 혹은 신경증적 경향에서 벗어나 쉴 수 있는 피난처로 내 본성의 더 선한 부분을 찾아갈 수 있다. 어려운 조건을 다 없애 버릴 순 없지만, 장해물을 기회로 바꾸기 위해 우리가 배운 기술을 사용할 수는 있다. 우리가 그 방에서 평정을 유지하는 바로 그 한 사람이 될 수 있다. 그렇게 할 때 다른 사람들에게도 참된 쉼터 역할을 할 수 있게 된다.

새뮤얼은 우리 호스피스의 손님이었다. 에이즈에 걸린 28세의 청년은 마치 작은 새처럼 연약해져 몸무게는 40킬로그램을 겨우 넘겼다. 어느 날, 새뮤얼의 친구들이 그의 생일 파티를 열어 주기로 했다. 샴페인, 딸기, 송로버섯에 풍선과 음악까지 풍성한 잔치에 무엇보다 흥겨움이 넘쳐 났다. 친구들은 아주 즐거운 시간을 보내고 있었다. 한데 새뮤얼은 아니었다. 그는 거의 사라져 갈 것처럼 메마르고 야윈 몸으로 자꾸만 침대 속으로 움츠러들고 있는 듯 보였다. 친구들은 좋은 뜻으로 시작했지만, 새뮤얼은 그 자극 안에 빠져 허우적대고 있는 것 같았다.

바로 그때 마사지 치료 봉사자인 레이가 방으로 들어왔다. 레이는 침대 발치까지 의자를 당겨 앉아 몇 번 심호흡을 하더니 엷은 미소를 지으며 새뮤얼에게 고개를 끄덕였다. 그 몸짓은 이제 내가 당신에게 주의를 기울이겠으니 손으로 몸을 만지는 걸 허락해 달라는 뜻이었다. 또 "다시 만나서 반가워요."라는 안부와 존중의 인사, 그리고 그 사이에 놓인 무언가였다.

새뮤얼 친구들 중에 레이의 존재를 알아챈 사람은 아무도 없는 듯했다. 마사지 치료사 레이의 두 손은 새뮤얼의 발바닥으로 먼저 다가갔다. 나는 그의 움직임을 볼 수 없었다. 분명히 미세한 손놀림이었을 것이다. 레이가 특별히 어떤 지점을 누르고 있는지 아니면 발 반사요법을 하고 있는지 아무것도 몰랐지만, 이렇게 발을 쓰다듬는 마사지에 불가사의한 요소는 없었다. 중요한 것은 만지고 쓰다듬으면서 이루어지는 깊은 접촉이었다.

30분 동안 레이는 한마디의 말도 없이 새뮤얼에게 반응해 주고, 토닥여 주고, 살펴보면서 '경청했다.' 그 방 안의 북새통은 계속되었지만, 이제 새뮤얼은 그 왁자지껄한 상황에 빠져 허우적대지 않고 조금씩 둥둥 떠다니고 있었다. 레이는 의도적으로 천천히 손을 거두었다. 그리고 뒤로 물러나 잠시 쉬었다. 새뮤얼은 레이에게 감사의 키스를 보내고는 두 눈을 감고 편안하게 다시 베개에 머리를 파묻었다.

조건은 하나도 변하지 않은 채 그대로였다. 파티는 여전히 계속되었다. 사람들은 계속해서 송로버섯을 먹고 샴페인을 마셨다. 레이와 새뮤얼은 한마디의 대화도 나누지 않았다. 그러나 레이는 세심한 손길로 새뮤얼의 정서적 부담을 덜어 주고, 그로 인한 몸의 불안함까지 사라지도록 도와주었다. 우리는 종종 침묵의 평온함을 과소평가한다. 그저 옆에 함께 있어 주는 미덕을 무시하곤 한다.

이와 비슷한 사례가 있다. 내가 심장수술에서 회복하는 동안 오랜 친구이자 젠 호스피스 프로젝트의 공동 창립자인 마사 드베로는 종종 집으로 찾아와 함께 명상을 하면서 나를 든든히 지지해 주었다. 마사는 그 명상시간을 아름다운 의식으로 마무리하곤 했다. 수년 동안 그녀가 수감자들에게 가르쳐 왔던 의식이었다. 그녀의 안내에 따라 나는 오른손을 심장에 올리고 왼손을 배에 놓고서 반복해서 읊조렸다. "나는 지금 여기에 있습니다. 우리는 지금 여기에 있습니다."

바로 지금 여기, 이곳이 우리가 쉴 수 있는 유일한 자리이다.

심장수술을 하고 난 어느 날 밤, 괴롭게 선잠을 자다가 힘겨운 꿈을 꾸고는 새벽 2시에 잠에서 깼다. 덜컥 겁이 난 나머지 나는 내가 느끼는 고통에서 물러나고 싶었다. 그때 어떤 목소리가 들렸다. 내 영혼의 목소리였다. 그 목소리는 나를 인도해 주고 있었다. 나한테 내가 했던 말 그대로를 돌려주었다.

"상황의 한가운데에서도 평온한 휴식의 자리를 찾아라."

머릿속으로 생각했다. 좋아, 프랭크, 그냥 한번 시도해 보자.

그러자 내 입가에 미소가 번졌다.

여기에서 문제는 휴식하려고 애를 쓰면 도리어 쉬지 못한다는 점이다. 사실 그것은 노력을 더하는 일이 될 뿐이다. 물론 삶에서 수고와 노력은 필요하다. 가령 수고하지 않으면 자동차 트렁크 안에서 가방을 꺼낼 수 없다. 그러나 이와 똑같은 형태의 수고로운 노력을 휴식하는 데까지 적용하면 역효과를 불러온다. 지금 있는 그대로의 상황을 바꾸려고 애를 쓰면 가장 깊은 휴식을 구할 수 없다. 다만 휴식의 접촉을 방해하는 활동을 느슨하게 풀어 줄 뿐이다.

욕망은 쉼 없이 계속된다. 그것은 마치 우리 안에서 타오르는 불길과 같다. 그 불길은 뭔가를 찾아 얻고자 하는 우리의 욕구에 불을 붙이고 끊임없이 부채질한다. **무언가를 찾아 얻고자 하는 사람이 된다는 것은 영적 여정에 있어서 필연적 단계이다.** 사실 나도 한때는 스스로 그런 사람이 되려고 자랑스럽게 선택했던 하나의 정체성이기도 했다. 그 정체성은 너무 쉽게 방해물이 될 수 있다. 에너지의 측면에서 무언가를 찾아 얻고자 하는 행위는 불안하고 초조한 기분을 들게 한다. 그것은 내가 곧 부족한 사람이고 내 삶에서 중요한 무언가와 유리되었다는 뜻이기 때문이다. 그래서 나는 중요한 무언가를 놓쳤다는 생각이 자꾸 들면서 그 생각 때문에 끊임없이 무언가를 찾아 나서게 된다.

불안에 휩싸인 얼굴로는 결코 우리의 진정한 본질과 연결되지 못할 것이다. 그리고 욕망을 없애려고 노력하고 무언가를 찾아 나서기를 그만하려고 애써 보아도 아무 소용이 없다. 그것은 그냥 더 많이 찾아 나서고, 더 많이 노력하고, 더 많이 애쓰는 일에 불과하다.

이것이 바로 영적 삶이 품은 진정한 역설이다. 그 역설은 우리를 구원해 줄 수도 있고 동시에 미치게 만들 수도 있다. 지금 이 말에 오해가 없기를 바란다. 무언가를 찾아 나서는 행위는 이 세상에서 그것만의 한 자리를 차지하고 있다. 기실 그 전부가 나쁜 것만은 아니다. 영적 여정을 시작하려면 더 나은 삶을 찾아 나섬으로써 강한 동기를 부여받아야 한다. 여기서 더 나은 삶이란, 우리 자신과 타인과의 더 깊은 유대, 우리의 존재론적 질문에 대한 설명, 우리의 아픔과 고통에서 풀려나는 것 등을 말한다. 그러나 평안과 충족을 찾아 나서는 우리의 탐색은 결국 무진 애를 쓰고 분투하는 상황과 마구 얽히게 된다. 우리는 책을 찾아 읽고, 스승을 찾아 나서고, 같은 목적을 가진 종족을 찾아다닌다. 해결책을 구하면서 온갖 수행과 믿음과 전략을 잔뜩 쌓아 올린다. 사실 우리가 필요로 하는 모든 것은 죄다 여기 우리 안에 있음에도 계속해서 자신이 아닌 밖에서 해답을 탐색한다.

내가 생각하기에 도움이 될 만한 탐색의 형태가 하나 있는데, 나는 그것을 **건전한 욕망**이라고 부른다. 이는 자유로워지려는 욕망, 무엇이 참된 것인지 알고 싶은 욕망, 그리고 오로지 완전한 자신이 되려는 욕망이다.

건전한 욕망은 불안해하지 않는다. 건전한 욕망은 오히려 초조함을 없애 준다. 인정을 받거나 만족을 얻으려고 자신의 바깥에서 뭔가를 찾아 나서는 행위를 멈추기 때문이다. 어쩌면 건전한 욕망은 사랑처럼 느껴진다. 우리의 참된 본성을 사랑하고, 현재 이 자리에 존재함을 사랑하고, 또 그렇게 사랑하기 때문에 계속 그것과 가까이 있고 싶고, 더 친해지길 바란다. 우리 내면의 진리와 함께하는 연애라고나 할까. 이런 비유가 어떨지 모르겠지만, 우리가 파트너와 함께 있을 때 가능하면 몸에 뭔가를 걸치지 않은 자유로운 모습을 보고 싶어 하는 것과 비슷하다. 그러니까 태곳적 본래 모습 그대로를 원한다. 영적인 삶에서도 마찬가지다. 취향이나 우선순위에 방해받지 않고 그동안 간직해 온 믿음이라는 겉옷에 가려지지 않은 원래 그대로의 진리를 보게 되길 간절히 바란다.

"나는 여기에 있습니다. 우리는 지금 여기에 있습니다."

진실로 열린 마음의 속성 중의 하나는 깊은 휴식의 상태이다. 우리의 욕망을 거부하지 않고 있는 그대로 받아들이고 이해함으로써 이 평온함에 도달한다. 우리의 전략과 저항도 다 내려놓는다.

그날 아침, 침대에 누워 있을 때 욕망이라는 이름의 기계는 온갖 종류의 취향과 선호를 갈아 넣고 나를 휘저었다. 나는 휴식을 얻지 못하자 좌절감에 빠져, 휴식을 찾겠다는 노력에 휘말려 버렸다. 그때, 내가 수천 번 죽음을 앞둔 사람들을 찾아가면서 알게 된 교훈 하나가 생각났다. 나는 어떻게 매번 그 방의 문턱에서 잠시 멈추고 쉬었던 것일까? 그 잠깐의 멈춤은 습관의 기세를 꺾어 버린다. 그리고 우리에게 선택권을 준다.

우리가 진실로 갖고 있는 단 하나의 선택은 마음을 열거나 아니면 닫는 것뿐이다. 지금 눈앞에 드러나고 있는 것에 마음을 열거나, 아니면 그 상황을 받아들이는 데 까다롭게 구는 것, 이 두 가지밖에 없다. 사실 나는 '수용(acceptance)'이라는 단어를 그리 좋아하지 않는다. 그 단어는 너무 많은 도덕적 뉘앙스를 함축하고 있기 때문이다. 내가 지금 설명하고 있는 방식에는 '허용한다(allow)'는 단어가 더 잘 어울린다. 그것은 더 유연한 말이어서 받아들이고 거부한다는 개념 전체를 넘어서는 지점으로 우리를 데려간다. 그 말은 비교, 선호, 찬성이나 반대, 희망과 두려움이라는 총체적 개념으로부터 우리를 자유롭게 풀어준다. 그것이야말로 진정한 휴식의 자리이다.

그래서 나는 허용할 때에 편안하게 휴식하고 있는 내 모습을 발견했다. 더구나 그 순간에는 단절도 없고 놓치거나 잃어버린 것도 없었기 때문에 굳이 애써 찾아 나서야 할 게 남아 있지 않았다. 나는 침대에 가만히 누워 어둡고 고요한 바다 밑바닥에 닿을 때까지 진한 액체를 통과해 떨어지는 돌멩이처럼 한없이 몸을 내려뜨렸다. 나 자신에게 온전히 휴식을 전해 주었다. 내 몸에 휴식을, 내 심장에 평안을, 내 머리에 평온을, 내 의식에 평화를!

뭔가를 애써 찾아 나서는 여정은 목적한 바를 찾았다고 끝나지 않는다. 그 여정은 시나브로 종결된다. 우리의 인식이 본질적 본성의 평화로운 심연 안에서 휴식하게 될 때 비로소 끝난다.

그때가 되면, 사찰 바닥을 쓸던 승려처럼, 우리는 내면의 평온함이 깃든 자리에서 고요하게 움직이는 동시에 일상활동에도 임할 수 있다.

그 틈을 살피자

나의 끝에 나의 시작이 있다.

— T. S. 엘리어트(시인, 1888~1965)

죽음의 가르침 중에 몇몇이라도 알고 싶은가? 그렇다면 모든 지점
의 끝을 살피자. 내뱉는 숨의 끝, 하루의 끝, 한 끼니 식사의 끝, 그리고
이 문장의 끝을 바라보자.

당신은 삶에서 끝을 어떻게 만나고 있는가? 어느 쪽인지 한번 생각
해 보자. 무심결에 지나가는가? 어떤 일이 끝나기 전에 감정적으로나
정신적으로 먼저 작별을 고하는 편인가? 아니면 마지막 사람이 내리
는 모습을 지켜보면서 주차장에 끝까지 남아 있는 편인가? 끝이라고

하면 괜스레 슬퍼져서 눈물이 맺히는가? 불안한가? 아니면 무관심하게 스스로를 분리하여 방어막처럼 심리적 누에고치 안에 틀어박히는가? 정해진 끝이 다다르기도 전에 남들에게 이야기하는 것도 그만두는 편인가? 저녁에 퇴근하면서 동료들과 고객들에게 작별인사를 하는가? 남들이 그 끝을 인지하도록 기다리는 편인가, 아니면 섣부르게 나서는 편인가? 죽음을 앞둔 친구들을 찾아가는가? 아니면 굳이 작별인사를 하지 않아도 상관없다고 생각하는가?

일시성에 초점을 맞춘 심화 피정 기간 동안, 한 학생은 자신이 보고 듣고 느끼는 모든 경험의 끝을 놓치지 않았다. 가령 산책길 주변에 빛바랜 장미는 그녀에게 며칠 전에 갓 피어난 꽃이 얼마나 아름다웠는지 일깨워 주었다. 그녀는 나와 인터뷰 중에 만나 이렇게 토로했다. "모든 건 다 죽어요! 그게 너무 슬퍼요."

나는 이렇게 답했다. "세상 만물이 변한다는 건 진리예요. '슬프다'는 건 당신 스스로에게 전해 주는 이야기인 거죠."

우리가 하나의 경험을 끝내는 방식은 바로 다음번 경험이 일어나는 방식을 형성한다. 지나간 일에 매달리는 것은 새로운 무언가가 나타나는 것을 어렵게 만든다.

숨결은 우리가 이런 끝냄과 맺는 관계를 친밀한 방식으로 살펴볼 기회를 준다. 숨쉬기는 살아 있는 과정으로 들이마시기, 쉼, 내뱉기, 쉼이라는 순환 속에서 끊임없이 변화하고 움직인다. 하나의 숨결에는 시

네 번째 초대장

작, 중간, 끝이 있다. 하나의 숨결은 탄생, 성장, 죽음이라는 과정을 거친다. 숨쉬기는 그 자체로 삶을 구현한 소우주와 같다.

우리는 코끝에서 목구멍을 지나 뱃속 아래까지 이어지는 숨결의 이동을 느낀다. 거기서 들숨이 날숨이 될 때 그 변화의 미묘한 순간을 관찰한다. 그런 다음 그 숨의 시작이 몸 바깥에서 그 자체의 긴 여정이 끝났음을 알아차린다. 날숨의 바로 그 끝에 틈이 있고 쉼이 있다. 그것은 두려움이나, 믿음의 순간이 될 수 있다. 숨은 몸을 떠나 버렸고 그것이 다시 돌아올지는 확실히 알지 못한다. 다음번 들숨이 원래 그대로의 형태로 나타날 것이라고 믿는가? 그 틈에서 마음을 내려놓고 쉴 수 있을까?

6시간 동안 계속된 심장 삼중혈관 우회수술이 끝난 후 간호사들은 나를 침대에 실어 병원 중환자실로 보냈다. 여러 개의 전자모니터와 쉴 새 없이 울려대는 전자 비음 등 최첨단 기술이 넘쳐 나는 중환자실은 마치 공상과학 영화에서 곧바로 튀쳐나온 것 같았다. 내 가슴 위 패드에 부착된 전선은 심장박동을 추적했다. 한쪽 팔의 정맥에는 혈전 용해제가 소리 없이 떨어졌고, 나머지 한쪽 팔에는 모르핀이 흘렀다. 도관 하나는 방광 안으로 들어왔고, 또 다른 플라스틱 튜브는 목에서 나오는 액체를 빼내고 있었다. 삽관 튜브는 공기를 주입하고 있는 산소호흡기와 내 폐를 연결했다. 이 모든 와중에 의료진들은 시종일관 아무 말 없이 부산하게 움직였다.

내 정신은 두터운 마취에서 느릿하게 깨어났다. 나는 마치 안개 낀 도로를 향해 운전하고 있는 느낌이 들었다. 병실의 자세한 모습, 그리고 가족과 친구들의 얼굴이 자욱한 실안개 속에서 나타났다가 사라지거나 꿈같은 이미지와 뒤섞이곤 했다. 나는 몇 시간 동안 문턱의 중간 상태에 존재하면서 무기력한 가사상태에 빠져 있었다.

그날 저녁 늦게 아들 게이브와 친구 유진이 침대 옆에 앉아 있을 때 호흡기 치료 담당자가 불쑥 병실로 들어왔다. 그는 엄청난 열의를 보이며 큰소리로 알렸다. "자, 그 튜브를 빼서 자가호흡을 할 수 있나 봅시다." 나는 크게 움찔했다. 과연 내가 숨을 쉴 수 있을까 확신이 서지 않았다. 나는 몸을 떨면서 그에게 손사래를 쳤다. 내 왼쪽 폐가 뭔가 잘못되었음을 감지했다. 산소호흡기 때문에 말을 할 수 없어서 나는 노트패드에 이렇게 갈겨썼다. "나, 무서워요."

유진은 똑똑하고 빈틈없는 명상 지도자이다. 그는 무엇을 해야 할지 직관적으로 알았다. 먼저 나에게 내 몸을 느껴 보라고 했다. 하지만 그럴 수가 없었다. 나는 좌절감으로 포기하기에 앞서 내 몸통의 일부라도 느꼈다. 그다음 그는 내 호흡을 찾아보라고 했는데, 그건 훨씬 더 어려웠다. 그렇게 오랫동안 명상을 해 왔는데 갑자기 나 자신의 숨쉬기와 기계의 호흡을 분간할 수 없었다. 나는 마치 바다에 빠져 허우적거리듯 겁에 질려 어쩔 줄 몰랐다.

바로 그 순간 숱하게 들었던 스즈키 로시의 이야기가 떠올랐다. 그는 미국에서 가장 존경받는 선사 중의 한 사람으로 꼽혔다. 그는 샌프란시스코 참선센터를 창설했고, 그 센터에서 젠 호스피스 프로젝트가 탄생했다. 비록 단 한 번도 직접 만난 적은 없지만, 그는 내 삶에서 가장 중요한 스승이었다. 그는 온 마음을 다해 헌신하면서 수십 년 동안 명상을 수행하고 가르쳤다. 그럼에도 불구하고 세상을 떠나기 전날 밤, 막내아들 오토히로가 그를 욕조 안으로 내려놓자 선사도 겁을 먹었다. 목욕물 속에 빠져 죽을 것만 같았다. 숨이 탁 막히고 호흡이 가빠지기 시작했다.

오토히로는 부친의 귓가에 조용히 이야기했다. "아버지, 진정하세요. 천천히 숨 쉬세요, 천천히." 오토히로는 일부러 소리를 내어 숨쉬기 시작했다. 선사는 아들의 말을 듣고 아들의 호흡에 리듬을 느끼면서 기운을 찾고 다시 평온해졌다.

'스즈키 선사도 두려움에 떨었는데 내가 겁먹는 건 당연하지.' 나는 혼잣말을 하면서 부서지고 멍든 내 마음속 두려움을 내버려 두었다. 나는 결국 다시 나만의 호흡으로 되돌아갈 수 있을 거라고 믿었다.

아들 게이브는 본능적으로 내 심장에 손을 얹었다. 그건 마치 사랑의 원천으로 이어진 연결관 같았다. 아들의 손은 나를 한없이 평온하고 고요하게 만들어 주었다.

나는 유진을 내 쪽으로 끌어당겨 내 귀를 그의 얼굴에 갖다 댔다. 그는 내가 그의 호흡을 따라가고 싶다는 뜻을 왠지 알아들은 것 같았다.

그는 차분하게 말했다. "그냥 숨 쉬세요. 그 호흡이 당신에게 숨을 불어넣을 수 있게 하면 됩니다."

그의 숨소리와 호흡의 꾸준하고 부드러운 리듬은 나의 생명줄이 되었다. 나는 나 자신의 호흡을 찾을 때까지 유진의 호흡을 빌렸다. 차츰 더 평온해지고 편안해졌다. 얼마 후 나는 호흡기 치료 담당자에게 원래 하려던 대로 산소호흡기를 분리해도 좋다는 몸짓을 보냈다.

사랑과 숨결에 힘입어 나는 집으로 가는 길을 찾았다.

유대-그리스도교 창조신화인 「창세기」에 따르면, 세상의 첫날 하느님은 "빛이 있으라." 하고 말씀했다. 그러자 빛이 생겨났다. 그다음 날에도 그 비유는 계속된다. 하느님은 말씀과 함께 거대한 물과 땅, 풍부한 식물과 살아 움직이는 동물을 창조한다. 엿샛날 하느님은 진흙과 땅의 먼지로 자신의 형상을 닮은 인간을 만든다. 그런 다음 이 사람에게 생명의 숨결을 불어넣는다. 이제 막 새로 태어난 인간의 콧구멍에 직접 숨을 불어넣은 것이다.

언젠가 메타 인스티튜트에서 강연을 진행하는 동안 내 친구 랍비 앨런 류가 제안하기를, 창조서사에서 이 숨결의 의미를 이해하는 한 가지 방법은, 숨결이 우리 인간이 신의 영역에 가닿는 가장 친밀한 연결선이라고 믿는 것이었다. 그는 숨결이 초월의 세계에 다다를 수 있는 수단이라고 설명했다. 숨결은 말보다 더 깊고, 생각보다 더 파고들며, 형태보다 더 심오한 경험으로 우리를 데려간다.

숨결은 인간의 삶에 생기를 불어넣고 삶을 계속 유지시킨다. 숨결은 생각이나 말보다 먼저 도달한다. 숨결은 개념과 말을 넘어선다. 어떻게 묘사될 수가 없다. 오직 경험할 수 있을 뿐이다. 우리는 말하지 않은 채 숨 쉴 수는 있지만 숨 쉬지 않고는 말할 수는 없다.

우리는 명상 중에 주의를 현재 시점에 맞추기 위해 호흡을 이용한다. 숨쉬기는 오직 실시간으로 일어날 뿐이다. 숨쉬기는 항상 바로 여기 현 시점에서 발생한다. 이 속성 때문에 숨쉬기는 직접적인 통찰에 필요한 강력한 수단이 된다. 종종 우리는 현재 순간을 그저 어떤 미래의 목표로 가는 징검다리 정도로 여긴다. 하지만 실제로 삶은 과거나 미래가 아니라 현재 안에서만 살 수 있다. 그리고 이 현재 순간은 우리가 휴식할 수 있는 유일한 자리가 된다.

보통 숨쉬기는 의지와 관계없이 자율적으로 일어나는 과정으로, 의식의 알아차림 없이 진행되고, 그 자체의 속도를 따라가면서 스스로 알아서 처리한다. 우리는 걸어갈 때도 숨을 쉰다. 잠을 잘 때에도 숨을 쉰다. 숨결은 항상 그 자리에서 우리가 개입하지 않아도 제대로 기능한다. 이것은 좋은 일이다. 만약 숨 쉬는 것을 반드시 기억해야 한다고 상상해 보자. 우리 대부분은 그리 오랫동안 지속하지 못할 것이다.

그러나 흥미롭게도 우리가 명상하러 자리에 앉으면 대개 호흡을 만들어 보려고 노력하기 시작한다. 마치 '완벽한 호흡'이 존재하는 것처럼 더 깊고 더 고요하게 숨을 쉰다. 불교관습에서 긴 호흡은 짧은 호흡보다 더 나을 게 없다. 중요한 점은 당신이 숨을 쉬고 있다는 사실을 알아차리는 것이다.

숨결은 우리를 몸으로 초대한다. 언젠가 아일랜드 시인 존 오도나휴는 『영원한 메아리(Eternal Echoes)』에서 이렇게 말했다. "우리는 감각의 사원으로 돌아가야 한다. 우리 몸은 그 몸이 어디에 속하는지 잘 알고 있다. 우리를 집 없는 사람으로 만드는 것은 다름 아닌 우리의 마음이다." 우리는 숨결, 리듬, 속도, 들숨과 날숨 각각의 서로 다른 길이를 느낄 때 집으로 돌아간다. 시간과 연습을 통하여 우리는 호흡과 일치하고, 호흡과 함께 움직이고, 호흡이 그 본연의 깊이와 흐름을 허용하는 방법을 배우게 된다. 모든 숨결은 우리가 속한 곳으로 우리를 데려간다. 그 호흡의 명령에 순응할 때 우리는 차츰 우리에게 숨을 불어넣는 호흡을 느끼게 된다. 이것은 통제력을 내려놓고 삶과 협력하는 방법을 이해하는 데 필요한 좋은 훈련이다.

다르게 생각할지도 모르지만, 기실 숨결과 더불어 존재한다면 지루할 틈이 없다. 우리가 호흡의 기적에 마음을 열고 산소가 들어오는 과정을 직접 느낀다면, 몸속 피와 함께 창조적 협업을 통하여 공기가 어떻게 몸의 세포 하나하나에 도달하는지 제대로 알게 된다. 모든 순간은 완전히 새롭다. 숨결 하나하나는 유일무이하며 본연의 목적에 충실한 삶에 없어서는 안 될 요소이다. 나는 숨결을 연인에 비유하곤 한다. 우리는 의식적으로 숨을 쉬면서 삶의 탐색과 발견에 참여한다. 숨결

하나하나는 생생한 경이로움으로 넘쳐난다. 우리의 심장이 감사하는 마음으로 가득할 때 우리의 머리는 호기심으로 궁금해할 수밖에 없다.

또한 우리의 숨결은 우리가 세상에서 운행하는 방식을 알려 주는 창문 역할을 한다. 들숨 하나의 숨결을 '나', 혹은 '내 것'이라고 주장할 수 있다. 독립된 별개의 자아 인식이 담긴 이미지를 구성하는 것이다. 혹은 날숨 하나에 평생 계속될 복잡한 상호연결망 안에서 우리의 자리를 인식할 수 있다. 그러니까 우리가 생각하고, 말하고, 행하는 모든 것이 어떻게 그 그물망을 통과하여 잔물결을 일으키고, 보이든 보이지 않든 다른 모든 것에 영향을 끼치는지 알아차릴 수 있다는 뜻이다.

숨결은 휴식, 복원, 재생의 자리로 우리를 초대한다. 우리는 일상의 광란에서 스스로를 떼어 내어 싸우고, 달아나고, 얼어붙는 본능적 성향에 균형을 맞춘다. 「창세기」는 하느님이 "이렛날에 복을 내리시고 그날을 거룩하게 하셨고" 일을 모두 마치고 쉬었다는 사실을 알려 준다. 우리가 주의를 온전히 모으고 현재의 순간에 완전히 몰입하면, 우리가 애써 몸부림치지 않고, 흩어지지 않고, 허우적대지 않을 때 나타나는 편안함을 발견한다. 명상 자리에 있어도 좋고, 자연 속의 오솔길을 따라 걸어도 좋고, 위대한 소설에 빠져 누워 있어도 좋다.

나의 명상 제자인 제프리는 나에게 자기 마음이 혼란스러움으로 얼마나 소진되었는지 설명하였다. 그는 최근 일자리를 잃었고, 애인은 가장 친한 친구와 함께 그를 배반했다. 한때 익숙했던 세상은 혼돈에 빠졌다. 그의 마음은 끊임없이 전략을 짜고 모의하는 아수라장에 갇혀 버렸다. 세상 그 무엇도 그에게 아무런 위안을 주지 못했다.

나는 그에게 숨을 한번 쉬어 보라고 말했다.

며칠 후 그는 자기 마음을 온전히 숨결에 집중하자 휴식을 찾을 수 있었다고 전해 주었다. "나의 모든 초점이 숨쉬기에 맞추어 졌을 때 나의 외부 세상이 계속 돌아갈 수 있다는 걸 깨달았어요. 굳이 세상을 멈추거나 무언가를 해결할 필요가 없었어요. 그 이야기들이 계속 반복되었어요. 내 머릿속 무한반복 테이프처럼요. 그건 마치『오즈의 마법사』에 나오는 회오리바람을 떠올리게 하더군요. 집이고, 마차고, 회전초고 할 것 없이 모두 회오리바람에 빙글빙글 휩쓸리잖아요. 하지만 그런 거랑 관련해서 내가 해야 할 일은 하나도 없었어요. 그 중심에서 숨 쉬며 앉아 있으니 그 혼돈에 대해 새로운 관점이 생겨나더군요. 그 숨이 바로 내가 쉴 곳, 안전한 항구가 되었습니다."

숨결을 인식하는 것은 현재 순간으로 들어오는 가장 직접적이고 편리한 방법 중의 하나이다. 숨결에 따스한 주의를 기울이면 몸과 마음이 서로 이어진다. 숨은 몸을 편안하게 누그러뜨리고 몸은 마음을 차분하게 가라앉힌다.

마음챙김을 하면 그 어느 것에 매달리거나 거부하지 않고 있는 그대로의 현재 순간을 받아들이면서 감수성과 균형 잡힌 수용성에 흠뻑 빠져들게 된다. 우리는 그 순간 잠깐 멈추고, 긴장을 풀고, 허용하게 된다. 우리 생각은 이리저리 방황하고, 문젯거리도 드러날 테지만, 통제하거나 거부하려고 애쓰지 않게 된다.

우리가 특정 대상이나 경험에 주의를 모으고, 그것이 변하는 대로 함께 머물다 보면 집중력과 정신적 유연성을 기르게 된다. 마음챙김으로 안정성이 차츰 커지면 사물의 겉모습을 넘어 더 깊은 이해를 얻기 위해 경험을 통찰하고, 그 경험을 낱낱이 살펴볼 수 있다. 점차 우리는 왜 이런 생각, 감정, 정서가 먼저 발생하는지 그 이유를 통찰하기 시작한다. 마음챙김은 내면을 살펴보는 것에 그치지 않고 외부로 향하는 행동까지 인도해 준다.

선명한 이해와 통찰은 우리가 경험과 맺는 관계가 어떤 식으로 고통을 유발할 수 있는지 혹은 지혜를 함양할 수 있는지 잘 밝혀 준다. 이로써 다음번에 힘든 상황을 만나고, 어려운 사람이나 생각을 마주하면 이전과 달리 더욱 유익한 반응을 시나브로 기르고 갖출 수 있다. 그렇게 되면 자녀나 파트너, 이웃이나 상사와 논쟁을 하는 와중에도, 하물며 우리가 불현듯 병에 걸리거나 상실을 겪더라도 평정을 유지하고 현실에서 크게 벗어나지 않을 수 있다. 우리는 이렇게 연마한 평정을 활용하여 더 현명한 내면 안내자에게 접근할 수 있다.

명상 제자 중에 량이라고 거대 테크기업의 부회장 자리에 있는 여성이 있었다. 최근에 엄마가 된 그녀는 수유 때문에 한밤중에도 여러 번

잠을 깨야 했다. 그러면서 다음날 아침이면 강압적인 근무 환경에서 일을 해야만 했다. 당연히 고단하고 스트레스가 심했다. 꼭두새벽에 아기가 울음을 터뜨릴 때마다 금세 짜증이 밀려왔다. 수유를 하면서도 다시 잠들 수 있을 때까지 1분 단위로 세고 있는 자신을 발견했다.

량은 수유하는 동안 마음챙김 호흡을 연습하기 시작했다. 그러자 그 시간의 경험이 완전히 달라졌다. 아이를 돌보는 시간이 어서 끝나기를 바라는 대신, 몸 안에서 일어나는 감각을 알아차리면서 의식적으로 자신의 호흡에 초점을 맞추게 된 것이다. 이렇게 하니 아기와의 유대가 더 깊어졌다. 행복하고 평화로웠다. 소중한 딸과 함께하는 그 기회가 참으로 감사했다. 회사에 출근하면 여전히 몸은 피곤했지만, 더 이상 기진맥진하는 느낌은 들지 않았다. 그녀는 완전히 새로운 삶의 열정을 찾았다.

요즈음 마음챙김이 텔레비전에서 홍보되고, 팟캐스트로 나가고, 스마트기기 앱으로 판매되고, 대중잡지 표지를 장식하는 모습까지 볼 수 있다. 생산성 숭배 시대에 직장에서 행해지는 마음챙김은 투자 대비 가장 인기 있는 최신 수익이 되었다. 비즈니스, 의학, 교육, 신경과학, 중독, 사회 정의 이슈에 마음챙김을 적용한다. 이에 대한 폭발적 관심을 보면 마음챙김이 전에 없던 새로운 발견이라고 생각하게 될지도 모른다. 사실 마음챙김은 종교보다, 아니 마법보다 더 오래된 관습이다.

어떤 사람들은 마음챙김이 갖가지 문제에 필요한 합당한 해법이자

'새로운 대세'라고 생각하는 듯하다. 지금까지 발간된 수천 편의 연구 논문에서는 스트레스 감소, 통증관리, 심박동수 변이, 불안, 유전자 발현, 금연, 질병 예방, 우울증 재발, 인격 장애, 상실의 슬픔, 심지어 죽음에 대한 존재론적 불안에 끼치는 마음챙김의 긍정적인 영향을 전하고 있다. 마음챙김의 미래는 밝아 보인다. 하지만 마음챙김과 신경과학에 대한 연구는 여전히 미성년 단계에 놓여 있다. 안전을 보장하고 지나치게 단순화된 기대를 피하려면 대중적 치료 양상에 의문을 제기하는 것이 현명해 보인다.

전통 신앙의 교리와 세속적 마음챙김 수행을 그릇되게 해석하거나 잘못 이해하여 본래의 의도를 왜곡하는 일은 번번하게 발생한다. 어떤 전문가가 연민이 깃든 행동을 하고 부정적인 감정을 포기하라고 하면, 우리는 그 말을 절대 분노하지 말라는 뜻으로 잘못 받아들인다. 사실 분노하지 말라는 목표는 실현 가능성이 없을뿐더러 우리가 어려운 상황을 잘 견디고 살아남는 데 필요한 내면의 힘을 발견하는 경로를 차단할 수도 있다. 그리되면 새로운 '영적 정체성'을 만들기 위한 노력의 일환으로 자신의 이런저런 부분을 거부하기 시작한다. 나도 그랬고, 내가 아는 대부분의 사람들이 어느 시점에서 다들 그렇게 했다.

기실 마음챙김은 단순히 정신적 건강과 생산성, 혹은 특정 결과를 달성하는 문제가 아니다. 마음챙김은 확실히 우리 삶에서 건강하고 긍정적인 변화로 이어질 수 있다. 그러나 그런 고독한 목적만을 추구하다 보면 온전히 인간이 되는 더 깊은 아름다움을 인식하지 못하고, 더욱이 그것을 인식했더라도 그 자체를 퇴색시키기도 한다.

우리는 항상 자기 자신을 방해하고 간섭하고 있다. 우리가 경험해야 할 것과 하면 안 되는 것을 구별해 준다. 우리가 올바른 방식으로 행하는 중이라고 기대하면서 그런 자신을 규정하기 위하여 열심히 노력한다. 이 끊임없는 활동은 참으로 고단하고 힘겨운 일이다. 개인의 발전은 끝없이 부단한 노력을 요하기 마련이다. 우리는 더 나아지려고, 특별한 사람이 되려고 노력한다. 아니, 사실은 그 노력을 멈출 수 없다. 이른바 자기계발에 속한 이 모든 활동에는 일종의 공격성이 존재한다. 그러니 명상의 참된 의도로 돌아가는 편이 좋다. 명상의 참된 의도는 무진 애를 쓰며 노력하는 몸부림을 그만 내려놓고 세상 전부를 있는 그대로 받아들이면서 평온하고 침착하게 자유를 발견하는 것이다.

명상 제자 중에 칸디스라는 내과의사가 있었다. 그는 일주일간 진행된 마음챙김 명상 피정에 참가한 후에 이런 편지를 보내 왔다.

저는 이전에 마음챙김을 성취해야 하는 일로 바라보았습니다. 호흡에 초점을 맞출 수 있는 정도가 저의 성공의 잣대와도 같았습니다. 저는 명상하면서 보내는 시간을 두고 종종 비판적으로 말하곤 했었지요. "그런데 그 명상시간 별로였어. 마음이 너무 이리저리 흩어지는 바람에 잠시도 가만히 있지 못하겠더라고." 게다가 명상 중에 제 마음에 들어오는 거의 모든 것을 '좋다' 혹은 '나쁘다'라고 낙인을 찍기도 했습니다. 제 나름대로 출석하고, 성과를 유지한다면 더 생산적이고 효율적인 명상시간이 될 것으로 생각하고, 이를 통해 제가 '더 나은' 사람이 되는 자극을 받을 거라고 믿었습니다. 남들도 다 이렇게 생각하는지 궁금했지만, 그 방 안을 둘러보면 그들은 정말 명상의 달인 같았습니다. 이따금 제가 왜 이 과정에 등록했을까 생각했지요. 저는 원래 연습하는 체질이 아니거든요.(우리 어머니한테 물어보시면 압니다. 제가 피아노 교습을 받을 때 어땠는지 말입니다.) 그러면서도 결과를 원했어요. 그래서 계속 거기에 매달렸지요.

그러던 어느 날, 당신이 하신 말씀 중에 제 주의를 끄는 게 있었습니다. "마음챙김의 결과는 아무런 판단 없이 존재하는 방식으로 나타납니다." 이 문장은 제 세상에 변화를 일으키는 촉매제였습니다. (나 자신을 포함해) 모든 것을 판단하는 데 그렇게 많은 에너지를 쓸 필요가 없다는 말은 저에게 안도감과 자유를 주고, 모든 걸 다 감싸 주는 듯했습니다. 온몸에 긴장이 풀리더군요. 어깨에 잔뜩 들어간 힘이 빠지고, 목에 통증이 사라지고, 내내 말썽이던 팔꿈치가 제자리를 찾았습니다. 진정한 마음챙김은 있는 그대로의 모습에 주의를 기울이겠다는 단순한 선택으로 시작하고 끝난다는 사실을 이해하고, 저도 그런 마음챙김을 해나가기 시작했습니다. 물론 시간이 필요했습니다. 하지만 이제 더 이상 성과지표도, 점수도, 낙인도, 압박도 없었습니다.

이제 마음챙김 상태로 존재하면, 어떤 가치도 매기지 않고서 모든 상황에 마음을 연다는 느낌이 옵니다. 그렇게 되니 아픔, 기쁨, 슬픔, 불안, 과거, 현재, 미래가 전부 똑같아지더군요. 그게 모두 거기에 있을 수도 있지만 그래도 괜찮아요. 모든 것이 존재할 여지가 있는 거죠. 나는 바로 여기에서 알아차리고 배웁니다. 가장 힘겨운 정서에서 도망치지 않고 지금보다 더 나은 상태를 욕심내지도 않습니다. 사실 도망치고, 욕심내고, 가치를 매길 때 저도 무척 괴롭습니다. 있는 그대로가 아니라 좀 더 다른 상황을 원하니까요. 저런!

마음챙김을 알게 되면서 오히려 연습이 어려워집니다. 하지만 침묵 속에 앉아 있을수록 제가 바로 거기에 존재함을 알게 됩니다. 말 그대로 제가 거기에 있음을 알겠더라고요. 제 몸을 느낍니다. 이게 참 중요한 점입니다. 바닥에 닿은 제 발, 콧구멍 속으로 들락거리는 공기, 내면의 소소한 행위들, 꼬르륵 소리가 나는 배, 은근히 쑤시는 등허리를 마치 맥박처럼 느끼게 됩니다.

일주일 과정이 이루어지는 동안 느릿하게 큰 슬픔이 수면 위로 떠오르는 걸 느꼈습니다. 제 머릿속에서 판단하고, 비판하고, 분석하며 보냈던 그 모든 세월에 대한 비통한 슬픔이었습니다. 아직도 명상할 때면 이 사실 때문에 소리치며 울곤 합니다. 하지만 그 와중에도 이제 저는 호흡할 수 있습니다. 그러면 긴장된 마음이 사라집니다. 마음챙김은 지금도 앞으로도 항상 저의 호흡으로 돌아가는 일이 될 겁니다. 그건 마치 제가 도착할 안전한 공간, 집, 다정한 포옹처럼 느껴집니다.

저는 수행 성과에 따라 제 자신에게 점수를 매겨야 한다는 생각에 더이상 매여 있지 않습니다. 마음챙김은 완벽한 상태를 달성하거나 어떤 일에 최상의 상태로 존재하는 게 아니니까요. 그것은 진정성 있는, 완벽하지 않은, 연약한, 그러니까 인간적인 제 자신에 대한 일이지요.

명상은 만병통치약이 아니다. 하물며 규칙적으로 마음챙김을 연습할 때에도, 우리 삶의 어떤 양상에 대해서는 통찰을 하지만 나머지 부분은 제대로 깨닫지 못할 수 있다. 내가 아는 숙련된 명상가들 중에도 자신의 몸은 잘 이해하지만 정서적 삶과 전혀 접촉하지 않는 사람들이 있다. 반면 마음은 잘 이해하지만 몸을 완전히 무시하는 사람들도 있다. 오랜 지인 중에는 여러 날 동안 침묵 속에 앉아 있을 수는 있지만, 제한된 상호작용 기술만을 갖고 있는 현직 임상의들도 있다. 물론 그외 많은 사람들은 모든 존재를 향한 보편적 사랑을 갖고 있다. 한데 그들도 개인적 측면에서는 자신이나 남들을 사랑할 수 없기도 하다.

'영적 우회'라는 용어를 최초로 만들어 낸 심리학자 존 웰우드는 언젠가 이렇게 말했다. "우리는 종종 깨달음이나 해방이라는 목적을 미성숙한 초월을 합리화하는 데 이용한다. 다시 말해 사람됨의 원초적이고 추저분한 면을 제대로 직시하고 화해하기도 전에 그것을 넘어서 올라가려고 애쓰는 것이다."

이제 와 시인하자면, 나도 처음에 그랬다. 내 과거의 관계에서 비롯된 아픔의 굴레로부터 벗어나기 위해 명상을 이용했다. 내 부모에게 알코올이, 동생 앨런에게 마약이 그랬듯 알고 보니 나에게 명상은 힘겨운 과거사를 우회하기 위한 효과적인 방법이었다.

나의 명상시간은 무진 애를 쓰고 몸부림치는 모습으로 채워졌다. 나는 엄청난 집중력을 계발했다. 심화 피정 중에 그 집중력은 믿을 수 없는 환희와 평화의 상태를 만들어 냈다. 나는 이런 성취가 자랑스러웠다. 하지만 피정이 끝나자, 그걸로 내가 더 행복해지지 않았다는 사실을 금세 깨달았다. 치유되지 않은 상처, 손길이 닿지 않은 트라우마, 그리고 내 삶의 이런저런 갈등은 여전히 그 자리에서 내가 집으로 돌아오기만을 기다리고 있었다. 나는 크게 낙심했다.

강한 집중력도 본질적으로 저절로 통찰력을 생성하지 못한다. 불교 교리에서 지혜를 발현하려면 몸과 마음을 통제해야 하는데, 우리는 그 몸과 마음을 평정하기 위해 집중력을 이용한다. 하지만 평정심에 너무 애착을 가지면, 우리 삶에서 크게 잘려 나간 자리를 무시하고 그냥 묻어 두거나 부인하는 상황이 일어나기도 한다.

이상주의는 영적 여정에 오른 사람에게 찾아오는 일종의 직업적 위험요소 중의 하나이다. 어쩌면 이상주의는 모든 수행의 종말이 될 수도 있다. 영적 이상을 만들어 내면 우리가 존재해야 한다고 생각하는 자리가 어디인가에 대한 어떤 전망에 붙들리게 된다. 그러고 나면 지금 우리가 있는 자리에 존재하지 않으려고 오히려 그 발상을 역이용한다. 지금 내가 처해 있는 상황을 회피하려고 악용하게 되는 것이다. 가령 우리는 매일 아침 한 시간씩 명상을 하겠다고 스스로 약속을 한다. 그러다 일주일이 지나고, 며칠간 명상을 건너뛰다 보면, 우리는 어느새 완전히 명상을 포기하게 된다.

이는 자아가 자기 목적을 위해 영적 수행을 장악하는 교활한 방법이다. 만약 나에게 자기도취적 성향이 있다면, 내가 중요하고 특별한 사람이라는 느낌을 받으려고 명상습관을 과시할지도 모른다. 만약 나에게 내면의 문제에서 도망치는 성향이 있다면, 애착을 버리고 포기하라는 가르침을 끌어들일 수도 있다. 만약 강렬한 감정이 나를 두렵게 한다면, 영적 인간은 당황하는 모습을 보여선 안 된다는 믿음에 동조하면서 '우리의 정서를 넘어서는' 문제를 이야기할지도 모른다. 이런 방어 기제들은 우리가 마주치는 즉각적이고 직접적인 경험에 주의를 집중하지 못하게 함으로써 우리 내면의 지혜와 이어진 연결고리를 끊어버린다.

피정 기간 중에 나는 학생들과 개별 면담을 즐겨 한다. 면담을 통해 학생들은 나에게 명상과 함께한 경험을 들려준다. 그건 마치 나의 혼란한 마음이 다른 옷을 걸친 채로 걸어가는 것만 같다. 마지는 자신이 이 세상 최악의 명상가라고 주장하면서 자기 명상 수행을 가혹하게 판단한다. 베리는 확실히 우월의식이 있고 피정에 참여한 다른 사람들보다 좀 더 주의를 기울여 모든 일을 하려고 노력한다. 제이슨은 산책 명상을 하는 대신에 온갖 번뜩이는 발상, 유머와 페이소스가 깔린 일화, 통찰의 '황금사슬'로 일기장을 채운다. 재닛은 무엇이든 뒤로 미루고 시간을 끌면서 '모' 아니면 '도'라는 이분법적 모순에 빠져 있다. 샬럿은 아이스크림을 사러 밤에 몰래 피정 센터를 빠져나갔다고 시인하면서 자기가 그만한 보상은 받을 만하다고 주장한다. 예레미아는 명상이 아내와의 힘든 관계를 해결하는 데 도움이 되지 않는다고 불평한다.

그들 모두가 바로 내 모습이다. 하물며 이런 것을 가르칠 때조차 마음의 습관은 계속된다. 나는 어느 명상 피정에서 명상 교사인 친구와 함께 앉아 있었다. 우리는 때때로 경쟁을 벌이기도 한다. 우리 스승님과의 면담에서 그 친구는 이렇게 말했다. "프랭크는 느릿한 산책 명상에서는 저보다 낫지만 마음챙김 식사에서는 제가 훨씬 더 잘했죠." 조용히 앉으라는 단순한 지시에 이처럼 반응하는 마음의 작동 방식이 참으로 놀랍다. 성격은 우리가 무슨 일을 벌여야 한다고 생각한다. 흡사 해결해야 할 문제가 있다는 식이다.

불교계에서는 흔히 이렇게 말한다. "명상은 당신의 문제를 해결하지 않는다. 오히려 그 문제를 흩어지게 만든다." 마음은 제멋대로 무모하게 군다. 생각을 멈추려고 노력한다고 해도, 정서를 억압한다고 해도, 아니 문제를 해결한다고 해도 그 마음을 길들이지 못한다. 우리는 삶에 대하여 상상에도 못 미치는 미미한 통제력을 갖고 있다. 참선센터에서 자주 음송했던 스즈키 로시의 명상 지시를 다른 말로 바꾸면 이렇게 된다. "당신이 키우는 소를 통제하는 최상의 방법은 크고 넓은 초원을 주는 것이다."

명상연습을 시작했을 때 우리의 마음은 제멋대로 굴지 않게 되었다. 마음챙김을 통해 우리가 어떻게 반응하고 대처하고 노력하는지 알게 되었다.

여기, 직관을 거스르는 한 가지 제안을 해 보자. 그 모든 것을 다 허용해 보자. 생각이든, 감정이든, 그것과 관련된 에너지 패턴이든 아무런 방해를 하지 말고 그대로 받아들이자. 그 모든 것이 제 스스로 멈추게 하자. 그러면 당신의 소는 훨씬 더 행복해 할 것이다.

'이 모든 세월을 겪은 후에도' 우리는 '여전히 분별없고 어리석다.' 명상의 목적은 자신을 바꾸고, 옛것을 내던지고 새것을 가져오는 게 아니다. 호기심과 연민을 품고 삶의 하나하나 모든 부분을 만나면서 자신과 친구가 되는 것이다. 이는 단순히 명상 중에 나타나는 어려운 일을 참고 견뎌야 한다는 뜻이 아니다. 우리의 내면세계에 익숙해지고 그것을 깊이 알고 싶다면 낱낱이 살피고 분석해야 한다는 뜻이다.

오랜 세월 류마티스 관절염과 암을 안고 살았던 참선 지도자 달린 코헨은 이렇게 말했다.

사람들은 간혹 나한테 나만의 치유 에너지가 어디에서 나오는지 묻곤

한다. 어쩔 도리 없이 천천히 불구가 되어 가는 상황에서 어떻게 나 자신과 다른 이들에게 용기를 불어넣을 수 있을까? 내 대답은 이렇다. 나의 치유 에너지는 나의 쓰라린 고통, 나의 절망, 나의 두려움 그 자체에서 비롯된다. 그 어두운 그림자에서 나온다. 나는 그 불쾌한 먼지 오물 속으로 반복해 들어갔다가 그것이 주는 치유 에너지를 온통 받아 온다. 그것은 나의 깊고 깊은 두려움을 직면할 수 있게 재생과 활력을 주지만, 사실 고통이 나를 부를 때면 선뜻 발걸음이 떨어지지 않는다.

나는 그 고통의 수레바퀴 주변을 수백만 번이나 돌았다. 처음에는 절망을 느끼지만 며칠 동안 나는 그 사실을 부인한다. 그러다가 그 고통의 밧줄은 내 저항에 비례하여 더욱더 강하게 나를 잡아당긴다. 마침내 고통은 나를 제압하고 무너뜨린다. 나는 그 상황 앞에서 내내 발을 동동 구르고 비명을 지른다. 하나, 확실히 붙잡힌 신세가 되고 만다. 따라서 고통과 상실에 적응하는 어두운 면과 재결합하는 데 순응하는 것이다.

이런 경험에서 자유로워진다는 것은 더 온전한 깨달음을 향하여 개인적, 심리적, 정서적 양상을 넘어서 가는 것까지 포함한다는 뜻이다. 우리는 기꺼이 고통을 만나고, 숨겨진 그림자를 발견하고, 신경증적 패턴을 인식하고, 어린 시절 상처를 치유하고, 거부해 왔던 것을 받아들여야 한다. 나는 영적 수행과 유용한 심리치료, 신체활동, 슬픔 카운슬링, 그 외 여러 가지 방식에 균형을 맞추어 왔다. 그러한 현명한 치유적 관계는 내가 침묵 속에서 맨 처음 발견했던 것을 통합하는 데 소중한 자산이 되어 주었다.

요즈음 나는 마음챙김 수행을 '친밀함의 수행'이라고 말한다. 거리를 두고 멀리 떨어져서는 자신을, 서로를, 또는 죽음을 알 수 없다. 이런 일은 지극히 가까운 성질의 것이다. 명상은 전적으로 우리 자신과, 다른 이들과, 이 세상 삶의 모든 면과 친밀해지는 법을 배우는 것이다. 이에 사랑-알아차림이라는 치유의 힘을 발휘하여 무섭고, 슬프고, 설익고, 정제되지 않고, 낯선 그대로를 만날 수 있게 해 준다.

마음의 습관적인 행위를 꿰뚫어 보면 스스로가 불필요한 고통을 유발하는 방식을 이해하게 된다. 여기에 수행의 진정한 자유가 놓여 있다. 마음챙김 수행은 우리가 삶에서 도망치거나 고통을 초월하도록 도와주지 않는다. 그 대신 우리는 모든 것과 친밀해지고 그중 무엇과도 분리되지 않는 존재로서의 자신을 알게 된다.

미국 불교 스승이자 베스트셀러 작가인 잭 콘필드는 『깨달음 이후 빨랫감』에서 "황홀한 깨달음 후에도 눈앞에 빨랫감"이라는 표현을 유행시켰다. 이는 깊은 통찰을 담은 초월적 경험을 한 뒤에도 여전히 삶의 기본적인 사항, 그러니까 요리하고 청소하고 자녀와 어르신을 돌보는 등의 일상활동을 처리해야 한다는 뜻이다. 나는 종종 궁금했다. 처음부터 빨래하는 행위를 황홀한 깨달음을 발견하는 하나의 방법으로 활용하면 좋을 텐데, 왜 하지 않을까? 혹시 이런 발상이 너무 터무니없는 것일까?

명상을 배우는 학생 중에 어린아이 몇 명을 키우는 싱글맘이 있었다. 그녀는 집에서 차분히 명상 자리에 앉아 제대로 된 연습을 할 수 없었다. 1분이 멀다하고 방해를 받았기 때문이다. 얼마나 힘들었는지 절망감을 느낄 정도였다.

명상 교사가 집으로 찾아가자 그녀는 이렇게 물어보았다. "저는 어찌해야 할까요?" 이에 교사는 도로 물었다. "뭘 하면서 대부분의 시간을 보내시나요?" "빨래하고 설거지하면서요."

그러자 교사는 그녀가 빨래하고 설거지를 할 때 그 옆에 서서 그 시간 내내 마음챙김 상태에 들 수 있도록 지도해 주었다. 최소한 아이들이 커서 좀 더 제대로 정좌명상을 할 수 있을 때까지는, 바로 그 시간이 그녀에게 수행이 되었다.

운전하며 출근하는 길, 밥 먹는 시간, 아이를 돌보는 일, 사랑하는 사람과 함께하는 시간 등 우리가 하는 모든 것은 마음챙김을 기르는 데 활용될 수 있다. 그 모두를 한데 묶어 '영적 수행'이라고 부르는 항목에 넣고 그것을 일상생활의 모든 측면으로 매끄럽게 통합할 수 있다. 새로운 날에 잠에서 깨는 것은 신성한 순간이다. 이 순간 날마다 지나치는 현관 출입문은 새로운 가능성으로 가는 문턱이 되고, 거리에 늘어선 나무들도 본연의 모습으로 다가온다. 세상 모든 것이 우리를 지지하고 일깨우는 잠재적 원천이 된다. 신성한 세계와 일상생활을 분리하려고 하면 잘못된 이분법을 만들어 낼 뿐이다.

여러 해 동안 나는 비이원론을 주창한 인도의 구루 스리 니사르가닷타가 전하는 가르침을 음미했다. "정신은 심연을 만들고 마음은 그 심연을 건너간다." 그의 유명한 명제는 흔히 사유하는 정신과 정서적 마음 사이의 간극을 강조하면서, 어떤 식으로 사랑이 그 둘 사이를 잇는 가교가 되는지 강조하는 말로 이해된다.

수년간 니사르가닷타가 뜻했던 바를 깊이 생각하며 그것을 이해하게 되었다. 불교 전통에서 정신-마음은 하나다. 정신과 마음을 둘로 나눌 때 심연이 발생한다. 일상과 신성한 세계를 둘로 나누기 때문에 그 간극으로 분리된 두 가지 측면처럼 보이는 것이다. 니사르가닷타는 사유와 정서를 넘어선, 깨달음의 광활하고 무한한 공간을 일깨우고 있다. 이 공간은 분리되지 않는다. 정신과 마음이 깨어 있으면 만물의 세세한 세상 안에서 모든 것을, 심지어 당신의 문제까지 다 볼 수 있다. 그러면 그 모든 것은 사랑과 지혜 안에서 멈춰 쉴 수 있게 된다.

이를 두고 페르시아 시인 루미는 다음과 같은 구절을 남겼다.

선한 일과 나쁜 일이라는 생각 저 너머에
벌판이 있다. 나는 거기서 당신을 만나리.
영혼이 그 풀밭에 누울 때,

세상은 오롯이 가득 차서 무슨 말을 하기에도 벅찬 것을.

생각들, 언어들, 하물며 '서로'라는 말조차 의미를 잃게 되리.

그렇다. 숨과 숨 사이에도, 생각과 생각 사이에도 공간이 있지만, 그것은 사실상 서로를 연결한다. 그것은 어쩌면 나이 든 할머니의 사진을 유심히 들여다보면서 젊었을 때의 모습을 찾는 지각의 실험 같은 것이다. 마음과 정신, 일상과 신성함은 사실 하나의 통합된 전체이다.

정신을 집중하고 초점을 맞출 때 우리는 그 공간을 알아차린다. 바로 여기에서 우리는 휴식의 자리를 발견한다. 클로드 드뷔시는 이렇게 말했다. "음악은 음과 음 사이의 공간이다." 이 페이지의 하얀 여백은 잇따라 나오는 글에서 두 눈을 쉬게 해 준다. 미술에서 여백은 형상만큼이나 중요하고 작품의 구성요소가 균형을 유지하는 데 일조한다. 얼마나 많은 활동을 하든 우리 삶에 얼마나 많은 형태가 존재하든 곳곳에는 쉼과 공간이 있어 우리를 휴식으로 초대한다.

요즈음 나는 스스로 그 틈 안으로 미끄러져 들어가도록 허용한다. 그 틈은 적이 아니다. 전이, 이행, 삶 사이 공간은 내가 평화와 평정, 순수한 인식의 회복, 고요한 지점, 세상 만물에서 신성함을 깨닫는 관점을 찾아내는 곳이다.

그 틈을 살피자. 신성한 세상은 평범한 일상 안에서 찾을 수 있다. 세상의 모든 일 가운데에서도 휴식은 찾을 수 있다.

담대한 현존

만약 내가 행동하기를, 글쓰기를, 말하기를,
존재하기를 더 이상 두려워하지 않을 때까지 그저 기다린다면,
그건 내가 일종의 점괘판에다
수수께끼 같은 불평불만의 메시지를 던져 놓고
해답을 기다리는 것과 같다는 사실을 깨닫게 되었다.

— 오드리 로드(시인, 1934-1992)

찰스에게 담대한 현존은, 수술이 불가능한 암에 걸린 자신의 상황을 논의하기 위해 아버지를 모시고 슬로언 케터링 암센터에 가는 것이다. 스티브에게 담대한 현존은, 가장 친한 친구의 막내딸이 바닷가 절벽에서 떨어져 세상을 떠난 후 그 장례식을 준비하는 것이다. 트레이시에게 담대한 현존은, 갓 태어난 아들을 품에 안고 있으면서 죽어가는 어머니의 침대가에 앉아 있을 때, 그 기막힌 슬픔과 사랑으로 갈가리 찢어지는 마음을 붙잡고 있는 것이다. 잭슨에게 담대한 현존은, 경비가

삼엄한 교도소에 가서 어머니를 살해한 범인을 마주 보며 앉는 것이다. 테리에게 담대한 현존은, 명상 피정 중에 오래된 성적 트라우마로 움츠러드는 모습이 드러나는 사흘 동안 온몸이 떨리고 흔들리는 상태를 그대로 허용하는 것이다. 조애너에게 담대한 현존은, 또 다른 인연을 만나리라고 결코 상상하지 못했던 75세의 나이에 새로 만난 레즈비언 연인을 기꺼이 받아들이는 것이다.

두려움이 말을 할 때, 담대한 용기는 다름 아닌 심장이 건네는 대답이다.

나는 재닛을 안 지 20년이 되었다. 그녀는 나의 명상 제자이자 친구이며, 나에게 인간의 기본적인 선함을 알려 준 살아 있는 표상이다.

수년 전, 재닛은 뒷마당에서 바비큐 파티를 즐기고 있었다. 남편과 남편의 친구들, 그리고 그 가족들이 함께하는 자리였다. 한데 주변을 아무리 둘러보아도 곧 네 살이 되는 아들 잭과 앨버트의 아들 대니얼이 보이지 않았다. 그녀는 걱정이 된 나머지 아이들을 확인해 보아야겠다고 말했다. 하지만 남편과 앨버트는 그녀를 불러 세웠다. "재닛, 당신은 항상 조마조마한 것 같아. 그냥 우리랑 여기 앉아 있자고. 마음을 편안하게 가져." 그러면서 그들은 아이들은 괜찮을 거라고, 아마 집 안에서 놀고 있을 거라고 그녀를 안심시켰다.

몇 분 후, 그들 모두는 쾅음과 비명을 들었다. 어린 대니얼이 어른들 앞으로 달려오고 있었다. 재닛은 대니얼을 지나쳐 집 앞까지 뛰어갔다. 거기서 아들 잭이 보통 때처럼 평화로운 인근 도로 한가운데 숨이 거의 끊어질 듯 누워 있는 모습을 발견했다. 아들을 친 자동차는 달아나고 없었다.

재닛은 아들을 들어 올렸다. 그리고 거기에 모인 사람들 전부 트럭을 타고 최대한 빨리 응급실로 향했다. 내과의사였던 앨버트는 가는 내내 잭이 호흡을 되찾을 수 있도록 의연하게 대처했다. 재닛은 죄책감과 수치심에 온몸이 녹아내리는 듯했다. 그냥 보아도 확실히 부러진 것 같은 아들의 다리가 가장 걱정이었다. 어떻게 내가 이런 일이 일어나게 둘 수 있었을까? 그녀는 응급실로 가는 내내 이 생각만 했다.

병원에 가서 보니 잭은 다리가 부러진 것보다 훨씬 더 심각한 부상을 입었다. 의사들은 아이를 살리려고 최선을 다했지만, 머리 부상과 그로 인한 뇌손상이 너무 심하다고 설명했다. 재닛의 아들은 살아나지 못할 것이다. 결국 재닛과 남편은 어린 아들에게서 생명 연장 장치를 떼기로 결정했다. 아이는 곧바로 세상을 떠났다.

모두가 충격에 휩싸여 시간이 지나도 여전히 얼어붙은 채 그 상황을 믿지 못했다. 재닛은 수없이 많은 밤, 자장가를 불러 주며 재울 때처럼 아들을 꼭 껴안았다. 이 끔찍한 악몽에서 다시는 깨어날 방법이 없어 보였다.

순전히 공포와 두려움에 차서, 재닛 부부는 해가 지기 직전에 집으로 차를 몰고 갔다. 그 시골길 주변으로 인근 강물이 감싸 흘렀다. 재넛은 이제 막 떠오른 보름달이 강물에 비치는 모습을 보았다. 그녀 바깥의 어떤 존재와 이렇게 마주치자, 자기 존재의 깊고 선명한 부분, 그러니까 죄책감, 비통한 슬픔, 믿을 수 없는 심정을 헤치고 나오는 고요한 깨달음을 감지할 수 있었다. 내면의 인도자는 그녀에게 이렇게 말하고 있었다. "내가 우리 아들 잭의 목숨을 소중히 여긴다면, 이 사건 때문에 내가 깨지고 무너지는 일은 절대 있을 수 없어."

그럼에도 다음 날, 경찰에서 뺑소니 사건의 확인을 위해 전화했을 때, 그녀의 존재는 온통 분노의 열기로 채워졌다. 그러다 오전 11시, 또 다른 변화가 일어났다. 누군가 안전문을 두드렸다. 반대편에는 낯선 노인이 서 있었다. 재닛은 그 사람이 뺑소니 차량의 운전자임을 직감했다. 그 운전자의 얼굴에 가득 찬 고뇌는 잠시나마 그녀의 분노를 씻어 주었다. 아들을 잃고 슬픔에 빠진 엄마는 그렇게 낯선 이를 집안으로 들였다.

시인 헨리 워즈워스 롱펠로는 이렇게 노래했다. "만약 우리 적들의 내밀한 역사를 읽을 수 있다면, 그 한 사람 한 사람의 삶 속에서 모든 적개심을 풀어놓을 수 있을 만큼의 슬픔과 고통을 발견하게 될 것이다."

운전자는 사과했다. 자신의 책임을 인정하면서 자기 차가 사람을 쳤는지 전혀 알지 못했다고 해명했다. 그 순간 그날 새벽에 달빛 어린 강물을 따라 집으로 오던 길에서 만난 내면의 인도자가 재닛에게 말을 걸었다. 그녀는 운전자를 측은하게 바라보았다. 그리고 아무런 거짓된 연민 하나 보태지 않고 솔직하게 말했다. "잭이 죽은 건 우리 어른들 넷이 모두 함께 나누어야 할 책임이에요."

재닛은 잭을 사고로 죽게 만든 그 운전자와 한참을 더 이야기했다. 그녀는 어떻게 자신이, 남편이, 친구들이 파티에 정신이 팔려 어린 아이를 제대로 돌보지 못했는지 회한을 털어놓으며 울었다. 그 운전자는 그날 결혼을 앞둔 딸의 결혼식 예행연습을 보러 급하게 가던 길이었다고 설명했다. 재닛의 머릿속에서 이 비극적 결과를 만든 원흉은 어른들 모두가 한순간 주의를 기울이지 못한 탓이라고 말하고 있었다.

사람들은 대체로 이유는 단순할수록 좋다고 생각하는 경향이 있다. 그래야만 삶의 불확실성을 깔끔하게 정리해 주기 때문이다. 그래서 우리는 그와 같은 교통사고도 인간이 통제할 수 있기를 바란다. 누군가는 그 일에 책임지기를 바란다. 우리의 무기력감을 줄이기 위해서라면 너무나 충격적이고 불가능한 일도 다 이해되길 바란다. 하지만 삶이 늘 바람직하거나 합리적인 방식으로 스스로를 드러내는 것은 아니다. 사실 우리는 그런 비극에 대해, 운명의 우여곡절에 대해, 그리고 아주 특별하게는 우리의 죽음에 대해 거의 아무런 통제를 가하지 못한다.

재닛은 겸손한 자세로 그 비극을 받아들임으로써 이 설명할 수 없는 공포로부터 구원받을 수 있다고 생각했다. 그래서 스스로에게 말했다. '앞으로 수치스러움과 비난으로 점철된 삶을 살지 않으려면 나는 내 몫의 책임을 져야 해.' 말하자면 그녀는 불필요하게 내면화("그건 전부 내 잘못입니다.")하거나, **외면화**("그건 전부 운전자의 잘못입니다.")하지 않으면서 일종의 중립지대를 찾았던 것이다.

그렇지만 그 후로도 오랫동안 비통한 슬픔을 추스르고, 아픔을 참으며, 운전자와 자신, 심지어 죽은 아들에게 분노를 느끼며 모진 세월을 보냈다. 그 모두가 무시할 수 없는 존재가 틀림없었고, 직접 마주하려면 담대한 용기가 필요했다. 하지만 다시 어떻게든 삶을 살아가려면 고통을 마주하는 일이 얼마나 중요한지 깨달았다. 모르몬교도, 메노파교도, 오래 살아온 선배들과 어른들과 히피족들로 이루어진 작은 마을 공동체도 그녀의 치유를 도왔다. 어떤 날은 현관 앞에 꽃바구니가, 다음 날에는 신선한 달걀 바구니가 놓여 있기도 했다.

나중에 재닛은 아들을 잃은 비통한 슬픔과 함께하면서 자신에게 새로운 차원의 사랑이 열렸다고 고백했다. 한동안 그녀는 삶의 절대적 위험에 대한 두려움을 안고 살면서 주변의 젊은 엄마들에게 혹시라도 아이들을 제대로 살피지 못할 수도 있으니 늘 조심하라고 말해 주었다. 하지만 시간이 흐르고 주의를 기울이면서 그녀의 심장은 완전히 환하게 열렸다. 삶의 위험성과 그녀의 관계는 이제 그 모습을 바꾸어 감사하는 마음과 온전히 살아 있다는 존재의식으로 재탄생했다. 이제 그녀는 삶의 그 어느 부분도 외면하지 않으려고 한다.

그녀의 결혼생활은 아들의 죽음에 대한 트라우마를 견디지 못했지만, 재닛은 잘 견뎌 냈다. 이후 그녀는 내가 아는 한, 가장 놀랄 만한 호스피스 전문가 중의 한 사람이 되었다. 그녀는 수백 명의 봉사자와 가족 간병인들에게 사별의 슬픔과 함께 살아가고 죽음과 동반자가 되는 방법을 알려 주었다. 그녀는 마을공동체에서 갑작스럽게 아이들이 죽거나 그런 죽음에 트라우마가 있는 부모들이 의지할 수 있는 단 한 사람이 되었다. 하늘로 올라간 아들 잭이 이 모든 일을 가능하게 해 주었다. 강한 힘을 가진 어린아이가 수많은 삶에 파고 들어가 그런 변화를 일으켰다니, 이 얼마나 놀라운가!

고대 불교 경전에서는 중생의 구도를 위해 이 세상에 머무르는 '위대하고 담대한 보살'을 이야기한다. 재닛처럼 인간의 무릎을 꿇릴 정도로 처절한 고통과 함께 서 있는 불굴의 용기를 가진 존재를 일컫는 말이다. 그런 사람들에게 전혀 두려움이 없다는 뜻은 아니다. 오히려 그들은 두려워하면서도 담대한 현존을 유지할 수 있다. 그들은 두려움에 마음을 열고, 기꺼이 그것을 견디고, 그것으로부터 배우려 하고, 그것으로써 변모하고자 한다. 이런 면에서 두려움은 연민으로 가는 촉매제이자 출입구이고, 두려움을 느끼는 모든 존재에게 필요한 변화로 가는 경로가 된다.

상상할 수 없는 비통함과 아픔에 직면하여 보여준 재닛의 행동은 담대한 현존이 존귀한 보살, 용감한 군인, 그리고 성녀 마더 테레사에게만 해당되는 일이 아님을 증명한다. 둘러보면 우리와 같이 평범한 사람들도 하루하루 날마다 소박하고 아름다운 방식으로 담대한 현존을 실천하고 있다.

나는 훌리오라는 용감한 사람을 알고 있다. 훌리오는 어느 대도시 병원의 간호조무사로 응급실 청소와 정리를 담당한다. 응급실 '코드 블루'의 대혼란은 수시로 일어난다. 의료진은 심장충격기와 흉부 압박을 동원해 심정지 상태의 트라우마 환자를 살리려고 시도했으나 실패하면 아드레날린 주입을 중단하고 물러난다. 바로 이 시점에 훌리오가 병실에 들어온다.

훌리오는 거기에서 환자복만 입은 채 아무런 움직임 없이 누워 있는 환자의 모습을 본다. 삽관튜브가 환자의 입에서 거북하게 튀어나와 있다. 병실 바닥은 소생술 진행 중에 내버려진 거즈와 그득한 핏물로 여기저기 얼룩져 있다. 심정지 긴급조치 일습을 실은 붉은색 크래시 카트 서랍은 마치 자동차 수리가게에서 수리공이 멋대로 내버려 둔 공구상자처럼 달랑거리며 매달려 있다. 방안에는 잔류 방사능 소리가 여전히 윙윙거린다. 사방 벽 사이로 바로 몇 분 전에 큰 소리로 지시하고 보고하던 응급실 의료진의 음성이 아직도 남아 있는 듯했다.

훌리오는 묵묵히 들어간다. 한순간 그 혼란 속에 서서 눈과 귀로 병실 안을 훑으며 무엇을 해야 할지 차분히 정한다. 그런 다음 방금 세상을 떠난, 이름조차 알지 못하는 환자를 점잖은 눈길로 응시한다. 그리고 가까이 다가가 마치 환자의 고귀한 존엄성에 인사를 보내듯 삼가 정중하게 몸을 기울이고는 나지막이 귓가에 속삭인다. "귀하께서는 조금 전 세상을 떠나셨습니다. 이제 괜찮습니다. 제가 최선을 다하여 이 모든 먼지와 혼란을 씻어 드리겠습니다."

훌리오는 깔끔하게 병실 청소를 끝내고, 크래시 카트 서랍을 닫고, 얼룩진 거즈를 치우고, 바닥을 닦고 나면 손을 씻는다. 그런 다음 환자를 씻기기 시작한다. 최근에 고용된 신참 간호 감독관은 출입문에 머리를 붙이고 소리를 지른다. "최대한 빨리 쓰게 해 주셔야죠!" 훌리오는 그 말에 신경 쓰지 않는다. 다른 의료진은 훌리오가 하는 일을 이미 잘 알고 존중한다. 그들은 이 신성한 순간을 지켜 주고자 한다. 훌리오는 사자(死者)를 예우하는 데 필요한 시간을 충분히 나눈다.

두려움과 기꺼이 함께하려는 의지는 담대한 행동이다.

두려움은 심리적 구조물이자 혈류 내 아드레날린과 코티솔 방출, 심박동수 증가, 특정 근육 긴장, 소름 돋음, 동공확장과 관련된 반박 불가한 생물학적 자극-반응이다. 두려움은 정상적인 인간의 반응이며, 때때로 지각된 위협에 대처하는 불가피한 생존 반응이다. 이런 반응이 곧 특정한 행동 패턴을 만들어 낸다.

우리는 두려움을 놓고 합리적인 것과 비합리적인 것을 이야기하지만, 사실 모든 두려움은 주관적이다. 가령 이따금 내가 살고 있는 캘리포니아에 대규모 지진이 닥칠 수도 있다는 두려움이 생기는데, 이런 요소는 단지 나 혼자만 불안해하는 게 아니라 다른 사람에게도 완연한 공포를 일으킬 수 있다. 한편 거미를 보기만 해도 무서워서 움찔하는 사람이 있지만, 나한테는 전혀 걱정거리가 되지 않는다. 이처럼 두려움은 어떤 상황을 정확하게 인식할 때도 일어나고 완전히 왜곡된 관점을 취할 때도 발생할 수 있다.

신생대 최대 포식자 검치호랑이(스밀로돈)에 대한 두려움은 실제로 존재한다. 아니, 검치호랑이가 지구를 돌아다니던 시절에는 진짜 그랬다. 오늘날 그 두려움은 상상 속에서나 살아 있는 한낱 이야기일 뿐이다. 그럼에도 우리는 지금도 항상 사냥당할 수 있다는 생각에 혼자 몸서리치거나, 어두워지고 나면 안전한 곳에 몸을 숨겨야 한다는 생각을 저버릴 수 없다. 하물며 장차 실제로 검치호랑이가 다시 돌아올 가능성을 생각하면 짐짓 불안한 마음을 감출 수 없다.

두려움이 우리에게 영향을 끼치는 데 어떤 기준이 필요한 것도 아니다. 그 두려움의 원인이 무엇이든 두려움은 여전히 진짜처럼 느껴진다. 그래서 이런 말이 있다. '두려움을 절대적 진리로 대하지 않는 게 최선이다.'

두려움 속에서 살아가면 우리의 시야는 좁아지고 삶은 안락하고 익숙한 것으로만 축소된다. 우리는 안전 예방 조치와 불확실성에 대한 두려움에 사로잡혀 끊임없이 불안해하고 걱정한다. 물론 우리 자신과 사랑하는 사람들을 보호하고자 하는 뜻은 합리적이다. 하지만 오직 두려움에 휩쓸리면 상식을 활용하지 못하고 어리석은 결정을 내린다. 점점 위험을 감수하면서 모험에 뛰어들려는 의지나 갈등이나 반감에 직면하려는 의지도 깎여 나가고, 심지어 관련 당국에서 약속한 개선조치와 안전방침을 준수하려는 공동체의 자세를 깔아뭉갤 수도 있다.

어떤 사람들에게 두려움은 공포스러운 상황을 스스로 찾는 성향에서 나타난다. 우리는 위험도가 높은 활동에 참여하면서 지속적으로 자신의 한계나 성실함을 시험한다. 두려움을 가리거나, 그 두려움이 우리 삶에 끼치는 영향력을 부인하기 위해 점점 공격적으로 변하고, 심지어 남을 괴롭히고 못살게 군다. 오로지 두려움을 극복하는 것만 강조하다 보면 세상 어디에도 휴식은 없다.

두려움에 순응하든 반항하든 결국 해결되지 못한 두려움은 자신이 만든 감옥에 스스로 추방 명령을 내린 망명자 신세와 같다.

이 세상에 우리를 두렵게 하는 일은 늘 존재할 것이다. 반대로, 이 세상에 나를 두렵게 하는 일은 없다고 상상하는 것은 어리석은 생각이다. 나도 두려움이 많은 사람이다. 나의 두려움은 나 자신을 미리 판단하는 태도, 할 일을 계속 미루는 양상, 신뢰 불능, 그리고 남들에게서 확신을 찾으려는 모습으로 나타난다. 나의 목적은 모든 두려움을 깡그리 없애려는 게 아니다. 오히려 삶을 죄고 있는 두려움의 올가미에서 스스로를 자유롭게 풀어 주고, 담대한 현존으로 두려움에 직면하는 법을 배우는 것이다.

게이브가 다섯 살 때, 예의 그 나이 아이들이 그렇듯 벽장 안 괴물에 대한 두려움이 생겨났다. 아들이 쉽사리 잠들지 못하는 어느 날 밤, 나는 아이와 함께 침대에 올라가서 괴물로부터 숨을 수 있게 머리끝까지 이불을 덮었다.

"지금도 괴물들이 밖에 있다고 생각하니?" 나는 최대한 진지하게 물었다.

"네, 아빠. 괴물들이 벽장 안에 있어요." 게이브는 휘둥그레진 눈으로 대답했다.

"그렇게 생각해? 그럼 나가서 보고 싶어?"

"아니!" 게이브는 이불을 훨씬 더 높이 끌어당기며 말했다.

아들과 함께 한동안 이불 밑에서 키득거리면서 장난스럽고 편안한 분위기가 스며들도록 했다. 그런 다음 넌지시 말해 보았다. "진짜 가서 안 보고 싶어? 베개 들고 방패처럼 쓰면 돼."

"그럼, 좋아!"

그래서 우리는 베개를 방패 삼아 벽장 쪽으로 아주 천천히 기어갔다. 나는 벽장 문을 빼꼼 열었다가 금방 닫았다. 이 동작을 반복하며 괴물을 찾으러 옷장 안을 들여다보고 다시 안전하게 기어 오는 엄청난 쇼를 벌였다. 그걸 보고 게이브는 까르르 환하게 웃었다.

잠시 후 나는 벽장 문을 활짝 열어젖히고 벽장 안에다 우리가 들고 온 베개를 툭툭 던졌다. 몇 가지 물건들이 바닥 위로 굴러 떨어졌다. 스니커즈 한 쌍, 축구공 하나, 텅 빈 상자 하나, 어디에도 괴물은 없었다. 게이브는 자지러지듯 웃기 시작했다. 아이가 웃으면 웃을수록 분위기는 더 편안해지고 아이가 느끼는 호기심은 더욱 커졌다. 급기야 게이브는 벽장 안에 뭐가 있는지 살펴보겠다고 벽장 안으로 올라가고 있었다. 느리지만 확실히 아이의 공포는 사라져 갔다.

그 후로 게이브는 더 이상 괴물을 무서워하지 않았다. 직접 벽장에 가서 괴물을 찾아보았기 때문에 두려워할 필요가 없었다. 아들은 두려움과 직접 마주했다. 만약 내가 아들한테 "아냐. 바보같이 굴지 마. 벽장 안에 괴물 따위는 없어. 이제 그만 자러 가."라고 말하면서 불을 꺼 버렸다면, 아이는 제발 자기 말을 믿어 달라고 간청했을 것이다. 대신 나는 이런 식으로 했고, 아들은 괴물이 존재하지 않음을 깨달았다. 벽장 괴물은 그저 아이의 머릿속에 든 이야기였을 뿐이었다.

어른들에게도 상황은 그리 다르지 않다. 우리가 마주하는 괴물들은 어린 시절 벽장에 살던 괴물보다 더 크고, 추하고, 어려운 것인지도 모른다. 게이브의 경우처럼 결국 두려움도 우리가 스스로에게 해 주는 이야기 차원으로 수렴된다.

두려움을 스승으로 삼아 두려움을 능숙하게 처리하는 법을 배우면 어느 정도 내면의 자유를 얻을 수 있다. 두려움의 공간에서 움직인다는 것은 현실에 대한 신뢰가 없다는 뜻임을 금세 알아차리게 된다. 우리는 남들과 갈라지고 통합의 가능성과 분리된다. 이것이 우리의 기본 입장이다. 불교 학계에서는 종종 초라하고 단절된 자의식을 '두려움의 몸체'라고 부른다. 두려움의 물리적 형태는 우리를 둘러싼 딱딱한 긴장감, 우리 몸의 경직된 감각, 공포에 대항하여 두터워진 방어기제 등으로 나타난다. 그러고 나면 머리는 굳어지고 정신은 혼란스러워진다. 결국 마음의 문은 굳게 닫히고 만다.

새로운 의미에서 분리와 구별은 반드시 일어나야 한다. 단, 우리가 이전에 상상했던 분리 상태는 아니다. 두려움에 대응할 때, 우리의 정서 상태와 우리가 두려워하는 대상을 구별하는 것이 유용하다. 사람마다 다르겠지만, 벌레, 신원도용, 거부, 테러, 대중연설 등 자신이 두려워하는 대상에 강박관념을 갖게 될 때 우리는 그 정서 자체와 접촉을 피한다. 우리가 두려워하는 것은 하물며 벽장 안의 괴물처럼 존재하지 않을 수도 있다. 하지만 두려워하는 대상에 온통 주의를 기울이면 그 환영이 현실로 변해 버린다.

우리가 두려워하는 감정과 두려워하는 대상 간의 차이를 구별하면 그 과정에서 우리가 하는 역할을 알아차릴 수 있다. 그런 다음 우리를 압도하는 대상에서 자신을 분리할 수 있다. 잠시 긴장을 풀고 안정된 호흡의 지원을 받으면서 몸이라는 그릇 안에 두려움을 담아 보자. 그러면 믿음, 가설, 기억, 두려움 밑에 깔린 이야기 등 우리 마음의 작동을 검토할 수 있다. 이런 방식으로 우리는 두려움에 대한 자동반응성을 줄일 수 있다.

어렸을 때 나는 꽤 자주 교장실에 불려 가곤 했다. 내가 학교 다닐

때만해도 이런 일은 큰 말썽을 일으켰다는 신호였다. 하지만 내 경우에는 말썽을 부려서 불려 가는 게 아니었다. 어머니는 정기적으로 학교에 연락해서 나를 집에 보내 달라고 부탁하곤 했다.

어머니는 폐기종 때문에 숨 쉬는데 문제가 생겨서 자주 내 도움이 필요했다. 숨이 턱까지 차오르게 집으로 뛰어오면 뒷마당에 계신 어머니를 발견할 수 있었다. 흡입기를 가져다 드리고, 공기 흐름이 늘어날 수 있게 입술을 오므리면서 숨쉬기 연습을 시키고, 네뷸라이저 흡입기를 설치하는 동안 어머니를 편안하게 해 주었다. 호흡이 특히 힘들 때에는 이동용 산소 탱크 사용을 도와 드렸다. 어머니의 건강 상태는 이 정도로 나빴다. 그런데 나는 놀랄 만치 그게 무섭지 않았고, 이런 의료 절차를 도와드리는 것도 두렵지 않았다.

평소에 부모님이 술을 심하게 마시고 있으면 집은 두려움의 공간이 되었다. 어머니는 자살을 입에 담았고 아버지는 난폭해졌다. 현관문을 열고 들어가면 어떤 상황이 나를 기다리고 있을지 알 수 없었다. 손목을 천천히 돌릴 때 내 손에 닿던 차가운 황동 문고리의 느낌, 그 삐걱거리는 소리, 문을 밀어서 여는 데 필요한 노력, 그리고 반대편까지 지나가는 데 필요한 용기, 그 모든 게 생생히 기억난다. 나는 걱정되는 마음으로 이 방 저 방을 돌아다녔다. 주방 스토브가 켜진 채 그대로 있는 모습을 발견할 수도 있다. 어쩌면 어머니가 지하실 바닥에 뻗어 있는 모습을 발견할 수도 있다. 내 마음은 경계심의 최고조에 이르고, 내 몸은 여러 개의 출입구를 지나갈 때마다 극도로 긴장했다.

그로부터 수년 후 내가 명상을 시작했을 때, 명상 교사는 모든 활동 안에서 마음챙김 상태를 유지하라고 설명해 주었다. 이는 자동반사적인 행동을 줄이고, 현재 안에 존재하는 능력을 키워 주는 것이었다. 새로운 공간에 들어설 때 문을 열고 닫는 방식에 차분히 주의를 기울이라고 강조하는 훈련도 있었다. 놀랍게도 나는 이 특정한 훈련을 능숙하게 해냈다. 그러니까 문고리의 온도를 감지하고, 문의 무게를 느끼고, 어떤 목적을 갖고 문을 여는 그 접근방식을 너무 잘 알고 있었다. 하지만 정서적으로 나는 그 안에 존재하지 못했다.

그래서 문턱에서 잠시 멈출 때, 문고리와 내 몸을 동시에 둘 다 느끼는 연습을 시작했다. 내 안에서 뭔가 조여 오는 느낌이 들면서 당장에 해야 할 이 훈련과제와 무관해 보이는 어떤 불편함이 닥쳐왔다. 그 순간 나는 소리 내어 울기 시작했다. 너무 울어서 문을 열고 지나갈 수조차 없었다.

명상 교사는 어린 시절에 겪었던 그 두려움과 내가 연결될 수 있도록 지원을 아끼지 않았다. 무엇보다 내 어린 시절 양육을 연상시키는 훈련에 내가 그렇게 반응한 것은 전혀 놀라운 일이 아니라고 설명해 주었다.

문을 여는 행위는 한동안 내 삶의 주된 수행 활동이 되었다. 연습을 통하여 점차 후천적으로 습득한 고도의 경계심 대신 마음챙김이 자리

잡았고, 마음챙김은 나의 오랜 상처를 치유하는 과정에 크게 도움이 되었다. 우리가 담대한 현존을 표현하는 한 가지 방법은 마음챙김 수행을 통하는 것이다. 이로써 예전에 두려움만으로 접근했던 그 공간을 자비심과 다정함으로 어루만지게 된다.

삶을 온전히 살아가고, 죽음을 정면으로 마주하고, 진정한 자유를 찾으려면 세 가지 유형의 용기가 필요하다. 전사의 용기, 심장의 용기, 그리고 연약함의 용기이다.

'전사의 용기'는 응급상황이나 위험한 상황에서 드러나는 용기와 관련된다. 거침없는 용기와 불굴의 의지를 가진 군인들을 떠올리면 된다. 그들은 훈련, 신념, 순수한 아드레날린으로 기꺼이 위험을 감수하면서 두려움을 막아 내고, 최소한 두려움 때문에 멈추지 않는 법을 배운다. 의사와 건강관리 전문가들은 과거의 피폐함을 밀어낼 때 이와 비슷한 유형의 훈련을 받는다. 어떤 사람들에게는 그저 아침에 침대 밖으로 나오는 일에도 전사의 용기가 필요하다. 또 어떤 사람들은 정서적 혼란을 견디고, 새로운 일을 시작하고, 만성 질병, 우울증, 절망을 안고 살아가기 위해서도 전사의 용기를 소환한다. 대부분은 일상생활을 영위하는 데에 어느 정도의 용기가 필요하다. 용기는 우리가 옳다고 생각하는 일을 행하기 위한 선택이 될 수 있다.

명예, 동료애, 봉사, 헌신은 건강한 전사의 용기를 불러일으키고, 그 용기가 현실에 적용할 때에는 지성이 함께하면서 균형을 이룬다. 하지만 이런 유형의 용기에는 그늘진 면이 있다. 수치심, 강요, 통제 욕구, 혹은 인정 욕구 등도 전사의 용기를 자극할 수 있으며, 이는 방어적 태도와 거짓된 패기를 불러온다.

내가 불교 수행에 입문할 당시, 아시아 전통으로부터 내려온 설화로 풀어낸 '영적 무사' 이야기를 많이 들었다. 불교 경전은 전투 이미지로 가득하다. 어떤 사람이 명상가에게 만 명의 군대에 포위된 상태를 상상해 보라고 제안했다. 이 군대를 정복하는 것이 사람의 마음을 길들이는 것보다 쉽다고들 말했다. 그러나 이런 가르침은 나한테 전혀 울림이 없었다. 나는 그런 이미지가 오히려 엄청난 분투와 거부감을 부추긴다고 생각했다. 그런 이미지의 가치는 한계가 있고, 자기혐오와 자기판단의 상처를 지닌 사람들에게는 거의 도움이 되지 않았다.

그럼에도 불구하고 우리의 삶과 명상 수행에는 전사의 용기가 필요한 공간이 있다. 전사의 용기는 어려움에 직면했을 때 확고하고 변함없는 태도를 유지하고, 미지의 세계를 찾아가기 위해 이미 익숙한 세계를 걸고 과감히 모험에 나서며, 자신의 무지에 직면하도록 해 준다. 전사의 용기는 현실에 안주하는 습관과 불확실성이 가져올 영향력에 유혹되지 않도록 해 준다. 우리는 내면 깊은 곳에서 이 담대한 용기의 단단한 바탕을 느낄 수도 있다.

다음에 나올 무사와 승려 이야기는 집착을 내려놓고 두려움을 정면으로 마주하는 데 필요한 흔들림 없는 전사의 용기를 보여 준다.

한 무사가 작은 사원에 가려고 산을 올랐다. 거기서 무사는 차분히 정좌 참선을 하고 있는 승려를 발견했다. 무사는 복종과 권위에 익숙한 목소리로 크게 소리쳤다. "스님, 나한테 천국과 지옥에 대해 가르쳐 주시오!"

스님은 무사를 올려다보더니 경멸하는 어투로 답했다. "당신한테 천국과 지옥에 대해 가르쳐라? 나는 당신한테 아무것도 가르쳐 줄 수 없소. 당신은 무지하고 추한 사람이니 무사 계급의 수치라 할 수 있소. 당장 내 눈 앞에서 사라지시오."

무사는 불같이 화를 냈다. 자기 분노를 못 이긴 무사는 칼을 꺼내 승려의 목에 겨누었다.

이에 승려는 무사의 눈을 똑바로 보면서 말했다. "그게 바로 지옥이오."

무사는 온몸이 얼어붙었다. 그제야 이 교훈을 보여 주기 위해 자기 목숨을 기꺼이 내놓은 승려의 깊은 연민을 깨달았다. 그는 칼을 내려놓고 깊이 허리 숙여 존경과 감사의 인사를 올렸다.

이에 승려는 누그러진 목소리로 말했다. "그리고 그게 바로 천국이오."

담대함은 단순히 두려움을 없애 버리고, 없는 척 무시하거나 밀어내 버리는 게 아니다. 공포에 직면할 때조차 강인한 머리와 심장으로 용감하게 현재에 존재할 수 있는 힘을 기르는 것과 관련된 태도이다.

'심장의 용기'는 우리에게 방어벽을 치지 말라고 한다. 마음을 움직이는 아름다움과 공포를 둘다 느끼고 허용하는 것이 바로 심장의 용기이다. 심장의 용기는 전사의 용기와 종류가 다른 담대함이 필요한데, 이를 위해서는 전사의 용기만큼 혹은 그보다 더 큰 열정을 요구한다. 우리가 경험을 거부하지 않고 바로 지금 여기에 있는 것을 정면으로 마주할 때, 그러니까 경험의 진실과 함께 머무르는 일에 전념할 때 이 심장의 용기를 발견하게 된다.

'심장의 용기'는 지금 일어나고 있는 상황에 대하여 두려움 없는 반응을 활성화한다. 이로써 두려움을 깨닫고, 탐색하고, 통합할 수 있는 공간이 새롭게 만들어진다. 그런 다음에는 그동안 피하고 싶었던 모든 것을 그 안에 다 넣을 수 있다. 심장의 용기는 세상 모든 존재가 지닌 고통에 대한 깊은 연민을 열어 준다. 우리 모두가 두려움을 안고 있으며, 중생을 돌보는 보살들처럼 자기만의 두려움을 품은 다른 이들과 함께 서 있음을 깨닫게 된다.

요즈음 뉴스에 대형 폭력사태가 자주 등장하면서 심장의 용기를 담은 이야기들이 충분히 알려지지 않고 있다. 하물며 단신으로 나오는 것조차 놓치기 쉬운 형편이다. 네바다 주의 체육 교사인 젠시 페이건은 권총을 들고 등교한 열네 살 남학생을 목숨을 걸고 막아 냈다. 남학생은 운동장으로 들어가 세 발의 총알을 쏘았다. 첫 번째 총알은 어떤 남학생의 팔 위쪽에 맞았다. 두 번째 총알은 운동장 바닥을 스치고 튀어 오르면서 어느 여학생의 무릎에 부상을 입혔다. 세 번째 총알은 감사하게도 아무도 맞히지 않았다.

젠시는 조용히 남학생에게 접근했고 남학생의 얼굴과 권총이 눈앞에 보이는 정도까지 가까이 걸어갔다. 잠시 남학생과 이야기를 나눈 후 그녀는 총을 내려놓으라고 설득했다. 여기까지다. 누가 봐도 용기 있는 행동을 취함으로써 거의 확실히 모든 이의 목숨을 구하는 이 시점까지가 바로 전사의 용기에 해당한다.

그러나 젠시는 한 걸음 더 나아갔다. 그 순간 총을 든 남학생을 껴안았던 것이다. 그 모습에 모두가 놀랐다. 그것은 바로 강한 심장의 용기였다. 그녀는 남학생에게 절대로 혼자 두지 않겠노라고 안심시켰다. 젠시는 정말로 경찰서까지 함께 가고, 법적 절차를 밟는 동안에도 남학생의 안전을 확인하면서 경찰에서 별다른 해를 입지 않도록 도와주었다.

나중에 왜 그 학생에게 그렇게 연민이 가득한 행동을 했는지 물어보자, 젠시는 이렇게 답했다. "다른 누구라도 그렇게 했을 거라고 생각합니다. 교사들은 학생들을 마치 자식처럼 바라보니까요." 그녀도 아이를 키우는 엄마였다.

'연약함의 용기'는 내면의 가장 깊은 차원으로 가는 길이다. 대개 우리는 연약함을 나약함, 정서의 노출, 해를 당하기 쉬운 상태와 연관시킨다. 따라서 연약함을 두려워하고 어떻게 해서든 그것을 피하고 싶어 한다. 하지만 연약함은 분명 저주가 아니라 축복이다.

연약함의 용기와 함께하면 자동차 사고로 아들을 잃은 친구와 나란히 앉아 그녀의 고통을 느끼고 편견 없이 마음을 터놓고 이야기에 귀 기울일 수 있다. 연약함과 함께하면 새로운 모험을 시작하는 두려움을 순순히 인정하고, 이혼 소식을 나누고, 다시 아이를 갖고 싶은 마음도 느낄 수 있다.

연약함은 나약함이 아니라 방어벽을 치지 않는 태도이다. 방어벽을 치지 않으면 우리의 경험에 마음을 열 수 있다. 방어벽을 낮추면 이해하기 힘든 상황은 줄어들고 투명함은 늘어난다. 우리 삶에서 만나는 만 개의 슬픔과 만 개의 기쁨을 세심하게 받아들이고 느끼게 된다. 만약 우리가 고통, 상실, 슬픔에 기꺼이 연약해지지 않는다면 연민, 기쁨, 사랑, 그리고 기본적 선함을 느끼거나 이해하지 못할 것이다.

사랑할 수 있는 용기에는 연약함이 꼭 필요하다. 이 세상에 사랑보다 더 연약한 상태가 있을까? 사랑은 위험, 불확실함, 강렬함, 친밀함, 갈등, 그리고 진실한 고백으로 가득 차 있다. 연약해진다는 것은 타인과 우리 내면의 안내자에게 세심하게 반응하고 공감하면서 선뜻 받아들인다는 뜻이다. 우리는 통제의 허상을 깨닫고 고통은 불가피하다는 현실을 인식한다. 그리하여 우리가 움켜쥔 것을 내려놓고, 설명할수도, 예측할수도 없는 세계로 초대된다.

연약함의 용기는 본질적 본성이라는 불사의 공간으로 가는 길을 열어 준다. 이 난공불락의 본성은 극기나 금욕이 아니며, 삶의 이런저런 부침을 막아 주는 면역력도 아니다.

보통 우리 문화에서 상처 입힐 수 없는 불사의 성격은 자기감정에 반하는 태도, 간파할 수 없는 존재에 대한 허위의식, 그리고 이 몸은 결코 상처 입지 않으며 죽지도 않을 것이라는 잘못된 자세를 암시한다. 하지만 우리의 본질적 본성에 깃든 불사적 성격의 연약함은 순수한 열림, 방어벽을 치지 않은 드넓은 공간성이다. 이 안에서 우리는 한 걸음 물러나 두려움의 거센 바람이 우리를 관통해 지나가도록 허용한다. 이제 두려움이 착륙할 수 있는 땅은 어디에도 없다. 우리는 온갖 투쟁을 중단하고, 불필요한 노력을 늦추고, 방어벽을 치지 않는 상태에서 휴식할 수 있다. 우리가 어느 누구와도 분리된 존재가 아님을 깨닫는다. 우리 본연의 존재가 절대로 손상되지 않고, 병들지 않고, 사라지지 않음을 깨닫게 될 때 비로소 두려움은 가라앉는다.

심장절개수술 전날 밤, 나는 불안하고 초조한 상태에 빠졌다. 불구가 되면 어쩌나 하는 두려움, 수술이 꼭 필요한 건가 하는 의구심, 그 외에도 온갖 의문들이 내 마음을 빙빙 돌고 있었다.

불교 명상을 가르치는 친구 샤르다가 병실을 찾아왔다.

그녀는 내 손을 잡고서 잠자코 아무 말이 없었다. 우리는 꽤 오랜 시간 동안 침묵 속에 함께 머물렀다. 병실에는 우리 두 사람뿐이었다. 이따금 나는 입을 열었다. "알겠지만 이 수술이 너무 무서워. 죽을까 봐 겁이 나."

"그래, 알아." 그녀는 고개를 끄덕이며 짧게 답하곤 다시 침묵으로 돌아갔다. 그녀는 사랑을 한껏 드러내며 내 안의 가장 깊은 부분, 그러니까 내 두려움보다 더 큰 부분을 비추는 선명한 거울이 되어 주었다. 그녀의 얼굴에서 내 안에 깃든 사랑의 본성이 비추이는 모습을 볼 수 있었다.

여기 두 사람이 있다. 흔히 두 사람 사이에는 에너지가 발생한다. 가령 상대와 열띤 논쟁을 펼치고 나면 그 공간에서 긴장된 에너지를 느낄 수 있다. 긍정의 상황에서도 마찬가지다. 두 사람 사이에 감도는 담대한 현존을 느낄 수 있다.

샤르다는 30분 후 조용히 일어났다. "이제 가야겠어."

"그래, 그렇게 해."

"친구, 사랑해."

"그래, 알아." 나는 이렇게 답했다. 그리고 그녀는 자리를 떴다.

그녀가 찾아온 후 나는 평온해졌으며, 수술과 나 자신, 그리고 세상에 대한 신뢰와 자신감을 회복했다. 감사의 마음은 이것만으로도 참 다행이라는 행복감을 키워 주었다. 그러자 그날 밤 나처럼 아파하고 있을 세상의 모든 타인들과 연대감을 느낄 수 있었고, 나를 괴롭히던 두려움에서 벗어날 수 있었다.

그날 밤, 나는 단잠에 들었다. 어스레하고 쓸쓸한 새벽빛이 흐르는 다음 날 나는 편안한 마음으로 일어났다. 아들 게이브와 아내 반다는 수술실 문 앞까지 나를 따라왔다. 힘든 상황에도 빛나는 평정심은 나를 휴식의 길로 데리고 갔다.

연약함의 상태로 들어가면 몸의 쾌락과 고통을 경험하고, 감정을 느끼고, 생각을 알아차리는 데 세심해진다. 이 전부를 느끼거나 고통의 뿌리를 정면으로 마주하는 일은 쉽지 않다. 이는 곧 우리가 탄탄히 쌓아 올린 자아의 존재를 믿는 것이다. 하지만 기꺼이 연약해질 수 있는 능력은 모든 차원의 현실을 경험할 수 있게 해 준다. 실제로 우리의 정체성은 고정된 것이 아니며, 존재 안에 영원한 것은 하나도 없다는 사실을 느끼게 된다. 우리가 느끼는 강박적 충동과 집착의 공허함을 알게 된다. 방어벽을 치지 않고 기꺼이 연약해지면, 존재의 더 미묘하고 깊은 차원을 포함한 인간 존재의 모든 가능성에 마음을 열게 된다. 따라서 연약함의 용기는 역설적으로 궁극적 연약함이 품은 그 열림 안에서 휴식할 수 있게 해 준다.

두려움을 알게 될 때, 그저 사실을 파악하려는 마음의 메마른 여행만으로는 충분하지 않을 것이다. 두려움을 담대한 현존으로 바꾸려면 사랑이 필요하다. 내가 소중하게 생각하는 여러 스승들 중에 슬픔 전문가 엘리자베스 퀴블러 로스가 있다. 그녀는 이 세상에 단 두 가지의 기본 정서만이 존재한다고 주장했다. 바로 사랑과 두려움이다. 나는 그렇게까지 단순하게 생각하지는 않지만, 확실히 사랑과 두려움은 동전의 양면이라고 말할 수 있다. 두려움은 오그라들고 줄어드는 측면이고 사랑은 펼쳐지고 넓어지는 측면이다.

과연 두려움과 친해질 수 있을까? 마음챙김으로 두려움을 만나서 두려움이 일으키는 고통을 깊은 연민으로 어루만지고 두려움과 함께 머무르게 해 줄 사랑의 평정심을 기를 수 있을까?

언젠가 람 다스는 이렇게 말했다. "정신분석을 받고, 심리학을 가르치고, 정신치료자로 일하고, 마약을 하고, 인도에 머물고, 요가를 하고, 구루를 만나고, 수십 년간 명상을 하며 오랜 세월을 보낸 후에도 내가 아는 한 나한테서 단 하나의 신경증도 없애지 못했습니다. 단 하나도요. 하나 변한 게 있는데, 그것은 그런 요인들이 더 이상 나를 규정하지 않는다는 점이지요. 나라는 사람에 투자하는 에너지가 줄었기 때문에 변화하기가 더 쉬워졌습니다. 나의 신경증은 더 이상 거대한 괴물이 아닙니다. 이제 차 마실 때 건너오라고 청하는 사랑스런 친구 같은 존재가 되었습니다."

두려움을 사랑하는 법을 배우는 일은 가능하다. 두려움 앞에서 그 너머의 사랑을 선택한다는 것은 은혜로운 신뢰에, 현실의 기본적 선함에, 그 두려움보다 더 큰 무엇인가에 말을 거는 일이다. 하지만 두려움을 기꺼이 받아들이려면 우선 안전함을 느껴야 한다.

영국의 저명한 소아과의사이자 아동정신분석학자인 도널드 위니컷은 '안아 주는 환경'이라는 개념을 창안했다. 이 개념은 당대 정신분석의 애착 이론에 근본이 된다. 그는 양육자의 '안아 주는 환경'을 아동의 건강한 발달에 있어 선결조건으로 보았다. 이는 아이가 보살핌을 받고, 안전하고, 이해받고, 지속적으로 사랑받고 있음을 느끼는 방식으로 아이를 사랑하는 것이다. 이와 같이 아이를 포용해 주면 아이는 양육자에게서 신뢰감을 키우고 다른 사람들과 세상을 향해서 그 신뢰를 넓혀간다. 만약 그 안아 주기가 적정 수준보다 부족하면 아이는 그 환경을 신뢰할 가치가 없는 것으로 보고 단순하게 반응하는 방향으로 성장한다.

주된 양육자에게 상대적으로 건강한 애착을 보이면서 세상과 소통하는 아이를 눈여겨보자. 아이의 삶에 '충분히 좋은' 안아 주기가 존재하면 그 아이는 과감하고 대담하게 새로운 것을 시도한다. 아마 걸음마를 하다가 넘어지기도 할 것이다. 그때 보호자는 아이를 안아 주면서 다시 걸음마를 떼려는 용기를 얻을 수 있게 사랑을 가득 채워 준다. 그렇게 매번 반복할 때마다 아이는 경계를 조금씩 벗고 더 멀리 모험을 감행할 용기를 얻는다.

게이브가 태어나고 며칠 뒤 '안아 주기 환경'의 중요성을 몸소 체험했다. 갑자기 아이가 어찌해 볼 도리 없이 울기 시작했다. 아내가 아이를 달래려고 온갖 시도를 다 해 보았지만 소용이 없었다. 산파 역할을 해 보고 아이 넷을 키운 어느 친구에게 도움도 청했지만, 그녀도 게이브를 달랠 수 없었다.

마지막으로 내가 나섰다. 나는 게이브를 품에 안고서 바깥바람을 쐬러 갔다. 그리고 숨을 깊이 들이쉬면서 속삭였다. "아가야, 알고 있지, 아빠는 우리 아가를 사랑한단다. 앞으로도 항상 사랑할 거야." 그리고는 아이가 엄마 뱃속에 있을 때 불러 주던 노래를 다시 불러 주었다.

그것은 단순하지만 아이와 함께하는 친밀한 접촉이었다. 마치 명상을 하면서 접하는 경험만큼이나 깊은 친밀함이었다. 어떤 면에서 나는 아들에게 명상하는 아빠의 신경계를 빌려 준 것과 같았다. 걱정하지 않았다. 아이가 힘들어하는 상태 앞에서도 크게 동요하지 않았다. 아이가 어떻게 느끼고 있을지 그 정서를 내 입장에서 판단하지도 않았다. 그저 내 팔과 가슴이 만든 안전한 요람 안에 안고서 단잠에 빠져들 때까지 아이의 혼란한 상황이 밖으로 흘러나와 드넓은 하늘 속으로 날아가 사라지게 해 주었다.

우리의 인식 자체를 이런 안아 주기 환경이라고 가정해 볼까? 우리가 명상할 때 몸과 호흡에 주의를 기울이면서 자세를 바로 하고, 자신을 세우고, 그런 다음 신뢰를 확장하는 방법으로 다정한 관심을 기울였던 순간을 상상해 보자. 때때로 자리에 앉아 있을 때면 내가 나만의 '좋은 엄마'라고 상상하곤 한다. 나는 원형의 어머니나 할머니라는 따스한 존재감을 떠올린다. 이따금 메타 숫타[자비경(慈悲經)]에 나오는 불교의 가르침 중에 한 구절을 암송하곤 한다. "세상의 어머니가 목숨을 내놓고 하나밖에 없는 아이를 지키고 보살피듯이 인간은 무한한 마음으로 모든 살아 있는 것들을 소중히 품고서 온 세상을 사랑으로 물들여야 한다."

우리가 안전한 '안아 주기 환경'을 느낄 때 비로소 두려움, 고통, 추함은 밖으로 나와 스스로를 드러낸다. 아무런 판단을 하지 않은 채 조용히 그 두려움과 고통을 안아 보자. 그러면 그 두려움과 고통은 치유될 수 있다. 과거의 제한적인 믿음을 넘어서 나아갈 수 있는 지지와 용기를 느낄 수 있다. 이로써 자신의 죽음이나 아이의 상실처럼 직시할 수 없어 보이는 상황조차 본연의 품위를 지키면서 정면으로 마주할 수 있다. 알아차림, 인식 그 자체가 궁극의 휴식 공간이 된다.

알지 못함,
초심자의
그 열린 마음을
기르라

마음은 낙하산과 같다.

열리지 않으면 제 역할을 하지 못한다.

토마스 로버트 드와르(기업가, 1864-1930), 프랭크 자파(작곡가, 1940-1993)

선문답은 인간의 문제를 다루는 데 도움이 될 만한 뜻을 담은 이야기, 대화, 또는 구절이다. 대개 선문답은 모순되는 것 같지만, 그렇다고 풀어야 할 수수께끼나 불가사의한 문제를 의도한 것은 아니다. 오히려 통찰을 얻도록 도와주고, 직접적 경험을 촉진함으로써 세상을 보고 이해하는 일상의 방식으로부터 우리를 자유롭게 한다.

'알지 못함의 마음(don't know mind)을 기르자'는 선문답은 언뜻 보면 무슨 뜻인지 혼란스럽다. 왜 무지함을 애써 찾아야 할까? 하지만 이는 앎과 지식을 피하라는 권고가 아니다. '알지 못함' 마음의 특성은 바로 호기심, 놀라움, 경이로움이다. 이는 무엇이든 있는 그대로의 모습으로 받아들이고 만날 준비가 되었다는 뜻이다.

내가 심장수술을 받을 무렵 게이브는 20대 후반의 청년이었다. 그때 아들은 심장중환자실로 나를 찾아왔다. 우리는 다정한 대화를 나누며 부자관계의 아름다운 추억을 떠올렸다. 우리의 대화는 사랑, 다정함, 웃음으로 가득 차 있었다.

그러다 어느 순간, 게이브가 말을 멈추고 아주 심각해졌다. "아버지, 이 수술 받으시고 끄떡없이 살 수 있죠?"

나는 이루 말할 수 없을 정도로 아들을 사랑한다. 그래서 여느 아버지처럼 당연히 살아날 거라고, 괜찮을 거라고 아들을 안심시키고 싶었다. 하지만 잠시 뜸을 들이면서 합당한 대답을 궁리했다. 먼저 대답하기 전에 지금 나의 경험 속으로 오롯이 들어가 보았다. 그러자 내 마음의 소리가 들렸다. "나는 어느 편도 아니란다."

내 대답에 아들도, 나도 놀랐다. 내 말은 삶이든 죽음이든 어느 한쪽 편을 들지 않겠다는 뜻이었다. 어느 쪽이든 모든 일이 다 잘될 거라고 믿었다. 대체 어디서 그런 대답이 나왔는지 나도 모른다. 머릿속 검열을 거치지 않고 그냥 흘러나온 말이었다. 나는 성자처럼 보이거나 선한 불교신자처럼 보이려고 애쓰지 않았다. 그러나 우리 부자는 내 대답에 안도했다. 그 순간 사랑으로 전해지는 진실의 현존 안에 우리가 존재하고 있음을 알았기 때문이다.

우리는 포옹을 나누었다. 게이브는 다음 날 아침 다시 오겠노라 약속하고 집으로 돌아갔다.

우리는 하루하루 생활을 이어가면서 우리가 쌓은 지식에 의존한다. 문젯거리를 꼼꼼히 생각하고 해결 방안을 찾는 우리의 능력을 믿는다. 우리는 교육을 받는다. 맡은 일을 잘할 수 있도록 특정한 학과 공부와 훈련을 받는다. 살아가면서 경험과 배움을 통해 정보를 축적한다. 이 모두가 우리 삶을 순조롭게 헤쳐 나가는 데 꼭 필요하고 유용한 것이다.

보통 무지함은 알지 못하는 상태, 정보가 부재한 상태라고 생각한다. 유감스럽게도 무지함은 '알지 못하는 상태' 그 이상을 뜻한다. 우리가 무언가를 잘 알고 있다고 하지만, 사실 그 점이 틀렸다는 뜻이다. 따라서 무지함은 모름이 아니라 잘못된 인식이다.

'알지 못함'의 마음은 전혀 다른 맥락을 나타낸다. 그것은 앎과 모름의 경계를 넘어선다. 지식과 무지에 대한 우리의 관습적 개념 척도에서도 벗어난다. '알지 못함'의 마음은 스즈키 로시 선사의 유명한 경구에 나오는 '초심자의 마음'이다. "초심자의 마음속에는 수많은 가능성이 있지만 전문가의 마음속에는 거의 없다."

초심자의 마음은 특정 의제, 역할, 그리고 기대치에 국한되지 않는다. 자유롭게 찾아다니고 발견한다. 영리한 지식으로 무장하고 머리와 정신이 그것에 만족할 때, 시야는 좁아지고 전체 그림을 보는 능력이 저하되고 행동할 수 있는 능력도 제한된다. 우리는 겨우 우리의 지식이 허용하는 것만을 볼 뿐이다. 현명한 사람은 연민과 겸손을 겸비하고 있으며, 동시에 자신이 알지 못한다는 사실 자체를 잘 알고 있다.

우리 앞에 바로 여기 이 순간, 씨름하고 있는 이 문제, 죽음을 앞에 두고 있는 이 사람, 끝까지 해내려고 하는 이 과업, 조금씩 만들어 가고 있는 이 인간관계, 현재 직면하고 있는 이 고통과 아름다움… 이 중에 예전에 겪어 본 일은 하나도 없다. 전부 처음 만나는 경험이다. 우리가 초심자의 마음으로 어떤 상황에 들어가면 특정한 관점이나 결과에 매이지 않고 기꺼이 해 보려는 순수한 의지를 갖게 된다. 이미 우리가 갖고 있는 지식을 내던져 버린다. 물론 그 지식은 뒤에서 필요할 때면 언제든 도움을 주려고 만반의 준비를 하고 있다. 하지만 우리는 고정된 개념과 통제력을 기꺼이 내려놓는다.

초심자의 마음은 새로운 눈으로 삶에 진입하고, 머리를 비우고, 심장을 열어 주는 초대장이다.

망각의 사연

기억은 복잡한 것,
진리의 동족,
하나 쌍둥이는 아니지.

— 바버라 킹솔버(소설가, 1955-현재)

우리가 만났을 때 르로이는 70대 중반이었다. 그는 평생을 제철소 노동자로 살았던 그는 큰 덩치에 자기 주장을 강하게 내세우는 성격으로 제멋대로 하는 데 익숙한 사람이었다. 당시 폐암에 걸려 뇌까지 전이된 상태였으며, 그 탓에 자주 정신이 가물가물 흐려지고 혼란에 빠지곤 했다.

어느 날 밤, 병실에서 그에게 으깬 감자를 먹여 주고 있는데 갑자기 소리를 냅다 질렀다. "루신다, 국물 좀 더 먹을 수 있어? 알잖아, 내가 당신이 해 주는 국물 좋아하는 거. 사랑하는 만큼 가득 부어 줘. 그러면 다 먹어 버릴 테니까." 나는 잠시 후에야 그 소리가 간호사한테 하는 말이 아니라 이미 세상을 떠난 아내에게 하는 말이었음을 깨달았다.

그 순간 우리는 1953년도산 폰티악을 몰고 시골길을 마구 달려 그가 가장 즐겨 찾던 무허가 술집으로 향했다. 르로이는 쏜살같이 차를 몰면서 나한테 라디오 볼륨을 높이라고 고함을 질러댔다.

르로이가 상상하는 여행에 동참하는 일이 처음에는 재미있었지만, 점점 무서운 생각이 들었다. 그의 흐릿한 정신은 치매에 대한 나만의 두려움을 불러올 법도 했다. 하지만 내가 느끼는 두려움은 그보다 더 기초적인 것이었다. 그 두려움은 르로이가 나를 인식하지 못하는 상태와 관련되었다. 내가 어디에 속하는지 알지 못함은 나의 현실 감각에 지장을 주었다. 이제는 르로이에게 지금 당신은 병원에 있는 환자이며, 우리는 폰티악을 타고 있지 않다는 사실을 알려 주어야 한다고 생각하기 시작했다. 그가 아끼는 차를 타고 시골길을 계속 질주할 때 외려 내가 길을 잃은 느낌이었다. 어찌할 바를 몰랐다. 그저 빠져 나가고 싶은 마음뿐이었다.

그때 스피커에서 방송이 흘러나왔다. "제프리 박사님, 지금 박사님의 자동차가 입구를 막고 있습니다. 즉시 화물 구역으로 나오시기 바랍니다."

나는 르로이에게 고개를 돌려 거짓말을 했다. 새빨간 거짓말을 해버렸다. "르로이, 미안하지만 방송에서 나를 찾고 있어요. 당장 차를 옮겨 줘야 해요. 어쩌죠, 그만 가 봐야겠어요." 나는 순식간에 문밖으로 나왔다.

내 행동이 얼마나 우스꽝스러웠는지 미처 깨닫기도 전에 나는 이미 주차장에 서 있었다. 이래저래 불편한 마음이 가시질 않았다.

정신이 흐릿해진 사람들 주변에 있으면 당황스럽다. 그들의 명백한 비합리성, 그리고 사회 관례상의 양식이 부재한 상태는 사람을 불안하게 하고 마음을 어지럽힌다. 우리는 서로 상식이 통하고 이해가 되는 사람이기를 기대한다.

대부분의 사람들은 통제력을 상실한다는 생각만 해도 겁을 먹는다. 이는 소위 합리적 사고의 범주에 속한다. 우리는 이 사고방식에 거의 아무런 이의가 없다. 말하자면, 언어기능에 관여하는 두뇌 능력과 보이지 않는 내부 비장 기능을 놓고 볼 때 대개 두뇌 쪽에 걱정을 더 많이 하고, 하물며 그게 타당하다고 생각한다. 그래서인지 흔히 친구와 가족들에게 이렇게 말하곤 한다. "치매에 걸리거나 사고가 흐려지는 건 제발 아니었으면 좋겠어. 그건 싫어." 통제력 상실에 대한 이런 혐오감이 정신이 흐려진 사람에게서 스스로 거리감을 느끼게 하고, 되도록 관여하지 않으려는 태도를 유발한다. 우리는 두려움에 갇혀 스스로 뒤로 물러나는 사람, 심지어 사랑하는 사람들 앞에서도 뒷걸음치는 사람이 된다.

이를 테면 알츠하이머에 걸린 부모가 약을 먹는 것까지 잊어버리면 우리는 좌절하고 만다. 이는 우리 자신이 느끼는 무기력함에 대한 반작용이다. 우리는 뇌졸중을 앓고 있는 사람들의 뜬금없는 말을 이해할 수 없다. 그래서 그들의 관심사를 장황하고 두서없는 말이라고 넘겨버린다. 때로는 늙으신 할머니가 태중의 아이 같은 자세로 병상에 웅크리고 앉아 있을 때, 연락하거나 가 보려고 노력하지 않는다. '가면 뭐해, 대화도 할 수 없는데.'라고 쉽게 넘겨짚기 때문이다.

언젠가 요양원에 있는 미미 이모를 찾아갔다. 그때 이모는 80살 노인이었다. 경미한 뇌졸중이 계속 이어지고 노령 치매로 부작용이 겹치면서 정신이 흐려지는 양상이 꽤 심해졌다. 이모는 휠체어에 구부정하게 앉아 끊임없이 혼잣말을 중얼거리면서 이따금 옷을 머리 위로 들춰올리곤 했다. 그리고 동생, 선생님, 동료 등 별의별 이름으로 나를 불렀다. 그러니 제대로 된 대화를 나눌 수가 없었다.

나는 문득 호기심이 생겼다. 왜 미미 이모는 결혼하지 않았을까 궁금했다. "이모, 숨겨 둔 애인이 있었어요?"

그 물음에 미미 이모는 뭔가 꼼짝 못하게 만드는 눈빛으로 나를 쳐다보았다. 이모는 휠체어에서 똑바로 자세를 고쳐 앉더니 방어적 태도로 팔짱을 끼고는 완벽한 단어로 또렷하게 말했다. "지나치게 사적인 질문은 하면 안 돼요."

이모의 정신이 또렷해진 순간에 그만 놀라서 나는 동감하는 뜻으로 고개를 끄덕였다. 그 후로 우리는 서로 손을 맞잡고 조용히 함께 앉아 있었다.

누군가의 혼미한 정신이나 흐릿해진 의식을 이해하려면 우리 자신의 혼란함으로 시작해야만 한다. 다른 사람과 접촉하거나 친해질 수 없는 상태가 얼마나 힘겨운 일인지 그 상황을 이해하는 것이 좋은 출발점이다. 그 순간에 길을 잃는다는 것, 지금 무슨 일이 일어나고 있는지 알지 못한다는 것, 그리고 서로 연결될 수 없다는 것은 과연 어떤 느낌일까?

그들의 경험에 다정한 배려와 기꺼운 받아들임으로 다가서자. 그러면 자기를 이해시킬 수 없는 사람들이 겪는 상황이 얼마나 외로운 일인지 감히 상상할 수 있다. 그들이 느끼는 쓸쓸함과 두려움에 공감할 수 있다. '정상적으로' 기능할 수 없다는 수치심, 그리고 남들한테 그런 병을 숨기고 싶은 마음도 느낄 수 있다. 우리가 삶에 대한 통제력을 되찾으려는 욕망으로, 우리를 돌보아 주는 사람들을 얼마나 몰아세우고 거세게 반발했는지, 때로는 얼마나 강하게 저항했는지 인식할 수 있다.

알츠하이머나 치매에 걸린 사람들은 아무리 열심히 노력해도 자기 행동을 통제할 수 없다. 문제가 발생하는 것 자체를 막을 수 없다는 뜻이다. 하지만 그들과 만나는 순간, 당신이 취하는 태도가 그들의 행동에 영향을 줄 수 있다. 그들의 안녕은 바로 당신의 안녕에 달려 있다.

만약 당신이 급히 서두르거나 짜증을 내면 치매에 걸린 사람들도 이런 감정을 느낄 가능성이 있다. 그들은 어린애들처럼 자주 불안해하고 저항한다. 당신이 연민 어린 손길로 차분히 함께 있어 주면 혼란의 한가운데에서도 그들에게 잃어버린 내면 구조를 대신할 감각을 전해 줄 수 있다. 그저 조용히 앉아 있는 것만으로도 그들의 마음을 편하게 해 주는 것이다.

길리언은 치매에 걸린 어머니를 집으로 모셔 왔다. 그리고 오래지 않아 자신이 아끼는 여러 권의 책이 거실 바닥 곳곳에 흩어져 있는 모습을 발견했다. 거기엔 불교 경전도 끼어 있었다. "나는 이 먼지 풀풀 나는 오래된 책이 지긋지긋해. 내가 다니는 치과에 다 가져다 줄 거야." 어머니는 이렇게 선언했다.

순간 길리언은 분노에 휩싸였다. 그래서 그만 어머니 옆의 간병인에게 호통을 쳤다. "아니, 어떻게 이렇게 될 때까지 가만히 있었어요?"

그 간병인은 흔히 벌어지는 그 일상의 드라마에 휘말리지 않은 채 차분히 대답했다. "오늘은 책을 챙겨 놓고 내일은 다시 책을 풀게요. 만약 이런 활동이 통제력을 완전히 상실한 한 여성에게 일말의 통제력을 안겨 준다면, 그렇다면, 저로선 괜찮습니다. 아무 문제가 되지 않아요. 그냥 어머님이랑 함께 있는 게 좋은 거죠."

문득 길리언은 그 상황을 통제하고자 했던 자신의 강한 욕구를 보았고, 어머니가 겪는 무기력함에 연민을 느꼈다. 그날 오후, 그녀는 거실

카펫 위 야단법석의 한복판에 앉아 어머니와 즐거운 시간을 보냈다.

다음 날, 거실에 나와 보니 과연 간병인의 말대로 바닥에 있는 책이 전부 책장 선반에 잘 정리되어 있었다.

치매나 알츠하이머에 걸린 사람들과 시간을 보낼 때, 나는 표면적인 상황은 그냥 지나치고 그들을 온전한 하나의 개인으로 보려고 노력한다. 보통 아무것도 하지 않은 채 가만히 앉는다. 괜히 부산스럽게 하거나 미리 할 이야기를 정하지 않고 그저 그 순간에 함께 존재할 공간을 마련한다. 그들의 말에 진심으로 귀 기울이고, 그 태도나 혼미한 정신에 대하여 판단 자체를 보류하면서 기꺼이 받아들이는 태도로 만나고자 노력한다. 한마디로 나는 초심자의 마음을 기르는 것이다. 그 지점에서 시작하면 논리적 분석이나 문자적 해석을 걱정하지 않아도 되고, 지금 들리는 말이 문법적으로 올바른지 상관하지 않고도 얼마든지 재미있게 언어를 교환하면서 대화를 즐길 수 있다. 그 잠시 동안 이성과 합리성의 신은 우리의 상호작용을 지배하지 않는다. 그러니 나도 대화를 나누면서 긴장이 풀리고 느긋해짐을 느낀다. 더 나아가 흔히 그들 안에서 일어나는 강렬한 밑바탕의 감정, 허리케인의 사나운 바람처럼 예측할 수 없고 격렬한 그 정서를 기꺼이 받아들인다.

이렇게 하면 새로운 면에서 인간관계의 완전한 본질을 만나 볼 수 있다. 인간의 자율성과 개별성을 대하는 우리의 관념이 얼마나 잘못된 것인지 깨닫게 된다. 그리하여 다시 한번, 우리가 분리될 수 없고 서로

의존하는 관계임을 인식한다. 나는 나 자신이 더욱 온전한 인간이 되고 있다는 느낌을 받게 된다.

만약 당신도 앞서 언급한 에피소드에 등장한 나처럼 상황을 엉망으로 만들어 놓고 정신이 반쯤 나간 상태로 주차장에 서서 불안한 마음을 식혀 보려고 애쓰고 있다면, 부디 스스로에게 너그러워지자. 우리는 인간일 뿐이고 누구든 실수하기 마련이다. 심호흡을 몇 번 하자. 다시 당신의 몸을 느껴 보자. 의식이 흐린 사람을 보살필 때 우리는 가장 깊은 두려움에 직면한다. 이는 정서적으로나 신체적으로나 사람의 진을 빼고 고갈시키는 경험이다. 자신을 사랑하고 가엾게 여겨야 할 때가 왔다. 자신을 용서하고 수용하는 선하고 후한 마음을 기르자. 이로써 우리는 그런 자비심을 다른 사람에게로 확장하게 된다.

기억 상실에 대한 두려움은 누구나 느낀다. 실은 우리가 지금껏 살아오면서 내내 기억을 잃어 가고 있다는 사실을 깨닫게 된다면, 나름 도움도 되고, 하물며 위안도 된다.

다섯 살 때 마당에 무를 키웠던 기억이 난다. 여섯 살 때 닭장 지붕에서 뛰어내려 갈비뼈가 부러졌던 기억도 난다. 아버지가 세차를 하던 차고, 그 위에 위치한 도예 공방의 아치형 천장도 기억나고, 유약을 발라 윤기가 흐르던 형형색색의 도자기를 보며 참으로 즐거워했던 기억도 생생하다. 여름에 어머니가 즐겨 입던 흰색 무명 드레스도 기억나는데, 그보다 어머니의 냄새를 기억할 수 있다면 얼마나 좋을까! 물론 잊어버리고 싶지만 그럴 수 없는 기억도 많다.

우리가 사는 이성과 합리의 세상에서는 이성의 효력에 대하여 의심할 여지없이 확실한 믿음을 갖고 있다. 우리는 분명한 사고를 능력과 가치로 연결한다. 기억을 정확성으로, 정확성을 진실로, 진실을 올바름으로 연관시킨다. 어떤 상황에 대한 기억을 놓고 누구의 기억이 맞는지 말다툼을 했던 일이 대체 몇 번인가?

남편: "첫 번째 데이트하던 날, 당신은 붉은색 원피스를 입었잖아. 진짜 예뻐 보였어."

아내: "기억해 줘서 고맙지만, 그날 내 원피스는 자주색이었어. 일기장에 가장 좋아하는 색깔로 자주색이라고 써놨기 때문에 내가 잘 알지."

남편: "그래, 당신이 신고 있던 하이힐도 생각나. 어떻게 그 높은 걸 신고 걸을 수 있는지, 대단했어."

아내: "분명히 기억하는데, 난 샌들을 신었어. 다른 여자친구랑 헷갈리나 봐. 틀림없네."

실제로 망각은 우리 모두에게 일어난다. 이런 망각 증상은 나이가 들면서 더 높은 빈도로 발생한다. 치매나 알츠하이머에 걸린 사람에게만 해당되는 일이 아니다. 정신없이 방으로 들어가다가 왜 방에 들어

왔는지 한참 기억을 더듬어 보기도 한다. 기억이 잠시 끊기면 본래 약속 시간보다 한참 늦게 도착할 수도 있다. 자동차 열쇠나 일전에 들었던 재미난 농담을 까먹기도 하고, 평소 잘 알고 있던 스페인 단어가 불현듯 생각나지 않을 때도 있다. 이러면서 조금씩 지식과 이어진 끈을 놓치기 시작한다. 그러다가 한때 우리한테 너무나 중요했던 것마저, 가령 오래 간직한 추억이나 사랑하는 사람들의 이름조차 시나브로 사라지기 시작한다. 살아가면서 점점 더 세세한 기억을 잊어버린다. 어쩌면 그 때문에 타인의 망각을 접했을 때 우리가 그렇게나 두려워하는지도 모른다. 그럴 때면 우리의 기억뿐 아니라 하물며 우리 삶도 이내 잊히게 된다는 사실을 새삼 깨닫기 때문이다.

우리의 뇌는 컴퓨터 하드드라이브 장치가 아니다. 인간의 기억은 단순히 '정확한 데이터 투입, 정확한 데이터 산출'의 문제가 아니다. 기억은 훨씬 더 복잡하고, 미묘하고, 아름다운 과정이다. 망각은 실제로 그 기억의 체계 안에서 이루어진다. 기억은 '그것을 사용하느냐 아니면 잃어버리느냐'라는 속성의 문제이다. 뇌과학자들은 기억의 유한함을 언급한다. 뇌는 새로운 기억에 필요한 공간을 만들기 위해 쓰지 않는 기억을 없앤다는 맥락이다. 대개 건망증이 심한 사람들은 단기기억을 형성할 수 없어서 거의 순간적으로 정보를 망각한다. 하지만 우리 모두는 정기적으로 뇌의 벽장을 깔끔하게 치우고 있다.

이는 기억은 객관적이지 않고, 진실을 담보하지 않으며, 정확하지 않고, 결코 영원하지 않다는 뜻이다. 기억은 쉽게 변하는 구조물이다. 어느 연구에 따르면, 우리가 무언가를 기억할 때마다 두뇌망은 원래 사건에 대한 기억을 바꾸는 방식으로 변화한다. 어릴 때 하던 오래된 '전화기' 놀이처럼, 우리가 뭔가를 기억할 때마다 매번 사소한 부정확성이 발생한다. 이 '오류'는 우리 경험의 일부가 된다. 결국 한 사건에 대한 기억은 정확도가 점점 떨어지면서 완전히 거짓이 될 수도 있다.

심장수술을 받은 후 나는 상당한 인지 결손과 기억 상실을 경험했다. 단순한 사실을 잊어버리고, 이름을 헷갈리고, 달력 날짜를 뒤바꾸곤 했다. 간호사 친구들은 심장우회기기를 사용했거나 오랜 시간 마취 상태에 있었던 사람들이 흔히 겪는 부작용이라고 말해 주었다.

처음에는 나의 기억 상실 상태가 당혹스럽기만 했다. 손가락으로 머리를 툭툭 쳐 보기도 했다. 이러면 일말의 정보라도 떠오를지 모른다는 헛된 희망을 품었다. 어떻게든 실수를 숨기려 하면서 뭔가 일이 잘못되면 스스로에게 잔뜩 비난을 퍼부었다.

하지만 결국 이런 망각 상태를 나의 한 부분으로 받아들이게 되었다. 아무런 부끄러움이나 비난을 가하지 않으면서 내가 기억을 잃어버렸다는 진실을 말하니 마음이 훨씬 편해졌다. 어쩌면 앞으로는 결코 수술 이전처럼 정신적으로 예리하고 선명하지 못하리라는 사실을 받아들였다.

솔직히 말하면, 그런 상황에서 남들이 항상 나한테 상냥하게 대해 준 건 아니다. 내 기억 상실 때문에, 대화 중에 나오는 학술 참고자료를 이해할 수 없어서, 때로는 이야기를 할 때 내가 연필과 공책을 써야 하는 탓에 짜증을 내고 귀찮게 생각하는 친구와 동료도 있었다. 그들은 예전의 믿을 만한 프랭크가 돌아오기를 바랐다.

하지만 우리는 항상 잊어버렸고, 잊어버리고 있으며, 앞으로 잊어버리게 되리라는 사실을 그들에게 일깨우곤 한다. 우리의 기억은 끊임없이 다시 쓰이고 있다. 기억은 늘 실패한다. 이는 살아 있는 과정의 한 부분이다. 그렇다면 가장 중요한 것을 기억하는 데 중점을 두는 것이 최선이다. 어떤 날짜나 대화의 세부사항이 아니라, 우리가 사랑받는 존재이며 다른 이를 사랑할 수 있는 존재라는 사실에 초점을 맞추어야 한다. 기억 상실에 대한 두려움 대신에 우리가 잘 알지 못한다는 사실을 완전히 받아들일 때, 그리고 현실은 그 반대이어야 한다고 주장하기를 멈출 때, 그제야 우리는 모든 상황을 있는 그대로 받아들이며 마음을 내려놓을 수 있다.

기억이 진실로 간주될 때 어느 누구도 기억에 의문을 제기하지 않는다. 그것은 고정된 가설, 또는 모 아니면 도라는 식의 사고방식을 불러온다. 이렇게 되면 장차 미래의 결정에 의도하지 않은 결과를 가져올지도 모른다. 이런 가설에 호기심과 열린 질문을 던지면 과거의 사연을 이해할 수 있는 새로운 방법을 발견하는 데 도움이 될 것이다.

사랑스런 이탈리아 할머니 로즈는 젠 호스피스 프로젝트에서 우리와 함께 지냈다. 입원 당시 의사는 그녀의 삶이 7주 정도 남았다고 진단했다. 하지만 7개월 후에도 우리는 여전히 함께 있었다.

봉사자들은 로즈와 매번 똑같은 대화를 나누게 된다며 불평하곤 했다. 그들은 방에 들어가면 "로즈, 오늘 기분은 어떠세요?"라고 물었고, 이에 로즈는 체념하듯 "그냥 죽고 싶어."라고 답하곤 했다. 늘 똑같은 질문과 대답이었다.

이 대화는 마치 채플린의 걸음걸이처럼 우리 호스피스에서 계속 반복되는 요소가 되었다. 이에 내가 나서서 봉사자들에게 이야기했다. "앞으로 로즈한테 너무 심각하게 대하지 말기로 합시다. 로즈가 무슨 이야기를 하는지 귀를 기울여야 할 때는 웃음으로 반응하기로 해요."

다음 날 아침, 나는 로즈의 침대에 다가가 말을 건넸다. "로즈, 오늘 기분은 어떠세요?"

그녀의 대답은 그대로였다. "그냥 죽고 싶어."

그래서 내가 물었다. "어째서 죽는 게 훨씬 더 낫다고 생각하시는 거예요?"

그러자 로즈는 "아니, 이 친구가 80살 먹은 노인네한테 무슨 질문을 하고 있는 거야?"라는 눈빛으로 빤히 쳐다보았다.

하지만 나는 물러서지 않았다. "아시잖아요, 로즈. 여하튼 저 세상에 가면 더 낫다는 보장도 없잖아요."

"흠, 적어도 벗어났잖아."

"뭐에서 벗어나요?"

그랬다. 그 질문은 굳게 닫혀 있던 수문을 열어 버린 것과 같았다. 로즈는 남편에 대한 이야기를 해 주기 시작했다. 자신이 기억하는 한, 50년간의 결혼생활 동안 로즈는 항상 남편을 보살피며 살아온 것이 확실했다. 남편을 위해 장을 보고, 끼니를 챙기고, 은행 일을 보고, 옷을 사고, 빨래를 하고, 기분까지 맞추어 주었다. 지금은 자신이 아프지만, 남편이 자신을 어떻게 돌봐 줄 수 있을지 상상조차 할 수 없었다. 남편에게 짐이 되고 싶지 않았다. 생판 모르는 낯선 사람들에게 보살핌을 받는 게 더 낫다고 생각했다. 그래서 여기 호스피스로 왔던 것이다.

이 사연을 듣고 나서 우리는 얼마 동안 계속 이야기를 하며 시간을 보냈다. 나는 로즈에게 이런 감정을 남편과 함께 나누어 보라고 넌지시 권했다. 로즈와 남편이 대화하는 자리에 나는 들어가지 않았다. 하지만 사흘 후 로즈는 호스피스에서 나와 집으로 돌아갔다. 그녀는 집으로 옮겨 가 6개월을 더 살다가 세상을 떠났다. 그동안 남편은 헌신적으로 로즈를 돌보아 주었다.

나는 로즈에게 어떤 해법을 제시하지 않았다. 그저 그녀의 경험을 물었고, 그 물음은 로즈 자신이 세운 가설에 의문을 제기하도록 해 주었다. 그러면서 그녀는 자기 삶의 환경을 새롭게 이해하게 되었다. 그러자 여태까지의 결혼생활은 그저 남편을 보살피는 것이라고만 생각하고 있었음을 깨달았다. 이 생각에 붙잡혀 있던 마음을 내려놓고 '알지 못함' 마음을 갈고 닦으려고 하다 보니 새로운 선택지가 떠올랐다. 그것은 남편에게 돌보아 달라고 부탁하는 일이었고, 그녀로서는 예전에 감히 생각조차 하지 못했던 선택이었다.

오래된 유대인의 속담이 있다. "때때로 우리는 먹을 것보다 이야기가 더 필요하다." 이야기를 해 주고, 남들이 그 사연을 듣게 되는 방식은 삶에 대한 새로운 이해와 관점을 얻을 수 있는 강력한 방법이다.

일단 우리가 신뢰할 만큼 정확하게 기억을 회상하지 못한다는 사실을 깨닫게 되면, 우리가 전해야 할 이야기를 자유롭게 들려줄 수 있게 된다. 이야기를 나누는 것은 어떤 사건의 사실이나 어떤 상황의 정확한 기억을 확실히 못 박겠다는 뜻이 아니다. 오히려 그 이야기의 핵심은 그동안 분리되고, 고립되고, 쪼개져 있던 삶의 조각을 맞추는 것이며, 그 이야기를 들려주면서 온전함의 매 순간을 만들어 낸다는 것이다.

이야기를 나누면, 살면서 겪은 일들을 특정한 방식으로 해석하려는 욕구를 내려놓게 된다. '알지 못함' 마음으로 활짝 문을 열고서 자신의 더 깊은 부분이 밖으로 나와 스스로 이야기하도록 허용하게 된다. 어떤 면에서 이렇게 드러나는 것은 바로 우리 영혼이 품은 사연들이다.

우리에게 고통을 일으킨 본래의 사건을 바꿀 수는 없다. 하지만 이미 벌어진 일에 대처하는 반응은 완전히 바꿀 수 있다. 어떤 이야기를 되씹으며 마치 드라마나 영화 줄거리처럼 바꾸어 말하면, 이는 기억을 재순환하는 작용이 된다. 이렇게 하면 우리의 해묵은 고통은 오히려 마음속에 훨씬 더 깊이 박히게 될 뿐이다. 더구나 이것은 과거가 현재를 규정하게 만드는 어리석은 짓이다. 현재의 반응을 연민의 눈길로 관찰할 때에 비로소 오랜 상처의 손아귀에서 자신을 풀어 줄 수 있다. 그동안 켜켜이 쌓인 과거에 대한 나름의 해석을 살펴보고, 인식을 바꾸고, 새로운 의미를 발견함으로써 지금 우리가 그 사건에 관하여 생각하는 방식에 영향을 줄 수 있다. 그동안 스스로를 붙잡고 있던 기억을 알 수 있게 되고, 그러고 나면 다 내려놓을 수 있다.

이야기를 함께 나누면 잠시 뒤로 물러나 큰 그림을 볼 수 있다. 모든 일을 지금까지와 다르게 기억하면서 예전에 미처 알아채지 못했던 세세한 어떤 부분을 더 잘 이해하게 된다. 종종 오래 묻어 둔 이야기 속에는 현재 우리 상황을 받아들이는데 필요한 힘이 숨어 있다. 다만 줄거리에 단순히 변화를 주는 것만으로는 치유가 이루어지지 않으며, 그 이상의 뭔가가 필요하다. 그렇지만 사연을 이야기하는 자체가 치유 과정의 시작이 될 수 있다. 우리의 이야기를 할 때, 우리는 치유된다. 누군가 우리 이야기를 들어줄 때, 우리는 치유된다.

젠 호스피스 프로젝트 봉사자 마이클은 이야기의 힘을 잘 알고 있는 영어교사였다. 그는 환자들에게 그동안 살아왔던 이런저런 이야기를 들려달라고 하면서 함께 시간 보내기를 좋아했다. 환자들은 그에게 어린 시절 이야기를 들려주거나, 이미 세상을 떠난 가족들에 대해 이야기하면서 사랑을 표현하곤 했다. 그들은 지나간 세월에 품은 회한을 토로하고, 숨겨둔 비밀을 나누었다. 그러면서 만약에 다시 한번 기회가 주어진다면 모든 일을 과거와 다르게 이렇게도 해 보고 저렇게도 해 볼 것이라며 회한에 잠기곤 했다. 어떤 환자들은 하느님과 가상의 대화를 나누기도 했다.

마이클은 이런 이야기 나눔을 녹음한 뒤 집에 가서 그 내용을 받아 적곤 했다. 그런 다음 직접 아름다운 이야기책을 공들여 제작하고, 그 이야기의 어떤 부분을 강조하는 사진이나 그림을 담은 가죽 표지를 만들어 한 권의 책을 완성했다. 그런 뒤 그 책을 선물포장하고 붉은 리본으로 맨 뒤 그 이야기의 주인공들에게 되돌려 주었다.

그 책은 참으로 엄청난 선물이었다. 환자들이 가족과 친구들에게 남겨 주는 유산이 될 정도였다. 가족이나 친구들이 없을 경우 그들은 자신이 죽고 나면 그 책을 다시 마이클한테 돌려주라고 부탁하곤 했다. 그는 다른 사람의 이야기를 품위 있게 들어주는 것이 얼마나 중요한지 잘 아는 사람이었기 때문이다.

어느 날, 초록색과 자주색으로 머리를 염색하고, 팔과 다리에 타투를 하고, 코와 귀와 볼에 피어싱을 한 10대 청년이 노인병전문센터 라구나 혼다 병원에 나타났다. 그는 자원봉사 담당자에게 '어르신을 도와주고' 싶은 바람으로 이 병원에 찾아왔다고 밝혔다.

보수적인 봉사자 코디네이터는 그를 힐끗 쳐다보고는 기다란 양식

서류를 건네면서 시원찮은 어투로 말했다. "그쪽한테 적합하다고 생각되는 일이 있으면 전화할게요."

그 청년은 거부당한 상황을 눈치 채고 고개를 떨구며 사무실을 나가려고 몸을 돌렸다. 그때 마침 호스피스의 의사와 우연히 부딪혔다. 의사는 청년에게 어디로 가느냐고 물었다. "글쎄요, 저는 어르신들을 도와주는 봉사를 하고 싶은데, 여기 사람들은 저를 원하지 않네요."

의사는 호기심이 생겼다. 그에게 '어르신들'과 함께 있으면서 무얼하고 싶은지 물어보았다. 청년은 배낭에서 소형 비디오카메라를 꺼내더니 대답했다. "제 취미가 영화 만들기거든요." 이 대답을 듣고 의사는 그 청년을 우리 호스피스 병동으로 초대하기로 결심했다.

정말이지 함께하지 않았다면 절대로 알지 못할 그런 일들이 일어났다. 알고 보니 불량해 보였던 그 청년은 놀랄 정도로 마음이 따뜻한 친구였고, 게다가 그는 지금까지 내가 목격한 가장 놀라운 치료개입 전략 하나를 창안해 냈다.(심지어 그 친구는 자기가 무슨 일을 하고 있었는지 전혀 눈치채지 못했을 것이다.)

먼저 그 청년은 우리 병동에 살고 있는 38명의 환자 한 사람 한 사람에게 간단한 질문을 던졌다. "하루 동안 병원을 나가서 어디로든 갈 수 있다면 어디로 가실래요?"

"나는 해변으로 갈래. 도요새를 좋아하거든." 그레이스가 답했다.

"나는 테일러 스트리트에 있는 티키 밥 피아노 바에 갈 거야. 거기서 늘 노래도 부르고 오랜 친구들도 만나곤 했었지." 샐리가 답했다.

"내가 태어나고 자랐던 집에 다시 가 볼래." 체스터가 답했다.

그러자 그 청년은 소형 비디오카메라를 들고 그 모든 장소에 다녀왔다. 샌프란시스코 서쪽 오션 비치에 가서 파도가 모래 속으로 발가락을 덮어 버리는 장면과 해변을 거니는 새들을 카메라에 담았다. 티키 밥에 가서는 샐리를 기억하는 사람이 있는지 수소문했다. 그리고 샐리 친구들이 가스 브룩스의 컨트리송 '밑바닥 친구들(Friends in Low Places)'을 연주할 때 함부로 뛰어 들어왔던, 옛날 뱃사람 친구들을 찍어 왔다. 또 체스터가 어릴 때 살던 집으로 찾아가서 그 집으로 들어가는 여정을 이야기해 주었다. 그 집의 주인은 처음에는 이상하게 생긴 이 어린 친구를 경계했지만, 곧 거실과 체스터의 옛 침실, 그리고 뒷마당에 그대로 서 있는 나무 위 오두막집을 찍게 해 주었다.

몇 주 후, 우리는 병원에서 영화 축제를 열었다. 모두가 이 청년이 만든 7분짜리 영상을 보려고 모여들었다. 기술적으로 보자면 썩 훌륭한 영상은 아니었다. 음질도 나빴고, 색상도 맞지 않았고, 장면의 구도를 잡느라 이따금 등장인물의 머리가 잘리기도 했다. 하지만 전혀 문제되지 않았다. 우리 호스피스 식구들은 모두 자기들 이야기가 담긴 그 영화를 보러 갔다. 다 보고 난 후에는 영상의 주인공들을 초대하여 이야기를 직접 듣는 시간을 마련했다. 그 시간을 통해 우리는 다른 모든 이의 이야기 속에서 마치 월하노인의 붉은 실처럼 우리 자신의 이야기와 연결된 맥락을 발견했다.

그 청년은 바로 다음 날에 사라졌고 그 후로 그를 다시 만나지 못했다. 보살들이 꼭 그와 같다. 조용히 왔다가 할 일을 하고 또다시 어디론가 옮겨 간다.

기실 이야기는 의미를 발견하는 하나의 방법이지만, 거기에 단 하나의 의미만 존재하는 것은 아니다. 일반적으로 의미는 여러 층위가 있다. 어쩌면 세상의 모든 일과 상황도 이런 식으로 존재할 것이다. 아니, 어쩌면 그렇지 않을 수도 있다. 그런 의미에서 '알지 못함'을 통해 우리 자신과 서로서로를 더 잘 이해할 수 있다. 우리의 관점에 고정되어 있지 않으면, 일상의 마음으로 바라보기만 했을 때 행여 놓쳤을 수도 있는 진리를 드러내기 위해, 그 이야기는 줄거리를 지나치고 심지어 엄연한 사실까지 넘어서는 낯익은 미지의 여정으로 우리를 데려갈 수 있다. 대부분 실제 삶의 이야기는 시작도 끝도 분명하지 않다. 하지만 그 덕분에 우리는 삶을 이해하고 그 삶의 불가사의를 기꺼이 포용할 수 있다. 이야기를 통하여 우리는 자신을 가족, 공동체, 문화와 밀접하게 결합시킨다. 이로써 우리는 더 크고 넓은 인간의 역사에 참여하게 된다.

수많은 영성 전통과 대다수의 초개인적 심리학자들은 기억에 대한 관습적인 시각을 뛰어넘고, 신경과 시냅스를 넘어서서, 인간은 생각하는 기계에 불과하다는 제한적 개념 너머로 도달하는 '마음'의 차원을 지적한다. 고대 불교 경전은 시작도 끝도 없는 미묘한 마음의 시시 각각 연속체를 언급하는데, 이름하여 **마음의 흐름**(Mind Stream), 즉 **시 타 산타나**(citta Santana, 相續)라고 부른다. 하물며 당대의 과학자들도 인 간의 마음에는 보다 더 미묘하고 복잡한 무언가가 있다는 데 동의하며, 흔히 그것을 가리켜 **의식**(consciousness)이라고 말한다.

일명 '홉'으로 잘 알려진 해리슨 홉리젤은 비교문학 교수이자 정신 치료 전문가였으며 무엇보다 불교 스승이었다. 한없이 다정하고 유머 감각이 넘치던 이 사람은 마음의 삶 속에서 큰 즐거움을 얻었다.

홉은 알츠하이머 진단을 받은 후에도 불교 수행 강연을 놓지 않았다. 이따금 강의 중에 그의 기억력이 제대로 작동하지 않을 때도 있었다.

잭 콘필드는 종종 홉이 불교 진리 강연을 하던 어느 날 저녁의 이야 기를 들려주곤 한다.

홉이 어느 명상 단체 앞에 서게 되었다. 한데 문득 자신이 누구인 지, 그리고 왜 거기에 왔는지 기억이 까마득했다. 그는 마음을 다잡고 서 그 순간 자신이 겪고 있는 바로 그 상황을 큰소리로 시인하는 것으 로 강연을 시작했다. "갑자기 머리가 하얘졌습니다. … 호기심, 초조함, 차분함, 멍한 정신, 다정한 감정들, 따스하지만 그리 떨리지 않는… 하 지만 여전히 불확실합니다." 그러고도 몇 분이 더 흘러갔다. 그 정도 가 그가 할 수 있는 전부였다. 그는 가만히 잠시 쉬다가 강연을 중단하고 관객에게 머리 숙여 인사를 했다. 그들은 그 자리에 함께하고 담대한 용기를 보여 준 홉에게 경의를 표하며 기립박수를 보냈다. 마치 모두들 이렇게 말하고 있는 것 같았다. "내가 지금까지 들었던 가장 훌륭한 가르침이었어요." 그 순간 홉은 자신이 앓고 있는 질병마저 자유로움으로 탈바꿈시켰다.

알츠하이머 때문에 홉의 정신은 흐려졌다. 특정한 인지 능력도 상실했다. 하지만 그는 의식 안에서 평온한 휴식의 자리를 찾아냈다. 결코 적지 않은 세월 동안 이루어진 마음챙김 명상 덕분에 그는 초심자의 마음 안에서 평안하게 쉴 수 있었다. 다시 알아차림의 자리로 돌아가 지금 진행 중인 감정과 경험을 관찰하기 위해서 자신이 무엇을 하고 있는지 굳이 알아야 할 필요가 없었다. 그저 호기심과 경이로운 눈길로 그가 속한 현재의 경험에 닿을 수 있었다.

'알지 못함'의 마음을 기른다고 해서 우리가 갖고 있는 지식을 다 던져 버리는 것은 아니다. 평생에 걸친 경험 덕분에 홉은 알지 못함이라는 강렬한 상태 안에서 존재할 수 있었다. 그는 자신의 지식을 활용하고 있지만 그물에 걸리지 않는 바람처럼 무지나 앎에 전혀 제한을 받지 않았다.

의식은 참으로 가깝고 익숙해서 잘 아는 것 같지만 당장 그게 무엇인지 설명해 보라고 하면 참으로 대답하기 힘들다. 두뇌 안의 어느 지점을 찾기도 어려워 엄청난 논쟁의 주제가 되곤 한다. 내가 만약 "지금 당신은 의식하고 있나요? 알아차리고 있나요?"라고 묻는다면, 당신은 어쩌면 아무 생각 없이 "네, 그럼요."라고 답할 것이다. 설령 우리가 치매에 걸리거나 알츠하이머에 시달린다 해도 똑같이 "당신은 의식하고 있나요? 알고 있나요?"라고 물으면 "네, 그럼요."라고 답할 것이다.

그렇다면 이 말은 무슨 뜻일까?

"네, 그럼요." 메아리처럼 울려 퍼지는 이 대답은 직접적이고, 친밀하고, 즉각적인 우리 경험에 근거한다. 우리는 그저 생각하는 그대로, 말하는 그대로, 혹은 행하는 그대로, 기억하는 그대로의 존재가 아니다. 그 모든 경험들은 지금 우리가 누구인지 완전히 규정하지 못한다. 지금 우리라는 존재는 그보다 훨씬 더 크고 넓다. 경험을 바라보는 능력, 다시 말해, 알아차림 혹은 인식은 단순히 지각, 기억, 판단 등의 인지적 기능만은 아니다. 인식은 생각, 감정, 행동을 넘어서는 것이다. 우리가 누구인지, 무엇을 알고 있는지를 담은 우리의 이야기들은 그저 의식의 축소본일 뿐이다. 멈추어 바라보고 깨닫기 혹은 알아차림은 항상 여기에 존재한다. 우리는 경험의 범위 안에서 어떤 감정 상태나 판단을 가지고 어떤 태도를 취할 수 있다. 반대로 감정이나 판단 없이 무반응의 인식 안에서 어떤 태도나 입장을 취할 수도 있다.

할 수 있다면 이 한 가지를 명심하자. 세상 모든 것은 알아차림, 그 인식 안에서 오고 간다. 알아차림, 인식은 현존재의 바탕이다. 그 나머지는 그저 사실을 왜곡하고 진실을 은폐하는 교묘한 속임수에 불과하다.

'알지 못함'이 가장 친절하고 정통한 것

지혜는 내가 아무것도 아니라고 말한다.

사랑은 내가 모든 것이라고 말한다.

그 지혜와 사랑 사이에서 내 삶은 계속 흘러간다.

— 니사르가닷타 마하라지(사상가, 1897-1981)

'알지 못함'의 개념은 고대 중국에 살던 불교 승려 두 사람의 이야기에서 유래한다. 그 주인공은 바로 행각에 나선 청년 문익법안 선사와 스승 지장계침 선사이다.

지장은 법안이 옷을 차려 입고 떠날 준비를 하는 모습을 지켜보았다.

지장이 법안에게 물었다. "상좌는 어디로 가려 하는가?"

법안이 답하였다. "행각(行脚)을 가려 합니다."

지장이 다시 물었다. "그 행각의 목적이 무엇인가?"

법안이 다시 답하였다. "알지 못합니다."

지장이 그제야 말하였다. "(불법에서는) 알지 못함[무명(無明)]이 가장 가깝고 친절하고 정통한 것이로다."

선문답 같은 이 이야기는 고대 중국 선사들이 여러 곳을 다니며 수행하던 행각, 그 이상을 들려준다. 수행을 위한 순례인 행각은 일상생활을 뜻하는 은유이다. 이는 곧 아무런 목적 없이 방황하거나, 특정 목적이나 결말에 매달린 채 살아가는 삶의 여정에 대한 이야기라고 할 수 있다. 그렇다면 위에 나온 지장 선사의 질문은 이렇게 재구성할 수 있다. "당신은 삶에서 어디로 가고 있나요? 어째서 다른 곳으로 가는 게 지금 여기 있는 것보다 더 낫다고 생각하나요? 이 모든 탐색의 목적은 무엇인가요?"

우리는 어렸을 때부터 사람들에게 이와 비슷한 질문을 받아 왔다. "어른이 되면 뭐가 되고 싶으니?" 그리고 어른이 된 지금, 보통 처음 만나는 사람들이 던지는 질문도 크게 다르지 않다. "무슨 일 하세요?" 여기에 대답을 할 때 우리는 되도록 하는 일과 우리 자신이 서로 잘 어울리는 것처럼 말하고 싶어 한다. 또한 지적 능력과 목적의식이 있는 사람처럼 인식되고 싶어 한다. 그래서 할 수 있는 대답을 라디오 선곡표처럼 미리 준비해 둔다. 심지어 짧은 시간에 제품을 홍보하듯 지금까지 무슨 일을 해 왔고, 앞으로 어떤 계획을 하고 있는지 모범 답안을 만들어 놓는 것이다. 여기서의 핵심은 우리는 이런 상황을 잘 알고 있다는 점이다. 그리고 우리 문화에서 아는 것은 힘이다.

앞서 등장한 법안 선사는 매우 똑똑한 인물로 수년 동안 수많은 경전 연구와 참선 수행을 해 온 승려였다. 따라서 그는 분명히 지장 선사에게 "알지 못합니다."라는 말보다 더욱 고결하고 인상적인 대답을 할 수 있었을 것이다. 하지만 이 설화에서 참으로 유쾌하고 마음에 드는 부분은, 법안 선사가 마치 아이와 같은 순수함으로 "스승님, 저도 무척이나 알고 싶지만 솔직히 그렇다고 말씀드릴 수가 없어요."라고 말하며 전혀 방어막을 치지 않았다는 점이다. 어쩌면 그는 지장 선사가 그 대답을 갖고 있기를 바랐을지도 모른다. 그리고 어쩌면 우리 대다수와 마찬가지로 법안 스스로 자신이 깨달음을 얻고 성취할 운명으로 태어났으니 어느 날 현자가 나타나 올바른 길을 알려 주는 장면을 상상했을 수도 있다. 하지만 자고로 훌륭한 스승은 무엇을 알아야 할지, 어떻게 보아야 할지 몸소 알려 주지 않는 법이다.

스승격의 지장 선사도 상대방을 무장해제하는 방식으로 대답해 준다. "법안, 그것 참 대단하군. 그대가 알지 못한다는 것은 참으로 멋진 일이야. 알지 못함은 가장 가깝고 친절하고 정통한 것이거든."

여기서 '가깝고 친절하고 정통한'이란 말은 참선에서 인식, 자각, 깨우침, 깨달음 등과 같은 의미이다. 하지만 그 단어들은 아득히 멀리 떨어진 특별한 마음의 상태 또는 일상의 사소한 문제를 넘어서 우리를 또 다른 차원으로 데려가는 초자연적, 형이상학적, 초월적 경험을 암시하는 것처럼 보인다.

그래서인지 나는 자각이나 깨달음보다 '친밀함, 친절함, 정통함'이라는 단어를 더 선호한다. 그것은 지금 내가 살아가는 지점을 넘어서려고 노력하기보다 지금 있는 그대로 당신의 삶을 완전히 받아들이고, 다정한 태도로 삶에 참여하고, 좀 더 가까이 다가오라고 요청하는, 일종의 초대장이기 때문이다. 그것은 우리가 이미 그곳에 속한 존재임을 깨닫는 행위이다. 나한테 있어서 '친밀함, 친절함, 정통함'은, 진리의 깨달음이 과연 어떤 느낌일까 상상해 보았을 때, 내가 그려 보는 모습을 더 잘 표현해 준다. 그것은 느긋하고, 여유롭고, 선뜻 받아들이고, 더없이 일상적이고 평범한 느낌을 준다. 그것은 삶에서 멀리 떨어진 다른 데서가 아니라 삶의 한복판에서 찾게 된다. 또 다른 참선 교리에서 말하듯 "그 길은 바로 당신의 발아래에 있다." '친밀함'은 지금 이 순간 내 귓가에 들리는 새들의 지저귐, 내 뺨을 스치는 봄바람과 같아서 서로서로 바로 지금 여기에서 현재 나의 삶과 친해지라고 응원과 격려의 손을 내미는 것이다.

어떤 '문제를 파악하느라' 애쓸 필요도 없이 문제의 해법을 저절로 발견했던 그런 순간, 우리 모두에게는 그런 순간의 경험이 있다. 그럴 때 우리는 이런 식으로 말하곤 했다. "갑자기 분명해졌어요." "대답이 그냥 떠올랐어요." "무얼 해야 할지 내 마음에서 의문의 여지가 전혀 없었어요." 우리가 주의 깊게 귀 기울일 정도로 충분히 느긋해지면 흔히 퀘이커교도들이 말하는 "내면의 고요하고 작은 목소리", 흔히 우리가 직관이라고 부르는 것을 들을 수 있다. 그것은 오로지 이성과 합리의 과정에 의존하지 않은 채 우리에게 필요한 것을 감지해 내는 마음의 특성이다.

어디로 가고 있는지 알지 못할 때, 우리는 순간순간 발걸음 하나하나 주의 깊게 길을 느끼면서 온전히 현재에 머물러야 한다. 실제 경험에 가까이 머물러야 한다. '알지 못함'의 상태에서는 오래된 사고 습관이나 타인의 관점에 제한받지 않으므로 무엇이든 가능해진다. 우리는 보다 큰 그림을 보게 된다. 알지 못함은 지혜가 깨어날 수 있는 여지를 만든다. 그 상황 자체가 우리에게 자신의 모습을 알려 주기 때문이다.

'친밀함'의 가장 깊은 차원에서는 주체와 대상이 점점 사라진다. 거기에는 더 이상 한곳에 고정된 경계선이 없다. '나'와 '당신'은 친밀하지 않다. 우리의 분리됨은 녹아 없어지기 때문이다. 우리는 무방비의 열림과 완전한 결합을 경험한다. 이것이 바로 진정한 연민이며, '알지 못함'의 마음이 품은 아름다움이다.

내 친구 존은 세상을 떠나기 전 며칠 동안 반혼수상태로 지냈다. 그의 얼굴에는 긴장감이 감돌고, 머리는 뒤로 젖혀진 채 목 안의 근육은 빳빳해지고 수축되었다. 매 순간 숨쉬기가 하나의 투쟁이었다.

어느 날 밤, 나는 존의 침대 옆에 앉아 무엇을 해야 할까 생각했다. 걱정이 밀려왔다.

그런 사안에 경험이 풍부한 어느 불교 지도자는 지금 존의 영혼이 몸을 떠나려고 애쓰고 있으니 영혼이 나갈 길을 보여 주려면 존의 머리 꼭대기를 만져 주어야 한다고 말했다. 그래서 그렇게 했지만 아무런 변화가 없었다.

존의 주치의는 존이 좀 더 편하게 숨을 쉬려면 모르핀 양을 조금 더 늘려야 한다고 말해 주었다. 그래서 그렇게 했지만 아무런 변화가 없었다.

그날 저녁 늦게 마사지 관리사가 잠시 들렀다. 그는 나한테 존의 발에서 두 곳의 특별한 지점을 잡아 주라고 권했다. 지압이 존의 긴장된 근육을 풀어 줄 것이라고 했다. 그래서 그렇게 했지만 아무런 변화가 없었다.

이 모든 지식은 아무 도움이 되지 않았다. 그래서 나는 다시 내면으로 돌아왔다. 모든 사람의 조언과 나 자신의 두려움을 내려놓고 몇 번 심호흡을 했다.

그러자 내 안에서 어떤 충동이 일어나고 있음을 느끼기 시작했다. 나는 직관적으로 알아차렸다. '그저 이 아픈 친구를 감싸 안아 주고 싶다.' 내가 평소에 하던 행동은 아니었다. 하지만 내 육감을 믿기로 했다. 나는 침대로 올라가 두 팔을 동그랗게 만들어 존을 살며시 안았다. 마치 요람에 탄 아이처럼 앞뒤로 흔들어 주면서 나도 모르게 저절로 사랑스러운 자장가를 부르기 시작했다. 유치원에서 불러주는 동요도 아니고, 이런저런 단어와 소리가 무작위로 섞이면서 의미를 알 수도 없었다. 그냥 생각나는 대로 흥얼거리는 그런 멜로디였다. 사랑의 소리. 나는 그 자장가를 그렇게 불렀다. 아이가 아프거나 경기를 일으키면 세상의 모든 부모는 이렇게 한다. 그리고 나는 존의 귓가에 나지막이 노래를 들려주면서 이마에 입을 맞추었다. 뭐라도 해야겠다고 마음은 먹었지만, 딱히 염두에 둔 건 없었는데 나의 두 손은 무엇을 해야 할지 잘 알고 있었다. 내 손가락은 존의 목을 어루만지고 존의 얼굴을 쓰다듬었다. 내 손은 아주 부드럽게 존의 심장 주변에 동그랗게 원을 그리며 토닥였다.

우리는 시간 감각을 잃어버렸다. 존이 내 안으로 파고든다는 느낌을 받았다. 내 몸은 이제 앙상하게 뼈만 남은 존의 형체를 받쳐 주고 있었다. 마침내 존의 목은 풀렸고 머리는 앞으로 다시 넘어왔다. 그는 잠시 눈을 떴다. 편안해 보였다. 그러곤 이내 잠이 들었다.

나중에 과연 내가 올바른 일을 했는지 잠시 생각해 보았다. 혹시 존을 임사 상태에서 도로 끌고 왔던 것일까? 혹시 세상과 고통에서 풀려나는 영적 과정을 너무 빨리 중단시켰던 것일까? 모를 일이었다. 하지만 누구든 자유로워지려면 먼저 심장이 부드러워져야 한다는 사실만은 잘 알고 있다.

돌이켜 생각해 보면서, 전문가들이 시도해 보라고 알려 준 방법의 기저에 깔린 문제가 무엇인지 알아차렸다. 그것은 전부 당시 존에게 일어나고 있던 상황이 괜찮지 않다는 생각에서 비롯되었다. 그 방법은 모두 존의 증상을 줄이는 데 맞춰져 있었다. 그 길을 따라가면서 내 친구 존은 길을 잃은 것 같았다. 이 모든 방법이 아무런 효과가 없다는 사실에 나조차 지쳐갈 즈음 그제야 비로소 앞으로 일이 어떻게 되어야 한다는 나의 모든 선입견을 내려놓고 기꺼이 내맡기고 순응하게 되었다. 그러자 마음은 편안해졌고 심장은 그 길을 앞서 인도하기 시작했다. 나는 이전에 미처 알아차리지 못했던 여러 가능성을 볼 수 있었다. 내가 '알고 있는' 마음의 간섭을 배제한 채 나 자신이 자연스럽게 움직이도록 허용할 수 있었다. 내가 해야 할 일은 주의 깊게 귀를 기울이면서 나만의 길에서 벗어나는 것이었다. 그렇게 하는 과정에서 나는 존을 존중하고 존과 연결될 수 있었다. 그러니까 그 순간 한 인간으로서 존의 모습 그대로 가까이 갈 수 있었다.

때때로 알지 못함이라는 기꺼운 의지는 우리에게 가장 소중한 자산이자 위대한 자질이 된다. 이렇게 친숙하고도 낯선 새로운 순간 속에서 살아갈 수 있는 단계, 그것이 진정한 나눔과 도움을 줄 수 있는 능력의 척도이다.

젠 호스피스의 상냥한 청년 봉사자 톰이 우리 병동의 환자 제이디를 침대에서 변기 의자로 옮기려다가 그만 형편없이 실패하고 말았다. 이

쑤시개처럼 앙상한 제이디의 두 다리가 몸 아래로 접히면서 병실 바닥에 굴러 떨어졌다. 순간 차가운 타일바닥에 누운 제이디의 두 팔은 엉켰고, 잠옷 바지는 발목까지 내려와 차고 있던 기저귀가 중간에 떨어져 나갔다. 신체적으로 제이디의 상태는 괜찮았지만, 모든 상황이 끔찍할 정도로 엉망이 된 것은 사실이었다. 톰은 만신창이가 되었다. 그는 당황하여 어찌할 바를 모른 채, 모든 게 자기 탓이라고 비난하면서 나한테 전화를 했다. 그리고 허약한 사람을 제자리에 앉히는 간병 절차를 살펴봐 달라고 요청했다. 말하자면 그는 '다음번 상황을 엉망으로 만들지' 않기 위해 더 많은 지식과 정보로 무장하고자 했다.

톰을 훈련시킨 사람은 바로 나였다. 확신하건대 그는 그 절차를 잘 알고 있었다. 덧붙여 더 많은 정보를 알게 되더라도 당시 그의 마음속에서 날뛰고 있던 두려움과 의구심을 잠재우지 못할 것이었다. 그래서 간단한 지시를 하면서 톰의 근심 어린 마음을 해결해 주려고 노력했다. "톰, 다음에 제이디를 옮기기 전에는 먼저 네 복부를 확인해. 배가 긴장해서 단단하게 굳었는지 아니면 수축되었는지 알아채야 해. 배가 부드러워지기 전까지는 아무 일도 하면 안 되고."

톰은 조바심을 내며 대답했다. "네, 네, 그런 건 다 알아요. 그런데 다리를 어떻게 교차시키죠? 환자의 다리 쪽을 먼저 움직여야 하나요? 아니면 몸통 쪽이 먼저인가요?"

나는 꿈쩍하지 않았다. "네 배를 먼저 확인해 봐. 거기서 숨을 느끼고 행동을 취하기 전에 배를 부드럽게 만들어." 그러곤 교대근무가 끝나면 전화하라고 말했다.

그날 저녁 늦게 톰이 전화를 했다. 그는 뭔가 열정에 가득 차서 이야기를 쏟아 냈다. "제이디를 제자리에 앉히려고 갔는데 정말 놀라운 일이 일어났어요. 내가 침대 쪽으로 몸을 기울이는데 선생님이 했던 말이 떠올랐어요. 내 배가 바위처럼 딱딱하다는 사실을 알아챘죠. 내가 겁을 먹고 무서워하는 모습을 봤어요. 두려움이 온몸을 돌아다니는 것 같았어요. 그때 숨을 들이마시고 내쉬었어요. 그랬더니 두려움이 사라지기 시작했고 배가 부드러워졌어요. 그다음에는 제이디가 마치 내 연인이거나 작은 아이인 것처럼 두 팔에 안고 앞뒤로 흔들었어요. 그 상태에서 변기 의자로 옮기는 일은 힘들지 않더군요. 모든 게 너무 근사하게 잘 됐어요. 직관적으로 내가 어찌해야 할지 알겠더라고요. 너무 기뻤어요."

알지 못함은 우리의 기본적 본성이 지닌 잠재성을 더 깊이 알게 되는 길이다. 우리 본연의 성질은 개념에 기초한 마음만으로는 이해할 수 없다. 알지 못함은 일상적 사고와 상황을 바라보는 방식에서 벗어나 바로 이 순간과 친밀해지는 시간과 공간으로 우리를 데려간다.

죽음이 비추어 주는 인간의 한 가지 특성은 바로 끊임없이 변하는 세상 속에서 안전을 찾는 욕망이다. 우리는 존재 방식이나 정체성, 그리고 우리 앞의 상황이 이루어지는 방식이 변치 않고 영원히 그대로여야 한다고 생각한다. 동시에 미래가 무엇을 안겨 주는지도 알고 싶어 한다. 무엇보다 우리는 죽을 수밖에 없는 유한한 운명의 존재라고 생각하기를 원치 않는다.

우리가 우리의 성격, 다시 말해 분리된 자의식을 우리의 전부로 받아들일 때 죽음은 우리가 두려워하는 '외부의 타자'가 된다. 그 타자는 경계선 안쪽의 유한하고 유일한 정체성을 가장 중시하고 우선시 해 온 우리의 신념을 위협한다. 나에게 친숙한 자아에 대한 이야기가 없다면 그때 '나'는 대체 누구란 말인가? 당연히 우리는 내려놓기를 두려워한다. 전능한 '나' 이외에 다른 것은 잘 알지 못하기 때문이다. 우리는 이미 잘 아는 것에 매달리며 잘 알지 못하는 세상으로 들어가기를 두려워한다.

놀이터에서 정글짐을 타고 노는 아이들을 유심히 바라보자. 그들은 마치 물 흐르듯이 이 가로대를 내려놓고 다음 가로대를 짚으면서 자유롭게 움직인다. 혹시 놀이터 정글짐에서 어른들을 본 적 있을까? 그런 일은 거의 일어나지 않는다. 있다손 치더라도 어른들은 가로대 하나를 꽉 쥐고 있으면서 다음번에 좋은 위치의 가로대를 만날 때까지 절대 놓으려 하지 않는 장면을 보게 될 것이다.

이렇게 피상적으로 살펴보더라도, 우리가 스스로를 한곳에 고정하고 별개의 존재로 만들려는 시도가 현실이 작동하는 방식을 거스른다는 사실을 알 수 있다. 변화의 강물에서 자신을 꺼내려고 잘못된 시도를 하면, 우리는 점점 외롭고 소외되고 두려워지는 상황에 처하게 된다. 이런 태도는 우리가 이 세상을 떠나는 시점은 물론 바로 지금 현재의 삶 속에서도 엄청난 고통을 일으킨다. 결국 안전을 구한다는 명분 때문에 훨씬 더 심한 불안을 느끼게 될 뿐이다.

우리는 본성에 반하는 싸움을 벌이고 있는 것이다.

현실은 평면 위에 지도로 그려 볼 수 없다. 현실은 설명할 수 없으며 인간의 시각을 벗어난다. 그것은 단 하나의 정적인 진리가 아니라 오히려 끊임없이 펼쳐지는 불가사의에 가깝다. 그것은 생생하게 살아 있고, 역동적이며, 형상과 무형상을 통하여 끊임없이 표출된다.

『반야심경』은 세상에서 가장 유명하고 아름답고 불가해한 불교 교리 중의 하나이다. 그 주된 명구는 다음과 같다.

색즉시공 공즉시색(色卽是空空卽是色)

공은 다름 아닌 바로 색이며(空不異色)

색은 다름 아닌 바로 공이다.(色不異空)

삼라만상은 물질적인 현상(色)으로 우리에게 다가오지만 이처럼 실체가 없이 비어 있고(空) 그렇다고 텅 비어 있음(空)이 물질적인 현상(色)을 떠나 따로 있는 것이 아니니, 곧 형상이 있고(色) 없음(空)은 다름이 아니다. 형상이 있음은 비어 있음 그 자체요, 비어 있음은 동시에 형상이 있음이로다.

처음 읽으면 도무지 무슨 말인지 이해할 수가 없다. 아들 게이브가 이 교리를 처음 만났을 때 이렇게 말했다. "아버지, 이 까다롭고 이해할 수 없는 말들이 아버지가 진행하는 명상 피정에서 사람들에게 해 주시는 말씀이세요? 아버지가 이걸로 먹고 사는 건가요?" 이 말에 나는 웃음을 터뜨렸다.

하지만 계속 함께하다 보면 『반야심경』이 마음의 본성과 현실의 본질을 매우 정확하게 설명하고 있음을 알 수 있다. 삶과 죽음을 따로 떼어 낼 수 없듯이 색(色)과 공(空)도 분리할 수 없다. 색과 공은 항상 함께 나타나는 일종의 패키지 상품이다.

사실 공은 대다수의 서구인들에게는 어려운 단어이다. 서구인들은 보통 '비어 있음'을 '결핍(缺乏)', '불모(不毛)', '공동(空洞)'으로 연관시킨다. 반면 명상을 하는 사람들은 좀 더 쉽게 '열림', '광활함' 또는 훨씬 더 좋은 의미로 '무한함'과 관련지어 생각한다. 나는 '비어 있음'을 어떠한 개념으로도 한계를 긋지 않는 열린 공간, 끝없는 벌판으로 생각한다.

가령 우리가 넓은 방으로 걸어 들어가는 순간, 맨 처음 그곳에 있는 탁자, 의자, 소파, 예술 작품, 램프 등 여러 사물을 어떻게 알아채는지 생각해 보자. 아주 조금만 주의를 기울이면 그 램프 불빛이 시시각각 어떻게 움직이고 있는지 관찰할 수 있다. 우리는 그 안에 머무르면서 그 사물을 둘러싸고 유지하는 공간을 알게 된다.

이와 비슷하게 마음을 바라볼 때도 맨 처음 그 안에 있는 생각, 감정, 기억, 백일몽, 계획은 물론 우리 몸에서 전하는 감각, 지금 우리에게 일어나는 사건에 대한 지각 등 여러 대상을 본다. 그런데 아주 조금만 더 숙고해 보면 그런 마음의 사물들이 인식이라는 열린 공간에서 일어나고 있기 때문에 우리가 마음속의 이런 움직임을 인지하게 된다는 사실이 드러난다. 이런 인식은 항상 거기에 있다. 대개 우리가 그 사물, 개념, 정서 등에 사로잡혀 있기 때문에 보통 그 인식에 주의를 기울이지 않을 뿐이다. 이는 내부 가구가 다 갖춰진 방으로 들어갈 때 우리의 주의력이 비어 있는 공간이 아니라, 방 안의 탁자와 의자에게 향하는 양상과 같다. 따라서 우리의 무한한 인식이라는 열린 공간, 그러니까 우리의 사고와 지각이라는 '형상(色)'을 담은 그 열린 공간은 '비어 있다(空)'고 말할 수 있다.

재미있는 사실은, 우리는 대체로 형상을 영원한 것이라고 생각한다는 점이다. 안전을 찾아 나설 때도 바로 그 형상에 의지한다. 그러나 조금만 더 가까이 살펴보면 형상 자체가 비어 있고 영원하지 않다는 사실을 발견하게 된다. 흔히 우리가 갖고 있는 개념, 환상, 육체적 감각을 변치 않는 것이라고 생각하겠지만 그런 것은 오히려 거품에 더 가깝다. 잠시 나타났다가 곧 사라진다. 왔다가 이내 가 버린다. 우리도 마찬가지다. 이 세상 모든 것이 다 그렇다. 우리는 존재하지만 그러다 존재하지 않는다. 하나하나의 삶, 하나하나의 사건, 하나하나의 감정, 하나하나의 사랑, 하나하나의 아침식사, 하나하나의 분자, 하나하나의 행성, 하나하나의 태양계가 끊임없이, 하지만 덧없이 어느덧 지나가고 있다. 세상의 모든 형상은 삶과 죽음의 수레바퀴 위에서 자신의 차례를 기다린다.

다른 한편으로, '비어 있음'은 결코 끝나지 않는다. 기실 '비어 있음'이 형상을 낳고 세상 모든 것을 가능하게 만든다.

정신치료전문가이자 불교 수련전문가 제니퍼 웰우드는 통찰 넘치는 에세이에서 '형상'과 '비어 있음'의 '시적 아름다움'을 이렇게 밝힌다.

내면세계와 외부 세상 속에서 비어 있음을 깊이 들여다볼 때마다 우리는 형상을 발견한다. 그리고 형상을 깊이 들여다볼 때마다 비어 있음을 발견한다. 이는 형상과 비어 있음이 분리할 수 없고, 구분할 수 없고, 둘로 나누어질 수 없다는 뜻이다. 탄트라의 언어로 표현하자면, 영원한 포옹 안에서 결합하는 연인이라고 말할 수 있다. 서로 별개의 존재이지만 헤어질 수 없는, 하나는 아니지만 그렇다고 둘도 아닌 연인과 같다. 우리는 자신을 일종의 변치 않는 형상이라고 받아들이기 때문에 비어 있음을 가리켜 우리를 무너뜨리거나 없애 버리려는 것으로 생각한다.

비어 있음을 자신의 본질로 깨닫지 못하고 오히려 반드시 피하거나 물리쳐야 하는 적으로 간주한다. 형상에 대해서는 반드시 만들어 내거나 보호하거나 장려해야 하는 것으로 생각한다. 이렇듯 형상과 비어 있음의 비이원성을 깨닫지 못할 때 형상과 비어 있음은 연인처럼 헤어질 수 없는 존재가 아니라 서로 분리되고 만다. 그리하여 마치 적대자처럼 서로에게 반발하게 된다. 그 결과 우리는 비어 있음을 회피해야만 하고, 형상을 일부러라도 만들어 내야 하는 처지에 이른다.

자신을 별개로 분리된 변치 않는 형상으로 받아들일 때 죽음은 적이 된다. 죽음은 우리의 형상을 위협하는 비어 있음이다. 우리는 진정한 본질이 드넓게 열린 무한한 것이며, 그 거대한 비어 있음의 골짜기를 따라 흐르는 것이 바로 끊임없는 변화의 강물임을 깨달을 때 우리는 어느 정도 긴장을 내려놓을 수 있다.

비어 있음은 완전한 '무(無)'를 뜻하지 않는다. 존재하지 않는다거나 아무런 가치가 없다거나 한 사람 한 사람이 고유하고 아름다운 개별 인간이 아님을 의미하지도 않는다. 그러므로 두려워할 필요가 없다. 기실 우리는 그 모든 것이다. 정확히 말하자면, 우리는 다른 모든 것과 떨어져 존재하지 않는다. 우리는 이음새 하나 없이 매끄러운 비어 있음이라는 거대한 벌판에 그야말로 잠시 도드라지게 표출되는 형태이다. 비어 있음은 우리와 아득히 떨어져 있는 천국이나 완벽한 현실이

아니다. 비어 있음은 모든 형상이 영속적으로 발생하는 풍요로운 무한
성이다. 단, 여기에서 그 어떤 개인이나 사물도 따로 떨어져 독립적인
존재를 갖고 있지 않다. 오히려 비어 있음은 모든 생명과 삶의 천으로
직조된다. 비어 있음이 없다면 무엇보다 우리는 결코 여기 이 땅에 다
다르지 못했을 것이다.

위대한 티베트 스승 칼루 린포체의 유명한 말이 있다. "우리는 사물
의 환영과 표면 속에 살고 있다. 물론 현실이라고 할 만한 것이 있다.
당신이 바로 그 현실이다. 당신이 이 사실을 이해할 때 당신은 아무것
도 아님을 알게 될 것이다. 그리고 아무것도 아닌 존재 그 자체로 당신
은 모든 것이다. 그뿐이다."

토미와 에델 모자의 이야기는 이 세상에서 운행하는 형상과 비어 있
음을 잘 설명해 주는 사례이다. 에델은 뇌암에 걸렸다. 가족들이 집에
서 돌보는 일이 어느 정도 한계에 이르렀을 때, 에델은 젠 호스피스 프
로젝트로 와서 우리와 함께 살게 되었다. 아들 토미는 다운증후군이었
다. 그는 10대 청년이었지만, 정서와 심리 발달은 6살 아이와 같은 단
계였다. 토미는 자주 어머니를 찾아왔고, 우리도 모자가 함께 있는 모
습을 기쁘게 생각했다. 이렇게 몇 개월이 흐르면서 우리는 어느 정도
의 신뢰를 쌓았다.

에델이 세상을 떠난 그날 아침, 나는 에델의 남편이자 토미의 아버
지인 피터에게 전화를 걸어 혹시 에델의 마지막을 함께하기 위해 가족

들이 여기로 올 계획인지 물었다. 그러자 피터가 물었다. "토미는 어떻게 해야 할까요?" 나는 토미도 함께 오라고 했다. 그는 주저하면서 이 문제에 대해서는 먼저 토미의 치료사와 논의를 하고 싶다고 했다.

잠시 후 피터에게서 다시 전화가 왔다. "토미의 치료사는 같이 가는 게 좋은 생각이 아니라고 하는군요. 그녀가 하는 말이 자기가 어렸을 때에 할아버지 장례식에 갔다가 죽은 할아버지에게 억지로 입맞춤을 해야 했다고 합니다. 그래서 아이를 죽은 사람에게 노출시키는 일이 큰 상처로 남을 수 있다고 생각한대요." 그는 잠시 말을 멈추더니 곧 이렇게 덧붙였다. "실은 지금 토미가 엄마를 보러 가자고 자꾸 부탁을 해서 저도 어찌해야 할지 모르겠어요."

"그럼 토미를 함께 데려오시고, 토미 치료사도 장례식에 초청하시면 어때요?" 나는 이렇게 권했다.

한 시간 후 초인종이 울렸다. 거기에는 피터와 토미 부자와 함께 토미의 치료사와 다른 가족들도 함께 있었다. 토미는 작은 카메라를 목에 걸고 있었다.

"잘 있었니? 토미! 카메라를 갖고 왔구나. 오늘은 어떤 사진을 찍고 싶어?"

토미는 미소를 지으며 답했다. "아저씨랑 부처님이랑 우리 엄마 사진이요." 우리는 거실로 갔다. 거기서 토미는 나와 큰 불상을 찍었다. 그리고 나서 우리는 에델의 방으로 올라갔다.

모두들 꽤 불안해하며 걱정하는 눈치였다. 토미가 세상을 떠난 어머니를 보면서 어떻게 반응할까? 나는 토미의 손을 잡고 에델의 침대로 걸어갔다. 토미는 자연스럽게 침대 가로널 너머로 다가가 어머니의 이마에 입을 맞추었다. 생전에 어머니를 찾아올 때마다 토미는 늘 그랬다. 그런 다음 토미는 돌아서서 나를 바라보았다. 그리고는 두려움이 아니라 순수한 호기심으로 물었다. "모든 게 다 어디로 갔어요?"

형상과 비어 있음. 예전에 활기와 생명으로 가득 차 있던 것이 이제는 텅 비어 있다. 비록 에델의 몸은 아직 거기에 있었지만, 토미는 어머니의 부재를 감지할 수 있었다. 문득 그 방 안으로 침묵이 불쑥 발을 들였다. 어른들 대부분은 어떻게 반응해야 할지 머릿속으로 이런저런 상상을 하느라 초조한 마음과 당혹감을 숨기지 못했다.

나는 평소처럼 이렇게 답했다. "잘 모르겠네, 토미야. 너는 어떻게 생각하니?"

토미는 잠시 생각을 하더니 상상력을 동원해 생기 넘치는 설명을 하기 시작했다. 어머니에게 무슨 일이 일어났던 것일까를 설명하는 그 이야기 속에는 막 허물을 벗고 날아오르는 나비의 모습과 인간의 형상이 이런저런 모습으로 변모하는 영화 「터미네이터 2」의 장면이 들어 있었다.

그제야 어른들은 숨을 내쉬면서 긴장을 풀었다. 그들이 보기에도 토미는 겁을 먹거나 두려워하지 않았다. 사실 토미는 이제 존재하지 않는 부재의 대상에 대하여 믿어지지 않을 만큼 궁금해했다. 우리는 자연스럽게 여기저기를 다니면서 차와 콜라를 마셨다.

가족들이 떠나기 전, 나는 토미와 함께 몇 분만이라도 에델과 함께 있어도 되겠느냐고 물었다. 아무리 생각해도 토미는 마지막으로 어머니와 함께 있고 싶어 하는 눈치였다. 오랜 시간 쌓아 온 크나큰 신뢰가 있었기에 피터는 허락했다.

다른 가족들이 방에서 나가자 토미는 다시 어머니의 침대가로 가서 몇 가지 질문을 다시 던졌다.

"죽으면 느낄 수가 있어요?"

"죽은 사람이 느낄 수 있는지 없는지 잘 모르겠구나. 근데 토미야, 너는 엄마를 느낄 수가 있니?"

"그럼요, 느낄 수 있어요. 하지만 엄마가 움직이지 않아요."

"그래, 사람이 죽으면 더 이상 숨을 쉬지 않아. 먹지도 않고 말을 하지도 않지."

내가 단순하게 사실에 기초한 대답을 해 주니 토미는 그 순간만큼은 만족하는 듯했다. 그래서 나는 이렇게 덧붙였다. "토미야, 혹시 엄마한테 말하고 싶은 거나 하고 싶은 거 있으면 지금이 딱 좋은 타이밍 같은데."

토미는 부드럽게 엄마의 팔을 어루만지면서 피부결과 점점 변해 가는 체온을 느꼈다. 잠시 후 토미는 세상에서 가장 사랑스럽고 경이로운 행동을 했다. 그 아이는 엄마의 시신 위로 몸을 기울이더니 머리부터 발가락까지 냄새를 맡았다. 그 모습을 보고 있으니 언젠가 시골길에서 흰꼬리 아기사슴을 지켜보던 기억이 떠올랐다. 아기사슴은 자동차에 치여 누워 있는 어미사슴 쪽으로 걸어가더니 호기심에 가득 차서 코를 쿵쿵거리며 어미 냄새를 맡았다. 토미의 움직임 안에는 그때 아기사슴과 비슷한, 원시에 가까운 감각이 있었다. 그것은 무엇에게도 전혀 검열을 받지 않는 순수 그대로였다.

물론 그럼에도 토미는 어머니의 상실을 시간이 지나면 이해하고 슬퍼하게 될 것이다. 하지만 이 순간만큼은 그 어떤 행동이나 말이 필요치 않았다. 토미에게 앎의 방식은 본능과 감각에 충실한 것이었다. 성인들 중에서 죽음과 이 정도의 친밀함을 스스로에게 허용해 본 사람이 몇이나 될까?

죽음이 토미에게 다가오듯 죽음이 성인들에게 그만큼 자연스러운 일이 될 수 있다면 얼마나 좋을까?

잠시 상상해 보자. 일상생활에서 형상과 비어 있음과 더욱 친밀해진다면 과연 그 삶은 어떤 모습일까?

신성한 세상에 순응하기

이제 당신이 행하는 모든 것이 신성하다는 사실을
알 수 있는 계절이 왔다.

— 하피즈(시인, 1325-1390)

신성한 세상은 우리 눈앞에 놀라운 모습을 드러낸다.

라구나 혼다 병원 호스피스 병동의 병상 서른 개에서 나온 장갑붕대를 들고 걸어가던 중이었다. 곁눈으로 이사야가 힐끗 보였다. 미시시피 출신의 흑인 남성인 그는 적극적으로 죽음에 다가가고 있었다. 숨쉬기가 힘든지 땀을 폭풍우처럼 흘렸다. 나는 그의 곁에 앉았다.

"정말로 열심히 노력하고 계신 것 같아요."

이사야는 팔을 들어 저곳을 가리키며 말했다. "저기까지 나 좀 데려다 주시오."

"제가 안경을 깜빡 잊고 안 갖고 왔어요. 그렇게 멀리 떨어져 있으면 볼 수가 없어요. 뭐가 보이는지 말씀해 보세요."

이사야는 밝은 초록빛 목초지와 풀이 우거진 고원으로 이어지는 긴 언덕을 설명해 주었다.

"저도 뒤를 따라 가도 될까요?" 나는 이렇게 물었다.

그는 내 손을 꽉 잡았고 우리는 함께 그 언덕을 오르기 시작했다. 그의 숨쉬기는 점점 짧아졌고 한 걸음 한 걸음 내딛을 때마다 땀이 흘러내렸다. 그것은 정말이지 길고 힘든 산책이었다. 쉽지 않은 길이었다.

"다른 건 뭐가 보이세요?" 나는 물었다.

이번에는 방 하나가 딸린 학교 사택이 보이는데, 계단 세 개를 오르면 어떤 문으로 통한다고 그가 설명했다.

훈련 지침에 따르면, 지금 이사야는 시간과 공간의 혼란을 겪고 있었다. 늙고 병든 그가 보고 있는 것이 실은 뇌 전이와 모르핀 때문에 일어나는 현상이라고 말해 줄 수도 있었다. 그리고 지금 우리는 라구나 혼다 병원 호스피스 병동에 있다고 알려 줄 수도 있었다. 그러나 그런 말은 가장 피상적인 수준에서만 진실이 될 뿐이었다.

더 깊은 진실은 지금 우리가 붉은 빛깔의 작은 사택으로 걸어가고 있다는 것이었다.

나는 계속 이어갔다. "저 안에 들어가고 싶으세요?"

이사야는 한숨을 쉬었다. "그럼, 내내 기다렸어. 어서 들어가자고."

"제가 함께 들어가도 될까요?"

"안 되지."

"좋아요. 그러면 혼자 가셔요."

몇 분 후, 이사야는 아주 평화롭게 세상을 떠났다.

신성한 세상을 안다는 것은 새로운 것을 보는 게 아니라 모든 것을 새로운 방식으로 보는 것이다. 신성한 세상은 세상 만물과 외떨어져 있거나 다르지 않다. 그것은 세상 만물 안에 숨어 있다. 그래서 죽어 간다는 것은 숨겨진 것을 발견할 수 있는 기회이다.

온 세계의 사랑을 받는 명상 스승 틱낫한은 이 점을 설명하기 위해 단순한 훈련을 활용했다. 그는 백지 한 장을 들고서 관중들에게 지금 그들이 무엇을 보고 있는지 적어 보라고 요청한다.

대부분의 사람들은 이렇게 답한다. "백지."

아이들과 시인들은 좀 더 창의적으로 대답한다. "구름, 비, 나무."

이 대답은 틱낫한의 설명으로 온전히 이해된다. "구름이 없으면 비가 내리지 않고, 나무가 자랄 수 없다. 또한 나무가 없으면 종이를 만들 수 없다. 계속 바라보면 나무를 베고서 그것을 종이로 바꾸어 내는 공장으로 옮겨 가는 벌목꾼을 볼 수 있다. 그리고 밀도 보인다. 일용할 빵이 없으면 벌목꾼이 존재할 수 없음을 우리는 잘 알고 있다. 따라서 그의 빵이 되어 준 밀도 이 백지 안에 담겨 있다. 물론 그 벌목꾼을 세상에 내준 부모도 그 안에 있다. 이런 식으로 사물을 들여다볼 때 이 모든 것 없이는 이 백지 한 장조차 존재할 수 없음을 알게 된다. 따라서 이보다 훨씬 더 깊이 바라본다면 우리 자신도 그 안에 있음을 알 수 있다."

이는 우리 자신이 세상 모든 사람과 세상 모든 것에 깊이 속하고 서로 의존하고 있음을 표현하는 하나의 방식이다. 그리고 신성한 세상은 우리와 분리되지 않았음을 이해하는 하나의 방식이기도 하다.

신성한 세상은 항상 저기에 언제나 존재해 왔다. 모든 것은 신성한 세상으로 흠뻑 배어 있다. 신성한 세상은 현실의 본질이다. 그러나 대부분의 시간 동안 우리는 평범한 일상의 시각으로 신성한 세상을 걸어 다닌다. 그것은 마치 우리가 색맹이라서 스펙트럼의 서로 다른 빛깔을 인지하거나 구별할 수 없는 상황과 같다. 다시 말해 우리는 언제나 신성한 세상을 인지하거나 구별하지 못한다. 그러니 그 신성한 세상이 품은 아름다움의 완전한 너비를 인식하지 못한다. 길들여진 방식으로 세상을 보면서 그저 삶의 표면에 머물고 있을 뿐이다. 하지만 주의를 기울이면 신성한 세상이 자기 모습을 지속적으로 드러내고 있음을 깨닫게 된다.

'신성하다'는 말은 이름 붙일 수 없고 말로 표현할 수 없는 세상을 가리키는 일종의 상징이다. 신성한 세상은 온전하게 설명될 수 없다. 할 수 있는 최선은 신성한 세상의 현존을 나타내는 특정한 속성이나 자질, 그것이 인간의 의식에 끼치는 영향, 그리고 우리가 그것에 접근할 수 있는 여러 방식을 말하는 것뿐이다.

문자 그대로 풀어 보면, '신성하다(sacred)'는 말은 '성스럽게 만들다'라는 뜻이다. 그 뿌리가 되는 '사크라(sacra)'는 '매우 귀하고 중요한 것을 따로 떼놓아 구별하다'는 뜻이기도 하다. 유대교 전통에서 지성소(至聖所)로 알려진 공간은 모세의 성막(聖幕)이라는 가장 내밀하고 신성한 곳이다. 그 성막 안에는 황금의 언약궤가 모셔졌고, 그 언약궤 안에는 십계명을 새긴 두 짝의 석판이 담겨 있다. 일반인은 거기에 들어갈수 없다. 오직 가장 성스러운 사람, 지위가 높은 사제만이 이 세상에서 가장 성스러운 이곳에 들어갈 수 있으며, 그것도 1년에 단 한 번, 연중 가장 성스러운 날에만 가능하다. 내가 복사 활동을 했던 성당에서 감실(監室)은 두 개의 황금 문으로 닫혀 있었다. 대개 가장 높은 제단 위에 놓고 성체를 모셔 두었으며 그곳에 그리스도가 머물러 계신다고들 했다. 사제직만이 그 황금 문을 열 수 있다.

만약 우리가 이런 전통과 관습 그리고 은유의 더 깊은 의미를 배우지 않는다면, 신성한 세상을 알 수 있는 자격이 없다고 잘못 생각할 수도 있다. 신성한 세상은 특별한 때에 특별한 훈련을 받은 특별한 사람들만 접근할 수 있다고 생각할 수 있다. 실은 나와 당신처럼 평범한 사람들도 수없이 많은 방식과 형태로 신성한 세상을 경험할 수 있고, 실제로 꾸준히 경험하고 있다. 앞서 나왔던 붉은 빛깔의 작은 학교 사택

이미지도 그 좋은 예이다.

'에어즈 록(Ayers Rock)'으로도 알려진 울룰루는 중앙 호주에 위치한 거대한 사암 구릉이다. 그것은 건조한 평원에 홀로 우뚝 솟아 있는 암석이다. 그 지역의 애보리진 원주민은 그 돌을 숭배하지 않는다. 그들에게는 그것이 암석 그 이상이기 때문이다. 그들은 울룰루를 신성한 세상의 현현이라고 인식한다. 우리가 경외심을 갖고 울룰루 앞에, 샤르트르 성모마리아 대성당 앞에, 마추픽추의 잉카 요새 꼭대기에 서 있거나 혹은 삼나무 숲의 고요함 속에 있을 때면 신성한 땅 위에 서 있다는 느낌을 받을 것이다.

어째서 수천 년 동안 인간이 그런 곳으로 순례를 해 왔는지 나는 설명할 수 없다. 아마도 신성한 세상을 조금 더 현실적으로, 조금 더 접근할 수 있는 것으로 만들기 위해 어떤 공간, 어떤 대상, 혹은 어떤 사람에게 신성한 세상이 품은 힘의 속성을 부여해야만 했을 것이다. 어쩌면 이 공간은 지각을 도와주는 것이자, 신성한 세상으로 통하는 출입구일 것이다. 세상의 가장 중요한 질문들은 그 누가 알 수 있을까? 아무도 모른다. 그러니 세상의 가장 중요한 질문들은 우리에게 너무 빨리 결론에 이르지 말고 그 질문과 함께 살아가라고 거듭 상기시킨다.

어찌되었건 분명 우리 모두는 분주한 마음을 잠재우기 위해 해변이나 산꼭대기, 수도원 등 특정한 공간에 가곤 한다. 이따금 잠시 소파에 앉아 아무에게도 방해받지 않으면서 고요함을 찾기도 한다. 우리 마음의 의도와 주의는 신성한 세상과 맞닿는 기회와 가능성을 늘린다. 하지만 신성한 세상이 존재한다는 깨달음은 창세기에서 야곱이 깊은 잠에서 깨어나 "진정 주님께서 이곳에 계시는데도 나는 그것을 모르고 있었구나."라고 말하는 것처럼 갑자기, 난데없이, 저절로 일어날 것이다.

신성한 세상을 만나면 성스러운 것을 마주친 것처럼 기쁨, 황홀, 영감, 포용, 광활함, 경외심 등을 느낄 것이다. 그것은 자명하고 틀림없다. 때때로 그 경험은 손으로 만져질 정도의 강렬함이나 밀도를 갖고 있다. 지금까지 삶을 이어오기 위해 의지했던 추진력이 더 이상 필요하지 않을 만큼 내면의 고요함이 감지될 것이다. 행하고, 싸우고, 통제하고자 하는 충동은 행하지 않음, 곧 무위(無爲)로 풀려난다. 우리는 고요함에서 분리될 수 없고, 그 고요함이 전하는 침묵과 갈라질 수 없다는 깨달음을 얻게 된다.

조는 젠 호스피스로 옮겨 오기 전까지 의류제조업체에서 포장 담당 직원으로 일했다. 시간이 날 때면 텔레비전에서 중계하는 레슬링 경기를 보는 게 그의 유일한 낙이었다. 그녀는 간질환이 악화되어 황달 증상이 생기면서 피부가 노랗게 변해 버렸다. 복수가 차서 배가 부풀었고, 이 모든 장애 때문에 식욕을 잃고 곡기를 끊었다.

매우 비참하다는 생각을 하면서도 조는 낙천적인 성향을 유지했다. 간질환은 심각한 졸음을 유발했기 때문에 그녀는 매일 16시간씩 잠을 잤다. 삶의 마지막 몇 주 동안 그녀는 하루나 이틀정도 계속되는 깊은 수면 상태에 빠졌다. 나는 이 상태를 가리켜 '죽음에 대한 연습'이라고 부른다.

조가 의식의 표면으로 되돌아올 때면 이 꿈같은 여행에서 나타났던 일을 이야기해 주곤 했다. 한번은 한없이 평화로운 곳으로 갔던 일을 설명해 주면서 "만약 고요함이 그렇게 아름다운 것인 줄 알았더라면 살아 있는 동안 훨씬 더 많은 시간을 침묵 안에서 보냈을 텐데."라고 말하기도 했다. 깊은 침묵은 그저 소리와 소리 사이의 쉼이 아니다. 그것은 마음속에서 느껴지는 내면의 고요함, 마치 아무도 밟지 않은 어느 산길에 살며시 떨어지는 눈송이 같은 정적이다. 이 침묵은 우리에게서 믿음과 불신 모두를 벗겨 낸다. 그리고 앎의 세상 너머, 언어의 너머에 있는 신성한 세상 속으로 우리를 데려간다.

침묵은 신성한 세상의 현존을 대하는 자연스러운 반응이다. 그 세상이 어디에서 나타나든지 무관하다. 침묵과 고요함을 통하여 우리는 일상 속의 장엄함을 알게 된다. 더 나아가 항상 우리 곁에 있는 신성한 세상의 아름다움, 하나됨, 그리고 그 깊이를 알게 된다.

탄생은 우리 모두에게 공통되는 것으로, 인간에게 일어나는 가장 현실적이고, 정직하고, 평범한, 보통의 사건이다. 그러나 아이가 태어나는 순간을 목격한 사람은 누구나 새로운 생명이 드러나는 현존 앞에서 경외심이 가득한 침묵을 느낄 수밖에 없다. 사방에 눈물과 핏물, 아픔과 정서적 강렬함, 고함소리와 혼란이 마구 얽히는 와중에도 그곳에는 아름다움, 무한한 기쁨, 그리고 무엇보다 출산을 한 여성이 표출하는 놀라운 힘과 진정성이 존재한다.

출산은 신성한 세상으로 들어가는 일종의 초대장이다. 그 문을 여는 열쇠는 우리가 예전부터 알고 있었던 것과는 전혀 다른 사랑이다. 그 누구든 세상의 어머니를 붙잡고 한번 물어보라.

죽음은 그와 똑같은 초대장을 전해 준다. 사실 탄생과 죽음은 매우 가까이 존재한다. 삶이 언제 시작되는지 또 언제 끝나는지 정확히 말하기란 어렵다. 죽음과 탄생은 공히 위대한 생명력의 시절이 될 수 있다. 둘 다 우리의 연약함을 받아들이라고, 예상하지 못한 일들에 마음을 열어 보라고, 그리고 지금껏 우리가 알아 왔던 삶을 내려놓으라고 요청한다.

죽음과 탄생은 공히 신성한 세상으로 가는 출구 역할을 할 수 있다. 혹은 그렇지 않을 수도 있다.

많은 사람들에게 죽음은 전적으로 세속과 현실의 일이자, 순전히 생물학적 사건이며, 아무런 불가사의도 없는 물리학적 사안이다. 어떤 사람의 임종 시간은 텔레비전에서 방영하는 「운명의 수레바퀴」 퀴즈 쇼를 보는 동안 이루어지기도 한다. 나로서는 문제가 되지 않는다. 퍼즐 퀴즈에 꽤 재능이 생겼기 때문이다. 어떤 사람에게 죽음은 비극 그 자체이다. 하지만 또 다른 사람들에게 죽음은 개인의 정체성을 벗어나 그 너머로 데려가는 영적 변모의 시간이다. 이로써 그들은 절대적 안전감, 두려움 없는 담대함, 그리고 미지의 세상 앞에서도 완벽함을 드러낸다. 죽음의 과정에서 수많은 보통 사람들이 '불멸의 사랑'이라고 부르는 존재로서 자기 자신을 깨닫게 된다.

어느 갤럽 설문조사에 따르면, "사람들은 불가항력적으로 죽음 안에서 영적 차원을 되찾고 그것을 천명하기를 원한다." 하지만 그렇다고 그들이 더 많은 종교나 신앙에 손을 뻗고자 한다는 뜻은 아니다. 그 말은 곧 현대의학의 통제 그 이상을 추구하고 있다는 뜻이 된다.

영적 지지는 난해한 관습과 존재론적 토론의 문제가 아니다. 그것은 친절하고 든든한 존재로 함께 있어 주거나, 정성을 다해 끓인 치킨수프를 가져다 주는 것처럼 간단하고 소박한 일이 될 수 있다. 젠 호스피스 프로젝트에서는 사람들이 죽음을 앞에 두면 집중 치료, 다시 말해 많은 주의를 기울이는 보살핌이 필요하다는 견해를 채택했다. 바로 강렬한 사랑과 연민, 그리고 온 마음을 다해 함께 있어 주는 것이다. 궁극적으로 영적 지지는 한 개인이 죽음을 만나는 고유한 방식을 존중하기 위한 담대한 약속이자 헌신이다.

죽어감의 과정이 시작되면 대개 사람들은 삶의 가치와 목적이 무엇인지 발견하는 일에 도움을 청한다. 아무런 의미가 없다면 삶은 기계적이고, 공허하고, 삭막하고, 인간이 존재하기에는 너무 초라한 것이 된다. 빅터 프랭클은 자기초월이 의미 있는 삶에 필수불가결한 인간의 능력이라고 밝혔다. "인간은 고통으로 파괴되지 않는다. 아무런 의미가 없을 때 고통으로 파괴되는 것이다."

죽음은 세상 모든 이에게 다가온다. 우리가 그 사실을 좋아하든 아니든, 죽음이 일어나는 것은 확실하다. 그러니 이 진리를 회피하는 대신에 죽음의 의미를 이해하는 것이 좋다. 우리 자신의 필멸성에 직면하면 우선순위와 가치를 이동할 수 있으며, 현실에 대한 관점을 완전히 바꿀 수 있다. 때때로 역경은 우리의 강점을 발견하는 데 유용하다. 이와 같이 죽음은 삶의 아름다움을 발견하도록 도움을 줄 수 있다. 죽음을 받아들이는 행동 안에는 죽음이 비극에서 변화로 이행하는 데 도움을 줄 수 있다는 약속과 헌신적 태도가 존재한다. 고통은 고통이다. 우리는 항상 고통을 설명할 수 없으며 하물며 통제할 수도 없다. 하지만 우리는 연민을 다하여 죽음을 마주할 수 있다. 기꺼이 함께 존재할 수 있고, 똑바로 바라볼 수 있고, 이해할 수 있으며, 어쩌면 죽음과의 관계 속에서 의미를 찾을 수도 있다. 의미는 어떤 원인을 찾아내는 일이 아니다. 오히려 의미는 우리를 강하게 만드는 방법을 품고 있다. 그러니까 의미는 회복력을 쌓아나가면서 우리가 도망치지 않고 고통에 직면할 수 있게 해 준다.

물론 의미를 찾기 위하여 고통이 반드시 필요한 것은 아니다. 어떤 사람들은 그림을 그리면서, 음악을 들으면서, 자연 속에 있으면서, 일기를 쓰면서, 그리고 이야기를 들려주는 활동을 통하여 의미를 발견하기도 한다. 또 다른 사람들은 동반자가 되는 기쁨을 느끼면서, 유산을 선물하면서, 사랑하는 사람들과 옛 시간을 추억하면서, 혹은 용서를 통해 소원해진 우정을 치유하는 등 인간관계를 통해서 의미를 찾는다. 하지만 어느 시점에서 그런 의미는 죽어가고 있는 사람에게 가치를 잃고 만다. 그들은 보다 내면의 여정으로 들어가기 때문에 외부 세상에서 물러난다. 만약 선의로 가득 찬 친구이자 가족이자 돌보는 사람으로서 우리가 시간, 목표, 그리고 의미가 지배하는 현실세상으로 그들을 몰아붙이면서 마음을 어지럽힌다면, 신성한 세상의 흐름의 인연을 끊어 버릴지도 모른다. 할머니는 카운티 페어 축제장 회전관람차를 타면서 이루어진 첫 키스 이야기를 더 이상 하길 원하지 않는다. 가장 좋아하는 노래를 털어놓아도 더 이상 그 노래는 아버지에게 그 옛날 결혼식에 대한 상념을 전하지 못한다. 엘렌 고모의 영웅적인 남극 탐사는 한때 그녀 인생의 본질을 차지하는 모험이었으나 이제 그 중요성은 점차 희미해진다.

앞서 사르트르 대성당이나 삼나무 숲처럼 신성한 세상의 길목이 되는 공간에 있을 때 우리가 느끼는 고요함과 정적을 언급한 바 있다. 이제 갑자기 200명의 관광객들이 저마다 카메라 셔터를 누르며 그곳으로 몰려드는 상상을 해보자. 그 소란 때문에 우리의 주의력은 그만 옆길로 새고 말 것이다. 물론 신성한 세상은 여전히 거기에 존재하겠지만, 한동안 그 세상과 우리의 연결은 끊어질지도 모른다. 이렇듯 돌보아 주는 사람들과 사랑하는 사람들이 자기들만의 현안과 기억과 욕구를 들고 나타나면 그들은 짜증을 유발하는 성가신 관광객들처럼 변한다. 그러니까 죽음을 앞둔 사람들에게 정신을 어지럽히는 불쾌한 존재가 되어 버린다. 하지만 반드시 그런 방식이 될 필요는 없다. 그 대신 죽음을 앞둔 사람이 죽음의 신성한 숲으로 더 깊이 들어갈 때 오히려 우리는 사랑하는 사람이자 돌보는 사람으로서 조용한 동반자나 믿을 만한 안내자 역할을 택할 수 있다.

흔히 죽음을 앞둔 사람들은 고통스러운 육체적 증상, 정신적 불안이나 혼미함, 그리고 정서적 혼란을 보인다. 그런 사람들을 돌보려면 효과적으로 고통을 해결하고, 적절하게 증상을 관리하는 등 골치 아프고 거슬리는 이런저런 문제를 다 챙겨야 한다. 이렇게 하려면 완벽한 통제가 필요하다. 하지만 죽음을 앞둔 사람들을 보살피는 일에 단지 기술과 의학적 전문지식만을 가져다 쓴다면, 우리는 죽음의 신성한 의미를 놓칠 것이다. 심지어 성장과 변화를 위한 기회마저 차단될 수 있다.

죽음은 육체와 정신의 두 가지 차원에서 동시에 일어난다. 육체가 서서히 닫히는 동안 의식은 점차 깨어난다. 연민을 다하여 죽음을 앞둔 사람들과 동행하려면 두 가지 과정을 동시에 한꺼번에 처리하는 것이 이상적이다. 한 사람이 이 모든 일을 관리하는 것은 매우 어려운 문제이다. 기실 나는 30년간의 경험으로 그것이 꽤 도전적인 상황임을 알게 되었다. 그런 연유로 병실에 한 사람 이상 상주하는 것이 긴요하다는 사실을 발견하곤 한다. 한 사람은 개별 환자의 육체적 요구를 살피고, 나머지 한 사람은 영적 여정에 동반자가 되는 것이다.

제니퍼는 폐암으로 오랫동안 힘든 투병을 거친 끝에 죽음을 눈앞에 두고 있었다. 간호사인 로리는 제니퍼의 몸 상태만을 신경 쓰고 돌보았다. 짧아진 호흡으로 힘겨워하는 제니퍼와 함께 숨을 쉬고, 물을 적신 스펀지로 갈라진 입술을 적셔 주는 등 숙련된 기술과 사랑으로 온갖 육체적 증상을 관리했다.

나는 제니퍼의 침상 옆에 앉아 조용히 내 몸 안에 자리를 잡고서 나 자신에게, 그리고 불안 아래 가만히 숨죽인 흔들리지 않는 인식을 향해 좀 더 가까이 다가갔다. 내 마음을 고요하게 가라앉히면서 내 심장 안의 연민을 떠올렸다. 나는 제니퍼의 존재와 계속 변하는 그녀의 의식에 내 영혼과 마음을 맞추면서 함께 존재한다는 그 자체가 나의 의식에도 깊이 새겨질 수 있도록 내맡겼다. 무슨 일이 일어나더라도 침착하게 마주하겠노라 생각하면서 그 순간에 온전히 스며들면서도 냉철함과 차분함을 유지했다. 겉으로 보이는 현상에 마음을 뺏기지 않게 되자, 제니퍼의 본질적 자아는 벌써부터 그 여정을 시작했다는 사실을 감지해 냈다. 그리하여 우리는 내가 딸 이사야를 학교에 데려다줄 때처럼 함께 길을 나섰다. 하지만 나의 한계에 대해서는 스스로에게 솔직하게 말했다. 나는 내 한계가 허용하는 어느 정도까지만 그녀와 함께할 수 있음을 잘 알고 있었다. 대신 그녀에게 내 마음의 광활함을 내어 주었다.

　제니퍼가 어떻게 죽는 게 좋을지 나는 알지 못했다. 죽음은 시간을 초월한 미지의 세상이다. 우리는 시시각각 죽음을 발견한다. 그래서 나는 간섭하고 방해하지 않도록 최선을 다했다. 나는 연민의 지혜를 믿었다. 그러니까 우리가 지닌 자애로운 마음이 신뢰할 만한 인도자가 될 것이라고 믿었다. 게이브가 태어나던 날, 두 명의 산파가 내 아들이 이 세상에서 첫 숨을 쉴 수 있게 도와주었던 것처럼 로리와 나는 제니퍼가 이 세상 마지막 숨을 쉴 수 있게 도와주었다.

　그날 제니퍼 옆에 앉아 있을 때 문득 안토니오 마차도의 시가 떠올랐다. 그 시는 죽음을 앞둔 사람들이 겉으로는 참으로 불안한 듯 보이지만 내면은 매우 고요한 상태를 유지할 수 있다는 점을 아름답게 표현하고 있다.

아니오, 내 영혼은 잠들지 않습니다.

내 영혼은 완전히 깨어 초롱초롱합니다.

잠들지도, 꿈꾸지도 않으며,

영혼의 맑은 두 눈을 크게 뜨고

지난 일들을 가만히 바라봅니다. 그리고

거대한 침묵의 해안가에서 귀를 기울입니다.

사람들은 때때로 깊은 잠이나 반혼수상태에서 깨어나 그 시간 동안 나와 함께 있었다는 사실을 기억한다고 말해 주곤 한다. 종종 방해하거나 간섭하지 않은 채 자기들 곁에 있어 주어서 고맙다는 인사를 하기도 한다. 말로 표현할 수 없는 이런 접촉, 존재와 존재의 만남은 치유의 핵심이자 진수이다. 다른 사람과 함께 존재를 공유하고 그것을 느끼는 감각과 의식을 통하여 우리는 그런 알아차림이 다만 우리만의 것이 아님을, 그리고 그 알아차림은 우리의 개별 자아를 넘어서 확장되고 계속된다는 사실을 이해하고 깨닫게 된다. 대상, 경험, 하물며 사람들까지 알아차림 안에서 오고 간다. 알아차림은 아무런 변화가 일지 않는 바탕이자 배경이다. 모든 변화는 그 알아차림을 배경으로 일어난다. 알아차림은 마치 영화 스크린처럼 자기 위로 무엇이 투사되고 있는지 이미 잘 알고 있다.

보통 우리는 필멸성의 고통, 끊임없는 변화의 오감[왕래(往來)], 그리고 하나로 합쳐져 있다가 무너지는 모습만을 본다. 기실 이 모든 일이 완벽히 조화로운 바탕 위에서 나타났다가 사라진다는 사실을 깨닫지 못한다. 참선 전통에서 말하는 '한걸음 물러나기' 상태에 들어설 때, 우리는 열린 의식의 관점에서 바라볼 수 있다. 그러니까 우리 자신이 배경이 되고, 백지처럼 순수한 알아차림이 되면서 그 알아차림을 배경으로 모든 사람의 개인적 변화와 세상의 보편적 변화가 함께 일어난다는 사실을 알게 된다. 이것이 바로 우리가 기꺼이 받아들이고 순복하는 사실이다.

영적 수련을 전혀 하지 않은 평범한 사람들이 자신의 본질적 본성을 투명하게 보게 되면서 광채가 점점 늘어나는 모습을 자주 목격했다. 그것은 수십 년간 관상 수련을 한 명상 전문가에게 일어나는 변모의 과정과 유사하다.

이런 경험이 나에게 보여 주었던 가능성은 결코 부인할 수 없는 것이다. 한 치의 의심도 없이 죽음은 타의 추종을 불허하는 변모의 가능성을 품고 있다. 죽음은 감동적이고 말할 수 없이 아름다울 수 있다. 동시에 치열하고 어수선하고 복잡할 수도 있다. 심지어 죽음을 겪는 과정에서 우리의 통제를 넘어서는 조건과 상황에 영향을 받는다.

의학기술은 죽음을 극적으로 바꾸어 놓았다. '자연사'라는 개념은 이제 우리 문화에서 천천히 사라지고 있으며, 의학 전문가들이 관리하는 보다 제도화된 죽음으로 대체되고 있다. 현대적 치료와 개입에는 대단히 훌륭한 장점이 많다. 하지만 그만큼 심각한 문제점도 있다. 생명유지장치의 발전만 보아도 그렇다. 그것을 통해 살아 있는 사람과 죽은 사람 사이의 선이 점점 흐릿해졌다.

이제 죽음의 경험을 기술적으로나 철학적으로 관여하는 현실에 저항할 수 없는 듯 보인다. '좋은 죽음' 또는 '존엄사'라는 이상화된 개념도 똑같이 문제의 소지가 있다. 그런 개념은 실제로 죽음 안에서 일어나고 있는 상황을 보지 못하게 하고, 불쾌한 상황을 무시하거나, 심지어 죽음이라는 신성한 세계를 짓밟게 만들 수도 있다. 매사 '계획에 따라 진행하는' 임의적 기준은 죽어가는 사람들에게 엄청난 압박을 가하고, 이미 너무나 힘겨운 과정을 거치고 있는 사람들에게 죄책감과 수치심, 당혹감과 열패감을 더한다. 존엄성과 품위는 객관적 가치가 아니다. 그것은 주관적 경험이다. 품위를 지키는 돌봄은 자기 존중을 높이고, 개인의 차이를 존중하고, 무엇보다 개인의 바람에 따라 삶과 죽음을 영위할 수 있는 자유 안에서 사람들을 지원한다.

우리가 개입하면 죽음이라는 경험의 더 미묘한 차원을 놓쳐 버리거나 심지어 중단시킬지도 모른다. 우리의 의도가 아무리 고상하더라도 우리 자신의 편견에 따라 행동하거나 죽어가고 있는 사람들에게 선의가 담긴 조언이나 영적 신념을 강요하고 싶은 유혹을 뿌리쳐야 한다.

한나는 하느님에 대한 확고하고도 깊은 믿음을 지닌 과학자였다. 그런 그녀가 93세가 되었을 때 마침내 자신의 죽음을 받아들여야 하는 지점에 도달했다. 그녀는 내게 자신이 생각하는 죽음의 이미지는 "주님의 무릎에서 편히 쉬는 것"이라고 말해 주었다.

어느 날 증손녀 스카이가 증조할머니 한나를 보러 왔다. 자신의 선한 뜻으로 무장한 스카이는 임사체험을 다룬 수많은 책을 읽었다면서 그 이야기를 들려주었다. 그런 책에 따르면, 죽음의 시점에 이르면 이미 세상을 떠난 가족들이 종종 찾아와 인사를 나눈다고 한다. 이 내용을 염두에 두고 스카이는 말했다. "할머니, 걱정할 필요 없어요. 할머니가 돌아가시면 할머니가 아는 사람들 중에 할머니보다 먼저 돌아가신 분들이 할머니를 만나러 다 그리로 온대요."

이 말을 듣자 한나는 죽어가는 상황이 두려워졌다. 사실 한나가 가족들에게 절대 알리지 않았던 비밀이 한 가지 있는데, 그건 바로 남편 에드가가 결혼생활의 상당 기간 동안 물리적으로 폭력을 행사했다는 사실이었다. 그랬기에 '저 세상에서' 다시 에드가를 만나 그와 함께 영원한 삶을 살아야 한다는 것은 한나의 마음을 절망으로 가득 채웠다.

죽어감에 대한 관조적 접근 방식에는 마음챙김, 온화함, 진정성, 안정성, 그리고 너그럽게 경청하는 방법 등이 포함된다. 이를 통해 수만 가지 해답을 준비하지 않고도 죽어감이라는 문제 안으로 들어갈 수 있다. 죽어감과 함께 있으려면 겸손함, 받아들임, 그리고 무엇보다 기꺼이 통제력을 내려놓는 의지가 필요하다.

죽어감의 과정을 거치면서 점진적인 자각이 발생한다. 거의 감지할 수 없을 정도로 길고도 느릿한 내려놓기의 과정, 그러니까 우리가 더 이상 붙잡을 수 없거나 통제할 수 없는 모든 것을 손에서 놓는 과정을 시작한다.

내려놓기는 죽음이라는 미지의 영토로 진입하는 일종의 입장권이다. 비통한 슬픔은 우리가 치러야 할 통행료이다. 눈물은 슬픔을 수월하게 쏟아낼 수 있게 해 주는 윤활유이다.

죽어가면서 금지옥엽으로 아끼던 소유물을 붙들고 있을 수는 없다. 언젠가 우리 호스피스 환자였던 브라이언은 한참을 흐느껴 울고 나서 무던히도 아끼던 깁슨 르 폴 기타를 점잖게 우리에게 넘겨주며 이런 교훈을 전해 주었다. "이제 내가 가진 소유물로 내가 누군지 드러내던 때는 다 지나갔지. 그리고 뭐, 어쨌든 천국에 가면 저걸 보관할 창고도 없을 테니 말이야."

우리가 가장 즐겨하던 이런저런 활동에 참여할 수 있는 능력을 잃게 되므로 그렇게 좋아하던 여행도, 요리도, 사랑을 나누는 일도, 그리고 심지어 힘들이지 않고 음식물을 씹고 삼키는 일조차 포기해야 한다. 가족들 사이에서, 직장에서, 그리고 공동체 안에서 했던 이런저런 구성원 역할도 단념하고, 평생 품어 왔지만 결코 이룰 수 없었던 꿈도 내려놓아야 한다. 죽어 간다는 것은 하물며 우리의 미래와 우리가 그토록 사랑했던 모든 것과 모든 이를 내려놓아야 한다는 뜻이다.

내려놓음, 그것은 죽어감을 준비하는 방식이다. 스즈키 선사는 단념이란 세상의 모든 일을 포기하는 것이 아니라, 오히려 세상의 모든 일이 언젠가는 사라진다는 사실을 받아들이는 것이라고 말했다. 삶의 일시성과 유한함을 받아들이면 어떻게 죽어가야 할지 배우는 데 도움이 된다. 또한 유한함은 상실의 이면을 드러낸다. 내려놓음은 곧 포용의 행위이다. 우리는 해묵은 원한을 내려놓으면서 자신에게 평안을 선물한다. 고정관념을 내려놓으면서 자신에게 초심자의 열린 마음을 선물한다. 자기 만족감을 내려놓고 자신에게 타인을 배려하고 돌보는 기회를 준다. 집착을 내려놓고 비로소 감사하는 마음을 진정으로 이해하게 된다. 통제를 내려놓고 비로소 순복하며 내맡기는 태도를 믿게 된다.

내맡김은 내려놓기와 똑같지 않다. 보통 내려놓기라고 하면 과거의 구속에서 풀려난 자유에 흔히 따라오는 해방감을 떠올린다. 내맡김은 넓어지는 것 그 이상을 말한다. 내맡김에는 자유가 있지만, 내려놓음처럼 실제로 무언가를 단념하거나 어떤 대상이나 사람이나 경험을 멀리하는 것은 아니다. 내맡김과 함께라면 우리는 자유로워진다. 과거에 우리를 규정하고 계속 떼어놓고 갈라지게 했던 제한적 신념에 갇히지 않는, 존재의 거대함과 무한한 속성으로 확장되기 때문이다. 끊임없이 변하는 대상에 매달리는 허무한 습관에서도 벗어난다. 내맡김 안에서 우리는 새롭게 구성되고 복원된다. 더 이상 과거에 사로잡히지 않게 된다. 더 이상 예전의 정체성에 갇히지 않게 된다. 우리의 본질적 본성이 품은 내면의 진리와 가까워진다. 내맡김 안에서 우리는 굳이 거리를 좁히려 하지 않아도 오히려 더 가까이 다가가는 자신을 느낀다.

내맡김은 흐름 속으로 들어간다는 뜻이다. 나는 아버지가 대서양 바다에 떠 있는 모습을 지켜보던 기억이 생생하다. 아버지는 바닷속으로 사라진 듯 보였다. 내 눈에는 아버지의 푹신하고 하얀 복부가 물결 위로 떠올랐다가 떨어지는 모습만 보였다. 너무 꽉 붙들고 있으면 물 위에 떠 있을 수가 없는 법이다.

내맡김은 싸움을 멈출 때 일어난다. 자신과의 싸움을 멈춘다. 삶과의 싸움을 멈춘다. 죽음과의 싸움을 멈춘다. 따라서 내맡김은 모든 유형의 저항이 더 이상 발생하지 않는, 그쳐 버린, 끊어진, 멎은, 중지된 상태이다. 더 이상 우리는 어떠한 방어벽도 내세우지 않는다.

내맡김이 일종의 선택인지는 아직 확신하지 못한다. 그것은 스스로 의식하지 못하는 사이에 이루어지는 듯하다. 나로서는 그것이 우리를 본향으로 이끌어 주는 불가피한 저류이거나 카르마처럼 느껴진다. 내맡김을 일으키는 속성에는 믿음, 사랑, 종교적 신념, 이미 습득한 지혜에 대한 신뢰, 경외감, 그리고 이보다 훨씬 더 평범한 요소인 피로와 고단함이 있다.

언젠가 나는 미국에서 가장 거친 강이라 불리는 곳에서 래프팅을 하던 중에 배 밖으로 밀려나 소용돌이에 빠진 적이 있었다. 그 순간 나는 하지 말아야 할 행동을 죄다 해 버렸다. 실내수영장 가장자리에 있을 때 물 밖으로 상반신을 일으켜 나오는 장면을 상상하면서 강물의 소용돌이 가장자리에서 헤엄을 치려고 애를 썼다. 동료들은 밧줄을 던져 주면서 적절한 행동지시를 알렸지만, 나는 물에서 벗어나려고 애를 쓰면서 소용돌이의 위력과 싸움을 계속했다. 당연히 나는 금세 지치고 말았다. 결국 나는 패배했다.

그 소용돌이는 나를 강물의 혼돈에 빠뜨렸다. 나보다 훨씬 더 큰 위력을 가진 소용돌이는 나를 여기저기 패대기쳤다. 가차 없이 무정하게도 끊질겼다. 나는 절망감이 밀려와 무서우면서도 살아남으려고 발버둥쳤다. 내가 산산이 부서지고 있는 느낌이 들었다.

그러다 어느 한 순간, 더 이상 발버둥 치면서 싸울 기운이 내게 남아 있지 않았다. 이때가 바로 내맡김이 들어오는 순간이었다. 그때 나는 많은 사람들이 자동차 사고를 당하기 직전에 겪었다고 말하는 바로 그 경험을 했다. 문득 시간은 정지되고, 심지어 진흙탕 강물의 난기류 속에서 나를 둘러싼 환경의 아주 세세한 부분까지 선명하게 볼 수 있었다. 혼돈의 패턴은 지각된 순서에 따라 바뀌었다. 먼저 편안한 느낌이 들었고, 뭔가 자애로운 기분을 느꼈으며, 그러다가 완연한 해방감을 느꼈다. 의식은 더 이상 형상에 틀어박히지 않았다. 강물이 나를 빨아들이더니 밑바닥까지 끌고 내려가 소용돌이치는 하류 속에 뱉어냈다. 마침내 물속에서 떠올랐을 때, 나는 새롭게 두 눈을 받은 느낌마저 들었다. 수정처럼 맑고 투명하고 새롭게 내 삶을 바라볼 수 있었다.

나는 이를 두고 일종의 임사체험이라고 부르진 않을 것이다. 하지만 완전한 내맡김과 조우함으로써 죽음을 앞둔 환자들이 경험하고 묘사했던 실체에 더욱 가까이 다가가는 데 큰 도움을 받았다. 그래서 언젠가 바버라가 "이제 내가 짊어져야 할 몫은 없군요."라고 했던 말뜻을 어렴풋이 이해하게 되었다. 그리고 루스가 "아, 이제야 숨결로 돌아가요. 때마침 그 숨결이 나를 알아봐 주네요."라고 말할 때 그 목소리에 담긴 편안함을 이해할 수 있었다. 또한 조슈아가 거의 노래 부르듯

"더 이상 아무 걱정 말아요. 난 그저 주님의 두 손 안에 내 머리를 뉘고 쉬게 될 거니까요."라고 말할 때 그 눈빛에 담긴 미소의 의미를 알아챌 수 있었다.

내맡김은 내려놓음보다 무한히 더 깊고 깊다. 내려놓음은 여전히 과거에 붙들린 마음의 전략이다. 그것은 저마다의 성격이 벌이는 활동이며, 그 성격은 주로 성격 자체를 영원히 존속하는 데 관심을 둔다. 내려놓음은 여전히 내가 선택하는 것이다. 자아는 내맡길 수 없다. 내맡김은 아무런 방해나 간섭 없이 우리의 본질적 본성이 품은 자연스럽고 평화로운 무위(無爲)이다. 우리는 그저 시나브로 알게 된다.

내맡김은 오히려 입문 의식에 가깝다. 그 의식 안에서 불필요한 것들은 본질적인 것들에 흡수된다. 혹시 우리가 저항할지라도 결국 우리의 싸움은 무효하고 헛된 일로 밝혀진다. 거짓과 가짜의 해체는 당연히 공포감을 자극할 것이며, 머릿속 목소리들은 우리에게 물러나라고 명령한다. 그러나 신성한 세상은 너무도 매혹적이고, 내맡김의 세상은 너무도 강렬하다. 그러니 그 두려움도 우리를 막지 못한다. 시간이 지나 때가 되면 시나브로 그 몸부림은 그치게 마련이다. 우리의 의식은 한때 그렇게나 두려움에 떨게 했던, 우리가 느끼는 그 힘이 기실 우리 자신의 깊은 존재임을 깨닫는다. 우리는 분리되지 않는다는 실체에 순응하고 내맡기게 된다.

내맡김은 두 세계의 끝이자 한 세계의 시작이다.

삶 속에서 죽어간다는 건

새벽녘 미풍은 당신에게 말해 줄 비밀을 품고 있어요.

도로 잠들지 말아요.

그러니 진정 당신이 원하는 것을 청해야 해요.

도로 잠들지 말아요.

사람들은 문턱을 넘나들고 있어요,

두 세상이 만나는 그곳을.

그 문은 둥글게 열려 있지요.

도로 잠들지 말아요.

— 루미(시인, 1207-1273)

죽어감은 하나씩 앗아가는 과정이자, 단념이자 포기, 내맡김, 그리고 심오한 가능성을 품은 일종의 변화이다. 죽음과 마찬가지로 이 변화는 피할 수도 저항할 수도 없다. 우리는 덧없는 무상함이 모든 경험의 본질임을 확인했다. 그러나 변화 자체가 완전한 변모를 보증하지는 않는다.

완전한 변모는 우리의 기본 정체성이 재구성되는 심오한 내면의 변화이다. 그것은 애벌레가 번데기를 거쳐 나비가 되는 것처럼 근본적이고 철저한 변형이다. 완전한 변모의 과정에서 그동안의 저울과 눈금이 우리 눈에서 떨어져 나가고, 우리는 새로운 방식으로 모든 것을 바라보고 경험한다. 우리라는 존재가 간직한 수많은 이야기, 그 이상의 존재임을 깨닫는다. 한계를 긋는 개인적인 경계선도 사라진다. 바다처럼 깊은 평화로움과 은하수처럼 광막한 소속감이 우리의 인식을 고취한다. 존재의 광활한 자유는 우리의 이해력을 넘어선다. 과거의 자아로는 거의 깨달을 수 없는 것이다.

의식의 완전한 변모는 그날그날 각자의 일상생활 속에서도 능히 일어날 수 있으므로 우리의 적극적인 참여를 요구한다. 분명히 일상을 통한 우리의 길을 생각할 수 없었을 것이다. 우리가 수행하는 것은 전략적 계획이 아니다. 완전한 변모에는 미지의 세상을 경험하는 것에 오롯이 빠져드는 열린 의지가 필요하다.

근본적으로 죽음은 가장 위대한 미지의 세상이다. 그래서 그 미지의 세상과의 관계는 주의와 관심을 줄 만한 가치가 있다. 언젠가 희귀한 형태의 암으로 죽어가던 중국인 여성 슈 리에게 죽음 이후의 모습은 어떻게 상상하느냐고 물어보았다.

슈 리는 이렇게 답했다. "내가 어려서 혼자 미국에 이민을 왔을 때, 여러 도시와 시골, 또 여러 건물들 사진을 볼 수 있었고, 미국에 사는 사람들을 그린 책도 읽고 영화도 보았지요. 하지만 현실은 내가 상상한 모습과 달랐어요." 그리고 이렇게 덧붙였다. "나한테 더 이상 어떤 이미지란 게 없어요. 내 병은 불확실하고, 나는 그것을 끌어안고 살고 있고, 그건 곧 죽음을 준비하게 만들었어요. 내가 보기에 대부분의 사람들은 미지의 세상과 함께하는 방법을 알지 못하기 때문에 죽음을 두려워하는 것 같아요."

예측할 수 없고, 측정할 수 없고, 설명할 수 없는 무형의 경험이나 힘, 그러니까 불가사의에 마음을 열 때 우리가 걸어가는 변모의 여정에서 도움을 받게 된다. 여기서 내가 말하는 '불가사의'는 사람들이 즐겨 읽는 애거사 크리스티의 추리소설에 나오는 '미스터리'와 다른 것이다. 주인공 탐정이 실마리를 찾다가 결국 '집사가 범인입니다!'라고 선언하는 그런 이야기가 아니다. 죽음과의 조우는 곳곳에 미묘한 불가사의가 스며 있다. 그 마주침은 개념적 사고로 해결될 수 없으며, 완전히 이해할 수도 없다. 붙잡을 수도 없지만, 특별한 음악을 들을 때처럼 온전히 그 불가사의에 자신을 내맡길 수 있다. 우리는 불가사의를 들여다보거나 살피지도 못한다. 그저 우리 자체가 불가사의라는 사실을 깨달을 뿐이다. 그 사실이 이 세상에서 우리와 함께 삶을 계속 이어간다.

나의 경험과 내가 함께했던 그토록 많은 사람들의 경험에서 볼 때 불가사의와의 만남은 흔히 두려움과 경이로움으로 나타난다. 마치 상상할 수조차 없는 아름다운 광경을 보았을 때 나도 모르게 입을 벌리고 놀라는 모습과 같다. 일상적인 생각과 마음의 활동은 중단되고 의식마저 멈춰 선다. 우리는 고요함에 젖어 들고 겸손한 태도로 증인이 된다. 그런 순간이면 시간은 더 이상 우리 삶을 집어삼키지 못한다.

소노는 얼마 안 되는 사회보장연금으로 연명하면서 홀로 벼랑 끝 삶을 살았다. 그리고 지금은 젠 호스피스 프로젝트에서 마지막 남은 나날을 보내고 있었다. 그녀는 솔직하고 허튼소리를 하지 않는 사람이었다. 젠 호스피스 프로젝트에 오고 나서 며칠 후에 이곳의 생활이 어떠냐고 물었더니 이렇게 답했다. "이곳에서는 내가 죽어야 하는 방식대로 죽을 수 있으니까 괜찮을 것 같은 생각이 들어요."

소노는 죽음을 직접 마주하기 위하여 우리에게 왔던 게 분명했다. 우리는 함께 잘 지낼 것이라는 믿음이 생겼다.

어느 날 우리 둘은 함께 주방 탁자에 앉아 있었다. 소노는 일기장에 뭔가를 쓰고 있었고, 나는 『일본의 죽음 시(Japanese Death Poems)』를 읽고 있었다. 일본에서는 선승을 비롯한 여러 사람들이 죽음에 대비하여 짧은 시를 쓰는 오랜 전통이 있다. 신화에 따르면, 누군가가 죽은 날에 쓰인 시는 그 사람의 삶에서 찾아낸 본질적 진리를 표현한다고 한다. 대체로 그 시는 짧고, 강렬하고, 심오하며, 때로는 풍자적이고, 흔히 직접적인 아름다움과 자연스러운 단순성을 표현한다. 무엇보다 그 시는 우리가 미지의 세상 가장자리에 존재할 때 가장 생생하게 살아 있다는 사실을 상기시킨다.

소노는 그 중에 몇 편의 시를 읽어 달라고 부탁했다. 나는 즐겨 읽는 시 몇 편을 선택했다. 이 강렬한 시는 일본 가마쿠라 시대 조동종(曹洞宗)파의 창시자 도겐 선사가 지었다.

50년 하고도 4년,
나는 별들이 총총한 하늘과 어울려 지냈다네.
이제 나는 훌쩍 뛰어오르네.
아, 산산이 부서지는구나!

또 한 편의 재미있는 시는 1838년 세상을 떠난 모리야 세난의 작품이다.

나 죽으면 묻어 주오.
어느 선술집
포도주 통 아래.
운 좋으면
그 통에서 술이 새어 나올 테니.

1926년에 세상을 떠난 선승 스나오 지세이의 불굴의 시는 때때로 죽음을 향한 시간의 가혹한 현실을 표현한다.

> 토혈(吐血)은
> 현실도
> 꿈도 다 지워 버린다네.

1360년에 세상을 떠난 선사 고잔 이치쿄는 단순미가 담긴 우아한 시를 남겼다.

> 빈손으로 세상에 들어왔다가
> 맨발로 이 세상을 떠나네.
> 내가 왔다가 내가 가는 길.
> 서로 얽힌
> 두 개의 사소한 일이었다네.

소노는 죽음의 시를 듣고 자기만의 죽음의 시를 써 보고 싶은 마음이 생겼다. 그녀는 시의 형식과 길이에 관해 물어보았다. 나는 그런 점은 걱정하지도 신경 쓰지도 말고 진실이라고 생각되는 바를 그냥 한번 써 보라고 권했다.

얼마 후, 소노는 병실로 나를 불렀다.

"내가 쓴 죽음의 시가 나왔어요."

"어서 들어보고 싶어요."

"프랭크, 당신이 이 시를 마음에 담아 암송했으면 좋겠어요." 그녀는 이렇게 전했다. 그러고는 이 말을 덧붙였다. "내가 죽으면 그 시를 내 수의에 꽂아 줬으면 좋겠어요. 내 시랑 함께 땅에 묻히고 싶어요."

"그럴게요. 약속할게요, 소노." 나도 모르게 눈물이 흘렀다. 그 눈물은 내가 이런 선물을 받게 되어 참으로 빛나고 아름다운 영예를 느끼고 있음을 말해 주었다.

소노의 시는 하물며 죽음이라는 위대한 미지의 세상과 맺는 관계에서도 마음과 머리를 활짝 열어 달라는 초대장이었다. 그녀는 그 시를 몇 번씩이나 내게 들려주었다. 그런 다음 내가 단어 하나하나를 확실히 다 외울 수 있도록 반복해서 암송하도록 시켰다.

그때 이후로 그 시는 내 가슴 속에 살아 숨 쉬고 있다. 지금껏 단 한 번도 종이 위에 그 시를 써 본 적이 없다. 나는 우리가 죽음 앞에서도 온전히 살아갈 때 과연 어떤 일이 일어날 수 있을지 알려주는 아름다운 암시로써 그 시를 함께 나누곤 한다. 소노는 자신만의 길을 찾았다. 이제 우리의 길을 찾는 일은 우리 각자의 몫이다.

회색빛으로 변해 가는 머리를 한 채로 거기에 그냥 서 있지 말아요.

머지않아 저 바다가 당신의 작은 섬을 삼켜 버릴 거예요.

그러니 아직 시간의 환영이 남아 있는 동안

다른 해안으로 떠나세요.

짐은 꾸리는 건 그만 잊어버려요.

그 짐을 당신의 배에다 실을 수도 없을 거예요.

모아 둔 것은 모두 던져 버리세요.

그저 새로운 씨앗과 오래된 지팡이 하나만 들고 가세요.

항해하기 전에는 바람을 향해 기도를 올리세요.

두려워하지 말아요.

누군가는 당신이 가고 있다는 사실을 알고 있으니까요.

물고기 한 마리 더 소금에 절여 놓았을 거예요.

— 모나 (소노) 산타크로체(1928-1995)

| 감사의 말 |

보이는 존재들과 보이지 않는 존재들에게

이 세상 수없이 많은 보이는 존재들과 힘, 그리고 보이지 않는 존재들과 힘이 이 책을 만들어 주셨습니다. 머리 숙여 깊이 감사드립니다.

나의 아름다운 신부 반다 말로에게 우리 결혼식 날에도 그랬듯이 고개 숙여 인사합니다. 당신은 누구라도 인정하지 않을 수 없을 만큼 끊임없이 나를 지지하고 격려해 주었습니다. 지난 15년간 당신이 보여준 사랑과 인내 덕분에 이 책이 세상에 나올 수 있었습니다. 글을 쓸 때, 그리고 글을 쓰지 않을 때 자주 함께하지 못해서 미안합니다. 하지만 약속했듯이 나는 항상 그 자리로 돌아갈 거예요. 그 어떤 말로도 못할 만큼 당신을 사랑합니다.

나의 사랑하는 가족들에게 감사를 전합니다. 내가 이 세상에 봉사하는 역할로 살아가라고 격려하고 용기를 주느라 참 많은 것을 내 주고, 또 많은 것을 포기하기도 했습니다. 게이브와 카린, 너희들의 사랑은 하루하루 늘 새롭게 나에게 힘이 된단다. 나는 글을 쓰면서 너희들의 믿음에 기대고 의지했단다. 내가 죽음을 주제로 책을 쓰고 있을 때, 너희들 사랑의 구현체인 니코가 세상에 태어났지. 그 탄생은 내게 삶의 소중함을 일깨워 주었어. 그리고 열정의 심장을 타고 난 나의 딸 지나, 내가 너한테 책의 구절을 읽어 줄 때 빛나던 네 눈빛 덕분에 계속 글을 써 내려갈 수 있었단다. 너는 언제라도 나한테 기대면 돼. 우리 사랑은 그만큼 두터운 믿음 안에 있으니까 말이야. 사랑하는 형 마크, 그토록 점잖게 힘겨운 병마를 기꺼이 받아들이는 형의 모습에 경외심을 느꼈어요. 나의 전처, 비키, 내 삶에 도미니크, 니콜라스, 지나를 안겨 주고 함께 아이들을 키우는 기쁨을 느끼게 해 줘서 고맙소. 호스피스 초창기에 당신이 보여 준 사랑과 배려 덕분에 나는 죽음을 앞둔 분들과 내 소명에 오롯이 헌신할 수 있었소.

30년 지기 영혼의 친구 레이첼 나오미 레멘 박사, 고맙습니다. 당신이 보내 준 서문은 이 책의 핵심을 짚어 주었습니다. 또한 이 불가사의한 세상 안에서 온 마음을 다해 살아 있어 줘서 감사합니다.

마이마이 폭스는 이 책을 쓰고 편집하는 과정에서 힘을 합하여 도와주었고, 무엇보다 뛰어난 역량을 보여 주었습니다. 구상 단계부터 이 책이 세상에 나오기까지 큰 역할을 해 주어 고맙습니다. 사실 출판 과정은 우리가 예상한 것보다 더 오래 걸렸습니다. 믿음을 잃지 않고 불필요한 부분을 과감히 없애고 가장 중요한 핵심을 찾아 해결해 주어서 감사합니다.

용기를 내어 대화에 임해 주고, 수많은 미편집 원고를 읽어 주고, 성실한 의견을 보내 주고, 무엇보다 나의 가장 선한 자아를 비추는 거울을 내어 준 친구들에게 깊은 감사를 전합니다. 베리 보이스, 제시카 브릿, 수전 케네디, 샤드라 로겔, 앙에 스테판이 없었다면 아마도 이 책은 갈피를 잡을 수 없는 어수선한 글에 지나지 않았을 겁니다.

'플래티런 북스' 전체 팀에게, 특히 대표이자 발행자인 밥 밀러에게 크나큰 감사를 드립니다. 밀러 대표는 이 책이 활자화되기 전부터 살펴 주었으며, 완성본이 도착하기까지 끈기 있게 기다려 주었습니다. 총괄편집장 위트니 프릭에게도 감사의 인사를 전합니다. 붉은색 연필로 합당하고 적절하게 교정하면서, 이 책 안에서 사랑을 확인해 주어서 고마워요. 또한 출판 에이전트 로라 요크에게도 감사를 전합니다. 본능적으로 이 책의 가능성을 알아보고, 출간되기까지 열성을 다하여 지원을 아끼지 않았지요. 휴 딜리혼티에게도 고마움을 전합니다. 초기에 이루어진 그와의 인터뷰는 내 이야기를 환기시켜 주고, 이 책에 필요한 나의 의도를 만들어 나가는 데 도움을 주었습니다.

영적 친구들과 스승들에게도 큰 영감을 받았습니다. 그들의 말과 글이 내 가슴에 들어왔고, 그들의 지혜와 연민을 빌렸으며, 때때로 이 책의 페이지마다 그것을 풀어서 이야기하기도 했습니다. 그 과정에서 내가 저지른 오류나 실수가 있다면 너그럽게 용서해 주시고, 나를 인도하고 길잡이가 되어 주신 여러분에게 전하는 제 고마움을 받아 주십시오. 특별히 하미드 알리, 람 다스, 노먼 피셔, 캐런 존슨, 잭 콘필드, 엘리자베스 퀴블러 로스, 스티븐 레빈, 캐슬린 다울링 싱, 데이비드 스타인들 라스트, 순류 스즈키 선사에게 고마움을 전합니다.

메타 인스티튜트의 핵심 연구원들과 친구들에게도 감사를 전합니다. 그들의 우정과 대화와 지혜는 저에게 영감을 주는 깊은 우물과도 같습니다. 우리의 우정은 사랑으로 빚어진 일종의 살아 있는 유산 프로젝트입니다. 나의 동료 교사들, 친절하고 인내심 강한 친구 앙주 스티븐, 그리고 선구적인 영성 지도자인 안젤레스 에리엔, 람 다스, 법사 노먼 피셔, 찰리 가필드, 랍비 앨런 루, 레이첼 나오미 레멘, 프랜시스 본에게 머리 숙여 인사드립니다. 자신보다 남을 먼저 생각하는 봉사를 구체적으로 실현시켜 준 패티 윈터, 친절과 배려의 산맥으로 우뚝 서 있어 준 그레그 러스커스키, 따뜻한 마음과 희망으로 내가 하는 이야기를 모아 준 수재너 레칭거에게 특별히 감사드립니다.

지난 30여 년간 내가 진행하는 피정과 워크숍 세미나에 참여하여 함께 공부해 왔던 수많은 분들에게 감사의 인사를 드립니다. 여러분의 신뢰와 통찰이 더 나은 배움을 얻고 더 좋은 가르침을 주는 사람이 되도록 선한 영향을 주셨습니다.

이름과 이야기를 함께 나눌 수 있게 허락해 주시고, 사적 생활 보호 차원에서 그 이름과 세부사항을 변경한 그 외 여러분들에게도 고마움을 전합니다.

힘겨운 상실과 비통한 슬픔을 겪는 시간 동안 그 길을 함께 걸어 갈 친구가 되어 달라고 초대해 주신 수많은 분들께 고개 숙여 깊은 경의를 표합니다. 그리고 마지막으로, 죽음을 겪는 과정에서, 그리고 삶과 죽음을 넘나드는 그 연약한 교차로에서 동반자가 될 수 있도록 품위 있게 허락해 주신 분들께 한없는 존경을 표합니다. 여러분이야말로 진정한 스승입니다.

옮긴이 | 주민아

경희대학교에서 영문학으로 석사학위를 받고 박사학위과정을 수료했다. 봄여름 푸른 나날 대부분을 경희대학교와 창원대학교 교정에서 영문학을 공부하고 연구하고 강의하며 보냈다.

가을 붉은 나날을 맞이하면서 사람과 책과 기록과 함께하고자 전문 사서로서 외교부 본부를 거쳐 현재 국민연금본부에서 일하고 있다. 무엇보다 전문번역가로서 앞으로도 지금처럼 인문(人文)의 흔적을 찾으며 책을 읽고 번역하고 책을 쓰고 사랑하면서 살아갈 것이다.

옮긴 책으로『닥터 도티의 삶을 바꾸는 마술가게』,『현대인의 의식지도』,『파이브: 왜 스탠포드는 그들에게 5년 후 미래를 그리게 했는가』,『원 One』,『나는 무엇을 원하는가: 천재 심리학자가 발견한 11가지 삶의 비밀』,『나눔의 행복』,『이제, 사랑을 선택하라』,『살아있는 목적 Be』,『지금 행동하라 Do』,『신념의 힘 Faith』,『100년 라이프스타일』,『네 인생인데 한 번뿐인데 괜찮아?』,『기호와 상징』,『1000명의 CEO』,『전쟁에 대한 끔찍한 사랑』,『암살단: 이슬람의 암살 전통』등이 있다.

다섯 개의 초대장

1판 1쇄 찍음 2020년 3월 9일
1판 1쇄 펴냄 2020년 3월 15일

지은이 | 프랭크 오스타세스키
옮긴이 | 주민아
발행인 | 박근섭
책임편집 | 장미
펴낸곳 | 판미동

출판등록 | 2009. 10. 8 (제2009-000273호)
주소 | 06027 서울 강남구 도산대로 1길 62 강남출판문화센터 5층
전화 | 영업부 515-2000 **편집부** 3446-8774 **팩시밀리** 515-2007
홈페이지 | panmidong.minumsa.com

도서 파본 등의 이유로 반송이 필요할 경우에는 구매처에서 교환하시고
출판사 교환이 필요할 경우에는 아래 주소로 반송 사유를 적어 도서와 함께 보내주세요.
06027 서울 강남구 도산대로 1길 62 강남출판문화센터 6층 민음인 마케팅부

한국어판 © (주)민음인, 2020. Printed in Seoul, Korea
ISBN 979-11-5888-634-9 03840

판미동은 민음사 출판 그룹의 브랜드입니다.